U0528157

白话版

东周列国志 下

[明] 冯梦龙 / 原著
曲君伟 华博 / 译注

时事出版社
北京

第五十六回
萧夫人登台笑客　逢丑父易服免君

　　话说荀林父用郤雍治理盗贼，羊舌职预料郤雍一定不得善终。荀林父不解询问原因。羊舌职回答说："周代有谚语说过：'明察以至于能看到深渊之鱼、智慧足以窥知别人隐私的人，必将给自己带来灾难。'凭借郤雍一个人的力量不可能抓完所有的盗贼，但是所有的盗贼联合起来的力量却可以制服郤雍，难道他不会死吗？"这话说完还没有三天，郤雍偶然行驶到郊外，遇到十几个盗贼，群起攻之，将他的舌头割了去。荀林父忧愤成疾死去了。

　　晋景公听说了羊舌职的话，将他召来问道："你对郤雍的预言实在是太准了！那么你有对付盗贼的对策吗？"羊舌职回答说："用智慧对付智慧，就像是用石头压草，草必定从缝隙中生长出来；以暴制暴，就如同以石击石，两石必碎。因此解决盗贼的方法，在于感化老百姓的心智，让他们懂得廉耻，而不是抓得越多就越好。您如果选择一个朝廷中最有善心的人，让他用善良感化所有的民众，到时候那些不好的人也自然会被感化，盗贼哪里还会成为祸患？"晋景公又问："在当今的晋国，谁是最具有善心的人呢？你举荐一位。"羊舌职说："谁都不如士会。他为人言出必行，行为仗义，和善但是坚持原则，廉直而不矫枉过正，正直而不卑不亢，威严而不凶猛，您一定要用他。"等到士会从赤狄之地返回，晋景公将赤狄的俘虏献给王朝，将士会的功劳奏表给了周定王。周定王赏赐给士会卿大夫的礼服、礼帽，封他为上卿，并坐上了荀林父的职位，封为军中的主帅，并且加身太傅的职位，赐姓为"范"，这就是范氏的由来。士会将缉拿盗贼的律条全部削除，专门用教育来感化民众从善，于是那些心怀不轨的人都逃往了秦国，晋国自此得到了很好的治理。

　　后来晋景公又有了当盟主的想法，谋士伯宗进谏道："先主晋文公最初在践土结盟的时候，各国都十分服从。襄公的时候，又在新城成为盟主，所有国家都无二心。自从令狐失信[指的是赵盾违背诺言拥立晋灵公]，我国和秦国便开始交恶；后来齐、宋两国发生弑杀忤逆之事，我们也没有去讨伐，导致崤山以东的各个国家逐渐远离晋国而依附于楚国；再后来我们既没有救助郑国，也没有帮助过宋国，就失去了这二国。现在晋国的附属国，只有卫、曹等寥寥三四个国家而已。齐、鲁两国在所有诸侯国中享有很高的威望，主公如果想要复兴盟主大业，倒不如亲近齐、鲁两国。

可以派遣使臣去这两国送礼，以联络国家之间的感情，等到他们与楚国之间发生矛盾的时候，我们就可以得偿所愿。"晋景公对此十分赞同，于是派遣上军元帅郤克出使鲁国和齐国，并带上了丰厚的礼物和财宝。

再说齐惠公因为辅助过鲁宣公继位的原因，鲁国自此小心谨慎地奉事于齐国，经常定期去甚至送礼。甚至齐顷公继位以后，鲁国还是遵循以前的规定，从来没有缺少过礼品。郤克在鲁国行完礼，正准备告辞前往齐国的时候，鲁国正好也到了去齐国朝拜的时候，于是派遣上卿季孙行父与郤克一同前往。刚到齐国的郊外，就碰见卫国的上卿孙良夫，还有曹国的大夫公子首，他们也都是来齐国朝拜的。四人不期而遇，见面后一说各自来齐国的目的，发现都是来和齐国通好的，也算是"志同道合"了。四位大夫在客馆住下，准备第二天一同朝见，将各自主君的意思带到。献礼完毕，齐顷公看见四位大夫的样貌，不由得暗自称奇，说道："各位大夫请暂且回到公馆，容我设宴款待各位。"四位大夫便退出朝门。

齐顷公回到后宫后，在看到自己的母亲萧太夫人时还在笑。太夫人是萧国国君的女儿，嫁给了齐惠公，自从齐惠公死了以后，萧夫人日夜流泪。齐顷公对母亲十分孝顺，每件事都希望母亲能够开心，因此遇到什么可笑之事一定会讲给萧太夫人听，以博她一笑。这天齐顷公只顾笑，却一直不说原因，萧太夫人问道："外面发生了什么有趣的事情，你竟然笑成了这样？"齐顷公回答说："外面并没有什么趣事，但是有一件怪事！今天晋、鲁、卫、曹四国都派了大夫来下聘礼。晋国的大夫是一个瞎子，只有一只眼睛能看见人；鲁国的大夫是一个秃子，头上没有一根头发；卫国的大夫孙良夫，是一个瘸子，两只脚高低不同；曹国的公子首是一个驼子，两只眼睛看着地面。我想五官、四肢不健全的人有很多，但是四位大夫各得一种病，又同时来到这里，朝堂上就像是聚集着一帮鬼怪一样，难道不好笑吗？"萧太夫人不相信，说："我想看一看可以吗？"齐顷公说道："使臣来访，公宴以后，按照惯例还有私宴。等改天儿子让人在后园设宴，到时候诸位大夫赴宴，一定会从崇台下面经过。那时母亲登上高台，掀开帷帐偷偷观看，又是什么难事呢？"

略过公宴的事情不说，只说私宴的事情。这天，萧太夫人早早便登上了高台。按照以前的惯例：使臣到后，不管是车马还是仆从都是主人找来的，目的是为了让客人能够得到休息。齐顷公主要是想博自己的母亲一笑，于是在国家里秘密挑选瞎了一只眼睛者、秃子、瘸子还有驼子各一人。郤克一只眼瞎，就让一只眼睛的车夫为他驾车；孙行父是秃子，就让秃子为他驾车；孙良夫是瘸子，就让瘸子为他驾车；公子首是驼子，就用驼子给他驾车。齐国上卿国佐进谏说："外交是国家的大事。宾客和主人都要恭敬才符合礼节的要求，切不可当作儿戏。"齐顷公不听。从车上下来的两瞎、两秃、两跛、两驼从高台下经过，萧太夫人打开帷帐观望，不自觉大笑，左右的侍女也都掩嘴大笑，笑声传到了外面。

郤克刚看到驾车的车夫只有一只眼睛时，以为是偶然，并没有感到奇怪。等听到高台上女子的笑声时，心中十分疑惑。只是匆忙喝了几杯酒，便起身回到了客馆，派人去问高台上的人是谁，后来得知是齐国的国母萧太夫人。

没过多久，鲁、卫、曹三国的使臣都来郤克这里抱怨说："齐国为什么故意要用马夫来戏弄我们，供妇人取笑，这是什么道理？"郤克说："我们好心来和齐国交好，反倒被他们侮辱，此仇不报非君子！"其他三国使臣齐声说道："大夫若是兴师讨伐齐国，等我们回去奏明主公，定当倾力相助。"郤克说："各位大夫如果同心协力，便歃血为盟。等到讨伐齐国的时候，如果有不尽力共事的人，就让神明惩罚他！"四位大夫聚在一起，从晚上一直商议到天明，随后也没有向齐国的国君辞行，直接坐上车，快马加鞭各自回国了。齐国的上卿国佐知道后，感叹道："齐国的祸患从此开始了啊！"后世有人作诗道：

主宾相见敬为先，残疾何当配执鞭？
台上笑声犹未寂，四郊已报起烽烟。

当时鲁国上卿东门仲遂、叔孙得臣都已经去世，季孙行父被封为正卿执政当权。自从去齐国下聘礼被取笑，回国后就发誓一定要报仇。听说郤克建议晋景公攻打齐国，因为太傅士会的反对，晋侯没有准许，季孙行父心中十分烦躁，于是在向鲁宣公上奏之后，便让人去楚国借兵。但是当时楚庄王在旅途中病逝，十岁的世子熊申继位，也就是楚共王。史臣写诗称赞楚庄王道：

于赫庄王，干父之蛊；始不飞鸣，终能张楚。樊姬内助，孙叔外辅。戮舒播义，蚓晋觏武；窥周围宋，威声如虎。蠢尔荆蛮，桓文为伍！

楚共王以国中有丧事为理由，拒绝出兵。正当季孙行父烦躁苦闷的时候，有人从晋国来报："郤克日夜向晋侯诉说讨伐齐国的好处，不讨伐齐国难以实现盟主的志向，晋侯已经被迷惑了。士会知道郤克的主意不会改变，于是告老还乡让出权利。现在郤克为军中主帅，主要管理晋国的事情，用不了多久便会讨伐齐国。"季孙行父十分高兴，于是派遣东门仲遂的儿子公孙归父去晋国通好，一方面是答谢当初郤克来鲁国通好，一方面是想把讨伐齐国的时间定下来。鲁宣公是因为东门仲遂才当上的鲁国君主，所以十分宠爱归父，明显有别于其他的大臣。当时鲁国孟孙、叔孙、季孙三家子孙旺盛，鲁宣公每天都因此而担忧，认为自己的子孙以后一定会被这三家所欺负，于是在公孙归父出发前，握着他的手秘密地嘱托道："孟孙、叔孙、季孙三家日益兴盛，公族却日益衰弱。你这次出行，找个机会跟晋侯秘密地说一下这些事情，告诉他，倘若能借助他的力量为公族驱逐其他三家，我愿意每年进献财宝布匹，来报答晋国的恩德，永无二心。你小心行事，切不可泄露此事！"公孙归父接受这个命令，备好了丰厚的礼物来到晋国。他听说屠岸贾再次因为谗言献媚被晋景公宠幸，官至司寇，就买通了屠岸贾，将鲁宣公想要驱逐其他三家的意思告诉了他。屠岸贾得罪了赵氏，一心想要结交栾、郤两家，之间往来十分密切，于是将公孙归父的话告诉了栾书。栾书说："元帅刚跟季孙行父同仇敌忾，恐怕这件事未必会得到他的同意。我先去试探一下。"栾书找机会将这件事告诉了郤克，郤克说道："这个人想要霍乱鲁国，不能听他的。"于是写了一封密信，派人日夜兼程来到鲁国，将这件事告诉了季孙行父。季孙行父勃然大怒，说道："当年公子恶跟公子视被杀害，都是东门仲遂主谋的，为了国家的安宁，我将这件事忍了下来，还保护了他。现在他的儿子又要学着东门仲遂那么做，我们岂不是养虎为患吗？"于是季孙行父把郤克的密信当面拿给叔孙侨如看，叔孙侨如看完说道："主公已经一个月没有上朝了，说是有病在身，看来应该是借口。我们一起去探病，在主公的床榻前请罪，看他会怎么做。"于是二人让人邀请仲孙蔑一起去，仲孙蔑拒绝说："君臣之间没有对质是非的道理，我不敢去。"他两个没有办法，就拉着司寇臧孙许一同前往。三个人一起来到宫门口，听说鲁宣公病危，没有办法觐见，只好表示问候后就回去了。

第二天，鲁宣公逝世。当时是周定王十六年，季孙行父等拥世子黑肱继位，也就是历史上的鲁成公。成公当时年纪尚小，只有十三岁，国家一切事情都是季氏做主。季孙行父将所有的大夫都召集到朝堂之上，商议说："君主年幼国家羸弱，一定要明确律法。当初为了向齐国献媚，杀嫡立幼，失去了跟晋国的友好关系，这都是东门仲遂的所作所为。东门仲遂有误导国家的大罪，应该追究其罪过并加以惩治。"诸位大夫纷纷唯命是从。于是季孙行父让司寇臧孙许驱逐东门氏一族。公孙归父从晋国返回鲁国，还没有到鲁国境内，就得知鲁宣公已死，季孙行父处治了父亲的罪过，于是逃亡齐国，他的族人也都全部跟随。后来儒家谈论东门仲遂弑杀君主，支持鲁宣公继位，自己死了没多久，子孙便被驱赶，作恶的人又能得到什么好处吗？隐士徐霖写诗感慨道：

援宣富贵望千秋，谁料三桓作寇仇？
楂折东门乔木萎，独馀青简恶名留。

鲁成公继位的第二年，齐顷公听说鲁国与晋国一起合谋讨伐齐国，一边派遣使臣结交楚国，一边整顿车马，先行讨伐鲁国。齐国的军队从平阴进军，一直打到了鲁国的龙邑[今山东省泰安市东南]。齐侯宠爱的卢蒲就魁贸然进攻，被北门的将领擒获。齐顷公让人登上楼车，对城上的人大喊："把卢浦将军还给我，我就退军。"龙邑人不相信，反而杀了卢蒲就魁，并在城楼上将其分尸。齐顷公大怒，让三军将领从四面围攻，整整三天没有停歇。城被攻破后，齐顷公将城北一角的所有人，不管是士兵还是城民，全部杀死，来发泄卢蒲就魁死去的愤恨。正想要深入敌方，前方的哨兵打探到卫国大将孙良夫带兵杀向齐国的边境。齐顷公说道："卫国人看到我国内部兵力空虚，来侵犯我国边境，我们应当回师迎击他们。"于是留下一部分士兵看守龙邑，带领军队朝南方出发。刚行军到新筑界口，恰巧卫国将军石稷率领的前锋部队也到了这里，两方各自安营筑垒。石稷到中军部队对孙良夫说："我军受命入侵齐国，是要趁虚而入，如今齐军回来了，齐国的君主也亲自领兵，我们不能轻举妄动。不如退兵，给他们让出回去的路，以后跟晋国、鲁国一起讨伐齐国，才是万全之策。"孙良夫说道："原本就是为了报齐君取笑之仇，现在敌人就在眼前，为什么要避开？"于是他不听石稷的谏言，当天夜里便率领中军去偷袭齐军的营寨。齐人也考虑到了卫军会来突袭，早就做好了准备。孙良夫杀入营中，却发现营帐中空无一人，正想要回去，突然左边有国佐、右边有高固两位大将围了上来，齐顷公亲自率领大军打来，大喊道："瘸子！留下你的人头！"孙良夫拼死抵抗，也没有抵挡住任何一方的进攻。就在这危急时刻，卫国将领宁相、向禽带领两队人马前来救援，救出孙良夫后朝北逃去。齐侯命令国佐、高固两位大将在后面追赶，卫国大将石稷的士兵也赶到了，朝着孙良夫喊道："元帅只管往前走，我来断后。"孙良夫带着军队慌张地朝前走，还没有前进一里地，只见前面尘土飞扬，车马震天。孙良夫叹息道："齐军还有埋伏，看来我命不久矣啊！"车马渐渐靠近，一个将领在车中鞠躬说道："小将不知道将军作战，救援来迟，请将军恕罪！"孙良夫问道："你是什么人？"那名将领回答说："我是守新筑城的大夫仲叔于奚。我召集了这里所有的将领，有一百多辆战车，足可跟齐军一战，元帅不要担忧。"孙良夫这才放下心，对仲叔于奚道："石将军在后面，你可以助他一臂之力。"仲叔于奚于是就带领部队朝着厮杀的声音赶去。

再说齐国军队遇到石稷带着军队来断后，正想要交战，只见北面的大路上车马荡起的灰尘遮天蔽日，打探才知是仲叔于奚带着士兵赶到，齐顷公现在是在卫国的领地，害怕兵力不能及时接应，于时鸣金收兵，将粮草物资劫持一空全部带了回去。石稷与仲叔于奚没有追赶。后来卫国和晋国一起讨伐齐国成功返回以后，卫侯为了奖励仲叔于奚救孙良夫的功劳，想要赏赐给他封地，仲叔于奚拒绝道："我不愿意接受封地，如能得到'曲县''繁缨'的赏赐，让我可以在官僚和士大夫之中得到光耀，我就满足了。"按照《周礼》的记载：天子奏乐的时候，可以在四面都悬挂上编钟、磬等乐器，被称为"宫县"；诸侯奏乐时只能悬挂三面，南面必须空出来，叫作"曲县"，也叫"轩县"；大臣奏乐时只能将乐器悬挂在东西两边，被称为"判县"；士奏乐时只能悬挂一面，叫"特县"。"繁缨"是诸侯用来装饰马匹的。故"曲县"和"繁缨"都是诸侯所用的礼制。仲叔于奚自认为有功劳，请求赏赐这些，卫侯笑着允许了。孔子认为，乐器是区分地位的器具，不能胡乱进行赏赐，所以在编纂《春秋》时，认为卫侯的做法是不对的。当然这是后话了，这里不再赘述。

再说孙良夫整顿残军，进入新筑城。休息了几天以后，诸位将领向孙良夫请示什么时候回国，孙良夫说："我本来是想报复齐国，没想到反被打败，还有何脸面见君主？现在应当向晋国求援，只有活捉齐国君主，才能消解我心中的怒气！"于是他便留下石稷驻扎新筑，自己亲自前往晋国借兵。刚好遇到鲁国的司寇臧宣叔也在晋国请兵。两人先是和郤克通了气，然后一起拜见晋景公，如此内外一心相互附和，就不用担心晋景公不同意了。郤克考虑到齐国强大，请求晋景公派八百乘战车，晋景公也答应了。郤克为中军主帅，解张做他的驭手，郑丘缓做他的护卫；士燮为前军将军，栾书为下军将军，韩厥为军中司马。在周定王十八年夏天的六月，晋国军队从都城绛州出发，一路向东进军。臧孙许先回国报信，季孙行父跟叔孙侨如也都带着军队，一同到达新筑。孙良夫又跟曹国的公子首约定了会面的地点。各国军队在新筑聚齐后，车马队伍排列整齐依次前行，从前到后有三十多里地，战车车轮的滚动声不绝于耳。

齐顷公提前让人在鲁国打探消息，已经知道了司寇臧孙许请求晋国出兵的消息。齐顷公说："如果等到晋军进入我国境内，会惊扰百姓，应当带兵将他们阻挡在边境之外。"于是清点车马和兵力，挑选出来五百乘战车，行军三天三夜，长驱五百多里到达鞍地扎营筑寨。前方哨兵来报："晋军已经在靡笄山［今山东济南市的千佛山］下驻扎。"于是齐顷公就派遣使者到晋军大营约战，郤克答应在第二天交战。大将高固对齐顷公请求道："齐、晋两国从来没有交战过，不知道晋人勇敢还是懦弱，臣请求去一探究竟。"于是单独驾着一辆马车，来到晋军营中挑战，晋军一名不出名的将领出来应战，高固拿起一块大石头朝他投去，刚好打中他的头部，摔倒在车上，驾车的人惊慌逃走。高固纵身一跃就跳到马车上，踢下晋将尸体，手持缰绳飞驰回齐国的大营，在周围转了一圈，大喊道："我还有余力，谁想要可以来买！"晋军发现后去追赶，却已经来不及了。高固对齐顷公说："晋国军队虽然人多，但是敢于作战的人很少，不足为惧。"

第二天，齐顷公身穿盔甲亲临战阵，邴夏驾车，逢丑父护卫。两国军队各自在鞍地布阵。国佐带领右军阻挡鲁军，高固带领左军阻挡卫、曹两国，不过双方只相持而不交战，专门等待中军的消息。齐顷公仗着自己英勇，不把晋人放在眼里，他身穿华丽的盔甲，乘坐着金舆，让军中的将领全部拉开弓等待命令，说："看到我马

494

足所到之处，万箭齐发。"一声鼓响后，齐顷公驾车直接冲到晋军营中。齐军箭如飞蝗全部射出，晋兵死伤很多。解张的手肘处连中两箭，血都流到了车轮上，依然忍痛用力勉强拉着缰绳。郤克正准备击鼓进军，左胁也被射中，血流到了鞋子上，鼓声瞬间慢了下来。解张说道："令旗和鼓声是军队的耳目，三军都凭借这些来判断进退。只要受的伤还没有到死亡的地步，便不能不尽全力迎战。"郑丘缓说道："解张说得很对！生死由命吧！"于是郤克紧握鼓槌连续击打，解张策马冒着弓箭前行。郑丘缓左手拿着斗篷保护郤克，右手奋勇杀敌。郤克左右手一起击鼓，一时间鼓声震天。晋军觉得这场战斗已经得到胜利，争先恐后地往前追逐，气势如排山倒海般不可阻挡。齐军无法抵抗，大败逃走。韩厥见郤克伤势严重，说道："元帅暂且休息，我定当全力以赴追赶贼人！"说完，招来自己的部下驱车追赶，齐军全都四散逃走，齐顷公绕着华不注山〔又叫华山、金舆山，今山东济南市东北方向的一座山，下文所说的华泉就在这座山的下面〕逃走。韩厥远远望着金舆，奋力追赶。逢丑父对邴夏说："将军快突出重围去找救兵，我来替你驾车。"邴夏听罢下车去了。晋兵追来的越来越多，围了华不注山三圈。逢丑父对齐顷公说："现在形势紧急！主公快将你身上的锦绣铠甲脱下来给我，让我假扮成主公。主公可以穿上我的衣服，在旁边驾车，来误导晋军的耳目。倘若遇到什么不测，我愿意代替君主死去，君主便能脱身。"齐顷公按照他的话，换完衣服，即将到达华泉的时候，韩厥的马车已经追了上来，两辆车并驾齐驱。韩厥见逢丑父身穿锦绣盔甲，以为他就是齐侯，于是用手拉住他的马缰绳，行礼说道："我们的国君没有办法推脱鲁、卫两国的请求，让群臣来贵国问一下他们究竟在什么地方得罪了您。我是一个军人，愿意为您驾车，希望您能到我们晋国做客！"逢丑父谎称口渴不能回答，于是将瓢递给齐侯说："丑父去为我取些水来饮用。"齐侯下车装作去华泉取水，水端过来之后，逢丑父又嫌弃水浑浊，让齐侯去取更清澈的水。于是齐侯绕着华山往左边逃走，恰巧遇到齐国将领郑周父驾驶副车到达，说："邴夏已经身陷晋军营中！晋军声势浩大，只有此路晋兵稀少，主公赶紧上车！"于是将缰绳交给齐侯，齐侯坐上车逃走了。

韩厥先派人去晋军回报说："已经抓到齐侯了！"郤克十分高兴。等到韩厥将逢丑父献出，郤克见到说："这不是齐侯！"郤克曾经出使齐国，认识齐侯，韩厥却不认识，因此被他设计逃走。韩厥愤怒地问逢丑父说："你是谁？"逢丑父回答："我是车右将军逢丑父。你想要问我的君主，刚才去华泉取水的就是。"郤克也生气地问："军法规定'欺骗三军的人应该处死'，你冒充齐侯来欺骗我军，还想活命吗？"于是喝令左右将领："将逢丑父绑去斩了！"逢丑父大喊道："晋军听我一句话，从古至今也没有愿意代替君主承受祸患的人。逢丑父让君主免于祸难，如今却要被斩杀！"郤

克让人把他解开,说道:"逢丑父对君主忠心耿耿,我杀他不祥。"于是让后面的车将他载走。潜渊居士写诗称赞逢丑父说:

绕山戈甲密如林,绣甲君王险被擒。
千尺华泉源不竭,不如丑父计谋深。

后人将华不注山命名为金舆山,正是因为齐侯金舆在此处驻扎而得名。

齐顷公虽然已经逃回了本国的营中,但是记得逢丑父的救命之恩,又乘坐轻车进入晋军寻找逢丑父,出来进去来回三次。国佐、高固两位将军听说中军已经战败,担心齐侯有闪失,各自带领军队来救驾,见到齐侯从晋军中出来,大吃一惊,问道:"主公为何不保重自己的千乘之躯,而要亲自去探虎穴呢?"齐顷公说道:"逢丑父代替寡人身陷敌营生死未卜,寡人坐立难安,所以来营救他。"话还没有说完,哨兵来报:"晋军兵分五路杀来了!"国佐上奏道:"军中的士气已经挫了,主公不能在此久留,暂且先回到国中坚守城池,等待楚国的救兵到来就可以了。"齐侯听从他的话,于是带领大军回到了临淄城。郤克带领大军,以及鲁、卫、曹三国的军队长驱直入,所经过的关卡悉数烧毁,一直抵达齐国的国都,一心想要毁灭齐国。

第五十七回
娶夏姬巫臣逃晋 围下宫程婴匿孤

晋国军队追齐顷公追了四百五十里,一直追到了袁娄[临淄的西南方],然后安营扎寨准备攻城。齐顷公心慌意乱,召集诸位大臣商量计策。国佐进言道:"臣请求用纪侯之甗[yǎn,古代烹饪的器具,以青铜或陶制作而成]和玉磬来贿赂晋国,请求与晋国和平。至于鲁、卫两国,就把侵占他们的土地还给他们。"齐顷公说道:"若按照爱卿的话去做,寡人也已经仁至义尽。如果还是不行,那就只有继续战斗了!"国佐领命,带着纪甗、玉磬两件宝物,径直拜访晋军。先见到韩厥,表达了齐侯的意思。韩厥说:"鲁、卫两国被齐国侵略剥削多次,我国君主因为怜悯而拯救他们。我国君主跟齐国又有什么仇怨呢?"国佐回答说:"我愿意告诉我的君主返还鲁、卫两国被侵占的土地怎么样?"韩厥说道:"军中有主帅在,我不敢做决定。"韩厥带着国佐来见郤克,郤克对国佐大发雷霆,国佐的言行却十分恭敬。郤克说:"你的国家早晚都要灭亡,还想要巧舌如簧的行缓兵之计吗?你若是真心求和,只需要答应我两件事。"国佐问:"敢问何事?"郤克说:"第一件事,要萧太夫人来我晋国当作人质;第二件事,一定要将齐国境内所有田地中的垄沟全部改成东西走向,万一哪天齐国违背盟约,我们便杀了你们的人质、讨伐你们的国家,战车从西到东直接到达齐国。"国佐勃然大怒道:"元帅此言差矣!萧太夫人的身份不一般,是我国君主的母亲,齐国和晋国的地位相当,她也就相当于是晋君的母亲。哪有拿国母当作人质的道理?至于垄沟的方向,则是由地形自然形成的,如果听从晋军轻易的改动,那跟亡国又有何区别?元帅以此来为难,是不想议和了。"郤克说道:"我就是不跟你们议和,你们又能拿我怎么样呢?"国佐回答:"元帅不要欺人太甚!齐国虽然弱小,也有千乘战车;诸位大臣的私乘,也不下数百辆。今日不过偶然战败,并没有伤筋动骨。元帅若是不应允,我们会整合剩下的士兵,在城下跟元帅决一死战!第一战没有胜利,那就打第二次;第二次无法取胜,那就打第三次!要是这三场战斗晋国都胜利了,那整个齐国就都是晋国的了,又何必还需要将国母当作人质、改变垄沟的方向呢?告辞了!"国佐将纪甗、玉磬两件宝物往地上一放,又向上首作了一揖,然后昂首挺胸地出了晋营。

季孙行父和孙良父在帷幕后听了国佐的话,出来对郤克说道:"齐国对我们恨之入骨,必然会和我们拼死作战。兵无常胜,不如就按他说的办。"郤克说:"齐国的使者已经走了,怎么办?"季孙行父说:"把他追回来就行了。"于是用快马驾车,追到了十里之外,强行将国佐拉住,又返回了晋营。郤克带着季孙行父、孙良父跟国佐见面,说道:"我担心事情没有做好惹来鄙国国君的怪罪,所以不敢轻易许诺。现在鲁、卫两国的大夫一起来请求和齐国讲和,我不能违背他们的意愿,愿意答应你们的要求。"国佐说:"元帅既然已经同意我国的请和,愿意设立盟约来守信,那么齐国也愿意朝拜晋国,并且返还鲁、卫两国被侵占的领地。晋军应当退兵,不能再犯齐国秋毫。我们各自立下誓书。"郤克让人取来牲口的血来歃血为盟,订了盟约后便相互辞别。晋军随后释放了逢丑父,让他返回了齐国,齐顷公晋升逢丑父为上卿。晋、鲁、卫、曹四国的军队也都返回了自己的国家。宋儒在谈到这次结盟的时候,认为郤克恃胜而骄、出言不逊,惹怒了国佐,虽然也让齐国低头认输签订了和议,但是不足以让齐人信服。

晋国大军返回,汇报了战胜齐国的捷信,晋景公奖励鞌之战的功劳,郤克等人的封地都得到了增加。又设立了新的上中下三军:命韩厥为新中军元帅,赵括〔这里指的是赵盾的儿子赵括,不是战国时期"纸上谈兵"的赵括〕为副元帅;巩朔为新上军的元帅,韩穿为副元帅;荀骓为新下军的元帅,赵旃为副元帅,爵位都是卿。从此以后,晋国就有了六支常备军,复兴盟主大业。司寇屠岸贾见赵氏又兴盛起来,心中更加忌惮，日夜搜索赵氏的罪证，暗自向晋景公告状；又用厚礼结交栾书、郤克两家，作为自己的盟友。这件事情暂先放置一边不谈，在后面再做叙述。

齐顷公深感兵败的耻辱，凭吊死者、问候丧者，体恤民情、勤修政务，立志要报仇雪恨。晋国君臣害怕齐国侵犯讨伐，会再次失去盟主的地位，于是用"齐国恭顺值得嘉奖"的理由，将各国已经收回的原本被齐国侵占的土地又还给了齐国。从此以后，诸侯认为晋国言而无信，渐渐远离，这都是后话。

陈国夏姬嫁给连尹襄老后，不到一年的时间，襄老便去邲城出征了，于是夏姬就开始跟襄老的儿子黑要通奸。等到襄老战死沙场，黑要贪图夏姬的美色，竟然不去收尸，国人议论纷纷。夏姬感到很羞愧，想要借着收尸的名义回到郑国。申公屈巫于是贿赂了夏姬的左右侍从，给夏姬传话说："申公对你十分仰慕，如果夫人早上回到郑国，申公晚上就来迎娶"；又派人对郑襄公说："夏姬想要回到母国，为何不去把她迎接回来呢？"郑襄公果然派遣使臣来迎接夏姬。楚庄王问诸位大臣："郑国人来接夏姬是何意？"屈巫说道："夏姬想要收回襄老的尸首好好安葬，郑国人任由她这样做，以为可以得到襄老的尸首，所以来迎接夏姬回去。"楚庄王问："襄老的尸首在晋国，郑国如何得到？"屈巫回答说："荀罃是荀首最喜爱的儿子。荀罃被楚国囚禁，荀首十分想念儿子。现在荀首是新中军的副将，而且与郑国大夫皇戌私交深厚，荀首肯定会让郑国大夫皇戌做中间人与楚国求情，用公子谷臣跟襄老的尸首来交换荀罃。郑国因为邲城一战，害怕被晋国讨伐，也必定会借此机会对晋国讨好献媚，这是不用怀疑的事实。"话还没有说完，夏姬就入朝向楚庄王辞行，奏明了自己返回郑国的原因。她泪如雨下地说道："若是收不回尸首，妾发誓绝不返回楚国！"楚庄王觉得她可怜，便准许了。

夏姬刚出发，屈巫便给郑襄公写信，求娶夏姬为妻。襄公不知道楚庄王和公子婴宁都曾经想要迎娶夏姬，认为屈巫在楚国受到重用，想要跟他结为姻亲，于是接受了聘礼，楚国没有人知道这件事。屈巫又让人到晋国给荀首送信，让他带着公子谷臣跟襄老的尸体去楚国，来证实自己说的话是真实的。荀首给皇戌写信，请求他在中间说和。楚庄王想要回自己小儿子公子谷臣的尸首，于是放荀罃回到晋国，晋国也将两具尸体还给楚国。楚人对屈巫的话信以为真，不怀疑他有其他的原因。等到晋军讨伐齐国，齐顷公请求楚国援救，当时楚国正值国丧期间，没能及时发兵营救。后来听说齐国大败，国佐已经与晋国结盟，楚共王说："齐国之所以和晋国讲和，是因为楚国没有去营救的原因，而不是齐国的本意。寡人愿意为齐国讨伐卫、鲁两国，来为齐国一洗鞍之战的耻辱。谁愿意将寡人的意思传达给齐侯？"屈巫应声说道："微臣愿意前往！"楚共王说："爱卿此次出行经过郑国，顺便与郑国大军约定，在冬天的十月份在卫国境内聚齐，把这个日期告诉齐侯便可。"屈巫领命回到家中，扬言要去新封地收赋税，将自己的家眷和财物装了十几车，陆续出城；自己乘坐轻便的马车，连夜赶往郑国，将楚共王出征的命令告知郑国；随后便在馆舍与夏姬成亲，二人的欢乐一想便知！有诗证明：

  佳人原是老妖精，到处偷情旧有名。

  采战一双今作配，这回鏖战定输赢。

夏姬在枕边问屈巫："咱们结婚这件事可曾告知楚王吗？"屈巫将楚庄王还有公子婴齐想要迎娶夏姬的事情，全部讲了一遍，说："下官为了夫人，费了无数心机，今日可得鱼水之欢，此生的心愿已经满足！下官不敢再回楚国，等明天和夫人一起寻找其他的安身之处，白头偕老，岂不安稳？"夏姬说道："原来如此！夫君既然不准备回楚国，那出使齐国的命令怎么完成呢？"屈巫说道："我不去齐国了，如今可以与楚国抗衡的，只有晋国，我们可以去投奔晋国。"第二天早上，他写下了一封公文，交给随从，随从又寄给楚王，便和夏姬一起逃向晋国。

晋景公正因败给楚国而觉得羞耻，听到屈巫来了，喜出望外，高兴地说道："这是上天要将这个人赏赐给我！"当即便封他为大夫，并将邢地赏赐给他做封地。屈巫将自己的"屈"姓改为"巫"姓，名为"臣"，所以到今天还有人称呼他为申公巫臣。楚共王接到巫臣送来的公文，拆开来看，大致写道：

承蒙郑国国君的厚爱，将夏姬嫁给了我，臣没有出息，也不敢推辞。因为害怕大王怪罪，暂且在晋国居住。出使齐国的事情，还望大王派遣其他的大臣去吧。罪该万死！罪该万死！

楚共王看完书信勃然大怒，召来公子婴齐和公子侧，让他们看书信。公子侧说道："楚、晋两国是世仇，如今巫臣去了晋国，那他就是叛徒，不能不讨伐。"公子婴齐也说："黑要与继母通奸，也有罪，最好一块处置了。"楚共王听从他们的谏言，让公子婴齐领兵抄了巫臣的整个家族，让公子侧领兵擒住黑要将他斩杀。两族所有的家财，全部被二将所得。巫臣听说自己整个家族被屠戮，便写信给公子婴齐与公子侧：

你们向君主挑事进献谗言，害死了这么多无辜的人，我一定要让你们因此疲于奔命！

公子婴齐和公子侧两人将巫臣的书信秘密藏起来，没有让楚王知晓。巫臣为晋国出谋划策，和吴国交好，并将战车作战的战术教给了他们；将他的儿子狐庸留在吴国做行人〔古代官名，掌管国家宾客之礼籍，接待四方使者〕，负责晋、吴之间的书信来往。从此以后，吴国的势力日益强大，兵力也日渐强盛，将楚国东边的附属国全部都夺了过去，吴国的国君寿梦开始自称吴王。楚国的边境一直被他侵犯，几乎没有安宁的时候。巫臣死后，狐庸又恢复"屈"的姓氏，继续留在吴国为官，吴国封他为相国，并将国家政务交给他。

　　这年冬天十月份，楚王任命公子婴齐为大将，同郑国大军一起讨伐卫国，攻破了卫国的边郊，因为要转移兵力讨伐鲁国，便在杨桥驻兵。仲孙蔑请求去贿赂楚国建立和议，于是从卫国搜罗了国中技艺精湛的工匠，以及擅长织布、做针线的女子各一百名，献给楚军，请求与楚军建立盟约使他们退军。晋国也派遣使者邀请鲁侯一起讨伐郑国，鲁成公同意参与这次军事行动。

　　周定王二十年，郑襄公坚去世，世子费继位，即为郑悼公。因为郑国与许国争夺边界，许国向楚国告状，楚共王认为许国有理，就派人谴责郑国。郑悼公大怒，与楚国绝交，选择成为晋国的附庸。同年，郤克因为箭伤没有得到好的调理，失去左臂，于是告老还乡，不久便死去了。栾书代替他成为中军的主帅。第二年，楚国公子婴齐带领军队讨伐郑国，栾书带兵去救援郑国。

　　这时晋景公因为得到了齐国、郑国的顺服，十分懈怠傲慢，宠用屠岸贾，整日游玩打猎饮酒作乐，就如灵公在的时候一样。赵同、赵括和其兄长赵婴齐不和，于是用淫乱的罪名诬陷赵婴齐，逼迫他逃到了齐国，对此晋景公无法阻止。此时梁山[晋境内山名，今陕西韩城县境内]无故崩塌，堵塞了河流，三天无法疏通。晋景公让太史为此卜卦。屠岸贾向太史行贿，让他用"刑罚不合适"当作占卜的结果。晋景公说："寡人从来没有用过刑罚，为什么说不合适呢？"屠岸贾奏道："所谓刑罚不合适，过于宽容或者过于严厉都是不合适。赵盾在桃园杀死灵公，已经记录在史册上，这是没有办法赦免的大罪，成公非但没有杀了他，还把国家事务交给他，延续至今，这些逆臣的子孙已经遍布朝中，怎么可以以此来惩戒后人呢？而且臣听说赵朔、赵原、赵屏等人，自认为家族人多繁盛，准备密谋叛逆。赵婴齐想要进谏阻止他们，这才被驱逐。栾书、郤谷两家，因畏惧赵氏一族的势力，什么都不敢说不敢做。梁山崩塌，就是上天想要主公替灵公申冤，惩治赵氏一族的罪责。"晋景公当初在邲城作战时，就十分厌恶赵同、赵括的专横，于是被屠岸贾说的话所迷惑。晋景公又问韩厥，韩厥回答道："桃园的事情，跟赵盾有什么关系？况且赵氏从成季开始，每一代都为晋国立下过功勋。主公为什么要听信小人的话，而去怀疑功臣的后代呢？"晋景公的疑心依然没有被打消，于是又问栾书和郤锜。屠岸贾已经提前嘱托过两人，两人含糊其辞，不肯为赵氏辩解。于是晋景公便相信了屠岸贾的谗言，认为他说的都是事实，将赵盾的罪责刻录下来，对屠岸贾说："你小心处理，千万不要惊动国人！"

　　韩厥知道了屠岸贾的阴谋，连夜去下宫通知赵朔，让他提前逃走。赵朔说："我的父亲为了抵抗先王的诛杀，这才遭受了这样的恶名。如今屠岸贾奉主公命令，一定要将我杀死，我怎么敢逃走？但是我的妻子已经怀有身孕，这个月就要临盆，如果生的是女儿就不说了，如果上天保佑生的是男孩，还可以延续赵氏的血脉。这一点儿骨血，希望将军可以想办法保全，我虽死犹生。"韩厥哭着说："我受到赵盾的教诲，才有今天的地位，我与他情同父子。今日自愧力量单薄，无法斩断贼人的脑袋！你所交待的事情，我怎么能不尽力去做呢？但是贼人蓄谋已久，一旦出手，必定玉石俱焚，我就算有力气也没有用武之地啊。趁着现在贼人还没有动手，何不将公主偷偷地送回宫，来逃脱这场大难？等日后公子长大，定有报仇的那一天。"赵朔说："我一定按照你说的办！"两人洒泪离别。

赵朔私下与庄姬约定："如果生的是女儿，取名叫文；如果生的是男孩，取名叫武。文人没有什么用处，武能报仇。"又单独嘱托门客程婴保护。庄姬从后门上车，程婴护送她直接进入宫中，去投奔自己的母亲成夫人。夫妻分别的痛苦，自然是不用说。

等到天明，屠岸贾亲自带领士兵围住下宫，将晋景公所刻录的罪责悬挂在大门上，说道："我奉命讨伐逆贼。"于是将赵朔、赵同、赵括、赵婴几家的男女老幼，全部杀死。赵婴的儿子赵胜此时在邯郸，只有他一个人幸免于难，后来听说家里的变故后，也逃亡到了宋国。当时杀得尸体横布整个堂院，鲜血侵染了庭院的阶梯。清点人数后，发现少了庄姬。屠岸贾说："放过公主本来没关系，但是听说她怀胎将要生产，万一是个男孩，将来一定会有后患。"有人来报告说："半夜的时候，有马车入宫。"屠岸贾说："那一定就是庄姬。"于是立刻奏明晋侯，说："逆臣一族，都已经杀完，只有公主逃到了宫里。请求主公裁决！"晋景公说："我的姑姑是母后最疼爱的人，这件事就到此为止吧。"屠岸贾又说道："公主怀胎将产，万一生的是男孩，等到长大了一定会报仇，还会发生桃园那样的事情。主公不能不考虑到这些啊！"晋景公说："如果生的是男孩儿就除掉他。"于是屠岸贾派人日夜打听庄姬生产的消息。几天后，庄姬果然生下一个男孩，成夫人吩咐宫里的人谎称生的是女儿。屠岸贾不相信，想要让家中的乳娘入宫检验。庄姬慌了，与母亲成夫人商量后，谎称她所生的女儿已经夭折了。此时的晋景公整日荒淫作乐，将所有的国家大事都交给了屠岸贾，任由他为所欲为。屠岸贾依然怀疑庄姬生下的不是女儿，而且没有死掉，于是亲自率领女仆，将宫中搜遍。庄姬将孩子藏在裤子里，对上天祷告道："上天若是要灭绝赵氏一族，小儿就啼哭；若是赵氏一脉还可以延续，小儿就不要出声。"女仆将庄姬拉出来搜索她的宫殿，什么也没有找到，她的裤中也听不到小孩的哭声。屠岸贾虽然已经出宫，但心中还是十分怀疑。有人说："孩子已经被送到了宫外。"于是屠岸贾在宫门悬赏："如果有人告诉我小孩的确切消息，就奖赏千金；知情不报者，与窝藏反贼同罪，全家处死。"又吩咐看守宫门的人，所有出入宫门的人都要严加盘问。

赵盾有两个非常忠诚的门客，一个是公孙杵臼，一个是程婴。公孙杵臼听说下宫已经被屠岸贾围困住，便约程婴共同赴死。程婴说："屠岸贾假托君主命令，编造理由讨伐，我们与主人一起送死，对赵氏有什么好处呢？"公孙杵臼说："我也知道没有好处，但是主人对我们有恩，不敢苟且逃生！"程婴说："庄姬怀有身孕，若生的是男孩，我们共同侍奉；若不幸生的是女孩，我们再死也不晚。"在听说庄姬生了女儿后，公孙杵臼哭着说："上天果然要灭绝赵氏一族啊！"程婴说："这个说法并不可信，我亲自去查探一下。"于是程婴用重金贿赂宫里的人，和庄姬取得了联系，庄姬知道程婴忠心耿耿，就秘密地写了一个"武"字送了出去。程婴暗自喜悦地说："公主生的果然是男孩！"

屠岸贾在宫中遍寻找不到遗孤，程婴对公孙杵臼说："赵氏遗孤在宫中没有被搜查到，实在是上天庇佑！但是也只是一时瞒过去，等到以后这件事泄露出来，屠岸贾一定又会搜查。必须想办法将遗孤送出宫去，藏到远处，才能保证没有后顾之忧啊！"公孙杵臼沉默了半天，对程婴说道："抚养孤儿与死，两者哪个更难？"程婴说："死容易，抚养遗孤难。"公孙杵臼说："你去做难的，我选择容易的，如何？"程婴说："你有办法将孤儿送出去？"公孙杵臼说："我另外找一个男婴，谎称他就是赵氏的遗孤，然后我抱着这个男婴藏到首阳山里。接下来你就去告发，屠岸贾这个贼人得到假遗孤，真遗孤就可以保住了。"程婴说："找一个男婴容易，但是也必须把真孤儿偷出宫去，才能保住他的性命。"公孙杵臼说："在晋国的诸位将领中，韩厥是受到赵氏恩情最深的一位，可以将偷孤儿的事情托付给他。"程婴说："我刚添了一个儿子，跟赵氏遗孤出生的日期相近，可以用他代替。但是你有藏匿遗孤的罪责，必定被杀，你比我先死，我于心何忍啊？"不由泪流不止。公孙杵臼怒斥道："这是大事，也是好事，为什么要哭？"程婴便收泪离去。半夜，程婴将自己的儿子交到公孙杵臼的手上，便去见韩厥，先给他看了"武"字，接着便将公孙杵臼的计谋告诉了他。韩厥说："庄姬刚得了病，命我去求医。你若是能将屠岸贾这个贼人哄骗到首阳山，我自有办法将遗孤带出来。"

于是程婴在大庭广众下大声说道："屠司寇想要得到赵氏的遗孤，为什么要去宫中搜索呢？"屠岸贾的门客听见了，就问道："你知道赵氏的遗孤在哪里吗？"程婴回答说："如果给我一千金，我就告诉你。"门客就带着程婴去见屠岸贾，屠岸贾问他是谁，程婴回答："我姓程名婴，与公孙杵臼共同侍奉赵氏。公主生下婴儿以后，便派遣妇人抱出宫去，嘱托我们两个把他藏匿起来。我害怕以后事情败露，有人出来告发，告发的人获得千金的赏赐，而我的全家却要被杀死，所以才将这件事说出来。"屠岸贾问："遗孤现在在哪里？"程婴说："请屏蔽左右随从，我才敢说。"屠岸贾立即让左右随从退下回避，程婴告诉他："在首阳山的深处，快些去可以抓到，再晚些就要逃到秦国了。而且最好是大夫您亲自前去，其他人大多都与赵氏有旧情，不要轻易将这件事托付给其他人。"屠岸贾说："你且跟我一同前往，如果你说的是真的，必有重赏；如果是假的就是死罪。"程婴说："我刚从山中来到这里，十分饥饿，希望能赏赐我一顿饭。"屠岸贾给他酒食。程婴吃完后，又催促屠岸贾快些出发。

屠岸贾亲自率领三千家兵，让程婴在前面带路，直接前往首阳山。迂回了数里极其幽静偏僻的山路，看到溪水边有几间茅草房，柴门关闭。程婴指着说道："这就是公孙杵臼与遗孤的藏身之处。"程婴先去敲门，公孙杵臼出来迎接，看到有很多士兵，于是仓皇逃走。程婴呵斥道："你别逃了，司寇已经知道孤儿在这里，亲自来取，你快些将孤儿送出来吧。"还没有说完，甲士就将公孙杵臼绑来见屠岸贾。屠岸贾问："孤儿在哪里？"公孙杵臼抵赖说："赵氏的孤儿不在这里。"屠岸贾下令搜索，发现有一个密室，密室的门上还有一把十分坚固的锁。甲士将锁砸开后进入室内，室内十分昏暗，依稀可以听见竹床上有小孩子被惊吓的啼哭声。抱出去一看，是一个用锦绣包裹着的婴儿，十分像富贵人家的孩子。公孙杵臼一见，立刻想要将婴儿夺过去，但是被绑着没有办法动身，于是大骂道："程婴，你真是个小人！往日我约你一同赴死，你说公主有孕，如果死了，谁还能保护遗孤！现在公主将遗孤托付给你我二人，藏在这深山里，你与我一同谋划这件事，却又贪图千金的赏赐，私自告发。我死不足惜，该如何报答赵宣孟的恩情啊？"公孙杵臼一直"小人小人"的骂个不停。程婴满脸羞愧，对屠岸贾说："为何不杀了他？"屠岸贾下令："将公孙杵臼的头砍下来！"并亲自将孤儿狠狠地扔到了地上，一声啼哭后，婴儿被摔成了肉饼，真是悲哀！隐士徐霖作诗说道：

一线宫中赵氏危，宁将血胤代孤儿。

屠奸纵有弥天网，谁料公孙已售欺？

屠岸贾前往首阳山捉拿遗孤这个消息传遍了城中的每个角落，有为屠岸贾欢喜的，也有为赵家叹息的，宫门的盘问也逐渐松懈了。韩厥让自己的心腹门客假装成民间医生，入宫为庄姬看病，将程婴带来的"武"字黏贴在药囊上面。庄姬看到以后便明白了什么意思。诊完脉以后，门客讲了几句怀胎和生产后的套话，庄姬见左右侍奉的人都是自己的心腹，便将孤儿放进了药囊里面。孩子啼哭了起来，庄姬手扶药囊祈祷道："赵武！赵武！我赵氏一族百余人的冤情，全部寄托在你这一条血脉身上，出宫的时候，千万不要啼哭！"吩咐完以后，孤儿立马不再哭了，出宫的时候也没有人盘问。韩厥得到孤儿如获至宝，藏在密室内让奶娘养育，即使是家里人也都没有人知道。

屠岸贾回到府中，赏赐给程婴千金，程婴不愿意接受。屠岸贾问道："你原本是为了赏金来告发，现在为什么又拒绝呢？"程婴说："小人做赵家的门客已经很长时间了，如今为了自保杀了赵氏家人，已经是十分不义，怎么还敢拿这么多的赏金？倘若您念小人微薄的功劳，愿意用这些赏金来安葬赵氏一族的尸体，也算是表达了小人在赵家万分之一的情谊了。"屠岸贾高兴地说道："你真是一个讲信义的人！赵氏族人的尸体就任凭你处置吧，这些赏金就用作你安葬他们的资金！"于是程婴叩拜接受。随后程婴将赵家人的尸骨全部收起来，装到棺材里，分别安葬在赵盾的坟墓旁边。做完这些事情后，程婴又去拜谢屠岸贾，屠岸贾想要留下他，程婴哭着说道："小人一时贪生怕死，做出了这样不义之事，没有脸面再见晋人，从此以后要去远方谋生。"程婴告别了屠岸贾，就去见韩厥，韩厥将乳娘和遗孤交给了程婴。程婴带着遗孤离开后，将他当作是自己的儿子抚养，藏匿在了盂山。后人便给这座山起名叫藏山，正是因为藏着遗孤而得名。

第五十八回
说秦伯魏相迎医　报魏锜养叔献艺

　　三年后，晋景公在新田［今山西侯马市］游玩，看到这里水土肥沃，就将国都迁到这里，称之为新绛，以前的国都为故绛。百官前来朝贺，晋景公在内宫设宴款待群臣。过了申时，左右的随从想要点燃蜡烛。忽然一阵怪风吹入堂中，寒气逼人，在座者都不由得打颤。片刻，风吹过时，只有晋景公看见一个蓬头的大鬼，身长一丈有余，长发披地，从门外走了进来，挥舞着手臂大骂道："苍天啊！我的子孙有什么罪过，被你全部杀掉？我已经禀告上帝，来取你的性命！"说完，拿起铜锤来打晋景公。晋景公大喊："快来救我！"拔出佩剑想要斩鬼，却误劈到了自己的手指，群臣不知发生了何事，慌忙抢夺晋景公手中的剑。晋景公口吐鲜血，晕倒在地上不省人事。内侍急忙将晋景公扶入内寝，很久才醒过来。参加宴会的群臣不欢而散，晋景公此后一直卧病在床，无法起身。左右随从有人说道："桑门有个巫师，白天也能看见鬼，为何不把他召来看看呢？"

　　桑门的巫师奉晋景公的召见入宫，刚进内寝的门便说："有鬼！"晋景公一听，就问他："鬼是什么样的？"大巫回答说："蓬头披发，身长一丈有余，用手拍胸，满脸怒色。"晋景公说道："巫师所言与寡人看见的一样，大鬼说寡人冤杀了他的子孙，不知道这个鬼是谁?"大巫说道:"先世的有功之臣,谁的子孙被祸害的最惨便是谁了。"晋景公吃惊地说道:"难道是赵氏的祖先?"一旁的屠岸贾立刻启奏道:"巫师乃是赵盾的门客,故意借此来为赵氏一族申冤,君主千万不能听信。"晋景公沉默良久,问道:"做法事祈祷可以消除大鬼吗?"大巫回答:"鬼的怒气很重,祈祷也没什么用。"景公问:"那我还有多长时间的寿命?"大巫回答:"小人冒死直言不讳,恐怕主公吃不上今年的新麦了。"屠岸贾说道:"这个月小麦就熟了,主公虽然有病,但是精神旺盛,至于如此严重吗?如果主公吃到新麦,你就是死罪!"不等景公发话,屠岸贾就呵斥大巫让他出去了。大巫离开后,景公的病更加严重,晋国的医生前来医治,都诊断不出是什么病,不敢开药。

大夫魏锜之子魏相对众人说道:"我听说秦国有两个名医,一个叫高和、一个叫高缓,医术得到了扁鹊的真传,参透了生死之间的秘密,擅长治疗内外病症,现在是秦国的太医,只有他们才可以治得了主公的病,为何不前去请他们来呢?"众人说道:"秦国是我们的仇国,怎会愿意派遣良医来救我们的君主啊?"魏相又说:"抚恤祸患、分担忧愁,这是邻国的善事。我虽不才,愿用三寸之舌,去秦国寻得名医来晋。"众人说道:"如果你真的能做到,那么整个朝廷的大臣都会感念你的!"

魏相当天便整理装束,乘坐轻便的马车连夜赶往秦国。秦桓公问魏相的来意,魏相答道:"我国的国君不幸沾染了狂病,听说秦国有良医高和、高缓,有起死回生的医术,臣特地来请他们去救我们的国君。"秦桓公说:"晋国多行不义,多次打败我军,我国虽然有良医,怎么会去救你们的君主?"魏相郑重其事地说:"明公这话说的就不对了!秦、晋两国是邻居,从我们晋献公开始,就与你们秦穆公互为姻亲世代交好。因为你们的秦穆公接纳了惠公,这才有了韩原会战;后来又接纳文公,才又有了氾南背叛盟约。之所以没有善始善终,都是因为秦国的原因。文公去世以后,秦穆公过于听信孟明视,欺负我襄公年幼弱小,从崤山出师偷袭我国附属国,结果自己打了败仗。我们擒获了你们三个元帅,都释放了没有诛杀,然而你们很快就违背了誓言,夺取了我晋国的都城。晋灵公与秦康公时期,晋国每次讨伐崇国,你们便来讨伐晋国。等到晋景公向齐国问罪的时候,明公又派遣杜回出兵救齐。失败了不引以为戒,胜利了不知道停止,舍弃两国良好的关系反而成了仇敌,这些都是秦国做的。请明公自己好好想想:究竟是晋国侵犯秦国?还是秦国侵犯晋国?如今我们的国君有了病,想要邀请贵国的医生医治,我们的大臣们都认为秦国已经跟我们不再是友好盟国,肯定不会准许。臣说:'不是这样的。秦国国君虽然多次行为失当,怎么会没有悔改之心呢?'我这次出行,也是借用治病的缘由来修复先君之间的交好。如果明公不准许,那么各位大臣对秦国的猜测就是对的!邻国之间本来有互相帮助的情谊，您却废除了；医者有救人之心，却被明公背弃了。我个人觉得大王这样的做法不可取。"秦桓公听魏相言辞慷慨激昂，分析详细到位，不由得肃然起敬说："大夫用世间的正义来指责寡人，寡人不敢不听从您的教诲！"随后即刻命令太医高缓前往晋国。魏相谢恩后，便跟高缓一同出雍州，连夜朝新绛赶去。有诗为证：

婚媾于今作寇仇，幸灾乐祸是良谋。
若非魏相澜翻舌，安得名医到绛州？

此时晋景公病情十分危急，日夜盼望秦医却一直不到。这一日，景公忽然梦见有两个小人从自己的鼻子里跳出来，一个小人说："秦国的高缓是当世名医，若是等他到了，用药后我们必定会被伤到，该如何躲避呢？"另一个小人说："如果我们躲到肓的上面、膏的下面[古代医学认为心尖的脂肪为膏，心脏与隔膜之间的部位为肓；此部位难以触及，用此形容难治之病]，他又能拿我们怎么样？"不久景公突然大喊胸部疼痛，坐卧难安。又过了一会儿，魏相带着高缓到了，进宫诊完脉以后，高缓道："这病治不了了！"景公问："为什么？"高缓说道："这病在肓的上面、膏的下面，火灸攻不到，针砭到不了，用药也治不了啊。这是天命啊！"景公叹息地说道："你所说的话与我的梦契合，真是良医啊！"为他饯行后赏赐了很多礼物，便遣送高缓回秦国了。

当时有个小内侍叫江忠，因为服侍景公太辛苦，早上的时候不小心睡着了，梦见背着景公到了天上，醒来以后跟身边的人说了这个梦。此时屠岸贾正入宫问候晋景公的疾病，听到这个梦，就对景公恭贺道："天是阳明之意，生病的人是阴暗，飞到天上，离开阴暗奔向光明，主公的病一定会慢慢康复。"晋侯在这天也感觉心口处稍微舒服了一些，听到这些话十分高兴。忽然有人来报："甸人[古代官名，掌管公族死刑及田野之事]献来新麦。"景公想要尝一尝，于是命令厨师取了一半，淘洗干净做成粥。屠岸贾憎恨桑门大巫说赵氏一族为冤案，于是上奏道："以前巫师说主公不能品尝到今年的新麦，现在证明他的话不灵验，可以将他召入宫中质问。"景公听从了他的话，将桑门巫师召入宫中，让屠岸贾质问他："新麦就在这里，还担心吃不到吗？"巫师说："现在还不好说。"景公脸色大变。屠岸贾说："你竟然敢诅咒君主，其罪当斩！"即刻命令左右侍卫将他拉出去。巫师叹息道："我因精通小小的巫术，而招来杀身之祸，实在是悲哀！"左右侍从将巫师的脑袋献了上来，恰好饔人也将煮好的粥送上来，此时已经到了中午。景公刚想取来品尝，突然觉得肚胀想要拉泄，就呼唤江忠说："背着我去上厕所。"江忠在厕所刚把晋景公放下，晋景公感到一阵心痛，脚下站不稳掉进了茅坑。江忠顾不得污秽，赶紧跳下去将景公抱起来，但是晋景公已经气绝身亡，到底还是没有尝到新麦，冤杀了桑门巫师，这都是屠岸贾的过错啊！上卿栾书率领文武百官奉世子姬州蒲举行哀礼并继位，也就是历史上的晋厉公。

众人议论江忠曾梦见背着景公登天，后来背着景公去如厕，正是照应了这个梦，于是便用江忠为景公殉葬。当时若是江忠不把这个梦说出来，也不会有此祸患，所以说祸从口出，世人不得不慎重啊！因晋景公被厉鬼击死，晋国有很多人都在谈论赵氏被冤枉的事情，只因为栾、郤两家与屠岸贾关系十分密切，韩厥一个人孤掌难鸣，所以他并不敢为赵氏一族鸣冤。

当时宋共公派遣上卿华元去晋国吊丧，同时恭贺新君继位。华元趁机与栾书商议，想要让楚、晋两国重归于好，从此南北不再交战，也免得生灵涂炭。栾书说："楚国并不可信！"华元说："我与子重关系要好，可以胜任这件事。"于是栾书便让他的小儿子栾针跟华元一起前往楚国，先与公子婴齐见面。婴齐见栾针身材伟岸一表人才，问过华元后知道他是晋国中军元帅的儿子，想要试探他的才华，就问道："贵国的用兵之法是什么？"栾针回答："严整有序。"婴齐又问："还有什么特长？"栾针回答："从容不迫。"婴齐说道："敌人一片混乱而我严整有序，敌人忙忙碌碌而我从容不迫，能做到这一步有什么仗打不胜呢？这两点可以说是简而盖全了。"于是公子婴齐更加的敬重栾针，并将他引见给楚王，商议两国通好，各自坚守边境安顿百姓，承诺大动干戈者会遭到鬼神惩罚。两国定下了结盟的日期后，晋国的士燮与楚国的公子罢在宋国的西门外，共同歃血为盟。

当时楚国的司马是公子侧，他认为这样重要的事情竟然不与自己商量，分明是看不起自己，勃然大怒道："南北之间不通好已经很久了！子重想要独享两国通好的功劳，我一定要让他失败。"他打探到巫臣联合吴国国君寿梦，与晋、鲁、齐、宋、卫、郑各国大夫在钟离会面，就对楚王说："晋、吴两国通好，必定是有谋划楚国的隐情。宋国、郑国都成了晋国的附庸，楚国就没有附属国了。"楚共公说道："我也想讨伐郑国，可西门盟约怎么办？"公子侧说："宋、郑两国与楚国之间建立盟约不是一天两天了，但是这两个国家仍然不顾盟约去依附晋国。现在大家做事都是唯利是图，还管什么盟约？"于是楚共王命令公子侧带兵讨伐郑国，郑国又背弃晋国依附楚国。这是周简王十年的事情。

晋厉公十分生气，于是召集诸位大夫商议讨伐郑国。当时栾书虽然管理政务，但是"三郤"掌握权力。"三郤"分别为郤锜、郤犨、郤至。郤锜为上军元帅，郤犨为上军副将，郤至是新三军的副将军，郤犨的儿子郤毅以及弟弟郤乞都是大夫。伯宗为人正直，多次向晋厉公直言进谏："郤氏一族势力强大，应该将其中贤能愚笨的人分别对待，稍加抑制他们的权力，来保全功臣的后代。"晋厉公不听。三郤对伯宗恨之入骨，于是诬陷伯宗诽谤朝政。晋厉公信以为真，反而杀了伯宗。伯宗的儿子伯州犁逃往楚国，楚君封他为太宰，与他共同商议对付晋国。

晋厉公向来放纵奢侈，内外宠幸的人特别多：外有胥童、夷羊五、长鱼矫、匠丽氏等一群少年，都被封为大夫；在内宠幸美姬爱婢，整日沉迷于酒池肉林，喜欢阿谀奉承，厌恶直言进谏，不理政事，群臣日益离心。士燮发现朝政日益荒废，晋厉公无心讨伐郑国。郤至说："不讨伐郑国，如何控制各国诸侯？"栾书说："要是今天失去了郑国，鲁宋两国也将和我们离心离德，郤至说的很对。"楚国投降的将领苗贲皇也认为应该讨伐郑国，晋厉公听从了他的话，让荀罃独自留下守卫国都，亲自率领大将栾书、士燮、郤锜、荀偃、韩厥、郤至、魏锜、栾鍼等将领，出动战车六百乘，浩浩荡荡朝郑国杀去；另外又让郤犫前往鲁、卫等各诸侯国，要求他们也出兵助战。

郑成公听说晋军势力强大，就想要投降。大夫姚钩耳说："郑国领地狭小，位于两个大国之间，只能选择一个强国依附，怎么能朝楚暮晋，以至于年年经受战乱？"成公说："那该如何做？"姚钩耳说："依臣之见，最好的做法就是向楚国求救。楚军到达后，我们与楚军前后夹击大破晋军，这样可以保证数年的安宁。"于是郑成公派遣姚钩耳前往楚国求救。楚共公一直认为楚、晋两国有西门之盟，不想起兵营救，在询问令尹婴齐的意见时，婴齐回答说："楚国不讲信义，才使得晋军出兵，如今又因庇护郑国与晋国相争，劳民逞强，还未必得胜，不如选择等待。"公子侧进言："郑国人不愿意背弃楚国，所以来向我们求救。以前我们没有救援齐国，如今又不救援郑国，这种做法会让那些愿意依附我们的国家产生绝望的心理。臣虽然没有什么才能，愿意带领一旅士兵保护大王去和晋国作战，势必要再次献上晋楚邲之战中'掬指'〔指的是在'晋楚邲之战'中，晋大败而回，残军争先渡河，先乘者以刀断后攀者之指，以致'舟中之指可掬也'〕的功劳。"楚共王十分高兴，于是封司马公子侧为中军元帅，命令尹公子婴齐率领左军，右尹公子壬夫为右军将领，自己亲自统领两广兵力，北上救援郑国。楚军日行百里快如疾风，很快就被晋军的探马得知了这个消息并报告给了晋国的君臣。士燮偷偷地对栾书说道："我们的国君年幼，不知道国家的政事要谨慎处理，我们假装害怕楚军的势力而躲避，以此来告诫我们的国君，让他知道害怕，或许以后还可以稍微保持安宁。"栾书说："害怕敌人、逃避敌人的罪名，我不敢承担。"士燮退出去叹息道："这次战斗要是打败了才是大幸，万一战胜了楚国，外部虽然安宁了，但是必定会有内患，我十分担心会出现这种情况啊！"

当时楚兵已经过了鄢陵〔今河南省许昌市鄢陵县〕，晋军没有办法继续前进，于是停在了彭祖冈，两方各自安营扎寨。第二天是六月三十，是六月的最后一天，每个月的最后一天叫作"晦"，按照习惯晦日不能进行军事行动，所以晋国的军队也就没有做出战的准备。然而在三十这天的五更时分，天还没有全亮，晋国的君臣就听到营寨外面喊声大振，守营的士兵匆匆忙忙地来报告："楚军排好了阵势，朝我军逼来。"栾书大吃一惊说："对方既然已经压着我军布阵，我军便没有办法排列队伍，野外交战恐怕对我们不利，暂且先坚守营地，等制订好作战计划以后再去破敌。"晋国的各个大臣议论纷纷，有人说选出精锐部队突出重围，也有人说后退移兵。这时士燮时年十六岁的儿子范匄听到众人一直拿不出可行的计划，就突然进入中军禀告栾书说："元帅为什么要担心没有作战之地呢？这件事情很容易解决。"栾书说："你有什么办法？"范匄说："元帅先传令牢牢守住营门，然后让军士们把营内的灶火全部铲平，水井全部用木板盖住，这样一来用不了半个时辰，就有了足够用来布阵的场地，等我军摆好阵型后，再将营垒挖掘开当作是出战的通道，楚军能拿我们怎么样呢？"栾书说："井和灶是军中重要的事务，削平灶土填住水井，以后我们吃什么？"范匄说："先命令各军提前准备干粮与干净的水，足以支撑一两天，等布阵完毕，再将老弱挑选出来在营帐的后面另建新的井灶就可以了。"士燮本来就不想作战，如今看到自己的儿子献计，大骂道："战争的胜负关系到国家的命运，你一个小孩子懂什么，敢在这里乱出主意？"于是拿起长戈追着范匄打。帐中的众位将领赶紧抱住士燮，范匄这才逃了出去。栾书笑着说："这个孩子的智慧，远超过你啊！"于是按照范匄的计谋，让各营寨多准备一些干粮，然后削平灶土掩盖深井，排列军队，准备第二天交战。胡曾在咏史的诗里写道：

军中列阵本奇谋，士燮抽戈若寇仇。

岂是心机逊童子，老成忧国有深筹。

再说楚共王直接挨着晋军大营排列阵势，自认为出其不意，晋军必然被扰乱，但是晋军大营中却十分安静，没有任何动静，于是就问太宰伯州犁："晋兵坚守营垒没有动静，你是晋人，一定知道原因。"伯州犁说："请大王登上辚车观望一下。"楚王登车，让伯州犁站在自己的旁边。楚王问他："晋兵来回奔跑，或左或右是想要干什么？"伯州犁说："这是在召集军中的官吏。"楚王又说："现在又全部聚集在中军了。"伯州犁回答："这是聚集在一起商议作战计划。"楚王望了望又说："突然拉开帷幕是什么意思？"伯州犁说："对先君祈求祷告。"楚王又说："现在又撤掉帷幕了。"伯州犁回答："马上就要发布作战命令了。"楚王接着问道："军中为何喧哗，尘土飞扬？"伯州犁回答说："他们因为不能排列队伍，将要削平灶火填埋水井，当作作战的场地。"楚王望了望说："战车都套好了马，将领们也都上了马车。"伯州犁回答说："将要结阵了。"楚王望了望又问："上车的人为什么又下来了？"伯州犁回答说："将要作战了，所以向神明祷告。"楚王望了望又问："中军的兵力好像非常大，难道晋国的国君在中军吗？"伯州犁回答说："栾、范两族挟持晋厉公列阵，不能轻敌。"楚王了解了晋军的情况，于是告诫训谕军中将领，为明天的交战做准备。楚国投降的将领苗贲皇侍奉在晋侯的旁边，献计道："自从令尹孙叔敖死了以后，楚国军中变化无常。两广的精兵很长时间没有更换了，老弱不能作战的非常多，而且左右两军的元帅互相不和。这次一定可以击败楚国。"隐士徐霖作诗道：

楚用州犁本晋良，晋人用楚是贲皇。

人才难得须珍重，莫把谋臣借外邦。

当天，两军各自坚守营垒没有交战。楚国将领潘党在军营后面射箭，连续三箭射中红色靶心，众位将领纷纷赞美。刚好养繇基也来了，众位将领说："神箭手来了。"潘党生气地说："我的箭术哪里不如养叔？"养繇基说道："你能射中靶心不足为奇，我的箭术能百步穿杨！"众位将领问道："什么是百步穿杨？"养繇基说："曾经有人将杨树的一片叶子用颜色做记号，我在百步之外用箭射，正好射中这片叶子的中心，这就叫百步穿杨。"众位将领说道："这里也有杨树，可以试试能否射中？"养繇基说："有何不可。"众位将领高兴地说："今天可以看到养叔的神箭了！"于是取来墨汁涂在杨树枝的一片叶子上，让养繇基在百步之外将箭射出，却不见箭落下。众人上前查看，箭被杨树枝挂住，箭头正贯穿了那片叶子的中心。潘党说："一箭能射中也可能是偶然！依我所见，将三片叶子按顺序做记号，你能依次射中，才是高手。"养繇基说："恐怕不一定射中，可以试试。"潘党在杨树上三个高低不等的地方上分别标记了三片叶子，分别写上"一""二""三"三个数字。养繇基确认过以后，便退出百步之外，将三支箭也分别标记上"一""二""三"三个数字，按照顺序射出，依次射中，分毫不差。众人都拱手说道："养叔真的是神人啊！"潘党虽然暗自称奇，但终究免不了要显示自己的长处，于是对养繇基说："养叔的箭术的确非常巧妙！但是杀人还是要以力取胜。我射出的箭能穿透好几层坚硬的盔甲，也愿意为你们表演试试。"众位将领都说道："愿意观看。"潘党让随行穿盔甲的将领将身上的盔甲脱下来，叠了五层。众位将领说道："足够了。"潘党命令再增加两层，总共七层。众位将领问道："七层盔甲，差不多有一尺厚，怎么能射穿呢？"潘党让人把七层盔甲绑到靶子上，也走到了一百步之外，拉开黑雕弓捏着狼牙箭，左手像是托着泰山，右手如同抱着婴儿，瞄准之后用尽全力射出。只听"噗"的一声，就有人大喊道："中了！"众人只见箭射出去，却不见箭落下来，上前一看，就齐声喝彩道："好箭法！好箭法！"原来弓箭力道深厚，射出的箭穿透了七层的盔甲，如同钉子钉住物体一样，十分牢固，摇都摇不动。潘党面带喜色，让军士将盔甲连箭取下来，想要得到整个军营的夸奖。养繇基却说："别动！我也试一下，不知道会怎么样。"众位将领说："也要看看养叔的神力。"养繇基拿着弓箭，想要试试却又停了下来。众位将领问："养叔怎么不射了？"养繇基说："只是按照潘党将军的方法射箭，没什么好稀奇的，我有个以箭送箭的办法。"说完，他搭上箭"嗖"的一声射了出去，叫道："正好！"只见这支箭不上不下不左不右，刚好将刚才潘党的那一箭从底部送到了靶心外面，养繇基的这只箭依然穿在层层的盔甲孔内。众位将领看到全都咂舌称奇。潘党这才心服口服，感叹道："养叔妙手，我自叹不如啊！"据史书记载，楚王在荆山狩猎的时候，山上有一只通臂猿猴擅长接箭。楚兵将猿猴重重围住，楚王命令左右开弓，都被猿猴接住，于是召来了养繇基。猿猴一听到养繇基的名字，便开始啼哭。养繇基到了之后，一箭射中猿心，他春秋时期第一射手的称号果然名不虚传。后世有人作诗道：

落乌贯虱名无偶，百步穿杨更罕有。

穿札将军未足奇，强中更有强中手。

众位将领说："晋、楚两国相持不下，我君主正是用人之际，两位将军箭术如此精湛，应当奏明君主，美玉不能被藏在匣子里。"于是命令军士将被箭射穿的盔甲抬到楚王的面前，养繇基和潘党一同前往。众位将领将两人打赌射箭的经过详细地禀告了楚王，说："我国有这样的神箭手，何必发愁晋军的百万士兵？"楚王勃然大怒说："将领靠计谋取胜，怎么能以一箭侥幸呢？你们如此骄傲，改天必定会死于你们的技艺！"于是将养繇基的箭全部收了起来，不允许他再射箭。养繇基羞愧地退了下去。

第二天五更时分，两军各自鸣鼓进军。晋国上军元帅郤锜进攻楚国左军，与公子婴齐对战。下军元帅韩厥进攻楚国右军，与公子壬夫对战，栾书、士燮各自带领本部的车马，中军保护晋厉公与楚共王和公子侧对战。这边晋厉公是郤毅驾驶马车，栾针为车右将军，郤至等人带领新军与后面的队伍接应。那边楚共王出阵，上午本来该乘坐右广的车，但是右广的将领是养繇基，楚共王怪罪养繇基自恃箭术而讲大话，不用右广，反而乘坐了左广的车。彭名为他驾驶马车，屈荡为车右将军。郑成公带领本国的车马作为后面的接应部队。

晋厉公头戴冲天凤翅盔，身披蟠龙红锦战袍，腰间挂着宝剑，手上拿着方天大戟，乘坐着金叶包裹着的战车，右边有栾书左边是士燮，打开营门，朝楚军杀奔而来。谁知阵前竟有一个泥潭，因为黎明的时候天色昏暗，没有看仔细，郤毅驾车勇往直前，不料将晋侯的车轮陷进泥潭里面，马不能走动。楚共王的儿子熊茷正值年少，作战十分勇猛，领着前锋队，看到晋侯的车轮深陷泥潭，驱车飞快地赶了过来。栾针赶紧从马车上跳下来，站在泥潭里用尽平生的力气，双手将车轮抬起，车轮脱离了泥潭，马也就能走动了，一步一步地将晋厉公的战车从泥潭里拉了出来。那边熊茷眼看就要追上晋厉公，这边栾书的军队也赶了过来，大声呵斥道："小将不得无礼！"熊茷看见旗上写着"中军元帅"的字样，知道是晋军的大军到了，大吃一惊，赶紧返回，却被栾书追上活捉了。楚军见熊茷被活捉，就一起赶来营救他。可是士燮却带兵杀出，后队郤至也都赶到了，楚兵害怕陷入埋伏，于是收兵回营。晋军也不追赶，各自回到了自己的营寨。探马打探到楚国的左军非常慎重，晋国上军没有交战，下军战了二十回合，互相都有死伤。由于这一天的作战胜负未分，于是双方约定第二天再战。

栾书将熊茷献出来邀功，晋侯想要斩杀熊茷，苗贲皇进谏说："楚王知道他的儿子被擒拿，明天肯定会亲自出战，我们可以将熊茷囚禁在阵前来引诱楚王。"晋侯说："好。"这一夜双方都安心休息。

第二天，栾书下令开营求战，大将魏锜禀告栾书说："我昨天晚上梦见天上有一轮明月，于是拉箭去射，正中月心，射出了月中的一股金光，直泄而下。我慌忙退后，却脚下没站稳，掉进了营前的泥潭里，猛然惊醒。这是什么征兆啊？"栾书给他解释说："和周王室同姓的是太阳，其他的姓氏是月亮。你射中了月亮，一定是楚王。但是泥潭代表的是九泉、封土，所以掉进泥潭里面可不是好兆头，将军今天作战的时候一定要小心。"魏锜说道："只要能攻破楚军，即使是死了也没什么可遗憾的。"于是栾书准许魏锜打前阵，楚国派将领尹襄出战。战了几个回合，晋兵将囚车往阵前推来。楚共王看到自己的儿子熊茷被困在阵中，着急的心里冒烟，赶忙让彭名扬鞭前进，来抢囚车。魏锜看见了，撇开尹襄径直去追楚王，在弓上搭上一支箭"飕"的射出去，正射中楚王的左眼。潘党奋力作战，才保护着楚王的战车转了回去，楚王强忍着痛苦将箭拔出，眼珠也随着箭头一同被拔出。楚王将眼珠和箭头一起扔到了地上，有一个小卒捡起来献给楚王说："这是龙目，不能轻易丢弃。"楚王便收纳在箭袋里面。晋兵看到魏锜占了优势，一起杀了上去。公子侧带兵拼命抵抗敌人，才将楚共王救了出来。郤至也围住了郑成公，幸亏赶车的人将大旗藏在了箭袋里，郑成公才得以逃脱。

此时的楚共王十分愤怒，赶紧让神箭将军养繇基前来救驾。养繇基听到传唤，慌慌忙忙飞驰而来，然而身边一支箭都没有。于是楚王抽出两只箭对他说："射寡人的是身穿绿袍满面虬髯的人，将军为寡人将这个仇给报了。将军技艺高超，想来肯定不费吹灰之力。"养繇基领了箭，飞车赶入晋军的阵营，刚好遇见身穿绿袍满面虬髯的人，知道他就是魏锜，大骂道："你这个匹夫有什么本事，竟敢射伤我国的君主？"魏锜刚要回答，养繇基的箭已经射了过来，正好射中魏锜的脖子下方，魏锜倒在弓箭袋子上就死了。栾书带兵将他的尸体夺回来。养繇基将剩下的一支箭还给了楚共王，启奏道："仰仗大王的威严，臣已经将那个身穿绿袍满面虬髯的人射杀了！"楚共王十分高兴，亲自解下身上的锦袍赏赐给他，并赏赐了一百支狼牙箭。军中称养

512

繇基为"养一箭"，意思就是他射人根本用不着第二箭。有诗证明：

鞭马飞车虎下山，晋兵一见胆生寒。

万人丛里诛名将，一矢成功奏凯还。

晋军紧紧地追逐着楚军，养繇基持弓控箭站在阵前，凡是靠近的追兵全都被射杀，晋兵不敢再逼近。楚将婴齐、壬夫听说楚王中箭也都前来接应，混战一场后晋军才退兵。栾针看到令尹的旗号，知道是公子婴齐的军队，对晋侯请求道："臣以前曾奉旨出使楚国，楚国令尹子重问我晋国的用兵之法，我用'整'和'暇'两个字来回答。今天混战一场，没有让他见到'整'，各自退下也没有让他看到'暇'。臣愿意派人拿着酒去献给他，来实现昔日说过的话。"晋侯说："好。"于是栾针让随从拿着酒杯来到婴齐的军队中，说道："我们君主无人可用，让栾针将军拿着长矛做护卫，所以不能亲自犒劳从者，让我代替他献上一杯酒。"婴齐想起以前"整""暇"的言论，于是感叹道："小将军记性真是好啊！"于是接过酒杯，在使者面前一饮而尽，说道："明天我会在两军阵前向栾针将军当面道谢。"随从将婴齐的话带回来，栾针说道："楚王中箭，楚军还不肯退兵，怎么办？"苗贲皇说道："检阅车乘补充士兵，喂饱战马磨利兵刃，修整阵营巩固队列，等到天亮饱食一顿，与楚军决一死战，何必畏惧楚军？"这时郤犨、栾黡从鲁国、卫国请兵回来，说两国各自发兵前来相助，距这里只有二十里左右了。楚国的探子打探到了这个消息，就报告给了楚王。楚王吃惊地说道："晋兵已经非常多了，鲁、卫两国又来，现在如何是好？"立刻让左右随从召集中军元帅公子侧商议。

第五十九回

宠胥童晋国大乱　诛岸贾赵氏复兴

楚国的中军元帅公子侧平日里喜欢饮酒，每次饮酒都要喝一百觯［古代一种盛酒器皿，可作为度量器。一升为爵，二升为觯］以上，而且只要喝醉一天都不醒。楚共王知道他有这个毛病，每次打仗必定会告诫他不要喝酒。如今晋、楚两国相持不下，公子侧重任在肩，自然要滴酒不沾。现在楚王中箭回营，是又羞又怒，公子侧说道："两军现在都已经疲惫不堪，明天暂且歇息一天，容我好好想出一个对策，势必替主公一雪前耻。"

公子侧告辞回到中军，坐到深夜也没有想到对策。公子侧有一个宠爱的贴身仆人，名叫谷阳。谷阳见主人绞尽脑汁十分辛苦，便想到屋里还藏着三蒸三酿的美酒，就温了一瓯送了进来。公子侧闻到气味以后，惊讶地说道："这不是酒吗？"谷阳知道主人想喝，但是又畏惧左右随从传扬出去，于是谎称道："不是酒，是花椒汤。"公子侧领会到他的意思，一饮而尽，顿时感觉畅快淋漓，妙不可言！就问："还有花椒汤吗？"谷阳说："还有。"谷阳说罢，只顾倒满酒杯献上。公子侧很久没有饮酒，早就想喝了，嘴上直说："好花椒汤，你对我真好！"酒杯倒满便一饮而尽，也不知道喝了多少一直喝到大醉，倒在了坐席上。

楚王听说晋军下令等到鸡叫便出战，并且鲁、卫两国的援兵也到了，急忙派遣内侍去召公子侧前来，共同商议应敌的对策，谁知道公子侧昏昏沉沉，已经进入了梦乡，喊也喊不醒，扶也扶不起来。内侍闻到一阵酒臭，知道他喝醉了，于是回复楚王说公子侧又喝醉了。楚王一连派人去催促了十次，公子侧越是被催的急，睡的也越熟。仆人谷阳哭着说："我本来是心疼元帅才去送酒，谁曾想竟然害了他！楚王要是知道了，我连性命也保不住，不如逃走吧。"此时楚王见司马迟迟不来，没有办法，只得召公子婴齐来商议。公子婴齐与公子侧向来不合，于是启奏道："臣刚开始就知道晋兵声势浩大，我们不一定能取胜，所以一开始商议的时候就不想救郑国，此次前来都是司马的主意。现在司马贪杯误事，臣也没有办法。不如趁着夜晚偷偷班师回朝，可以避免打败仗的耻辱。"楚王说道："即便我们现在退兵，可是司马喝醉了，只能留在中军，要是他被晋国军队俘虏了，可就是国体受辱，这可不是小事。"于是楚王召来养繇基说："凭借你的神箭，可以护送司马回国。"随后楚王秘密发布命令，全部拔寨回国，郑成公亲自率兵护送出境，只留下养繇基断后。养繇基心想："等到司马酒醒不知道要到什么时候？"当即命令左右随从将公子侧扶起来，用皮带将他绑在马车上，下令追赶前面的部队。自己则亲自率领三百名弓箭手，慢慢地退兵。

黎明的时候，晋军打开营门向楚军挑战，一直逼近楚军的大营，才发现里面空无一人，这才知道楚军已经逃跑了。栾书想要追赶，士燮极力阻止。探子来报："郑国各地已经严兵坚守城池。"栾书觉得也没有办法攻破郑国，便高唱凯歌而回。鲁、卫两国的士兵也都纷纷撤兵回国。

再说养繇基一行人行驶了五十里以后，公子侧这才醒酒，觉得身子被绑紧，大喊："是谁把我绑起来的？"左右随从说："司马醉酒，养将军害怕你乘车不稳，才这样做的。"于是急忙将公子侧身上的皮带解开。这时公子侧尚且醉眼朦胧，问道："现在车马是往哪里走？"左右随从回答说："我们正在回国的路上。"公子侧又问："怎么现在就回去？"左右随从说："夜里楚王接连宣召司马进见，可是司马因为醉酒无法起来。楚王担心晋军来战没有人御敌，已经班师回朝了。"公子侧大哭道："我真是被谷阳这个小家伙害死了！"连忙呼唤谷阳，谷阳早就不知道逃到哪里去了。

楚共王行驶了二百里，不见有追兵，这才安心，又担心公子侧畏罪自杀，于是派遣使者传达命令："先前大夫子玉在城濮之战中失败，我先君因为不在军中，他才畏罪自杀。至于今天的作战，罪责在我，与司马没有关系。"公子婴齐害怕公子侧不死，另外派遣使臣对公子侧说："先朝大夫子玉失败，司马你也知道。纵使我们的国君不忍心诛杀你，你又有什么脸面再指挥楚军呢？"公子侧叹息道："令尹用大义来指责我，我怎么敢贪生怕死啊？"于是自杀而死。楚王得知后叹息不已。这件事发生在周简王十一年。隐士徐霖写诗说道：

眇目君王资老谋，英雄谁想困糟邱？

竖儿爱我翻成害，谩说能消万事愁。

话说两边。这边晋厉公战胜楚国回朝，自认为天下无敌，更加骄傲奢淫。士燮事先已经料到晋国必定内乱，郁郁寡欢，最后抑郁成疾，不肯医治，让太祝祈祷神灵，只求早点死去。没过多久士燮便去世，他的儿子范匄继承了他的职务。此时胥童巧言献媚，最受晋厉公的宠爱。晋厉公想要封胥童为上卿，无奈卿位没有空缺。胥童上奏道："如今三郤执掌兵权，家族势力强大，行为专横，将来肯定会做出一些大逆不道的事情，不如趁早除掉。如果除掉郤氏一族，就会有很多空缺的官职，到时候任凭主公选择自己宠爱的人任职，谁敢不听从？"晋厉公说："郤氏一族谋反的罪证还不明确，杀了他们恐怕群臣不服。"胥童又说道："鄢陵之战的时候，郤至已经围住了郑国国君，双方的战车靠在一起，私下说了很长时间的话，随后郤至便解开围困将郑国国君放走了。这之间郤至肯定做了私通楚国的事情，只需要询问楚公子熊茷，便会知道其中的真相。"晋厉公立即命令胥童去召熊茷进见。

胥童问熊茷："公子想回到楚国吗？"熊茷回答说："归心似箭，恨不得马上返回！"胥童说："你要是能答应我一件事，我就送你回去。"熊茷说："遵命！"于是胥童在他的耳边说道："你觐见晋侯的时候，要是他问起郤至的事情，你就如此这般回答……"熊茷答应之后，胥童就带着他去内朝见晋厉公。晋厉公让左右退下，问道："郤至是否跟楚国私下里有来往？你如果说实话，我就放你回楚国。"熊茷说："您答应不怪罪我，我才敢说。"晋厉公说："就是让你说实话，哪里会怪罪你呢？"熊茷说："郤氏与我国的令尹子重私交很好，经常互通书信，他说：'君侯不信任大臣，整日荒淫无度，百姓哀声怨道，不是我心目中的主公。晋襄公才是人心所向，晋襄公有个孙子叫姬周，现在就在京师洛阳里，要是有一天晋国和楚国打仗，万一晋国败了，我就拥立姬周为国君，从此拥护楚国为主。'这件事臣了解得很清楚，其他的就没有听过了。"晋襄公的庶生长子叫姬谈,在赵盾拥立灵公后,姬谈便躲避在单襄公的门下,后来姬谈生下一个儿子,因为是在周所生,所以起名为"周"。晋灵公被杀后,人们都很思念晋文公,所以拥立晋文公的儿子姬黑臀为国君,姬黑臀也就是晋成公;姬黑臀传位于姬欢,姬欢立姬州蒲[也就是晋厉公]为世子。到了现在姬州浦荒淫无度没有儿子,人心又思念襄公。所以胥童让熊茷故意引出姬周,以动摇晋厉公的心意。熊茷的话还没有说完,胥童便接着说:"怪不得之前在鄢陵之战时,郤犨与婴齐对战,却一箭未发,他们之间的交情可想而知了。郤至这么光明正大地放走郑国国君,还有什么疑问吗?主公若是不信,为何不派遣郤至前往周王室报捷,让人暗地里监视他,如果他们私下有阴谋,郤至必定会与姬周私下约会。"晋厉公说:"这个主意可行。"于是派遣郤至前往周王室报捷。胥童偷偷地让人对姬周说:"晋国的权力一半都在郤氏一族的手上,如今郤至前往王都报捷,为什么不见见他呢?等以后公孙重新回到故国,还能有个熟人。"姬周信以为真。郤至到达周王室,处理完公事以后,姬周便到公馆拜见郤至,免不了详细打听本国的事情,郤至也都一一告之,谈论了半天姬周才告辞。晋厉公让人打探回来,听说如此,对熊茷所说的话果然信以为真,于是便有了除掉郤氏一族的想法,但是并没有马上动手。

一天,晋厉公与妇人饮酒,着急寻找鹿肉烹饪,便让寺人孟张去集市买。集市里当时没有鹿肉,恰巧郤至从郊外回来时车上载着一只鹿,从集市中路过。孟张不由分说,将鹿夺来便走。郤至十分生气,用弓箭将孟张射死,重新拿回了鹿。晋厉公听说后勃然大怒道:"郤至欺人太甚!"于是召集胥童、夷羊五等一群侍臣共同商议,想要杀了郤至。胥童说:"杀了郤至,郤锜、郤犨肯定叛乱,不如一起除掉。"夷羊五说:"宫里和我们个人的甲士,加起来大约有八百人,奉君主的命令夜晚率领他们前往,乘其不备,可以取胜。"长鱼矫说:"三郤家中的甲士,是宫中的数倍,如果不能战胜,肯定会连累君主。如今郤至兼任司寇一职,郤犨又身兼士师,不如谎称打官司,找机会行刺于他,我们带兵接应便可。"晋厉公说:"此计甚妙!我让大力士清沸魋来助阵。"长鱼矫打探到三郤当天在讲武堂议事,便和清沸魋各自把鸡血涂在脸上,装扮成相互争斗厮杀的人,各自携带利刃,扭结着来到讲武堂诉说曲直。郤犨不知是计,就走下来询问他们打架的原因。清沸魋找机会靠近郤犨,抽出利刃刺中他的腰部,郤犨扑倒在地。郤锜急忙拔出佩刀去砍清沸魋,却被长鱼矫拦住,两个人在堂下打斗起来。郤至抓住机会坐上车逃跑了。清沸魋又砍了郤犨一刀,眼看着活不了了,便去攻击郤锜。郤锜虽然是武将,奈何清沸魋力大无穷,而且长鱼矫年少身手灵活,一个人怎么打得过他们两个人,也被清沸魋刺倒在地。长鱼矫看到郤至逃跑,喊道:"不好!我去追他。"也许是上天想让三郤在同一天丧命,郤至正在逃跑的时候,碰到胥童、夷羊五带着八百名甲士来到，口中一起大喊："晋侯有旨，捉拿反贼郤氏，不能将他放走！"郤至发现不对劲，调转马车，迎面又遇上长鱼矫。长鱼矫一跃上车，郤至此时已经心慌意乱，措手不及被长鱼矫砍中，斩了首。清沸魋将郤锜、郤犨的脑袋也都砍了下来，众人带着三颗血淋淋的头进入朝门。有诗证明：

无道君昏臣不良，纷纷婴体擅朝堂。
一朝过听谗人语，演武堂前起战场。

上军副将军荀偃听说本军的元帅在演武堂被刺杀，但是不知道是什么人做的，就立即驾车入宫，想要奏明晋厉公让他讨伐贼人。中军元帅栾书也不约而同来到了朝门，正好遇到胥童等人带兵前来。两人不由勃然大怒，呵斥道："我说是谁祸乱，原来是你这等鼠辈小人！禁地威严，谁敢过来？还不赶紧散开！"胥童也不作答，立即对众人说道："栾书、荀偃，与三郤共同谋反，甲士与我一起将其拿下，重重有赏！"甲士奋勇向前，将栾书、荀偃团团围住，直接拥到了朝堂之上。晋厉公听说长鱼矫几人回来了，立即来到御殿，看到甲士聚集在这里，不由大吃一惊，问胥童："罪人已经被杀，众军为何还不散走？"胥童说道："捉拿到叛党栾书、荀偃，请主公裁决！"晋厉公说道："这件事与栾书、荀偃无关！"长鱼矫跪到晋侯的面前，小声说道："栾氏和郤氏是一损俱损一荣俱荣的关系，荀偃又是郤锜的老部下，如今三郤被诛杀，栾书、荀偃必定心中不安，用不了多久就会为郤氏报仇，主公今天不杀了他们，朝中不会太平。"晋厉公说："一天就杀了三位上卿，再波及其他家族，寡人实在是于心不忍啊！"于是饶恕栾书、荀偃无罪，并且官复原职。栾书、荀偃谢恩回家。长鱼矫叹息道："君主不忍心杀了两人，两人则忍心杀君主啊！"立即逃到西戎去了。

晋厉公重重赏赐甲士，将三郤的尸首摆在朝门前示众，三天以后才允许其下葬；郤氏族中在朝为官的人，虽然免去了死罪，却全部被罢官回乡。任命胥童为上军的元帅，代替郤锜的位置；任命夷羊五为新军的元帅，代替郤犨的位置；任命清沸魋为新军的副将，代替郤至的职位。楚公子熊茷被释放回国。胥童位居诸位上卿之列，栾书、荀偃因为有这样的同僚而感到羞愧，经常称病不上朝。胥童仗着有晋侯的宠爱，也并不在意周围同僚那些异样的眼光。

一天，晋厉公与胥童一起在宠臣匠丽氏的家里游玩。匠丽氏的家在太阴山的南面，离绛城二十多里，晋厉公在那里住了三个晚上都没有回朝。荀偃私下里对栾书说："我们的国君是一个昏庸无道的人，这个你是知道的。我们称病不上朝，眼下虽然可以苟且偷安，到了他日胥童对我们起了疑心，又用莫须有的罪名诬陷我们，恐怕三郤的祸患我们也无法幸免，这些不能不早做考虑啊。"栾书说："那该怎么做？"荀偃说道："大臣应该遵循的原则，是以江山社稷为重，君主为轻。现在百万兵力都在你的掌握之中,如果发生一些无法意料的变故,另立贤君,谁敢不听从呢?"栾书说:"事情一定能成功吗?"荀偃说:"龙要是在深渊之中,潜水的人不敢窥探;等到它离开了深渊到了陆地,小孩子都可以制服它。晋侯在匠丽氏家中游玩,三天都没有返回,就像是离开了深渊的龙,还有什么可担心的呢?"栾书叹息道:"我家世代忠于晋家,现在关乎社稷存亡,这也是不得已的办法啊。即使后世说我弑君谋逆,我也义无反顾。"于是二人计划谎称病情已经痊愈,想要见晋侯议事。提前让下级将领程滑带领三百名甲士,埋伏在太阴山的左右。两人来到匠丽氏家拜见晋厉公,启奏道:"主公放下政务出来游玩,已经三天没有回去了,满朝文武和百姓都十分的失望,臣特地来迎接主公回朝。"晋厉公勉强不过,只得起驾回朝。胥童在前面带路,栾书、荀偃跟在后面,走到太阴山的时候,一声炮响,埋伏的甲士全部冲了出来。程滑先将胥童砍死,晋厉公大吃一惊,从马车上跌落下来。栾书、荀偃命令甲士将晋厉公擒住。将领们驻扎在太阴山,将晋厉公囚禁于军中。栾书说:"范、韩两族的人将来恐怕有异言,我们应该假传君命将他们召来。"荀偃说:"好!"于是派遣两辆便车,分别传召范匄、韩厥两位将军。使者来到范匄家里,范匄问:"主公召见我什么事?"使者回答不了。范匄说:"这件事情可疑。"于是派遣心腹打听韩厥是否前往。韩厥已经称病推辞。范匄说:"智者所见略同。"栾书见范匄、韩厥都不来,问荀偃:"这件事该怎么办?"荀偃说:"现在已经骑虎难下,你还能撒手不干吗?"栾书点头会意。当天晚上,命令程滑献给晋厉公一杯毒酒,晋厉公喝完便死了,即刻在军中下葬,埋在翼城东门的外面。范匄、韩厥突然听到主上去世,一同出城奔丧,也不问主上死去的原因。

处理完丧事,栾书集合诸侯大夫共同商议再立新君。荀偃说:"三郤之死,胥童诽谤称其想要拥立姬周,这也是预兆啊。灵公死于桃园,而襄公绝后,天意如此,应该去迎他。"诸位大臣听到都十分高兴。于是栾书派遣荀罃去京师,迎接姬周为新君。姬周当时十四岁,十分聪明,志向谋略出众。见到荀罃来迎接他,询问过详细情况后,当天便辞别了单襄公,与荀罃一起回到了晋国。走到清原的时候,栾书、荀偃、范匄、韩厥等一众卿大夫,全部聚集在这里迎接。姬周说:"我客居他乡,本来都不指望能够还乡,哪里还奢求当君主?但是君主最重要的权力,就是自己可以发号释令。如果你们都是名义上侍奉我,而不遵守我的命令,那还不如不当君主;你们如果肯听从我的命令,我今天就可继位;如果不行,你们还是拥立其他人吧。我不能空有一个君主的名号坐在上面当摆设,做第二个姬州蒲。"栾书等全都战栗着再次叩拜说:"我们愿意奉贤君之命行事,不敢不从命!"事后,栾书对诸位大臣说:"新君不是旧君可以相比的,我们应当小心侍奉。"

姬周进了绛城,去太庙祭拜了祖先,继任晋侯之位,他就是历史上的晋悼公。

继位的第二天，晋悼公便当面痛斥了夷羊五、清沸魋等阿谀奉承君主之罪行，命左右将他们推出朝门斩首，他们的族人也都全部驱逐出境。又将晋厉公的死因归罪于程滑，将程滑在集市上处以极刑。晋悼公的霹雳手段使栾书夜不能寐，第二天就告老还乡，推荐韩厥代替自己的职位。没过多久，栾书受惊吓成病而死。晋悼公素来听说韩厥的贤能，封他为中军元帅，代替栾书的职位。

韩厥以谢恩为名，私下对晋悼公说："我等都依靠先祖的功劳，才得以成为主公的臣子。但是我们这些人的先祖所立的功劳，都没有比赵氏更大的。赵衰辅助晋文公、赵盾辅佐晋襄公，全都尽心竭力忠贞不二。不幸的是灵公失政，宠信奸臣屠岸贾，试图诛杀赵盾，赵盾逃走才免得一死；灵公遭遇兵变在桃园被杀，景公继位后又继续宠幸屠岸贾，屠岸贾欺负赵盾已死，谎称赵氏一族谋逆，追究赵盾之前的罪责，将赵氏一族全部杀绝，无论大臣还是百姓都对此事恨恨不已，至今无法平息。上天保佑，赵氏一族的遗孤赵武尚在。主公今天赏功罚罪，整改晋国政务，既然已经惩治了夷羊五等人的罪责，为什么不追溯赏赐赵氏的功劳呢？"晋悼公说："这件事我也听先人说过，现在赵氏孤儿在哪里？"韩厥回答说："当时屠岸贾急迫地寻找赵氏的遗孤，程婴将赵武藏在了盂山，如今已经十五年了。"晋悼公说："爱卿可以为寡人召来。"韩厥启奏道："屠岸贾现在尚在朝中，主公必须小心行事。"晋悼公说道："寡人知道了。"韩厥离开宫门以后，亲自驾车去盂山迎接赵武。程婴驾驶马车，想起当初从故绛城逃出来，如今回朝的时候已经是新绛城，转眼间晋国已经换了都城，心中不免感慨万分。

韩厥带领赵武进入内宫，觐见晋悼公后，晋悼公将赵武藏匿在宫中，对外谎称自己有病。第二天，韩厥率领文武百官入宫问安，屠岸贾也在。晋悼公说："你们知道我为什么生病吗？只因为功德簿上有一件事情还不明了，因此我心中不快。"诸侯跪拜问道："不知道功劳簿上哪一件事不明了？"晋悼公说："赵衰、赵盾两代人都是国家的有功之臣，怎么忍心他们绝后啊？"众人齐声回答："赵氏灭族，已经是十五年前的事情了，现在主公追念其功劳，也没有后人可以任用啊。"晋悼公召唤出赵武，拜见诸位将领。诸位将领说："这位小郎君是何人？"韩厥说："这就是赵氏遗孤赵武，以前所杀的赵氏遗孤是门客程婴的儿子。"此时的屠岸贾魂不守舍，就像是喝醉了一样，跪拜伏地一言不发。晋悼公说："这件事是屠岸贾所为，今天不将屠岸贾全家斩首，怎么告慰地下的赵氏冤魂？"于是喝令左右："将屠岸贾拉出去斩首！"即刻命令韩厥与赵武一起，带兵将屠岸贾的宅子团团围住，不管男女老少全部杀死。赵武请求要来屠岸贾的首级，拜祭于赵朔的坟墓前。整个国家的人全都大称痛快。潜渊写道：

岸贾当时灭赵氏，今朝赵氏灭屠家。

只争十五年前后，怨怨仇仇报不差！

晋悼公诛杀屠岸贾之后，立即将赵武召到朝堂上，为他提前举行加冠礼，并且封为司寇，代替屠岸贾的职位，赵氏以前的田产俸禄也全部返还。晋悼公又听说了程婴的忠义，想要封他为军正。程婴说："我当初不死，是因为赵氏的遗孤还没有长大。如今赵氏已经官复原职报仇雪恨，我岂能贪图荣华富贵，令公孙杵臼独自死去呢？我要去地下告诉公孙杵臼这个喜讯！"说完就自刎而死了。赵武趴在程婴的尸体上痛哭失声，请求晋侯高规格厚葬程婴，将他和公孙杵臼一同埋葬在云中山，称其为"二义"塚。赵武又为程婴服丧三年，来报答他的恩德，有诗可以证明：

阴谷深藏十五年，裤中儿报祖宗冤。
程婴杵白称双义，一死何须问后先！

晋悼公启用赵武后，又从宋国召回赵胜，将邯郸的封地归还给他；接着大举调整群臣的职位，尊重贤能的人，使用有能力的人；追加以前有功之臣，赦免小罪。当时的晋国朝堂上人才济济，各司其职。先说几个有名的官员：韩厥为中军元帅，范匄为副将军；荀罃为上军元帅，荀偃为副将军；栾黡为下军元帅，领鲂为副将军；赵武为新军的元帅，魏相为副将军；祁奚为中军尉，羊舌职为副中尉；魏绛为中军司马，张老为候奄［古代官名，主要负责军中侦察谍报之事］；韩无忌掌管公族大夫；士渥浊为太傅；贾辛为司空；栾纠为亲军戎御；荀宾被封为左右将军；程郑为赞仆，主管乘马之事；铎遏寇为舆尉，主管辎重之事；籍偃为舆司马，主管兵甲。在所有的官职都调整完毕后，晋悼公又开始大规模调整国家政策：免去拖欠的租赋并减轻赋税，接济贫困减少徭役，改革不适宜的施政方针，施恩惠于年老穷困无靠的人，老百姓都十分高兴，宋、鲁各国听说后，纷纷来晋国朝贺。只有郑成公念着楚王因自己而伤损一只眼睛，感动于心，不肯依附晋国。

楚共王听说晋厉公被杀，不禁喜形于色，就在他思考如何报仇雪恨的时候，又听说新君继位后赏罚分明励精图治，重用贤能清理朝廷，内外归心，霸主之业复兴，又转喜为愁，立即召集群臣商议，要去扰乱中原，让晋国不能成为盟主。目前的局面令尹婴齐对此没有办法，公子壬夫进言说："中原诸国中只有宋国爵位最高，国力最强大，而且正好处于晋国和吴国中间，如果想要阻止晋国成为盟主，必须从宋国开始。如今宋国大夫鱼石、向为人、鳞朱、向带、鱼府五人与右相华元不和，都逃亡到了楚国。现在我们资助兵力让他们去讨伐宋国，要是取得了宋国的领地就赐封给他们，这是以敌攻敌的计策。如果晋国不来救援宋国，就失信于诸侯；如果来救援，必定会先进攻鱼石，我们就坐观其成，这是一个可进可退的计划。"楚共王觉得这个计划不错，就同意了，即刻任命公子壬夫为大将，用鱼石等人做先锋，亲自带领大军讨伐宋国。

第六十回

智武子分军肆敌　偪阳城三将斗力

　　周简王十三年四月，楚共王和郑成公联手讨伐宋国，在攻下彭城〔今江苏省徐州市〕后，让鱼石等几位大夫在这里留守，并且留下了三百辆战车。楚共王对五位大夫说："晋国和吴国交好，都敌视楚国。而彭城是吴、晋两国来往的必经之路，如今留下重兵帮助你们，进可以分割宋国的领土，退可以断绝吴、宋两国的来往。你们应当用心做事，切勿辜负寡人的托付！"嘱托完这些，楚共王便回到了楚国。

　　这年冬天，宋平公派遣大夫老佐带领一师的军队围困彭城。鱼石率领所有的士兵迎战，最终还是被老佐打败。楚国令尹婴齐听说彭城被围攻，带兵来援救，老佐仗着自己作战英勇轻视敌人，最后身陷楚军，中箭而死，于是婴齐带兵侵入宋国。宋平公十分恐惧，让右师华元到晋国告急。韩厥对晋悼公说："昔日晋文公之所以成为盟主，就是从救援宋国开始的。兴衰的关键在此一举，不能不去啊。"于是晋悼公派遣使臣向各诸侯征兵，他亲自统领大将韩厥、荀偃、栾黡等先在台谷屯兵。婴齐听说晋国大军将至，便班师回朝。

　　周简王十四年，晋悼公统领宋、鲁、卫、曹、莒、邾、滕、薛八国的士兵围攻彭城。宋国大夫向戌让士兵们登上辒车〔辒，cháo，古代军中用以瞭望敌军的一种兵车〕，从四面向城内大喊："鱼石等逆贼背叛君主，天理不容！现在晋国统领二十万大军，踏破孤城后将寸草不留。你们若是明白是非，为何不将逆贼擒获交出来投降？也免得无辜的百姓被杀害。"就这样呼喊了数遍，彭城的百姓听到后，都知道鱼石不占理，于是打开城门让晋军入城。此时楚国驻扎的兵力虽然多，但是鱼石等人平时并没有笼络人心，所以没有人肯为他们效力。晋悼公入城后，驻扎在这里的楚国士兵全部逃走。韩厥抓住了鱼石，栾黡、荀偃一起抓住了鱼府，宋国向戌抓住了向为人、向带，鲁国仲孙蔑抓住了鳞朱，各自押解到晋悼公面前邀功，晋悼公下令将五位大夫斩首，将他们的族人安置在河东壶丘〔今山西垣曲县东南〕后，便移师去向郑国问罪。楚国右尹壬夫为了救郑国，再次侵入宋国，各国诸侯的兵力又返回去救宋国，各自散回。

　　同年，周简王驾崩，世子姬泄心继位，也就是周灵王。周灵王刚出生的时候嘴上便有胡须，所以周人称之为髭王。髭王元年夏天，郑成公病危，对上卿公子偪说："楚君为了救郑国失去了一只眼睛，寡人从来不敢忘记，寡人死后诸位爱卿一定不能

521

背叛楚国！"嘱托完便去世了。公子騑等侍奉世子姬髡顽继位，也就是郑僖公。

晋悼公以郑国不肯依附自己为理由，召集诸位诸侯在戚地[今河南濮阳县北]共同商议讨伐郑国的事宜。鲁国大夫仲孙蔑献计说："郑国最险要的地方就是虎牢，而虎牢也是楚、郑两国的交通要道。如果我们在那里筑城设立关口，留下重兵逼迫他们，郑国肯定会依附。"楚国逃亡晋国的将领巫臣献计说："吴、楚两国一衣带水。自从臣前些年和吴国通好，约定一起进攻楚国后，吴国便多次入侵骚扰楚国的附属国，楚人十分苦恼。如今不如再派遣一名使臣，让吴国讨伐楚国，如此一来楚国连东边的麻烦都解决不了，哪里还有余力北上与我们争夺郑国呢？"晋悼公采纳了这两个人的计策。这时齐灵公也派遣世子光和上卿崔杼来到这里，听从晋君的命令。晋悼公于是整合九国诸侯的兵力，在虎牢筑城，新建了烽火台，命令各诸侯国之中大国抽出来千人，小国抽出五百或是三百人，共同驻守此地。郑僖公果然害怕了，开始背叛楚国而依附晋国，晋悼公这才返回。

这时的中军尉祁奚已经七十多岁了，准备告老还乡。晋悼公问他："谁可以接替你为中军尉？"祁奚回答说："谁都不如解狐。"晋悼公说："我听说你与解狐之间有仇，为什么要举荐他？"祁奚回答说："主公问的是谁可以接替我的位置，而不是问谁是我的仇人。"于是晋悼公传召解狐，还没有来得及封官，解狐便病死了。晋悼公又问祁奚："除了解狐以外，还有谁可以代替你？"祁奚回答："其余的人都不如祁午。"晋悼公说："祁午不是你的儿子吗？"祁奚回答："主公问的是谁可以接替我的位置，而不是问我的儿子是谁。"晋悼公说："如今中军尉副将羊舌职也死了，爱卿也一并为我选择一个可以替代的人吧！"祁奚回答说："羊舌职有两个儿子，分别是羊舌赤和羊舌肸，他们两个都是贤能之人，都可以被重用。"晋悼公听从他的建议，任命祁午为中军尉，羊舌赤为副将。诸位大夫都十分信服。

巫臣的儿子巫狐庸奉晋侯的命令，去吴国觐见吴王寿梦，邀请一起出兵讨伐楚国。寿梦答应了他的请求，让世子诸樊为将领在江口练兵。这个消息被奸细传到楚国后，楚国令尹婴齐上奏说："吴国的军队以前从来没有进入过楚国的领土，如果让他们进来一次，以后还会来，不如我们先发制人去讨伐吴国。"楚共王认为婴齐的建议很好，就让他检阅水军，挑选出精干士兵两万人，从大江上以偷袭的方式突破鸠兹[今安徽芜湖市东南]，顺流而下攻击吴国。骁将邓廖进谏说："长江水流湍急，前进容易，后退难。小将愿意率领一队人马前行，胜利了便前进，如果失利也不至于大败。元帅带兵驻扎在郝山矶[今安徽当涂县东北之横山]见机行事，末将认为这才是万全之策。"婴齐采纳了邓廖的建议，于是选出三百个驾车的武士、三千名徒兵，全都是力气大的人，可以以一挡十，大小船只总共一百艘，一声炮响，船只全部向东出发。吴国的探马早就打探到鸠兹失守，报告给了世子诸樊。诸樊说："鸠兹既然失守了，楚兵必然会乘胜追击顺流而下，应该提前做准备。"于是让公子夷眛率领数十舟师在东西梁山引诱敌人，公子馀祭在采石港埋伏。邓廖带领士兵过了郝山矶，看到梁山有船只，便奋勇向前追击。公子夷眛接战后没有多久，便佯装战败向东逃跑。邓廖追赶过采石港正好遇见诸樊的大军，才交战不到十个回合，采石港中忽然炮声大响，公子馀祭带领埋伏的士兵从后面夹攻，从前后方射来的箭像雨点一样密集，邓廖身中三箭，拔掉箭依然奋力迎战。公子夷眛乘坐大型战船来到，船上全部都是精选的士兵，用大枪朝敌方的船只捣去，楚国的战船大多都被捣翻或是沉溺。邓廖力尽被捉住，因为不肯投降而被杀死。剩下的士兵得以逃生的，也仅有驾船的八十人、徒兵三百人而已。婴齐害怕被怪罪，想要掩盖兵败的事实谎称立功，谁知道吴国世子诸樊乘胜追击，反而偷袭了楚军，婴齐大败而归，鸠兹城重新回归吴国。婴齐羞愤成病，还没有到郢都就死了。后世有诗写道：

乘车射御教吴人，从此东方起战尘。
组甲成擒名将死，当年错著族巫臣。

婴齐死后，楚共王升右尹壬夫为令尹。公子壬夫本性贪婪吝啬，向各附属国索要贿赂。陈国成公不堪重负，于是派遣辕侨如向晋国求和。晋悼公在鸡泽〔今河北邯郸市东北〕召集所有的诸侯，再次在戚地会盟各位诸侯，吴王寿梦也来表示友好，中原势力大振。

楚共王在失去陈国后十分愤怒，认为这都是因为公子壬夫的贪婪导致的，便将他杀了，任命自己的弟弟公子贞为令尹，然后检阅士兵，出兵五百乘战车讨伐陈国。这时陈成公已经去世了，世子妫弱继位，也就是历史上的陈哀公。在楚国的军事威胁下，陈哀公又重新依附楚国。

晋悼公听说后十分愤怒，想要起兵与楚国争夺陈国。就在这时有人来报告说，无终国的国君嘉父派遣大夫孟乐来到晋国，献上一百张虎皮和豹皮。孟乐在觐见晋悼公时说："山戎各国自从被齐桓公征服以后，一直十分安宁。近年来因为燕、秦两国的国力稍微下降了，山戎觉得中原各国没有盟主，又开始肆意地侵略掠夺。我国君主听说晋国的国君精明强干，将要复兴齐桓公、晋文公的盟主大业，以此来宣扬晋国的威仪和德行，诸戎国情愿跟随，鄙国国君派遣我来奉命行事，请您定夺。"晋悼公召集诸位将领商议此事，大家都说："山戎各国根本就没有感恩之心，和他们交好不如讨伐他们。昔日齐桓公当盟主的时候，之所以先安定了山戎，然后才征战荆楚，就是因为他们的豺狼本性，只有军威才可以将其制服。"只有司马魏绛说："不能这样做。如今我们刚刚把各国诸侯整合在一起，盟主大业尚未确立，如果现在兴兵讨伐山戎，楚国必定趁虚而入，各国诸侯也一定会因为楚国的入侵而背叛晋国去依附楚国。山戎蛮横犹如禽兽，而各国诸侯则是我们的兄弟。现在要是为了让禽兽满意而失去兄弟的期望，这可不是好主意。"晋悼公说："可以跟山戎议和吗？"魏绛回答说："跟山戎议和有五个好处：山戎与晋国相邻，领土十分广阔，土地不值钱而货物的价格昂贵，我们可以用货物和他们交换土地，以扩充我们的领土，这是第一个好处；山戎的入侵和抢掠既然没有了，边境的百姓就可以安心耕种，这是第二个好处；我们以德服人安抚好了山戎，就避免了战争，这是第三个好处；山戎依附了晋国，那么晋国的军威就震慑四周的邻国，各国诸侯也会对我们心存畏惧，这是第四个好处；我们没有了来自北方的麻烦，就可以安心专注于南方，这是第五个好处。有这五个好处，主公为什么不这样做呢？"晋悼公十分高兴，立即任命魏绛为和戎使臣，跟孟乐一起先到达无终国，跟国君嘉父一同商议停战的事情。于是嘉父号召山戎各国，一同来到无终歃血为盟："如今晋侯为盟主，主盟诸国，诸戎愿意按照条约行事。捍卫北方，不侵犯不背叛，各自保护国家的安宁。如若背叛盟约，天地不容！"诸戎接受盟约以后都十分欢喜，将当地的土特产进献给魏绛，魏绛分毫不取。诸戎都相互说："上国的使臣竟然如此廉洁！"于是更加敬重他。魏绛将盟约的事情汇报给晋悼公后，晋悼公十分高兴。

这时楚国令尹公子贞已经征服了陈国，又准备带兵讨伐郑国。因为虎牢关有重兵把守，就没有走氾水这条路，而是从许国往颖水［今日颖河］行军。郑僖公髡顽十分害怕，召集六位上卿共同商议。这六位上卿分别是：公子騑字子驷、公子发字子国、公子嘉字子孔，这三位都是郑穆公的儿子，也是郑僖公的叔爷爷；公孙辄字子耳，是公子去疾的儿子；公孙虿字于蟜，是公子偃的儿子；公孙舍之字子展，是公子喜的儿子，这三位都是郑穆公的孙子，承袭父亲的爵位为卿，都是郑僖公的叔叔。这六个人都是郑僖公的长辈，一直以来执掌郑国的大权，而郑僖公髡顽心高气傲，对他们从来都不是很尊重，因此君臣之间素来不和。上卿公子騑与郑僖公的关系更差。此时，郑僖公的意见是坚守城池等待晋国的救援，而公子騑反驳道："谚语里说远水怎么救得了近火？不如重新依附楚国吧。"郑僖公说："要是重新依附楚国，那晋军又会来攻打我们，到时候又该怎么做呢？"公子騑说道："晋国与楚国谁又会可怜我们呢？我们又如何从两国中选择一个呢？只能谁强大就听从谁的命令。从今以后，我们将财物珠宝准备好，楚国来了就依附楚国，晋国来了就依附晋国。两大国相争，必有一伤。强弱既然已分，我们因为选择了强国而庇佑了百姓，岂不是很好？"郑僖公不愿意听从他的建议，说："要是按照你说的做，那么郑国无时无刻都要应付强国，我们永远都没有安宁之日！"他想要派遣使者前往晋国求援，可是诸位大夫害怕违背公子騑的意思,都不肯前往。郑僖公十分生气,就亲自去晋国求援,然而这天晚上他住在驿舍的时候,公子騑让自己的门客埋伏在那里刺杀了他,对外说郑僖公是暴毙而死。立自己的弟弟姬嘉为君主,也就是历史上的郑简公。又让人去楚国汇报说:"郑国之所以依附晋国,全都是髡顽的主意。如今髡顽已经死了,我们愿意跟楚国结盟,请求楚军罢兵!"楚国的公子贞接受盟约退兵。

晋悼公听说郑国又依附楚国,于是问诸位大夫说:"如今陈、郑两国都背叛了我们,先讨伐谁呢?"荀䓨回答说:"陈国弱小且地处偏僻,对我们的成败得失没有什么影响。郑国是中原的枢纽,自古以来想要成就盟主大业,都是要先征服郑国。所以我们宁愿失去十个陈国,也不能失去一个郑国。"韩厥说:"子羽见识高明,行事果断,能平定郑国的只有他了。臣年老力衰,智力减退,愿意将中军元帅的职位让给他。"晋悼公不答应,韩厥坚决请求,于是晋悼公便听从了。韩厥告老还乡,荀䓨便代替了中军元帅的职位,统领大军讨伐郑国。行兵到了虎牢,郑人求和,荀䓨答应了。等到晋军刚班师回朝,楚共王亲自领兵讨伐郑国,又成功让郑国依附了楚国。

晋悼公大怒,问诸位大夫说:"郑人如此反复,兵到便顺从,撤兵就又背叛,如今想要让他们坚定地依附我国,有什么办法吗?"荀䓨献上计策说:"晋国之所以不能收复郑国,是因为楚国用尽一切办法和我们争夺。如今想要收服郑国,必须先制服楚国;想要制服楚国,必须要用以逸待劳的计策。"晋悼公说:"什么是以逸待劳的计策?"荀䓨回答说:"军队不可以频繁出动,频繁出动就会使士卒疲惫;各诸侯不可以过度征召,过度征召就会使他们产生怨言。内部的军队疲惫、外部的诸侯有怨言,在这种形势下来抵御楚国的军队,臣看不到胜利的希望在哪里。臣请求将四军的士兵改编成三军,将各国的士兵重新分配。每次只出动一军的兵力,轮番出入。楚军进攻我们就后退,楚国后退我们就进攻,这样一来用我军一军的兵力,就能牵制楚国全军。他们想要作战却找不到对手,想要休息形势又不允许,我们避免了战场厮杀的凶险,他们却有道路上奔波的辛苦;我们能迅速出动,他们却不能快速赶到郑国。如此一来,楚国的军队很快就会疲惫不堪,郑国就可以坚定地依附我们了。"晋悼公说:"这个想法很好!"即刻命令荀䓨在曲梁练兵,将四军改编成三军,定下轮番行军的制度。

荀䓨在登上令台发号施令时,令台上竖着一面杏黄色的大旗,上面写着"中军元帅智"。他原本姓荀,为什么会写"智"字呢?因为荀䓨、荀偃叔侄两人都是军中的大将,军中两个大将是同一个姓氏,打出的旗帜也都是"荀",将领们没有办法区分,这是军中的大忌。荀䓨的父亲是荀首,荀首的食邑是"智";荀偃的父亲荀庚在晋军分为三行(即三军)时,曾经做过中行的将军,所以荀䓨以智为姓、荀偃以"中行"为姓,这也是晋国智氏、中行氏的由来。从此之后荀䓨也叫智䓨,荀偃也叫中行偃，军中的人就可以清楚地区分了。这都是荀罃的制度。

令台下分别站立三军：

第一军，上军元帅荀偃，副将韩起，鲁、曹、邾三国的军队配合，中军副将范匄接应；

第二军，下军元帅栾黡，副将领鲂，齐、滕、薛三国的军队配合，中军上大夫魏颉接应；

第三军，新军元帅赵武，副将魏相，宋、卫、郳三国的军队配合，中军下大夫荀会接应。

荀罃下令：第一次上军出征，第二次下军出征，第三次新军出征，中军的将领分配接应其他三军，如此轮番出动，只要和郑国达成盟约就行了，不允许跟楚军交战。公子杨干是晋悼公的同母弟弟，此时才十九岁，新任中军戎御〔军中官职名，主要负责驾驭兵车〕，正是血气方刚的年龄，从来没有上过战场。这时候他听说练兵讨伐郑国，急得摩拳擦掌，恨不能一个人当作一支部队立即上战场厮杀，见自己不被荀罃所用，心中对荀罃埋怨不已，按耐不住自己的性子，于是自己请求充当先锋，誓死效力。荀罃说："我如今做出分军出动的战略，目的就是为了快进快退，不以战胜楚军作为目标，小将军虽然勇猛，但是没有地方可以用到你。"杨干坚持请求效力。荀罃说："既然小将军坚持请求，那就跟随荀大夫去接应新军吧。"杨干又说："新军被分配在第三次出征，我实在等不及，请您把我分配在第一次出征的军队中。"荀罃不答应，杨干就仗着自己是晋侯的亲弟弟，自作主张将自己部下的车卒组成一队，排列在中军副将范匄的后面。司马魏绛奉将军的命令整理行军的队伍，看到杨干违背命令扰乱了战斗的序列，立即鸣鼓告诫众人说道："杨干故意违抗军令，扰乱队伍次序，按照军法理应当斩。但是考虑到他是晋侯的亲弟弟，因此将驾驶马车的御手代替他斩首，以肃军法。"即刻命令军中的校尉擒住驾车之人斩首，将首级挂在令台上，军中肃然。

杨干素来骄傲矜贵，不遵守军法，当看到御手被杀，吓得魂飞魄散，惧怕中还有着三分的羞愧、三分的恼怒。当下便驾车飞驰出军营，径直奔到晋悼公面前，哭拜到地上，诉说魏绛如何欺负人，无颜再面见各位诸侯。晋悼公爱弟心切，不等到问清楚事情的来龙去脉，便勃然大怒道："魏绛如此侮辱我的弟弟，就如同侮辱寡人，一定要杀了魏绛，绝对不能饶恕他！"于是召来中军尉副将羊舌职前去取魏绛的首级。羊舌职入宫见晋悼公说："魏绛是志向高洁之士，有危难不躲避，有罪责不逃避，等军中的事务完成后，必定自己来谢罪，不需要臣前往。"没过多久，魏绛果然到了，右手拿剑，左手拿着奏疏，准备入朝等待晋悼公降罪。到了午门，他听说晋悼公让人取自己的首级，于是将奏疏交给仆人让他替自己上奏，便想要拔剑自刎。这时只见两位官员气喘吁吁地跑过来，正是下军的副将领鲂、主侯大夫张老。他们两个看到魏绛想要拔剑自刎，连忙夺下他的剑，说道："我们听说司马入朝，必定是为了公子杨干的事情，所以赶紧跑了过来，想要一起禀明主公。不知道司马为何要轻生啊？"魏绛便说晋侯召见羊舌职的意思就是要取自己的首级。二人说："这是国家大事，司马按照军法行事，何必要轻生呢？你不用让仆人上书，我们愿意代你向主公启奏。"

三人一同来到宫门，领鲂、张老先入内，请求面见晋悼公，呈上魏绛的奏疏。晋悼公打开一看，只见上面写道：

主公看重微臣，让我承担中军司马的职务。臣听说三军之命，全都在于元帅；元帅的权力，全都在于三军都服从他的命令。不遵守军法、不执行命令，就是河曲之战、邲城之战失败的原因。臣杀了不执行军令的人，以尽到我作为司马的职责。臣知道以下犯上触犯了您的弟弟，罪该万死！请让我在您身边自刎，彰显主公手足之情！

晋悼公读完奏疏后，着急地问领鲂和张老："魏绛在哪里？"领鲂等回答说："魏绛因为担心自己犯了罪想要自杀，臣等已经尽力阻止了，他现在正在宫门外面待罪！"晋悼公急忙起身，来不及穿上鞋子，光着脚走出了宫门，握住魏绛的手说："我所说的话，是顾全兄弟之间的情义；你所做的，是军队的事情，寡人没能好好教训自己的弟弟，致使他触犯了军法，罪过在于寡人，跟爱卿无关，你快去就职。"羊舌职在旁边大声说道："君主已经饶恕魏绛无罪，魏绛应该快快退下！"于是魏绛叩拜感谢君主的不杀之恩。羊舌职、领鲂与张老同时叩拜晋悼公道贺道："主公有如此遵守军法的大臣，还担心成就不了盟主大业吗？"四人辞别晋悼公一同出朝。晋悼公回宫后大骂杨干："你不知道礼法，差一点害我做了错事，杀了我的爱将！"便让内侍押送他到公族大夫韩无忌处，告诉他不学习三个月的礼法，不会和他见面。杨干羞惭满面地去了韩无忌那里。隐士徐霖写诗道：

军法无亲敢乱行，中军司马面如霜。

悼公伯志方磨励，肯使忠臣剑下亡？

荀罃制订好轮番出击的计划后便想要讨伐郑国，晋悼公忽然接到报告："宋国有文书送过来了。"晋悼公取来一看，原来是楚、郑两国勾结在一起，屡次兴兵侵犯宋境，都从东面的偪阳地区经过，因此告急。上军元帅荀偃说道："楚国得到陈、郑两国依附后，又入侵宋国，就是想要与晋国争夺盟主。偪阳是楚国讨伐宋国的要道，如果我们先发兵攻打偪阳，相信可以一举攻克。在之前包围彭城的军事行动中，宋国的向戌立下了很大的功劳，他因此驻守于那。现在让他阻断楚国的道路，是一个很好的办法。"荀罃说："偪阳虽小，但是城墙非常坚固，如果围攻不下，必定被诸侯耻笑。"中军副将领范匄说："彭城一战，是因为我军讨伐郑国，楚国因此入侵宋国来援救郑国；在虎牢战役时，我军刚平与郑国会盟，楚军又用入侵宋国来报复我国。如今想要得到郑国，必定要先巩固与宋国的关系。荀偃说的很对！"荀罃说："你们确定偪阳一定可以被攻破吗？"荀偃、范匄齐声答应道："包在我们两人身上。如若不成功，甘受军法处置！"晋悼公说："伯游〔荀偃的字〕提出了计划，而伯瑕〔范匄的字〕也认为可行，还担心事情不成功吗？"于是命令第一军去进攻偪阳，鲁、曹、邾三国都派兵跟从。

　　偪阳大夫妘斑献上计策说："鲁军的营地在北门，我们假装开门迎战，他们的军队必定入城进攻。等到鲁国的军队进入一半的时候，我们就降下城门处的千斤闸将鲁国军队截断，如此鲁国的军队必败。鲁军战败，曹国、邾国的军队必定产生恐惧心理，而晋军的锐气也将受挫。"偪阳国的国君采用了这个计划。

　　鲁国将领孟孙蔑率领他的部将叔梁纥、秦堇父、狄虒弥等进攻北门，只见悬门没有关闭，秦堇父与狄虒弥自持勇猛先行进入，叔梁纥跟在后面。忽然听到城上一声响，千斤闸正好在叔梁纥的头顶放了下来。叔梁纥立即将兵器扔在了地上，双手举起将悬门托住。后军立刻鸣金收兵，秦堇父、狄虒弥两位将领担心后队有变动，连忙转身返回。城内鼓声大振，妘斑带领大队人马从后面追赶。看到一个大汉手托千斤闸以便将领可以出城，妘斑大吃一惊，心想："这千斤闸从上往下落下，如果不是有千斤之力，又怎么能托得起来？如果我贸然闯进去，他若放下千斤闸，那可不得了！"于是妘斑暂且停下来观望。等到晋军全部退完，叔梁纥大喊："鲁军上将叔梁纥在此！谁要是还想出城，趁我没有放手赶快出去！"城中没有一个人敢答话。妘斑拉弓搭箭，正要朝他射去，叔梁纥顺势双手一松，千斤闸便落了下来。叔梁纥回到自己的军营中，对秦堇父、狄虒弥二人说："两位将军的性命就悬在我的两只手腕上啊。"秦堇父说："若不是后军非要鸣金收兵，我们已经杀进偪阳城立下大功了。"狄虒弥说："到了明天，我要一个人攻进偪阳，让联军看看我们鲁国人的本事。"

　　第二天，孟孙蔑整队向城上的将领挑战，每一百人为一队。狄虒弥说："我不要帮手，我一个人就足够作为一队了。"于是取来一个大车轮，用坚固的甲胄覆盖在上面，紧紧绑住之后用左手拿着当作大盾，右手握着兵器迅速跳跃前行，就像是飞鸟一样迅速。偪阳城上的将领看到鲁国的将领各自呈现自己的勇力，就将一匹布从城头放到城墙下面，喊道："我把你们拉上来，谁敢抓着这匹布登上来，才是真正的勇士。"话还没有说完，鲁军中就有一名将领走出来回应道："有什么不敢的！"大家一看，原来是秦堇父。只见他立即用手拉着布，左手右手倒换着不一会儿就到达了城墙上。偪阳人见他马上就到城头上了，立刻用刀将布割断，秦堇父从半空中掉了下来。偪阳城有几丈高，如果是普通人的话，摔这一下即使不死也是重伤，然而秦堇父却安然无恙。偪阳人见了，将城上的布又垂了下来，问道："还敢上来吗？"秦堇父回答："有什么不敢的！"接着用手抓着布又一次腾身而上，然而偪阳人再次割断了布，秦堇父又掉了下去摔了一个大跟头。刚爬起来，城上的布又垂了下来，偪阳人问道："还敢不敢？"秦堇父厉声回答："不敢的不是好汉！"再次像刚才一样拉着布爬了上去。偪阳人见秦堇父再坠落又再登上来，没有丝毫畏惧，倒是慌了神。在急着用刀割布的时候，却被秦堇父拉住了一个人，一起朝城下摔去，跌了个半死。秦堇父也随着布坠落下来，反而朝城上喊道："你们还敢把布放下来吗？"城上的人回道："我们已经知道将军神勇，不敢再把布放下来了。"于是秦堇父拿着三截断布向各队展示，众人纷纷咂舌称赞。孟孙蔑感叹道："诗里写道：'有力如虎'，这三名将领当之无愧啊！"

妘斑见鲁国将领如此勇猛，一个比一个厉害，于是不敢出战，吩咐军民全力守城。各军从夏天的四月丙寅日围城，一直围到五月庚寅，整整围了二十四天，攻城的人已经疲乏不堪，守城的人还有余力。

第六十一回

晋悼公驾楚会萧鱼　孙林父因歌逐献公

就在晋军和三诸侯国的士兵围困偪阳城的时候，忽然下起大雨，平地水深足有三尺。荀偃、范匄担心军心动荡，一同前往中军向荀罃禀告："本来以为偪阳城小容易攻破，如今久围不下，又下了大雨，现在是夏季，一旦下大雨就会积水成灾。偪阳城西有泡水、东有薛水、东北有漷水，这三条河都和泗水相连。万一阴雨连绵，三条河漫了出来，恐怕行军不便。不如暂时撤退，等过一段时间再出兵。"荀罃十分生气，抓住身边的凭几朝两人扔了过去，大骂道："我是不是曾经说过'偪阳城小但十分坚固，想攻下来并不容易'？你们自以为可以攻破，在晋侯面前拍着胸脯说没有问题，结果连累我来到这里！围攻了这么久，不见任何的效果，天上下了点雨就想要班师回朝。来时任由你，回去却由不得你！我现在给你们七天时间，七天内一定要攻下偪阳，要是攻不下来，就按照你们当初立下的军令状斩首不饶！赶快去攻城吧！不要再来见我！"两员将领吓得面如土色，连声答应着退了下去。

回去之后，他们对本部的将领说道："元帅立下了限期，七日之内若不能破城，会斩掉我们的首级。现在我也与你们立下期限，如果六天之内没有办法攻破城池，我先斩了你们,然后自刎,以申明军法。"众位将领都面面相觑,不知如何是好。荀偃、范匄说:"军中无戏言!我们两人也会亲自上阵,带领将士们日夜攻打不休,有进无退。"

荀偃、范匄同时与鲁、曹、邾三国一同约定,一起尽全力攻城。在水势稍微退去之后,荀偃、范匄站在辇车上身先士卒,虽然城上射出的箭如同雨滴一样密集,二人就像没有看见一样。从庚寅日联军发起攻击开始,到了甲午这天城中就没了作战物资,荀偃爬着城墙的垛口首先登城,范匄第二个登上城墙,各国的将领也都跟在后面顺势而上。妘斑在巷战中战死。荀罃入城后,偪阳君带领群臣在他的马前投降迎接,荀罃将偪阳君的族人全部留在了中军。从攻城的那天算起,到破城总共才用了五天,如果不是荀罃发怒,此次作战就会劳而无功。隐士徐霖写诗道:

仗钺登坛无地天,偏裨何事敢侵权?
一人投机三军惧,不怕隆城铁石坚。

此时晋悼公担心偪阳难以攻下,又挑选了两千名精兵前来助阵。走到楚邱的时候,他接到了荀罃攻破偪阳的消息,就派使者前往宋国,将偪阳赐给了宋国的向戌。向戌和宋平公亲自前往楚邱面见晋侯,因为向戌不接受赐封,于是晋悼公又将偪阳还给了宋平公。宋、卫两国君主,各自设宴款待晋侯。荀罃讲述了鲁国三位将领是如何的勇猛,晋悼公各自赏赐了马车、礼服后便返回了晋国。晋悼公以偪阳君帮助楚国为由,将他贬为庶人,又从他的族人里挑选出来贤能的人,来主持妘姓一族的祭祀,居住在霍城。这年秋天荀会去世了,晋悼公认为魏绛执法严明,就封他为新军副将,任命张老为司马。

这一年的冬天,第二军讨伐郑国,在牛首〔今河南通许县东北〕驻扎,又增添了虎牢的驻守兵力。当时郑人尉止叛乱,在西宫的朝会上杀了公子騑、公子发、公孙辄。公子騑的儿子公孙夏〔字子西〕同公子发的儿子公孙侨〔字子产〕,各自带领家中的甲士讨伐叛贼,叛贼战败后逃到了北宫。公孙虿也带着人前来助阵,将尉止的所有党羽全部杀尽,拥立公子嘉为上卿。栾黡请求说:"郑国内部有叛乱,必然不能迎战,我军趁此良机攻打他们必然能够取胜。"荀罃说:"利用对方的内乱而取得胜利,这是不符合道义的。"于是下令放慢进攻的节奏。公子嘉让人来请和,荀罃答应了。等到楚公子贞来救援郑国的时候,晋军已经全部退军了。随后郑国又与楚国结盟。《左传》上说"晋悼公三驾服楚",这就是"三驾"中的第一驾,发生在周灵王九年。

第二年夏天,晋悼公以郑国人不肯依附自己为由,又以第三军讨伐郑国。宋国的向戌带领兵马先到达东门,卫国上卿孙林父带领军队同邾人驻扎在北郊,晋国新军元帅赵武等在西郊之外安营扎寨,荀罃率大军到达郑国的南门,与各诸侯的兵马会合后，在同一天开始围困郑国。郑国君臣十分恐惧，又派遣使臣请和，荀罃又应允，于是退兵到了宋国的领地。郑简公亲自到亳城的北边，犒赏诸侯军队，又与荀罃等歃血为盟，晋、宋等各国的军队才散去。这是"三驾"中的"第二驾"。

楚共王听说郑国又依附了晋国，震怒不已，让公子贞前往秦国借兵，约定共同讨伐郑国。当时秦景公的妹妹嫁给了楚王当夫人，两国有姻缘之好。于是秦国大将嬴詹率领三百乘战车助战。楚共王亲率大军朝荥阳出发，说："这次不消灭郑国，誓不班师回朝！"

再说郑简公自从在亳城与晋国结盟归来后，知道楚军必将很快来到，便召集所有大臣商议。诸位大夫都说："如今晋国势力强盛，楚国不如晋国。但是晋军来的很慢，撤退的却很快，两国之间没有交战，也就难以分出孰强孰弱，所以战事不息。如果晋国下决心要我们归附他们，楚国的势力无法与之抗衡，必将躲避，从此以后我们就可以专心依附晋国了。"公孙舍之也献计说："想要让晋国下这个决心，最好的办法就是激怒他们；想要激起晋国的愤怒，最好的办法就是讨伐宋国。宋、晋两国关系最为友好，我们早上去讨伐宋国，晋国晚上就会讨伐我们。晋军可以很快到来，楚军定然不能，这样我们对楚国也有借口言说了。"诸位大夫都说："此计甚好！"正在商议对策的时候，探子来汇报楚国向秦国借兵的消息。公孙舍之大喜说："这是上天想要让我们依附晋国啊！"众人不明白其中的原因，公孙舍之说："秦、楚一起来讨伐，郑国必定陷入重重围困。趁现在两国军队还没有入境，我们应当前去迎接，引导他们一同前去讨伐宋国。一来可以免除楚国讨伐的祸患，二来可以刺激晋国到来，岂不是一举两得？"郑简公采纳了他的计划，即刻命令公孙舍之搭乘便车连夜向南出发。

公孙舍之渡过颍水走了不到三十里，正好遇到楚军，他下车跪拜在马前。楚王严肃地问道："郑国反复失信，寡人正准备前来问罪，你来是什么意思？"公孙舍之回禀道："鄙国国君感念大王的恩德、畏惧大王的威严，愿意终身居于您的宇下，怎么敢背叛大王呢？无奈晋人实在过于暴虐，与宋国合力对我们侵扰不断。鄙国国君害怕江山社稷不存，无法再侍奉您，暂且与他们议和，来让他们退兵。晋军虽然退走了，郑国依然是大王的附庸。鄙国国君担心大王看不到我们的诚意，特意派遣属下出来迎接，来表达心意。大王若是能向宋国问罪，鄙国国君愿意带兵为先锋，效犬马之劳，来表明誓不背叛的决心。"楚共王转怒为喜说道："你们君主若是愿意跟随我讨伐宋国，我还有什么可说的呢？"公孙舍之启奏道："我临出发的时候，鄙国国君已经集合好了全国的军队，在东部边境等待大王，不敢怠慢。"楚共王说："虽然如此，但我已与秦庶长约定在荥阳城下聚集，需要一同行动才行。"公孙舍之又启奏道："雍州到这里路途遥远，必须要穿越晋国和周王室的地盘才行。大王派遣一个使臣，就可以通知秦军停止进军。以大王的威严和楚军的强盛，何必要借助秦军的力量呢？"楚共王听了他的话非常高兴，派人辞谢了秦国军队，便跟公孙舍之一起向东出发。行军到古莘国地界时，郑简公率领军队前来汇合，于是两国军队一同讨伐宋国，大肆掠夺后才各自返回。

宋平公派遣向戍前往晋国，诉说楚、郑两国联合兴兵讨伐宋国的事情。晋悼公果然很生气，当天便想要兴兵讨伐郑国。这次又轮到第一军出征。荀罃进谏说："楚国之所以要去秦国借兵，就是连年在道路上奔波，以至于疲惫不堪。我们一年可以讨伐郑国两次，楚国能一年救援郑国两次吗？这次一定可以收服郑国，应当向他们展示我们的强盛，坚定他们跟随的决心。"晋悼公说："好！"于是整合宋、鲁、卫、齐、曹、莒、邾、滕、薛、杞、郯各国兵马，一同到达郑国，驻兵于郑国的东门，一路上俘获了很多郑国人。这次出征就是"三驾"中的"第三驾"。郑简公对公孙舍之说："你想要激怒晋国，让他们快速来讨伐，如今果然来了，该怎么办呢？"公孙舍之回答说："臣请求一面向晋国求和，一面让人去楚国请救兵，楚兵若能到，必定会交战，我们就选择胜利的一方依附；若楚兵不来，我们就接受晋国的盟约，用重礼结交晋国，晋国必定会保护我们，又何必担心楚军带来的祸患呢？"郑简公认为深有道理。于是一面派遣大夫伯骈向晋军求和，一面又派遣公孙良霄、太宰石㚟去楚国告急说："晋军联合十一国的军队又来讨伐郑国，兵力雄厚，郑国危在旦夕。我们希望大王可以用楚国的军威威慑晋国，要不然郑国江山不保，就不得不臣服于晋国，到时还请求君王可怜郑国、原谅郑国啊！"楚共王勃然大怒，召来公子贞询问计策。公子贞说："我军士兵刚刚返回，还没有稍作休息，怎能又出兵呢？暂且先让郑国臣服晋国，不用担心没有夺回郑国的那一天！"楚共王余怒未平，于是将公孙良霄、石㚟囚禁在军府。隐士徐霖写诗道：

楚晋争锋结世仇，晋兵迭至楚兵休。

行人何罪遭拘执？始信分军是善谋。

此时晋军在萧鱼安营扎寨，伯骈来到晋军，晋悼公召他入见，生气地问："你们用请和来欺骗我，已经不是一次了。今天来不会又是缓兵之计吧？"伯骈跪拜道："鄙国国君已经派遣别的使者先去与楚国断交了，怎么敢有二心呢？"晋悼公说："我用诚信对待你们，你们若是再反悔，就会引起各诸侯国的厌恶，岂止我一人！你暂且回去，与你们的国君好好商量，再来回话。"伯骈又启奏说："鄙国国君已经做好准备，所以才派遣我来，实际就是想要把国家委托给君侯，请您不要再怀疑。"晋悼公说："既然你们已经有了决定，那我们可以缔结盟约。"于是命令新军元帅赵武与伯骈一同进城，与郑简公歃血为盟。郑简公也派遣公孙舍之和赵武一同出城，与晋悼公见面。

这年冬天的十二月份，郑简公亲自来到晋军与诸位诸侯相会，请求结盟。晋悼公说:"以前已经结过盟了,你若是有信用,鬼神可鉴,何必要再结盟?"于是传令:"将一路上俘获的郑国人,全部释放回本国。禁止诸侯侵犯郑国的一分一毫,如有违抗者,军法处置!虎牢关驻守的士兵全部撤去,让郑人自己驻守。"诸位诸侯都进谏道:"郑国不可信任,倘若再次反悔,再重设驻守的关卡就难了。"晋悼公说:"诸国将士长期受到战乱的劳苦,离结束遥遥无期。如今与郑国重新修好,我以真心对待郑国人,郑国人怎么会忍心负我呢?"于是晋悼公对郑简公说:"我知道你苦于战乱,想要好好休养生息。从今以后你跟从晋国还是楚国都随你的心意,我不强求。"郑简公感激涕零说:"盟主以诚心待我,就算是禽兽也会改正,况且我们是人呢,怎么敢再次背叛?如果再有二心,鬼神必诛!"郑简公说完就告辞离去。

第二天,郑简公让公孙舍之向晋悼公献上礼物表示感谢:男乐师三人,女乐师十六人,编钟三十二枚,针织女工三十人,辁车、广车共十五辆,其他的兵车有百余辆,兵甲都具备。晋悼公接受后,将八名女乐师、十二枚编钟赏赐给魏绛,说:"你教我与诸戎狄议和,来整顿各诸侯国。诸侯国亲密依附,就像是乐器之间的配合,我愿意和你一同享受这些乐器。"又将三分之一的车马赏赐给荀䓨:"你教我分军疲惫楚国,如今讨伐郑国大获成功,都是你的功劳。"魏绛、荀䓨都跪拜辞谢道:"这都是仰仗主公的福气和各位诸侯的辛劳,臣等受之有愧!"晋悼公说:"没有你们二人,我不能得到今天的地位,你们就不要再推辞了!"于是两人接受封赏,十二国的兵马也在同一天班师回朝。晋悼公又派遣使者携礼去各国,感谢各诸侯借兵的情义,诸侯们都十分开心。从此以后,郑国专心跟随晋国,不敢再有其他的心思。有诗写道:

郑人反覆似猱狙,晋伯偏将诈力锄。

二十四年归宇下,方知忠信胜兵戈。

此时秦景公讨伐晋军来救郑国,在栎地打败晋军,听说郑国已经依附了晋国,便班师回朝。

第二年是周灵王十一年,吴王寿梦病危,召来他的四个儿子诸樊、馀祭、夷昧、季札到床前,对他们说道:"你们兄弟四人中,季札是最贤德的,若拥立他必定能让吴国昌盛。我一直都想立季札为世子,奈何季札固执推辞不肯接受。我死了以后,诸樊传位馀祭,馀祭传位夷昧,夷昧传位季札,传位于弟不传给子孙。务必要让季札成为君主,是江山社稷的幸运。违抗我命令的人,就是不孝,上天不会庇佑的!"说完便去世了。诸樊想要让季札做国君,说:"这是父亲的意思!"季札说:"我在父亲生前辞去了世子的位置,怎么能在父亲死后接受这个位置呢?兄长若是再谦让,我就逃到其他的国家去。"诸樊不得已,于是宣告以父亲的命令继位。晋悼公派遣使臣到吴国凭吊恭贺。这些都不再一一赘述。

又过去一年，也就是周灵王十二年，晋国将领荀罃、领魴、魏相相继死去。晋悼公在绵山练兵，想要让范匄担任中军元帅，范匄推辞道："荀偃比我更加适合做这个元帅。"于是晋悼公让荀偃接替荀罃为中军元帅，范匄为副将。他又想要让韩起为上军将军，韩起说："臣没有赵武贤能。"于是晋悼公让赵武接替荀偃的职位，韩起为副将。栾黡依然为下军将军，魏绛为副将。然而新军还没有元帅，晋悼公说："宁可空着职位等待合适的人，也不可随随便便找人补上空的职位。"于是让新军的军吏率领士兵，全部依附于下军。诸位大夫都说："君主对待官职竟然如此慎重！"于是各司其职，不敢懈怠。从此晋国再次兴盛起来，复兴了秦文公、晋襄公的霸业。没过多久，晋国又废除新军，将其并入三军，以符合诸侯国只能有三军的规定。

这年秋天九月份，楚共王去世，世子芈昭继位，也就是历史上的楚康王。吴王诸樊命令大将公子党率领军队讨伐楚国，楚国将领养繇基迎战，射杀了公子党，吴军战败回国。诸樊派遣使者向晋国报告战败的事情，晋悼公召集诸侯在向地〔今安徽怀远县西〕会盟商讨如何攻打楚国。晋国大夫羊舌肸进谏说："吴国攻打楚国失败，是自取其辱，不值得可怜。秦、晋两国是邻国，世代有姻亲之好；而秦国却在之前帮助楚国救援郑国，在栎地打败了我军，应该先报这个仇。如果讨伐秦国成功，则楚国的势力就会日益孤单。"晋悼公也认为应该这么办，就让荀偃率领三军的兵力，同鲁、宋、齐、卫、郑、曹、莒、邾、滕、薛、杞、郳十二国大夫一同讨伐秦国，他本人在边境上等待好消息。

秦景公听说晋军即将到达，让人将几袋子毒药撒进泾水的上游。鲁国大夫叔孙豹和莒军先到达，军士喝水中了毒，死了很多人。各军吓得不敢再渡河。郑国大夫公子蟜对卫国大夫北宫括说："既然已经跟随晋军来了，怎么还能犹豫呢？"公子蟜率领郑国军队首先渡过泾水，北宫括随后也过了河，于是各诸侯国的军队都开始前进，在棫林安营扎寨。探子来报："秦军已经离得不远了。"荀偃对各军下令："鸡叫的时候出发，大家看我的马头朝哪个方向，就向那个方向进军！"下军元帅栾黡素来对荀偃不服气，听到这个命令生气地说："军中的大事应该把大家召集起来一同商议，哪里能让荀偃一个人决定？即使他有权力决定，发布的命令也要明确，怎么能让三军的士兵看他的马首行动呢？我也是下军的元帅，我偏要马头向东。"于是栾黡率领本部的将领朝东返回，他的副将魏绛说："我的职责是服从自己主帅的命令，不敢听中行伯的。"也跟随栾黡班师回朝。很快有人将二人返回的消息通知了荀偃，荀偃说："我下达命令不明确，确实是我的过失。军令既然执行不下去，这场战斗怎么能胜利呢？"于是命令诸侯的军队，各自返回自己的国家，晋军也返回了。

当时栾鍼为下军的戎右，下军中只有他不肯听从栾黡的命令返回。他对范匄之子范鞅说："今天发动的战役本来是为了报复秦国，现在无功而返实在是耻辱。我兄弟二人都在军中，岂能一同返回？你与我一同前去会会秦国的军队怎么样？"范鞅说："你既然一心想要洗雪国耻，我岂能不听从你的命令！"于是二人带领自己的部队去攻击秦军。

秦景公带领大将嬴詹以及公子无地，率领四百乘战车在离棫林五十里的地方安营扎寨。他正准备派遣人打探晋兵的行动，忽然看见东面尘土飞扬，一队车马飞驰而来，连忙派遣公子无地率兵迎战。栾鍼奋勇向前，范鞅助攻，连续杀死秦军十几个身穿铁甲的将领。秦军想要撤退，但是看到晋军的后面没有援军，又鸣鼓整合士兵重新围困。范鞅说："秦国人太多了，不能再打下去了！"栾鍼不听范鞅的劝告，继续厮杀不止。这时嬴詹率领大军赶到战场，栾鍼反手又杀了几人，身上中了七箭，力尽而死。范鞅脱掉盔甲，乘坐便车飞快逃走才得以幸免。

栾黡见只有范鞅自己回来，就问他："我弟弟在哪里？"范鞅说："已经战死在秦军中了。"栾黡大怒，拔出身边的长戈向范鞅直接刺去。范鞅不敢还手，只好逃到了中军。栾黡随后赶到，范鞅躲了起来。范鞅的父亲范匄迎上去对栾黡说："贤婿为何如此生气啊？"栾黡的妻子栾祁是范匄的女儿，所以以女婿来称呼他。栾黡怒气冲冲，没有办法控制，大声回答道："你的儿子诱使我的弟弟一同进入秦军，结果我的弟弟战死，但是你的儿子却活着回来了，是你的儿子杀了我的弟弟。你必须驱逐他方可饶恕，要不然，我一定杀了他来为我弟弟偿命！"范匄说："这件事老夫不知道，现在我就把他赶走。"范鞅听到这些话，于是逃到了秦国。秦景公问他为什么要逃亡，范鞅讲述了事情的始末。秦景公十分高兴，用客卿的规格对待范鞅。

有一天，秦景公问范鞅："晋国国君是一个什么样的人？"范鞅回答说："是一个贤明的君主，能够知人善任。"秦景公又问："晋国的诸多大夫里面，谁最贤能？"范鞅回答："赵武有文德，魏绛勇猛不慌乱，羊舌肸熟知《春秋》，张老坚持信念有智慧，祁午遇事临危不乱，臣的父亲范匄识大体，都是一代豪杰。其他的公卿也都熟悉法度典律恪尽职守，我不敢妄加评论。"秦景公说："那在晋国的大夫里，谁会最先衰亡？"范鞅回答说："栾氏先衰亡。"秦景公说："难道是因为其太骄奢的缘故？"范鞅回答说："栾黡虽然骄奢，依然还可以保全自己，但是他的儿子栾盈必定免除不了。"秦景公问："为什么？"范鞅回答说："栾武子［栾黡的父亲栾书，栾书谥号是"武"，史称栾武子］体恤百姓爱护将领，人们爱戴他，所以虽然有弑君的罪责，但是国中之人都不以为然，对他依然感恩戴德。思念召公［建立周王朝的四圣人之一］的人，连他休息过的甘棠树都能爱屋及乌，何况是栾书的儿子？栾黡若死了，栾盈的德行比不上他父亲，武德更是差远了，对栾黡有怨恨的人，到时定会向他报仇。"秦景公感叹道：

535

"你是一个知道生死存亡之理的智者啊！"于是借助范鞅与范匄取得了联系，让庶长武出使晋国，修复之前的友好关系，并请求晋悼公让范鞅官复原职。晋悼公答应了秦景公的请求，范鞅这才得以回到晋国。晋悼公封范鞅和栾盈都为公族大夫，并且告诫栾黡切勿和范鞅结下仇怨。从此以后，秦、晋两国通好，一直到春秋时代结束，都不曾交战。有诗可以证明：

西邻东道世婚姻，一旦寻仇斗日新。
玉帛既通兵革偃，从来好事是和亲。

这一年栾黡死去，他的儿子栾盈接替他的职位成为下军副将。

卫献公名叫姬衎，在周简王十年接替他父亲卫定公成为卫国的国君。因为在服丧期间毫无悲痛之意，他的嫡母定姜就知道他守不住君主的位置，多次规劝他，卫献公都不听从。在位期间，他越来越放纵，所宠爱的都是谗言献媚的阿谀奉承之人，所喜爱的也都是一些鼓乐、田间狩猎之事。卫定公在世的时候，卫献公的同母弟弟公子黑肩仗着卫定公的宠爱，把持了卫国的政权。黑肩的儿子叫公孙剽，继承父亲的爵位为大夫，很懂权术谋略。上卿孙林父和亚卿宁殖见卫献公昏庸无道，都与公孙剽结交。孙林父又暗自勾结晋国为外援，将国家的财富全部迁移到了戚城，让妻子儿子居住在那里。卫献公虽然怀疑他有叛乱之心，一来是对方没有露出踪迹，二来是畏惧他的家族势力强盛，所以一直隐忍不发。

有一天，卫献公忽然约孙林父、宁殖二人共进午餐。两人按时穿着朝服在门外待命，但是从早上等到下午，一直不见使者来召见，宫中也没有一个人出来，孙、宁二人心中怀疑宫中是不是有事情发生。看到太阳已经西下，二人肚子也饿坏了，于是叩响宫门请求面见卫献公。守门的内侍回答道："主公在后园射箭，两位大夫要是想见，可以自行前往。"孙、宁二人十分生气，忍着饥饿径直前往后园，看到卫献公戴着皮冠，和教授射箭的公孙丁比赛射箭。卫献公看到孙林父、宁殖两人走近，也不脱皮冠，将弓箭挂在手臂上问道："两位爱卿来这里有什么事情吗？"孙林父、宁殖两人齐声回答道："承蒙主公约我们共进午餐，臣等等待至今，肚中已经十分饥饿。唯恐违背君令，所以来到这里。"晋献公说："寡人只顾射箭了，不小心忘记了这件事。你们先退下吧，等到改天再约。"刚说完，正好有鸿雁鸣叫着飞过，卫献公对公孙丁说："我和你赌谁能把这只鸿雁射下来。"孙林父、宁殖两人含羞带辱退了下来。孙林父说："主公沉迷玩乐亲近小人，对大臣没有丝毫的尊敬之意，我们将来必定不能免于祸患，这该如何是好？"宁殖说："君主昏庸无道，只会自取其祸，哪里会连累到别人呢？"孙林父说："我想要拥立公孙剽为国君，你觉得怎么样？"宁殖说："这是对的，你我两人伺机而动就可以了。"说完二人便分别回去了。

孙林父回家吃完饭，就连夜赶往戚城，秘密召唤家臣庾公差、尹公佗等人，整顿家里的私有甲士，为谋叛做准备；又派遣他的长子孙蒯去见卫献公，打探他的口风。孙蒯来到都城，在内朝面见卫献公，谎称说："我的父亲孙林父偶然感染风寒，暂且在河上调理，希望主公宽恕。"晋献公笑着说："你父亲的疾病想来是因为饥饿导致的，寡人不敢再让你挨饿。"命令内侍取来酒招待他，还唤来乐工歌唱来助酒兴。负责歌舞的官员问："歌唱什么诗？"卫献公说："《巧言》[这是一首描写谗言乱政的叙事诗]里的最后一章和现在的形势很贴近，就唱这一首吧。"负责歌舞的官员说："这诗寓意不佳，恐怕不适合欢宴。"师曹呵斥他道："主公让唱便唱，多说什么！"原来师曹善于弹琴，卫献公让他教自己宠妾，宠妾不服从教导，师曹便鞭打了她十下，宠妾便在卫献公面前哭诉，卫献公当着宠妾的面鞭打了师曹三百下，师曹怀恨在心，今日明知道这首诗不合时宜，故意想要歌之，来激发孙蒯心中的怒气。于是放声唱道：

彼向人斯，居河之麋？无拳无勇，职为乱阶。

卫献公的用意，是因为孙林父居住在河上，而且有叛乱的苗头，所以想借用这首诗歌来警告他。孙蒯听了歌如坐针毡，不一会儿便向卫献公告辞。卫献公说："刚才师曹所唱之歌，你回去与你的父亲讲述一遍。你的父亲虽然在河上，但是一举一动寡人都知道。让他小心谨慎，好好养病。"孙蒯跪拜下去，连声说"不敢"退了下去。

回到戚城，孙蒯将宫中听歌这件事讲述给孙林父。孙林父说："看来主公现在对我十分忌惮啊！我不能坐以待毙。大夫蘧伯玉是卫国贤能之人，如果可以和他一起共事，定能成功。"于是他偷偷地来到国都拜见蘧伯玉，说："主公暴虐，你也知晓。恐怕有亡国的危险，将来该如何是好？"蘧伯玉回答说："作为臣子，可以进谏便进谏，不能进谏就离去，其他的就不是我所知道的了。"孙林父觉得蘧伯玉无法说服，于是就离开了。蘧伯玉当天便逃到了鲁国。

孙林父召集众人聚集在丘宫，计划进攻卫献公。卫献公害怕了，就派遣使者来到丘宫跟孙林父讲和，孙林父将使者杀死。卫献公让人去看宁殖，发现宁殖已经准备好车马接应孙林父。于是他派人去召唤北宫括，北宫括装病推辞不出。公孙丁说："事情紧急！赶快逃走，以后尚且还可以复国。"于是卫献公召集宫中的甲士约二百多人，公孙丁带着弓箭跟从，打算经东门逃到齐国。孙蒯、孙嘉兄弟二人带兵追到了河泽，大战一场后二百多名宫中甲士全部逃散，最后仅剩十来人。幸好公孙丁善于射箭，箭无虚发，靠近者全部被射死，保护着卫献公一边战斗一边逃走。孙蒯、孙嘉兄弟两人不敢继续追赶，只好回去。返程走了不到三里地，就看到庾公差、尹公佗二位将领带兵前来，说："奉相国之命，务必抓住卫侯回报。"孙蒯、孙嘉说："有一名擅长射箭的人跟随，将军一定要小心提防！"庾公差说："难道是我的师傅公孙丁？"原来尹公佗是跟庾公差学习的射箭，庾公差又是跟公孙丁学习的射箭，三人学习的都是一样的技能，彼此之间都知道对方的本领。尹公佗说："卫侯逃的不远，我们去追他。"追了大概十五里，追上了卫献公，因为驾车的人受伤，公孙丁在驾车，回头一看，远远便认出来是庾公差，就对卫献公说："来人是我的徒弟，没有徒弟害师傅的事情，主公不用担心。"于是停车等待。庾公差到了之后对尹公佗说："真的是我师傅！"于是下车拜见。公孙丁还礼，并挥手让他们离去。庾公差登上车说："今日之事，各为其主，我若是出手，就是背叛师傅；若是不出手，就是背叛主人，如今我有一个两全之策。"于是抽出箭在车轮磕掉箭头，大声说："师傅不要惊慌！"连发四箭，一箭射中马车前面的扶手，一箭射中后面的横木，车左车右也各中一箭，唯独放过了君臣两人，分明是显示自己的本事，卖人情。庾公差射完后大声喊道："师傅保重！"便喝令部下返回。公孙丁也牵着缰绳离去。尹公佗先遇见卫献公，本来是想要展示一下自己的技艺，但因为是庾公差是教授他箭术的师傅，不敢自做主张。然而在回去的路上，尹公佗慢慢后悔了，对庾公差说："你们有师徒的情分，所以要留情面，但是弟子与他已经隔了一层，师恩为轻，主人的命令为重。若是无功而返，用什么来回复恩主？"庾公差说："我师父的箭术高超，和养繇基不相上下，你不是他的对手，不要枉送性命！"尹公佗不相信庾公差的话，当下便转身去追卫侯。

第六十二回
诸侯同心围齐国　晋臣合计逐栾盈

　　尹公佗追了二十多里地才追上卫侯，公孙丁问他来意，尹公佗说："我的师傅庾公与你有师徒的情分，但是我是庾公的徒弟，不曾得到你的传授，和你就像是路人，我怎么可以对一个路人徇私，而对君王失去公义呢？"公孙丁说："你曾经跟你师傅学习技艺，可曾想过你师傅庾公差的技艺是从哪里学的？做人怎么能忘本！赶快回去，免得伤了和气。"尹公佗不听，将弓拉满，朝公孙丁射去。公孙丁不慌不忙，将缰绳交给卫献公，等到箭到面前的时候，用手轻易地接住，然后将箭搭上弓朝尹公佗回射过去。尹公佗慌忙躲避的时候，箭已经射穿了他的左臂，尹公佗忍着痛弃车逃走，公孙丁又射了一箭，结果了尹公佗的性命。其余的追兵见主将死了，也都吓得四散逃窜。卫献公说："要不是你的神箭术，我已经一命呜呼了。"公孙丁拿回缰绳奔驰了十余里之后，听见后面车声震动，像是飞一样赶过来。卫献公说："如果再有追兵，该怎么逃脱啊？"正在慌张的时候，后车渐渐靠近，看了以后才知道，原来是自己一母同胞的弟弟公子鱄冒死前来护驾。卫献公这才放心，于是一路同行到达了齐国。齐灵公安排他在莱城居住。

宋儒曾作了一首卫献公不尊敬大臣，自取逃亡的诗：
尊如天地赫如神，何事人臣敢逐君？
自是君纲先缺陷，上梁不正下梁蹲。

孙林父驱逐了卫献公，随后与宁殖合谋拥立公孙剽为国君，也就是历史上的卫殇公，随后又派人去晋国禀告了更换国君的事宜。晋悼公问荀偃："卫国人驱逐一个国君，又新立一个国君，这种做法可不符合道义。应当如何处置？"荀偃回答说："诸侯都知道卫衎昏庸无道，如今卫国臣民自愿拥立公孙剽为君主，我们不理会也是可以的。"晋悼公采纳了这个意见，对卫国发生的事情默许了。齐灵公听说晋侯不追讨孙林父、宁殖二人驱逐君主的罪责，于是感叹道："晋侯称霸的志向已经懈怠了！我不趁着现在争夺霸主之位，更待何时啊？"于是率领军队入侵鲁国北部边境，肆意掠夺后返回。这是周灵王十四年的事情。

最初，齐灵公娶了鲁侯的女儿颜姬为夫人，颜姬没有子嗣；陪嫁的鬷姬生了一个儿子名叫姜光，齐灵公先立姜光为太子；还有一个宠妾叫戎子，戎子也没有儿子，她的妹妹仲子生了一个儿子名叫姜牙，戎子抱养了姜牙当作自己的儿子；另外一个姬妾生了公子姜杵臼，并不受宠。戎子仗着自己受宠爱，要立姜牙为太子，齐灵公答应了。仲子进谏说："姜光已经被立为世子很久了，又多次会见诸侯，如今无缘无故被废除，恐怕国人不信服，将来必定后悔啊！"齐灵公说："我想让谁做太子，就让谁做太子，谁敢不服？"于是让太子姜光率兵驻守即墨。姜光去了以后，齐灵公便传旨废除了他的太子之位，改立姜牙为太子，让上卿高厚为太傅，寺人夙沙卫勇猛且有智慧，被封为少傅。鲁襄公听说太子姜光被废黜，就派使者来问齐灵公姜光犯了什么错，齐灵公无法回答，反而考虑到将来鲁国定会帮助姜光争夺王位，因此与鲁国结了仇，想要先发兵以武力威胁鲁国，然后将姜光杀死。这齐灵公实在是昏庸无道至极啊！鲁国派遣使者去晋国告急，因为晋悼公抱病，晋国无法营救鲁国。

这年冬天，晋悼公去世了，群臣拥立世子姬彪继位，也就是晋平公。鲁国派遣使臣叔孙豹去晋国参加吊唁和祝贺仪式，并且再次告知晋国，齐国入侵自己。荀偃说："等来年春天召开诸侯大会，若齐国不赴会，再讨伐它也不迟。"

周灵王十五年，也就是晋平公元年，晋国召集所有的诸侯在溴梁相会，齐灵公没有来，让大夫高厚代替自己。荀偃十分生气，想要扣留高厚，高厚逃回本国。后来齐国又兴兵攻打鲁国的北部，包围了东防城，杀了守城的将领臧坚。鲁国的叔孙豹再次来到晋国请求援救，晋平公命令大将荀偃集合诸侯的兵力，大举讨伐齐国。

荀偃点完兵回来，夜里做了一个梦，梦见有黄衣使者拿着一卷文书，来拘荀偃对质。荀偃跟着他到了一座大殿，有一个戴着王冠的人端坐在上面。使者让荀偃跪在红色的石阶下面，跪在一起的人还有晋厉公、栾书、程滑、胥童、长鱼矫、三郤等一班人。荀偃心里暗自觉得惊奇。只听到胥童等人与三郤争辩良久，听的不是太清楚。不一会儿狱卒将其他人带了下去，只留下晋厉公、栾书、荀偃、程滑四人。晋厉公诉说了自己被杀的经过。栾书辩解说："是程滑下的手。"程滑说："主谋是栾书、荀偃，我只不过是奉命行事，怎么可以将罪责全部归到我身上呢？"殿上坐着的王者下旨说："这件事栾书是主谋，应当坐首罪，让他五年之内子孙全部灭绝。"晋厉公愤然说道："这件事荀偃也有参与，怎么他没有罪呢？"随即便起身拔剑朝荀偃的脑袋砍去。荀偃在梦里只觉得自己的脑袋掉在了面前，自己用手捧着自己的脑袋，跪着将脑袋安上后，走出了宫殿门，遇到了梗阳的巫师灵皋，灵皋问他："你的头为何是歪的？"并帮他摆正。荀偃感觉非常疼痛，从梦里惊醒，心里觉得十分怪异。第二天入朝，果然在途中碰见灵皋，于是让他上车，将昨天晚上的梦详细地向他叙述一遍。灵皋说："冤家已经到了，不死又能怎么样呢？"荀偃问："如今东方有事，我还来得及去吗？"灵皋回答说："东方恶气太重，讨伐必定能成功，你虽然会死，依然来得及。"荀偃说："只要能战胜齐国，即使是死了也无憾了！"于是率领军队过河，在鲁济之地与诸位诸侯相会。

晋、宋、鲁、卫、郑、曹、莒、邾、滕、薛、杞、郳共十二国的车马，一同朝齐国进军。齐灵公让上卿高厚辅佐世子姜牙守国，自己率领崔杼、庆封、析归父、殖绰、郭最、夙沙卫等，带领大军驻扎在平阴城。平阴城南有长城，长城上有城门，让析归父在城门外挖掘壕沟，足有一里宽，挑选精兵把守以阻挡敌方军队的进攻。寺人夙沙卫进言说："十二国人心不统一，我们可以趁他们刚到这里，出奇兵打败其中的一支军队，那么其余的军队自然就会气馁。如果不想交战，倒不如选择险峻的要道坚守，区区长城门外的沟壕，没有什么可害怕的。"齐灵公说："有如此深的沟壑，敌方的军队还能飞过来不成？"

再说荀偃听说齐国军队挖掘壕沟坚守，笑着说："这说明齐国害怕我们了！他们必定不会和我们正面交战，应该用计谋攻破齐军。"于是他传令让鲁、卫两国的士兵从须句进军，邾、莒两国的士兵从城阳进军，从琅邪进入齐国；其余人马从平阴进攻，约定在临淄城下相会。各国领命离开后，他又让司马张军臣在所有山川河流的险要处全部插上旗帜，布满整个山谷；将草捆成人的样子，穿上盔甲立在空车上；将砍下来的树枝绑在车上，车辆行走时树枝拖地使得尘土漫天；又让大力士举着大旗拖着车辆，在山谷之间来回跑，当作疑兵。进攻的主力分成三路：荀偃、范匄带领宋、郑两国的士兵在中间；赵武、韩起率领上军，和滕、薛两国的士兵在右边；魏绛、栾盈率领下军，与曹、杞、郑的兵力在左边。命令所有车中都要装满木块和石头，步兵每人装一袋子土。行到防门，三路军队将车里的石头和木头全部抛到深壕里，再加上数万袋子的土，顷刻间填平了深壕，提刀持斧杀了进去。齐国的士兵无法阻挡，死伤大半。

析归父差一点就被晋军活捉，扔下部队一个人逃到了平阴城，告诉齐灵公说："晋军兵分三路将深壕填平前进，声势浩大难以抵抗。"齐灵公开始害怕了，于是登上巫山观察敌军。看到只要是山川河流的险要处都插满了旗帜，后面车马驰骋尘土飞扬，惊讶地说："诸侯的军队怎么这么多啊！我们最好先避其锋芒。"他问手下的将领："谁愿意留下来断后？"凤沙卫说："小臣愿意带领一队人马断后，全力保证主公的安全。"齐灵公大喜，忽然有两名将领出列启奏："堂堂齐国，哪里会找不到一个勇士，而让一个宦官为军队断后，岂不是被诸侯所取笑？我们两人愿意让凤沙卫先走。"这两位将领是殖绰、郭最，都有万夫不当之勇。齐灵公说："将军来断后，寡人自然没有后顾之忧啊！"凤沙卫见齐侯不用自己，羞愧满面地退下，只得跟随齐侯先走。行进了大约三十多里路，到了石门山，这里乃是十分险峻的地方，两边都是大石，只有中间一条路可走。凤沙卫对殖绰、郭最两人怀恨在心，不想让他们立功，等到齐军全部通过以后，将随行的三十多匹马，全部杀死堵在这条路上，又将几辆大车连在一起，横着截断了山口。

殖绰、郭最两位将领带领士兵断后，缓慢后退。当到达石门山隘口时，看到马尸纵横，又有大车拦截，没有办法通过。于是相顾说道："这一定是凤沙卫怀恨在心，故意这样做的。"急忙让军士搬运死马疏通道路，因为前面有大车阻拦，马尸要一匹一匹地逐个往后抬出扔到空地上，不知道费了多少工夫。军士虽然多，但是因道路过于狭窄，无法发挥。后面忽然尘土飞扬，晋国州绰带兵先到。殖绰刚想要回车迎敌，州绰一箭射过来，恰好射中殖绰的左肩。郭最想要弯弓搭救，殖绰摇手阻止。州绰见殖绰如此动作，也不再动手。殖绰不慌不忙地将左肩的箭拔出，问道："来者何人？能射中我肩膀的人，也算是好汉了！请报上名来。"对方回答说："我是晋国的州绰。"殖绰说道："我不是别人，齐国殖绰便是我。将军难道没有听人说过：'莫相谑，怕二绰？'我与将军都以勇猛出名，好汉之间应该相互爱惜，怎么能自相残杀呢？"州绰说："你的话虽然很对，但是各为其主，不得不如此。将军若是肯束手就擒，我可以保全将军的性命。"殖绰问："你说的话可当真？"州绰说："将军若是不信，我可以立下誓言！

若不能保全将军的性命，我愿意跟随你一同赴死。"殖绰说："郭最的性命，今天也交给将军了。"说完两人一同束手就擒，随行的士兵也全部投降。史臣有诗写道：

绰最赳赳二虎臣，相逢狭路志难伸。

覆军擒将因私怨，辱国依然是寺人。

州绰将殖绰、郭最两位将领押到中军献功，并且说两人骁勇善战可以被留用。荀偃下令暂且将两人囚禁在中军，等到班师回朝后再决定他们的去留。大军从平阴出发，所经过的城池并没有进行攻打掠夺，直接抵达了临淄外的城墙下。这时鲁、卫、邾、莒国的士兵也都到了。范鞅先攻齐都临淄外郭西门，西门有很多的芦苇，范鞅利用这些芦苇烧毁了西门；州绰焚烧了申池的竹木。各军队一起用火攻，将四面城门全部烧毁，直逼临淄城下，将城池团团围住，喊声震天，一起朝城楼上射箭。城中的百姓乱成一团，齐灵公也十分害怕，偷偷命令左右随从驾车，想要打开东门逃走。高厚知道以后，急忙跑上前抽出佩剑割断了缰绳，哭着进谏说："诸侯的军队虽然勇猛，然而深入我国岂没有后顾之忧？用不了多久他们就会返回。主公一走，都城就没有办法坚守了。愿您再多留十天，真要是到了山穷水尽的地步，再考虑逃走也不晚啊。"于是齐灵公不再逃走，高厚亲自率领军民协力坚守城池。

十二国联军包围临淄后，在第六天的时候，郑简公忽然收到一封郑国送来的书信，是大夫公孙舍之和公孙夏联名书写的，说里面有至关重要的机密事情。郑简公打开一看，只见上面写道：

臣公孙舍之、公孙夏，奉命和子孔一同守城。不料子孔有谋叛之心，他私下偷偷地送书信到楚国，想要将楚军招来讨伐郑国，自己做内应。如今楚兵已经到了鱼陵，马上就到郑国，情况危在旦夕，望主公能连夜赶回，以救江山社稷！

郑简公十分担心，立即拿着书信交给晋平公看。晋平公召荀偃商量这件事。荀偃说："我军一路不攻城、不作战，直奔临淄的目的，就是为了乘着锐气一鼓作气攻下临淄，如今齐军守城没有吃亏，郑国又有楚国侵扰的警报，如果郑国失守，那就是晋国的过失，不如暂且回去，先救援郑国吧。这次虽然没有攻破齐国，想来齐侯已经害怕，不敢再侵犯鲁国了。"晋平公听从了他的建议，解除了对临淄的围困。郑简公辞别晋平公，先一步返回郑国。

各位诸侯走到祝柯，晋平公对楚军颇感忧虑，与诸位诸侯一起饮酒，闷闷不乐。师旷说："臣用声乐占卜一下。"于是吹律歌《南风》，又吹奏《北风》。《北风》平稳动听，《南风》声音不扬，而且有肃杀的声音。师旷说："《南风》声音不强劲，声音就像是死了一样，不但没有功绩，而且还将给自己招致灾祸。不出三天，就会有好消息传来。"师旷字子野，是晋国最聪明的人，从小喜欢音乐，但是苦于无法精通，于是叹息说："技术不精湛，是因为分心；心不专一，是因为看得太多了。"于是用艾叶将自己的眼睛熏瞎，专门研究音乐。后来他在音乐方面的造诣到了登峰造极的地步，能察觉到气候的盈虚，洞悉阴阳的消长。天时人事都能审查灵验，没有一点儿差错，利用风声鸟鸣占卜战事的发展，就像是亲眼看见了一样。师旷是晋国的太师，负责音乐方面的工作，平时被晋侯所宠信，行军时必定跟随。晋平公听到师旷如此说，便命令驻军等待，让人去远方打探消息。

不到三天，打探消息的人和郑国大夫公孙虿一起回来了，说："楚国已经退军了。"晋平公惊讶地询问详细情况，公孙虿回答说："楚国自从让子庚代替子囊成为令尹后，一直想要报先世之仇，谋划讨伐郑国。公子嘉暗地里与楚国私通，承诺楚军到了以后，谎称迎敌带兵出城相会。全靠公孙舍之、公孙夏两人提前知道了子嘉的计谋，集中兵力守城，严格盘问出入城的人，子嘉才不敢出去与楚军相会。子庚渡过颍河后，因为一直不见内应的消息，只好在鱼齿山驻扎。刚好遇上雨雪齐下，几天都不停止，军营中的水深数尺有余，军中的人只能到高坡上避雨，因为太过于寒冷导致楚军死伤过半，士卒哀声怨道，子庚只得班师回朝。鄎国国君已经彰明了子嘉的罪过，将他给杀了，因为担心给大军造成麻烦，特地派遣我连夜赶来通报。"晋平公十分高兴地说："师旷真是音乐家里的圣人啊！"于是晋平公将楚国讨伐郑国失败的消息通报给了各国诸侯，各国诸侯也各自回到自己的国家。后世有人写诗称赞师旷说：

歌罢《南风》又《北风》，便知两国吉和凶。

音当精处通天地，师旷从来是瞽宗。

这件事发生在周灵王十七年的冬天十二月，等到晋军过河，已经是周灵王十八年的春天了。

荀偃走到半路的时候，忽然头上长了一个毒疮，疼得无法忍受，于是在著雍这个地方停了下来。到了二月，毒疮溃烂了，荀偃眼球脱落而死。掉头的梦与梗阳巫师的话全都应验了。殖绰、郭最利用荀偃死去这一变故，打破枷锁逃回了齐国。范匄与荀偃的儿子中行吴带着荀偃的尸体回了晋国。晋平公升中行吴为大夫，任命范匄为中军元帅，中行吴为副将，仍然用荀的姓氏，称为荀吴。

这年夏天五月，齐灵公生病了，大夫崔杼与庆封合谋，用温车去即墨迎回以前的世子姜光。庆封率领家中的甲士，在晚上叩响了太傅高厚的门，高厚出来迎接，被庆封抓住杀死。姜光与崔杼入宫，先杀了戎子，又杀了世子姜牙。齐灵公听说兵变大吃一惊，吐了几升血，顷刻间气绝而亡。姜光继位齐国国君，史称齐庄公。寺人夙沙卫带领家眷逃到了高唐，齐庄公让庆封率领军队去追，夙沙卫占据高唐叛乱。齐庄公亲自率领大军围攻，一个多月都没有攻下。高唐人工偻勇猛无敌，夙沙卫用他来坚守东门。工偻知道夙沙卫成不了事，于是从城上射下羽书，书信中预定在半夜的时候东北角帮助大军登城。齐庄公不肯相信，殖绰、郭最请求说："他们既然与我们约定，必定有内应。我们两人愿意前往，一定生擒阉狗，来报石门山挡路之仇！"齐庄公说："你们小心前往，我自会接应你们。"殖绰、郭最带兵来到东北角，等到半夜的时候，城上忽然放下长绳下来，殖绰、郭最攀绳而上，军士们也都陆续登城。工偻带着殖绰去捉拿夙沙卫，郭最砍开城门放齐兵入城。城中的人见齐军进城了，不禁乱成一片，大约过去了一更的时间才安定下来。齐庄公进城，工偻与殖绰捆绑着夙沙卫押解过来。齐庄公大骂："阉狗！我有什么对不起你的，你竟然辅佐小人夺走我的世子之位？如今公子牙又在哪里？你既然是他的少傅，何不去地下辅佐他？"夙沙卫低着头没有说话。齐庄公命人将他带出去斩首，将他的肉剁成肉酱赐给所有跟从的大臣，随后任命工偻为守卫高唐的将领，他带着军队班师回朝了。

因为之前诸侯围攻齐国没有取得成功，于是晋国上卿范匄又向晋平公请兵，率领大军攻打齐国。刚渡过黄河，范匄就收到了齐灵公去世的消息，便说："齐国国君刚刚去世，现在讨伐他们不仁义！"随即班师回朝。

齐国听说这件事后，大夫晏婴进谏说："晋军因为我国有丧不讨伐我们，是对我们仁义，我们背叛他们本来就是不讲义气，不如请求讲和，也能让两国免于战乱之苦。"晏婴字平仲，身高不足五尺，是齐国最贤能聪慧的人，齐庄公也因为国家没有安定，害怕晋军又来讨伐，便听从了晏婴说的话，让人去晋国谢罪，同时请求结盟。晋平公在澶渊召集所有的诸侯，在范匄的主持下与齐庄公歃血为盟，双方重申友好关系后便各自散去。从这时算起。两国有一年多没有战事。

晋国下军副将栾盈是栾黡的儿子，栾黡是范匄的女婿，范匄的女儿嫁给栾黡后，被称为栾祁。栾氏从栾宾、栾成、栾枝、栾盾、栾书、栾黡再到栾盈，世代相袭，一连七代人都是晋国的卿相，在晋国的地位无人可比。晋朝的文武百官，一半出自栾氏门下，一半与栾氏结有姻亲。魏氏的魏舒、智氏的智起、中行氏的中行喜、羊舌氏的叔虎、籍氏的籍偃、箕氏的箕遗，都跟栾盈相互扶持，是生死相依的关系。再加上栾盈从小就礼贤下士，轻财好义结交门客，因此有很多死士依附。如州绰、邢蒯、黄渊、箕遗等人，都是他麾下骁勇善战的将领；更有大力士督戎，可以举起千斤之重，手里握着双戟出手就能夺人性命，是栾盈的贴身心腹，寸步不离他的左右；还有家臣辛俞、州宾等……为他奔走效劳的人不计其数。

栾黡去世时，他的夫人栾祁还不到四十岁，耐不了守寡的寂寞。因为州宾经常进府禀告事务，栾祁在屏帐后面偷偷地看到他年少英俊，就秘密派遣侍奉自己的人传话，二人从此勾搭在了一起，栾祁将家里的钱财全都送给了州宾。在栾盈跟随晋侯讨伐齐国时,州宾公然在府中住宿,一点都不避讳。栾盈回来听说这件事后,碍于母亲的颜面,便借口别的事情鞭打了内外守门的人,严格盘查家臣的出入。栾祁一来恼羞成怒,二来淫心难以断绝,三来害怕自己的儿子害了州宾的性命,便借着父亲范匄生辰,以拜寿的名义来到了范府,找机会对自己的父亲说:"栾盈即将叛乱,怎么办?"范匄询问事情的详细情况,栾祁说:"栾盈曾经说过:'范鞅杀了我的哥哥,我父亲驱逐了他,后来又允许他回国。没有诛杀他已经是万幸,反而加以宠幸。如今范氏父子两人把持国家,范氏日益强盛,栾氏将要衰败,我宁死也要与范氏势不两立!'栾盈经常跟智起、羊舌虎等人聚集在密室里密谋,想要除去所有的大夫,让自己的党羽把持朝政。他害怕我泄露消息,严令守卫不许我与外面的人通信。今天我也是经过多方努力才得以来到这里,改天恐怕没有办法再见面了!我因为父母恩深,不敢不告知啊!"当时范鞅也在旁边,帮话道:"我也听说过这些事,如今看来栾盈果然是要发动叛乱了。栾盈的党羽非常多,不能不防啊。"儿子和女儿说出一样的话,由不得范匄不相信,于是秘密启奏晋平公,请求驱逐栾氏。

晋平公私下询问大夫阳毕。阳毕素来厌恶栾黡而亲近范氏,于是回答说:"栾书杀了晋厉公,栾黡继承了他的凶德,延续到栾盈。百姓亲近栾氏已经很久了,如果除掉栾氏一族,诏告他的杀君之罪,以建立君主的威信,这是国家几代的福德啊。"晋平公说:"栾书援助拥立先君,栾盈的罪状也没有显示出来,除掉栾氏没有理由,怎么办?"阳毕回答说:"栾书拥立先君,是为了掩盖自己的罪行。先君忘记国仇只考虑个人之得失,如今主公要是再纵容下去,恐怕这个隐患会越来越大。如果因为栾盈的罪恶没有显示出来,那就应该先除掉他的党羽,赦免栾盈后再将他驱逐出国。他若是发动叛乱,那么诛杀他也就有理由了;如果他逃走后客死他乡,也算是主公对他的恩惠了。"晋平公同意了,于是召范匄入宫,共同商议这件事。范匄说:"栾盈没有除去而剪除他的党羽,是在催他发动叛乱。主公不如让栾盈去修筑著城,栾盈不在国都,他的党羽就没有了主心骨,想要消灭他们也就容易了。"晋平公说:"好。"于是派遣栾盈前往著城。

栾盈临行前,他的党羽箕遗说:"栾氏的仇人很多,这个你是知道的。赵氏因为屠岸贾诛杀赵氏一族的事情怨恨栾氏,中行氏因为伐秦之役[指荀偃讨伐秦国时出令不明,栾黡领兵独归一事]怨恨栾氏,范氏因为范鞅被驱逐一事怨恨栾氏。智朔早死,智盈年纪尚小,什么都听中行氏的,程郑现在正为君主所宠爱,栾氏一族的势力十分孤单。修建著城并不是国家的要紧之事,何必要让你去呢?你先拒绝,看看主公是什么意思,以便早做准备。"栾盈说:"君主的命令是不能拒绝的。我如果有罪,怎么敢逃避死亡?如果无罪,国人必将拥护我,谁能害得了我?"于是命令督戎为御手，出了绛城往著城而去。

就在栾盈离开后的第三天，晋平公在朝堂上对诸位大夫说："栾书往日有弑君之罪，却没有按照律法诛杀。如今他的子孙在朝为官，我觉得这是一种耻辱！诸位爱卿觉得应该如何处理栾盈？"诸位大夫异口同声地说："应当把他驱逐出国。"于是晋平公宣布栾书有罪，将罪状挂在国门上，派遣大夫阳毕带兵驱逐栾盈。他的族人在国都里的，也全部驱逐出去，收回了栾氏的封地。栾乐、栾鲂率领他们的族人，同州绰、邢蒯一起，都出了绛城径直投奔栾盈去了。叔虎拉着箕遗、黄渊随后准备出城，见城门已经关闭，听闻将要搜捕栾氏的党羽治罪，经过商议后各自聚集自己的家丁，想要趁着晚上发动叛乱，打开东门逃出去。赵氏有个门客叫章铿，和叔虎家是邻居，听到了他们的计划后就告诉了赵武，赵武又转告给了范匄，范匄让自己的儿子范鞅率领三百名甲士，围住了叔虎的宅院。

第六十三回
老祁奚力救羊舌　小范鞅智劫魏舒

这时箕遗就在叔虎的家里，打算等黄渊来了，到了半夜的时候一起行动。范鞅带兵围住宅院后，外面的家丁不敢聚在一起，只能远远地观望，也有很多人直接跑了。叔虎踩着梯子向墙外问："小将军为什么带兵来此啊？"范鞅回答说："你们平日里就勾结栾盈，如今又密谋出城接应，罪同叛逆，我奉了晋侯的命令，特地来抓你们。"叔虎说："没有这回事，你是听谁说的？"范鞅随即召来章铿前来证实。叔虎力气大，搬起一块墙上的石头就朝章铿的头上砸去，正好砸中，把他的头砸了个稀烂。范鞅勃然大怒，让将士们放火进攻大门。叔虎慌了，对箕遗说："我宁可死里逃生，也不愿意坐以待毙。"说完就提着长戟率先冲了出去，箕遗拿着剑跟在后面，大声喊："冒火杀出去。"范鞅在火光里认出了两人，让将士们一起放箭。此时的火势已经势如燎原难以躲避，再加上箭如雨下，两人就算是有通天的本事，也没有用武之地，双双被箭射倒在地，等士兵用挠钩把他们拉出来，已经是半死了。士兵们将他们绑到车上，刚灭了火，就听见车轮滚动的声音，无数的火把照亮了天空，原来是中军副将荀吴率领本部的将士前来接应，路上刚好遇见黄渊，也把他拿了下来。范、荀两军合为一军，将叔虎、箕遗、黄渊押解到中军元帅范匄的面前。范匄说："栾盈党羽还有很多，只抓住了这三人，并没有解决问题，应当将剩下的人全部抓捕回来！"于是又兵分多路搜捕。绛州城内闹了一夜，到天明的时候，范鞅抓到了智起、籍偃、州宾等，荀吴抓到了中行喜、辛俞及叔虎之兄羊舌赤和羊舌肸，全部囚禁在朝门之外，等待晋侯上朝，启奏以后再做定夺。

羊舌赤字伯华，羊舌肸字叔向，他们和叔虎虽然都是羊舌职的儿子，但是叔虎是庶母所生。叔虎的母亲本来是羊舌夫人房里的婢女，十分美丽，羊舌职想要将她收房，可是羊舌夫人却不同意。这时羊舌赤和羊舌肸都已经长大了，劝说自己的母亲不要嫉妒。夫人笑着说："我怎么会是妒妇！只不过我听说越好看的东西越有毒，深山大泽是生长龙蛇的地方。我是担心她将来生出一个祸害牵连你们，所以才不让她去侍寝。"叔向等听从父亲的意思，坚持请求母亲，婢女才被派遣侍寝，一晚上就怀上了身孕，生了叔虎。等到长大，跟他的母亲一样俊美，而且力气过人。栾盈从小就与他同吃同睡，就像是夫妻一样相爱。他和栾盈交情最厚，所以连带兄弟都被囚禁了。

大夫乐王鲋字叔鱼，当时正被晋平公宠爱，平日里就听说羊舌赤、羊舌肸二人的贤能，想要和他们结交但是一直没有机会。如今听说两人被囚禁，特地来到朝门探望，正好遇到羊舌肸，就作揖安慰他道："你不要担心，等我见了大王，必将尽力为你求情。"羊舌肸听后一言不发，乐王鲋很是尴尬。羊舌赤见了，斥责自己的弟弟说："我们兄弟两人若命丧于此，羊舌一族就绝后了！乐大夫受主公的宠爱，对他言听计从，倘若因为他几句让我们得到赦免，不至于让羊舌氏的先祖失去祭祀，岂不是天大的幸事？你为什么默不作声？难道这是求人的态度吗？"羊舌肸笑着说："生死由命。若是上天庇佑，必定由祁老大夫出面，我们才会得到赦免，乐大夫有什么能耐做到这些？"羊舌赤说："乐大夫每天从早到晚都陪伴在主公的身边，你说他'不能'；而祁老大夫不理政务闲居在家，你却说'必定由他出面'。我实在是不理解！"羊舌肸说："乐大夫是谗言献媚的人，君主说可以他就说可以，君主否决他也否决。祁老大夫举贤不避仇，内举不避亲，怎么会独独遗漏了羊舌一族呢？"

过了一会儿，晋平公上朝，范匄将所抓获的栾盈党羽的姓名全部奏闻。晋平公也怀疑羊舌氏兄弟三人都在其中，问乐王鲋说："叔虎的阴谋，羊舌赤和羊舌肸是否知道？"乐王鲋心里对叔向不满，于是回答说："他们是亲兄弟，岂能不知道？"于是晋平公把这些人关进狱中，让司寇商议定罪。这时祁奚已经告老还乡，居住在祁地。他的儿子祁午和羊舌赤是同僚而且私交很好，连夜让人给父亲送信，请求他给范匄写信为羊舌赤求情。祁奚看了信吃惊地说："羊舌赤兄弟两人都是晋国的贤臣，既然有这样的冤情，我应当亲自去解救。"于是驾车连夜进入都城，还没来得及跟祁午见面，便去拜访范匄。范匄说："大夫年事已高，冒着风寒前来，必定有事情要说。"祁奚说:"老夫是为了晋国的江山社稷而来,不是为了其他的事情。"范匄大吃一惊,问道:"不知道什么事关系到江山社稷,劳烦老大夫如此费心?"祁奚说:"贤能之人是保卫江山社稷的基础。羊舌职对晋国有功劳,他的儿子羊舌赤、羊舌肸继承了他的美德。就因为一个庶子犯了错误,就将一家人全部杀了,真是太可惜了!以前郤芮发动叛乱,而他的儿子郤缺却升了官。父子之间尚且不牵连,更何况是兄弟呢?你因为私怨,滥杀无辜,玉石俱焚,晋国的江山社稷危险了!"范匄大吃一惊,连忙站起来说:"老大夫说的很对,可是主公还没有消气,我跟老大夫一起进宫当面给主公说明详情。"于是二人坐车一同入朝,求见晋平公说:"羊舌赤、羊舌肸贤能,与叔虎这样不肖之人是不一样的,他们必定不知道栾氏的事情。而且羊舌一族的功劳,也不能忘记啊。"晋平公醒悟了,宣布赦免羊舌赤兄弟二人,并官复原职。智起、中行喜、籍偃、州宾、辛俞都贬为庶人,只有叔虎与箕遗、黄渊处斩。羊舌赤兄弟二人承蒙赦免,入朝谢恩,事情完毕后,羊舌赤对自己的弟弟说:"我们应当去祁老大夫那里感谢。"羊舌肸说:"他是为了江山社稷,不是为了我们,为什么要去谢他?"竟自坐车回到了府中。羊舌赤心中不安,自己前往祁午那里请见祁奚。祁午说:"父亲见过晋侯之后,便立即回祁城去了,一刻也没有在我这里停留。"羊舌赤说:"祁老大夫施恩不指望别人回报,我自愧不如羊舌肸有高见啊!"隐士徐霖写诗道:

尺寸微劳亦望酬,拜恩私室岂知羞。
必如奚肸才公道,笑杀纷纷货赂求。

这件事平息后,州宾又跟栾祁搅到了一起,范匄听说以后,让力士在州宾的家里将他刺杀了。

驻守曲沃的大夫叫胥午,以前是栾书的门客。栾盈路过曲沃的时候,胥午热情迎接款待,十分殷勤,栾盈谈到修筑著城一事时,胥午许诺要以曲沃的兵力来帮助他。栾盈在这里停留了三天,栾乐等人追上了他,将都城中发生的事情详细诉说了一遍,最后还说:"阳毕即将带兵到达。"督戎说:"晋兵若是到了,便与他交战,未必输给他。"州绰、邢蒯说:"我们就是为了此事来的,因为担心恩主手下缺人,我二人特地来帮您。"栾盈说:"我从来没有得罪过国君,这都是被仇人陷害的。若是我们和晋军作战,就给了那些仇人借口,不如逃走吧,相信主公以后肯定会明白我的苦衷。"胥午也说不能和晋军作战。随后栾盈收拾好车马,与胥午洒泪告别,向楚国逃亡去了。阳毕带着兵马到达著城的时候,城里的人说:"栾盈没有来这里,在曲沃就已经逃走了。"阳毕在回去的时候,一路宣布栾氏的罪责。百姓们都知道栾氏是功臣,而且栾盈为人乐善好施,纷纷叹息栾氏真是冤枉。

范匄对晋平公说,应该严禁栾氏之前的老臣跟栾盈联系,不允许他们投奔栾盈,凡是投奔栾盈的全部处死！栾氏的家臣辛俞刚听说栾盈在楚国，就收拾数车财物出城去投奔栾盈，不料被守门的官吏抓住了，将他押到了晋平公面前。晋平公问："寡人有禁令，你为什么要触犯？"辛俞跪下磕头说："我很愚笨，不知道主公不准我们投奔栾氏，到底是因为什么呢？"晋平公说："投奔栾氏就是目无君父，所以寡人才下了这个禁令。"辛俞说："原来主公是为了禁止那些目无君父的人，那么臣就知道臣可以免于一死了。臣听说，祖孙三代都在一个家族出仕，就应当尊重其家如君王；两代人在同一个家族出仕，就应当尊重其家如主人。侍奉君主讲究的是以死相报，侍奉主人讲究的是以勤相报。从我的祖父到我的父亲，因为没有权重的人物将他们推荐进朝廷，世世代代都服务于栾氏，吃的也是栾氏的俸禄，到臣这里已经三代了，因此栾氏就犹如我的君主。臣不敢没有君，所以想要跟从栾氏，又为什么要禁止呢？并且栾盈虽然被降罪，主公只是驱逐并没有诛杀他，难道不是念及他的祖上为晋国立下了汗马之劳，留他一条命吗？如今他客居他乡，器具不全，衣食不足，说不定哪一天就会客死他乡，那君主的恩德不就终止了吗？我此次前去，是尽作为臣子的忠义，也是成全主公的仁义，并且让国人知道后都会说：'主公虽然有了危难，但是不能弃之不顾。'这要比禁止目中无君的人，好太多了。"晋平公听了他的话高兴地说："你留下来侍奉我吧，我就以栾氏给你的俸禄录用你。"辛俞说："臣早就说过了，栾氏就是臣的君主。舍弃一个君主又侍奉另一个君主，跟您所禁止的'目中无君主的人'又有什么区别？如果一定要让我留下，那就杀了我吧！"晋平公说："你去吧！寡人姑且听你的，遂了你的心愿。"辛俞再次跪拜叩首，带着数车财物昂首挺胸地出了绛城。史臣有诗称赞辛俞的忠心，诗中写道：

翻云覆雨世情轻，霜雪方知松柏荣。
三世为臣当效死，肯将晋主换栾盈？

栾盈在楚国的边境上居住了数月，想要去郢都面见楚王，忽然转念一想："我祖父效力的国家，与楚国世代为仇，倘若楚王容不下我，那我又该怎么办？"于是他改变主意想要去齐国，但是身边的物资已经不足了，幸好辛俞驱车带着财物来到，帮了他的大忙。于是栾盈休整车马随从，转道去了齐国。这是周灵王二十一年的事情。

齐庄公喜欢争强好胜，不屑于屈居别人之下，虽然在澶渊与晋国歃血为盟，但最终还是因为平阴战败而觉得耻辱。于是想要广求天下勇猛之士，将这些人编成一队，亲自率领横行天下。于是他在卿、大夫、士这些职位以外，又设立了"勇爵"的职位，俸禄按照大夫的规格发放，要求必须是力举千斤、能射穿七层木片的人才能入选。最先入选的是殖绰、郭最，接着又选中了贾举、邴师、公孙敖、封具、铎甫、襄尹、偻堙，总共九个人。齐庄公每天召他们入宫，相互驰射击刺，以此为乐。

这天，齐庄公上朝时有近臣汇报："如今晋大夫栾盈被驱逐，逃奔到齐国了。"齐庄公高兴地说："我正想报当初和晋国的一箭之仇，今天他的世臣就来投奔，我可以如愿以偿了。"于是想要派人迎接。大夫晏婴启奏说："不可！弱者和强者交往，讲的是信用。我们刚与晋国结盟，如今又接纳被晋国驱逐的大臣，倘若晋人来向我们问罪，我们该怎么应对啊？"齐庄公大笑着说："爱卿说的不对！齐、晋两国实力相当，哪里有什么强弱之分呢？当初我们接受盟约，只是为了缓解当时的危机。我怎么能跟鲁、卫、曹、邾一样，终日侍奉晋国呢？"于是不听晏婴的话，让人迎接栾盈入朝。栾盈觐见齐庄公时，跪着哭诉自己被驱逐的原因。齐庄公说："爱卿不要担心，我助你一臂之力，必定让你重新回到晋国。"栾盈再次跪拜感谢。齐庄公赏赐栾盈豪宅居住，并设宴款待。州绰、邢蒯服侍在栾盈的身侧，齐庄公看到他们身形伟岸，问他们的名字，两人如实相告。庄公说："往日平阴之战，擒拿我军殖绰、郭最的人就是你们吗？"州绰、邢蒯叩拜谢罪。齐庄公说："我已经对你们仰慕已久了！"齐庄公命人赏赐他们酒食，又对栾盈说："我有事情请你帮忙，你可不能推辞。"栾盈回答说："我可以回报你的，只有我的生命了。"齐庄公说："我别无他求，想要暂时求得两位勇士作伴。"栾盈不敢拒绝，只得答应，闷闷不乐地登上车，叹息道："幸亏他没有见督戎，要不然也被夺去了！"

齐庄公得到州绰、邢蒯后，将他们列位于勇爵的末尾，二人心里十分不服。有一天，他们与殖绰、郭最一同侍奉在齐庄公的身侧，两人假装惊讶的样子，指着殖绰、郭最说："这不是我国的囚徒吗，怎么会在这里？"郭最回答说："我们当初只不过是被阉狗给害了，比不上你们跟着别人亡命天涯。"州绰生气地说："你就是我口中的虱子，怎么还敢跳动？"殖绰也生气地说道："你们如今在我们国家，也是我们盘中的肉。"邢蒯说："既然你们容不下我们，我们即刻就回到我主身边。"郭最说："堂堂齐国，难道少了你们两个就国将不国了？"四个人话不投机，争得面红耳赤，各自都将手放到了佩剑上，渐渐有了火拼的意思。齐庄公好言相劝，取来酒犒劳几人，对州绰、邢蒯说："我当然知道两位爱卿不屑屈居于齐人之下。"于是更改勇爵的职位名为"龙""虎"二爵，分为左右。右班为"龙爵"，以州绰、邢蒯为首，又挑选出齐人卢蒲癸、王何排列其后；左班为"虎爵"，以殖绰、郭最为首，贾举等其他七人依次排序，能够进入这个序列的人都以此为荣。只有州绰、邢蒯、殖绰、郭最四人，在私底下依旧不和。崔杼、庆封凭借拥立齐庄公的功劳都位居上卿，共同执掌政务，齐庄公经常到他们的府邸里饮酒作乐，不时的舞剑射靶，没有君臣之间的隔阂。

单说崔杼的前妻生下了两个儿子，名字分别叫崔成、崔疆。几年之后崔杼的妻子去世，他又娶了东郭偃的妹妹东郭氏。东郭氏以前曾嫁给棠公为妻，所以叫作棠姜，生了一个儿子名叫棠无咎。棠姜很漂亮，崔杼在参加棠公葬礼的时候见到了她，于是就央求东郭偃说和，娶她做了继室。棠姜在嫁给崔杼后也生了一个儿子，名叫崔明。因为宠爱继室，崔杼用东郭偃、棠无咎做了家臣，把幼子崔明托付给他们。他对棠姜说："等到明儿长大，就立他为适子。"这件事我们暂且放到一边。

有一天，齐庄公去崔杼家里饮酒，崔杼让棠姜敬酒，庄公看上了她的美貌，于是重赂东郭偃，让他传达自己的意思，找机会与棠姜私通。二人来往多次，崔杼渐渐发觉了，就盘问棠姜。棠姜说："确有此事。他拿着国君的名义逼迫我，我一个女人能有什么办法。"崔杼说："那你为什么不说？"棠姜说："妾身知道自己有罪，不敢说。"崔杼沉默良久，说道："这件事与你没有关系。"从此崔杼便有了谋杀齐庄公的心思。

周灵王二十二年，吴王诸樊向晋国求婚，晋平公将自己的女儿嫁了过去。齐庄公与崔杼谋划说："寡人曾经答应送栾盈回晋国，但是一直没有合适的机会。寡人听说曲沃守城的大臣是栾盈的好友，就打算用送陪嫁的名义，顺便将栾盈送到曲沃，让他以曲沃为基地袭击晋军，你觉得怎么样？"崔杼对齐侯怀恨在心，出于私心，正想要让齐侯与晋国结怨，等到晋侯派兵来讨伐的时候，便将所有的罪责都推到君主的身上，杀了齐侯来讨好晋国。如今齐庄公谋划送栾盈回国，正好符合崔杼的心思。于是他回答说："曲沃人虽然心向栾氏，恐怕不能对晋国造成多大的伤害。主公必须亲自率领一支军队，在后面支援他们。如果栾盈成功从曲沃进入新绛，主公就说是讨伐卫国，由濮阳从南向北进军，两面夹击之下晋军必定抵挡不了。"齐庄公深表认同，将这个计划告诉了栾盈，栾盈也十分高兴。家臣辛俞进谏说："我跟随主公，尽了自己所有的忠心，也希望主公可以忠于晋君！"栾盈说："晋君不拿我当作臣子，怎么办？"辛俞说："昔日纣王将周文王囚禁在羑里，文王三分天下，以臣服的姿态侍奉殷朝。晋君不念栾氏往日的功勋，罢黜驱逐你，让你客居他乡，大家都怜惜你的遭遇；而一旦做了不忠于国家的事情，你还有什么脸面容于天地之间呢？"栾盈不听。辛俞哭泣着说："主公这一去，必定是免不了一死！我就用死来为你送行吧！"于是拔剑自刎。史臣赞赏道：

盈出则从，盈叛则死。公不背君，私不背主。卓哉辛俞，晋之义士！

齐庄公随即用宗室之女姜氏为陪嫁，派遣大夫析归父送去晋国。车队用的大多都是温车，载着栾盈及其宗族的人，想要送到曲沃。州绰、邢蒯请求跟从，齐庄公害怕他们回到晋国，于是让殖绰、郭最替代，嘱托说："你们服侍栾将军，就如同侍奉寡人一样。"行驶到曲沃，栾盈等人都穿了便服进城。夜晚叩响了大夫胥午的门，胥午十分惊异，开门走出来，看到栾盈，大吃一惊说："小恩主怎么来这里了？"栾盈说："我们去密室里谈。"胥午于是将栾盈迎接进密室之中。栾盈拉着胥午的手欲言又止,不由得掉下泪来。胥午说:"小恩主有事,尽管说出来大家商议,不需要哭泣。"于是栾盈停止哭泣说道:"我被范匄、赵武诸位大夫所陷害,祖宗基业不保。如今齐侯怜悯我被冤枉,将我送到了这里,而且齐兵马上就到。你若是能带领曲沃的将士,与齐兵一起袭击绛城。齐兵在外面进攻,我们在城内响应,绛城就可以被拿下,然后再向诸位仇家报仇,我也甘心了,再顺势劝说晋侯与齐国讲和。栾氏的复兴就在此一举啊!"胥午说:"晋军实力强大,范、赵、智、荀诸家又相处和睦,恐怕不能成功,反而白白将自己变成贼人,为何要如此啊?"栾盈说:"我有大力士督戎,一个人就可以抵抗一个军队;而且殖绰、郭最都是齐国的勇将;栾乐、栾鲂身强力壮,善于射箭;晋国虽然强盛,但是不足以畏惧。往日我在下军辅佐魏绛,他的儿子魏舒每次托我办事,我都尽力去办,他很感激我,每次都想要报答。若是能再得到魏氏帮助,那么成功的概率就有八九成了。万一事情不成功,即使是死了也没有遗憾了!"胥午说:"等到改日试探一下人心向背,才可以行动。"随后胥午就将栾盈等人藏在了密室里。

到了第二天,胥午假说自己梦见了晋献公的儿子申生,然后以此为理由在祠堂里祭祀,用祭祀后的食物来招待自己的同僚,让栾盈等人埋伏在墙壁后面。酒过三巡后开始奏乐,胥午下令停止奏乐,说:"世子申生被冤杀,我们哪里忍心欣赏音乐啊!"众人皆叹息。胥午说:"臣子中也有这样的事情。栾氏一族世代有功,而今被同朝为官的人诽谤而遭到驱逐,跟世子申生又有什么分别呢?"众人皆说:"这件事全国人都感到愤愤不平,也不知道他还能不能返回故国。"胥午说:"假如他现在在这里,你们会怎么办?"众人都说:"若他可以成为我主,我们愿誓死效力,绝不后悔!"在坐的很多人都流下了眼泪。胥午说:"大家不要悲伤,栾盈现在就在这里。"栾盈从屏帐后面走了出来,向众人行礼,众人都跪拜回礼。栾盈自己诉说了回到晋国的想法:"若是可以重新回到绛城,死也瞑目了!"众人都积极地表示愿意随他出兵。当天大家畅饮之后才散去。

第二天,栾盈写了一封密信,托曲沃的商人送到了绛城魏舒那里。魏舒也觉得范匄、赵武的行为太过分,得到这封密信后立即回信道:"我已经做好了准备,等曲沃的士兵一到,便即刻出去迎接。"栾盈十分高兴。胥午整顿了曲沃所有的兵力,总共二百二十乘战车,全部交给栾盈率领。栾氏一族的人只要是能作战的都参加了这次行动,老弱全部留在了曲沃。督戎为先锋,殖绰、栾乐在右,郭最、栾鲂在左。黄昏时起兵出发,去突袭绛城。

从曲沃到绛城只有六十多里地,一个晚上便到了。栾盈让人破坏了外墙,直接抵达南门,绛城人这时还不知道有人发动叛乱,真的可以称得上迅雷不及掩耳!反应过来的绛城人刚刚关上城门,守城的防御一处都没有来得及布置,所以不到一个时辰就被督戎攻破了,栾氏的私兵进城后就像是到了无人之境。当时范匄在家刚用完早餐,忽然乐王鲋气喘吁吁地跑过来报告说:"栾氏已经从南门入城了。"范匄大吃一惊,赶紧唤来自己的儿子范鞅聚集甲士抵抗敌人。乐王鲋说:"事情紧急!您赶快带着主公逃到固宫,那里还可以坚守。"固宫,是晋文公因为吕郤焚宫的原因,在公宫的东边另外建造的宫殿,以备不时之需。固宫宽十多里,内有宫室和观台,粮食非常多。这里精选了三千名健壮的甲士守卫,在外面挖了深壕,墙高数仞,所以被称为固宫。范匄担心城中有内应,乐王鲋说:"诸位大夫都是栾氏的冤家,唯一值得担心的只有魏氏了。若是快些用国君的命令将他召来,还来得及。"范匄同意了他的建议,一面让范鞅用君命召唤魏舒,一面催促仆人快些驾车。乐王鲋又说:"我们的行动不能让外人知道,最好乔装打扮之后再出去。"当时晋平公外祖父家有丧事,范匄与乐王鲋等人将盔甲穿在黑色的孝衣里,用守丧的麻带蒙住头,假装成妇人直接进入宫中,将栾氏进入绛城的消息禀报给了晋平公,晋平公立即坐车马进入固宫。

魏舒家在城北,范鞅乘轺车很快就到了这里,只见魏舒家的车马甲士已经整装待发,魏舒身穿盔甲上了战车,准备去南边迎接栾盈。范鞅下车急忙靠近他说道:"栾氏叛逆,主公已经到固宫了,我父亲与诸位大夫都聚集在主公那里,让我来迎接您。"魏舒还没有来得及回答,范鞅便纵身一跃上了马车,右手拿着剑,左手拽着魏舒的衣带,吓得魏舒不敢说话。范鞅下令:"快走!"驭手问道:"去哪里?"范鞅厉声说道:"往东边走,去固宫!"于是车马甲士全部向东边出发,一直来到了固宫。

第六十四回
曲沃城栾盈灭族　且于门杞梁死战

范匄虽然派他的儿子去把魏舒哄回来,但是不知道范鞅能否成功,心中一直忐忑不安。他亲自登上城楼观望,当看到一队车马士兵从西北方向疾驰而来,范鞅和魏舒都在一辆马车上时,高兴地说:"栾氏不会有帮手了!"立即开宫门迎接。魏舒跟范匄见面的时候,脸色还没有缓过来。范匄拉着他的手说道:"外人不知道内情,说将军与栾氏私通,我坚定地认为将军是不会这样做的。如果将军能和我共同歼灭栾氏,定当用曲沃之地当作你的酬劳。"魏舒此刻已经落在范氏的掌中,只能范匄怎么说他就怎么做，于是就跟着范匄一同去拜见晋平公，共同商议应敌的计划。不一会儿，赵武、荀吴、智朔、韩无忌、韩起、祁午、羊舌赤、羊舌肸、张孟趑等各位大臣也陆续到达，都带着车马和士兵，兵力更加雄厚了。固宫只有前后两个门，都有内外两道防御工事，范匄让赵、荀两家的军队共同坚守南门，韩无忌兄弟把守北门，祁午等人在周围巡逻机动，范匄父子两人守着晋平公寸步不离。

栾盈进入绛城后，不见魏舒来迎接，心中就有了怀疑。于是他驻兵在市口，让人去打探消息。不一会儿就得到报告："晋侯已经去了固宫，百官都和他在一起，魏氏也跟去了。"栾盈勃然大怒说："魏舒竟然敢欺骗我，要是见了他，我必定亲手杀了他！"随即拍着督戎的后背说道："尽力去攻打固宫，成功之后我们一起享受荣华富贵！"督戎说："我将士兵分给你一半，我单独去攻打南关，恩主率领诸位将士去攻打北关，看谁先入固宫！"此时殖绰、郭最虽然帮栾盈做事，但是州绰、邢蒯当初可是栾盈带到齐国去的，齐侯抬举州绰、邢蒯，导致殖绰、郭最两人多次受到他们的奚落。俗语说"怪树怪丫叉"，殖绰、郭最和州绰、邢蒯两人有心结，追其根本多少会迁怒到栾盈的身上。况且栾盈口口声声只夸赞督戎的勇猛，并没有看重殖绰、郭最的意思，两人怎么会用热脸去贴栾盈的冷屁股？于是二人也就有了坐观成败的心思，不肯全力以赴。所以就当时来说，栾盈可以依靠的只有督戎一人。

督戎当即便手提双戟，乘车直接赶往固宫，要拿下南关。他在工事外面察看形势的时候，纵车来往驰骋，威风凛凛，杀气腾腾，简直就是一尊黑煞神降临人世！晋军一向都知道他勇猛的威名，看到之后全都胆战心惊。赵武啧啧称叹羡慕不已。赵武的手下有两名骁勇善战的将领，名叫解雍、解肃，兄弟二人都擅长使用长枪，也是军中赫赫有名的勇将。他们听到主将感叹羡慕，心中十分不服气，就说道："督戎虽然勇猛，也没有三头六臂，我们兄弟二人虽然没有什么本事，要是领一支兵马出战，肯定能将他生擒活捉献给君侯！"赵武说："你们要小心一点，千万不能轻敌。"两员将领整理好甲胄兵器，驾车飞出关卡，隔着堑壕大喊："来者是督戎吗？可惜你如此勇猛，却跟随了叛军。若能早日归顺，还能转祸为福。"督戎听后勃然大怒，喝令军士填平堑壕。军士刚刚把土和石头运过来，督戎性子急，已经等不及了，将双戟插在地上用力一跃，一下子就跳到了堑壕北面。两位将领大吃一惊，拿起长枪来跟督戎战斗。督戎挥舞着双戟迎了上去，没有丝毫的胆怯。解雍的马很快就被督戎一戟打折了脊椎，战车也无法动弹了。督戎两把大戟，一左一右挥舞得呼呼作响。解肃一枪刺过来，被督戎一戟拉住了枪杆，督戎的力气太大了，只听"嘭"的一声，解肃那支枪被折成两段。解肃扔了手中的半截枪杆就跑。解雍也慌了神，手中动作稍微慢了一下，就被督戎一戟刺倒在地。督戎又去追赶解肃。解肃一溜烟地跑到北关，拉着绳子上了城头。督戎追不上，就退回来想要结果了解雍，不料解雍已经被晋国军将救到关里去了。督戎怒气冲冲，独自举着双戟站在那里大喊："有本事的人多出来几个，一块厮杀，省的耽误工夫！"关上没人敢回应。督戎等了一会儿，便回到了自己的军营，吩咐军士，打点明天攻关的事情。

　　当天夜里，解雍伤重而死，赵武痛惜不已。解肃说："等到明天小将再与他决一死战，誓为兄长报仇雪恨，即使是死了也不遗憾！"荀吴说："我部下有一名老将叫牟登，有牟刚和牟劲两个儿子，都有千斤之力，现在晋侯麾下做侍卫。今天晚上我让牟登将他们唤来，明天与解将军一起出战，三个人打一个，难道还会输给他吗？"赵武说："很好！你去办吧。"荀吴便去吩咐牟登去了。

　　第二天早上，牟刚、牟劲全都来了。赵武一看，果然都是身材魁梧、相貌堂堂的好汉。赵武慰问了他们一番，便命令他们与解肃一同下关。那边督戎早就把堑壕填平，直逼关下挑战。这里的三名猛将开关便走了出来，督戎大喊："不怕死的都来！"三名将领也不回话，一杆长枪两柄大刀一起朝督戎杀去。督戎没有丝毫的恐惧害怕，杀到兴头上的时候，他跳下马车，用尽力气挥舞着双戟向牟劲的战车砸去。督戎的双戟不止千钧的力气，一下就把牟劲战车的车轴砸断了，牟劲刚跳下来，就挨了督戎一戟，被打成稀烂。牟刚气坏了，上前和督戎拼命，怎奈督戎双戟挥舞得飞快，没有办法靠近。老将牟登在后方见形势不妙，大喊道："暂且歇息！"关上鸣金收兵。牟登亲自出关前来接应牟刚、解肃。督戎命军士进攻，可是城墙上滚木礌石雨点一般砸了下来，军士们死伤很多，然而督戎身上连一点伤都没有，果然是猛将啊！

　　赵武和荀吴接连失败两次，就派人到范匄那里求援。范匄说："连一个督戎都赢不了，怎么平定栾氏的叛乱？"当天夜里，范匄点着蜡烛坐在那里闷闷不乐。有一个奴仆在他的身边服侍，跪拜问："元帅心中郁郁寡欢，莫非是因为督戎？"范匄转头一看，知道这人姓斐名豹，原来是屠岸贾手下将领斐成的儿子，因为受到屠岸贾的牵连，被贬为奴隶，在中军服役。范匄对他的话感到好奇，问道："你若是有计策除掉督戎，定重重有赏。"斐豹说："小人的名字在罪人名册上，空有冲天的志向，但是根本无出头的机会，元帅若是能去掉小人奴隶的身份，小人定当杀了督戎，来报答您的大恩大德。"范匄说："你若是杀了督戎，我就请求晋侯，不但除去你的奴籍，还让你做中军的将领。"斐豹说："元帅不能失信。"范匄说："我要是不守信用，就让我全家不得好死！但是不知道你要用多少人？"斐豹说："督戎在绛城的时候，与小人认识，经常比赛武力赌输赢。他仗着自己勇猛，性情非常急躁，喜欢单打独斗，若是车马兵力前去，没有办法战胜他。小人愿意独自下关，自有擒拿督戎的计策。"范匄说："你不会一去不回吧？"斐豹说："小人上有老母亲，今年七十八岁，还有幼子娇妻，怎么能罪上加罪，做出如此不忠不孝的事情呢？如有此事，也让我全家不得好死！"范匄十分高兴，用美酒佳肴犒劳他，并赏赐犀牛甲一副。

　　第二天，斐豹将犀牛甲穿在里面，外面穿着丝帛做的长袍，头上戴了一顶皮帽子，脚上穿着麻鞋，腰间藏着匕首，手中提着一把五十二斤重的铜锤，来向范匄辞行说："小人此去，要么杀了督戎凯旋而归，要么死在督戎的手里，肯定要有一个人死掉。"范匄说："我也过去，看你如何应战。"随即让人驾车，和斐豹一起到了南关。赵武、荀吴见到范匄，述说督戎是如何如何凶猛，连续打死了两名将领。范匄说："今天斐豹独自赴敌，就看晋侯的福分了。"话还没有说完，关下的督戎大喊挑战。斐豹在关上回应说："督先生还认得我斐大吗？"斐豹排行老大，所以自称为斐大，乃是往年彼此之间的称呼。督戎说："斐大，你今天还敢和我一赌生死吗？"斐豹说："其他人怕你，我可不怕你！你让兵车后退，只有你我两人在地上比斗，双手对双手，兵器对兵器，来个不是你死我活就是我死你活，也落得个英名，让后世传唱。"督戎说："你说的正合我意。"于是让军士全部后退。关上打开门，只让斐豹一个人出来。

　　两人就在城下交战，大约打了二十多个回合，也没有分出胜负。斐豹撒谎说："我一时内急，先暂时停手。"督戎哪里会就此罢手？斐豹看到西边空地上有一面短墙，抓住一个机会就跑了过去。督戎在后面紧追，大喊："你去哪里？"范匄等人都在关上观看，看到督戎去追赶斐豹，都捏了一把汗。其实斐豹是在用计，他跑到短墙那里，"嗖"地一下子跳了进去。督戎见斐豹跳到墙里去了，也跟着跳了进去，他以为斐豹跑到前面去了，却不知道斐豹躲在了一棵大树后面，就等着他跟过来。督戎刚撵到大树前面，斐豹在后面抡起五十二斤的铜锤就砸了过去，正好打中督戎的脑袋。督戎被砸得脑浆迸裂，噗通一声就倒在地上，然而他在临断气之前，还是飞起右脚将斐豹胸前的犀牛甲踢碎一片。斐豹也顾不得看伤势轻重，赶紧拔出腰间的匕首将他的首级砍下，又跳到了墙外。关上看到斐豹手中提着鲜血淋漓的人头，已经知道他战胜督戎，马上就打开了关门。解肃、牟刚带兵杀出，将栾军杀得大败，栾军一半被杀一半投降，逃走的人十无一二。范匄仰天将酒洒在地上说："这真是晋侯的福分啊！"随即倒酒亲自赏赐给斐豹，带他去见晋侯。晋侯赏赐斐豹战车一乘，将他的战功记为第一功。潜渊先生写诗道：

　　　　督戎神力世间无，敌手谁知出隶夫？
　　　　始信用人须破格，笑他肉食似雕瓠！

　　栾盈带领大队人马攻打北关的时候，连续接到督戎的捷报，栾盈对自己的部下说："我若是有两个督戎，还担心固宫无法攻破吗？"殖绰踩了下郭最的脚，郭最看了他一眼，两人各自低头一言不发，只有栾乐、栾鲂急于报功，冒着弓箭石头勇往直前。韩无忌、韩起二人因为前关屡次失败，也不敢轻易出来应战，只是严防死守。等到第三天，栾盈得到消息："督戎被杀，攻打南关的部队全军覆没。"栾盈吓得手足无措，这才请来殖绰、郭最商议。两人笑着说道："督戎都失利了，更何况是我们呢？"栾盈泪流不止。栾乐说："我们是生是死，取决于今天晚上的战斗，我们应该把将士们全部集中在北门，在三更以后全部登上楼车，采用放火烧关的方式也许可以入关。"栾盈采纳了他的建议。

  督戎的死让晋侯非常高兴，在固宫设宴庆贺，韩无忌、韩起都来饮酒庆贺，一直喝到二更才散去。二人刚回到北关巡视了一遍，就听到关外杀声震天。二人到城楼一看，只见栾氏的兵马已经都集中到了关前，高大的辒车几乎和城墙的垛口平齐。随后栾军火箭如同飞蝗一样飞射而来，火势很快就蔓延到了关门。因为火势凶猛，关内的将士被烧的站不住脚，防守顿时就有了缺口。栾军抓住了这个机会，栾乐一马当先，栾鲂紧随其后，趁着火势便占领了外关。韩无忌等退守内关，派人飞马去向中军求救。范匄命令魏舒前往南关，替换出荀吴的一支军队去北关帮助二韩。随后范匄和晋侯一同登台朝北观望，见栾兵停留在关外，寂静无声，范匄说："栾氏肯定有什么阴谋。"随即传令内关用心防守。

  到了黄昏时分，栾兵又登上辒车，仍然用火器攻打关门。关内早已预备下用牛皮做成的皮帐，用水浸湿后撑开来遮蔽，火没有办法烧进来。慌乱了一个晚上，双方军队才暂时停息。范匄说："贼人已经逼近，倘若久久不退兵，齐军又趁此作乱，国家就危险了。"于是命令自己的儿子范鞅和斐豹一起带着一支军队，从南关转移到北关，从外向内进攻。约定好时间后，二韩在内关严防死守，荀吴与牟刚率领一支军队，从内关杀出外关，让栾军腹背受敌，没有办法兼顾左右；让赵武、魏舒带兵驻扎在关外，防止栾氏向南逃逸。调度完毕，范匄侍奉晋侯登台观战。范鞅临行前对范匄请求说："我年龄小，没有什么威望，希望能借您的中军旗帜一用。"范匄答应了。范鞅拿着剑登上战车，绑好旗帜就出发了，刚出南关就对部下说道："今日之战，有进无退！若是战败，我先自刎，必定不会只让你们牺牲！"众将士全都踊跃向前。

  荀吴在收到范匄的命令后，让将士们饱食一顿，只等约定的时间到达。在看到栾兵杂乱无章的全部退到了关外后，就知道外面进攻的士兵已经到了，一声鼓响，关门打开，牟刚在前，荀吴紧随其后，甲士步兵全部杀了出去。栾盈也担心晋军内外夹攻，让栾鲂用铁片包裹了马车堵住外门，分出来士兵把守。荀吴的兵马没有办法出去。范鞅的军队到达后，栾盈看到大旗吃惊地说："元帅亲自来了吗？"让人去查看，回来报告说："是小将军范鞅。"栾乐说："这个小家伙不用考虑他！"于是拉开弓箭站在车上，对左右说道："多带些绳索，凡是被射到的人就绑上。"说着就闯进晋军，左右开弓百发百中。他的弟弟栾荣也在车上，对他说："真是可惜这些箭了！射中的都是无名之辈。"于是栾乐停止了射箭。不一会儿，就见一辆车从远处而来，车中有一名将领，头戴礼冠身穿练袍，看上去怪模怪样的。栾荣指着他说："这人就是斐豹，就是杀了我们督将军的人，就射他吧。"栾乐说："等距离他差不多一百步的时候，你就等着为我喝彩吧！"话还没有说完，又有一辆车从旁边经过，栾乐认得车上的人是小将军范鞅，心想："若是射中范鞅，岂不比射中斐豹强？"于是驱车追射范鞅。栾乐的箭从来都是百发百中，偏偏这一箭射了个空。范鞅回头看见是栾乐，大骂："反贼！死到临头还敢来射我？"栾乐便让马车调头后退。他不是害怕范鞅，而是因为没有射中他，想要回车引诱他赶过来，等有了更好的机会一箭射死范鞅。谁知道殖绰、郭最也在军中，嫉妒栾乐擅长射箭，唯恐他成功，一看到他后退，就一起大喊道："栾氏战败了啊！"栾乐驭手听到了，也错认为栾氏其他部队被败了，抬头向四周张望的时候，惊慌失措下拉错了缰绳，结果拉车的马惊了，拉着战车乱跑起来。路上有一个大槐树根，车轮不小心撞上造成翻车，将栾乐跌了出去。恰巧斐豹赶过来，用长戟一钩将他的手肘砍断。可怜栾乐是栾族中排名第一的战将，今天却死在了槐树根的旁边，难道不是天意吗？隐士徐霖写诗道：

　　猿臂将军射不空，偏教一矢误英雄。

　　老天已绝栾家祀，肯许军中建大功？

　　栾荣在翻车前已经从车上跳下来，也不敢去救栾乐，急忙逃跑才得以幸免。殖绰、郭最不敢再回齐国，郭最逃到了秦国，殖绰逃到了卫国。栾盈听说栾乐死了，放声大哭，军士也都纷纷哀伤哭泣。栾鲂见守不住关门，收兵保护栾盈朝南逃走。荀吴和范鞅合兵从后面追赶，栾盈、栾鲂与曲沃的士兵拼死抵抗敌军，大战一场后晋军才退兵。栾盈、栾鲂都身负重伤，逃到了南门，又遇到了魏舒带兵拦截。栾盈流泪说道："魏伯难道忘了昔日我们在下军共事的时光了吗？我知道自己必死，但是不应该死在你的手里啊！"魏舒于心不忍，让车马分成左右两列，给栾盈让出来一条路。栾盈、栾鲂带着残兵，急匆匆地逃回曲沃去了。过了一会儿，赵武的军队到达，问魏舒："栾盈已经过去了，为什么不追赶？"魏舒说："他已经是锅中之鱼、瓮中之鳖，自然有人动手。我念及先人和他先人同僚的情谊，实在不忍心动手啊！"赵武心中哀怜，也不去追赶。范匄听说栾盈已经逃跑，知道是魏舒送的人情，对于此事也没有多说什么，只是对范鞅说："跟从栾盈的，都是曲沃的甲士，此次逃走肯定还会回到曲沃。现在他的爪牙已经被除尽，你率领一支军队去围攻曲沃，不愁攻不下。"荀吴也愿意一同前往，范鞅答应了。两位将领率领战车三百乘去曲沃围困栾盈，范匄侍奉晋平公回到公宫，取来文书全部烧毁，因为斐豹立下战功脱离奴籍的有二十多家。范匄随即收斐豹为牙将。

齐庄公自从打发栾盈回国，便大举挑选车马士兵，任命王孙挥为大将，申鲜虞为副将，州绰、邢蒯为先锋，晏氂在后面接应，贾举、邴师等贴身护驾，选择良辰吉日出发。齐军先入侵卫国领地，卫人戒备防守，不敢出来应战；齐兵也不敢攻城，于是在帝丘向北转向，直接进入晋国边界。在包围朝歌后，仅仅用了三天就拿下了。齐庄公登上朝阳山犒赏军队，将军队一分为二：王孙挥率领众位将领为前队，走左边孟门的狭道；齐庄公亲自率领"龙""虎"二爵为后队，走右边的共山，两路兵马约定在太行山会合。齐军一路上烧杀掳掠，自是不用多说。邢蒯在共山脚下露宿的时候被毒蛇咬伤，腹部肿胀而死，齐庄公十分惋惜。几天后，前、后两军都到达了太行山。齐庄公登山观望新绛、故绛二城，正在商议袭击绛城的事情，得到了栾盈战败逃到了曲沃、晋侯大军即将到达的消息，齐庄公长叹一声，说："我的愿望完不成了啊！"于是在少水阅兵示威之后返回了齐国。驻守邯郸的大夫赵胜带领兵马追赶齐军，齐庄公以为是晋国的大军杀了过来，而且前队已经出发，无奈之下仓皇逃走，只留下晏氂断后。不久晏氂兵败，被赵胜斩首。

范鞅、荀吴围攻曲沃一个多月。栾盈屡战屡败，城中已经死了一半的人，有生力量消耗殆尽，曲沃城最终还是被攻破了。胥午拔剑自刎，栾盈、栾荣都被抓。栾盈说："我后悔不听从辛俞的话，才落的如此下场！"荀吴想要用囚车将栾盈押解到绛城，范鞅说："主公性格优柔寡断，万一他在栾盈苦苦哀求下赦免了栾盈，那不就是纵虎归山嘛。"于是在当天晚上，范鞅命人将栾盈勒死，同时诛杀了包括栾荣在内的栾氏一族，只有栾鲂顺着城墙的绳索逃到宋国去了。范鞅等人班师回朝后，晋平公命令将栾氏反叛的事情遍告各诸侯。很多诸侯派遣人前来道贺。史臣对此写道：

宾傅桓叔，枝佐文君，传盾及书，世为国桢。黡一汰侈，遂坠厥勋；盈虽好士，适殒其身。保家有道，以戒子孙。

平定栾氏的叛乱后，范匄告老还乡，赵武代替了他的职位。

齐庄公因为讨伐晋国没有成功，心有不甘，即使回到齐国边境的时候仍然不肯回国，说："平阴之战中，莒国人想袭击齐国，此仇不能不报！"于是他将军队留在边境上，聚集车乘伺机讨伐莒国。州绰、贾举等人各赏赐五乘坚车，称为"五乘之宾"。贾举说临淄人华周、杞梁十分勇猛，齐庄公立即派人传召，华周、杞梁两人来拜见时，齐庄公赏赐他们一辆车，让他们共用，跟随大军立功。华周退下后不吃饭，对杞梁说："君主立'五乘之宾'，是因为他们勇猛的原因。君主召来我们二人，也是因为我们勇猛。他们一个人就有五乘，我们两个人才有一乘，这不是重用我们，而是在侮辱我们！为何不离开这里去往他处呢？"杞梁说："我的家中还有一个老母亲，应当禀明以后再走。"杞梁回去告诉了自己的母亲。他的母亲说道:"你活的没有义气,死了也没有声名,即便位列'五乘之宾',别人也还是会笑话你!你努力去做吧,要知道君王的命令是不能违背的。"杞梁将自己母亲的话告诉了华周,华周说:"一个妇人都不敢忘记君主的命令,我们怎么敢忘记呢?"于是跟杞梁共用一车,侍奉齐庄公。

齐庄公休兵数日,传令将王孙挥率领的大军驻留在边境上,只带领"五乘之宾"以及挑选出来的三千名精锐,悄无声息地去突袭莒国。华周、杞梁主动要求做先锋,齐庄公问:"你们打算带多少人?"华周、杞梁说:"臣两人既然独自向主公请命,也愿意只身前往。主公所赏赐的一辆车已经足够我们乘坐了。"齐庄公想要看看他们究竟有多勇猛,就笑着答应了他们的要求。

华周、杞梁商量好轮换着驾车,临行前说:"如果再有一个人坐我们的车右,那我们三个就可以当一队人使用了。"有一个小兵听见了,挺身而出说:"小人愿意跟随两位将军同行,不知道是否愿意提携?"华周问:"你叫什么名字?"小兵回答说:"我是本国人隰侯重,倾慕将军的义勇很久了,愿意和你们一起去。"于是三人同乘一辆车,带着一面旗帜、一只战鼓,如飞般向莒国而去。

到莒国郊区后,他们三个露宿一夜。第二天早上,莒国国君黎比公知道齐军即将到来,亲自率领三百名甲士在郊外巡逻,正好遇到华周和杞梁的战车,刚想上去盘问,华周、杞梁两人瞪大眼睛大喊道:"我们二人是齐国的将领,谁敢与我们决一死战?"黎比公大吃一惊,看到他们只是一辆车孤立无援,于是让甲士将两人重重包围。华周和杞梁对隰侯重说道:"你为我们击鼓,不要停止!"于是二人各自拿着长戟,跳下车后左冲右突,凡是敢上来应战者都死掉了,三百名甲士被他们杀伤了一半。黎比公说:"寡人已经知道两位将军的勇猛了!不需要决一死战。愿意将莒国与将军共享!"华周、杞梁齐声回答:"抛弃国家归顺敌人,是为不忠;接受了任命却又背弃命令,是不讲信用。多杀敌人是将领应该做的事情。至于莒国的利益,不是我们希望得到的!"说完,二人又拿起长戟奋勇作战。黎比公无法阻挡,大败逃走。

齐庄公大队到达后,听说两人独自作战得胜,就派人将他们召回,使者传齐庄公话:"寡人已经知道两位将军的勇猛了!你们不必再独自作战,我愿分齐国与两位将军共享!"华周、杞梁二人一起回答道:"主公设立'五乘之宾',而我们不在其中,这是轻视我们的勇猛;现在又用利益来引诱我们,这是侮辱我们的品行;深入敌军多杀敌人是将领的本职,至于与主公共享齐国的利益,并不是我们所在乎的!"二人行礼告别使者,丢弃车甲徒步行走,直接奔向莒城的且于门。

黎比公下令在道路狭窄的地方挖了一条沟,里面填满木炭,炭火的火焰腾起,没有办法通过。隰侯重说:"我听说古人能在后世留名的,只有付出自己的生命。我有办法让两位将军越过沟壑。"于是手持盾牌自己趴在炭火之上,让两人踩着自己的身体前进。华周、杞梁越过沟壑后,回头再看隰侯重,他已经被烧焦了,于是对着他的尸体号哭起来。杞梁停止了哭泣,华周还没有停止。杞梁说:"你怕死吗?为什么要哭这么久?"华周说:"我岂是贪生怕死之人?这人的勇猛与你我相同,但是比你我先死,所以才觉得悲痛!"黎比公见两人已经越过火沟,连忙召集一百名擅长射箭的人,埋伏在城门左右,等到他们靠近,立即一起射箭。华周、杞梁勇往直前争夺城门,城楼上百箭齐发,两位将领冒箭突战,又杀了二十七人。守城的军士环绕站立在城墙上,全都朝下射箭。杞梁受重伤先死。华周也身中数十箭,力气用尽被擒,不过还没有断气,黎比公用车将他拉到了城中。有诗可以证明:

　　争羡赳赳五乘宾,形如熊虎力千钧。
　　谁知陷阵捐躯者,却是单车殉义人!

齐庄公得到使者回报,心里了然华周、杞梁两个人报了必死的决心,于是带领大队前进。到了且于门,听到三个人都死了,齐庄公勃然大怒,便想要攻城,黎比公派遣使者来到齐军谢罪说:"我们君主只见到一辆车马,不知道是齐国派遣来的,所以误伤了他们。而且贵国只死了三个人,我们却被杀了一百多个人。他们一心求死,不是我们故意杀死他们的啊。我们的君主畏惧您的威严,特地派遣我来谢罪,愿意每年向齐国朝贡,不敢有二心。"齐庄公正在气头上,不答应求和,黎比公又派遣使者再次请求,表示愿意将华周送过来,并且将杞梁的尸体归还,还承诺用金银财宝犒劳齐军,齐庄公还是不答应。忽然王孙挥有急报传来,说:"晋侯与宋、鲁、卫、郑各国的君主,在夷仪相会,商议讨伐齐国,请主公速速班师回朝。"齐庄公得到这个急信,于是准许莒国求和。莒国黎比公拿出大量的黄金和丝绸献给齐军,并用温车载着华周、以轿辇拉着杞梁的尸体送回了齐军。只有隰侯重的尸体因为在炭火中已经烧成了灰烬,无法收拾。

　　齐庄公当天便班师回朝,命人将杞梁的尸体停放在郊外。齐庄公刚进城郊,恰巧碰到杞梁的妻子孟姜来迎接夫君的尸体。齐庄公停下车,让人去吊唁。孟姜对使者再三跪拜说:"杞梁若是有罪,怎么敢承受国君的吊唁?若是无罪,尚且还有先人留下的破旧房子,荒郊野外不是吊唁的地方。臣妾不敢接受!"按照礼仪,只有身份低贱的人才能在野外吊唁。而杞梁立了这么大的功劳,是应该追封为贵族的,要是在野外进行吊唁就是对死者的不尊重,所以孟姜才会不顾双方身份的差距,严词拒绝了齐庄公的要求。齐庄公感到非常惭愧,说:"这是寡人考虑的不周到啊!"于是在杞梁的家里设立灵位并进行吊唁。孟姜扶着棺材,将杞梁安葬在了城外。孟姜露宿三天,拍着棺材痛哭流涕,眼泪流完之后,从眼里流出的都是鲜血。齐国的城墙忽然崩塌了几尺,这都是因为孟姜女太悲痛了,她的精诚感动了上天才造成的。后世传说秦朝人范杞梁修筑长城而死,他的妻子孟姜女送冬天的衣服到城下,听说了夫君的死讯痛哭,长城都为此崩塌,就是因齐国将领杞梁的事情所误传的。华周回到齐国后,因为伤势严重,没过多久也死了,他的妻子悲痛万分,伤心程度远超常人。据《孟子》记载:"华周、杞梁的妻子,善于为夫君哭丧而改变了齐国的风俗",说的正是此事。这是周灵王二十二年的事情。史臣有诗写道:

忠勇千秋想杞梁,颓城悲恸亦非常。
至今齐国成风俗,嫠妇哀哀学孟姜。

这年大水,谷水与洛水互争河道,黄河水泛滥了,平地的水深就一尺有余,晋侯讨伐齐国的计划也暂时停止了。

而在齐国,右卿崔杼因为齐庄公和他的妻子棠姜偷情的原因,盼着晋军来攻打齐国,他好趁机将齐庄公赶下台。这件事他已经和左卿庆封商量好了,等事成之后,两个人平分齐国。此时听说因为水患的原因,晋军无法行军,心中的郁闷可想而知。齐庄公有一个贴身的内侍名叫贾竖,曾经因为一件小事被齐庄公打了一百鞭子,崔杼知道贾竖因为挨打对齐庄公暗恨在心,就用大笔钱财收买了他,让贾竖暗中监视齐庄公,要求齐庄公的一举一动都要向他汇报。

第六十五回
弑齐光崔庆专权　纳卫衎宁喜擅政

莒国黎比公因为答应每年去向齐国朝贡,到了周灵王二十三年夏五月,他亲自来到临淄朝拜齐国。齐庄公大喜,在北郊设宴款待黎比公,而崔氏的府邸就在北郊。崔杼有心趁这个机会抓住齐庄公的破绽,谎称自己因寒疾无法起身,所以齐国的其他重臣都参加了这个宴会,只有崔杼没有去。他暗中派遣自己的心腹去询问贾竖齐庄公的日程安排。贾竖说:"主公只等宴会散去,便去慰问相国的病情。"崔杼笑着说:"主公怎么是担心我的病情?肯定是想要利用我生病,要来我家做些苟且之事。"于是对妻子棠姜说:"我今天想要除掉这个昏庸无道的君主!你若是按照我的计划行事,我便不宣扬你的丑闻,还会立你的儿子为太子。如果不听从我的话,先将你们母子二人的头砍下来。"棠姜说:"女子出嫁从夫,我怎么敢不听从您的要求呢?"于是崔杼让棠无咎在内室埋伏百余名甲士，让崔成、崔疆在大门内也埋伏了甲士，让东郭偃在门外埋伏甲士。分配好后，约定以敲钟为信号。再让人送密信给贾竖说：君主来的时候，需要如此这般……

再说齐庄公爱慕棠姜的美色，心心念念寝食不安，只是崔杼防范严密，不方便经常来往。所以这天见崔杼称病不来，正中他的下怀，神魂早已经飞到了棠姜的身上，宴会上的礼仪都是应付了事。宴会结束以后，他便命人驾车赶往崔氏府邸问疾。守门人说道："主人病情严重，刚喝完药睡下。"齐庄公又问："他在哪里睡觉？"守门人回答说："在前院的书房里面"。齐庄公大喜，直接进入内室。这时州绰、贾举、公孙傲、偻堙四人也想跟着进去，贾竖拦住了他们，说："主公要做什么事你们也知道，就待在外面吧，不要进去惊扰了相国。"州绰等三人信以为真，于是走到了门外等候。只有贾举不肯出去，说："留一个人又有什么妨碍？"于是独自停留在堂中，贾竖没有办法，就关上中门也进去了。守门人又关上了大门，锁了起来。

齐庄公进入内室后，棠姜打扮得漂漂亮亮地来迎接他。还没有来得及说一句话，就有一个丫鬟进来告诉他："相国觉得口渴，想要喝蜂蜜水。"棠姜对齐庄公说："我先去拿蜂蜜，马上就来。"随后棠姜就和丫鬟从侧门从容离去。齐庄公靠着窗栏等待，等来等去，却一直不见棠姜回来，于是唱道：

室之幽兮，美所游兮。室之邃兮，美所会兮。不见美兮，忧心胡底兮！

刚唱完歌，就听见廊下有兵器碰撞的声音。齐庄公觉得很奇怪，说："这里怎么会有士兵？"于是就喊贾竖，却没有人答应。就在这时，埋伏在左右的甲士全部冲出来。齐庄公大吃一惊，知道出了意外，马上就往后门跑。后门原本也是关着的，可是齐庄公力气大，一下子就把门撞倒了，看到附近有一栋高楼，就快速登了上去，准备固守待援。棠无咎带兵围住了高楼，喊道："奉相国之命，前来捉拿淫贼！"齐庄公靠着栏杆说："我是你们的国君，求求你让我走吧！"棠无咎回答说："这是相国下的命令，我不敢擅自做决定。"齐庄公说："相国在哪里？我愿意与他立誓，发誓绝不做相互伤害的事情。"棠无咎说："相国生病了，来不了。"齐庄公说："寡人知道错了！让我自己去太庙自尽，来向相国谢罪怎么样？"棠无咎说："我们只知道来捉拿淫贼，不知道什么国君。国君既然知道有罪，就请自尽，不要自取其辱。"齐庄公不得已，只得从楼中间的窗户上跳出，登上了高台想要跳墙逃走。棠无咎拉弓射箭，射中他的左腿，他从墙上坠了下来。甲士们一拥而上，刺杀了齐庄公。棠无咎让人敲了几声钟。

这时已经快黄昏了，贾举在堂中竖着耳朵听着周围的动静。忽然看到贾竖开门，带着蜡烛进来说："室内有贼人，主公在叫你。你先进去，我去通知州绰将军等人。"贾举说："给我蜡烛。"贾竖递给他蜡烛的时候，却装作失手将蜡烛掉在地上，蜡烛熄灭了。贾举只好拿着剑摸索着往中门走，刚进去就被绳子绊倒了。崔疆从门旁边冲出来，趁机杀死他。当时州绰等人在门外，不知道门内的事情。在此之前，东郭偃假装与他们交好，邀请他到旁边的屋里，点上蜡烛准备好酒食，并且劝他们放下兵器尽情饮酒，也让跟随他们的人一同饮酒。忽然听到宅内鸣钟的声音。东郭偃说："主公在喝酒。"州绰说："不顾忌一下相国的感受吗？"东郭偃说："相国都快病死了，谁还在乎他啊？"又过了一会儿，鸣钟声再次响起。东郭偃起来说："我进去看看。"东郭偃离开后，埋伏的甲士全部出来，州绰赶紧寻找自己的兵器，但早已被东郭偃的人偷走了。州绰十分生气，看到门前有上马车时垫脚的石头，搬起来摔碎后扔了出去。刚巧偻堙经过，被他误伤，打断了一只脚，州绰吓得赶快往外跑。公孙傲拔起拴马的柱子挥舞起来，甲士有很多受伤的，众人将手里的火把投向公孙傲，把他的头发和胡须都烧光了。这时大门突然打开，崔成、崔疆又带领甲士从里面杀出来，公孙傲用手去拉崔成，将他的手臂折断，崔疆用长戈刺死了公孙傲，崔疆又杀了偻堙。州绰夺了甲士的兵器来战斗，东郭偃大喊："昏君荒淫无道，已经被杀死了，不关你们的事情，为什么不留着自己的命侍奉新的君主呢？"于是州绰将兵器扔在地上，说："我客居他乡亡命天涯，受到齐侯的赏识，今天不但没有出力，反而害了偻堙，天要绝我啊！我只能以命来报答君主的恩宠，怎能苟且偷生，被齐、晋两国所耻笑呢？"随即用头撞击石头三四下，石头破碎，头也裂开了。邴师听说齐庄公死了，也在朝门外自尽；封具在家中自缢而死。铎父与襄君相互约定，去给齐庄公哭尸，走到半路听说贾举等人都死了，于是全都自杀。隐士徐霖写诗道：

似虎如龙勇绝伦，因怀君宠命轻尘。

私恩只许私恩报，殉难何曾有大臣？

当时王何约卢蒲癸一同赴死，卢蒲癸说："死了也没有什么用处，不如逃走，等到以后再做打算。如果上天保佑让我们之中某个人复国，一定要引荐另一个人。"王何说："请你和我立誓！"立完誓，王何便逃到了莒国。卢蒲癸在出发前对他的弟弟卢浦嫳说："主公设立勇爵是用来自卫的。我为主公殉葬对他又有什么用处呢？我离开后，你一定要为崔杼、庆封他们做事，想办法让他们允许我回国，我找机会为君主报仇，如此即便死了也不会有遗憾！"卢浦嫳答应了。于是卢蒲癸逃到了晋国。卢浦嫳投奔庆封后，庆封任用他为家臣。申鲜虞逃到了楚国，后来任职楚国的右尹。

这时齐国的诸位大夫知道了崔杼叛乱，都紧闭家门等待消息，没有人敢出去，只有晏婴直接去了崔杼家，闯进后宅把头枕在齐庄公的腿上放声大哭，起来后又跺了几次脚，然后小跑着出了崔家。棠无咎见了晏婴的举动，狠狠地说："一定要杀了晏婴，才能免除众人的议论。"崔杼说："这个人的名声一向很好，杀了他恐怕失去人心。"晏婴从崔家出来后,直接去了陈须无家,对他说:"该商量一下让谁做国君了吧?"陈须无说:"守国有高家、国家,权利都掌握在崔杼、庆封的手上,我能做什么啊?"晏婴走后,陈须无说:"乱贼在朝中,我是不会和他共事的。"于是驾车逃到了宋国。晏婴又去见高止、国夏,两人都说:"崔氏马上就要来了,而且庆封也在,不是我们能做主的啊。"晏婴叹息着走了。

很快,庆封让自己的儿子庆舍将支持齐庄公的人抓了起来,全部杀了个干净。然后派人用车迎接崔杼入朝,又让人召见高止、国夏,共同商议立国君的事情。高止、国夏表示让崔杼、庆封做主,庆封又让崔杼做主。崔杼说:"灵公的儿子杵臼已经长大了,他的母亲是鲁国大夫孙叔侨的女儿,拥立他可以与鲁国交好。"其余众人都不敢表示异议。于是齐国迎接公子杵臼为君主,史称齐景公。当时齐景公年幼,崔杼自立为右相,让庆封做左相,然后将齐国的大臣都召集到祭祀姜太公的大殿里,杀牛之后与大家歃血为盟,立誓说:"如果有和崔杼、庆封不一心的,必定受到上天的惩罚!"庆封接着立誓,高止、国夏随后。轮到晏婴的时候,晏婴扬天叹息道:"要是各位都能忠于君主,做的都是有利于江山社稷的事情,要是我和你们不一心,必定会受到上天的惩罚!"崔杼和庆封的脸色都变了。高止、国夏说:"二位相国今天的做法,就是忠于君主、利于江山社稷的啊!"崔杼、庆封两人的脸色才有所缓和。这时莒国的黎比公还在齐国,崔杼侍奉齐景公和黎比公结盟后,黎比公才回国。

崔杼命令棠无咎收敛州绰、贾举等人的尸体,和齐庄公一起埋葬在临淄的北部,但是埋葬的礼仪低于国君的礼仪,而且没有陪葬兵甲,崔杼解释说:"我是担心他在地下仍然会滥用武力。"崔杼命令太史伯将齐庄公的死写成"死于疟疾"。太史伯没有按他说的写,而是在木简上写道:"夏五月乙亥,崔杼杀了君主姜光。"崔杼看到了十分生气,杀了太史伯。太史伯有三个弟弟,名字分别叫仲、叔、季。太史仲又这样写,崔杼杀了他;太史叔也是这样写,崔杼又将他杀了;可是太史季还是这样写,崔杼拿着木简对太史季说:"你的三个哥哥都死了,你们家只剩下你自己了,难道你还不爱惜自己的生命吗?要是你按照我的意思写,我就饶了你。"太史季回答说:"根据事实书写历史,是我们史官的职责。要是为了活命放弃自己的职责,那么我还不如死了!当初赵穿杀了晋灵公,晋国的太史董狐认为赵盾作为正卿却不能讨伐贼人为国君报仇,在木简上写的是:'赵盾杀了君主夷皋。'赵盾对此并不觉得史官的做法不对,因为他知道史官不能放弃自己的职责。即使我不写,天下也肯定有其他人这样写;即使所有的人都不写,也无法掩盖相国的丑闻,而只是白白地让知道事实者看相国的笑话罢了,我就是因为这个才不怕死的,相国自己看着办吧!"崔杼感慨地说道:"我是害怕江山社稷陨落,不得已才这样。你即使写的是事实,后人也必定会原谅我的。"

于是扔下木简还给了太史季。太史季捧着木简出来，快要到史馆的时候遇见了南史氏，太史季问他为什么而来。南史氏说："我听说你的三个兄弟都死了，担心没有人记录今年夏天五月乙亥的事情，我就是因为这个才带着木简来的。"太史季将自己所写的简书展示给他，南史氏才离开。隐士徐霖读史读到这一段时，称赞道：

> 朝纲纽解，乱臣接迹。斧钺不加，诛之以笔。不畏身死，而畏溺职。南史同心，有遂无格。皎日青天，奸雄夺魄。彼哉谀语，羞此史册！

崔杼无颜面对太史笔下所写的事实，于是将所有罪责推到贾竖身上，把他给杀了。就在崔杼杀贾竖的这个月，晋平公因为水势已经退下，又在夷仪集合所有的诸侯，为讨伐齐国做准备。崔杼让左相庆封将齐庄公的死讯告诉晋军，说："群臣害怕大国讨伐，齐国的江山社稷不保，已经代替上国诛杀了姜光。新君姜杵臼是鲁国公主生的，他愿意改变以前的国策，奉上国为主，重续以前两国之间的良好关系。鄙国之前所占领的朝歌地区，也全部归还贵国，而且献上祭器、乐器若干。"各国诸侯也都收到了齐国的重礼。晋平公十分开心，便带着军队回国了，诸侯也都各自回去了。从此以后晋、齐两国重归于好。

这时殖绰在卫国，听说州绰、邢蒯都死了，又重新回到了齐国。卫献公姬衎逃到齐国后，听说殖绰勇猛，就让公孙丁用重礼去请他，于是殖绰又投奔到了卫献公的麾下。

同年，吴王诸樊讨伐楚国，在攻打巢地〔今安徽巢县〕的时候，巢地守城的将领牛臣藏在短墙内射箭，诸樊中箭而死。吴国的大臣们按照诸樊的遗言，拥立他的弟弟余祭为君主。余祭说："我的哥哥之所以会死在巢地，是因为先王说吴国的王位要依次相传，想要赶紧死了传给下一个弟弟，所以才轻生的。"于是他在晚上向上天祈祷，希望自己也可以赶快死去。左右侍从都说："人们都想要长寿，我们的大王却祈求早点死，实在是不近人情啊？"余祭说："当初我的祖辈就是让幼子继承了国君，这才建立了伟大的周朝。我们兄弟四人中季札最小，要是我们三个哥哥都自然老死的话，等季札即位的时候他就已经老了。我是想要让他早一点儿做上国君。"

卫国大夫孙林父、宁殖驱逐了卫献公后，拥立他的弟弟姬剽为新的国君。后来宁殖病危，对他的儿子宁喜说："宁氏自从庄子、武子以来，世代对国君忠贞不二。驱逐卫献公这件事是孙林父做的，不是我的本意。但是国人提起这件事都说'孙林父、宁殖驱逐了国君'。我很遗憾没有办法自证清白，即使是死了，也没脸见地下的祖父和父亲。你若是能让以前的君主复位，弥补我的罪过，才是我的儿子。不然，我就不承认你是我的儿子。"宁喜跪下来哭着说："我一定尽全力完成这件事！"宁殖死后，宁喜继任为左相，从那时起每天都在考虑复国的事情。奈何卫殇公多次会见各位诸侯，境内也没有变故，上卿孙林父又是卫献公的仇人，没有机会可以利用。周灵王二十四年的时候，卫献公偷袭夷仪并占据了这个地方，让公孙丁偷偷进帝丘城，对宁喜说："你若是能重新让寡人回国，卫国的政权就全部交到你的手中，寡人只负责祭祀就行了。"宁喜有父亲的遗嘱在心里，如今得到这样的书信，并且有将政权交给自己的意思，十分高兴。又想："卫侯现在想要回国，所以才给我说这些好话，倘若他以后后悔怎么办？公子鱄守信用，有了他的担保，卫侯肯定就不会食言了。"于是又写了书信秘密交给使者，信中大概说："这是国家大事，我一人怎么能独力担此大任，子鲜被国人所信赖，一定要和他当面确定，才有得商量。"子鲜是公子鱄的字。卫献公对公子鱄说："寡人想要复国，全都仰仗宁氏的努力，你是我的弟弟，一定要帮助我。"公子鱄虽然嘴上答应，但是没有去的意思。卫献公屡次催促，公子鱄回答说："天下没有不执掌政权的君主。主公说'政权交给宁氏'，等到以后肯定会后悔。你这是让我对宁氏失信，所以我不敢从命。"卫献公说："我如今委身一隅，和没有权力一样，倘若可以将祭祀先人的权力传给我的子孙，便心满意足了，怎么敢食言让我的弟弟失信呢？"公子鱄说："主公既然心意已决，我怎么敢不去做，坏了主君的大事呢？"于是他悄悄地进入了帝丘城，见了宁喜后又重申了卫献公的约定。宁喜说："子鲜若是肯为这些话做担保，我保证让主公复位！"公子鱄向天发誓："我若是违背承诺，就不能再吃到卫国的粮食。"宁喜说："子鲜的誓言重于泰山，我相信你！"公子鱄回复卫献公去了。

宁喜将宁殖临死前的命令告诉了蘧瑗，蘧瑗捂着耳朵逃走说："我没有参与驱逐国君，也不敢参与国君的复辟！"于是蘧瑗离开卫国前往鲁国。宁喜又将事情告诉大夫石恶和北宫遗，两人都赞成。宁喜接着告诉了右宰谷，右宰谷连声说道："不可以，不可以！新君刚继位十二年，并没有失德。如今又谋划复立故君，必定要废除新君，你们父子两人将两世的人都得罪了，天下谁能容了你们啊？"宁喜说："我是受先人托付，这件事绝对不能不做。"右宰谷说："我先去见见旧君，观察他现在的为人和往日相比如何，然后再商议。"宁喜说："好。"

于是右宰谷偷偷地前往夷仪，求见卫献公。卫献公正准备洗脚，听说右宰谷来了，顾不上穿鞋子，光着脚就走了出来，喜形于色地对右宰谷说："你从左相那里来，必定有好消息。"右宰谷回答说："我是顺便来看看君侯，宁喜并不知道我来这里。"卫献公说："麻烦先生为我转告左相，赶快想办法给寡人把这件事给办了。即使左相不考虑我的问题，难道他就不想掌握卫国的权力吗？"右宰谷回答说："君主的快乐就在于权力。没有了权力，那君主还是君主吗？"卫献公说："并非如此。所谓君主，受尊号，享受荣华名利和锦衣玉食，住高大豪华的宫殿，乘坐高车，驾驶好马，国库充盈，身边到处都是服侍的人，入宫有妃嫔姬妾侍奉，外出狩猎捕鸟娱乐，又何必劳心于政务，还以此为乐呢？"右宰谷沉默了一会儿，就告辞了。他又见了公子鱄，向公子鱄转述了卫献公的话，公子鱄说："主公久遭忧患，太过于艰苦所以渴望享乐，才说了这些话。所谓君主，是尊敬大臣、任用贤能、节约财物、体恤国民、做事宽容、言出必行，做到了这些才能享受荣华名利，才能受到人民的尊敬。我们主公对这些早就耳熟能详了。"右宰谷回去后，对宁喜说："我已经见过旧君了，他的话如同粪土！跟以前相比没有丝毫的改变。"宁喜说："你见过子鲜了吗？"右宰谷说："子鲜的话很有道理，但并不是故君能够做到的。"宁喜说："我指望的是子鲜！有先父的遗命在，虽然知道他没有改变，又怎么不做下去呢？"右宰谷说："若一定要做此事，请等待机会。"

此时孙林父已经年老，和他的庶长子孙蒯居住在戚城，另外两个儿子孙嘉、孙襄留在朝中。周灵王二十五年春二月，孙嘉奉卫殇公的命令出使齐国，只有孙襄留守朝中。刚好卫献公又派遣公孙定来询问消息，右宰谷对宁喜说："你想要行事，此时正是时候。父亲兄长都不在，可以抓住孙襄，抓住了孙襄，子叔就无能为力了。"宁喜说："你说的正合我意。"于是宁喜暗自召集家中的甲士，让右宰谷与公孙丁率领攻打孙襄。孙氏府邸十分华丽，仅次于卫侯的宫殿，墙体非常坚硬厚实，家中甲士上千人，在雍鉏、褚带两名将领的率领下轮番巡逻。这天褚带巡逻的时候，看到右宰谷带兵前来，马上就关闭了大门，上城楼问他的来意。右宰谷说："我找孙襄商议事情。"褚带说："商议事情为什么要带兵？"便想要拉弓射他。右宰谷连忙退后，率领士兵攻门。孙襄亲自到门上监督守卫，褚带让擅长射箭的人轮番上阵，将弓拉满站在窗户后面，凡是靠近的人都被射死了。雍鉏听说府中出事，也带兵回来接应。两方混战在一起，各自都有死伤。右宰谷觉得没有办法取胜，便带兵返回。孙襄命人开门亲自驾马追赶，撵上右宰谷后用长铙勾住了他的车。右宰谷大喊："公孙快点为我射箭！"公孙丁认得是孙襄，拉弓射箭，一箭刚好射在他的胸口，雍鉏、褚带两位将军马上上前，把孙襄救了回去。胡曾先生咏史诗里说：

  孙氏无成宁世昌，天教一矢中孙襄。
  安排兔窟千年富，谁料寒灰发火光！

右宰谷回去后，对宁喜说想要攻破孙家十分困难，"若不是公孙丁箭法好射中了孙襄，追兵还不肯后退。"宁喜说："第一次攻不下，第二次就更加困难了。既然射中了他们的主人，军心肯定乱了。今天夜里我亲自前往进攻，如果还不成功，我们就立即逃走以避免灾祸。孙氏已经不能善罢甘休了。"宁喜担心万一兵败来不及逃跑，就一面整顿车马阵仗将妻子和孩子送到了郊外，一面派人打听孙家的动静。大约黄昏的时候，打探消息的人回来报告："孙氏府邸内有嚎哭声，门上有人进进出出，看起来十分慌张。"宁喜说："这一定是孙襄伤势严重死了。"话还没有说完，北宫遗忽然来了，说："孙襄已经死了，孙氏府邸现在没有人主持，我们应该趁此良机马上进攻。"当时已经是半夜三更时分，宁喜穿上甲胄，与北宫遗、右宰谷、公孙丁等人带领全部家众重新来到孙氏门前。雍鉏、褚带正在孙襄的尸体旁边痛哭，听说宁家士兵又来了，连忙去穿甲胄拿兵器，不料宁喜等人已经攻进了大门。雍鉏等人连忙关闭中门，奈何孙氏家中的甲士已经逃亡散开了，没有人协助守门，中门也很快被攻破。雍鉏越过后墙朝戚地逃跑了；褚带被乱军杀死。

这时天已经大亮了，宁喜灭了孙襄的家，砍掉了孙襄的首级，拿到了公宫去见卫殇公，说："孙氏专政很久了，有叛逆之心，我已经命令军队前去讨伐，把孙襄的首级砍下来了。"卫殇公说："如果孙氏真有叛逆，为什么我没有听说过呢？既然你不把我放在眼里，又来见我干什么？"宁喜起身，抓着剑柄说道："你是孙氏拥立的，得位不正，满朝文武还有国中百姓都十分思念故君，请主公效仿尧舜的美德让位。"卫殇公生气地说："你擅自杀戮大臣，随意地拥立废黜国君，才是真正的叛臣！寡人已经做了十三年的国君，宁愿死也不受你的侮辱！"随即拿着长戈追逐宁喜。宁喜跑出宫门，卫殇公抬头一看，只见面前都是士兵和武器，原来宁家的士兵已经布满了宫外，殇公慌忙退后。宁喜一声令下，甲士全都上来将卫殇公擒获。世子姬角听说宫中发生变乱，就拿着剑来营救卫侯，被公孙丁赶上一戟刺死。宁喜传令将卫殇公囚禁在太庙，逼他喝毒酒而亡。这是周灵王二十五年春天二月辛卯日的事情。宁喜让人接回自己的妻子，又回到了府邸，在朝堂上召集群臣，商议迎接拥立旧君的事情。绝大部分官员都到了，只有太叔仪称病没来。太叔仪是卫成公的儿子、卫文公的孙子，这时已经六十多岁了。别人问他为什么不去，他说："新君旧君都是君主。国家不幸有这样的事情，我怎么忍心听啊？"

宁喜将卫殇公的家眷迁到了王宫外面，命人打扫宫室以便新君入住，同时派遣右宰谷、北宫遗前往夷仪迎接卫献公。卫献公连夜赶路，三天就到了。大夫公孙免余，一直到了边境迎接，卫献公被他远迎的心意感动，拉着他的手说："没想到今日你我再为君臣。"从此以后公孙免余受到恩宠。诸位大夫都出来迎接，卫献公在车上行礼。祭拜过太祖，卫献公就上朝了，百官前来朝贺，太叔仪仍然称病不上朝。卫献公让人责备道："太叔不想见到我回国吗？为什么不肯见我？"太叔仪磕头回答说："当初君主外出，我不能跟从，这是臣的第一罪；君主在外地，臣不能有二心来联通内外的消息，这是第二罪；等到君主请求回国，臣不能参与大事，这是第三罪。主公用这三条罪状指责我，请让我离开卫国吧！"他说完后即刻命人驾车，想要投奔其他国家。卫献公闻讯后,亲自去挽留他。太叔仪见了卫献公泪流不止,请求为卫殇公办丧事,卫献公答应了,他这才开始重新上朝。

卫献公让宁喜做相国,独揽卫国的大权,所有的事情都由他一言而定,并且给他增加了三千户的封地,北宫遗、右宰谷、石恶、公孙免余等人也全都增加了俸禄。公孙丁、殖绰有跟随逃亡的劳苦,公孙无地、公孙臣他们的父亲都为卫献公而死,所以这些人都晋升为大夫。其他的像太叔仪、齐恶、孔羁、褚师申等人,都一切如旧。还从鲁国召回了蘧瑗,让他官复原职。

孙嘉出使齐国回来,在路上听说了这次政变,就直接回到了戚城。孙林父知道卫献公绝对不会善罢甘休,于是将戚城献给了晋国,诉说了宁喜杀君的恶事,请求晋国做主。他害怕卫侯不久就会派遣军队讨伐戚城,请求晋国发兵帮他防守御敌,晋平公派了三百人去协防。孙林父让晋兵专门守卫茅氏之地,孙蒯进谏说:"茅氏驻守的兵力薄弱,恐怕不能抵抗卫人,怎么办?"孙林父笑着说:"三百人对我们来说不足轻重,所以将他们放在了东边。若是卫人袭击杀了晋国的士兵,必然会激起晋国的愤怒,不愁晋人不帮助我们。"孙蒯说:"父亲高见,孩儿实在不及你的万分之一。"宁喜听说孙林父请兵,晋国竟然只给了三百人,高兴地说:"晋军若是真的想帮助孙林父,怎么会只给了三百人来阻挡我们?"于是让殖绰挑选了一千名士兵,前往袭击茅氏。

第六十六回
杀宁喜子鱄出奔　戮崔杼庆封独相

殖绰率领精挑细选的一千人去偷袭驻守茅氏的三百晋兵,不费吹灰之力就打败了他们,于是殖绰带兵驻扎在茅氏,遣人去卫国报告胜利的消息。孙林父听说卫国的军队攻打茅氏,便派遣孙蒯和雍鉏带兵去救援。孙蒯和雍鉏二人经过打探后,得知晋国驻守的士兵已经全部被杀死,又知道殖绰是齐国有名的勇猛将领,便不敢上前迎敌,全军返回。孙林父得知后勃然大怒,说:"恶鬼尚且还能被制服,更何况是人呢?一个殖绰都不敢与他对阵,倘若卫兵到来,怎么御敌?你再去一趟,要是仍然无功而返,就不要回来见我了!"

孙蒯闷闷不乐的走出来,和雍鉏商议如何解决殖绰的问题。雍鉏说:"茅氏的西边有一个地方名叫圉村,四周树木茂盛,村中有一个小小的土山,我让人在山下挖出一个深坑，用草盖住，你先带一百人和他交战，引诱他到村口，我带兵停在山上破口大骂，他一生气，肯定上山来抓我，就中了我们的计谋，掉进深坑里。"雍鉏按照计划率领一百人前往茅氏，假装打探敌情，一遇见殖绰的兵马，就立刻假装害怕回头便走。殖绰仗着自己勇猛，乘坐便车追赶。雍鉏一路上兜兜转转，引诱他到了圈村，也不进村，直接斜刺里往树林里去了。殖绰也怀疑林中有埋伏，就停下了车。只见土山上驻扎着一队步兵，大约有二百人，簇拥着一名将领，这个将领身材不高，戴着铜质头盔穿着雕花的盔甲，叫着殖绰的名字大骂道："你这个齐国不要的贱人！栾家用不着的废物！如今委身在我卫国吃饭，不知道羞耻，还敢出来！难道不知道我们孙家是卫国八代的世臣，竟然还敢冒犯！你这个不知道高低、禽兽不如的东西！"殖绰听了勃然大怒，卫兵中有人认得这个将领，指着他说："这就是孙相国的长子，名叫孙蒯。"殖绰说："抓住孙蒯就相当于抓住了半个孙林父。"那个土山坡度小，殖绰喝令道："驾车冲上去！"马车飞速奔驰，刚行驶到山坡下就掉了下去，将殖绰掀倒在了坑里。孙蒯唯恐他勇猛难以制服，提前准备好了弓弩，等他一掉下去，就将全部的箭一起射出。可怜一员猛将，今天却死到了无名之辈的手里！也正应验了"瓦罐不离井上破，将军多在阵前亡"的俗语！有诗可以证明：

神勇将军孰敢当？无名孙蒯已奔忙。

只因一激成奇绩，始信男儿当自强。

孙蒯用挠钩将殖绰的尸体勾了出来，砍掉首级后又杀散了卫军，便回去报告给孙林父。孙林父说："晋国若是责怪我们不援救驻守的晋国士兵，我就有罪了。不如不告诉他们胜利的消息，只说失败的消息。"于是孙林父就让雍鉏去晋国回报战败一事。

晋平公听说卫国杀了驻守的士兵，勃然大怒，命令正卿赵武召集所有的诸侯在澶渊集合，想要讨伐卫国。卫献公同宁喜一同来到晋国，当面控诉孙林父的罪责，晋平公却将他们抓了起来。

齐国大夫晏婴对齐景公说："晋侯因为孙林父抓了卫侯，这相当于是在鼓励那些势力强大又心怀不轨的臣子去废黜自己的国君。主公应当前往晋国为卫侯求情，当年卫侯逃亡到我国的时候，我国不但收留了他，还在莱城为他修建了客馆居住，这一恩德不能就这样丢弃啊。"齐景公说："好。"于是派遣使者与郑简公约定一同前往晋国，为卫侯求情。晋平公虽然知道他们的来意，但是孙林父说的话在先，平公便仍不愿意改口放了卫侯。晏婴偷偷地对羊舌肸说："晋国是各国诸侯的领头人，体恤忧患填补缺失，扶持弱小抑制强国，这都是盟主该有的责任。之前孙林父驱逐君主晋国没有去讨伐，如今又因为臣子而抓了君主，国君们不会心寒吗？昔日晋文公误听了元咺［前卫国大夫］的话，将卫成公抓到了京师，周天子厌恶这种做法，文公感到很羞愧，就放了卫成公。文公将他抓住送到京师都不可以，况且是诸侯囚禁诸侯呢？各位君子不向晋侯进谏，是偏向臣子而抑制君主，我们可不敢有这种名声啊。晏婴是害怕晋侯失去盟主的地位，所以才敢这样跟你说。"羊舌肸将这些话告诉了赵武，坚持请求晋平公释放卫侯，于是晋平公释放卫侯回国。但是还不肯释放宁喜。右宰谷劝说卫献公将十二名女乐师进献给晋侯。晋侯十分开心，就释放了宁喜。宁喜回去后，更加觉得自己对卫侯有恩德，每次做事情都独裁专断，从不禀告卫侯。诸位大夫商议国事时，竟然直接到宁氏的私人府邸去请示宁喜，而卫献公也只是有一个国君的名义而已。

　　宋国的左师向戌与晋国的赵武是朋友，也和楚国的令尹屈建关系很好。向戌在出使楚国的时候，说起当初华元要为晋、楚两国讲和的事情，屈建说："这件事当然好。只因为诸侯各自分派，所以议和的事情至今没有结果，若是可以让晋、楚两国的附属国互相朝聘，相互交好成为一家，就可以永远停战。"向戌也觉得应该这样做，于是提议晋、楚两国的君主在宋国相会，当面约定平息战乱、相互朝聘的约定。楚国从楚共王至今，屡次遭受吴国的侵扰，边境不得安宁，所以屈建想要与晋国交好，以便于可以专心对付吴国。而赵武也因为楚军多次讨伐郑国，指望等到议和完成以后可以享受数年的安息太平日子。所以两边都欣然同意，派遣使者前往各附属国商定会盟的日期。

　　晋国派遣的使者到了卫国，宁喜没有通知卫献公，自己决定委派石恶赴会。卫献公听说以后勃然大怒，向公孙免余诉说了这件事。公孙免余说："请让臣去按照礼法斥责他。"公孙免余即刻前往见宁喜，说："诸侯相会结盟的事情，怎么能不让君主知道呢？"宁喜气愤地说："子鲜有言在先，难道我是普通的臣子吗？"公孙免余回报给卫献公说："宁喜十分无礼！为什么不杀了他？"卫献公说："若不是宁氏，我怎么会有今天？之前约定的话确实是出自寡人之口，不能反悔。"公孙免余说："臣受到主公的知遇之恩，没有什么可以报答的，请让我带领我的甲士进攻宁氏，若事成，则利益都是主公的；若是不成功，后果则由我独自承担。"卫献公说："爱卿三思而后行，不要连累我啊。"公孙免余找来自己同族的弟弟公孙无地、公孙臣，说："相国专政，你们也都知道。主公依然因为之前微不足道的的誓言，不忍心处置宁喜。等到以后宁家的势力养成，对卫国造成的伤害将超过孙氏，怎么办？"公孙无地和公孙臣异口同声说道："为什么不杀了他？"公孙免余说："我这样跟君主说了，可君主不听从。我们佯装作乱，如果有幸成功，是君主的福气；如果不成功，我们不过是亡命他乡罢了。"公孙无地说："我们兄弟愿意去做先锋。"公孙免余请求歃血立誓。

　　周灵王二十六年春天，宁喜在家里大摆筵席。公孙无地对公孙免余说："宁氏设春宴，必定没有防备，我先去试探一下，你做接应。"公孙免余说："为什么不先占卜一下呢？"公孙无地说："势在必行的事情，还占卜什么？"公孙无地便带领家中全部的甲士进攻宁氏。宁氏门内埋伏有机关，设机关的人在地上挖了深沟，上面铺上木板，再用别的木块当成是机关的开关。只要有人触碰到开关，下面就会有反应，木板开启人就会掉下去。平常都是白天将机关去除，晚上再设上。当天因为是春宴，所有的人都在堂中观看表演，没有人守门，于是设置好机关代替巡逻。而公孙无地并不知道，不小心触动了机关掉进了陷阱。宁家的人大吃一惊，争先出来捉贼，抓住了公孙无地。公孙臣挥舞长戈前来营救，宁氏人多势众，公孙臣战败而死。宁喜问公孙无地："你来这里是谁主使的？"公孙无地瞪着双眼大骂道："你仗着自己有功劳专横跋扈，作为臣子却不忠于君主，我们兄弟特地为了江山社稷来杀了你，事情没有办成，是我们的命！怎么是被人主使的呢？"宁喜十分生气，将公孙无地绑在庭院里的柱子上，用鞭子打死他后，又将他的首级砍了下来。右宰谷听说宁喜抓住了贼人，特地乘车来询问情况。宁氏刚打开大门，碰巧公孙免余率领士兵赶到，乘机进入了宁氏府邸，先将右宰谷斩杀在了门口。宁氏宅中的人方寸大乱，宁喜惊慌地问："是谁在作乱？"公孙免余说："全国的人都在这里，还问什么姓名？"宁喜怕了，就想逃走，公孙免余夺过他的剑追去，围着堂中的柱子绕了三圈，将他杀死在柱子下。公孙免余诛杀了宁氏全家，回去向卫献公报告。卫献公命人取来宁喜和右宰谷的尸体，陈列在朝堂上。

公子鱄听了以后，没有穿鞋子就跑入了朝堂，抚摸着宁喜的尸体哭着说："不是君主失信，是我欺骗了你啊。你死了，我又有什么脸面再立于卫国的朝廷之上啊？"哭天喊地，长号三声以后，便匆忙走了出去，用牛车搭载着妻儿逃出了卫国。卫献公派人挽留，公子鱄不肯回去。等他行驶到河上，献公又让大夫齐恶一路奔驰追上他，齐恶表达了卫侯挽留他的意思，一定要让公子鱄回国。公子鱄说："要我回到卫国，除非是宁喜死而复生才可以！"齐恶依然坚持让他回国，公子鱄捉来一只活鸡，当着齐恶的面拔出佩刀剁掉鸡头，发誓说："我跟我的妻子，从今以后再踏进卫国，吃卫国的粮食，就像这只鸡一样！"齐恶知道不能勉强，只能自己回去复命。后来公子鱄逃到了晋国，在邯郸归隐，跟家人一起编草鞋换粮食吃，终身不说一个"卫"字。史臣有诗写道：

他乡不似故乡亲，织屦萧然竟食贫。

只为约言金石重，违心恐负九泉人。

齐恶回来回复卫献公，卫献公感叹不已，于是命人收敛宁喜二人的尸体安葬。想要立公孙免余为正卿。公孙免余说："臣威望不够，比不上太叔。"于是让太叔仪当政，从此卫国稍稍安宁了一段时间。

再说宋国左师向戌提议诸侯为消除战争而进行聚会，当面商议请和一事，晋国正卿赵武、楚国令尹屈建都来到了宋国，各国大夫也都陆续到达。晋国的附属国鲁、卫、郑跟随晋国在左边安营扎寨，楚国的附属国蔡、陈、许跟随楚国在右边安营扎寨，用马车当作城墙，各自占据一边。宋国是地主，自然不用再说。商议确定：按照以往进贡的日期，楚国的附属国向晋国进贡，晋国的附属国向楚国进贡，所进贡的礼物各自一半，两边分开来用。其他的大国如齐国、秦国，算是地位相同的国家，不属于附属国，晋国的附属小国如邾、莒、滕、薛，楚国的附属小国如顿、胡、沈、麋，有能力的自行进贡，没有能力的按照附庸国对待，和邻近的国家一起进贡。在确定了这些原则之后，参与这次会盟的各诸侯国大臣准备在宋国都城西门之外歃血为盟。

楚国的屈建暗地里传下命令，让随行的楚军将铠甲穿在衣服里面，想要在会盟的时候偷袭赵武并将他杀死，在伯州犁的极力劝阻下才取消了这个计划。晋国的赵武听说后，就找羊舌肸商议应对楚军的策略。羊舌肸说："这次结盟本来就是为了消除战争的，若是楚国用兵，他们就先失信于诸侯，诸位诸侯谁还信服他！你只要坚守信义就可以了，不用担心会有什么危险。"将要结盟的时候，楚国的屈建想要先歃血，让向戌去向晋军传话。向戌来到晋军的营地却不敢开口，让跟从的人代替自己讲述。赵武说："昔日我国君主晋文公在践土接受王命，安抚四国，成为华夏诸侯的首领，楚国怎么能先于晋国呢？"向戌将这些话转述给了屈建。屈建说："若是从周王论起，楚王也曾经从周惠王那里接受过授命。之所以举行这次会盟，就说明楚国和晋国拥有同等的地位。晋国已经做了很长时间的盟主，这回该轮到楚国了。若是还让晋国先，便是说楚国比晋国弱，还说什么地位一样？"向戌又将这些话转述给了晋军。赵武依然不愿意，羊舌肸对赵武说："盟主主要是以德服人，若是有德行，即便歃血在后面，诸侯依然爱戴；若是没有德行，即使先歃血，诸侯也会背叛他。而且诸侯是以消除战争的名义来进行会盟的，天下没有战争是一个大好事，相互争抢谁先歃血，便必然会交兵，出兵就会失去信义，那么这次会盟也就失去了对天下有利的意义，你暂且就让楚国先歃血吧。"于是赵武答应让楚国先歃血，商定好盟约后离开。当时卫国石恶参加盟会，听说宁喜被杀了，不敢再回到卫国，跟从赵武留在了晋国。从此晋、楚之间没有战事。

齐国右相崔杼自从杀了齐庄公拥立齐景公，威震齐国以后，因左相庆封嗜酒又喜好打猎，常常不在国都中，崔杼便独掌了政权，也越来越专横。庆封心中暗怀嫉恨。崔杼原本承诺棠姜要立崔明为继承人，因为怜惜长子崔成失去了一只手臂，不忍心开口。崔成察觉出了他的意思，请求将继承之位让给崔明，自己愿意去崔邑养老。崔杼答应了，但是东郭偃和棠无咎却不肯，说："崔邑，是崔氏的宗邑，必须要传给适子。"于是崔杼对崔成说:"我本来想把崔邑给你,但是东郭偃跟和棠无咎不答应,怎么办?"崔成把这些告诉了自己的弟弟崔疆。崔疆说:"你把嫡长子的位置都已经让出去了,他们怎么连一个小小的崔邑都舍不得呢?父亲现在还在,东郭偃就已经这样霸道了,等父亲死后,我们兄弟恐怕连他们的奴仆都做不成。"崔成说:"我们请左相帮帮我们吧。"于是崔成、崔疆两人去求见庆封,告诉了他这件事。庆封说:"你们的父亲只听东郭偃和棠无咎的话,我即使去说,他也必然不听。说不定以后这两人还会成为你们父亲的祸患,为什么不除掉他们呢?"崔成、崔疆说:"我们也有这样的打算,但是势力单薄,恐怕不能成事啊。"庆封说:"我考虑一下再答复你们。"崔成、崔疆两人离开以后,庆封召来卢浦嫳,告诉了他崔成兄弟说的话。卢蒲嫳说:"崔氏要是发生内乱,对庆氏有利。"庆封恍然大悟。过了几天,崔成与崔疆又来了,再次控诉了东郭偃、棠无咎的罪恶。庆封说:"若是你们想起事,我一定会用兵器装备帮助你们。"于是庆封赠送给他们一百件做工精良的盔甲以及配套的兵器。崔成、崔疆大喜,半夜的时候率领家中众人穿上铠甲拿着兵器,分散潜伏在崔氏府邸的附近。东郭偃、棠无咎每天都要去见崔氏,等到他们一进门,埋伏的甲士突然起身,将东郭偃、棠无咎用戟刺死了。

崔杼听说事变后勃然大怒,急忙叫人驾车,车夫仆人早已经偷偷地逃跑了,只有养马的人在马棚里。于是他让养马的人驾车,让一个小卒赶车去见庆封,哭着诉说家里的变故。庆封假装不知道,惊讶地说:"崔氏、庆氏虽然是两个不同的家族,但是利益却是一体的。没想到你这两个儿子竟然如此目无长辈!你若是想要讨伐他们,我一定会帮你。"崔杼认为庆封是真的为自己好,于是感谢道:"如果将这两个逆子除去,让崔氏宗族得到安宁,我让崔明也认你做父亲。"于是庆封召来家中全部甲士,让卢浦嫳率领。卢浦嫳接受命令前去。崔成、崔疆见卢浦嫳带兵前来,想要紧闭大门坚守。卢浦嫳假装说:"我是奉了左相的命令前来,是帮你们不是害你们。"崔成对崔疆说:"难道是要除掉庶弟崔明吗?"崔疆说:"可能是。"于是二人就开门让卢浦嫳进来了。卢浦嫳进门后,他所带的甲士也全部都涌进来了。崔成、崔疆阻止不了,于是问卢浦嫳:"左相的命令是什么?"卢浦嫳说:"左相听了你们父亲的诉苦,我们奉命来取你们的脑袋!"说完就喝令甲士:"还不快动手!"崔成、崔疆两人还没有来得及回答,头已经砍落在地了。卢浦嫳纵容甲士杀伤掳掠,崔家的车马华服、名贵器物全部都被拿走了,又毁了崔氏的大门。棠姜吓坏了,在房间内上吊自杀,只有崔明在外面,免了一难。卢浦嫳将崔成、崔疆的脑袋悬挂在车上,回复崔杼。崔杼看见两个儿子的尸体,心里又愤怒又悲伤,就问卢蒲嫳:"是否惊扰了我的内室?"卢蒲嫳说:"夫人正高睡未起。"崔杼脸上这才稍微有了喜色,对庆封说:"我想要回去，奈何小卒不善于驾车，希望可以借一个驾车的人。"卢蒲嫳说："我为相国驭车。"崔杼向庆封再三道谢，登上车告别。

等崔杼到家，就看到几重大门敞开，没有一个人走动。进入中堂，直接可以看见内室。只见室内窗户敞开，里面空空无也，棠姜的尸体悬挂在房梁上。崔杼吓得魂飞魄散，正想要质问卢蒲嫳，已经不知道他去哪儿了。崔杼找遍房间的每个角落找不到崔明，放声大哭说："我今天被庆封给害了！我连家都没有了，还活着干什么？"于是也上吊自尽了。崔杼得到这样的祸事，实在是太惨了！隐士徐霖写诗道：

昔日同心起逆戎，今朝相轧便相攻。

莫言崔杼家门惨，几个奸雄得善终！

半夜的时候，崔明偷偷潜入府内，将崔杼和棠姜的尸体偷出来，放在一个棺材里用车载了出去，挖开了祖墓，将棺材下葬，然后掩盖好。只有养马的人和他一起做这些事，除此之外没有人知道。做完这些事情，崔明就逃到了鲁国。

庆封对齐景公说："崔杼确实杀了先君，我不得不讨伐他。"齐景公连连称是。于是庆封成了齐景公唯一的相国。他用君主的命令传召陈须无回到齐国。陈须无告老还乡后，他的儿子陈无宇代替了他的职位。这是周灵王二十六年的事情。

当时吴、楚两国多次相互进攻，楚康王训练水军用来讨伐吴国，吴国早有准备，楚军无功而返。吴王余祭才继位两年，好斗不怕死，怨恨楚国讨伐自己，就让相国屈狐庸诱惑楚国的附属国舒鸠背叛楚国。楚国令尹屈建率领军队讨伐舒鸠时，养繇基主动请求做先锋。屈建说："将军已经老了！舒鸠区区小国，不用担心失败，不用麻烦老将军。"养繇基说："楚国讨伐舒鸠，吴国必定去营救。我多次抗击吴兵，熟悉他们的战术，愿意跟随作战，即使是死了也不遗憾！"屈建听他说了"死"字，心中就有些感伤。养繇基又说："先王对我有知遇之恩，想要以身报国，但是没有用武之地。如今我头上胡须都变白了，万一哪天我病死在床前，就是令尹你对不起我了。"屈建见他心意已决，就答应了他的请求，让大夫息桓做他的副将。养繇基行军到了舒鸠的都城离城，吴王的弟弟夷昧和相国屈狐庸率领军队来救援。息桓想要等到楚国的大军再开战，养繇基说："吴人擅长水战，如今离开船到了陆地，况且射箭骑马也非他们所擅长的，应该趁着他们刚来还没有稳定下来，尽快发动进攻。"于是养繇基拉弓射箭，身先士卒，被射中的人无一生还，吴军才稍微退后了些。养繇基在追赶的时候遇到了屈狐庸，便大骂道："叛国贼！你敢出来见我吗？"想要去射屈狐庸。屈狐庸驾车扭头就跑，快的就像一阵风一样。养繇基吃惊地说："吴国人也擅长驾车吗？要知道的话就早点射他了。"话还没有说完，吴国的那些用铁叶包裹着的马车就围了过来，将养繇基困在了中间；车上的将士都是江南的射手，一时间万箭齐发,养繇基死在了乱箭之下。楚共王曾经说过,养繇基仗着自己技艺高强也必定会因射箭而死,在这里得到了验证啊!

息桓整理好剩下的军队,就回去向屈建报告了养繇基被杀一事。屈建叹了一口气,说:"养叔的死,是自取的啊!"于是屈建在栀山埋伏精兵,让别将子疆带着自己的私兵引诱吴军交战,才打了十几个回合子疆便走,屈狐庸猜测到有伏兵所以不追赶。夷眛登上高处观望,不见楚军前来,说:"楚军已经逃走了!"于是带领全部的士兵追击。到了栀山之下,子疆回头作战,埋伏的士兵全部出来,将夷眛团团包围,夷眛没有办法突破包围,幸亏屈狐庸带领援兵来到,杀退了楚军,救出了夷眛。吴军大败而归,随后屈建带兵灭了舒鸠。

第二年,楚康王又想要讨伐吴国,求秦国援兵帮助,秦景公让自己的弟弟公子鍼带兵来帮助他。吴国大军镇守江口,楚国没有办法进入吴国。因为郑国依附晋国已久,于是回师入侵郑国。楚国大夫穿封戌在阵前抓住了郑国的将领皇颉,公子围想要争夺,穿封戌不给。公子围反而向楚康王告状说:"我已经抓住了皇颉,却被穿封戌夺走了。"没过多久,穿封戌押解着皇颉回来了,说皇颉是自己抓住的,可是公子围却想抢夺。楚王判断不出来谁对谁错,让太宰伯州犁决断。伯州犁启奏说:"郑国的囚犯乃是大夫,而不是小人,问囚犯自然可以相信。"于是立刻将囚犯带到庭下,伯州犁站在他的右边,公子围和穿封戌站在左边,伯州犁拱手向上说:"这位是公子围,也是我们大王的弟弟。"又拱手向下说:"这位叫穿封戌,是外地的一个县尹。是谁抓住了你?一定要实话实说!"皇颉已经明白伯州犁的意思,他有心想要讨好公子围,就假装瞪着眼看向公子围说:"我是遇到了这位公子,没有战胜他,于是被抓到了。"穿封戌勃然大怒,从架子上抽出长戈想要杀了公子围,公子围受惊逃走,穿封戌没有追上。伯州犁追上穿封戌,劝说一番后返回。对楚康王说,将功劳一分为二,又自己准备酒食,给公子围、穿封戌两人讲和。如今谈论起徇私舞弊的事情,还说:"上下其手。"说的就是伯州犁的事情。后人有诗感叹道:

斩擒功绩辨虚真,私用机门媚贵臣。

幕府计功多类此,肯持公道是何人!

吴国的邻国叫越国,国君的爵位为子爵,是开创夏朝的大禹的后代。在夏朝少康的庶子无余受封以后,越国从夏朝到周朝传承了三十多代,才到了允常。允常勤奋理政,越国开始强盛,吴国对越国有了忌惮。余祭继位的第四年,开始用兵讨伐越国,在战斗中抓获了越国国君的宗人,砍断了双脚让他做守门人,负责看守馀皇〔一种大船的名字〕大船。余祭观赏大船后喝醉了,就在大船上休息,宗人解开了余祭的佩刀将他刺杀。余祭身边的随从察觉后,一起杀了宗人。余祭的弟弟夷眛以次序继位，将国家的政务交给季札负责。季札请求息战安抚国民，与中原的各个大国交好，夷昧听从他的建议。于是季札先去了鲁国通好，向鲁侯请求观赏尧、舜、夏、商、周五个朝代以及各国的乐器，季札一一进行了点评，点评的合乎情理，鲁人将他当作知音。接着他又去齐国通好，与晏婴交好；去郑国朝聘，与公孙侨交好；到了卫国，和蘧瑗交好；后来又到了晋国，跟赵武、韩起、魏舒交好。季札所交好的大臣都是一代贤臣，季札的贤能自然也可想而知了。

第六十七回
卢蒲癸计逐庆封　楚灵王大合诸侯

话说周灵王的长子名叫姬晋，字子乔，天资聪颖，喜欢吹笙，可以吹出凤凰鸣叫的声音。姬晋被立为太子后，十七岁时在伊、洛两地游历，回来后便去世了。周灵王十分伤心。后来有人报告说："有人见到太子在缑岭［位于今河南偃师县，今名缑氏山］上骑着白鹤吹笙，对住在当地的人说：'替我好好的感谢天子，我跟随浮丘公住在嵩山上，十分的快乐！不必怀念我。'"浮丘公是古时候的仙人。周灵王让人打开姬晋的坟墓，看到里面只有一个空棺材，便知道他成仙去了。等到周灵王二十七年，他梦见太子姬晋驾鹤前来迎接他，虽然醒了，但是依旧可以听到屋外有吹笙的声音。周灵王说："我的儿子来迎接我了，我该走了。"于是他留下遗命传位给次子姬贵，没有疾病却驾崩了。姬贵继位为周王室的君主，史称周景王。

这一年楚康王也去世了，令尹屈建与群臣商议后，拥立跟他一个母亲的弟弟熊麇为王。没过多久，屈建也死了，公子围代替他成为令尹。关于此事详细的说明，暂时先放一边。

齐国相国庆封独自掌管政事后，愈加荒淫放纵。有一天，他在卢蒲嫳家里饮酒，卢蒲嫳让自己的妻子出来敬酒，庆封见了十分喜欢她，就跟她私通了。此后他将国家政事交给了自己的儿子庆舍，将自己的妻妾和财宝都搬到了卢蒲嫳的家里，庆封与卢蒲嫳的妻子住在一起，卢蒲嫳也和庆封的妻妾私通，两人都不避讳。有时候两家的妻小在一起喝酒玩闹，喝醉后便吵闹，左右随从都掩口取笑，庆封与卢蒲嫳都不在意。卢蒲嫳请求从鲁国召回自己的兄长卢蒲癸，庆封答应了。卢蒲癸回到齐国后，庆封让他为自己的儿子庆舍做事。庆舍体力过人，卢蒲癸也有勇力，而且擅长阿谀奉承，所以庆舍十分喜爱他，并将自己的女儿庆姜嫁给了他。两人有了岳父女婿的关系翁婿相称，庆舍就更加地宠信卢蒲癸。卢蒲癸一心想要为齐庄公报仇，苦于找不到有相同志向的人，于是在狩猎的时候极力夸赞王何的勇猛。庆舍问："王何现在在哪里？"卢蒲癸说："在莒国。"于是庆舍就让人去召王何回国。王何回到齐国后，庆舍也十分喜爱他。自从崔、庆作乱以后，庆舍恐怕有人暗算他，每次出入必定让亲信的壮士拿着长戈在后面防卫，这也成为了惯例。庆舍因为宠信卢蒲癸、王何，便让两人拿着长戈站在自己的后面，其他的人不敢靠近。

齐国旧时有规定：国家要供给卿大夫每天的食物，惯例是两只鸡。当时齐景公十分喜欢吃鸡脚，一顿饭要用数千只鸡。各位大臣都纷纷效仿，都将鸡当作是食物中的上品。于是鸡的价格飙升，御厨按照旧时的分例钱没有办法继续供应，去向庆氏请求增加分例钱。卢蒲嫳想要打击庆氏的威望，劝说庆舍不要增加，对御厨说："供膳随便什么都可以，何必非要用鸡呢？"于是御厨就用鸭子代替。仆人们认为鸭子不是给国君吃的，便偷偷把肉吃了。这天，大夫高虿、栾灶陪齐景公用膳，见食物里没有鸡肉，只有鸭骨头，勃然大怒说："庆氏管理政事，克扣公膳，竟然如此怠慢我们！"于是没有吃就走了出去。高虿想要去责问庆封，栾灶劝说制止。有人将这件事告诉了庆封，庆封对卢蒲嫳说："子尾、子雅十分恼恨我，该怎么处置？"卢蒲嫳说："既然他们生气，那就把他们杀了，有什么好担心的！"卢蒲嫳又将这件事告诉了自己的兄长卢蒲癸，卢蒲癸与王何商议说："高、栾两家跟庆氏有矛盾，可以借助他们的力量灭了庆氏。"于是王何在夜里去见高虿，谎称庆氏谋划进攻高、栾两家。高虿勃然大怒，说："庆封确实与崔杼一同杀了齐庄公。如今崔杼已经死了，只有庆封在，我们应该为先君报仇。"王何说："这也是我的愿望！大夫在外面谋划，我与卢蒲氏在内部谋划，事情很容易就能成功。"高虿秘密地与栾灶商议，等待机会讨伐庆氏。陈无宇、鲍国、晏婴等人都知道这件事，但是憎恨庆氏霸道专横，没有人愿意告诉他。卢蒲癸和王何对进攻庆氏的事情进行占卜，占卜者得到的卜卦结果是：虎离穴，彪见血。

卢蒲癸将占卜的结果告诉了庆舍，说："有个人想要进攻仇家，占卜到了这个卦，是凶兆还是吉兆？"庆舍看了占卜的卦后说："必定成功。虎与彪是父子，离开了洞穴还见了血，怎么会不成功呢？仇家是谁？"卢蒲癸说："乡间的一个平常人。"庆舍疑惑不已。

秋天的八月，庆封率领自己的族人庆嗣、庆遗去东莱狩猎，让陈武宇一同前往。陈无宇告别自己父亲陈须无时，陈须无对他说："庆氏的大祸马上就要来了，同行恐怕受他连累，为什么不拒绝呢？"陈无宇回答说："拒绝就会让他产生怀疑，所以我不敢推辞。若是我离开后你谎称因为其他的原因召回我，也许可以想办法返回。"于是陈无宇就跟着庆封去狩猎了。等到庆封离开以后，卢蒲癸高兴地说："卜卦人所说的'虎离穴'，现在已经应验了。"于是打算趁着秋祭的时候行事。陈须无知道以后，担心自己的儿子受到连累，谎称自己的妻子有病，让人召陈无宇回家。陈无宇求庆封为自己的母亲卜卦，心中暗自祷告，让卜卦显示庆氏的吉凶。庆封说："这是灭生之卦。下克其上，卑克其尊，恐怕老夫人的病没有办法痊愈了。"陈无宇捧着卦泪流不止。庆封可怜他，就让他回去了。庆嗣看到陈无宇登车，问他："你要去哪里？"陈无宇回答："我的母亲病重，不得不回去。"说完便奔驰而去。庆嗣对庆封说："陈无宇说自己母亲病重可能是假的。国中恐怕有变故，我们应当速回！"庆封说："有我的儿子在那里，你还担心什么？"陈无宇过了河以后，折毁桥梁，凿穿船只，断了庆封回去的路，庆封却不知道。

当时八月上旬即将过完。卢蒲癸部署家中甲士，匆匆忙忙显露出战斗的迹象，他的妻子庆姜对卢蒲癸说："你有事情不与我商量，肯定不会成功！"卢蒲癸笑着说："你一个妇人，又怎么为我出谋划策呢？"庆姜说："你难道没有听说过妇人的聪明才智远胜于男人吗？武王有十个治理政事的大臣，邑姜（周武王的王后）就是其中的一个，为什么我不能为你谋划？"卢蒲癸说："昔日郑国大夫雍纠，将自己与郑君密谋的事情泄露给了妻子雍姬，最后导致雍纠被杀死，君主也被驱逐，世人引以为戒。我十分害怕！"庆姜说："妇人以夫为天，夫唱妇随，况且还有国君的命令呢？雍姬是被母亲的话所迷惑，害死了自己的夫君，是女人中的异类，有什么可称道的？"卢蒲癸说："假如你站在雍姬的立场上，该如何做？"庆姜说："能谋划就一起共事，若是不能，也不敢泄露。"卢蒲癸说："如今齐侯苦于庆氏专政，与栾、高两位大夫谋划驱逐你的族人，我是在为此做准备。你不要泄露出去。"庆姜说："相国正好出去狩猎，现在有机可乘。"卢蒲癸说："我想等到秋祭的那天。"庆姜说："我的父亲刚愎自用，沉迷于酒色又怠慢公务，没有什么可以刺激他的。如果他一直不出来，该怎么办？我去阻止他出来，他性格骄傲多疑，便一定会出来。"卢蒲癸说："我将性命托付给你，你不要去学雍姬。"庆姜去告诉庆舍说："我听说，子雅、子尾将在秋祭的时候找机会刺杀你，你千万不要出去！"庆舍生气地说："这两人就像是禽兽，我要将他们的皮剥下来铺在床上！谁敢为难我？就算是有，我也不害怕！"庆姜回来报告给卢蒲癸，让他提前做好准备。

秋分这天，齐景公在太庙举行秋祭，诸位大夫都来参加祭祀。庆舍也来了，让庆绳主管献酒一事，庆氏让家中的甲士包围守卫太庙。卢蒲癸、王何拿着近身护卫用的武器，站在庆舍左右寸步不离。陈、鲍两家的马夫擅长表演戏法，他们便故意让马夫在鱼里街上表演。庆氏的马受到惊吓逃走，军士追上以后，用绳子将所有的马都捆了起来，解开盔甲放下武器，一同前去观看表演。栾、高、陈、鲍四家的家丁，全部聚集在太庙门外，卢蒲癸谎称自己想要小解，外出与众人相会安排好士兵，秘密地包围了太庙。卢蒲癸返回以后，又站在了庆舍的后面，将手中的戟倒了过来，然后看了高虿一眼。高虿领会了卢蒲癸的意思，就让随从敲了三下小门，于是甲士全部蜂拥而上。庆舍大惊而起，还没有离开席子，卢蒲癸手中的戟就从他背后刺入，刀刃刺进了他的肋骨；王何用戈击打他的左肩，庆舍的肩膀被打断了。庆舍瞪着王何说："原来叛乱者是你们啊？"他用右手取来装祭酒的酒壶朝王何扔去，王何立刻被打死了。卢蒲癸呼喊甲士先抓住庆绳杀了。庆舍伤势严重，痛得无法忍受，一只手抱着太庙的柱子摇动，太庙的房梁都跟着晃动了，随后大喊一声便死了。齐景公看到形势危险，吓得想要逃走，晏婴偷偷地对他说："大家是为了主公才这样做的，想要杀了庆氏以安稳江山社稷，没有其他的想法。"齐景公这才放心，脱了祭服登车进入内宫。卢蒲癸带头，领着四姓的甲士将庆氏的党羽全部诛杀。各族人分别守卫城门来抵御庆封，防守得密密实实，水泄不通。

庆封狩猎返回，走到途中遇到庆舍家里逃出来的家丁，向他讲述了国都中发生的事情。庆封听说自己的儿子被杀，勃然大怒，于是返回都城进攻西门。城中防御十分严密，无法攻破，跟随庆封的小兵甲士都慢慢逃散了，这时他害怕了，于是逃到了鲁国。齐景公让人出使鲁国，告诫不要收留叛乱的大臣。鲁国人想要抓住庆封交给齐国，庆封听说以后十分害怕，又逃到了吴国。吴王夷昧让他居住在朱方之地，给了他很多的俸禄，和他在齐国的时候一样，让他监察楚国的一举一动。鲁国的大夫子服何听说了以后，对叔孙豹说："庆封在吴国又享受富贵了，上天怎么会降福保护这样的淫人呢？"叔孙豹说："善人富足，称为赏赐；淫人富足，称之为灾祸。庆氏的灾祸已经到了，有什么福气啊！"庆封逃走后，高虿、栾灶执掌了齐国的政权，在国内宣布崔、庆两人的罪状，将庆舍的尸体陈列在朝上。崔杼的棺材找不到，于是重金悬赏：谁举报崔杼的棺材在哪里，就把从崔家抄来的一块宝玉赏赐给他。当初和崔明一起埋葬崔杼的马夫贪图这块宝玉，于是出来举报，挖开了崔氏的祖墓得到了崔杼的棺材。打开以后，发现里面有两具尸体，齐景公想要一起示众。晏婴说："祸及妇人，不合乎礼法。"于是只将崔杼的尸体摆在集市上，国人都聚集在一起观看，这时崔杼的尸体还能辨认出来，大家都说："这真的是崔杼啊！"诸位大夫瓜分了崔杼、庆封的封地，因为庆封的家财全都在卢浦嫳的家里，齐侯斥责了卢浦嫳的淫乱之罪，将他流放到了北燕，卢浦嫳也跟着去了。庆封和卢浦嫳两家的家财全部都被众人瓜分，只有陈无宇什么都没有拿。庆氏的府邸内有木材百余车，众人商议后给了陈氏，陈无宇全部都施舍给了国人，于是国人都赞扬陈氏的美德。这是周景王初年的事情。

到了第二年，栾灶也死了，他的儿子栾施继承大夫之位，与高虿一同执掌国家政权。高虿忌惮高厚的儿子高止，以二高并立为理由驱逐了高止，高止也逃到了北燕。高止的儿子高竖占据卢邑谋叛，齐景公让大夫闾邱婴率领军队围攻卢邑。高竖说："我不是叛乱，是害怕高氏没有后代祭祀。"闾邱婴承诺为高家立后，于是高竖逃到了晋国。闾邱婴回去向齐景公复命，齐景公就让高酀来延续高傒的香火。高虿生气地说："本来派遣闾邱婴是想要除掉高氏，如今去掉一人，又立了一个人，有什么不同啊！"于是向晋公进谗言杀了闾邱婴。诸位公子子山、子商、子周等都为此愤愤不平。高虿勃然大怒，就用别的一些事由将他们全都驱逐了，国中人都议论纷纷。高虿没过多久也死了，他的儿子高疆继承了大夫的职位。高疆年幼，没有被立为上卿，大权全都到了栾施的手里。这些事暂且放到一边。

晋、楚两国讲和后，各诸侯国都得到了休养生息。郑国大夫良霄是公子去疾的孙子、公孙辄的儿子，当时是郑国的上卿，掌管政务。良霄十分骄奢，喜爱喝酒，每次都要喝一晚上。他喝酒的时候不想看见其他人，也不想听见其他事情，于是就挖了一个地下室，将喝酒的器具和钟鼓放进去，以便于可以喝一整夜的酒，家臣来拜见也全都不见。一日中午，他醉酒入朝，对郑简公说想要派遣公孙黑去楚国访问。当时公孙黑正在与公孙楚争夺迎娶徐吾犯妹妹的资格，不想出远门，于是来见良霄请求别让他去。守门人推辞道："主人已经进入地下室了，不敢去禀报。"公孙黑勃然大怒，带领家中全部的甲士，乘着夜晚和印段一起围攻了良霄的府邸，并纵火焚烧。良霄已经喝醉了，众人将他扶上车逃到了雍梁。良霄酒醒后听说公孙黑进攻自己，勃然大怒。在雍梁住了几天，他的家臣全部聚齐，纷纷讲述了都城里的事情，说："各个家族都联合在一起对抗我们，只有国氏、罕氏没有参加。"良霄高兴地说："这两个家族可以助我一臂之力！"于是返回，进攻郑城的北门。公孙黑让自己的侄子驷带和印段一起率领勇士抵抗。良霄战败，逃到了一家杀羊的铺子中，被众兵所杀，家臣也全都死了。公孙侨听说良霄死了，赶紧去了雍梁，抚摸着良霄的尸体哭着说："兄弟之间相互残杀，苍天啊，为什么会如此不幸啊！"他将良霄所有家臣的尸体都收敛起来，与良霄一同安葬在斗城村。公孙黑生气地说："子产是良霄的同党吗？"就想要攻打公孙侨。上卿罕虎制止了他，说："子产对死者都如此有礼数，更何况是活人呢？礼仪是国家的根本，杀了有礼数的人恐怕不吉利！"公孙黑这才没有杀公孙侨。郑简公让罕虎掌管政务，罕虎说："我不如子产。"于是郑简公让公孙侨掌管政务，这件事发生在周景王三年。公孙侨掌管郑国的政务后，开始对城市和农村实行不同的政策，不同等级的人都设有职位，将田地分出疆界和水道，庐舍和水井也按照一定的规则排列，提倡节俭，反对奢侈。公孙黑祸乱朝政，公孙侨罗列出他的罪状将他杀死。又编著《刑书》来规范百姓，建立乡校让人们聚集在那里议论朝政，以此来寻找自己施政中的失误和不足。郑国人对子产的做法很满意，歌颂他说：

我有子弟，子产诲之。我有田畴，子产殖之。子产而死，谁其嗣之？

有一天，一个郑国人出北门，恍惚间遇见了良霄，看见他身穿盔甲，提着长戈行走，说："驷带和印段害了我，我一定要杀了他们！"这个人回来转述给了其他人，不久就得了病。此后郑国都城中只要有点风吹草动，都会被认为是良霄来了！男男女女全都疯了一样乱跑，好像是在躲避战争一样。没过多久，驷带就病死了。又过了几天，印段也死了。国都里的人都十分恐惧，昼夜不得安宁。在公孙侨的建议下，郑国国君让良霄的儿子良止为大夫，主要管理良氏祭祀的事情，并且立公子嘉的儿子公孙泄为大夫，主管公孙嘉的祭祀，于是城中的流言顿时平息了。郑国的行人游吉问公孙侨："为什么立祀以后流言就突然平息了？"公孙侨回答说："凡是凶人惨死，他的魂魄就不会消散，全都化成厉鬼。若是有地方可以依存，就不会如此。我立祀就是让他有一个归宿。"游吉说："如果是这样，立良氏就可以了，为什么还要立公孙泄？难道担心子孔也变成厉鬼吗？"公孙侨说："良霄有罪，不应该立他的后人。若是因为他变成了厉鬼而立他，国人就会被鬼神的说法所迷惑，不能拿这个当作告诫，我借着说是为了留存郑穆公的七支血脉，所以才将良、孔二氏一起立，以此来解除国民的疑惑。"游吉深深的叹服。

周景王二年，蔡景公为他的世子般娶了楚侯的女儿芈氏为妻子。蔡景公与芈氏私通，世子般知道后生气地说："父亲不像父亲，那儿子也就不是儿子了！"于是他假装外出狩猎，将几个心腹内侍偷偷地埋伏在内室。景公以为儿子不在家，就进入东宫，径直来到了芈氏屋内。世子般突然率领内侍出来，砍杀了景公，告诉各诸侯说景公是因为突发疾病而死，随后自立为君主，史称蔡灵公。史臣谈论世子般身为儿子杀了父亲，固然改变了千古的纲常伦理，然而景公奸淫儿子的妻子，自己也有悖于人伦道德，并不是没有罪过。有古诗叹息道：

新台丑行污青史，蔡景如何复蹈之？

逆刃忽从宫内起，因思急子可怜儿！

蔡国的世子般虽然告诉各位诸侯景公是死于突发疾病，但是弑杀国君的事情终究无法掩盖，从本国传了出去，各诸侯国都知道。但是当时盟主偷懒，并没有去管这件事。

这年秋天，宋国宫中失火，宋国夫人是鲁国国君的女儿，叫伯姬。左右随从看到火烧了过来，就让夫人躲避火灾。伯姬说："妇人的道义，傅母不在，我不能出去。火势虽然紧迫，怎么可以荒废道义呢？"等到傅母来的时候，伯姬已经被烧死了，宋国人都为此叹息不已。当时晋平公因为宋国有替楚、晋两国讲和的功劳，可怜宋国有火灾，于是在澶渊召集所有的诸侯，各自捐献财币来援助宋国。南宋的儒士胡安国谈到这件事时，认为晋平公不讨伐蔡国世子的杀父之罪，而去矜恤宋国的灾情，显然分不清事情的轻重，这也是晋平公失去霸主之位的原因。

周景王四年，晋、楚两国根据在宋国的盟约，又在虢地相会。当时楚国的公子围代替屈建成为令尹。公子围是楚共王的庶子，年龄最大，为人桀骜不驯，不甘心屈居人下。他仗着自己才智无双，逐渐就有了谋国篡位的想法，欺负熊麋势力单薄，很多事情都自己做决定。公子围忌惮大夫蒍掩的忠直，就诬陷他谋叛，将他杀了并占了他的封地；又结交大夫蒍罢、伍举为自己的心腹，每日谋划谋权篡位一事。有一次，他外出到田间郊外，擅自使用楚王的旗帜。行到了芊邑一地时，芊邑的邑尹说他逾越礼数，将旗帜没收放到了仓库里，公子围这才稍微收敛。等到将要赴约虢地之会时，公子围请求先向郑国下聘礼，想要迎娶丰氏的女儿。临行前他对楚王熊麋说："楚国已经称王了，名位在诸侯之上。使臣也该用诸侯的礼数，让各诸侯知道楚国的尊贵。"熊麋应允了，于是公子围就逾越自己的本分用了国君的仪仗，所穿衣服和所用器物都是按照诸侯来准备的，遣两人拿着长戈在前面引路。快要到达郑国的郊区时，住在郊外的人还以为是楚王来了，惊讶地报给都城。郑国的君臣都大吃一惊，连夜出来迎接，等到见了之后才知道是公子围。公孙侨对公子围的做法十分厌恶，担心他进入国都后发生其他的变故，就让行人游吉以城中的馆舍陈旧老坏、没有及时修缮为理由，拒绝他进入都城，而是让他住在城外的馆舍。公子围提出让伍举入城，替他商议与丰氏的婚事，郑国国君应允了。装好的聘礼非常丰盛。临近娶亲时，公子围忽然萌生了袭击郑国的心思，于是以迎娶的名义将马车装饰得非常漂亮，准备找机会行动。公孙侨对他的举动有了怀疑，说："谁也不知道公子围究竟想干什么，不能让他带太多的人，否则就不让他进来。"游吉说："我去拒绝他的要求。"见到公子围后，游吉说："听说令尹将用大军来迎亲，我们的城池地方小，没有办法容纳你的众多随从，请让我们在城外准备一个地方，以等待令尹迎亲。"公子围说："承蒙贵国国君看得起我，答应了我和丰氏的婚约，若是在郊外迎亲，这也不合乎礼法了吧？"游吉说："所谓礼法，军队不可进入都城，更何况是迎来呢？若令尹一定要用大军让迎亲队伍看起来更壮观，必须让军队解除武装。"伍举偷偷地对公子围说："郑人已经知道防备我们了，不如解除武装吧！"公子围只好让所有的士兵扔掉弓箭，拿着空的箭囊入城。

在迎娶了丰氏后，公子围便去了会盟的地方，这时晋国的赵武以及宋、鲁、齐、卫、陈、蔡、郑、许等各国的大夫，都已经先到了。公子围让人给晋国传话说："楚、晋两国先前已经结盟，今天这次结好，不必再立新的誓书也不必再次歃血，只需要将之前在宋国签署结盟的旧约重新宣读一遍，让各国诸侯不要忘记就足够了。"祁午对赵武说："公子围这样说，是害怕晋国争夺盟主的位置。上一次让楚国在晋国前面歃血，这一次应该让晋国在楚国的前面歃血，若是宣读旧约，那楚国依旧是盟主，你觉得如何？"赵武说："公子围在会上所用的蒲扇是宫中所制，打出来的仪仗与楚王没有两样，看来他的心思不在外部，而是想要在国内造反。不如就按他说的做，让他更加骄纵。"祁午说："虽然上一次屈建襄甲赴会，幸亏他没有发兵，如今公子围比他更过分，我们最好做一些准备。"赵武说："我们来重修旧好，就是为了不再有战争。我只要保证自己守信用就行了，其他的不用去管。"会盟开始后，公子围登上祭坛，让主持的人宣读之前的盟约，随后又将盟约放到了祭品上面。赵武没有发表任何不同的意见。等所有的事情都完成之后，公子围就回了楚国，此时各国的大臣心里也都明白了，公子围将会成为楚国的国君。后世有人作诗说：

任教贵倨称公子，何事威仪效楚王？
列国尽知成跋扈，郏敖燕雀尚怡堂。

赵武心里终究因为宣读旧约、让楚国占先而觉得耻辱。他担心别人议论，就将坚守信用的话向各国的大夫再三强调，说了又说。回国时路过郑国，鲁国大夫叔孙豹同行，赵武又一次这样说。叔孙豹问："在相国看来，现在的停战约定能坚持下去吗？"赵武说："过一天算一天吧，我们能保证眼前的安定就可以了，谁能知道以后是个什么样呢？"叔孙豹退下后，对郑国大夫罕虎说："赵武快要死了！他说的话敷衍了事，没有长远的打算，虽然年龄还没有到五十，但是絮絮叨叨像是个八九十岁的老人，怎么能活太长时间呢？"果不其然，没过多久赵武死了，韩起代替了他的职位。这都是后话。

公子围回到楚国以后，正好熊麇生病待在宫中，他入宫问候病情时，谎称有密事启奏，支开了嫔妾侍卫后，便解开了熊麇头冠上的带子，系在了熊麇的脖子上，不一会儿熊麇就被勒死了。熊麇有两个儿子，分别名叫熊幕、熊平夏，听说父亲死了，就拿着剑来杀公子围，然而不是公子围的对手，都被公子围杀了。熊麇的弟弟右尹熊比、宫厩尹〔古代官职名，主要掌管饲养〕熊黑肱听说楚王父子被杀了，害怕牵连到自己，熊比逃到了晋国，熊黑肱逃到了郑国。公子围派人向诸侯报丧说："我们的君主不幸去世，大夫公子围应该继承王位。"伍举将他的话换了一个说法，将"大夫公子围"改为"共王的儿子公子围是长子"。于是公子围继承王位，改名熊虔，史称楚灵王。楚灵王任命蔿罢为令尹，郑丹为右尹，伍举为左尹，斗成然为郊尹。当时太宰伯州犁在郏城处理公务，楚灵王担心他不服从，让人将他杀死。楚王熊麇没有谥号，因为他被埋葬在"郏"这个地方，所以历史上称他为楚王郏敖。楚灵王让蔿启疆代替伯州犁成为太宰，立长子熊禄为世子。

楚灵王做国君的愿望既然得逞了，就更加的骄狂，想要独霸中原。他派伍举去晋国，让晋国把所属的各诸侯国交给楚国统领；又认为丰氏女儿的家族势力微薄，不配做夫人，于是向晋侯求婚。晋平公刚失去赵武，忌惮楚国的强盛，不敢反对楚灵王，对楚国的要求都一一听从。

周景王六年，也是楚灵王二年，这年冬天的十二月，郑简公、许悼公去楚国朝拜，楚灵王留下他们，等待伍举的汇报。伍举回到楚国复命说："两件事晋侯都答应了。"楚灵公十分高兴，派遣使者大举知会各国诸侯，约定明年春天的三月在申地会盟。郑简公请求先前往申地，以迎接等待各位诸侯。楚灵王答应了。

第二年春天，各诸侯国赴会的人接连不断地到了申地。只有鲁、卫两国借故没有来，宋国国君派遣大夫向戌代替自己赴会，其他的蔡、陈、徐、滕、顿、胡、沈、邾等国君全部亲自赴会。楚灵王率领大量兵车来到了申地，诸侯都来相见。右尹伍举进谏说："我听说想要称霸中原者，必定要先得到各诸侯的忠心；想要得到诸侯的真心跟随，必定要严格遵循礼仪。如今您刚从晋国手里得到各国诸侯，宋国的向戌、郑国的公孙侨，都是大夫里面的佼佼者，号称知礼者，不能不谨慎对待。"楚灵王说："古时会盟诸侯的礼仪都有什么？"伍举说："夏启有钧台之享，商汤有景亳之命，周武有孟津之誓，成王有岐阳之蒐，康王有酆宫之朝，穆王有涂山之会，齐桓公有召陵之师，晋文公有践土之盟。这六王两公会盟诸侯时，全都有各自的礼仪，请主公选择其中的一个吧。"楚灵王说："我想要称霸中原，应当用齐桓公召陵之礼，但是不知道这个礼法怎么样？"伍举回答说："六王二公的礼法，我也只是听说，并不熟悉。据我所知，齐桓公讨伐楚国后，退师回到召陵，我国大夫屈完去齐军，齐桓公向他展示八国的车乘以炫耀军队的强大，屈完被齐军的兵威所震慑。然后齐桓公召集诸侯与屈完结盟，如今各诸侯国刚刚臣服，我们也只有向各诸侯展示我们的强大，让他们感到恐惧，然后再讨论结盟的事情，如此一来就没有人敢不听从我们的命令。"楚灵王说："我想要向诸侯用兵，效仿齐桓公伐楚的事情，应当先讨伐谁？"伍举回答说："齐国的庆封杀了自己的君主，然后逃到了吴国，而吴国不但不追究他的罪责，还给了他更多的宠信，让他在朱方之地聚集他的族人居住，比以前更加富有，齐国人对此愤愤不平心中有怨。吴国也是我国的仇人，要是我们用诛杀庆封的名义讨伐吴国，既报复了仇人，又得到了齐人的称赞，可以一举两得。"楚灵公说："好！"于是检阅车乘，来显威于各诸侯国，并确定申地为会盟的地点。因为徐国国君的母亲是吴国人，楚王怀疑他依附吴国，就扣了他三天，直到徐国国君自愿成为讨伐吴国的先锋，这才将他释放。楚王让大夫屈申率领诸侯的军队讨伐吴国围攻朱方，抓住庆封后将他的族人全部杀死。屈申听说吴国有了准备，就带着军队回去了，擒获庆封去献功。楚灵王想要杀了庆封,用他的死来警示各国诸侯。伍举说:"臣听说'自己没有错误,才能去杀别人',若是杀了庆封,恐怕他心中不服,会反唇相讥。"楚灵王不听,于是让庆封背着斧钺,将他绑着展示在军队的前面,将刀按在他的脖子上,逼迫他自己说出自己的罪责:"各国的大夫听着:不要学齐国的庆封杀了自己的国君,欺凌国君的遗孤,以求和大夫结成联盟。"庆封却大叫道:"各国大夫听着:不要学楚共王的庶子公子围,杀了自己的侄子熊麇取而代之,来跟各位诸侯结盟。"观看者全都掩嘴笑了起来。楚灵王十分羞愧,让人将他赶紧杀死。胡曾先生在咏史诗里写道:

乱贼还将乱贼诛,虽然势屈肯心输。

楚虔空自夸天讨,不及庄王戮夏舒。

楚灵王从申地回到楚国,责怪屈申打下朱方后就直接回师,没有深入进攻吴国,怀疑屈申与吴国连通对楚国怀有二心,于是将他诛杀,让屈生接替他的大夫之位。蘧罢去晋国为灵王迎回了夫人姬氏,于是任命蘧罢成为楚国令尹。

这年冬天,吴王夷昧率领大军讨伐楚国,进入棘、栎、麻〔棘:今河南永城县南;栎:今河南新蔡县北;麻,今安徽砀山县东北〕三地,来报朱方战役之仇。楚灵王大怒,召集诸侯军队讨伐吴国。越国君主允常恼恨吴国的侵略,也派遣大夫常寿过率领军队与楚国相会。楚国将领蘧启疆为先锋,带领水师先到了鹊岸,被吴人打败。楚灵王亲自带领大军,到了罗汭。吴王夷昧让他同族的弟弟蹶繇犒赏三军。楚灵王大怒,将蹶繇抓了起来,准备用他的血来祭祀军鼓。于是先派人问蹶繇:"你来的时候可曾占卜过吉凶?"蹶繇回答说:"占卜的结果是大吉!"使者说:"楚王要取你的血祭祀军鼓,这是什么吉兆?"蹶繇回答说:"吴国所占卜的是江山社稷的大事,怎么能为一个人占卜吉凶呢?我们的君主派遣我来犒赏军队,是要观察楚王的怒气到了什么程度,以为防御的缓急做准备。楚君若是好好迎接使臣,让我国的人不用再做准备,我们的国家便很快就会灭亡了。若是用使臣的血来祭祀军鼓,我们就知道楚君震怒了,便会准备武器,防御楚军绰绰有余了。"楚王说:"此人真是一个贤士啊!"随后放他回去了。楚军到了吴国的国界,发现吴军防守严密无法攻入,只好无功而返。楚灵王叹息道:"实在是错杀了屈申啊!"

楚灵王回来以后,因为没有战胜吴国而觉得耻辱,就大兴土木,想要以国家的富裕来向诸位诸侯炫耀。于是建造了一处叫章华宫的宫殿,这座宫殿足足有四十里广阔,中间建有高台,可以观望四方,高台有三十仞高,名叫章华台,也叫做三休台,因为这座高台太高了,想要上去的人必须要休息三次,才能登到顶上。其中楼台亭榭,十分壮丽,周围有民居环绕。凡是有罪逃亡的人,都被召唤回国来修建宫殿。宫殿建成后,灵王派遣使者召集四方的诸侯一起来参加落成典礼。

第六十八回
贺虒祁师旷辨新声　散家财陈氏买齐国

楚灵王有一个很奇怪的爱好，就是比较喜欢腰细的人，不管男女，只要是腰粗的人，他看到了就像看见了眼中钉一样。章华宫建成后，灵王挑选那些腰细的美人居住在里面，因此章华宫又叫细腰宫。有些宫人为了向大王献媚，忍受饥饿缩减食量，为的就是让自己的腰更细一些，甚至有饿死都不后悔的人。他的这个爱好使得整个国家的人都受到了影响，全都以腰粗为丑，不敢吃饱。即使是百官上朝，也都是用软带紧紧地勒住腰部，怕大王看到厌恶。楚灵王沉迷在细腰宫中，每天在里面饮酒作乐，丝竹管弦的声音昼夜不断。

有一天，楚灵王登台作乐，正在欢宴的时候，忽然听到台下有喧闹的声音。不一会儿，潘子臣带着一位官员来到跟前，楚灵王一看，是芋邑的令尹申无宇。灵王吃惊地询问原因。潘子臣启奏说："申无宇未经过大王的命令，擅自闯入王宫，捉拿了看守的侍卫，十分无礼！我有看守王宫的职责，所以将他抓来，请大王定夺！"楚灵王问申无宇说："你抓的人是谁？"申无宇回答说："是我的守门人。我让他看门，他却翻墙而入偷走了我的酒器，被我发现以后逃走。我找了他几年都没找到，没想到如今竟然逃到了王宫，蒙骗冒充守卫，所以臣将他抓起来了。"楚灵王说："那个偷你酒器的人既然是为我守宫，可以赦免他。"申无宇回答说："天有十日，人有十等。从大王往下，依次是公、卿、大夫、士、皂、舆、僚、仆、台，按照次序臣服，上级管理下级，下级侍奉上级，只有上下级的关系分明，国家才不会乱。臣的守门人臣都不能依法处理，使他借助大王的威严得到庇护。如果犯了罪的人可以庇护，那么天下的盗贼就会毫无顾忌地为非作歹，到时候谁还能处理他们？臣宁愿死也不能接受这样的命令。"楚灵王说："爱卿所言极是。"于是下令将守门人交给申无宇，并赦免了他擅自捉拿罪犯的罪责。申无宇谢恩离开。

过了几天，大夫蒍启疆邀请鲁昭公到楚国，楚灵王十分高兴。蒍启疆启奏说："鲁侯刚开始不愿意出行，臣以鲁国先君鲁成公与我国先大夫婴齐在蜀地［这里的"蜀"不是指"川蜀"，而是春秋时期鲁国的一个地名，今山东泰安西边］结盟交好为由，再三规劝，又以讨伐的事情相威胁，他害怕了，这才束装前来。鲁侯熟知礼仪，希望大王和他相处的时候要小心，千万不要让鲁国笑话。"楚灵王说："鲁侯长相如何？"蒍启疆回答说:"肤白身长,胡须下垂足有一尺有余,十分威严。"于是楚灵王偷偷传出一个密令,精心从国中挑选出来十个高个子、长胡须、相貌出众的大汉,让他们穿上华丽的衣冠,学习了三天礼法,任命他们为赞礼者,然后接见鲁侯。鲁侯刚看见这些人时,大吃一惊。游赏章华宫时,鲁侯看到章华宫土木景观十分壮丽,不由赞不绝口。楚灵王说:"你们国家也有这么美丽的宫室吗?"鲁侯鞠躬说道:"我的国家既偏远又狭小,连楚国的万分之一都比不上啊。"楚灵王面露骄傲之色。于是登上章华宫的台阶。这个台有多高呢?有诗可以证明:

高台半出云,望望高不极。

草木无参差,山河同一色。

台势高峻,道路曲折,蜿蜒数层而上,每层都有明亮的走廊和曲折的栏杆。那些提前从楚国挑选的美丽童子,都在二十岁以下,像女人一样穿着华丽的衣服,手上捧着雕盘玉杯,口里唱着楚地的劝酒歌,金石丝竹交相呼应。登到最顶处,乐声嘹亮,就好像是在天上,觥筹交错,美人们相互追逐嬉戏,飘飘欲仙如同进了神仙洞府,魂魄都被夺走了,不知道自己是在人间还是在天上。鲁侯大醉离去,楚灵王将名叫大屈的宝弓赏赐给鲁侯。

第二天,楚灵王心中又舍不得此弓,有些后悔,告诉了薳启疆。薳启疆说:"臣可以让鲁侯将此弓归还楚国。"薳启疆拜访公馆,面见鲁侯,假装不知道赠弓一事,问道:"我们主公昨天在宴会上,将什么东西送给了君侯?"鲁侯拿出弓展示给他。薳启疆看见弓,立即向鲁侯跪拜祝贺。鲁侯说:"一把弓有什么值得祝贺的?"薳启疆说:"这把弓闻名天下,齐、晋和越三国都曾派人来求得此弓,我们国君担心厚此薄彼,不敢轻易许诺。如今特地将此弓送给鲁国,以后这三国将会向鲁国求取,鲁国要时刻准备防御三个邻国,谨慎看守此宝物。你说我能不来道贺吗?"鲁侯听罢备感不安,说:"寡人不知道这把弓是宝物,若是如此,我怎么敢接受呢?"于是他便派遣使者将弓还给了楚国,然后告辞回去。伍举听说这件事后叹息道:"我们大王没有办法善始善终啊!借落成典礼传召各国诸侯却没有人来,只有一个鲁侯来到,但是连一把弓宁愿失信都舍不得赏赐。他舍不得自己的东西,必将夺取他人的,抢夺他人则必定招致怨恨,离死不远了啊!"这是周景王十年的事情。

晋平公听说楚国建造了章华宫,并且命令各国诸侯去庆贺,于是对各位大夫说:"楚国是蛮夷之国,尚且可以建造如此美丽的宫室,向诸侯们炫耀,晋国怎么可以不如楚国呢?"大夫羊舌肸进谏说:"盟主让诸侯服从的,向来都是美德,而不是宫室。建筑章华宫是楚国的失德之举,君主为什么还要效仿呢?"晋平公不听,开始在曲沃汾水的旁边建造宫室,模仿章华宫的构造,虽然比不上章华宫的宏大,但是比章华宫更加精美，名字叫虒祁。随后他也派遣使者告诉所有的诸侯前来观赏。隐士徐霖写诗感叹说：

　　章华筑怨万民愁，不道虒祁复效尤。
　　堪笑伯君无远计，却将土木召诸侯！

　　各国听到要去参加落成典礼的命令，全都在私下里笑话晋平公。虽然如此，诸侯们也不敢不派遣使者来道贺。郑简公因为先前参加了楚灵王的盟会，没有来晋国祝贺，卫灵公刚刚继位也没有见过晋平公，所以这两国的君主亲自来到晋国。两国中又是卫君先到的晋国。

　　卫灵公走到濮水时，因为天色已晚便留宿在驿舍里。半夜里他无法入睡，好像听到了鼓琴的声音，于是披上衣服坐了起来，靠着枕头倾听。琴声很小，但是又十分清晰，而且是一首从来没有被乐师演奏过的新乐曲。他问身边的随从听到琴声没有，都说没有听见。卫灵公素来喜欢音乐，卫国的太师叫师涓，擅长创作，能做出有关四季不同的曲调，卫灵公对他十分喜爱，出入必定让他跟从。于是他让随从传召师涓。师涓到了以后，曲子还没有结束。卫灵公说："你先听一下，似乎是鬼神弹奏的。"师涓静静聆听，声音响了很久才停止。师涓说："我已经大概记下来了，再有一个晚上，我就可以将这个曲谱写出来。"于是卫灵公又留了一晚上。半夜的时候，那个声音又响了起来，师涓拿琴练习，完全领悟到了其中的奇妙。

　　来到了晋国，朝贺完毕后，晋平公在虒祁台上设宴招待卫灵公。酒酣时，晋平公说："我素来听说卫国有师涓擅长做新曲，他今日是否一起来了？"卫灵公起身回答："师涓现在就在台下。"晋平公说："替我将他请上来。"于是卫灵公命师涓登台。晋平公也让人去叫师旷，师旷被人搀扶着过来了。二人在台下跪拜向两位君主行礼。晋平公赏赐师旷座位，让师涓坐在师旷的旁边。晋平公问师涓说："近日有什么新的曲子？"师涓启奏说："途中刚好有所得，请给我一把琴，我演奏一下。"晋平公命人取来古琴，放在小几上送到师涓面前。师涓先将七条琴弦调好，然后弹奏，才弹奏了几声，晋平公就连连称赞。曲子还没有弹奏一半，师旷突然用手按住琴弦说："停下来，这是亡国之音，不能弹奏。"晋平公说："何以见得？"师旷启奏说："殷朝末时，有一名乐师名叫延，为纣王弹奏颓废淫乱的乐曲，纣王听了以后忘记了疲惫，说的就是这个曲子。等到武王伐纣的时候，师延抱着琴向东逃走，投身于濮水之中。有喜欢音律的人从此处经过，这声音就会从水中传出来。师涓在途中所听到的曲调，必定是在濮水上。"卫灵公暗自觉得诧异。晋平公又问："这是前朝的音乐，弹奏一下又何妨呢？"师旷说："纣王淫乐，所以亡国，这是不详之曲，所以不能弹奏。"晋平公说："寡人所喜欢的，只不过是新的乐曲。师涓为我弹奏完吧。"师涓重新整理琴弦,完全弹奏出乐曲中的抑扬顿挫之声,听起来如泣如诉,晋平公十分高兴,问师旷说:"这曲子叫什么名字?"师旷说:"它叫《清商》。"晋平公说:《清商》是最悲伤的曲子吗?"师旷说:"《清商》虽然悲伤,却比不上《清徵》。"晋平公说:"可以听一下《清徵》吗?"师旷说:"不可以。古时候听《清徵》的,都是有德义的君主。主公您德行尚浅,不应该听这首曲子。"晋平公说:"我十分喜爱听新曲,你不要再推辞了。"师旷不得已,只得弹奏。刚一奏响,就有一群赤黑色的鹤从南方飞来,聚集在宫门的门梁上,数了下总共有八双;再弹奏,黑鹤飞起来鸣叫,按照顺序立在台阶下,左右各八只;第三次奏响时,玄鹤伸长脖子鸣叫,展开翅膀飞舞,与宫中弹奏的乐曲声相呼应,鸣叫声直达云霄。晋平公鼓着掌大声叫好,在座的人也都很高兴,台上台下观看的人都啧啧称奇。晋平公命人取来白玉雕刻的酒杯,倒满了美酒后亲手赏赐给师旷,师旷接过喝下。晋平公感叹地说:"听过了《清徵》,应该没有比这更美妙的了!"师旷说:"还有更美妙的,那就是《清角》。"晋平公大吃一惊,说道:"还有比《清徵》更加美妙的吗?为何不一起弹奏给寡人听?"师旷说:"《清角》不比《清徵》,我不敢弹奏。昔日黄帝在泰山召集所有的鬼神,乘坐大象和蛟龙拉的车,毕方[传说中神的名字,一说为木精]并道而行,蚩尤在前面,风伯清理灰尘,雨神向道路洒水,虎狼做先锋,鬼神在后面跟随,螣蛇伏在地上,凤凰飞在天上,汇合所有鬼神,才作成《清角》一曲。从此以后,历代君主的德行日益薄弱,不足以让鬼神信服,人神隔绝。若是弹奏此曲,鬼神便会集合,只会有祸患而没有福气啊。"晋平公说:"我已经老了!真的想听一听《清角》,即使是死了也没有遗憾了。"师旷坚持不肯弹,晋平公就站起来再三强迫他弹。师旷不得已,只得又抚琴弹奏。刚一开始弹,就有黑云从西方升起;再弹下去,突然刮起了猛烈的狂风,撕裂了帘幕,摧坏了器皿,屋子上的瓦片横飞,走廊的柱子也全部被拔起,随着一声炸雷,大雨倾盆而下,台上水深数尺,台中的人全都湿透了。随从们受到惊吓,都四散逃开,晋平公也十分恐惧,与卫灵公一起趴在走廊和屋子中间。过了很久风雨才停下来,随从们也渐渐回来了,扶持着两个君主下了台。

当天夜里,晋平公因为受到惊吓,得了心慌的病。他在睡梦中看到一个黄色的东西,与车轮一般大小,摇摇晃晃地走过来,直接进了寝室的门。他仔细观察,发现它的形状像是鳖,前面有两只脚,后面有一只脚,所到之处水就会涌出来。晋平公大喊一声:"怪事!"忽然惊醒,惊恐不安。到了早上,百官到寝室门口问安。晋平公将梦中所看到的告诉了群臣,没有一个人知道这是个什么东西。过了一会儿,驿使来报:"郑国国君来朝贺,已经到了馆驿。"晋平公派遣羊舌肸前去慰问。羊舌肸高兴地说:"主公梦见的东西可以知道是什么了。"众人问他原因,羊舌肸说:"我听说郑国大夫子产博学多识，郑伯来朝贺，必定会带着他。我问问子产就知道了。"羊舌肸到了馆驿送去饮食，表达了晋君的心意，说晋君在生病，所以无法和他及时见面。

这时卫灵公因和晋平公同时受到惊吓，得了小病，便请求回去。郑简公也告辞回去，独自留下子产来侍奉。羊舌肸问子产："我们的君主梦见一个像鳖一样的东西，黄色的身体三只脚，进入了内寝的门，这是什么在作祟？"公孙侨说："我听说三只脚的鳖叫'能'。昔日大禹的父亲鲧治水没有成功，舜接替尧执掌国事后，在东海的羽山杀死了鲧，还砍断了鲧的一只脚，鲧的魂魄变为黄能，潜入了羽渊里。大禹继承帝位后，在郊外祭祀过这个神灵。夏、商、周三代以来，对它的祭祀从来都没有缺少过。如今周氏即将衰败，政权都在盟主手上，应当辅佐天子，祭祀百神。晋侯或许从来都没有祭祀过它吧？"羊舌肸将这些话告诉了晋平公。晋平公命令大夫韩起按照郊外祭祀的礼数祭祀黄能，之后晋平公的病才稍微安稳，感叹道："子产真的是博学多识的君子啊！"于是将莒国上贡的方鼎赏赐给他。公孙侨将要回郑国的时候，私下里对羊舌肸说："晋侯不体恤国民疾苦，效仿楚人的奢侈，心已经不正了，病情还会发作，已经没有办法治愈了。上次我所回答的，只是为了宽慰他。"

当时有一人早起路过魏榆这个地方，听到山下似乎有几个人聚在一起说话，说的是晋国的事情。他走近一看，只有十几块石头，并没有一个人；回身走了不远，又听到和之前一样的声音，急忙回身，发现声音是从石头里传出来的。这个人大吃一惊，将这件事讲述给当地人听。当地人说："我们听石头说话已经好几天了，也觉得十分奇怪，只是不敢说出来。"这些话传到了绛州后，晋平公召见师旷问道："石头为什么能说话？"师旷回答说："石头本身是不能说话的，只是鬼神借助它们说话而已。鬼神的依靠是百姓，老百姓有了怨气，鬼神就不能安宁；鬼神无法安宁，妖怪就开始兴风作浪。如今君主大修宫室，用尽了人民的财富，这也许就是石头会说话的原因吧。"晋平公沉默不语。师旷告退后，对羊舌肸说："神明发怒，百姓哀声怨道，主公剩下的时间不多了！奢侈之风是从楚国兴起的，楚君的大难也指日可待了！"一个多月以后，晋平公的病又发作了，从此一病不起。从建筑虒祁宫到去世，只有不到三年的时间，而晋平公一直都被反复的病情所困扰，自己无法安享，又害得百姓白白受了那么多苦，岂不是可笑！后世有人写诗道：

崇台广厦奏新声，竭尽民脂怨黩盈。
物怪神妖催命去，虒祁空自费经营！

晋平公死后，群臣奉世子姬夷继位，史称晋昭公。

自从齐国的高虿杀了高止、诬陷杀害了闾邱婴后，满朝文武都对他愤愤不平。高虿去世后，他的儿子高疆继任为大夫。高疆年轻又嗜酒如命，栾施也喜欢喝酒，于是两个人走得很近。高疆、栾施二人与陈无宇、鲍国很少来往，四个家族分成两党。栾、高二人每天聚在一起饮酒，醉酒以后总是议论陈、鲍两家的种种不足。陈无宇、鲍国听说以后，对他们渐渐地就有了猜忌心理。

有一天，高疆因为喝醉了鞭打小仆，栾施帮他一块儿打。小仆怀恨在心，趁着夜晚跑到了陈无宇面前对他说："高疆、栾施想要聚集家众来袭击你们两家，日期就是明天。"又跑去告诉了鲍国，鲍国相信了，忙命令小仆去与陈无宇约定，共同进攻栾、高两家。陈无宇将武器和盔甲交给家众，登车去往鲍国的家里。途中遇见了高疆，也乘车而来。高疆已经喝得半醉了，在车中和陈无宇拱手，问："你带着甲士要去哪里？"陈无宇欺骗他说："去讨伐一个叛奴！"接着他反问道："子良〔高疆的字〕要到哪里去？"高疆回答说："我要去栾氏那里饮酒。"

分别以后，陈无宇让驭手快些驾车，不一会儿就到了鲍国家门口。只见门口布满了车马士兵，鲍国也穿着盔甲拿着弓箭，正想要登车。两人一起商量时，陈无宇讲述了高疆的话："他说要去栾氏家里饮酒，也不知道是真是假，可以让人去打探一下。"鲍国随即派遣人去栾氏家里窥视，回来报告说："小仆说的话是假的。"陈无宇说："小仆的话虽然不真，但是高疆在途中看见我率领甲士出来，问我去哪里，我骗他说去讨伐叛奴。如果今天没有去讨伐，他肯定怀疑我，等到他先动手驱逐我们，就后悔也来不及了。不如趁着他正在喝酒，没有做准备，先去袭击他们。"鲍国说："好！"两家的甲士同时出发，陈无宇做先锋，鲍国在后，到栾家后围住了栾家府邸的前后门。栾施拿着大酒杯刚想喝酒，听说陈、鲍两家的家兵到了，吓得酒杯掉在了地上。高疆虽然喝醉了，但尚且还有三分意识，对栾施说："赶紧聚集家中甲士，穿着盔甲入朝，我们挟持主公讨伐陈、鲍两人，就一定可以获胜。"于是栾施将家中甲士全部聚集在一起，高疆在前面，栾施在后面，突破后门冲了出去，杀出了一条血路，径直逃到了公宫。陈无宇、鲍国害怕他们挟持齐侯，在后面紧追不舍。高氏的族人听说事变，也都聚集众人来营救。

齐景公在宫中，听说四族率领甲士相互进攻，正不知道该如何是好，急忙命令守卫紧闭南门，让宫中的甲士防守，同时让内侍召晏婴进宫。栾施、高疆进攻南门却没有打进去，只好屯兵在南门的右边，陈、鲍两家的甲士则屯兵在南门的左边，两方相持不下。不一会儿，晏婴身穿朝服驾车来到。四家都派人去请晏婴过去，晏婴却不管不顾，对使者说道："晏婴只听从君主的命令，不敢自己做决断。"守卫开门让晏婴进去后，齐景公说："四族相互进攻，甲士已经到了宫门，该怎么办？"晏婴启奏说："栾、高两氏仗着世代受到国君的宠爱，专横行事无所顾忌，已经不是一两天了。但是陈、鲍不等待君主的命令擅自起兵，也不是没有罪过。请主公决定吧！"

齐景公说："栾、高的罪责要重于陈、鲍，应该除去。谁可以完成这个任务？"晏婴回答说："大夫王黑可以。"齐景公传令，让王黑带领宫中的士兵协助陈、鲍进攻栾、高，栾、高战败，退到了大街上。国中厌恶栾、高的人也都捋起袖子助战。高疆的酒劲还没有完全醒来，无法全力应战。栾施先逃到了东门，高疆也跟了上来。王黑同陈、鲍紧追不舍，又在东门交战。栾、高所带领的甲士，渐渐都逃走散开，于是二人夺门而出，逃到了鲁国。陈、鲍驱逐了栾、高两家的妻子和儿子，瓜分了他们家中的财产。

　　晏婴对陈无宇说："你擅自发号施令驱逐世臣，如今又霸占了他们的财产，人们必定会议论你。为何不将你所得到的财物全部交给君主，你没有得到什么财产，人们必定称赞你贤德，这样你所得到的更多啊。"陈无宇说："多谢指教！我不敢不听从！"于是他将自己分到的田地还有财物，全部登记在册献给了齐景公，齐景公十分高兴。齐景公的母亲名叫孟姬，陈无宇又私下献给她财物。孟姬对齐景公说："陈无宇诛灭强族振兴公室，又将财产全部献给君主，他谦让的美德不能被埋没啊。为什么不将高唐赏赐给他呢？"于是齐景公按照孟姬的建议将高唐赐给了陈无宇，自此陈氏开始富裕起来。

　　陈无宇有心想做好人，说："诸位公子被高蛋驱逐，实在是无辜，应该召回来让他们官复原位。"齐景公也这样认为。陈无宇便以君主的命令召回子山、子商、子周等，凡是家中所需要的器物，以及随从的衣服鞋子，全都用自己家的钱准备妥当，然后派人分头迎接。诸位公子可以回到自己的国家已经是非常欢喜了，再看到所用器物准备齐全，知道是陈无宇准备的，更是感激不已。陈无宇又对公室的人大施恩惠，凡是公子、公孙里没有俸禄的人，便将自己的俸禄分给他们。又找到国家里贫困孤寡的人，私下分给他们粮食。在借给穷人粮食的时候，借出时都用大的量具，收回时，则用小的量具。对于那些贫困没有办法偿还的人，直接免除了他们的债务。国人都纷纷歌颂陈氏的美德，愿意为他献出生命。后世有人认为，陈氏向国民大施恩惠，就是谋国篡位的苗头，也正是因为君主不施仁德，所以臣子才能借助施舍一些小恩小惠，就拢络住了百姓的心。有诗写道：

　　威福君权敢上侵，辄将私惠结民心。

　　请看陈氏移齐计，只为当时感德深。

　　齐景公任用晏婴为相国，晏婴见民心全都向着陈氏，私下劝说齐景公宽恕刑罚、减轻赋税，开仓放粮救助贫民，齐景公并没有听从。

　　楚灵公建成章华宫以后，来为他庆贺的诸侯很少，听说晋平公建成虒祁宫诸位诸侯都去祝贺，心中十分的不平，就召来伍举商议，想要兴师入侵中原。伍举说："大王以德义传召诸侯，但是诸侯没有来，是他们的罪过；用土木工程去传召诸侯，却责怪他们不来，这怎么能让人信服呢？如果一定要兴兵威慑中原，一定要选择那些确实有罪过的国家讨伐，才是师出有名。"楚灵公说："如今有罪的是哪个国家？"伍举启奏说："蔡国的世子般杀了他的父亲，距今已经九年了。大王第一次大会诸侯的时候，因为他来参加盟会了，所以我们才忍下来没有杀他。然而大逆不道的逆贼，就算是他的子孙也应该受到惩罚，况且是作乱者自身呢？蔡国临近楚国，若是讨伐蔡国并且兼并其领地，则道义和利益可以一举两得。"

话还没有说完，近臣来报："陈国有人来报丧，陈哀公妫弱已经去世，公子留继位。"伍举说："陈国的世子是偃师，这是各国诸侯所公认的。现在陈国让公子留做国君，置偃师于何地？我认为陈国必定发生了变故。"

第六十九回
楚灵王挟诈灭陈蔡　晏平仲巧辩服荆蛮

陈哀公的名字叫妫弱，他的正妃郑姬生了一个儿子叫偃师，已经立为世子。第二个妃子生了公子留，第三个妃子生了公子胜。第二个妃子擅长献媚，备受陈哀公的宠爱，所以她所生的公子留也得到了陈哀公的宠爱，想要让他做世子。但是因为偃师已经被立为世子，也没有合适的理由废除，于是陈哀公便让自己的弟弟司徒公子招做公子留的太傅，公子过为少傅，嘱托二人说："以后偃师要将国君的位置传给公子留。"周景公十一年，陈哀公生了重病卧床不起，在很长一段时间里都无法上朝。公子招对公子过说："公孙吴〔偃师的儿子〕已经长大成人，等到偃师继位，必定会立公孙吴为世子，怎么会轮到公子留呢？要是真的发生了这种情况，我们就辜负了主公的托付。如今主公已经病了很长时间了，朝廷中的一切都在我们的掌握之中，我们可以趁着他还没有死，假传君命杀了偃师，拥立公子留，这样以后就没有什么可后悔的了。"公子过也认为应该这么做，于是与大夫陈孔奂商议。陈孔奂说："世子每天必定入宫问候病情三次，朝夕陪伴在君主左右，无法假传君命。不如在宫巷埋伏甲士，等到他出入的时候找机会行刺，这样一个人就可以办成了。"公子过与公子招制订好计划后，将这件事交给陈孔奂去办，承诺公子留继位后会给陈孔奂增加封地。陈孔奂私下里传召自己的心腹力士，混在守门的杂役里，守卫以为他是世子身边的随从，并没有起疑心。世子偃师问安后，夜里出宫门时力士把灯火弄灭，杀死了他。这时宫门大乱,过了一会儿,公子招与公子过一同到来,假装紧张慌乱的样子,一面让人搜捕乱贼,一面大喊:"陈侯病危,应当拥立公子留为君主。"陈哀公听说这次政变后,心中的愤怒懊恼自然不用提了,于是自缢而死。史臣有诗写道:

嫡长宜君国本安,如何宠庶起争端?
古今多少偏心父,请把陈哀仔细看!

公子招侍奉公子留主持丧事并继位,同时派遣大夫于徵师前往楚国报告说陈侯死于疾病。当时伍举正侍奉在楚灵王左右,听说陈国已经拥立了公子留为君主,不知道世子偃师的下落,正疑惑不解。忽然有人来报:"陈侯的第三子公子胜与侄儿公孙吴一同求见。"楚灵王传召他们进宫,问他们的来意。二人哭着跪拜在地上,公子胜说:"我的嫡兄世子偃师是被公子招和公子过设计谋害的,以致于父亲自缢而死。他们擅自拥立公子留为君主,我们担心被他杀害,特地来投奔。"楚灵王质问于徵师,于徵师刚开始还抵赖,却被公子胜拿出事实指认,便无话可说了。楚灵王愤怒地说:"你就是公子招与公子过的同党!"喝令让刀斧手将于徵师拉下去斩首。伍举启奏说:"大王已经诛杀了逆臣的使者,应当让公孙吴以公子招和公子过的罪责为名去讨伐,这样做名正言顺,谁敢不服从?先安定了陈国,再讨伐蔡国,先君楚庄王的功绩与您比起来也不足为道!"楚灵王十分高兴,下令出师讨伐陈国。公子留听说于徵师被杀,怕引祸上身,便不愿意当君主,逃去了郑国。有人劝说公子招:"为何不和公子留一起逃走?"公子招说:"楚军若是到了,我自有退兵之计。"

楚灵王大军到陈国后,陈国人都怜悯偃师之死,看到公孙吴在军中,全都踊跃地用玉食美酒来迎接楚军。公子招见事情紧急,让人去请公子过来议事。公子过到了以后,坐下来问公子招:"你说'退兵之计',可想出来了吗?"公子招说:"让楚军退兵,只需要一件东西,我想问您借。"公子过又问:"什么东西?"公子招说:"我要借您的首级!"公子过大吃一惊,正想要起身,公子招命令左右棍棒齐下,将公子过击倒,用剑斩下了他的首级,然后亲自带着前往楚军,向灵王磕头后说道:"杀世子立公子留的事情,都是公子过干的。今日我仰仗大王的威严,已经将他的首级斩下并献给大王,只请求大王赦免我识人不明的罪过!"楚灵王见他言词卑微谦逊,心中已经十分欢喜。公子招又跪着用膝盖爬到了楚灵王的面前,靠近王座偷偷启奏说:"昔日楚庄王平定陈国的叛乱,已经将陈国变成了楚国的县邑,后来又重新让陈国复国,结果功亏一篑。如今公子留害怕被降罪已经逃走,陈国事实上已经没有了国君,愿大王将陈国收为郡县,不要让其他的姓氏占有。"楚灵王高兴地说:"你说的正合我意。你暂且回国,为我清扫宫室,等待我的巡视。"公子招叩谢离去。

公子胜听说楚灵王放公子招回国,又来哭诉,说:"发动政变都是出自公子招的主意，他让公子过跟大夫陈孔奂为他做事。如今将罪责全部推给公子过，就是想为自己解脱，先君和世子在地下不能瞑目啊！"公子胜说完痛哭不已，整个军队的将士都被他感动了。楚灵王安慰他说："公子不要悲伤，我自然会处置他。"

第二天，公子招备好车马仪仗来迎接楚王入城。楚灵王坐在朝堂上，陈国的百官都来参拜。楚灵王传唤陈孔奂到面前，斥责说："你残害了世子，不杀了你不足以警示众人！"喝令左右将陈孔奂斩首，跟公子过的首级一起悬挂在城门上。楚灵王又责备公子招说："我本想宽恕你，奈何公理不允许，如今赦免你一条命，你可以将你的家远远地迁移到东海。"公子招吓得也不敢争辩，只得跪拜离去。楚灵王让人将他们一家押解到越国，安置好以后就离开了。公子胜率领公孙吴前来拜谢讨伐贼人的恩德。楚灵王对公孙吴说："本来想立你为君主，来延续你们祖先胡公的祭祀，但是公子招、公子过的党羽还很多，对你们的仇怨必定很深，寡人担心你们被杀害，你们就暂且跟随我去楚国吧。"于是楚灵王下令摧毁了陈国的宗庙，将陈国改为楚国的郡县。楚王因为穿封戌跟自己争夺郑国囚犯皇颉的事情，觉得穿封戌为人刚正，不愿意献媚，就让他镇守陈地，称为陈公。陈人对这样的结果都大失所望。后世有人写诗感叹道：

本兴义旅诛残贼，却爱山河立县封。
记得蹊田夺牛语，恨无忠谏似申公！

楚灵王带公孙吴回到楚国，休兵一年后又讨伐蔡国。伍举献上计策说："蔡国国君般的恶行已经过去很长时间了，已经忘了自己的罪行。若是前往讨伐，他反而有各种借口狡辩，不如将他骗出来杀了。"楚灵王采纳了他的计策，于是谎称巡游四方，在申地停留时，让人去蔡国送礼，请蔡灵公到申地见面。楚国的使者将国书呈给蔡灵公，蔡灵公打开一看，只见上面写着：

我想见君侯一面，请君侯来申地相会。区区薄礼，请君侯赏给身边的人。

蔡侯乘坐车马正准备出发，大夫公孙归生进谏说："楚王为人贪婪而且没有信用。如今他派人来到蔡国，礼物厚重而且言辞谦卑，一定是想引诱我们前往。主公不能去！"蔡侯说："蔡地还没有楚国的一个郡县大，楚王召唤我，我却不前往，若是楚国发兵，谁能抵挡啊？"归生说："那就请立下太子再出发。"蔡侯答应了，立自己的儿子姬有为太子，让公孙归生辅佐他监国。蔡侯当天便命人驾车前往申地，拜见楚灵王。

楚灵王说："自从在此地分别，到今年已经八年了，看到你丰姿绰约犹如当年，我十分的高兴。"蔡侯回答说："承蒙上国接受了我们的盟约，以大王的威严，镇守安抚了我们的国家，我的心中十分感恩。听说大王扩展土地收复陈国，正想要去祝贺，正好大王的旨意到了，不敢不来侍奉。"楚灵王随即在申地行宫设宴款待蔡侯，大设歌舞，宾客跟主人畅快痛饮十分欢乐。不久之后又在其他的寝宫里重新摆了宴席，让伍举在外馆犒劳蔡侯的随从。蔡侯欢快畅饮，不由得酩酊大醉。其实装饰墙壁的织物里埋伏着甲士，随着楚灵王扔下手中的酒杯，甲士突然出来，在酒席上将蔡侯绑住。蔡侯已经喝的酩酊大醉，根本就不知道自己已经身陷囹圄了。楚灵王让人对蔡侯的随从说道："蔡君般杀了自己的君父，我替天行道将他抓了起来。你们这些跟从他的人没有罪过，投降的人有赏赐，愿意回国的随便。"蔡侯对待自己的下属都十分有恩礼，从行的诸位大臣没有一个人愿意投降。楚灵王一声令下，楚军包围过来，将蔡国诸人全都抓了起来。蔡侯酒醒后发现自己被捆起来了，就瞪着眼睛问楚灵王："我有什么罪？"楚灵王说："你亲手杀了自己的父亲，这是违背天理人伦的罪行，今天才让你死就已经算是报应晚了。"蔡侯叹息说："我真后悔没听归生的话啊！"楚灵王命人将蔡侯五马分尸，愿意为蔡侯殉葬者有七十人之多，那些地位低下的奴隶一类的人，全都被楚王杀死了，概不赦免。他又将蔡侯般杀父的罪名写到木板上，在国中宣布。随后又命令公子弃疾率领大军，长驱直入讨伐蔡国。宋儒认为，蔡君般的罪过虽然理应被杀，但是将他骗出来杀死，是不合乎礼数的。后世有人写诗道：

蔡君般无父亦无君，鸣鼓方能正大伦。
莫怪诱诛非法典，楚灵原是弑君人。

蔡国的太子有自从父亲出发以后，日夜派探子打探。这天探子忽然回报，说蔡侯被杀，楚军即将兵临蔡国，世子有立即召集士兵，发放武器后登上城墙据守。楚军到了以后，将蔡国重重包围。公孙归生说："蔡国虽然依附楚国很久了，然而晋、楚两国结盟的时候，我也参与了起草盟书的工作。不如派人向晋国求救，倘若他们顾及以前的盟约，也许愿意来救援。"太子有采纳了他的建议，招募国人中愿意出使晋国的人。蔡洧的父亲蔡略，跟随蔡侯去了申地，在被杀的七十个人里。蔡洧想要替父亲报仇，就站出来接受了招募，领了国书后趁着晚上翻出城墙往北出发，直接到了晋国。见到晋昭公后，他哭诉了蔡国发生的这些事情。晋昭公召集群臣商议，荀吴启奏说："晋国为盟主，诸侯依附晋国就是为了得到安宁。如果我们既不救陈国，也不救蔡国，盟主的霸业就将陨落啊。"晋昭公说："楚国暴虐蛮横，恐怕我们的兵力无法抵挡，怎么办？"韩起回答说："虽然知道无法抵挡，但是又怎么能够坐视不理？为什么不召集各国诸侯共同谋划救援蔡国这件事呢？"于是晋昭公命令韩起召集所有的诸侯在厥慭［yìn，今河南省新乡市境内］相会。宋、齐、鲁、卫、郑、曹六国各自派遣大夫前去听候命令。韩起说起营救蔡国的事情，各国的大夫纷纷咂舌摇头，没有一个愿意跟随晋国出头的。韩起说："你们如此害怕楚军，就这样任由楚国将你们蚕食吗？要是你们都不参与，倘若楚军吞并陈、蔡两国后又侵略你们的国家，那么鄙国国君也不会管你们的死活。"众人面面相觑，没有一个敢答话的。当时宋国的右师华亥也在，韩起单独对华亥说："当初在宋国举行和平盟会，实际上是贵国的先右师华元提倡的，约定南北停战，谁敢挑起战争，各国一起讨伐他。如今楚国先违背盟约对陈、蔡两国用兵，你们都袖手旁观不说一句话，不是楚国没有信用，而是你们欺诈蒙骗。"华亥吓得浑身发抖，说："我们怎么敢欺骗得罪盟主啊？但是蛮夷之众不顾及信义，我们也拿他们没有办法！如今各国都放松了军备，要是真和楚国打起来，是胜是负实在难以预料。不如遵守停战的约定，派遣一个使者到楚国去为蔡国求情，楚国必定没有办法拒绝。"韩起见各国的大夫都十分害怕楚国，觉得仅凭言语是无法让他们同意参与救援蔡国的，于是在和众人商议之后写了一封书信，派遣大夫狐父赶到申城去见楚灵王。蔡洧见各国不愿意出兵援救蔡国，大哭着离去。

狐父到申城将书信呈给楚灵王，楚灵王拆开来看，大概内容是：

当初南北两方的诸侯在宋国结盟，就是为了停战；到虢之会，再次申明旧时的约定，鬼神都知道。各位君主都信守约定，不敢动一兵一卒。如今陈、蔡两国虽然有罪，上国震怒之下出兵讨伐，还可以说是一时恼怒之下出的兵，可是犯罪的人现在已经伏诛，而贵国的军队仍然在这两个国家逗留不去，贵国还有什么理由吗？各国大夫都来到我国，指责我们君主没有尽到拯救弱小解除纠纷的义务，我们的君主感到十分的羞愧！但是他依然担心出兵会违背盟约，特地派遣下臣韩起召集各位诸侯共同修书一封，为蔡国求情。倘若上国顾及之前的盟约，保留蔡国的宗庙，不仅蔡国会对大王感恩戴德，我们的君主以及各位盟友都会感谢大王的恩赐。

在书信的末尾，宋、齐各国大夫都签署了名字。

楚灵王看完笑着说道："蔡城早晚都会被拿下，你们空口白话就想解围，当我是三尺的小孩儿吗？你去回复你们的君主，陈、蔡两国是我楚国的附属国，跟你们北方没有关系，不劳你们关心。"狐父准备再次哀求的时候，楚灵王立即起身进入内室，连一个字的回话都没有给他，狐父只好垂头丧气地回国了。晋国君臣虽然恼恨楚国，但是也都无可奈何。正是：

有力无心空负力，有心无力枉劳心。

若还心力齐齐到，涸海移山孰敢禁！

蔡洧回到蔡国，被楚国巡逻的士兵抓获，押解到公子弃疾的营帐前。弃疾威胁他投降，蔡洧不答应，于是被囚禁在后军。弃疾知道晋军不来救援，攻城攻得更加卖力。归生说："事情紧急！我愿意舍弃这条性命去楚国军营，劝说他们退兵，万一他们答应了，也免得生灵涂炭。"太子有说道："城中的调度全都靠大夫，你怎么忍心弃我而去啊？"归生回答说："殿下要是不愿意让我去，我的儿子朝吴也可以出使。"世子召来朝吴，含着眼泪派遣他前往楚军。朝吴出城去见弃疾，弃疾按照礼数招待他。朝吴说："公子带领重兵讨伐蔡国，蔡国知道自己要灭亡，但是不知道自己犯了什么罪。若是因为先君般失德，不能被赦免，但是太子有什么罪啊？蔡国的宗祀又有什么罪啊？希望公子可以怜悯明察啊！"弃疾说："我也知道蔡国没有灭亡的理由，但是我接到的命令就是攻下蔡国的都城，若是无功而回，我必将被楚王怪罪。"朝吴说："我有一句话要说，但是请求您退下您的随从。"弃疾说道："你但说无妨，我的随从不碍事。"朝吴说："楚王是用不正当的手段得到国君的位置，公子难道不知道吗？只要是有人性的，没有不怨愤的！他在国内搜刮民脂民膏大修土木，对外又竭尽兵力大动干戈，不体恤民众疾苦，贪得无厌，去年灭了陈国，如今又将蔡侯骗出去诛杀。公子不念及先君的仇怨，心甘情愿接受他的命令被他驱使，等到人民的怨恨发作起来，公子也要承受一半的怒火啊！公子贤明，又有"当璧而拜"的祥瑞，楚人都想让公子做君主，如果可以反戈对内，讨伐他杀害君主虐待百姓的罪责，人民必定景从云集，谁能跟公子相抗衡呢！公子又为什么要侍奉昏庸无道的君主，接受万民的怨恨呢？公子倘若愿意听从我的建议，我愿意率领蔡国剩下的将士为公子做先锋。"弃疾勃然大怒，说道："你竟然敢巧言离间我们君臣！本来应该将你的狗头砍下，暂且饶你一命，回去告诉你的世子，赶快出来投降，尚且还能保留你们的性命。"喝令左右将朝吴赶出营帐。

　　原来，当初楚共王没有嫡子，只有宠爱的姬妾生的五个儿子：长子叫熊昭，也就是楚康王；次子叫围，也就是楚灵王熊虔；三子叫比，字子干；四子叫黑肱，字子晳；最后一个公子就是弃疾。楚共王想要从五个儿子里挑选一个人为世子，心中犹豫不决，于是隆重地祭祀各位神灵，拿着玉璧秘密地祷告说："请神明在我的五个儿子里，选择一个贤能而且有福气的人，来主持江山社稷。"随后他将玉璧秘密地埋在太庙的庭院里，暗自留下记号，让五个儿子各自斋戒三天以后，在五更时分进入太庙，依次拜见祖先。看到谁跪拜在玉璧被埋藏的地方，便是神明所挑选的人。康王先进来，跨过了埋着的玉璧，跪拜在玉璧的前面；灵王跪拜时，手肘在玉璧的位置上；子干、子晳跪的位置离玉璧非常远；弃疾当时年纪尚小，被乳母抱着进去跪拜，正跪拜在玉璧的中心。楚共王心里知道神明保佑弃疾，更加地宠爱他。因为楚共王去世的时候，弃疾还没有长大，所以楚康王先继位，然而楚国大夫里知道埋璧这件事的人，都知道弃疾是当之无愧的楚王。今天朝吴说起"当璧而拜"的事情，弃疾害怕这些话被传扬出去，自己被楚灵王忌惮，所以假装生气将他驱赶了出去。

　　朝吴回到城中，讲述了弃疾的话。太子有说道："国君为江山社稷而死，乃是正理。我虽然还没有完成先君的丧礼、继承国君的位置，然而既然代理君主的位置守卫国家，便应当跟国家共存亡，怎么能向仇人投降，让自己成为奴隶呢？"于是更加卖力地防守城池。

楚军从夏天的四月份围城,一直围到冬天的十一月,公孙归生积劳成疾卧床不起,城中能吃的东西都被吃完了,城里的人被饿死了一半,守城的人也都十分的疲惫,再也无力抵御敌人的进攻。楚军像蚂蚁一样攀附而上,城池被攻破后,太子有端坐在城楼上束手就擒。弃疾进入城中,抚慰城中的居民;将太子有关在囚车里,跟蔡洧一起押解到楚灵王那里报捷。因为朝吴知道"当璧而拜"的说法,就将他留在自己的身边。没过多久,公孙归生死了,朝吴便留下来归顺公子弃疾了。这是周景王十四年的事情。

当时楚灵王已经回到了郢城,梦中有神人来拜访,自称是九冈山神仙,说:"你若为我建庙祭祀,我就让你得到天下。"他醒来以后十分高兴,就命人驾车来到九冈山,刚好弃疾的捷报到了,随即命人将太子有杀了当祭品祭祀神灵。申无宇进谏说:"从前宋襄公杀鄫国国君为祭品在次睢祭祀土神,就遭到了诸侯的背叛。大王千万不要重蹈覆辙啊!"楚灵王说:"这是逆贼蔡君般的儿子,罪人的后代,怎么能跟诸侯相比呢?正好可以当作六畜来使用。"申无宇退下叹息道:"大王如此暴虐,必定不能善终!"于是告老还乡。蔡洧看到太子有被杀,悲伤地哭泣了三天。楚灵王认为他忠心,就将他放了,还封了官职。蔡洧的父亲之前也是被楚灵王所杀的,蔡洧心里一直没有忘掉家仇国恨,对楚灵王说:"诸侯之所以愿意依附晋国而不愿意依附楚国,是因为离晋国近、离楚国远。如今大王已经有了陈、蔡两国,就可以直接攻击中原各国了。如果大王加高陈、蔡两国都城的高度,各驻扎一千乘战车的兵力向诸侯示威,四方谁不因为畏惧而服从大王?然后大王兴兵讨伐吴、越两国,征服东南后再兼并西北,就可以代替周王室成为天子。"楚灵王听到他这些阿谀奉承的话很高兴,一天比一天相信他。于是楚王下令重新建造陈、蔡两国都城的城墙,将高度跟范围增加了一倍,随即封公子弃疾为蔡公,来作为他消灭蔡国的酬劳。他又建造了东西两个不羹城,占据了楚国的要害位置,自认为天下没有比楚国更强大的,得到天下指日可待。这天,楚王召来太卜用龟甲占卜,问道:"我什么时候可以成为王?"太卜说:"大王已经称王了,还问什么呀?"楚灵王说:"楚国和周王室都称王,那就不是真正的王,只有得到天下的人才是真正的王。"太卜焚烧龟壳,龟壳裂开后,太卜仔细观看龟壳后说道:"所占之事不会成功。"楚灵王将龟壳扔到地上,捋起袖子伸出胳膊大喊道:"天啊!这天下不肯给我,生我熊虔又有什么用呢?"蔡洧启奏说:"事在人为,这个烂骨头能知道什么?"楚灵王这才高兴。

各诸侯国畏惧楚国的强大,小国来朝拜,大国来交好,前来进贡献礼的使臣在道路上络绎不绝。其中有一个人是齐国的上大夫晏婴,他奉齐景公的命令来出使楚国。楚灵王对群臣说道:"晏婴身高不足五尺,但是贤能闻名于诸侯。如今海内各国就数楚国最强大,我想要羞辱一番晏婴来彰显楚国的威望,你们有什么办法?"太宰蒍启疆秘密启奏说:"晏婴擅长应对,一件事不一定能羞辱得了他,必须这样……"楚灵王大喜。当天夜里,蒍启疆让士卒、囚犯在郢城东门的旁边另外凿开了一个小洞,刚刚五尺高,吩咐守门的将领:"等到齐国的使臣到时,就将城门关上,让他从小洞进入。"

第二天,晏婴身穿破旧的衣服,乘坐着轻车瘦马来到了东门。看到城门没有开,就命令车夫停车,让驾车的人喊门。守门的人指着小门对他说:"大夫从这个小门出入就足够了,还用得着开城门吗?"晏婴说:"这是狗门,不是人用来出入的!出使狗国的才从狗门进,出使人国的,必须从人进出的门进入。"有人将晏婴的话飞报给了楚灵王,楚灵王说:"我想要戏弄他,却反被他戏弄了。"于是命人打开了东门让他入城。

晏婴看到郢都城墙坚固,市井中人来人往十分稠密,真是人杰地灵,江南胜地啊!何以见得?北宋学士苏东坡的《咏荆门》诗就可以证明:

游人出三峡,楚地尽平川。
北客随南贾,吴樯开蜀船。
江侵平野断,风掩白沙旋。
欲问兴亡事,重城自古坚。

晏婴正在观赏楚国国都的盛景,忽然看到大路上来了两辆马车,坐在上面的人都是身材高大、长须飘飘的壮汉,身上穿着华丽的铠甲,手里拿着锋利的兵器,一眼看去就像是天神下凡一般。原来,这些人都是楚王精挑细选出来迎接晏婴的,目的就是想要以他们的身形对比晏婴的身材短小。晏婴说:"我今天来是为了两国交好,不是作战,哪里用得上武士!"于是呵斥他们退到一边,驾车径直向前驶去。

快要入朝时,朝门外有十几个官员,一个个都身穿礼服,文质彬彬地站在道路两旁。晏婴知道这些人都是楚国的豪杰,赶紧下车向众人见礼。楚国的众位官员也向前跟晏婴逐个见面,暂时分成左右两排站立等候朝见。其中有一个年轻人先开口问晏婴:"大夫莫非就是夷维的晏婴?"晏婴看,原来是斗韦龟的儿子斗成然,官封郊尹。晏婴回答说:"是的。大夫有何指教?"斗成然说:"我听说齐国乃是姜太公的封地,军事实力和秦、楚两国相当,齐国的货币流通于鲁、卫。为何从齐桓公成为霸主以后,内部谋权篡位不断,外部被宋、晋接二连三地讨伐,一会儿依附晋国,一会儿依附楚国,君臣常年在道路上奔波,没有安宁的时候?你们齐侯的志向不在齐桓公之下,你的贤能也不输于管仲。君臣同心同德,不去思考如何大展宏图、大力振兴旧业、光耀延续先人的事业,而是去屈从侍奉大国,自愿成为臣子仆人,我愚笨，实在是不理解贵国的做法。"晏婴大声回答说："识时务者为俊杰，知道变通的人为英豪。自从周王朝失去对天下的控制，五霸逐渐兴起，齐、晋称霸中原，秦国称霸西戎，楚国称霸南蛮，虽然说人才辈出，但也是由气运所控制的。以晋文公的雄韬武略，却在丧葬期间遭遇战争；秦穆公强盛，而子孙衰弱；楚庄王之后，楚国每每受到晋、吴两国的欺辱，又怎么会只是齐国呢？我们的君主知道天运的盛衰，通达时机的变动，所以养兵蓄锐，等待时机而动。今日来楚国交好，乃是两国之间的礼尚往来，这些礼仪都记载在先王的制度里，怎么说是臣仆呢？你的祖先子文是楚国的名臣，识时务善通变，难道你不是他的嫡系后裔吗？为何会说出如此不通道理的话。"斗成然满脸羞愧，缩着脖子退下了。

不一会儿，左列中一人问道："你自认为是识时务知道变通的人，然而崔杼、庆封发动叛乱的时候，齐国的臣子从贾举算起，效忠节气为义气而死的人无数，陈须无有车马十乘，因为不愿意和这些叛臣共事驾车逃去宋国。你也是出身齐国世家大族的人，上不能讨伐逆贼，下不能辞职，中不能赴死，为何对名利和地位看得这么重呢？"晏婴一看，原来是楚国的上大夫阳匄，字子暇，楚穆王的曾孙。晏婴立即回答说："胸怀大节者，不拘小节；有长远考虑的，岂能拘泥于当前的谋划？我听说君主为江山社稷而死，臣子应当跟从。然而先君齐庄公不是为江山社稷而死的，那些跟随他一同死去的人，都是他私下宠爱的人。我晏婴虽然不才，怎么敢跻身于君主宠幸的人当中，用一死换取这些沽名钓誉的名声呢？而且作为臣子，遇到国家有难，有能力就要帮助国家度过困难，不能一走了之。我之所以不离开，是想要拥立新君来保全宗祀，而不是贪图地位。如果人人都离开，国家的事务该依靠谁？况且君主的变动哪个国家没有？你的意思是楚国在朝的诸位，每一个人都是讨伐逆贼的死难之士吗？"晏婴这一句话，是暗指楚灵王熊虔弑杀君主，诸位大臣反而拥戴他成为国君，只知道去反省别人，不知道指责自己。阳匄没有话可以回答。

过了一会儿，右列里又有一个人出来说道："平仲，你说'想要拥立新君来保全宗祀'，说的太夸张了。崔、庆互相算计，栾、高、陈、鲍相互争斗，你依然在中间观望，并不见你出谋划策，不过是因人成事。尽心为国家做事的人，怎么会这样呢？"晏婴一看，原来是右尹郑丹郑子革。晏婴笑着说："你只知道其一，不知其二。崔、庆两家是盟友，所以我洁身自好不参与；栾、高、陈、鲍家互相攻击的时候，我在君主那里，帮助君主分析该采用强硬还是柔和的策略，我的主要任务就是为了保证国君的安全，这怎么能是旁观者可以看得到的呢？"

左列中又有一个人出来说道："大丈夫挽救危局辅佐明主，有多大的能力，就有多大的格局。我觉得你应该是一个见识浅薄吝啬钱财的人。"晏婴看向说话的人，原来是太宰薳启疆。晏婴说:"你从哪里认为我是一个吝啬的人呢?"薳启疆说:"你侍奉的是英明的君主,做的是相国的尊位,应当身穿华丽的服饰、乘坐豪华的车马,来彰显君主的恩赐。你竟然身穿破烂的衣服乘坐轻车瘦马出使外邦,难道是俸禄不够用吗?我听说平仲你少年时期买了一领狐裘,竟然穿了三十年都没有换新的;祭祀先人的时候,作为祭品的猪腿竟然小的连框子都盖不住,这不是吝啬是什么?"

晏婴拍着手大笑道:"你的见识真浅薄啊!我自从身居相国之位以来,父亲的族人都能身穿狐裘,母亲的族人都能吃上肉,我妻子的家族中也没有被冻着的。那些没有官职身在江湖、等待我送东西点火做饭的人有七十多家。我家虽然节俭,但是父、母、妻三族都丰衣足食;我本人看起来虽然节俭,但是我供养的门客都能丰衣足食。用这些来彰显君主的恩赐,难道不是更好的方式吗?"

晏婴的话还没有说完,右列中又出来一个人,指着晏婴大笑着说道:"我听说作为贤王的成汤身高九尺,秦将公孙枝力敌万人成为名将。古代的明君达士,都是身材魁梧勇猛盖世的人,才能在当时立下功劳,名垂后代。你身高不足五尺,手无缚鸡之力,只有口舌之能,自认为贤能,实在是不知道羞耻!"晏婴一看,认得他是公子真的孙子囊瓦,字子常,现在任楚王的车右一职。晏婴微微一笑,回答他说:"我听说秤砣虽小,但是能力压千斤;船桨虽长,终究只能为水所役使。公孙侨如身材高大,却在鲁国被杀;南宫万力大无穷,却死在了宋国。你身长力大,大概跟他们是一类人吧?我知道自己并没有什么能力,但是有问题就回答,又怎么是逞口舌之快呢?"囊瓦无法回答。忽然有人来报:"令尹薳罢来了。"楚国的众人都拱手站在一边等候。伍举进入朝门后对晏婴行礼,对诸位大夫说:"平仲乃是齐国的贤士,你们为什么要对他说些不恭敬的话?"

不一会儿,楚灵王上朝了,伍举带着晏婴入朝拜见。楚灵王一见晏婴就问:"齐国没有人了吗?"晏婴回答说:"齐国呵气成云,挥汗如雨,行走的人肩膀擦着肩膀,站立的人一个挨着一个,怎么说没有人呢?"楚灵王问:"那为何会派一个小人来我们国家出使呢?"晏婴回答说:"我们国家出使外国有规定,贤明的人出使贤明的国家,没有出息的人出使没有出息的国家;大人出使大国,小人出使小国。臣是小人,又最没有出息,所以就让我出使楚国。"楚王被晏婴说的很惭愧,然而心中却暗自对晏婴惊奇诧异。出使的事情完成以后,正好郊外献合欢橘的人到了,楚灵王先将其中的一个赏赐给晏婴,于是晏婴带着皮一起吃了。楚灵王拍手大笑说:"齐国人难道没有吃过橘子吗?为什么不剥开再吃?"晏婴回答说:"臣听说凡是君主赏赐的水果,臣子吃的时候瓜桃不能削皮、橘柑不能剥皮。今天承蒙大王赏赐,就像是我的君主赏赐给我一样,大王不曾说过让我剥皮,我怎么敢不带皮吃啊?"楚灵王不由地对晏婴肃然起敬，赏赐他座位后又命人倒酒给他喝。

过了一会儿，有三四个武士绑着一个囚犯从殿下经过。楚灵王立马问："囚犯是哪里人？"武士回答说："齐国人。"楚灵王问："犯的什么罪？"武士回答说："偷东西。"于是楚灵王对晏婴说："齐人都喜欢偷东西吗？"晏婴知道，这又是楚国人提前准备好的小把戏，想要用此来嘲笑自己，于是跪拜说："臣听说江南有一种橘，移植到江北，就变成了枳。之所以会这样，是因为土地不同。如今齐国人生活在齐国并不偷盗，到了楚国就变成了盗贼，是楚国的土地让他变成了这样，跟齐国有什么关系呢？"楚灵王沉默良久，说："我本来想侮辱你，如今反而被你侮辱了。"于是赏赐给他丰厚的礼物，然后就让他回齐国了。

齐景公认为晏婴这次出使楚国不卑不亢，保住了齐国的颜面，就尊他为上相，赏赐给他价值千金的皮裘，还想要增加他的封地，晏婴全都没有接受。齐景公又想要扩建晏婴的住宅，晏婴也拒绝了。一天，齐景公来到晏婴的家中，见到了他的妻子，就对晏婴说："这就是你的夫人吗？"晏婴回答说："是的。"齐景公笑着说道："唉！真是又老又丑啊！我有一个爱女，年轻貌美，愿意将她嫁给你。"晏婴回答说："那些用年轻漂亮来讨好别人的人，就是为了以后年老的时候有个依靠。臣的妻子虽然又老又丑，但是我在她年轻漂亮的时候就已经答应给她依靠了，现在怎么忍心背弃她啊？"齐景公感叹地说："你连妻子都不肯背弃，更何况是君主呢？"于是他对晏婴越来越信任，也越来越看重他。

第七十回

杀三兄楚平王即位　劫齐鲁晋昭公寻盟

周景王十二年，楚灵王灭了陈、蔡两国以后，又将许、胡、沈、道、房、申六个小国迁移到了荆山，六国的百姓流离失所怨声载道。楚灵王自认为天下唾手可得，每天在章华台上设宴作乐，想要派遣使者到周王室将九鼎要过来，作为楚国的镇国之宝。右尹郑丹说："如今齐、晋两国依然强盛，吴、越两国还没有臣服，周王虽然畏惧楚国，恐怕诸侯会在背后议论。"楚灵王生气地说："我差一点就忘了。之前在申地结盟的时候，我赦免了徐国国君的罪过，让他和我们一同讨伐吴国，可是他很快又投奔了吴国，不肯全力帮楚国。如今我先讨伐徐国，再去讨伐吴国，成功之后从长江以东都是楚国的属下，那么天下就已经有一半属于楚国了。"

周景王十五年，也就是楚灵王十一年，楚灵王让蒍罢同蔡洧侍奉世子禄在国中防守，大规模调集车马，向东巡守到州来，接着又到了颍水的下游。接下来他命令司马督率领三百乘车马讨伐徐国，将徐国国都团团围住，楚灵王大军驻扎在乾溪作为援兵。

当时正值冬天，鹅毛大雪下个不停，平地积雪三尺有余。有诗可以证明：
彤云蔽天风怒号，飞来雪片如鹅毛。
忽然群峰失青色，等闲平地生银涛。
千树寒巢僵鸟雀，红炉不暖重裘薄。
此际从军更可怜，铁衣冰凝愁难著。

楚灵王对随从说道："从前秦国献来的那种羽毛做的袍子、披风，拿来给我穿上。"随从将袍子、披风拿上来。楚灵王穿上袍子披上披风，头上戴着皮帽，脚上穿着豹皮做的靴子，手里拿着紫丝鞭，来到营帐前看雪。右尹郑丹来拜见，楚灵王脱去帽子披风，放下鞭子跟他站着说话。楚灵王说："真冷啊！"郑丹回答说："大王穿着裘衣、豹皮靴，住在虎帐内，还觉得十分寒冷，更何况军士穿着粗布单衣露着脚踝，头戴兜鍪身披铁甲，拿着兵器站在风雪当中又该是怎样的苦寒啊？大王为何不返回国都，召回讨伐徐国的军队，等到明年春天天气暖和以后，再商议征讨，岂不是两全其美？"楚灵王说："你说的很对！但是我自用兵以来所向无敌，司马督很快就会有胜利的消息传来了。"郑丹回答说："徐国跟陈、蔡两国不一样。陈、蔡两国临近楚国，长久在楚国的羽翼之下，然而徐国在楚国东北三千多里的地方，又依附吴国。大王贪图讨伐徐国的功劳，让三军长久在外，受着寒冷之苦，万一国内发生变故，或者军心不稳，我为大王感到危险啊。"楚灵王笑着说："穿封戍在陈国、弃疾在蔡国，伍举跟世子镇守在国内，犹如三个楚国。我有什么好担心的呢？"他的话还没有说完，左史倚相经过楚灵王的面前，楚灵王指着他对郑丹说："他是一个知识渊博的学者，只要是《三坟》《五典》《八索》《九邱》，就没有他不精通的，你好好地照顾他。"郑丹回答说："大王高看他了！昔日周穆王乘坐用八匹马驾着的马车巡游天下，祭公谋父作了《祈招》这首诗，来进谏阻止周穆王，周穆王听到谏言就返回了国家，才免于祸难。臣曾经拿这首诗问倚相，倚相却不知道。本朝的事情他尚且不知道，怎么能知道更早以前的事情呢？"楚灵王说："《祈招》这首诗的内容是什么？你能给我背诵出来吗？"郑丹回答说："臣可以。诗中说：'祈招之愔愔，式昭德音。思我王度，式如玉，式如金。形民之力，而无醉饱之心。'"楚灵王问："这首诗是什么意思？"郑丹回答说："'愔愔'的意思是和乐安闲。大概意思说的是司马掌管的甲兵能够享受安宁和平的生活，都是周王的恩德所赐予的。周王的美德跟玉一样坚韧，和黄金一样贵重。之所以如此，是因为周王能够体恤民力，懂得适可而止的道理，可以控制自己不该有的欲望。"楚灵王知道他是在嘲讽自己，沉默无语。过了很久，说："你先退下，容我想想。"这天夜里，楚灵王想要班师回朝。忽然探子来报说："司马督多次大败徐军，已经围困了徐国的都城。"楚灵王说："我军能够灭掉徐国。"于是他又决定留在乾溪。从冬天到春天，每天以比赛射猎为乐趣，驱使百姓修筑高台建设宫殿，不想回国。

当时蔡国大夫归生的儿子朝吴侍奉蔡公弃疾，每天谋划恢复蔡国，跟他的管家观从商议复国计划。观从说："楚王带兵远行，长时间不返回，国内空虚外面怨声载道，这是上天要让他灭亡。失去了这个机会，蔡国就永远不能复国了。"朝吴说："想要恢复蔡国，应该怎么做？"观从说："熊虔自立为王，三位公子心中都不服，只是他们任何一个人只靠自己的力量都打不过熊虔，这才不敢轻举妄动。如果假借蔡公弃疾的命令，传召子干、子晰，如此这般，就可以得到楚国。得到楚国，逆贼的巢穴就会被毁，不死还能怎么样呢？等到新王继位，蔡国必定就可以复国了。"朝吴就按照观从说的，让观从假传蔡公弃疾的命令，去晋国传召子干，去郑国传召子晰，说："蔡公愿意用陈、蔡两国的军队将两位公子接回，来抗拒背叛君主的逆贼。"子干、子晰十分高兴，一起到了蔡国的郊外来见弃疾。观从先回来回报给了朝吴。朝吴到郊外对两位公子说："其实蔡公并没有这样的命令，然而我们可以逼他做这件事。"子干、子晰的脸上露出了担心的神色，朝吴说："大王在外放纵游荡不回国，国内空虚没有防备，而且蔡洧胸怀杀父之仇，国家有变故正是他所想要看到的。斗成然是郊尹，跟蔡公交好，若是蔡公举事，他必定愿意成为内应。穿封戌虽然在陈国受封，但是跟大王并不亲近，若是蔡公传召，他一定会来。用陈、蔡的兵力偷袭空虚的楚国，犹如探囊取物一般，二位公子不要担心不成功。"朝吴的这几句话说出了其中的利害，子干、子晰这才放下心，说："愿意听从指教。"朝吴请求结盟，于是杀了牲畜，歃血为盟，发誓为先君郏敖报仇。口中虽然说着誓言，誓书上却把蔡公弃疾的名字放在最前面，说想要跟子干、子晰共同攻打逆贼。他们在地上挖了一个坑，将誓书放在宰杀的牲畜上一起埋了起来。

事情做完以后，朝吴让家臣带着子干、子晰进入蔡城。蔡公正在吃早餐，忽然看到两位公子到了，大吃一惊，起身想要躲避。朝吴随后来了，直接上前拉着蔡公的袖子说："事已至此，主公还想要去哪里？"子干、子晰抱着蔡公大哭说："逆贼昏庸无道，弑杀兄长亲侄，又驱逐了我们，我们二人来到这里，想要借助你的兵力为兄长报仇，事成之后，就将王位给你。"弃疾仓皇无措，回答说："还需要好好地商议。"朝吴说："两位公子饿了，一起用餐吧。"子干、子晰吃完以后，朝吴让他们快快离开。

随后朝吴对众人宣布说:"蔡公传召两位公子共同做大事,已经在郊外结盟,派遣两位公子先进入楚国。"弃疾阻止说:"不要诬陷我!"朝吴说:"郊外坑里的祭牲誓书,岂能没有人看见?主公不要反悔,但求速速成事,共享荣华富贵才是上策。"于是朝吴又去集市上宣扬说:"楚王昏庸无道,灭了我蔡国,如今蔡公承诺复封蔡国,你们都是蔡国的百姓,怎能忍心看着宗祀灭亡?可以一同跟随蔡公追上两位公子,共同进入楚国。"蔡人听到呼声,一时间全部聚齐,各自拿着兵器,聚集在蔡公的门前。朝吴说:"人心已齐,主公应当赶紧安抚才行,不然会有变故!"弃疾说:"你这是准备让我骑虎难下吗?可有什么计划?"朝吴说:"两位公子还在郊外,主公应当赶紧跟他们汇合,然后带领全部的蔡人去攻打国都。我前去说服陈公,让他率领军队跟从主公起事。"弃疾就按他说的办了。子干、子晳率领他们的部下跟蔡公汇合后,朝吴让观从连夜赶到陈国去见陈公。观从在路上遇到陈人夏啮,他是夏征舒的玄孙,跟观从认识,观从告诉了他蔡公的计划。夏啮说:"我在陈公的门下做事,也在思考复兴陈国的方法,如今陈公有病不能起床,你不必去见了。你先回蔡国,我自会率领陈人为一军跟你相会。"观从回来回报蔡公。朝吴又写了一封密信给蔡洧,让他作为内应。

蔡公让家臣须务牟为先锋,史犟为副将,让观从作为前导,率领精锐的甲士先行出发。恰巧遇到陈国的夏啮带着陈人到来。夏啮说:"穿封戌已经死了,我用大义说服陈人,特地前来助阵。"蔡公十分高兴,让朝吴率领蔡人为右军,夏啮率领陈人为左军,说:"偷袭这种事情不能迟疑!"于是他们连夜朝郢都出发。蔡洧听说蔡公的兵到了,先派遣心腹出城和蔡公达成了协议;斗成然在郊外迎接蔡公;令尹薳罢刚想收兵防守,蔡洧就打开城门让蔡军进城了。须务牟先进的城,大喊:"蔡公已经在乾溪攻杀了楚王,大军已经兵临城下了!"郢都的人厌恶楚灵王昏庸无道,都愿意奉蔡公为王,没有人愿意抗敌。薳罢想要带着世子禄逃走,但是须务牟已经带领军队围困了王宫,薳罢没有办法进入,回家自刎而死。悲哀啊!胡曾先生有诗写道:

漫夸私党能扶主,谁料强都已酿奸。

若遇郑敖泉壤下,一般恶死有何颜?

随后蔡公的大军全部到达并攻入了王宫,在路上遇到世子禄跟公子罢敌,将两人全部杀死。蔡公将王宫清理之后,想要奉子干为王,子干拒绝了。蔡公说:"长幼的顺序不能废弃。"这样子干才继位为王,以子晳为令尹,蔡公为司马。朝吴私下对蔡公说:"主公领头兴大义举兵讨伐叛逆,为什么将王位让给其他人呢?"蔡公说:"楚灵王还在乾溪,国家尚未安定,而且越过两位兄长自立为王,国人将议论我。"朝吴这才明白他的意思,于是献计说:"楚王的士兵外出已久,必定想要回国,若派遣人向他们说明利害关系进行招安,灵王的军队必然四散崩溃,我军随后到达,就可以捉住楚灵王了。"蔡公也是这样认为的，于是让观从前往乾溪，告诉众人说："蔡公已经进入楚国，杀了大王的两个儿子，奉子干为王。如今新王有令：'先回到国家的人重新恢复原有的田地，后回来的人受割鼻之刑，有敢跟从楚灵王对抗王师的，诛三族，为他们提供补给的也这样处置。'"军士听了以后，刹那间就散了一大半。

楚灵王这时候因为喝醉了，还在乾溪的高台上酣睡，郑丹慌慌忙忙地跑来报告郢都政变的消息。楚灵王听说两个儿子被杀了，从床上扑倒在地上，放声大哭。郑丹说："军心已散，大王应当赶快返回国都！"楚灵王擦泪说道："普通人疼爱自己的儿子，也是否像我一样？"郑丹说："鸟兽还知道爱子，更何况是人呢？"楚灵王叹息地说道："我杀过很多别人的儿子！别人杀了我的儿子，也没有什么奇怪的！"不一会儿，哨马来报："新王派遣蔡公为大将，跟斗成然一起率领陈、蔡两国的士兵，朝乾溪杀来了。"楚灵王勃然大怒说："我待斗成然不薄，他怎么能背叛我呢？我宁愿战死，也不愿意束手就擒！"于是拔寨而起，从夏口朝汉水往上，到了襄州，想要偷袭郢都。然而他的士兵一路上都在逃跑，楚灵王亲自拔剑杀了数人，依然不能阻止士兵的逃亡，等到了訾梁，跟从他的只有一百人左右。楚灵王说："事情已经不会成功了！"于是解开自己的衣服跟帽子，悬挂在岸边的柳树上。郑丹说："大王可以到近郊，去观察一下国人的态度，然后再做决定如何？"楚灵王说："国人都背叛了我，还需要观察吗？"郑丹说："要不然，逃到其他国家，请求援兵来救也可以。"楚灵王说："诸侯谁拥戴我？我听说人的一生不会有两次大福气，去了也只是自取其辱。"郑丹见他不听从自己的计策，害怕自己获罪，就跟倚相一起偷偷逃回了楚国。

楚灵王看郑丹也逃走了，急得手足无措，在鳌泽之间左右徘徊，这时跟随他的人已经全部逃散了，只剩他孤身一人。腹内饥肠辘辘，想要去附近的乡村找东西吃，可是又不认识路。村里的人也有认识楚王的，因为听逃散的军士说，新王的法令十分严格，谁都很害怕，全都远远地躲走了。

楚灵王一连三天粒米未进，饿得躺在地上无法行动，只能两只眼睛睁着，看着路边，只希望经过这里的人能有一个认识的，那就是自己的救星了。忽然，他看到一个人走过来，认得是以前守门的官吏，当时这个官职叫涓人，名字叫畴。楚灵王叫道："畴，救救我！"涓人畴看见是楚灵王叫他，只得上前磕头。楚灵王说："我已经饿了三天了！你去给我找一碗饭，还能保住我这条命。"畴说："百姓都害怕新王的命令，我去哪里找食物啊？"楚灵王叹了一口气，让畴靠近自己坐下，用头枕着他的大腿，想要安稳地休息一会儿。涓人畴等到楚灵王睡熟了，就取来土块当作枕头代替自己的大腿，然后蹑手蹑脚地逃走了。楚灵王醒来以后，呼唤涓人畴却没有人答应，一摸自己枕的东西，发现是土块，不由得呼天痛哭，哭的有声无气。

过了一会儿，又有一人坐着小车经过这里，听出来是楚灵王的声音，下车一看，果然是楚灵王。于是他跪拜在地上，问道："大王为何会落得如此地步？"楚灵王泪流满面，问："你是什么人？"这人启奏说："我姓申名亥，是芊尹申无宇的儿子。我的父亲得罪过您两次，大王赦免他的罪过没有杀他。臣的父亲临终前嘱咐过我：'我受到大王两次的不杀之恩，他日如果大王有难，你一定要舍命跟从！'臣牢记在心，不敢忘记。近来传闻郢都已经被破，子干自立为王，我连夜赶到乾溪，没有见到大王，就一路追着来到了这里，没想到上天安排我们相见。如今遍地都是蔡公的党羽，大王不能在这里。臣的家在棘村，离这里不远。大王可以暂时到我的家里，再做商议。"申亥把干粮跪着喂给楚灵王，楚灵王勉强吃了下去，这才稍微有了一点力气。申亥扶着他上车，到了棘村。楚灵王平日里住的都是章华高台、宫殿深室，到如今看到申亥的农庄之家，简陋的屋室，低着头才能进入，感到十分的凄凉，泪流不止。申亥跪着说："大王请放心。这里幽静偏僻，没有行人来往，暂时居住几日，等我打听好国中之事，再做打算。"楚灵王心中悲伤不能言语。申亥又跪着喂食，楚灵王只是啼哭，全都没有吃。申亥让自己的两个亲生女儿侍寝，来取悦楚灵王。楚灵王衣不解带，一夜都在悲伤地叹息，到了五更时分，外面再也听不到悲叹的声音了。两个女儿打开门跟她们的父亲说："大王已经在屋内上吊自尽了。"胡曾先生在《咏史》一诗中说道：

茫茫衰草没章华，因笑灵王昔好奢。

台土未干箫管绝，可怜身死野人家。

申亥听说楚灵王死了，悲伤不已，于是亲自将他安葬，并将自己的两个女儿杀了来殉葬。后人议论申亥感激楚灵王的恩情，安葬他是对的，但是用两个女儿殉葬，难道不是有些太过了吗？后人有诗感叹说：

章华霸业已沉沦，二女何辜伴岁窀。

堪恨暴君身死后，余殃犹自及闺人。

当时蔡公带着斗成然、朝吴、夏啮众位将领，追赶楚灵王到了乾溪。半路上遇到了郑丹、倚相两个人，诉说楚灵王如此这般："如今侍卫全都逃散了，楚灵王只身求死，我们实在不忍心看，所以离开了。"蔡公说："如今你们要去哪里？"两人回答说："想回到国中。"蔡公说："你们暂且到我的军中，一同寻找楚王的下落，然后一起回国。"蔡公带着大军到处寻找楚灵王，到了訾梁，依然没有发现他的踪迹。有村里的人知道是蔡公，将楚灵王的衣服帽子献上来，说："三天前，在岸边的柳树上得到的。"蔡公问："你们知道先王是生是死吗？"村人回答说："不知道。"蔡公收下衣服帽子，重赏他们以后离开。蔡公还想要追赶寻找，朝吴进谏说："楚王脱下衣服帽子，一定是到了日暮途穷无能为力的地步，多半是死在沟渠中了，不必再去找他。但是子干在王位上，若是发号施令笼络人心，主公的大业就没有办法完成了。"蔡公说："那该怎么办？"朝吴说："楚王在外面，国人不知道他的下落，趁着现在人心没有安定，让十几个小兵装成败兵，绕着城呼喊，说：'楚王大军将至！'再让斗成然回去向子干汇报。子干、子晰都是懦弱无谋的人，一听到这样的消息，必定惶恐自尽。您就可以慢慢地整理军队，回去后就能稳坐王位，没有一点隐患，岂不是完美？"蔡公立刻明白了他的意思，就派遣观从带着一百多个小兵，谎称是败兵，逃回郢都后绕城而走，大喊："蔡公兵败被杀，楚灵王的大军随后就会到了！"国人信以为真，全都惊慌失措。过了一会儿，斗成然也回来了，说的话和之前的流言一样。国人更加相信，全都上到城墙上眺望。斗成然跑回宫中告诉子干说："楚王十分愤怒，来讨伐主公自立为王的罪过，我想主公的下场就像是蔡国的姬般、齐国的庆丰那样。主公最好早点商量好对策，免得受辱，臣也逃命去了。"说完，斗成然狂奔而去。子干喊来子晰，将这些话告诉了他，子晰说："这是朝吴害了我们啊。"兄弟两人相拥而哭。这时宫外又传来消息："楚王的军队已经进城了！"子晰先拔出佩剑割喉而死，子干慌张无奈，也取剑自刎了。宫中大乱，宦官宫女们因为受到惊吓而自杀的比比皆是，王宫中到处都是尸体，嚎哭声不绝于耳。斗成然得知两位公子都自杀了，就率领众人又进了王宫，将里面的尸体打扫干净后率领百官迎接蔡公。国人不知道内情，还以为来的人是楚灵王；等入城以后才发现是蔡公，这才明白前后报信的都是蔡公的计谋。

蔡公入城以后，在王宫中继位为楚王，改名叫熊居，史称楚平王。往年楚共王曾向神灵祷告，当璧而拜者就是君王，到如今终于应验了。国人还不知道楚灵王已经死了，人心惶惶，曾经半夜谣传楚灵王到了，男男女女都受惊而起，开门朝外面探望。楚平王对此很不安，在和观从商议之后，让人找了一具尸体，穿上楚灵王的衣服帽子后扔进了汉水的上游，接着在下游又捞了上来，谎称找到了楚灵王尸体，在訾梁入殓后报告给了楚平王。楚平王让斗成然去料理安葬的事情，给他的哥哥封谥号为"楚灵王"，然后张榜安慰国人，楚国的人心这才安定下来。又过了三年，楚平王又寻找楚灵王的尸首，申亥将安葬的地点告诉了他，这才迁移了安葬的地点。

司马督因为一直无法攻破徐国，担心被楚灵王所杀，不敢回去，暗地里跟徐国私通，各自安营相守。听说楚灵王兵溃被杀，这才班师回朝。走到豫章的时候，吴国公子光率领军队中途拦击，司马督兵败，跟三百车马一起被吴国擒获。公子光乘胜占领楚国的州来城。这都是因为楚灵王的昏庸无道所导致的。

楚平王召集楚国众人，用公子的礼数安葬了子干、子晰。然后记录功绩重用贤能，封斗成然为令尹，阳匄〔字子瑕〕为左尹。看在薳掩、伯州犁被冤死的份上，任用伯州犁的儿子为右尹，蒍掩的弟弟蒍射、蒍越都为大夫。朝吴、夏啮、蔡洧都封为大夫。因为公子鲂敢战，用为司马。当时伍举已经死了，楚平王嘉奖他生前有直谏的美德，将连地封给他的儿子伍奢，号称连公。伍奢的儿子也在棠地受封，号为棠君。其他的蒍启疆、郑丹等一班旧臣，依然官复原职。他想要给观从官职，观从说他的先人会占卜，说"愿意成为卜尹"，楚平王就按照他的意愿封他为卜尹。得到封赏的众臣都向楚王谢恩，只有朝吴跟蔡洧不谢，还想要辞官离开。楚平王问他们原因，两个人启奏说："之所以辅佐大王兴兵袭击楚王，就是想要复兴蔡国，如今王位已定，但是蔡国的列祖列宗并没有得到祭祀，我有什么脸面立于朝廷之中？昔日楚灵王因为贪图功绩侵占土地，导致失去人心，大王反其道而行之才能让人信服。想要反其道而行，不如恢复陈、蔡两国。"楚平王说："好。"于是让人寻找陈、蔡两国国君的后人，结果找到了陈国世子偃师的儿子吴，蔡国世子的儿子庐。楚平王让太史选择良辰吉日，封吴为陈侯，史称陈惠公，庐为蔡侯，史称蔡平公，让他们回到国家延续祖先的祭祀。朝吴、蔡洧跟随蔡平公回到蔡国，夏啮随陈惠公回到陈国。楚平王之前所率领的陈、蔡两国的民众也各自跟随自己的主人回去了，还给了重赏。以前楚灵王掠夺两国贵重的财物宝贝，收藏在楚国的国库中，也都全部返还给了两国。被迁移到荆山的六个小国，也全部给他们归还了故土，秋毫不犯。各国君臣上下欢声鼓舞，犹如枯木再生新绿，朽骨再度复活。这是周景王十六年的事情。后世有人写诗道：

　　枉竭民脂建二城，留将后主作人情。
　　早知故物仍还主，何苦当时受恶名。

　　楚平王的长子名建，字子木，是蔡国郧阳封人的女儿所生的，这时已经长大，于是立为世子，让连尹、伍奢为太师。楚国人费无极一直侍奉楚平王，善于阿谀奉承，楚平王十分宠爱，被封为大夫。费无极请求侍奉世子，于是被任命为少师。让奋扬为东宫司马。楚平王继位后，四境十分安宁，便沉溺于声乐淫乐之事，吴国占领州来，楚王不去报仇。费无极虽然是世子的少师，却整日侍奉在楚平王的左右，和他一起淫乐。世子建厌恶他谗言献媚，并不亲近他。令尹斗成然仗着自己有功劳十分专横，费无极诬陷将他杀死，让阳匄成为令尹。世子建经常说起斗成然的冤屈，无极很害怕，心中就跟世子建有了隔阂。费无极又推荐鄢将师给楚平王，让他成为右广的将领，也受到恩宠。

　　自从晋国修建了虒祈宫以后，各国诸侯见晋国只想苟且偷安，都有了二心。晋昭公刚继位，想要恢复先人的业绩，听说齐侯派遣晏婴去楚国朝拜，也命令齐国朝拜自己。齐景公见晋、楚两国国内纷扰不断，也想趁机成为霸主，他想要观察晋昭公的为人，就整理装束去了晋国，让勇士古冶子跟从。在渡黄河时，齐景公让马夫将他最喜欢的那匹马从船舱里牵出来拴在船头,亲自监督马夫喂马。这时天上忽然下起了大雨,河中波涛汹涌,几乎要将船掀翻。突然从水里窜出一只大鼋鱼,张开血盆大口,直扑齐景公乘坐的大船,到了船头咬住拴在那里的马又回到了水里。齐景公大吃一惊。古冶子在旁边说道:"主公不要害怕,我为您找回来。"说完他就脱下衣服,光着身子拿着剑跳进水中,随着波浪去了下游。船上的人紧张地看着他,只见他时沉时浮,船顺着水流追了他九里,最后再也看不见他的踪影。齐景公叹息着说:"冶子死了!"不一会儿,风浪暂时停息,只看到水面上流出红色。古冶子左手挽着马的尾巴,右手提着一颗血淋淋的鼋鱼头冲出了波浪。齐景公大吃一惊说:"真是神勇啊!先君虽然设下勇爵,但是勇爵里的勇士哪有像古冶子这般勇猛的!"于是重重赏赐了古冶子。

到了绛州,齐景公见了晋昭公后,晋昭公设宴款待他。晋国的傧相[古代替主人接引宾客和赞礼的人]是荀吴,齐国的傧相是晏婴。两位国君后来都喝多了,晋侯说:"宴席中没有什么可以作乐的,我们一起投壶赌酒。"齐景公说:"好!"左右设壶投箭,齐侯拱手让晋侯先投。晋侯举着箭,荀吴上前说了一段祝词:"酒像渑水一样多,肉如山丘一样大。我们君主投中了,为诸侯做盟主。"晋侯第一次就投了进去,高兴地将剩余的箭扔到地上。晋国臣子都跪在地上喊:"千岁。"齐侯十分不高兴,举着箭也效仿荀吴的话说:"酒像渑水一样多,肉如山丘一样大。寡人要是投中了,君侯之后就是我。"说完也将箭投出去,刚好投进壶里,跟晋侯的箭并在一起,齐侯大笑,也将其他的箭仍在地上。晏婴伏在地上大喊:"千岁!"晋侯的脸色大变。荀吴对齐景公说:"你失言了!如今承蒙您光临敝国,正是因为我们君主世代主持会盟的缘故。君侯说'之后就是我',是什么意思?"晏婴代替回答说:"会盟没有固定的盟主,只有有德的人才可以居之。昔日齐国失去霸业,晋国才代替齐国成为盟主。若是晋国有美德,谁敢不服?如果没有美德,吴、楚也将轮番成为盟主,哪里只有我们国家想要做盟主!"羊舌肸说:"晋国已经是各国诸侯的盟主了,怎么能用投壶这种游戏当作兆头呢?这是荀伯失言了!"荀吴知道是自己失言了,低着头一句话也不说。齐国古冶子站在台阶下,严肃地对齐景公说道:"太阳偏西了,君侯也累了,可以结束宴席了!"于是齐侯道谢而出,第二天便离开了。羊舌肸说:"诸侯即将离心,不威胁他们,必将失去霸业。"晋侯觉得羊舌肸说的很对,就大阅车马,最后共聚集了四千乘战车,甲士三十万人。羊舌肸说:"美德虽然不足,但是兵力足够用了。"于是先派遣使者去了周王室,请求周朝的大臣来压阵,随后遍请诸侯,约定秋天的七月在平丘相会。诸侯听说有周朝的大臣也参加盟会,没有敢不赴约的。

到了那天,晋昭公留下韩起守国,率领荀吴、魏舒、羊舌肸、羊舌鲋、籍谈、梁丙、张骼、智跞等,带领全部的四千乘士兵,朝濮阳城出发。当时晋军驻扎的营地有三十多个，整个卫国到处都能见到晋国的士兵。周王朝的卿士刘挚首先到达，齐、宋、鲁、卫、郑、曹、莒、邾、滕、薛、杞、郳十二路诸侯全部到齐，看到晋军十分强盛，人人都面露恐惧。在会盟的时候，羊舌肸捧着盘盂上前说："先臣赵武，错误地签订了停战的约定，跟楚国通好。楚国熊虔没有信用，自取灭亡。如今我们的君主想要效仿践土会盟的事情，承蒙周天子恩准，让我国来震慑安抚华夏各诸侯国，请诸位君侯一起歃血为盟！"诸侯都低头说道："不敢不听命！"只有齐景公不回答。羊舌肸问："齐侯难道不愿意结盟吗？"齐景公说："诸侯国不服从，所以才寻求结盟；若是都服从，还用得着结盟吗？"羊舌肸说："践土盟约的时候，不服从的国家是哪个？君侯若是不服，我们的君主只有四千乘车马，愿意去你们城下请罪。"他的话还没有说完，坛上就有人鸣鼓，各个营帐全部立起了大旗。齐景公担心被袭击，于是改口道歉道："上国既然认为会盟不能废除，我又怎么能例外呢？"于是晋侯先歃血，齐、宋以下各个诸侯国相继进行。刘挚是周王朝的王臣，不参加歃血，只是临时监管会盟中的事宜。邾、莒两国将鲁国多次侵犯讨伐的事情告诉了晋侯，晋侯在会盟上责备了鲁昭公，将鲁国的上卿季孙意如关进了临时监狱。子服惠伯私底下对荀吴说："鲁地的面积是邾国、莒国的十倍，晋国若是抛弃鲁国，他们就会去依附齐、楚两国，对晋国有什么好处呢？而且楚国灭陈、蔡两国的时候，晋国没有去救援，如今又怎么能抛弃鲁国这个兄弟之国呢？"荀吴将他的话告诉了韩起，韩起又转告了晋侯，于是晋侯就让季孙意如回了国。从此以后诸侯更加的不支持晋国，晋国无法再成为盟主了。后世有人作诗感叹道：

侈心效楚筑虒祁，列国离心复示威。

壶矢有灵侯统散，山河如故事全非！

第七十一回

晏平仲二桃杀三士　楚平王娶媳逐世子

　　齐景公从平丘回去后，虽然当时因为畏惧晋兵的强盛而歃血为盟，但是他已经知道晋侯没有远大的志向，就想要复兴齐桓公的大业成为盟主，于是他对相国晏婴说："晋国称霸西北，我称霸东南，难道不行吗？"晏婴回答说："晋国兴建宫殿劳民伤财，所以失去了诸侯的支持。主公想要成就霸业，最好的做法就是体恤百姓。"齐景公说:"该如何体恤百姓?"晏婴回答说:"减少刑罚,则国民不怨恨;减轻赋税,则国民知道感恩。古代先王春天时视察春耕,是为了弄清楚农具是否不足;夏天就视察收获,是为了看看秋收的时候是不是有足够的劳动力。主公为何不效仿呢?"于是齐景公就减轻刑罚,开仓将粮食借给贫穷的百姓,国人都十分感激高兴。齐侯又向东方的诸侯国征收朝贡,徐国君主不听从,他就任命田开疆为将军率领军队讨伐。在蒲隧大战中,齐军斩杀了徐国的将军嬴爽,抓获甲士五百多人。徐君十分害怕,派遣使者去齐国求和。于是齐侯跟郯国国君、莒国国君还有徐国国君一起在蒲隧结盟。徐国将甲父国的鼎送给了齐国,晋国的君臣虽然知道,但是也不敢过问。齐国从此以后日益强大,与晋国共同称霸中原。

齐景公记录了田开疆平叛徐国的功劳,又嘉奖了古冶子斩杀大鬼的功劳,仍然建立"五乘之宾"的爵位。田开疆又推荐了勇猛的公孙捷。公孙捷的脸是青色的,好像靛青染过一样,眼睛突出,身高一丈,力大可以举起千斤。齐景公看到之后非常惊异,就跟他一起去桐山狩猎。忽然从山中跑出来一只吊睛白额的猛虎,老虎咆哮如雷,如飞般直接扑向齐景公的马。齐景公大吃一惊,只见公孙捷从车上跳下来,不用刀枪武器,双手直接抓住猛虎,左手揪着老虎脖子上的皮,右手挥舞着拳头,只是一顿乱拳就将老虎打死,救了齐景公。齐景公嘉奖他的英勇,也让他位列"五乘之宾"。于是公孙捷跟田开疆、古冶子结为兄弟,自称为"齐邦三杰",仗着自己有功劳觉得自己勇猛无比,经常口出狂言,欺压乡里怠慢公卿。在齐景公面前还用"你""我"相称,没有任何的礼数体统。齐景公爱惜他们的勇猛,也只能容忍。

当时朝中有一个奸邪谄媚的臣子叫梁丘据,善于溜须拍马来迎合取悦君主,齐景公十分宠爱他。梁丘据对内向齐景公阿谀献媚,来巩固宠爱,对外结交三杰,来扩张自己的党羽。况且当时陈无宇施恩于百姓得到民心,已经显露了篡取齐国的征兆。田开疆跟陈氏是一族,万一将来勾结到一起,必定会成为国家的忧患,晏婴对此深感担心,很多次想要除去他们,但是又害怕齐景公不同意,自己反而跟三人结下怨恨。

后来,鲁昭公因为与晋国不合,就想要依附齐国,所以亲自来齐国朝拜。齐景公很高兴,就设宴款待鲁昭公。鲁国是叔孙婼做傧相,齐国是晏婴做傧相。"齐邦三杰"佩剑站在台阶下,昂首挺胸目中无人。两位君主酒到半酣的时候,晏婴启奏说:"园中的金桃已经熟了,可以让人取来尝鲜,祝两位君主长寿。"齐景公觉得这个建议很好,就让园吏摘下金桃献上来。晏婴又说:"金桃这种东西很难得,我应当亲自去监督采摘。"晏婴领了钥匙离开后,齐景公说:"先公的时候,有东海人进献来一个巨大的桃核,据说名叫万寿金桃,产自海外的度索山,也叫蟠桃。到现在已经种上三十多年了,枝叶虽然茂盛,但是只开花不结果实。今年结了几颗果实,我十分爱惜，所以封锁了园门。今天君侯光临鄙国，寡人不敢独自享用，特地取来跟贤君一起享用。"鲁昭公拱手道谢。

不一会儿，晏婴带着园吏回来了。园吏献上来一个盘子，盘中堆放着六个跟碗一样大的桃子，红得像燃烧的火炭一样，离老远就能闻到扑鼻的香气，真是奇珍异果啊！齐景公问道："金桃只有这些个吗？"晏婴说："还有三四枚没有成熟，所以只摘了这六个熟的。"齐景公命晏婴敬酒。晏婴手捧着玉壶，恭敬地走到鲁侯的面前，让人献上金桃后，晏婴致词说："桃大如斗，天下罕有；两君吃后，千秋同寿！"鲁侯喝完酒，取了一个金桃尝了一口，果然十分甘甜美味，夸赞不已。到了齐景公，也饮酒一杯，取了桃子食用。齐景公说："这桃子不是轻易可以得到的食物，叔孙大夫贤能的名声闻名于四方，如今又有赞礼的功劳，应当食用一枚。"叔孙婼跪下启奏说："我的贤能不及相国的万分之一。相国内修国政，对外诸侯臣服，功劳不小，这金桃应当赏赐给相国享用，我怎么敢逾越？"齐景公说："既然叔孙大夫推让相国，可以各自赏赐美酒一杯，金桃一个。"两位大臣跪下领赏，谢恩而起。

晏婴启奏说："盘中还有两个桃子，主公可以让下面的群臣说一说自己的功劳，功劳最大的两个人可以食用这个桃，来彰显他的贤能。"齐景公说："说的很对！"于是命令随从传令，谁认为自己功劳够大、有吃桃子的资格，可以出班自己启奏，由相国评论各自的功绩后，将金桃赏赐给最有功劳的两个人。公孙捷第一个站了出来，站在宴席前说道："我昔日跟随主公在桐山狩猎，力杀猛虎，这样的功绩怎么样？"晏婴说："功高莫过于救驾！可以赏赐酒一杯、金桃一枚，回归班部。"古冶子见了，生气地站出来说："杀虎不足为奇。我曾经在黄河斩杀妖鼋，让君主转危为安，这样的功劳够不够大？"齐景公说："当时波涛汹涌，如果不是将军斩杀妖鼋，船只必定倾覆，这是盖世的奇功！肯定有资格饮酒享用金桃，还有什么好怀疑的呢？"晏婴慌忙敬酒赏赐金桃。这时只见田开疆撩起衣服的前襟大踏步走过来说："我曾经奉命讨伐徐国，斩杀徐国名将，俘虏甲士五百多人，徐君害怕了，才贿赂祈求结盟；郯、莒两国畏惧齐国的威严，一时间全都聚集到齐国，奉我们的君主为盟主，这样的功劳可以吃金桃吗？"晏婴启奏说："跟另外两位将军相比，开疆将军的功劳是他们的十倍。怎奈现在没有金桃可以赏赐了，只能赐酒一杯，等到明年再赏金桃吧。"齐景公说："你的功劳最大，可惜说的太晚了，所以才没有得到金桃，你的大功也被淹没了。"田开疆按着佩剑说道："杀鼋打虎只是小事情！我跋山涉水行军到千里之外，浴血奋战成就功劳，反而不能食用金桃，在两国的君臣面前受到羞辱，被万代取笑，还有什么脸面立于朝廷之中？"说完挥剑自刎而死。公孙捷大吃一惊，也拔剑说道："我们功劳微薄还可以吃桃，田将军的功劳最大反而不能吃桃。我们取桃不谦让，是没有廉耻；看着朋友死而不能同死，说不上勇敢。"说完也拔剑自刎了。古冶子愤然大喊道："我们三个人情同骨肉，发誓同生共死，他们两人已经死了，我怎么能独活，于心何安？"也拔剑自刎。齐景公连忙让人制止，已经来不及了。

鲁昭公离开坐席起来说："我听说这三位将军都是天下少有的勇士，只可惜一会儿的功夫全都死了。"齐景公听了他的话沉默不语，脸色阴沉似水，心里很不高兴。晏婴就像没事一样上前说道："这些人都是我们国家的一勇之夫，虽然有一点儿小小的功劳，何足挂齿？"鲁侯说："上国像这样的勇士，还有多少人？"晏婴回答说："在庙堂之上可以出谋划策、威名万里的，拥有将相之才的人还有数十人；像这些只有血气之勇的人，不过是用来为我们君主扬鞭驾马的，他们的生死不足以对齐国造成影响！"齐景公这才将他们的死不放在心上。晏婴又向两位君主敬酒，两国国君痛快畅饮后才散去。三杰被安葬在荡阴里。后汉诸葛孔明的《梁父吟》，咏的就是这件事：

步出齐东门，遥望荡阴里。
里中有三坟，累累正相似。
问是谁家塚？田疆古冶子。
力能排南山，文能绝地纪。
一朝中阴谋，二桃杀三士！
谁能为此者？相国齐晏子。

鲁昭公告别以后，齐昭公召来晏婴问道："你在宴席间夸大其词，虽然保留了齐国一时的体面，但是恐怕三杰以后，再也找不到这样的人了。该如何是好？"晏婴回答说："臣举荐一个人，他一个人就顶他们三个用。"齐景公说："是谁呀？"晏婴说："这个人叫田穰苴，文能服众，武能威慑敌人，确实是大将之才！"齐景公问："难道跟田开疆是一个宗族？"晏婴回答说："这人虽然出自田氏一族，但却是庶出，因为身份低贱向来不被田氏所重视，所以才迁居到了东海之滨。主公如果想要找领兵的将领，没有比他更合适的了。"齐景公说："你既然知道他是个人才，怎么不早点举荐给寡人？"晏婴回答说："重视自己仕途的人不但会选择君主出仕，也会挑选同僚。田开疆、古冶子都是一勇之夫，穰苴怎屑于跟他们并肩作战呢？"齐景公虽然嘴上答应，但终究因为他跟田、陈同族的原因，犹豫不决。

这一天，防守边关的小吏传来报告："晋国听说三杰都已经死了，兴兵侵犯东阿边境；燕国也乘机侵扰我国北部边境。"齐景公十分害怕，就下令让晏婴带着丝绸到东海之滨请田穰苴入朝为官。田穰苴详细地陈述自己布兵之法，深得齐景公的心意，于是当天便拜他为将军，让他率领五百乘战车去北边抵御燕国、晋国的军队。田穰苴请求说："臣素来身份卑贱，君主在乡里之间提拔了我，突然授予我兵权，恐怕人心不服。请找一个君主宠幸的、素来被国人所尊重的人作为监军，臣的军令才能在军中畅通无阻。"齐景公同意了，命令他最喜爱的大夫庄贾去做监军。田穰苴跟庄贾同时谢恩而出。到了朝门之外，庄贾问田穰苴出军的日期，田穰苴说："就在明天的午时，我在辕门等待你一起出发，不要超过日中。"说完二人便告辞离去。

到了第二天上午，田穰苴先到了军中，让军吏立下木桩为测量时间的标杆，来观察太阳的影子；又让人去催促庄贾。庄贾年少，素来娇贵，仗着有齐景公的宠爱，根本就没将田穰苴放在眼里。况且他自认为是监军，觉得自己有和田穰苴同等的权利，早一些晚一些都没有关系。当天上午，他的亲戚宾客全都设宴为他践行，庄贾一直都不肯出发，使者连续催促了好几次，全不放在心上。田穰苴等到日影偏向西边，军吏报告说已经到了未时，还不见庄贾来到，于是他吩咐将木桩放倒，倒去漏壶中的水，独自登上高台向众人宣誓，申明军中的约束条例。号令完毕后，已经到了申时，这时才遥遥看见庄贾坐着高车驷马慢腾腾地来了，一看就知道喝多了。等到了辕门，庄贾没事一样下了车，在所有侍卫拥护下一步步上了将台。田穰苴正襟危坐在那里，也不起身，只是问道："监军为什么迟到？"庄贾拱手说道："今日远行，承蒙家中亲戚故友摆酒为我践行，所以才来迟。"田穰苴说："你作为军中之人，从受命的那天起，就应该忘了自己的家庭；到了军中受到约束的时候，就应该忘了亲人；进攻之时，遇到弓箭石头，就要忘了自己的生命。如今敌国入侵欺凌我国，边境不安，我们的君主寝食难安，将三军之众托付给我们两人，希望可以早日建立功绩，来拯救百姓艰难的困境，还有什么功夫跟亲戚故友饮酒作乐呢？"庄贾依然笑着回答说："幸好没有耽误行军的日期，将军就不要小题大做了。"田穰苴拍着桌子生气地说："你仗着君主的宠爱不把军队的纪律看在眼里，倘若临敌的时候依然如此，岂不是耽误了大事！"立即传召军政司问道："按照军法，迟到的人该如何处置？"军政司回答说："按法当斩！"庄贾听到"斩"字，才知道害怕，就想要逃下将台。田穰苴喝令自己的手下将庄贾捆绑起来，拉到辕门外准备斩首。这时庄贾吓得酒全都醒了，口中不断地哀嚎求饶。他的随从连忙到齐侯处报信求救。

齐景公也大吃一惊，急忙让梁丘据拿着节杖去传达自己的命令，让田穰苴免除庄贾一死，还让他乘坐轻车尽快赶到，唯恐迟到了耽误事。其实那个时候庄贾的首级已经被砍下来了，而且被田穰苴下令挂在了辕门上。梁丘据还不知道庄贾已经死了，手中拿着节杖往军营一路飞奔，进了军营之后也没有放慢速度。田穰苴下令拦住了他，问军政司说："军中不能驾驶车辆，使者该当何罪？"军政司回答说："按照法纪当斩！"梁丘据吓得面如土色，哆哆嗦嗦地说："我是奉主公的命令来的，不是我故意这么做的。"田穰苴说："既然你有君命在身，那就不能杀你了，不过军法也不能忽视。"于是田穰苴命人毁了车辆、斩杀了马匹，以此代替使者的死罪。梁丘据捡了性命，连齐侯的命令也忘记传达了，抱头鼠窜而去。军中的将士见田穰苴连齐侯的宠臣都敢杀，甚至不给齐侯一点面子，从上到下都吓得双腿发抖，根本不敢不听他的命令。

田穰苴的军队还没有出郊外，晋军便闻风离去。燕军也渡河朝北回国，被田穰苴追上后，斩杀了一万多人。燕人大败而归，只好送给齐国金银财宝请求讲和。田穰苴班师回朝那天，齐景公亲自在郊外慰劳他，拜他为大司马，掌管军权。史臣有诗写道：

宠臣节使且罹刑，国法无私令必行。

安得穰苴今日起，大张敌忾慰苍生。

各国诸侯听到田穰苴的名字，没有一个不畏惧臣服的。从此之后齐景公内有晏婴，外有田穰苴，国家得到整治，兵力强盛，四境之内没有战事，于是齐景公整日狩猎饮酒，犹如齐桓公任命管仲之时的情形。

一天，齐景公在宫中跟姬妾们一起饮酒，到了夜里依然没有喝痛快。他忽然想到了晏婴，就命令左右将酒具转移到晏婴的家里，准备和晏婴一起喝酒。负责前导的人到晏婴的家里报告道："主公到了！"晏婴穿上官服整理好衣带，拿着笏板拱手站立在大门外。齐景公还没有下车，晏婴就迎了上来，惊慌地问："诸侯有什么变故吗？国家有什么变故吗？"齐景公说："没有。"晏婴问："那主公怎么半夜三更来我家呢？"齐景公说："相国政务烦劳，如今我有美酒跟音乐，不敢独自享用，愿意跟相国一同享用。"晏婴回答说："主公想要安抚国家、安定诸侯，臣定当全力辅佐。要是主公想要吃喝玩乐，自然有人陪您，臣不敢参与。"齐景公很是扫兴，就命人回车，转道去司马穰苴的家中。负责前导的人也到田穰苴的家中如此报告。田穰苴戴上头盔穿上铠甲，拿着长戟站立在大门外，看到齐景公的马车后就迎了上去，鞠躬问道："诸侯中有人兴兵吗？大臣之中有人叛乱吗？"齐景公说："没有。"田穰苴说："那主公夜晚来到臣的家中有什么事吗？"齐景公说："我没有其他事，就是觉得将军军务劳苦，我有美酒跟音乐，想要跟将军一同享用。"田穰苴回答说："主公若是抵御贼寇，诛杀叛臣，臣一定效劳。若要是主公想要吃喝玩乐，您身边有很多能陪您作乐的人，怎么找我这个武夫呢？"齐景公这下子一点兴致都没有了。随从问他："现在回宫吗？"齐景公说："去梁丘据大夫的家里。"负责前导的人依旧像刚才那样去梁丘据的家里报告。齐景公的车还没有到门口，梁丘据就左手拿着琴、右手拿着竽，嘴里还唱着歌到巷口迎接齐景公。齐景公十分高兴，于是脱去衣服，去下礼帽，跟梁丘据在音乐之中欢声歌舞，等到鸡叫才返回。第二天，晏婴、田穰苴一起入宫请罪，并且进谏说齐景公不应该在夜里在大臣的家里饮酒。齐景公说："我没有两位爱卿，怎么治理国家？没有梁丘据，怎么身心愉快？我不妨碍两位爱卿的公务，你们也不要参与我的私事。"史臣有诗写道：

　　双柱擎天将相功，小臣便辟岂相同？
　　景公得士能专任，赢得芳名播海东。

　　当时中原各国发生了很多变故，晋国一直都没有良好的应对方式。晋昭公在坐上君主之位的第六年去世，太子去疾继位，史称晋顷公。晋顷公初年，韩起、羊舌肸都死了，魏舒掌握了晋国的政权，荀跞、范鞅也有很大的权力，这三个人都以为人贪婪、做事鲁莽出名。祁氏的家臣祁胜和邬臧将他们的住房分别打通，以便于淫乱，祁盈发现后将祁胜抓了起来。祁胜向荀跞行贿，荀跞向晋顷公诬陷祁盈，晋顷公反而把祁盈抓了起来。羊舌食我是祁氏的党羽，为此杀了祁胜。晋顷公大怒，杀了祁盈、羊舌食我，将祁、羊舌两族全部杀完，国人为他们感到冤屈。后来鲁昭公被强臣季孙如意驱逐，荀跞又收了季孙如意的贿赂，不接纳鲁昭公。于是齐景公在鄑陵召集诸侯，来平叛鲁国的祸难，天下都称赞齐景公敢于维护道义。经过这件事后，齐景公在诸侯之中就有了良好的名声。

　　周景王十九年，继位四年的吴王夷昧病危，他再次申明父亲兄长的遗命，想要传位给季札。季札拒绝说："我已经明确表明了我不做国君的态度！当初先王下令让我继位，我都没有接受，富贵对我来说就像是秋风吹过耳畔，有什么可喜爱的呢？"于是他逃到了延陵。吴国群臣拥立夷昧的儿子子州为王，子州改名为僚，史称王僚。诸樊的儿子叫光，擅长带兵，王僚任命他为将军，跟楚国在长岸交战时杀了楚国的司马公子鲂，楚人十分害怕，就修筑了于州城来抵御吴国。

　　当时费无极因为逸邪奸佞之言得到蔡平公宠爱。蔡平公姬芦已经立嫡子姬朱为太子，他的庶子名叫姬东国，想要谋夺太子之位，向费无极行贿。费无极先诬陷朝吴，将他驱逐到了郑国。等到蔡平公去世后，太子姬朱继承王位。费无极假传楚王的命令，让蔡人驱逐了姬朱，立姬东国为君主。楚平王问："蔡人为什么驱逐姬朱？"费无极回答说："姬朱想要背叛楚国，蔡人不愿意，所以将他驱逐了。"于是楚平王不再过问了。

　　费无极心中忌惮楚国太子熊建，想要离间楚王父子，但是没有计策。一天，他向楚平王启奏说："太子已经长大了，为什么不为他娶一个太子妃呢？臣认为最好的联姻对象就是秦国，因为秦国是公认的强国，而且和楚国的关系一向都很融洽，要是秦国和楚国结为姻亲之好，那么楚国的国势就会更上层楼。"楚平王接受了他的建议，于是派遣费无极出访秦国为世子求婚。秦哀公传召群臣商议是否答应这门婚事，群臣都说："昔日秦、晋两国世代联姻，如今跟晋国已经很久没有来往，现在楚国的国势蒸蒸日上，不能不答应啊。"于是秦哀公派遣大夫回访楚国，将他的长妹孟嬴许配太子建。如今俗家小说里称她为无祥公主，而公主的称号是从汉代开始才有的，春秋时期怎么会有此称号呢？楚平王又命令费无极带着金银珠宝前往秦国迎娶。费无极跟随使者进入秦国，呈上聘礼。秦哀公十分高兴，即刻传诏公子蒲送孟嬴去楚国，还带着上百车的嫁妆，陪嫁的妾侍十几人等。孟嬴拜辞自己的兄长秦哀公后就出发了。

在路上，费无极无意间看到了孟嬴，果然是绝世的美女，又看见陪嫁的妾侍内有一个女子容貌端庄，就暗地里打探她的来历，后来知道她原来是齐国人，从小跟随在秦国为官的父亲，因为这个关系才进入宫中成为孟嬴的侍女。费无极打探仔细后，在馆驿住宿的时候秘密地告诉那个侍女说："我看你有贵人之相，有心抬举你，让你做太子的正妃。如果你能按照我的计划行事，保你将来荣华富贵享用不尽。"侍女低着头没有说话，显然是默认了费无极的安排。

费无极提前一天出发，进入宫中回奏楚平王说："秦女已经到了，大概还有九十里远。"楚平王问："你见过秦女了吗？长的如何？"费无极知道楚平王是贪图酒色之人，正想要对秦女的美貌夸大其词，动摇他的邪心，恰好楚平王这样问，正中自己的下怀，就启奏说："臣见过无数的美女，但是从来没有见过跟孟嬴一样美的女子。不仅楚国的后宫里没有人比得了，就连自古以来的绝色，如妲己、骊姬，也只是徒有其名，恐怕也不如孟嬴的万分之一！"楚平王一听孟嬴如此漂亮，脸色通红，半响都没有说话，好久之后才叹息道："我真是枉自称王，竟然没有遇到这样的绝色，真是虚度此生啊！"费无极让随从退下，小声对楚王说："大王既然想要拥有这样的绝色美女，何不自己娶了她呢？"楚平王说："既然下过聘了，那她就是我的儿媳妇，这样做不是乱伦嘛！"费无极说："没关系。这个女子虽然说是给太子聘的，但是还没有进入东宫，就不是太子妃。如果大王将她接进自己的宫里，谁敢有意见？"楚平王说："群臣之口可以堵上，又怎么堵塞得了太子的口啊？"费无极启奏说："臣发现陪嫁的侍女中有一个来自齐国的女子，也长得端庄秀美，就将她代替孟嬴嫁给太子吧。臣可以先将孟嬴接进宫中，再将齐女送入东宫，嘱托她不要泄漏这件事，这样孟嬴和太子都不知道内情，岂不是两全其美。"楚平王十分高兴，嘱托费无极秘密行事。费无极对公子蒲说："楚国的婚礼跟其他国家的不一样，新人要先入宫见过公公婆婆之后才能成婚。"公子蒲说："那就按照贵国的风俗成亲吧。"于是费无极命人驾轻车将孟嬴还有陪嫁的妾侍全部送进王宫，然后留下孟嬴和其他陪嫁的女子，只将齐女送了出去；又让宫中的侍妾装扮成秦国的陪嫁女子，齐女假装成孟嬴，让太子建迎接回东宫成亲。满朝文武还有太子都不知道费无极做出了这件伪诈之事。孟嬴问他："齐女在哪里？"他说："已经赏赐给太子了。"后世有人写诗道：

卫宣作俑是新台，蔡国奸淫长逆胎。

堪恨楚平伦理尽，又招秦女入宫来。

楚平王担心太子知道孟嬴的事情，就禁止太子入宫，就连太子想要进宫探望自己的母亲都不行。楚平王整日跟孟嬴在后宫设宴作乐，不理国政。当时外面传的沸沸扬扬，有很多人怀疑秦国的孟嬴并不是嫁给了太子，而是嫁给了楚平王。费无极担心太子发现真相后对他不利，就对平王说："晋国之所以可以长时间称霸天下，是因为国家靠近中原的原因。昔日楚灵王讨伐陈、蔡，就是为了震慑中原各国，为争霸天下打下了基础。如今二国又重新被封，楚国仍然退守南方，如何能成就大业呢？为何不让世子出去镇守城父[楚国地名，在今河南省宝丰县境内]，来为楚国连通北方呢？大王专门治理南方，一旦中原有变，大王就可以出兵夺取霸主的地位。"楚平王犹豫了一下，没有答应。费无极又附在楚平王的耳边小声说道："孟嬴的事情，时间长了就会泄漏出去。若是将太子远远地支开，岂不是两全其美？"楚平王恍然大悟，于是命令太子建离开国都去镇守城父，封奋扬为城父司马，并传口谕给他："对待太子要像对待寡人一样！"伍奢得知费无极的计划后，就想要进谏楚王让他取消这个命令。费无极知道后又对楚平王说，让伍奢去城父辅佐世子。太子出发后，楚平王立刻封孟嬴为夫人，将太子的母亲蔡姬赶回了鄢地。太子到这时才知道孟嬴被父亲调换了，然而也无可奈何。

孟嬴虽然承蒙大王的宠爱，但是看到楚平王年事已高，心中十分不高兴。楚平王自知自己不是她要嫁的人，也不敢问她。第二年，孟嬴生了一个儿子，楚平王爱之如珍宝，于是起名为熊珍。熊珍周岁的时候，楚平王问孟嬴："自从你入宫以后，经常唉声叹气，很少欢笑，这是为什么？"孟嬴说："我遵照哥哥的命令嫁给您，本以为秦、楚的地位相当，年岁也差不多。然而等我到了宫中，才知道您年岁已高。我不敢埋怨，只能叹息自己生的太晚了！"楚平王笑着说道："这不是今生的事情，这是注定的姻缘。虽然你嫁给我迟了一些，但是你当夫人却早了几年啊！"孟嬴对他说的话迷惑不解，就仔细地盘问宫人，宫人见隐瞒不住，于是诉说了其中的缘故。孟嬴凄然落泪。楚平王察觉到她的心思，百般讨好，许诺要立熊珍为太子，孟嬴这才稍微不那么伤心了。

费无极始终放不下太子建这个隐患，担心他以后继承了王位，自己必定大祸临头，又趁机诬陷太子建，对楚平王说："听说太子跟伍奢有谋叛的心思，暗地里让人私通齐、晋两国，两国允诺帮助世子建，大王不能不防备。"楚平王说："我的儿子向来孝顺，怎么会有这些事？"费无极说："他因为孟嬴的原因，心中已经久怀怨恨，如今在城父修整盔甲磨炼武器已经有些日子了。他曾经说过，楚穆王杀了自己的父亲，这才安享楚国，子孙繁盛，他这是想要效仿楚穆王弑父啊。大王若是不相信，请让臣离开楚国去其他国家逃命吧，免得遭受杀戮。"楚平王本来就想要废除太子建而立小儿子熊珍，又被费无极说的动了心，就算是不相信也相信了，便想要立即传令废除太子建。费无极启奏说:"太子在外面手握重兵,若是传令废除,是逼他造反。太师伍奢是主谋,大王不如先传召伍奢,然后派遣军队袭击太子建,则大王的祸患就可以清除了。"楚平王同意了他的计划,立即让人传召伍奢。伍奢刚到,楚平王就问:"太子建有谋叛之心,你是否知道?"伍奢素来刚直,于是回答说:"大王霸占自己儿子的女人就已经十分的过分了,现在又听小人的谗言,怀疑自己的亲骨肉,于心何忍啊?"楚平王听了他的话十分羞惭,喝令左右将伍奢抓起来囚禁在牢中。

费无极启奏说:"伍奢呵斥大王霸占女人,很明显心中已经对大王有了怨言。太子知道伍奢被囚禁,能不行动吗?齐、晋两国的联军楚国可是抵挡不了啊。"楚平王说:"我想要让人杀了太子,有什么人可以完成这个任务?"费无极回答说:"要是其他人去,太子必定反抗。不如秘密地命令司马奋扬,让他以偷袭的方式杀了太子建。"于是楚平王让人偷偷地传口谕给奋扬,说:"杀太子,会受到重赏;要是放了太子,就是死罪!"奋扬得到命令后,立刻让自己的心腹偷偷报告给太子说:"赶紧去逃命,不能耽误一点儿时间!"太子建大吃一惊。当时齐女已经生了一个儿子名叫胜,于是熊建带着老婆、儿子连夜逃到了宋国。奋扬知道太子已经离开了,就让城父人将自己捆绑起来,押解到郢都去见楚平王。他见到楚平王后说:"太子已经逃走了!"楚平王勃然大怒说:"话出自我的口,入的是你的耳,是谁告诉熊建的?"奋扬说:"是我告诉他的。大王命令臣说:'对待太子要像对待寡人一样',这句话臣铭记在心,所以告诉了他。后来才想到这是惹祸上身的行为,但是已经来不及了!"楚平王说:"你既然私自放了太子,又怎么敢来见我,不怕死吗?"奋扬回答说:"既不服从大王的命令,又怕死不敢前来,这是两条罪。而且太子没有谋叛,杀他没有理由,能保大王儿子的性命,臣就死而无憾了。"楚平王面露悲伤,似乎感到惭愧,过了很久说道:"奋扬虽然违抗命令,然而忠心正直值得嘉奖!"于是赦免了他的罪,仍然让他做城父司马。史臣有诗写道:

无辜太子已偷生,不敢逃刑就鼎烹。

谗佞纷纷终受戮,千秋留得奋扬名。

于是楚平王立秦女所生的儿子熊珍为太子,改费无极为太师。

费无极启奏说:"伍奢有两个儿子,一个叫伍尚、一个叫伍员,都是人杰。要是让他们逃到了吴国,必定会成为楚国的祸患。大王怎么不让伍奢以大王赦免他们为由,将他们两个叫来呢?他们尊敬自己的父亲,必定受召而来;来了以后将他们全部杀死,就可以免除后患了。"楚平王十分高兴,将伍奢从狱中放出,让左右将纸笔交给他,说道:"你教唆太子谋反,本来应该斩首示众,念你们祖上对先朝有功,不忍心加罪。你可以写信,让你的两个儿子一同回朝,改封他们的官职后就赦免你归田。"伍奢心里知道这是楚王的圈套,想要传召他们父子一同问斩,就说:"我的长子伍尚慈悲温顺仁德守信,听到我传召一定会来;我的小儿子伍员,年少的时候喜欢文治,长大以后又学习了军事,文能安邦、武能定国,可以忍受屈辱成就大事。这种的英杰怎么会来呢?"楚平王说:"你就按照我说的话,写信传召他们前来,要是他不来,跟你也没有关系。"伍奢觉得这是君父的命令,不敢违抗,于是在殿上写信,大概意思是:

告知伍尚、伍员二人:我因为进谏忤逆了君主,现在在牢狱中等待君主的惩戒。大王念我们先祖有功,所以免了我的死罪,想要让各位大臣按照"议功"的先例免去惩罚,不过要改封你们的官职。你们兄弟两个立刻到国都来,要是耽误了时间,必然会降罪。看到信后马上出发!

伍奢写完,将书信呈给楚平王看过以后,就密封了起来。楚平王命人仍然将伍奢收回狱中,然后派遣鄢将师为使者,驾着马车,拿着伍奢的书信去了朝棠邑〔伍氏的封地〕。这时伍尚已经回到了城父,鄢将师又赶到了城父,见到伍尚说:"可喜可贺啊!"伍尚说:"我的父亲还被囚禁在狱中,有什么可祝贺的?"鄢将师说:"大王误信他人的谗言,这才囚禁了你们父亲。如今群臣担保,说你们家里三代忠臣,大王对内误听谗言,对外愧对诸侯,觉得很惭愧,反而拜你们父亲为相国,封你们兄弟两人为侯,赏赐伍尚为鸿都侯,赏赐伍员为盖侯。你们的父亲久被囚禁刚被释放,心里思念两个儿子,所以写了这封书信让我来接你们。你们一定要早点出发,以宽慰伍大人对你们的思念之情。"伍尚说道:"父亲被囚禁在狱中,我们心如刀割,如今有幸被赦免,还怎么敢贪图官职呢?"鄢将师说:"这是大王的命令,你就不要推辞了。"伍尚大喜,于是把父亲的信拿到屋内,将这件事告诉了他的弟弟伍员。

第七十二回

棠公尚捐躯奔父难 伍子胥微服过昭关

伍员字子胥,监利县人,身高一丈,膀大腰圆,眉如墨染,目光如电,有拔山举鼎之勇,经天纬地之才。伍奢被楚平王派到城父后,他和哥哥棠君伍尚也随着父亲来了这里。鄢将师奉楚平王之命,想要诱骗两兄弟入朝,于是先见了伍尚,请他引见弟弟伍员。伍尚拿着父亲的手书进来给伍员看,说:"父亲幸免于难,我们兄弟俩还要被封侯。现在使者就在门外,弟弟可以出去见他。"

伍员说："父亲能够幸免一死，就已经是非常幸运了，我们又有什么功劳能被封侯？这是骗我们去国都的，去了一定会被诛杀！"伍尚说："父亲的书信就在我的手中，怎么是欺骗我们呢？"伍员说："我们的父亲忠于国家，楚王知道我们一定想报仇，所以让我们前往国都同死，以绝后患。"伍尚说："你所说的都是猜想，万一父亲的书信里都是实情，我们的不孝之罪该怎么说得清啊？"伍员说："兄长先坐下等一会儿，我现在就卜卦测试吉凶。"伍员卜卦完毕，说："今天是甲子日，现在的时间是巳时，两下相克，气不相通。这个卦象代表君主欺骗臣子、父亲欺骗儿子。只要前往就会被诛杀，怎么会封侯？"伍尚说："不是我贪恋侯爵之位，儿子是思念父亲。"伍员说："楚人畏惧我们兄弟在外面，必定不敢杀了我们的父亲。兄长要是去，只能让父亲死得更快一些。"伍尚说："父子之间的恩情是发自内心的，若是可以见父亲一面，就算是死也甘心了！"于是伍员仰天长叹说："我们跟父亲一起被诛杀，又有什么好处呢？兄长若是一定要去，我就在此告辞！"伍尚哭着说："你要去哪里？"伍员说："谁能向楚国报仇，我就投奔谁。"伍尚说："我的智力远不及你。我回到楚国，你去投奔其他国家；我以为父亲殉葬为孝，你以复仇为孝。从今以后我们各行其志，永不相见！"伍员拜了伍尚四拜，就当是永别。伍尚擦干泪出来见鄢将师，说："我的弟弟不愿意接受封爵，不能勉强他。"鄢将师只得跟伍尚一起上车回了郢都。见到楚平王后，楚平王将他也囚禁起来。

　　伍奢见伍尚单身回到楚国，叹息地说："我就知道伍员一定不会来！"费无极又启奏说："伍员还在外面，应当快快抓捕，迟了就让他逃走了。"楚平王随即派遣大夫武城黑，率领精锐的甲士二百人去抓捕伍员。伍员打探到楚兵来抓自己，哭着说："我的父亲跟兄长果然不能幸免！"于是他对妻子贾氏说："我想要逃到其他国家，借兵为父亲还有兄长报仇，无法顾及你了，怎么办？"贾氏睁大眼睛瞪着伍员说："大丈夫身怀父兄的冤屈，心如刀割，还有时间担心一个女人？你快快前去，不要挂念我！"说完就进入卧室上吊自杀了。伍员痛哭一场，安葬贾氏的尸体后，立即收拾好包裹，身穿素袍佩戴弓箭离开城父。

　　他刚走还没到半天，楚兵就到了，围住了伍员的家。武城黑搜索不到伍员，猜测伍员必定朝东逃走了，于是命令车夫驾车飞快地朝东追去。大约行驶了三百里，在旷野无人的地方追上了伍员。伍员拉弓射箭射了御手，又拉弓想要射杀武城黑。武城黑害怕了，下车想要逃走。伍员说："本来想要杀了你。现暂且留你一条性命，你回去告诉楚王，想要留存楚国的血脉，就必须留下我父兄的性命，要不然，我必定灭了楚国，亲自斩下楚王的首级来发泄我的怨恨！"武城黑抱头鼠窜，回来报告给楚平王，说："伍员已经先逃走了。"楚平王十分生气，立即命令费无极将伍奢父子押解到集市上斩首。将要行刑的时候，伍尚唾骂费无极谗言祸主残害忠良。伍奢制止他，说："在危难关头献出自己的生命，是作为臣子的职责。忠奸自有公论，不用我们骂他！但是伍员不来，我担心楚国的君臣从此以后饭都吃不安生了啊！"说完就伸出脖子，等刀斧手砍下自己的头，在旁边围观的百姓全都流下了悲伤的眼泪。杀伍奢父子的这天，狂风怒啸不止，扬起的尘土连太阳都遮住了。后世有人写诗道：

惨惨悲风日失明，三朝忠裔忽遭坑。

楚庭从此皆谗佞，引得吴兵入郢城。

楚平王问："伍奢行刑前有什么怨言吗？"费无极说："并没有其他的话，只是说伍员不到，楚国的君臣饭都吃不安生。"楚平王说："伍员虽然逃走了，必定没有跑远，应当加紧追捕。"于是他派遣左司马沈尹戌率领三千人，朝伍员所逃走的方向一直追去。伍员走到大江边上，心中生出一计，将他所穿的白袍挂在江边的柳树上，将鞋子丢弃在江边，然后换上草鞋沿江而下。沈尹戌追到了江口，找到了伍员的袍子跟鞋，就回去启奏楚平王："伍员已经不知道去哪儿了。"费无极上前说："臣有一计，可以断绝伍员的后路。"楚王问："什么计策？"费无极回答说："一边张榜到处悬挂，不管是谁，只要能抓住伍员，就赏赐粮食五万石，封为大夫；收留他或者是放他走的人，全家处斩。命令各路关卡渡口，凡是来往的行人都严加盘问。再派遣使者遍告诸侯，不得收留私藏伍员。伍员进退都无路可走，纵使一时不能将他抓住，他也是形只影单，如何能成就大事？"楚平王全部按费无极出的主意做了，画出伍员的画像捉拿伍员，各个关卡的盘查都十分严密。

伍员沿着大江东下，原本想要投奔吴国，可是路太远了，一时半会儿难以到达。这天他忽然想起："世子建逃到了宋国，我为什么不去宋国投奔他呢？"于是他又转道去了睢阳。走到半路，他忽然看到前面来了一队车马。伍员担心是楚兵在此堵截他，就藏进路边的树林里不敢出去。经过观察后，他发现来人是他的结拜兄弟申包胥，因为去其他国家出使，返回的时候经过这里。伍员赶紧出来，走到他的马车左边。申包胥看见了他，慌忙下车跟他相见，问："你为什么一个人在这里？"伍员把楚平王屈杀父兄的事情哭诉了一遍。申包胥听了也很悲痛，就问他："你要去哪里？"伍员说："父母之仇不共戴天。我要逃到其他国家，借兵讨伐楚国，生吃楚王的肉，将费无极车裂，才能发泄我的愤恨！"申包胥劝说："楚王虽然昏庸无道，但仍是君王；你们家世代享用楚国的俸禄，君臣之间的名分是不能改变的。作为一个臣子，怎么能够仇恨自己的君王呢？"伍员说："昔日桀纣被他的臣子所杀，就是因为他昏庸无道。楚王霸占了儿子的妻子，又抛弃了嫡子，还听信谗言残害忠良，我带兵攻打楚国，是为楚国扫清污秽，况且我和他还有杀父之仇呢？若是不能灭楚，我发誓不立于天地之间！"申包胥说："我要是让你向楚国报仇，就是不忠；不让你报仇，就是让你不孝。你自己好自为之！走吧！作为你的朋友，我必定不泄露你的行踪。然而你能颠覆楚国，我必定能保卫楚国；你能让楚国陷入危机，我必定能安定楚国。"于是伍员向申包胥告辞离开。几天后，伍员到了宋国，找到了世子建后两人抱头痛哭，各自诉说楚平王对自己的迫害。伍员说："世子是否见过宋国的君主？"世子建说："宋国现在正动乱，君臣反目，我还没有去通报拜见。"

宋国这时的君主名叫子佐，是宋平公宠姬生的儿子。宋平公听信寺人的谗言，杀了世子子痤后立子佐为世子。周景王十三年，宋平公去世后子佐继位，史称宋元公。宋元公相貌丑陋，性格柔弱，为人自私又不讲信用。他忌惮世卿华氏权重，跟公子寅、公子御戎、向胜、向行等人一起，谋划想要除去华氏。向胜将这个计划泄漏给向宁，向宁跟华向、华定、华亥关系很好，他们就准备先下手为强，将公子寅等人给杀了。于是华亥假装有病，趁宋国一众大臣来探望他的时候，杀了公子寅跟公子御戎，将向胜跟向行囚禁在储存粮食的仓库之中。宋元公听说以后，急忙命人驾车到了华氏家中，请求释放向胜、向行。华亥一不做二不休，又扣下了宋元公，提出让世子以及他亲信的大臣作为人质，才答应他的请求。宋元公说："君主和臣子互相派人做人质，这种事情历史上也发生过。我可以将世子作为人质囚禁在你的家里，但是你也要把你的儿子交给我作为人质。"华氏经过商议后，将华亥的儿子无戚、华定的儿子子启、向宁的儿子向罗作为人质交给宋元公。宋元公也将世子栾跟他同一个母亲所生的弟弟子辰以及公子无地，作为人质送到了华亥的家中。华亥这才释放了向胜、向行，让他们和宋元公一起回去了。

宋元公和夫人思念世子栾，每天必定到华氏家看着世子吃完饭才回去。华亥嫌麻烦，就想要送世子回宫。宋元公十分高兴，向宁却不愿意，说："之所以囚禁世子作为人质，是因为君主不讲信用。若是送走人质，大祸必定很快就会到来。"宋元公听说华亥后悔了，勃然大怒，于是命令司马华费率领甲士攻打华氏。华费说："世子还在华氏家里，难道主公就不顾及他吗？"宋元公说："生死由命，我不能忍受这样的羞辱！"华费说："既然主公已经决定了，我怎敢包庇自己的族人，来违抗君命呢？"于是当天华费整顿兵甲。宋元公将关押的人质华无戚、华启、向罗三人全部斩首，便要攻击华氏。华登一直以来跟华亥交好，去给华亥报信。华亥连忙召集家中的甲士迎战，然而被华费打败了。向宁想要杀了世子，华亥说："得罪了君主，如今又杀了君主的儿子，国人将会怎么看我们？"于是华亥释放了所有的人质，跟自己的党羽一起逃到了陈国。

华费有三个儿子，长子叫华貙，次子叫华多僚，华登是他的第三个儿子。华多僚跟华貙一向不和,因为华氏的这次叛乱,在宋元公面前诬陷华貙说:"实际上华貙跟华亥、华定是同谋,如今两人在陈国给华貙送信,让他做内应。"宋元公相信了,就让寺人宜僚告诉华费。华费说:"这一定是华多僚诬陷华貙。主公既然怀疑华貙,那就把他驱逐出宋国吧。"华貙的家臣张匄听说了这件事,就去问宜僚。宜僚不愿说,张匄就拔出剑说:"你要是不说,我现在就杀了你!"宜僚害怕了,将实情一五一十地都说了出来。张匄把这件事的内情报告给了华貙,请求杀了华多僚。华貙说:"华登逃走已经伤了父亲的心,我们兄弟两人要是再互相残杀,我还怎么做人?我避开他就是了。"华貙去向自己的父亲告别,张匄跟从,恰好遇到华费从宫中出来,华多僚为他驾车。张匄一见,不由得怒火中烧,拔出佩剑砍死了华多僚。又劫持了华费一同从睢阳南门出去,驻扎在南里;又让人去陈国找回了华亥、向宁等人,一起谋划叛乱。宋元公拜乐大心为大将军,率领士兵围住南里。华登去楚国借兵,楚平王让薳越率领军队前来救华氏。

　　伍员听说楚军要来宋国,就对世子建说:"宋国不能待了!"随后他就带着世子建一家人一起往西逃到了郑国。后世有人写了一首诗,对伍员和世子建这一遭遇不胜感叹:
　　千里投人未息肩,卢门金鼓又喧天。
　　孤臣孽子多颠沛,又向荥阳快着鞭。
　　楚兵来救华氏,晋顷公也率领各国诸侯来救宋国。诸侯不想跟楚国交战,就劝说宋国解开南里的围困,放华亥、向宁等逃去楚国,晋国、楚国也都罢兵回国。

　　这时候郑国上卿子产刚刚去世,郑定公十分哀痛。郑定公一直都知道伍员是三代忠臣的后代,十分英勇,况且当时晋、郑两国正和睦,跟楚国为敌,听说世子建来了,十分高兴,让人去驿馆送了很多财物。世子建跟伍员每次见到郑侯时,都会哭诉他们的冤情。郑定公说:"郑国兵力微薄,起不到什么作用。你们要是想报仇,为什么不去晋国,和晋侯商量一下呢?"

　　世子建觉得郑定公说的有道理,就将伍员留在郑国,亲自前往晋国去见晋顷公。晋顷公听他把事情说清楚后,就让人送他到驿馆休息,然后召来六卿共同商议讨伐楚国的事情。六卿分别是:魏舒、赵鞅、韩不信、士鞅、荀寅、荀跞。当时六卿处于强势,而且这六个人的权力不相上下,其中只有魏舒、韩不信是贤臣,剩余的四个人都是追逐权势的人,尤其是荀寅,更是视财如命。郑国在子产当政的时候,对晋国以礼相抗,晋国六卿对他都有些畏惧。到了游吉执政郑国的时候,荀寅私下派人向游吉讨要贿赂,游吉拒绝了,于是荀寅有了谋害郑国的心思。因此在晋顷公询问对策的时候,荀寅偷偷地对晋顷公说:"郑国在晋、楚之间摇摆不定,做墙头草也不是一两天了。如今楚国世子在郑国,郑国必定相信他。我们让世子建做为内应,然后起兵灭掉郑国，再将郑国封赏给世子建，之后再慢慢商议如何灭掉楚国，又有什么不可以呢？"晋顷公认为他的主意不错，立即命令荀寅将这个计划偷偷地告诉给世子建，世子建欣然同意了晋国的要求。

世子建辞别晋顷公回到郑国后，就跟伍员商议这件事。伍员进谏说："昔日秦国驻扎在郑国的将领杞子、杨孙谋划袭击郑国，事情没有成功，结果连个容身的地方都没有。郑侯以忠信对待我们，为什么要图谋他们的国家？这个计划没有立足现实，必定无法成功！"世子建说："可是我已经答应晋侯了。"伍员说："不做晋国的内应，还没有什么罪责。若是图谋郑国，则信义全都失去了，还怎么做人？你若是一定要做这件事，祸事马上就会到了。"世子建想要做一国之君，并不听伍员的谏言，用自己的家财私下招募骁勇善战的勇士，又结交了郑侯的左右，希望可以帮助自己。晋侯的左右收了贿赂，又转而拉拢其他的人。因为晋国私下派人到世子建的住处约定起兵的日期，他们的计划也就慢慢地泄漏出去，于是有人秘密向郑侯自首。郑定公跟游吉商议后，就邀请世子建去后花园游玩，跟随他的人都不能入内。宾主喝了三杯酒，郑侯说："我好心收留你，也从来没有怠慢过你，世子为什么要图谋郑国？"世子建说："我根本没有这个意思。"郑定公让自己的左右跟世子建当面对质，世子建再也无法欺瞒下去。郑侯勃然大怒，喝令力士在宴席上当场格杀了世子建，并杀了二十多个接受贿赂但没有自首的随从。伍员在驿馆忽然感觉心惊肉跳，说："世子有危险！"不一会儿，世子建的随从逃回了驿馆，说了世子被杀的事情。伍员当时便带着世子建的儿子熊胜逃出了郑国。他左思右想无路可走，只得前往吴国逃难。后世有人写诗感叹世子建自取灭亡的大祸，诗中说：

亲父如仇隔釜鬻，郑君假馆反谋侵。

人情难料皆如此，冷尽英雄好义心。

伍员和公子胜担心郑国人的追捕，一路上昼伏夜出，吃了多少苦、受了多少罪自不必详述。路过陈国的时候，伍员知道这里不是久留之地，很快就离开了。又朝东走了几天，前面就是昭关了。昭关在小岘山的西边，两山左右并立，中间有一个小小的山谷，是往来庐州、濠州的交通要道，出了昭关就是长江，可以走水路直接到达吴国。这个关口形势十分险峻狭窄，本有军士把守，近来因为盘查伍员，特地派遣了右司马蔿越带领大军驻扎在此地。

历阳山离昭关大约有六十里，伍员二人走到这里时，担心没有办法通过昭关，就在山下的树林深处休息。忽然有一个老者拄着拐杖走了过来，直接进了密林，看见伍员，惊讶他的容貌，于是上前向他作揖问好。伍员也回了礼。老者说："你难道是伍氏的儿子吗？"伍员大吃一惊，说："为什么这样问？"老者说："我是扁鹊的弟子东皋公。从小就因为钻研医术游历于各国，如今老了，在这里隐居。几天前，蓮越将军有些小病，邀请我去诊治，见关上悬挂着伍员的样貌。我觉得你和伍员很像，所以才这样问。你不用瞒我，我的家就在山后，请暂时移步到那里，有事可以商量。"伍员知道这人并非常人，于是跟公子胜一起跟随东皋公前往。

大约走了几里的路程，就到了一个茅草房子前面，东皋公向伍员作揖后请他进去。进了草堂，伍员又向东皋公作揖，东皋公慌忙回礼说："这里不是你的停留之处。"又带着他们到了堂屋后面偏西边，从一个小小的篱笆门进入，过了一片竹园，来到后面的三间土屋前，屋门矮的就像是洞口一样。他们低着头进去之后，看见里面摆着床榻、茶几，左右都开着小窗户采光。东皋公请伍员坐上首，伍员指着公子胜说："有小主人在，我应该站在旁边侍奉。"东皋公问："请问这位公子是谁？"伍员说："这就是楚国先世子建的儿子，名叫熊胜。我确实就是伍员，因为您是长者，不敢隐瞒您。我有父兄被杀之仇，发誓一定报仇，请前辈不要泄漏！"于是东皋公让公子胜坐在上首，自己跟伍员东西相对而坐。他对伍员说："我只有救人的医术，哪里有害人的歹心呢！你们就算在这里住一年半载，也不会有人知道。只是昭关把守十分严密，你该怎么过去？必须要想出一个万全之策，才能够保证万无一失啊。"伍员跪下说："先生可有什么办法助我度过难关？日后必定重报！"东皋公说："这里荒凉偏僻没有人烟，你可以暂且逗留几天。容我想出来一个万全之策，送你们君臣过关。"伍员感激的连连道谢。

东皋公每天用酒食款待伍员，一连七天都是热情招待，但是从来不说如何让他们过昭关。伍员急了，就对东皋公说："我有大仇在身，每一天都度日如年，要是一直在这里待下去，和死人又有什么区别？先生义薄云天，就不为我感到悲哀吗？"东皋公说："我已经想好了计划，只要等那个人到来，就可以送你们过关了。"伍员虽然嘴上道谢，但是心中对东皋公的话并没有完全相信。

当天夜里，伍员一直无法入睡。想要告别东皋公前行，又担心不能过关，反而身陷囹圄；想继续在这里住下去，又唯恐耽误时日，东皋公等待的又不知道是谁。如此辗转反侧，心里就像一团乱麻一样，整个人就像是处身于荆棘丛中，躺下又坐起来，坐起来又躺下。最后他实在在床上待不下去了，就起来绕着房子一圈圈地走来走去，不知不觉间天就亮了。这时东皋公敲门走了进来，看到伍员大吃一惊，说："你的胡子和头发为什么突然变色了？是因为愁绪所导致的吗？"伍员不相信，取来镜子一照，自己的胡子头发果然已经斑白了！民间传说"伍员过昭关，一夜之间愁白了头"，并不是空穴来风。

伍员将镜子扔在地上，痛哭说："我一事无成，双鬓都已经白了，难道这是天命吗?"东皋公说:"你不要悲伤,这对你来说是个好事。"伍员擦干眼泪,问道:"先生怎么说是好事呀?"东皋公说:"你的身形样貌很独特,别人一眼就能够认出你。现在你胡子头发都白了,一般人很难马上把你认出来。况且我的朋友已经到了,我的计划马上就可以实施了。"伍员说:"先生有什么计划?"东皋公说:"我的好友叫皇甫讷,在这里西南方向七十里的龙洞山里居住。他的身形相貌跟你有些相似。我准备让他假扮成你,你扮作他的仆从,倘若我的朋友被抓住了,在他和守关的士兵争执的时候,你就趁乱过昭关。"伍员说:"先生的计划虽然好,但是会连累到你的好友,我于心不忍啊!"东皋公说:"这个你不用担心,我自然有办法将他解救出来。我已经将你的情况详细地和他说了,他也是个慷慨激昂的豪杰,当时就毫不犹豫地答应了,你不必过多考虑什么。"说完,东皋公就请皇甫讷到了土室之中跟伍员相见。伍员仔细看了他一番,发现皇甫讷果然跟自己有三分相像,心中十分高兴。

  东皋公又将汤药拿给伍员洗脸,改变他脸的颜色。等到了黄昏,让伍员脱下自己的素衣让皇甫讷穿上,又让伍员穿上紧身的褐衣,假装成皇甫讷的随从。公子胜也换了衣服,装成村家儿童的样子。伍员和公子胜朝东皋公拜了四拜,说:"如果以后有了出头之日,必定重报!"东皋公说:"我是同情你的遭遇,所以才想办法帮助你们脱身,哪里是贪图你们的回报呢?"伍员和公子胜还有皇甫讷连夜出发,黎明的时候就到了昭关,正好是开关的时间。

  蒍越在昭关发布了严厉的命令:"凡是从北面过关的人,一定要仔细盘问,没有问题才允许过关。"关门前面悬挂着伍员的画像,每个人都要在画前仔细地比对,当真是水泄不通、插翅难飞!

  皇甫讷刚到关口,守关的士兵看他的身型样貌与画像相似,而且看上去躲躲闪闪的,便立刻叫住了他,让人报告给了蒍越。蒍越飞快地从房间里出来,远远地看了一眼说:"就是他!"喝令左右一起下手,将皇甫讷押解到关上。皇甫讷装作不知道原因,只是哀求放自己一条命。那些守关的将士和关前关后的百姓,一听说抓到了伍员,全都拥上前观看。伍员乘着关门大开,带着公子胜混在众人之中就出了昭关。一来正是人群拥挤的时候;二来是因为装扮不一样;三来是因为伍员的面色已经改了颜色,须发都已经白了,像一个老者,守关众人急切间没有人认出来;四来听说"伍员"已经抓住,也不再去盘问了。正是:鲤鱼脱却金钩去,摆尾摇头再不来。有诗可以证明:

  千群虎豹据雄关,一介亡臣已下山。
  从此勾吴添胜气,郢都兵革不能闲。

  蒍越想要将皇甫讷绑起来严刑拷问,让他招供后押解到郢都请功。皇甫讷辩解说："我是龙洞山下的隐士皇甫讷，想要和故人东皋公一起出关东游，并没有触犯你们，为何要抓我啊？"蘧越听了他的声音，心想："伍员目光如炬、声音就像洪钟一样，这个人虽然样貌相近，但是声音很小，难道是逃亡的路上吃了太多的苦所导致的吗？"就在他产生怀疑的时候，忽然有人来报："东皋公来了。"蘧越让人将皇甫讷押解到一边，等东皋公进来以后，各自按照宾主的位置坐下。东皋公说："我想要出关东游，听说将军捉到了逃跑的伍员，特地前来祝贺！"蘧越说："我手下的将士确实抓到了一个人，容貌跟伍员相似，但是他不承认自己是伍员。"东皋公说："将军跟伍员父子都是同僚，难道还认不出来吗？"蘧越说："伍员目光如炬，声音犹如洪钟。这个人眼睛小而且声音尖细，我觉得可能是吃苦太多，导致人憔悴得变形了。"东皋公说："我也见过一次伍员，请将军把那个人带过来，我看看是真是假。"蘧越命人将抓到的人带到面前，皇甫讷见了东皋公，赶紧大喊："说好的一起出关，为什么不早点来？连累我受到这样的侮辱！"东皋公笑着对蘧越说："将军误会了！这是我的乡友皇甫讷，跟我约好了一同出游，说好了在关前相会，不料他早到了一会儿。将军若是不相信，我这里有过关的文书，怎么诬陷他是伍员呢？"说完，东皋公就从袖子中取出过关文书交给蘧越查看。蘧越十分惭愧，亲自给皇甫讷解开绳子，命人拿酒给他压惊，说："这是下面的人没有认清楚，请先生千万不要见怪！"东皋公说："这是将军为朝廷执法，我怎么会怪罪你。"蘧越又让人拿出来一些钱财，作为他们两个出游的盘缠。皇甫讷二人也不为已甚，向蘧越道谢后出关游历去了。蘧越又命令手下的将士，仍然像以前一样坚守关门。

伍员有惊无险地过了昭关，心中不由暗喜，走路的速度也就不那么快了。谁知道刚走了没有几里路，迎面就遇到了一个熟人。这个人名叫左诚，城父人，当初曾经跟随伍家父子打过猎，现在是昭关上巡逻的小兵。左诚看见伍员大吃一惊，说："朝廷着急搜找公子，公子是如何过关的？"伍员骗他说："主公知道我有一颗夜明珠，就让我交出来，可是这颗夜明珠已经落到其他人的手里，我现在就是去取那颗夜明珠的。这件事我刚才已经告诉了蘧越将军，就是他让我出关的。"左诚不相信，说："楚王有令：'放公子逃走的人，全家处死。'请公子暂且先跟我回到关上，问明了蘧越将军后才能放你走。"伍员说："要是见了蘧越将军，我就说夜明珠已经交给你了，恐怕你难以解释。不如做个顺水人情放了我，他日也好再相见。"左诚知道伍员十分勇猛，不敢用武力胁迫他，只好放他走了，而且回到昭关后也不敢提他见到了伍员。

伍员快步走到了鄂渚，只见长江浩浩荡荡波涛汹涌，却没有船可以渡自己过河。伍员前面有大江阻隔，后面担心有追兵，心中焦急万分。忽然，他看见一个渔翁驾船从下游逆水而上，大喜说："这是上天不想让我死啊！"于是连忙呼唤："渔翁送我过去！

渔翁快点送我过去！"那个渔翁正想将船靠岸，看见岸上有人走动，就放声歌唱道：

日月昭昭乎侵已驰，与子期乎芦之漪。

伍员一听就明白了他的意思，于是沿着岸边朝下游走去，那里果然有一个长满芦苇的沙洲，于是就和熊胜藏到了芦苇丛里。不一会儿，就见那个渔翁将船靠岸，看不见伍员，又放声歌唱说：

日已夕兮，予心忧悲；月已驰兮，何不渡为？

伍员跟熊胜从芦苇丛中钻出来，渔翁连忙招唤他们。两人踩着石头上了船，渔翁将船一桨荡开，轻划船桨，小船就轻飘飘地离开了江岸。不到一个时辰，他们就到了对岸。渔翁说："昨天夜里，我梦见将星坠落在我的船上，就知道必定有贵人来求我载他渡江，所以我才摇着小船出来，没想到遇到了你。看你的样貌，的确非常人，可以实话告诉我，不要隐瞒。"于是伍员告诉了他自己的姓名。渔翁叹息不已，说："我看你好像饿坏了，我去给你取一些食物，你暂且等一会儿。"

渔翁将船系在绿杨树下，就进村去取食物，很久都没有回来。伍员对熊胜说："人心难测，谁知道他是不是喊人来抓我们？"于是他们又藏到了芦苇深处。

不一会儿，渔翁带着煮麦仁、鲍鱼汤，还有一罐水来到树下，看不见伍员他们，就知道他们又藏到了芦苇里面，于是大喊道："芦中人！芦中人！我不是用你来换取利益的人呐！"伍员听了，这才走出芦苇回应。渔翁说："知道你饿了，我特地回去为你取来食物，你为何躲避起来呢？"伍员说："我的性命原来在上天手里，如今在你手里了。这一路上我们不知道经历了多少磨难，心中惶恐不安，怎么敢躲避你呢？"渔翁把食物摆好，伍员跟公子胜饱餐一顿。临走的时候，伍员解开佩剑送给渔翁，说："这是先王赏赐的，从我的祖父开始已经佩戴三代了。剑上有七颗星，价值一百金，就用它来报答您的帮助吧。"渔翁笑着说："我听说楚王有令：'抓住伍员的人赏赐粮食五万石，封为大夫。'我不贪图赏赐的爵位，又怎么会要你的百金之剑呢？况且出门在外必须要携带武器，这把剑对你来说是必需品，对我却没有一点用。"伍员说："你既然不要宝剑，就告诉我你的姓名吧，将来好让我回报你！"渔翁生气地说："我是因为你含冤受屈，所以才渡你过江。你用以后的报答来利诱我，不是君子所为！"伍员说："你虽然不指望我报答你，但是我的心怎么能过得去？"坚持让他说出自己的姓名。渔翁说："今天我们在这里相遇，你逃楚国之难，我放了楚国的贼人，姓名又有什么用呢？况且我靠摆船生活，今天在这里明天在那里，纵使我说了自己的姓名，哪里还会有相会的日期？万一有天再相逢，我就喊你'芦中人'，你就喊我'渔丈人'，就足以知道彼此了。"伍员这才高兴地拜别了渔翁。

第七十三回
伍员吹箫乞吴市　专诸进炙刺王僚

　　刚走了几步，伍员又转身对渔翁说："要是后面的追兵来了，你不要泄漏我的行踪。"渔翁仰天叹息说："我诚心诚意对你，你还怀疑我。要是追兵从别的地方渡江，我浑身是嘴都说不清啊！只有我死了，才能让你不怀疑我！"说完，渔翁就解开船的缆绳，拔起船舵放开船桨，将船底捣穿沉溺到了江底。史臣有诗写道：

　　数载逃名隐钓纶，扁舟渡得楚亡臣。
　　绝君后虑甘君死，千古传名渔丈人。

　　现在武昌东北通淮门外面有一座解剑亭，就是当年伍员解剑赠予渔翁的地方。伍员见渔翁自溺，叹息说："我因为你而活，你却因我而死，真是让人伤心啊！"但是事已至此，伍员也无可奈何，只好带着公子胜进入吴国境内。

　　走到溧阳的时候，伍员身上的钱财都用完了，饿得没有办法，只好向别人乞讨食物。有一个女子正在濑水岸边浣洗绢纱，身边有一个圆竹筐，里面有饭。伍员看见了，就停下脚步问道："夫人能将你的饭借给我吃吗？"女子低着头回答说："我独自一人跟随母亲生活，到三十岁了还没有嫁人，怎么敢给路上的陌生行客食物呢？"伍员说："我现在正处于最困难的时候，只希望可以乞讨一碗饭食活命！夫人让我吃点饭，是赈济穷困、抚恤弱小的善事，怎么能因为避嫌而不做呢？"女子抬头见伍员体貌魁梧伟岸，就说："我看你的相貌，似乎不是寻常人，我怎能因为小小的闲言碎语，眼看着你受难呢？"于是她打开竹筐，将饭菜取了出来，还用罐子打了一罐水，跪着侍奉他们进食。伍员和熊胜每人吃了一碗就不吃了。女子说："看上去你们好像要走远路，怎么不吃饱呢？"于是两人又拿起碗筷，吃完了所有的饭菜。临走的时候，伍员对女子说："承蒙夫人的救命之恩，心中实在感激不尽。我其实是个逃命的人，要是有人问起我们，希望夫人不要说见过我们！"女子悲伤地叹息说："唉！我侍奉寡母，三十岁都没有嫁人，贞洁天日可表，没想到因为让人吃了一顿饭，跟男子说了话，便败坏了自己的名节，还怎么做人？你走吧。"伍员走了几步，回头再看时，只见那个女子抱了一块大石头，自己投身于溧水中死了。后人称赞说：

　　溧水之阳，击绵之女，惟治母餐，不通男语。矜此旅人，发其筐莒，君腹虽充，吾节已窳。捐此孱躯，以存壶矩，濑流不竭，兹人千古！

伍员见女子投河自尽，心中悲伤不已，就咬破手指在石头上写下了二十个字：

尔浣纱，我行乞；我腹饱，尔身溺。十年之后，千金报德！

伍员写完，又怕以后有人看见，就捧土将字掩盖上。

过了溧阳，他们又走了三百多里地，到了一个名叫吴趋的地方。伍员在这里遇到一个壮士，额头突出，眼窝深陷，模样像饿虎，声音像打雷，正跟一个大汉厮打在一起。众人怎么劝都劝不住，这时门内有一个妇人喊道："专诸，不能再打了！"那人露出害怕的样子，立即收手返回家中。伍员觉得十分奇怪，问旁边的人："这样勇猛的一个壮士，为什么要害怕一个妇人呢？"那人告诉伍员："这个人叫专诸，是我们乡的勇士，能够力敌万人，从来就没有怕过谁。他平时急公好义，如果别人遇到了不公正的事情，他必定尽全力去帮助。刚才在门里喊他的是他的母亲。专诸一直都很孝顺，侍奉母亲时从来不违逆母亲的意愿。哪怕他正在气头上，听说母亲到了就立马停手。"伍员说："这真是坚贞不屈的刚强之士啊！"

第二天，伍员整理好衣服就去拜访专诸。专诸出门迎接，询问伍员的来历。伍员说出了自己的姓名，并诉说了自己所受冤屈的始末。专诸说："你受到如此大的冤屈，为什么不求见吴王，借兵报仇？"伍员说："没有引荐的人，我也不能自己去求见吴王。"专诸说："你说的也是。今天你来到我家，有什么事吗？"伍员说："我敬佩你的孝顺，愿意跟你结交。"专诸十分高兴，就走进内室禀告了他的母亲，得到允许后立即出来跟伍员结为八拜之交。伍员大专诸两岁，专诸叫伍员兄长。伍员请求拜见专诸的母亲，专诸又带出自己的妻子儿子跟伍员相见，杀鸡做饭，二人谈得很投机，关系越来越亲近，就像一奶同胞的亲兄弟一样。当天专诸留伍员跟熊胜住在了他家里。第二天早上，伍员对专诸说："我要辞别弟弟去都城，以便寻找一个机会求见吴王。"专诸说："吴王粗鲁而且狂傲，不如公子光礼贤下士，将来必定有所作为。"伍员说："承蒙弟弟指教，我定当牢记在心。改天有用到弟弟的地方，请千万相助！"专诸答应了，三人就此分别。

伍员带着熊胜来到了梅里［吴国最早的都城］，只见城市又小又破，集市杂乱无章，车马乱乱哄哄。他们在这里举目无亲，伍员将熊胜藏在了郊外，自己披散着头发假装发狂，光着脚，将脸涂脏，手里拿着一管斑竹箫在集市上吹，向来往的行人乞讨食物。第一首箫曲是：

伍子胥！伍子胥！跋涉宋、郑身无依，千辛万苦凄复悲！父仇不报，何以生为？

第二首吹的是：

伍子胥！伍子胥！昭关一度变须眉，千惊万恐凄复悲！兄仇不报，何以生为？

第三首吹的是：

伍子胥！伍子胥！芦花渡口溧阳溪，千生万死及吴陲，吹箫乞食凄复悲！身仇不报，何以生为？

当时集市上没有一个人认识他就是伍员。"伍子胥吴市吹箫"这件事发生在周景王二十五年，也是吴王僚七年。

再说吴国的公子光，乃是吴王诸樊的儿子。诸樊死后，公子光理应继位，可是因为要遵守父亲的遗言，把王位传给父亲的弟弟季札。但季札不愿意，又传给弟弟夷昧。直到夷昧死了，季札仍不愿继位。按理，王位还得由公子光继位，怎奈王僚贪恋王位，拒不相让，竟然自立为王。公子光心里很不服气，暗生除掉王僚之意。奈何大臣们都是王僚的人，找不到志同道合者，只能暂时隐忍。后来请了一位叫被离的善于看相的人，举荐他为吴市的官吏，叮嘱他留心寻访豪杰，将来为自己所用。

这天，伍员在吴市上一边走一边吹箫，被离听见箫声十分悲哀，就专心听了一会儿，这一听马上就听出了曲子所要表达的内容。被离就从屋子里走了出来，想要看看吹箫的是什么人，然而刚看到伍员的模样他就大吃一惊，说："我见过很多人，从来没有见过有此容貌的人！"被离马上走到伍员面前，作揖请求他进屋，还请他上坐。伍员谦让不敢上坐。被离说："我听说楚王杀了忠臣伍奢，他的儿子伍员逃亡到了外国，是你吗？"伍员局促不安没有回答。被离又说："我不是害你的。我是看你样貌非凡，想要为你找一个富贵之地。"于是伍员将他的遭遇告诉了被离。早在被离惊叹伍员相貌非凡的时候，就有人将"被离发现了一个怪人"这件事报告给了王僚，于是王僚传召被离带着伍员入宫面见。被离没有办法隐瞒，就一面让人偷偷回报给公子光知晓，一面让伍员沐浴更衣，一同入朝去拜见王僚。王僚对伍员的相貌感到惊奇，经过谈话后又了解了他的才能，当即就拜他为大夫。第二天，伍员入朝拜谢的时候，谈到了父兄的冤屈，不由得咬牙切齿两眼冒火。王僚体谅他的愤怒，又觉得他可怜，就答应兴兵为他报仇。

公子光以前就听说过伍员智勇双全，一心想要拉拢他，听说他先去拜见王僚，恐怕他成为王僚的亲信，心中有些生气。于是去见王僚说："我听说从楚国逃走的伍员来投奔我国了，大王觉得这个人怎么样？"王僚说："贤能而且孝顺。"公子光说："何以见得？"王僚说："他勇猛健壮非于常人，跟我一起商谋国事全部很有道理，这就是他的贤能；心怀父兄的冤屈，不曾有片刻的忘记，请我派军队为父兄报仇，这是他的孝顺。"公子光说："大王已经答应他替他报仇了吗？"王僚说："我可怜他的冤屈，已经答应了。"公子光进谏说："大王作为一国之主，不应该因为某个人而发起战争。如今吴、楚两国交战了这么长的时间，从来都没有过决定性的胜利，若是为伍员兴师，那就是个人的仇恨比国家的耻辱更重要。战胜了，他可以发泄自己的愤恨；万一战败，我国则会更加的耻辱，一定不能这么做！"王僚觉得有道理，就停下了攻打楚国的准备。伍员听说公子光入宫进谏，说："公子光正在谋划夺取吴国的王位，除此之外的事情是不会感兴趣的。"于是他就辞去了大夫的职位。公子光又对王僚说："因为大王不愿意出兵，伍员就辞去职位，这说明他心中对大王有了怨恨。这样的人是不能用的。"王僚就此疏远了伍员，接受了他的辞职，只赏赐给他位于阳山的百亩田产。

此后伍员带着熊胜在阳山的荒野里耕种。公子光又偷偷地去见伍员，送给他一些粮食布匹。公子光问道："你出入吴、楚两国边境的时候，遇见过像你一样勇猛之士吗？"伍员说："我哪里算勇士，我所认识的专诸才是真正的勇士！"公子光说："我愿意通过你结交专先生。"伍员说："专诸离这里不远，现在就去喊他来，明天早上就可以去拜见您。"公子光说："既然是勇士，我应当亲自去拜访，怎么能让他来拜见呢？"于是公子光就跟伍员乘一辆车直接去了专诸家。

专诸当时正在街上磨刀，准备替人杀猪，看见来了一队马车，正想要走开躲避。这时伍员在车上喊道："是哥哥我来了。"专诸慌忙放下刀，等待伍员下车相见。伍员指着公子光说："这是吴国的长公子，倾慕你的英勇，特地来拜见，弟弟不要推辞。"专诸说："我是乡间的小民，有什么德行能力值得公子结交？"于是专诸向公子光行礼，然后就带着公子光和伍员回家。专诸家是贫民小户，住的房子也很低矮狭窄，公子光没有一点嫌弃的表现，低下头就进去了。公子光先对专诸行礼，表达了自己对他的仰慕之情，专诸拱手回礼道谢。公子光又奉上金帛作为礼物，专诸坚决不接受，最后在伍员的劝说下才收了下来。从此以后专诸就投身于公子光的门下，公子光每天都给他送粮食跟肉，每个月都给他送布匹，还不时问候他的母亲。专诸对他的心意十分感动。

一天，专诸对公子光说："我只是一个村野小人，承蒙公子的尽心照顾，无以为报。倘若有差遣之处，定当唯命是从。"公子光退下自己的左右，讲述了自己想要行刺王僚的想法。专诸说："前王夷昧死了，他的儿子就应该继位为王，公子因为什么原因想要害他？"公子光详细地讲述了祖父的遗命，要求诸樊兄弟依次传位，然后说："季札既然辞去了王位，那么就应当由嫡长子来做国君。嫡长子的后人是我，王僚凭什么成为君主？我的力量薄弱不足以成就大事，因此想要借助于有力量的人。"专诸说："为什么不让亲近的大臣在大王的身边劝说，陈述先王的遗命，让他退位？何必私下准备剑士，伤害先王的德行？"公子光说："王僚性格贪婪又自恃勇力，现在尝到了权力的滋味，哪里会退位。我要是和他说了，反而会让他对我产生顾忌而引祸上身。我跟王僚势不两立！"专诸愤然说："公子说的是。但是我还有老母亲在世，不能舍弃性命为你做这件事。"公子光说："我也知道你有老母幼子，然而只有你能做成这件事。如果能做成这件事，你的儿子母亲，就是我的儿子母亲，我一定会尽心照顾养育他们，怎么敢辜负你？"专诸思考了很久，说："什么事情都不能贸然去做，必须有万无一失的计划才行。鱼在千尺深的水里，之所以被渔人抓到，就是因为有饵料；想要行刺王僚，必须投其所好才能接近他。不知道王僚最喜爱的是什么？"公子光说："喜欢美食。"专诸说："最喜欢什么美食？"公子光说："最喜欢吃烤鱼。"专诸说："让我暂时离开一段时间吧。"公子光说："壮士要去哪里？"专诸说："我去学习如何烤鱼，或许这样就能接近吴王了。"于是专诸前往太湖学习炙鱼。只用了三个月，凡是尝过专诸烤的鱼的人，没有一个不说好吃的。随后专诸又回去见了公子光，公子光将专诸藏在自己的府中。后世有人写诗道：

刚直人推伍子胥，也因献媚进专诸。

欲知弑械从何起？三月湖边学炙鱼。

公子光召见伍员说："专诸已经精通了烤鱼的技术，要怎么才能接近吴王呢？"伍员回答说："鸿鹄之所以不好捉住，是因为它有翅膀；要想捉住鸿鹄，必定要先去除它的翅膀。我听说，公子庆忌的筋骨就像是铁一样，有万夫不当之勇，伸手能抓飞鸟，平地能跟猛兽格斗。王僚和庆忌整天形影不离，一个庆忌尚且还难以动手，更何况他还有两个胞弟掩馀、烛庸手握重兵？即使有擒龙搏虎的勇猛、鬼神都难以预测的计谋，也不能成事！公子想要除去王僚，必定先除去这三个人，之后就可大事将成。不然，即使是有幸可以成功，公子能安稳地坐在王位上吗？"公子光低下头考虑了半天，这才恍然大悟，说："你说的对。你先回去吧，等以后有机会了再找你商议。"于是伍员告辞离去。

这一年，周景王驾崩，留有三子，嫡长子也就是太子叫姬猛，次子叫姬匄，长庶子叫姬朝。周景王生前宠爱姬朝，就和大夫宾孟商议，想要换姬朝为太子，然而还没有行动他就驾崩了。刘献公刘挚也死了，他的儿子刘卷〔字伯蚡〕继承了他的职位。刘卷素来跟宾孟不和，于是跟单穆公单旗一起杀了宾孟，立世子姬猛为王，史称周悼王。尹文公尹固、甘平公甘鳅、召庄公召奂三人一直依附姬朝，于是三家合兵，让上将南宫极率兵攻打刘卷。刘卷逃到了扬地，单穆公带着周悼王姬猛逃到了皇地。姬朝让自己的同党鄩肸讨伐皇地，鄩肸战败而死。晋顷公听说王室大乱，派遣大夫籍谈、荀跞率领军队接周悼王回到了王城。尹固在京都立姬朝为王。没过多久，周悼王姬猛病死了，单旗、刘卷又立周悼王的弟弟姬匄为王，史称周敬王，居住在翟泉。周人呼唤姬匄为东王，姬朝为西王。二王之间相互攻杀，六年都没有决出胜负。召庄公召奂死后，南宫极被天雷劈死，当时人心惶惶，都很害怕。晋国大夫荀跞又率领诸侯的军队，把周敬王接到成周，捉住子尹文公，打败了朝的军队。召庄公的儿子囂反攻朝，朝逃奔去了楚国。于是诸侯帮周朝修好了都城便回去了。周敬王因为召嚚反复无常，将他跟尹固一同在集市上处斩，周人心中大快。

周敬王元年，也就是吴王僚的第八年。当时楚国原来的世子建的母亲在郧，费无极唯恐她成为伍员的内应，劝楚平王将她杀死。世子建的母亲听说以后，暗地里让人向吴国求救。吴王僚让公子光前往郧去接世子建的母亲，走到钟离的时候，楚国将领薳越率领军队拦住了他们，同时将吴军入侵的消息飞驰回报给郢都。楚平王拜令尹阳匄为大将，同时召集陈、蔡、胡、沈、许五个国家的军队。胡国君主名叫髡，沈国君主名叫逞，两位君主亲自带兵；陈国派遣大夫夏啮；顿、胡二国也派遣大夫带兵前来作战。胡、沈、陈三国的军队驻扎在右边，顿、许、蔡三国的兵力驻扎在左边，薳越的大军在中间。公子光也赶紧派人回去报告了吴王。王僚跟公子掩余一同率领一万大军、囚犯三千，来到鸡父〔楚国地名〕安营扎寨。两边还没有约定交战，楚的令尹阳匄便突发疾病去世，薳越代理他的职位率领各国联军。公子光对王僚说："楚国死了大将，大军已经丧了气势。跟从楚国的诸侯虽然多，但都是小国，是因为害怕楚国才来助战的，并非自己的本意。胡、沈两国的君主从小就没有学习过作战；陈国的夏啮有勇无谋；顿、许、蔡三国一直受到楚国的压迫，心中不服，也不愿意尽全力。七个国家联合作战却各怀心事，楚国元帅地位卑微没有威信，若是分军先攻打胡、沈跟陈国，这三个国家必定会逃跑。诸侯一乱，楚国必定害怕，就可以全部战败他们了。我建议先向他们示弱来引诱他们发起攻击，我们将精锐的士兵放在后面随机应变。"王僚采纳了他的建议。

于是吴国的军队分为三部分，王僚亲自率领中军，公子光在左边，公子掩余在右边，各自饱餐以后严阵以待。吴军先派遣了三千囚犯，没有章法地去突袭楚国的右营。

这一天是秋天七月的晦日，前面说过晦日都不会进行军事行动的，所以胡国国君髡、沈国国君逞以及陈国的夏啮都没有做准备。等听到吴兵到了以后，三国军队这才开营作战。囚犯们原本就没有什么规矩，或是奔跑或是停止。三国因为吴兵散乱无章，为争夺功绩相互追逐，队伍全都乱了。公子光率领左军趁乱进攻，正好遇见夏啮，一戟将他刺到了马下。胡、沈两位君主心中慌乱，想要杀出一条血路逃走，公子掩余率领的右军也到了，两位君主犹如飞禽进入网中，无处可逃，全部被吴军抓获。三国军队死伤无数，被生擒的甲士就有八百多人。公子光喝令将胡、沈两位君主斩首，却放了所有的甲士，让他们回去后告诉联军的左军，说："胡、沈两国的君主和陈国的大夫都被杀死了！"许、蔡、顿三国的将领吓得魂飞魄散，不敢出来迎战，各自寻找退路。王僚召集左右两军，就像泰山压顶一样向楚军发起进攻。中军的薳越还没有来得及摆好阵，军士就逃走了一大半。吴兵随后追杀，杀得尸横遍野血流成河。蒍越大败，逃了五十多里地才脱险。公子光直接进入郧阳，将太子建的母亲、也就是楚平王的夫人带回了吴国。蔡国人根本就不敢反抗，蒍越的军队只剩下一半，听说公子光一支孤军去郧阳迎接楚夫人，于是连夜赶往郧阳，然而等楚军赶到的时候，吴兵已经离开郧阳两天了。蒍越知道追不上了，仰天长叹说："我接受命令守关，没有捉拿到逃亡的伍子胥，已经是没有功劳了，现在打了败仗，又失去了夫人，这是罪无可赦啊！没有一件功劳却有两条死罪，还有什么脸面见楚王？"于是自缢而死。

楚平王听说吴军来势凶猛，心中十分恐惧，就让囊瓦代替阳匄为令尹。囊瓦对楚平王说郢城作为都城显得狭小，于是在东边开辟一块地修建一座大城，规模要比以前的老城高七尺、宽二十多里，因为老城在纪山的南边，所以将老城改名为纪南城，新城叫郢城，将国都迁到了这里。又在新城的西边建了一座城，作为新城右边的防御支点，叫麦城。三座城池就像是"品"字一样，可以互相呼应、互相支援。当时楚国的人都觉得是囊瓦的功劳，沈尹戌却笑着说："囊瓦不想着如何整理内政，只知道大兴土木，吴国军队要是来了，就算有十个郢城又有什么用？"囊瓦想要一雪前耻，于是大肆修建船只操练水军。三个月之后，楚国的水军成军了，囊瓦就率领水军从长江直逼吴国边疆，耀武扬威一番后就回去了。

吴国的公子光听说楚军来犯，就马不停蹄地赶来支援，等到了边境，囊瓦已经班师回朝了。公子光说："楚军耀武扬威后返回，边境上的人肯定没有防备。"于是派遣军队袭击巢，攻破以后一并占领了钟离，吴军凯旋而归。

楚平王听说巢、钟离两城被灭，大吃一惊，从此就患上了心脏病，一直都没有治好。到了周敬王四年的时候，楚平王病危，传召囊瓦以及公子申到了榻前，将世子珍托付给他们，然后就死了。囊瓦跟郤宛商议说："世子珍年幼，而且他的母亲原本是要嫁给世子建的，不是真正的国君夫人。子西年长而且善良，立长则名正言顺，而且他善良宽厚，可以治理国家。真要立子西为王，楚国必定会重现往日的辉煌。"郤宛将囊瓦的话告诉了公子申，公子申生气地说："若是废除世子，就是想要让君主的丑行大白于天下。世子是孟嬴所生，他的母亲已经被立为楚夫人，难道不是嫡亲的子嗣继承吗？抛弃嫡亲就是失去人心，内外都会厌恶。囊瓦这样说话，难道是疯了吗？再这样说，我必定杀了他！"囊瓦害怕了，于是让熊珍主持丧事。熊珍继位后改名为熊轸，史称楚昭王。囊瓦仍然是令尹，郤宛为左尹，鄢将师为右尹，费无极因为是熊轸的师傅，共同掌管国家政务。

郑定公听说吴国人将楚夫人接到了吴国，就让人送来了珍珠、玉簪、耳环赠送给楚夫人，希望能以此缓解楚夫人对自己杀了世子建的愤恨。楚夫人到了吴国后，吴王将西门外面的一处宅子送给了她，让公子胜去侍奉她。伍员听说楚平王死了，捶胸大哭，一天都没有停止。公子光感到奇怪，就问他："楚王是你的仇人，听说他死了你应该感到开心，为何反而痛哭呢？"伍员说："我不是哭楚王的死，我是恨自己不能亲手砍下他的头报仇雪恨，让他老死在了床榻之上。"公子光也为他叹息。胡曾先生有诗写道：

父兄冤恨未曾酬，已报淫狐获首邱。

手刃不能偿夙愿，悲来霜鬓又添秋。

伍员恨自己不能亲手杀了楚平王报仇，一连三天没有睡觉，最后想出来一个计策，对公子光说："公子想要做大事，依然无机可乘吗？"公子光说："整天思来想去，仍然找不到机会。"伍员说："如今楚王刚死，朝中没有良臣，公子为何不启奏吴王，趁着楚国丧乱期间发兵讨伐楚国，然后乘机图霸？"公子光说："要是他让我领兵怎么办？"伍员说："公子就说从车上掉下来摔伤了，大王必定不会派遣你去。然后你举荐掩余、烛庸为将军，再让公子庆忌去联合郑、卫两国一起进攻楚国，这样就一举除掉了王僚的三个羽翼，吴王的死期就不远了。"公子光又问："虽然王僚的三个帮手除掉了，可是延陵季子［指的是季札，季札的封地在延陵，所以史称延陵季子］还在朝中，见我谋权篡位，岂能容我？"伍员说："吴、晋正处于友好时期，让季子再去出使晋国，看看中原是否有机可图。吴王好大喜功疏于算计，必定会同意你的建议，等到季子远行回国以后，大位已定，难道他还能再废黜你的王位吗？"公子光不由大喜，俯首下拜说："我得到你，真是上天对我的恩赐啊！"

第二天，公子光将趁着丧葬期间讨伐楚国的好处告诉了王僚，王僚高兴地听从了他的意见。公子光说："这件事本应该我效劳，奈何因为坠下马车伤到了脚，正在医治，没有办法接受这个任务。"王僚说："那谁可以担任讨伐楚国的将领？"公子光说："这样的大事，不是自己亲信的人不能托付。请大王自己选择。"王僚说："掩余、烛庸可以吗？"公子光说："正合适。"公子光又说："向来都是晋、楚两国争霸，吴国是附属国。如今晋国的国势稍微衰弱一些，而楚国又屡次遭到失败，诸侯们都在观望，不敢随意依附任何一个国家，看来南方北方的各个政权都要接受我们的领导了。要是派遣公子庆忌去收拢郑、卫两国的兵力，合兵一处去攻打楚国；同时让延陵季子去晋国访问，顺便观察一下中原各国之间有什么可以利用的机会；大王在国内大练舟师，为以后做好准备，那么吴国就可以成就霸业了！"王僚十分高兴，让掩余、烛庸率领军队讨伐楚国，季札去晋国访问，只有庆忌没有派遣出去。

掩余、烛庸带领两万军队，水陆一起发兵围攻楚国的潜县。潜地的大夫坚守不出来应战，让人回楚国告急。当时楚昭公刚继位，君王年龄小，大臣又只会溜须拍马，听说吴兵围困了潜县，满朝大臣都惊慌失措。公子申上前说道："吴人趁着楚国丧葬期间来讨伐，若是不出兵迎战，就是向他们示弱，引起他们的进攻。依照我的愚见，应当赶快让司马沈尹戌率领一万陆军援救潜县，再派遣左尹郤宛率领一万水军，从淮河的转弯处顺流而下，拦截住吴兵的退路，让吴军前后受敌，吴国的将领就可以被手到擒来了。"楚昭王大喜，就按照公子申的建议，派遣沈尹戌、郤宛两位将军，分别从水路、陆路前去迎战吴国的军队。

掩余、烛庸正在围攻潜县的时候，有探子来报："楚国的救兵到了。"两位将军大吃一惊，就将军队分成两半，一半继续围攻潜县，一半迎战敌人。沈尹戌坚守营地不出战，让人将四个方向打柴汲水的道路全部用石子垒起来截断。掩余、烛庸无计可施，这时又得到了新的消息："楚国将领郤宛率领舟师从淮河的转弯处截住了后路。"吴国军队进退两难。公子光得知这个情况后，就对王僚说："我从前说让人去收拢郑、卫两国的兵力，就是为了防止出现今天这样的恶劣局面。现在将使者派遣出去还不晚。"于是王僚让庆忌去整合郑、卫两国的军队。如此一来，四位公子全都被公子光从王僚的身边调开了，只有他一个留在国中。

伍员对公子光说："公子手里不是有锋利的匕首吗？想要让专诸派上用场，现在正好用上这个。"公子光说："对。昔日越王允常让欧冶子锻造了五把剑，献给吴国三把。一把叫'湛庐'，第二把叫'磐郢'，第三把叫'鱼肠'。'鱼肠'实际上是一把匕首，虽然又窄又小，但是削铁如泥。自从先君赏赐给我之后，我一直都把它当成宝贝，藏在我的床头以备不时之需。最近几个夜晚，这把剑霞光四射，难道是神物跃跃欲试，想要饱食王僚的鲜血吗？"随后公子光拿出剑让伍员观看，伍员赞不绝口，立刻将专诸喊来，把剑交给了他。专诸不等他说话，就知道公子光的意思了，感慨地说："这次一定能把王僚杀死。王僚的两个弟弟远离身边，儿子又被派去出使他国，现在他孤身一人，没有人能拦住我的刺杀。但是这是关系到生死的大事，我不敢自己做决定，等我禀告过老母亲，才能去刺杀王僚。"专诸回去看自己的母亲，还没有说话就开始哭。他的母亲问："专诸你为何如此悲伤？难道是到了公子用你的时候了吗？我们全家受到公子的尽心照顾，应该报答他的大恩大德，忠孝岂能两全？你必须马上前往，不要挂念我！你若是能办成此事，必定名垂后世，我就算是死也永垂不朽了。"专诸依然恋恋不舍，母亲说："我想喝清水，你去河流的下游给我取来。"专诸奉命去河里取水，刚回到家中，不见老母亲坐在堂上，就问自己的妻子母亲去了哪里。妻子回答说："母亲刚才说有些困，关上门睡觉了。还告诫我不要惊扰。"专诸心中有了怀疑，打开门进去一看，老母亲已经在床上自缢了。后世有人写诗道：

愿子成名不惜身，肯将孝子换忠臣。
世间尽为贪生误，不及区区老妇人。

专诸大哭一场，给自己的母亲穿衣下棺，安葬在了西门的外面。办完丧事后，专诸对自己的妻子说："我受到公子的大恩，之所以不敢拿自己的生命来回报，正是因为老母亲。如今母亲已经死了，我将去完成公子的使命。我若死了，你们母子必定会受到公子的照顾，不必担心。"说完，专诸就来见公子光，说了自己母亲去世的事情。公子光十分过意不去，安慰了他一番。过了很久，二人才又谈论起王僚的事情。专诸说："公子为何不宴请吴王？王僚若是肯来，这件事情十有八九就能成功了。"公子光入宫见王僚说："我家最近请了一位从太湖来的厨师，烤鱼的手艺十分好，跟其他的烤鱼方式都不一样。请大王屈尊到我的家里品尝品尝！"王僚喜欢的就是烤鱼，于是欣然答应说："明天我就去王兄的府上，不必太过费心。"当天夜里，公子光提前在密室之中埋伏了甲士，又命令伍员暗中约好了一百名死士在外面接应。等安排好这些后，公子光就开始大张旗鼓地安排宴席。

第二天早上，公子光又去请王僚。王僚去后宫对他的母亲说："公子光邀请我去他家赴宴，他是否有其他的用意？"母亲说："姬光经常看着闷闷不乐，眼中带着怨恨，这次邀请你肯定没有好意，你为什么不拒绝呢？"王僚说："拒绝就会生出嫌隙。若是我严加防备，又有什么好害怕的！"于是王僚穿了三层兽皮做的盔甲，守卫的士兵从王宫起一直站到了公子光的家门口，街道上三步一岗五步一哨。

王僚坐车到了公子光的门口，公子光出来迎接他入内。入席后，公子光坐在王僚的旁边。王僚的亲信站满了整个堂前的台阶，宴席间等待王僚命令的力士足足有上百人，每个人都手拿长戟、腰悬利刃，寸步不离王僚的左右。厨子端来食物后，都要在庭下经过搜身换了衣服后跪着前进，十几个力士手握利剑围着他行走；厨子布置菜品时不敢抬头看，放下后又跪着出去。公子光向王僚敬酒，忽然脚下一瘸，假装痛苦的样子，向王僚启奏说："我脚上的旧伤复发了，必须用布缠紧才能止痛。大王稍坐片刻，等我裹住脚便出来。"王僚说："王兄只管去吧。"公子光一瘸一拐地进入内室潜入密室去了。不一会儿，专诸进献烤鱼，依旧像以前一样被搜身，但是谁也不知道这条鱼的肚子里有"鱼肠"短剑。力士带着专诸跪到了王僚跟前，专诸托着鱼进前，忽然拔出匕首，直接朝王僚的胸口刺去。他的力气很大，直接刺穿了王僚身穿的三层坚韧的盔甲刺进了他的脊背。王僚大喊一声，顿时气绝身亡。旁边侍卫力士一拥而上，刀戟并用，将专诸剁成肉泥，堂中顿时大乱。

公子光在密室中知道刺杀已经成功，就命令甲士出去厮杀，两下交战。这一边知道专诸得手，威力增加十倍；那一边见王僚已经死了，锐气缩减了三分。王僚带来的士兵被杀死了一半，另外一半逃跑了，街道上的那些卫兵也被伍员带人杀散了。

随后伍员保护着公子光坐车赶到朝堂，聚集群臣后将王僚违背约定自立的罪责向众人宣布清楚："今天不是我贪图王位，实际上是王僚行不义之事。我暂时掌管权位，等季札回国后，仍然侍奉他为君主。"接下来公子光命人收拾王僚的尸首，按照相应的礼仪安葬。又厚葬了专诸，封他的儿子专毅为上卿。封伍员以"行人"的职位，以客卿而不是臣子的礼仪对待伍员。市吏被离举荐伍员有功劳，也升为大夫。同时打开官仓发放粮食，以救济贫民，吴国人对他的篡位并没有什么不好的反应。

公子光对庆忌在国外很是忌惮，让跑得快的人在边境注意他是否回国，他亲自率领大军驻扎在江上等待。庆忌在路途中听说国内发生政变，立即逃走了。公子光闻讯后乘坐驷马追赶，庆忌弃车逃跑，快的就像是飞一样，马都追不上。公子光命人集中弓箭射击，庆忌回手接箭，没有一支能射中他。公子光知道必然抓不到庆忌，于是告诫西部边境严加防备，便回到了国都。又过了几天，季札从晋国回来，知道王僚已经死了，就直接来到他的墓碑旁，穿着丧服致哀。公子光也来到王僚的墓旁，要让位给季札，说："这是祖父以及诸位叔父的意思。"季札说："你好不容易求得王位，为什么又让出来？只要国家社稷尚存、祖宗宗庙完好，国民承认你是君主，那你就是君主。"公子光不能也不想让季札做国君，也就顺水推舟继承了吴王之位，自号为阖闾。季札仍然做他的大臣。这是周敬王五年的事情。季札为阖闾争夺国君的事情感到耻辱，在延陵安享晚年，终身不进入国都，也不参与吴国的事情，当时的人都称赞他高洁的品行。等到季札死后，他的家人就将他安葬在延陵，孔子亲手在他的墓碑上题字："有吴延陵季子之墓"。史臣称赞季札道：

贪夫殉利，箪豆见色。《春秋》争弑，不顾骨肉。孰如季子，始终让国，堪愧僚光，无惭泰伯。

宋儒还认为，就是因为季札一再将国君推辞出去，才导致了公子光弑杀王僚的叛乱，这个事件也可以说是季札品德上的一个污点。有诗写道：

只因一让启群争，辜负前人次及情。
若使延陵成父志，苏台麋鹿岂纵横？

掩馀、烛庸被困在潜县，一直都等不到救兵，正要想办法突围的时候，忽然得到了公子光弑杀君主争夺王位的消息。两人放声大哭，商议说："公子光既然做了杀君夺位的事情，必定容不下我们。想要投奔楚国，又害怕楚国不相信。真是有家难回，有国难投，该如何是好？"烛庸说："眼前我们困在此地，不知何日是尽头。我们不如趁着夜晚从小路逃到小国，为以后的事情做准备。"掩馀说："楚军前后围攻，犹如飞鸟困于笼中，该如何脱身？"烛庸说："我有一个计策，传令两个营寨的将领，谎称第二天要跟楚军交战；到了半夜，我们兄弟两人换衣服偷偷地逃走，楚军肯定不怀疑。"掩馀认同他的话。两个营寨的将领做好了战斗的准备，就等两个主将发布军令布阵了，谁料掩余与烛庸带着自己的心腹，几个人装扮成哨马小兵逃出了营地。掩余投奔徐国，烛庸投奔钟吾。到了天明的时候，两个营寨都找不见主帅，吴国的士兵乱作一团，各自抢夺船只想要回到吴国。被吴军丢弃的盔甲兵器不计其数，都被郤宛的水军所获得。楚国诸位将领想要趁着吴国内乱讨伐吴国，郤宛说："他们趁着我们丧葬期间攻打我们是不讲道义的，我们为什么要学他们？"于是郤宛跟沈尹戍一同班师回朝，献上吴国的俘虏。楚昭王因为郤宛有功劳，将这次战争所获得的一半甲士兵器赏赐给他，每每有事都询问他的意见，十分恭敬有礼。费无极对郤宛的嫉妒越来越深，于是生出一计，想要谋害郤宛。

第七十四回
囊瓦惧谤诛无极　　要离贪名刺庆忌

费无极心中嫉妒郤宛，就与鄢将师一起商量出来一个计策，于是对囊瓦撒谎说："郤宛想要设宴邀请你，托我来打探相国的意思，不知道相国愿不愿意屈尊光临？"囊瓦说："他若是宴请我，我哪有不去的道理？"费无极又对伯郤宛说："令尹对我说，想要去你家饮酒，不知道你愿不愿设宴款待？他托我来打探你的意思。"伯郤宛不知道这是费无极的奸计，回答说："我是相国的下属，承蒙令尹愿意大驾光临，实在是我的荣幸！明天定当准备好宴席恭候相国的大驾，劳烦大夫将我的意思转达给令尹。"费无极说："你宴请令尹，不打算送他一点什么东西吗？"郤宛说："不知道令尹喜欢什么？"费无极说："令尹最喜欢的，就是坚韧的铠甲、锋利的兵器。之所以想去你家中饮酒，就是因为从吴国所俘获的兵甲，一半都赏赐给了你，所以他想借这个机会观赏一番。你将所有的兵器都拿出来，我为你挑选。"郤宛果然将楚王赏赐的，和家中所珍藏的兵器铠甲，全都拿出来展示给费无极。费无极将其中最坚韧锋利的取出来各五十件，说："足够了。你在门口放置一个帷帐，令尹来了必定询问里面是什么，问了就将这些展示出来。令尹必定喜欢把玩，到时再进献给他。至于其他的东西，都不是令尹所喜爱的。"郤宛信以为真，就在大门的左边设置帷帐，将盔甲兵器放置在帷帐中。然后摆放好丰盛的酒食跟瓜果，托费无极去邀请囊瓦。

囊瓦即将出发的时候，费无极说："人心叵测，我先去为你打探一下设宴的状况，然后你再出发。"费无极去了片刻，就跟跟跄跄地跑了回来，气喘吁吁地对囊瓦说："我差一点害了相国。郑宛今天邀请你赴宴是不怀好意的，他想对相国不利。刚才我看到郤宛将兵器盔甲都藏在门帘后面，相国若是前往，必定遭受他的毒手！"囊瓦说："郤宛跟我素来无冤无仇，为什么要这样做？"费无极说："他仗着君主的宠爱，想要代替你成为令尹。而且我听说他跟吴国私通，在支援潜地的战役中，诸位将领想要讨伐吴国，郤宛私下收了吴国的贿赂，认为趁乱讨伐是不讲道义，于是逼着左司马班师回朝。他们吴国在我国丧葬期间攻打我们，我们趁着吴国大乱讨伐，正好报复他们，怎么能退兵呢！要不是收了吴国的贿赂，他又怎么会违背众人的意见轻易退兵呢？郤宛要是做了令尹，楚国就危险了。"囊瓦依然犹豫不愿相信，就让自己的随从前往查看，随从回来报告说："门前的帷帐中果然埋伏有甲士。"囊瓦勃然大怒，就让人将鄢将师请来，诉说郤宛想要谋害自己的事情。鄢将师说："郤、阳、陈三族联合，想要独霸楚国的政权已经很久了。"囊瓦说："其他国家的一个匹夫，竟然敢在楚国作乱，我一定亲手杀了他！"于是囊瓦奏明楚王，让鄢将师带兵攻打郤宛。伯郤宛知道自己中了费无极的计，但是又无法证明自己，就自刎而死。他的儿子伯嚭担心自己也会被杀掉，就逃到了郊外。囊瓦命人焚烧伯氏的府邸，国都中的人没有一个愿意听从他的命令的。囊瓦更加地生气，下令说："不焚烧他府邸的人，跟他同罪！"众人都知道郤宛是一个贤臣，谁都不肯焚烧他的府邸，被囊瓦逼迫不过，只得各自拿了一把柴禾，扔在郤宛的门口便走了。囊瓦亲自率领家中众人将前后两门围住，放起了大火，左尹府第顿时被火化为灰烬，连郤宛的尸体也被烧的荡然无存。将伯氏一族全部杀尽后，囊瓦又抓了阳令终、阳完、阳佗、晋陈，诬陷他们私通吴国谋叛，将他们全部杀死，全国人都为他们感到冤屈。

有一天晚上，囊瓦趁着月色登上高楼，听到集市上有歌声，歌声朗朗十分清晰，唱的是：

莫学郤大夫，忠而见诛，身既死，骨无余。楚国无君，惟费与鄢，令尹木偶，为人作茧。天若有知，报应立显。

囊瓦连忙让身边的随从去寻找唱歌的人，却没有找到。随从见集市上的商铺中家家户户都祭祀神灵，香火连接一片，就问："你们祭的是什么神？"回答说："就是楚国的忠臣伯郤宛。他无罪被杀，盼望他可以上诉给天上。"随从回报给囊瓦，囊瓦问朝中的大臣郤宛是否真的私通吴国，公子申等人都说："伯郤宛没有跟吴国私通。"囊瓦心中十分后悔。沈尹戌听说郊外祭祀神灵的人都诅咒令尹，于是来见囊瓦说："国人都怨恨你！难道相国自己不知道吗？费无极是楚国最擅于挑拨生事的人，他跟鄢将师狼狈为奸，除去朝吴，驱赶蔡侯姬朱；还教唆先王做了毁灭人伦的事情，致使世子建死在了其他国家；冤杀了伍奢父子，如今又杀了左尹，连累到阳、晋两家。

百姓对这两人的怨恨已经深入骨髓，都说是相国放纵他们为非作歹，百姓的埋怨诅咒已经遍布国中。常言道：杀人以掩谤，仕者犹不为。你是令尹，却纵容谗言邪恶以至于失去了民心，以后楚国要是有事情，寇贼在外面作乱，国人在都城内叛乱，相国就危险了！与其听信谗言让自己陷入危险，为何不除掉谗言兴事之人来保全自己呢？"囊瓦吃惊地离开了坐席，说："这确实是我的罪过。希望司马可以助我一臂之力，杀了这两个贼人！"沈尹戌说："杀他们是江山社稷的福气，我不敢不听从你的命令！"沈尹戌立即让人在国都中宣布："杀害左尹都是费无极、鄢将师两人所为，令尹已经识破了两人的奸计。如今前去讨伐他们，国人愿意杀他们的就都一同跟着来吧！"还没有说完，百姓们争先恐后地拿着武器就跑到了前面。于是囊瓦将费无极、鄢将师的数条罪过全部公布，国人不等令尹下令，就放火烧了两家的宅院，将他们的党羽也全部消灭了，于是传言才停息。史臣有诗写道：

不焚伯氏焚鄢费，公论公心在国人。

令尹早同司马计，谗言何至害忠臣！

还有一首诗，说的是费、鄢两人一生都在害人，最后却是害人害己，谗言作恶又有什么好处呢？这首诗写的是：

顺风放火去烧人，忽地风回烧自身。

毒计奸谋浑似此，恶人几个不遭屯！

吴王阖闾元年，也就是周敬王六年。阖闾向伍员询问国事，说："我想要让国家强盛成为霸主，该如何做才能成功呢？"伍员跪下磕头流着泪说："我只是楚国的一个逃亡者。父兄含冤而死，他们的尸骨无法安葬，他们的灵魂得不到祭祀。我蒙受痛苦受到屈辱，好不容易来投奔大王，承蒙大王不杀之恩，还怎么敢参与吴国的政务呢？"阖闾说："如果没有你，我免不了还要屈居于他人之下。幸亏有了你的指点，我才有了今天。我正想把国家政务托付给你，你为何突然萌生退意呢？难道是认为我做的不好吗？"伍员回答说："我不是觉得大王不好。我听说关系疏远的人不能参与关系亲近的人之间的事情。我怎么敢以一个客居异乡之人的身份，成为吴国的谋臣呢？况且我的大仇还没有报，心中摇摆不定，自己还不知道如何打算，怎么能为国家谋划呢？"阖闾说："吴国的谋臣没有一个比你更好的，你不要拒绝了。等到国家稍微安定一些，我就为你报仇，你想怎么做就怎么做！"伍员说："大王的志向是什么？"阖闾说："我国在偏僻的东南。地势险峻且狭小潮湿，又有海潮的忧患，仓库无法建设，土地无法开垦，国家无法防御，国人没有坚定的志向，没有什么可以威慑邻国的地方，该怎么办？"伍员回答说："我听说治理人民，就要让他们安居乐业。像称霸天下这种大志向，就必须由小到大、由近到远。我们必须先建造自己的城市，设置自己的防守，充实仓库，锻炼士兵，使得对内可以防守，对外可以应敌。"阖闾说："好。我将这些都交给你，你为我去办吧。"

伍员观察地形的高低，品尝水的咸淡，在姑苏山东北三十里的地方找到了一块好地方，建造了一座大城市，周长四十七里，有八个陆门，象征着八面来风；八个水门，代表着八面通衢。那八个陆门分别是：南面的盘门、蛇门，北面的齐门、平门，东面的娄门、匠门，西面的闾门、胥门。又在城南修建了一座小城，方圆十里，防越袭击。

城建成后，阖闾将都城从梅里迁移到这里。城中前有宫廷，后有市集，左有祖庙，右有社坛，仓储兵库全都具备。伍员从国民中挑选出很多人，教他们布阵射箭的方法。在凤凰山的南边又建筑了一座新城，来防备越国的入侵，名叫南武城。

阖闾认为"鱼肠"剑为不祥之物，于是封存了起来。他在牛首山修建了一座专门用来铸剑的小城，在这里铸造了几千把剑，这些剑名叫"扁诸"。阖闾又找到了吴国人干将，他跟欧冶子是同门，让干将住在匠门，另外铸造利剑。干将采集了天下所有名山的精铁，经过占卜天象后终于选定开炉的良辰吉日。在开炉这天，让三百名童男童女来填充木炭鼓动风箱。没想到的是，一连烧了三个月，炉里的精铁始终都无法融化，干将不知道其中的原因是什么。他的妻子莫邪说："要想化成神物，需要人气来进行后天的辅助。如今你铸剑三个月都没有成功，难道是要等待什么吗？"干将说："当初我的师父冶铁却无法融化，夫妻两人全都跳入炉中，才锻造成物。如今在山上锻造兵器，必须接草为衣，腰间系上麻绳焚香祭炉，然后才敢点火。我铸剑不成，难道也是因为如此？"莫邪说："师父能献身化成神器，我效仿他又有何难？"于是莫邪沐浴、剪发、修剪指甲，站在火炉旁，让童男童女鼓动风箱，等到炭火烧的正旺时，莫邪自己投身于炭火之中。精铁顷刻间熔化，熔液流泻下来化成两把剑。先化成的那把为阳剑，取名叫干将；后化成的叫阴剑，取名叫"莫邪"。阳剑上面有花纹，阴剑表面光滑没有花纹。

干将将阳剑藏起来，只将阴剑莫邪献给吴王。吴王用石头试剑，一剑下去石头就被劈开了。据说如今虎丘的试剑石就是当初阖闾试剑的那块石头。吴王赏赐给干将一百金。后来吴王知道干将将阳剑藏了起来，就让人去取，说如果干将不给剑，就立即将他杀死。干将刚把装剑的匣子打开，阳剑就从匣子里跳了出来，然后幻化成青龙，干将乘着青龙飞升上天，人们都认为他已经化成了剑仙。使者回来报告后，吴王叹息了半天，从此以后越加珍爱莫邪剑。莫邪剑留在了吴国，后来不知去向。直到六百多年以后，晋朝的丞相张华看到吴越地区有紫气腾升，听说雷焕通晓天文，于是传召他询问。雷焕说："这是宝剑的精气，就在豫章丰城。"张华随即任命雷焕为丰城的县令。雷焕到了丰城县后，在牢狱的屋基下面挖出了一个石匣子，长六尺、宽三尺，打开来看，里面有两把剑，用南昌西山的土擦拭之后，光芒四射。雷焕将其中的一把剑送给张华，留了一把剑自己佩戴。有一天，张华跟雷焕一同佩戴宝剑过延平津，两把宝剑忽然跃入水中，他们连忙让人入水寻找，只看见水下有两条五彩斑斓的龙正瞪着眼睛，颈上的长毛都张开了，下水的人害怕了，就上去了。从此以后这两把剑再也没有出现过，想来应该是神物终究是回到了天上。如今丰城县依然有剑池，池前的石匣子被土掩盖了一半，俗称"石门"，也就是雷焕得到宝剑的地方。这是人们知道的干将、莫邪两剑最后的信息。后人有《宝剑铭》写道：

五山之精，六合之英；炼为神器，电烨霜凝。虹蔚波映，龙藻龟文；断金切玉，威动三军。

话说吴王阖闾得到宝剑莫邪以后，又悬赏百金招募擅长做金钩的人。国家里有很多人做出金钩献上来。有一名钩师贪图吴王的重赏，将自己的两个儿子杀死，把他们的血涂抹在金属上做成了两个金钩，献给了吴王。过了几天，这个人到宫门要求吴王兑现悬赏。吴王说："做金钩的人那么多，只有你要求兑现悬赏，你做的金钩跟其他人的有什么区别吗？"钩师说："臣为了得到大王的赏赐，杀了两个儿子才做成的金钩，哪里是其他人的金钩可以比的？"吴王让人取来他的金钩，随从们说道："他的金钩已经混进了众多的金钩中，所有的金钩都是一个样子，根本就分辨不出来。"钩师说："请让我试试。"吴王的随从将全部的金钩都取出来，放在钩师的面前，钩师也无法辨认出来哪个是自己做的。他没有办法了，就对着众多的钩子呼喊两个儿子的名字说："吴鸿，扈稽！我在这里，为何不在大王面前显灵？"声音还没有落地，两只金钩忽然飞出，贴在了钩师的胸前。吴王大吃一惊，说："你果然没有骗我！"于是将百金赏赐给他。从此，吴王就将这两个金钩跟莫邪剑一起都佩戴在身上。

楚国的伯嚭逃出来后，听说伍员已经在吴国被重用，就逃到了吴国。见到伍员后，两个人同病相怜，相对哭泣，于是伍员就把他引荐给吴王阖闾。阖闾问他："我国地处偏僻的东海，先生不远万里来到这里，是有什么指教寡人吗？"伯嚭说："我的祖父效力于楚国，我的父亲并没有罪过，却横遭焚烧之灾。我四海逃命，身无所属。如今听说大王高义，将伍员从穷苦的厄运中解救出来，因此不远万里来到这里，从此以后对大王唯命是从！"阖闾可怜他，就封他为大夫，跟伍员一起参与商议国家的事务。吴国大夫被离私下问伍员说："你为何如此相信伯嚭？"伍员说："我的怨恨跟伯嚭的相同，谚语说：'同疾相怜，同忧相救。'受惊吓而飞行的鸟儿，相互追随聚集在一起；湍急的水流，因为汇聚在一起流淌。你为何会觉得奇怪呢？"被离说："你只看到了外表，没有看到内在。我观察伯嚭为人，眼神像鹰，走路像老虎，性格贪婪诌媚，专功而且擅长杀戮，不可以亲近，若是他被大王重用，将来必定连累你。"伍员不认同被离的观点，仍然跟伯嚭一同侍奉吴王。后人谈到被离的时候，认为他既能辨别出来伍员的贤能，又能辨识出来伯嚭的奸佞，是善于识相的神人。伍员不相信他的话，后来被伯嚭陷害，也是天意难违！有诗说道：

能知忠勇辨奸回，神相如离亦异哉！

若使子胥能预策，岂容麋鹿到苏台？

吴国的公子庆忌逃到艾城后，招募死士，联合邻国，想要等待时机讨伐吴国报仇。阖闾听说他的谋划以后，对伍员说："昔日专诸刺杀王僚的事情，我全都依靠你。如今庆忌有夺取吴国的心思，让我寝食难安，你更要为我筹划啊！"伍员回答说："我的行为算不上忠诚贤良的臣子，当初跟大王在密室之中图谋王僚，如今又图谋他的儿子，这恐怕不是上天的意思。"阖闾说："昔日武王杀了纣王，又杀了武庚，周人并没有觉得他做得不对。上天要废除他，我只是顺天意而行。庆忌若是存活，王僚就相当于没有死，我跟你荣辱与共，你怎么能因为小不忍而酿成大祸患？我要是能再得到一个专诸，这件事就可以了结。你寻访智勇双全的勇士已经不是一两天了，是否找到跟专诸一样的人了？"伍员说："不好说。我找到了一个地位低下的人，似乎可以做成这件事。"阖闾说："庆忌力敌万人，岂是一个地位低下的人可以谋划的？"伍员回答说："这个人虽然地位低下，实际上却有万人之勇。"阖闾问："这人是谁？你怎么知道他勇猛？你跟我说说。"于是伍员将这个勇士的姓名还有出身全都详细地说来。正是：

说时华岳山摇动，话到长江水逆流。

只为子胥能举荐，要离姓字播春秋。

伍员说："这人姓要名离，是吴国人。昔日我曾经见过他羞辱壮士椒邱䜣，所以才知道他的勇猛。"阖闾问："他是怎么羞辱椒邱䜣的？"伍员回答说："椒邱䜣是东海本地人，他的朋友在吴国当官死了，椒邱䜣就到吴国奔丧。马车到淮津的时候，他想要让自己的马到淮津河中饮水。淮津的官吏说：'水中有河神，看见马就会出来将马拖走，你不要让你的马去饮水。'椒邱䜣说：'壮士在这里，什么河神敢管我的事！'于是让自己的随从解开缰绳，让马去喝淮津水，马果然嘶鸣着落入水中。淮津的官吏说：'河神已经将马拖走了！'椒邱䜣勃然大怒，脱去上衣光着膀子拿着剑跳入水中，请求跟河神决一死战。河神掀起了波涛巨浪，可怎么也害不了他。过了三天三夜，椒邱䜣才从水中出来，一只眼睛被河神打瞎了。到吴国凭吊的时候，椒邱䜣仗着自己跟河神决战的勇猛，在丧葬席间盛气凌人，对吴国的士大夫十分傲慢无礼，说话没有一点儿礼貌。当时要离跟椒邱䜣相对而坐，忽然露出愤愤不平的表情,对椒邱䜣说:'我看你对我国的士大夫十分傲慢,莫不是觉得自己是一个勇士?我听说勇士战斗时,跟太阳作战面不改色,跟鬼神作战不畏惧退缩,跟人作战不相互谩骂,宁愿死也不受屈辱。如今你跟河神作战,丢失了马无法追回,又受到了被弄瞎眼睛的屈辱,身体残疾、名声又受到羞辱,不跟他同归于尽,竟然贪生怕死,是天地间最没用的东西!本应当没脸再面见世人,有什么可骄傲的!'椒邱䜣被他骂得哑口无言,满面羞愧地离开了。到了晚上,要离回到家里对妻子说:'我在葬礼上羞辱了勇士椒邱䜣,他肯定心怀怨恨,今天晚上必定来杀我,来报自己受到的耻辱。我就躺在床上等着他来,你千万不要关门。'他的妻子知道要离的勇猛,就按照他说的没有关门。半夜的时候,椒邱䜣果然拿着利刃到了要离家里,看见大门不关,堂屋大开,就直接来到屋里。看到一个人空着手、披散着头发躺在窗户下面的床上,一看,竟然是要离。要离看见椒邱䜣来了,动都不动,竟然没有丝毫的害怕。椒邱䜣用剑抵着要离的脖子数落他:'你有三条死罪,你知道吗?'要离说:'不知道。'椒邱䜣说:'你在葬礼上羞辱我,这是第一条死罪;回来不关门,这是第二条死罪;看见我不起来躲避,这是第三条死罪。你自己求死,那就不要怨恨我!'要离说:'我并没有三条死罪,你倒是有三条不肖之罪应该感到羞愧,你知道吗?'椒邱䜣说:'不知道。'要离说:'我在众人的面前羞辱你,你竟然不敢回一句,这是你的第一不肖;进门不咳嗽提醒,没有声音,有偷袭的心思,这是第二不肖;用剑抵着我的脖子,还敢大声说话,这是第三不肖。你有三不肖,反而还指责我,难道不卑鄙吗?'于是椒邱䜣收剑叹息说:'你的勇猛这个世界上没有人可以比拟,你在我之上,是真正的天下勇士。我若是杀了你,岂不是让世人耻笑?但是我不杀了你,也不能称为这世上的勇士!'于是将剑扔在地上,用头撞门而死。当初要离参加葬礼的时候,我也在场,所以知道事情的详细情况,这难道不是万人之勇吗?"阖闾说:"你为我将他召来。"于是伍员去见要离说:"吴王听说你的高义,想要见你一面。"要离吃惊地说:"我是吴国的小民,有何德何能敢于接受吴王的传召?"伍员再次说明吴王想要见他的意思,要离才跟随伍员入朝拜见。

阖闾刚听说伍员夸赞要离的勇猛,猜想要离必定身材魁梧,等见了要离,发现他身高只有五尺多,腰细得好像一把就能掐住,面容也十分丑陋,十分失望,心中不太高兴。于是他敷衍了事地问要离道:"伍员说的勇士要离,就是你吗?"要离说:"臣矮小没有力气,迎着风一吹就倒,背着风一吹就趴下了,有什么勇猛的。不过大王要是有用得着我的地方,必定会尽力而为。"阖闾沉默不语。伍员知道他的意思,启奏说:"一匹马是不是宝马,不在于它是否身形高大,而是看它能不能负重,能不能跑得又快又远。要离虽然体形矮小、容貌丑陋,但是他的智力比普通人要高得多,只有这个人才能办成那件大事,大王千万不要失去啊!"阖闾听了,这才将要离请进宫中,并赏赐了座位。要离上前说:"大王所担心的,莫不是死去的王僚的儿子?我可以杀了他。"阖闾笑着说:"庆忌善于奔腾跳跃,跑的比马还快,身手矫捷,有万夫不当之勇,你恐怕不是他的对手!"要离说:"擅长杀人的人,在于智商而不是力气。只要能让我接近庆忌,杀他就像是杀鸡一样简单。"阖闾说:"庆忌是个聪明人,招纳四方的亡命之徒,怎么会轻易相信国内来的人而去接近他呢?"要离说:"庆忌招纳四方的亡命之徒,将要谋害吴国。我假装负罪出逃,请大王杀了我的妻子、儿子,再砍断我的右手,庆忌必定会相信我、亲近我。这样我就可以开展以后的计划了。"阖闾很不高兴,说:"你又没有罪,我为什么要这样害你?"要离说:"臣听说,安享妻、子带来的欢乐,不能尽心侍奉君主的人,不是忠臣;心怀家庭之爱,不能除去君主忧患的人,不是高义之士。我可以得到忠义的名声,就算是全家赴死,也心甘情愿!"伍员在一旁进谏说:"要离为了国家舍弃家庭,为了君主舍弃生命,真是千古豪杰啊!"阖闾这才答应了要离的请求。

第二天,伍员带着要离一起入朝,伍员推荐要离为将军,请求吴王让要离带兵讨伐楚国。阖闾骂道:"我看要离的力气还不如一个小孩子大,怎么能胜任讨伐楚国的重任?况且我国内的事情还没有安定,怎么敢用兵?"要离上前说道:"大王不是仁君啊!伍员为大王安定吴国,大王为什么不替伍员报仇?"阖闾勃然大怒说:"这是国家大事,你一个村野小人知道什么?竟然敢当朝斥责羞辱我!"当时就喝令力士抓住要离,砍断了他的右臂后将他囚禁在狱中,又派人关押了他的妻子、儿子。伍员叹着气走了出去。群臣都不知道其中的缘故。过了几天,伍员偷偷地让管理监狱的官吏放松了对要离的关押,要离趁机逃了出去。阖闾得知要离逃走后,就杀了他的妻子、儿子,将他们的尸体丢弃在集市上烧成了灰烬。宋儒在谈到这件事的时候,认为杀了一个无辜的人而得到天下,仁德的人肯定不愿意做;如今竟然无缘无故杀了别人的妻、子,以求可以达到他们的计划,阖闾真是残忍至极!而要离跟吴王没有任何的恩德,竟然为了贪图勇猛侠义的名声,就残害了自己的家庭,难道能算得上勇士吗?有诗说道:

只求成事报吾君,妻子无辜枉杀身。
莫向他邦夸勇烈,忍心害理是吴人!

要离逃出吴国后,一路上遇见人就诉说自己的冤情。他听说庆忌在卫国,就赶到卫国去投奔庆忌。庆忌怀疑他是吴王派来的,不肯接纳他的投效。要离就脱下衣服向庆忌展示自己的胳膊。庆忌看到他的右臂果然断了,这才相信他说的是事实,就问他:"吴王杀了你的妻子、儿子,砍了你的手臂,你今天来见我是为了什么?"

要离说:"我听说吴王杀了公子的父亲,这才夺得了王位。如今公子想要联合诸侯报仇雪恨,因此我将残缺的生命交给你。我知道吴国的国情,以您的勇猛,如果用我做向导的话,就可以进入吴国。大王可以报杀父之仇,我也可以一雪灭门之恨!"庆忌依然没有完全相信要离。没过多久,庆忌有心腹从吴国打探消息回来,汇报说要离的妻子、儿子果真被吴王焚尸扬灰了,庆忌这才对要离深信不疑。他问要离:"我听说吴王任命伍员和伯嚭为谋士,挑选士兵,选拔将领,国家治理得也很好。我们兵少力弱,怎么能出这口气呢?"要离说:"伯嚭是无谋之人,有什么好担心的?吴国的大臣里只有一个伍员智勇双全,如今也跟吴王有了嫌隙。"庆忌说:"伍员是吴王的恩人,君臣相处融洽,你为什么说有嫌隙?"要离说:"公子只知其一不知其二。伍员之所以尽心帮助阖闾,就是想要借兵讨伐楚国,报杀害父兄的仇恨。如今楚平王已经死了,费无极也已经身亡,阖闾得到王位,只顾安享富贵,根本不想去给伍员报仇。我就是为伍员说话才触怒了阖闾,他恼羞成怒才如此加害于我。伍员在心中对吴王肯定是有怨气的,我能够侥幸逃脱囚禁,也都靠伍员全力周旋。伍员叮嘱我:'这次去一定要见到公子,看看他究竟有什么想法。若是他愿意为伍氏报仇,那么我就愿意成为公子的内应,来为跟阖闾密室同谋杀害王僚的事情赎罪。'公子若是不趁着现在向吴国发兵,等到他们君臣之间重归于好,我跟公子就没有报仇雪恨的那一天了!"要离说完就大哭起来,用头朝柱子撞去,想要自己撞死。庆忌连忙阻止他,说:"我听你的!我听你的!"于是庆忌带着要离一起回到艾城,将他当作了自己的心腹,让他负责训练士兵、建造舟舰。

三个月后,庆忌的军队顺流而下,想要袭击吴国。庆忌跟要离乘坐一艘船,走到中游的时候,后船没有跟上。要离说:"公子可以亲自坐在船头,监督那些划船的人。"庆忌来到船头坐好,要离一只手拿着短矛站在旁边。忽然江上起了一阵怪风,要离转身站在上风,借助风势用短矛刺庆忌,短矛直接从庆忌的心窝穿透了后背。庆忌将要离倒着提起,把他的头按进水中又提上来,如此反复三次,然后抱着要离放在腿上,看着他大笑说:"天下竟然有如此的勇士?敢拿利刃来刺杀我!"庆忌的卫兵拿着戈戟想要杀了要离,庆忌摆摆手说:"这是天下的勇士。怎么可以在一天之间就死了两个天下的勇士呢!"于是告诫随从:"不要杀要离,可以放他回到吴国,来表扬他的忠心。"说完,庆忌将要离推到了自己的膝下,自己用手抽出短矛,血流如注而死。

第七十五回
孙武子演阵斩美姬　蔡昭侯纳质乞吴师

庆忌的随从想要放了要离，要离这时候又不走了，对周围的人说："我做错了三件事，已经没法存活于世了。虽然公子放了我，我又怎么能苟且偷生呢？"旁边的人问他："你做错了什么？"要离说："杀了我的妻子、儿子来帮助君主，这就是不仁；为了新君杀了故君的儿子，这是不义；想要办成其他人的事情，却使得自己身残家灭，这是不智。一个人不仁、不义、不智，还有什么脸面活在这世上！"说完，要离就纵身跳到了大江之中。划船的人将他从水中捞救出来，要离说："你为什么将我捞上来？"划船的人说："你回国之后必定有爵位俸禄，为何不回去？"要离笑着说："我连家庭和自己的性命都不爱，何况是爵位俸禄呢？你们将我的尸体带回去，可以领取丰厚的赏赐。"说完就把别人的佩剑抢夺过来，将自己的脚砍断，又割喉而死。史臣称赞他说：

古人一死，其轻如羽；不惟自轻，并轻妻子。阖门毕命，以殉一人；一人既死，吾志已伸。专诸虽死，尚存其胤；伤哉要离，死无形影！岂不自爱？遂人之功；功遂名立，虽死犹荣！击剑死侠，酿成风俗；至今吴人，趋义如鹄。

又有诗说庆忌力敌万人，却死在了一个残疾人的手里，世上那些以自己的勇力自傲的人，一定要引以为戒。有诗说：

庆忌骁雄天下少，匹夫一臂须臾了。
世人休得逞强梁，牛角伤残鼹鼠饱。

众人将要离的尸体收拾起来，拉载着庆忌的尸体，投奔吴王阖闾。阖闾十分高兴，重赏投降的士兵，将他们收到自己的军队里。随后用上卿的礼数将要离安葬在了阊门下，说："借助你的勇猛，来为我守门。"并追赠了要离的妻子。将要离跟专诸一起设立了庙宇，每年按时祭祀。用公子的礼数将庆忌安葬在王僚的墓旁。阖闾的隐患此时已经全部消除了，于是大宴群臣来庆祝。伍员在宴席上哭着启奏："大王的祸患都已经清除了，但是我什么时候可以报仇雪恨啊？"伯嚭也流泪请求出兵讨伐楚国。阖闾说："等明天早上我们就商议这件事。"

第二天早上，伍员同伯嚭一起到宫中去见阖闾。阖闾说："我想为两位爱卿出兵，你们谁可以做领兵的将领？"两人一起回答说："只要是大王用得到的地方，不敢不效命！"阖闾心想："你们两个都是楚国人，为的是报自己的仇，不一定凡事都为吴国考虑。"所以他一直都不说话，过了一会儿，又长叹一声。伍员知道了他的意思，就上前说："大王是担心楚国兵多将广吗？"阖闾回答说："是的。"伍员说："臣可以举荐一个人，一定可以取得胜利。"阖闾高兴地问："你举荐的是谁？他的本领怎么样？"伍员回答说："这个人姓孙名武，是吴国人。"阖闾一听是吴国人，脸上便有了喜色。伍员又启奏说："这人文武双全，有鬼神都无法预测的神机妙算，悟透了天地之间的精妙，自己写了十三篇兵法，世人都不知道他的才能，现在他在罗浮山的东边隐居。如果可以任命这个人为军师，全天下都没有人是他的对手，还说什么楚国！"阖闾说："你试着去一趟，看能不能为我把他请过来。"伍员回答说："这人不轻易入朝为官，不是平常人可以相比的，必须按照礼节去请他，他才愿意来。"阖闾就按照伍员的建议，命人取来黄金十镒、白璧一双，让伍员带着四匹马拉的车，去罗浮山去请孙武。伍员见到孙武后，详细地诉说了吴王对他的敬仰之情。孙武这才跟随他一同出山去见阖闾。阖闾走下台阶迎接孙武，赏赐他座位后向他请教兵法。孙武将自己写的十三篇兵法依次献上。阖闾让伍员从头朗读一遍，每读完一篇他都赞不绝口。那十三篇分别是：

第一篇《始计篇》、第二篇《作战篇》、第三篇《谋攻篇》、第四篇《军形篇》、第五篇《兵势篇》、第六篇《虚实篇》、第七篇《军争篇》、第八篇《九变篇》、第九篇《行军篇》、第十篇《地形篇》、第十一篇《九地篇》、第十二篇《火攻篇》、第十三篇《用间篇》。

阖闾回头看了看伍员，说："从这部兵法看来，孙先生真是有通天彻地的才能啊。但遗憾的是我们国小兵力微薄，又该怎么办呢？"孙武回答说："臣的兵法不但可以施行于士兵当中，即使是女人，只要听从我的军令，也可以上阵打仗。"阖闾拍着手笑着说："先生说的话真是不切实际啊！天下怎么会有女子可以操练兵器进行作战的呢？"孙武说："大王觉得我的话不切实际，请将后宫的侍女交给我试验，如果不行，臣甘愿受欺君之罪。"

阖闾立即召来三百名宫女让孙武操练，孙武说："希望可以由大王的两名宠姬来当队长，然后号令才能统一。"阖闾又宣来了两名宠姬上前，名叫右姬、左姬，对孙武说："这是我所宠爱的姬妾，可以充当队长吗？"孙武说："可以。但是军事行动的原则，首先是严肃号令，其次才是赏罚分明，虽然是试验，但是也不能废除这个原则。请大王再给我几个人，一个人做军法官，两个人为军吏，主要做传达军令的工作；两个人擂鼓；几个大力士做牙将，拿着刀枪剑戟在坛上排列，显得更有军中的气氛。"阖闾答应了，让在中军中随便挑选使用。孙武将宫女分为左右两队，右姬掌管右队，左姬掌管左队，都穿上铠甲拿起兵器，告诉她们军法：一不许随便跑到另一支队伍里，二不许在校场上大声喧哗，三不许故意违反约束的条例。明天五鼓的时候，所有人都要到校场上集合，按照命令进行操练，大王会在高台上观看你们的操练。

　　第二天五鼓，两队宫女都到了校场，一个个身披铠甲头戴兜鍪，右手拿剑左手拿盾。吴王的两位宠姬也戴着头盔身穿铠甲，作为将领分别站立在两边等待孙武升帐。孙武亲自拿着绳墨在地上画好线，以便排列阵势；又让传令官将两面黄旗交给两位宠姬，命令她们拿着当前导；众位侍女都跟随在队长的后面，五个人为一伍，十个人为一总，每个人都要跟紧前面的脚步，按照鼓点前进后退、左转右转，一步都不能乱。讲解完毕之后，孙武让所有人在原地等候命令。过了一会儿，他下令说："听到第一次鼓声，两队一起前进；听到第二次鼓声，左队右转、右队左转；听到第三次鼓声，各自都拔出剑做出战斗的准备。听到锣响，就收队后退。"众位宫女都捂着嘴嬉笑。鼓吏报告说："第一次敲鼓。"宫女有的坐着、有的站起，队伍乱得不成样子。孙武离开座位站起来说："纪律解释得不清楚，命令下达得不准确，这是我这个将军的责任！"就让军吏再次申明前面的命令。鼓吏再鸣鼓的时候，宫女倒是都站了起来，但是队列歪歪扭扭的，还是跟以前一样嬉戏打闹。于是孙武挽起两只袖子，亲自操起鼓槌击鼓，又申明之前的命令。两位姬妾还有宫女全都捂嘴偷笑。孙武勃然大怒，瞪大双眼，怒发冲冠，大喊道："军法官在哪儿？"军法官走上前跪下听令。孙武说："纪律解释得不清楚、命令下达得不准确，这是将军的责任。既然已经再三申明，但是士兵仍然不按照命令去做，那就是士兵的责任了！按照军法，不听从命令该如何处置？"军法官说："应当处斩！"孙武说："士兵没有办法全部杀死，就治队长的罪吧。"对随从说："马上将队长斩首示众！"随从见孙武生气，不敢违抗他的命令，就将左姬、右姬都绑了起来。

　　阖闾在望云台上正在看孙武操演，忽然看到两位宠姬被绑了起来，急忙让伯嚭去解救，传令说："我已经知道了将军的用兵之能，但是两位宠姬服侍我梳洗，十分合我心意，没有了两位宠姬，我吃饭都没有味道，请将军饶了她们吧！"孙武说："军中没有戏言。我已经接受命令成为将军，将军在军中，即使是君主的命令也不能接受。若是听从君主的命令释放犯罪的人，怎么让众人信服？"说完就大声命令："将两位队长速速处斩！"砍头之后又将她们的首级悬挂在军前。于是两队的宫女全都吓得花容失色两腿发抖，连头都不敢抬了。孙武从队伍中又挑选出来两个人，让她们做左右两队的队长；再次申明击鼓的命令，一声鼓两队起立站好，二声鼓左队右转、右队左转，三声鼓全体拔剑做出战斗准备，锣响收队。于是在听到鼓声后，左右两队进退转身都在画好的线上，一点儿都没有差错，从始至终都没有一个人发出一点儿声音。于是孙武就让军法官去汇报给吴王说："兵队已经训练整齐，愿大王观看，唯大王所用。即使是让她们赴汤蹈火，她们也不敢后退躲避。"后世有人写诗称赞孙武试验兵法这件事情，说：

　　强兵争霸业，试武耀军容。
　　尽出娇娥辈，犹如战斗雄。
　　戈挥罗袖卷，甲映粉颜红。
　　掩笑分旗下，含羞立队中。
　　闻声趋必肃，违令法难通。
　　已借妖姬首，方知上将风。
　　驱驰赴汤火，百战保成功。

　　阖闾失去了两位爱姬，心中十分悲痛，于是就将她们厚葬在衡山，建立祠堂祭祀，名叫爱姬祠。因为思念爱姬，也就不想重用孙武。伍员进谏说："我听说'军队是杀人的武器'，军事是来不得半点虚假的。要是诛杀不果断，军令就无法施行。大王想要讨伐楚国雄霸天下，就必须有优秀的统帅。优秀的统帅就是性格果断刚毅的人！要是没有孙武这样的统帅，谁能跋山涉水，行军到千里之外去作战？漂亮的女人很容易就能找到，但是优秀的统帅是可遇不可求的，若是因为两个爱姬而舍弃一个贤将，跟喜爱狗尾巴草而舍弃禾苗没有什么不同！"阖闾这才醒悟过来，于是封孙武为上将军，拜为军师，将讨伐楚国的事情交给他全权负责。

　　伍员问孙武："军队从什么方向进攻？"孙武说："大凡行兵作战的原则，都是先除去内患，然后才可以对外远征。我听说王僚的弟弟掩余在徐国、烛秉在钟吾，两人都胸怀复仇之心，今天出兵，应该先除去两位公子，然后再攻打楚国。"伍员认可了孙武的计划，就去向吴王汇报。吴王说："徐国跟钟吾都是小国，派遣使者前去索要逃亡的臣子，他们不敢不听从。"于是阖闾派出了两个使者，一个前往徐国索要掩余，一个前往钟吾索要烛秉。徐国国君章羽不忍心掩余死去，就偷偷派人给他报信让掩余逃走。掩余在逃亡的路上遇见了烛秉，原来他也从钟吾逃了出来。二人经过商议后，就一起逃到了楚国。楚昭王高兴地说："两位公子肯定十分怨恨吴国，我们应该在他们最困难的时候结交他们。"于是让他们住在舒城，并让他们训练士兵来抵御吴国。

　　阖闾愤怒两位国君违抗自己的命令，让孙武带兵讨伐，灭了徐国。徐国国君章羽逃到了楚国。阖闾又讨伐钟吾，将他们的君主抓了回来。随后吴军袭击攻破了舒城，杀了掩余、烛庸。阖闾想要趁胜进入郢都，孙武说："军队连续作战，将士们已经太疲惫了，不能过于频繁地出兵。"于是吴军班师回朝。

　　伍员献计说："凡是以少胜多、以弱胜强，必须要先做到劳逸结合。晋悼公将四军分成三批轮番出动，结果让楚军疲于奔命，使晋国不费吹灰之力获得了萧鱼之绩〔指晋悼公率诸侯讨伐郑国,在萧鱼驻扎,郑国求和一事],就是因为晋国做到了以逸待劳。现在楚国执政的都是贪婪庸碌之辈,没有人愿意出头解决国家的困难。请大王将吴军也分为三支军队来扰乱楚国。我们出动一支军队,他们肯定全部出来迎敌。等他们出来我军便回去,等他们回去我们就再出动一支,让他们的军队疲劳不堪,然后突然发起进攻,一定会胜利。"阖闾认为伍员的建议很好,于是将军队分为三批,依次轮番出兵骚扰楚国的边境,楚国派遣将领出来营救,吴兵便返回,楚人对此十分苦恼。

吴王有爱女名叫胜玉。在家宴的时候,厨子进献蒸鱼,吴王吃了一半,将剩下的蒸鱼赏赐给了她。胜玉生气地说:"大王用剩下的蒸鱼来侮辱我,我活着还有什么意思?"回去后就自杀了。阖闾悲伤不已,把她厚葬于阊门以外。又挖土成池,于是有了如今的女坟湖。又让人用文石做成棺材,把金鼎、玉杯、银尊、珠玉之类的宝贝放进棺材,国库几乎空了一半。又取来了磐郢宝剑,给自己的爱女陪葬。出殡那天,阖闾命人在街市上舞动白鹤,让成千上万的老百姓跟着看热闹,把他们引进墓道送葬。隧道内设有机关,观看的人进入以后立刻就发动了机关。门关闭后又用土密封,男男女女死了上万人。阖闾说:"我的女儿有上万人陪葬,肯定不会寂寞了。"至今吴地置办丧事时,丧亭上还会制作白鹤,就是从那时候遗留下来的风俗。杀了活人为死人送行,阖闾真是昏庸无道至极!史臣有诗写道:

三良殉葬共非秦,鹤市何当杀万人?
不待夫差方暴骨,阖闾今日已无民!

一天晚上,楚昭王忽然惊醒来,发现枕头旁边有一道寒光,再仔细一看,竟然是一把宝剑。天亮之后,他将善于相剑的风胡子召入宫中,将剑展示给他。风胡子看到剑大吃一惊说:"大王从哪里得到的这把剑。"楚昭王说:"我躺着睡觉,从枕头边得到的,不知道这把剑叫什么名字?"风胡子说:"这把剑叫湛卢剑,是吴国剑师欧冶子所铸造的。昔日越王铸造五把名剑,吴王寿梦听说以后想要,于是越王献出其中的三把,分别是鱼肠、磐郢、湛卢。鱼肠在刺杀王僚后被封存了;磐郢给吴王的爱女陪葬了;只有湛卢剑还在。臣听说铸造这把剑的原材料是五金中的精华,冶炼时采用的是太阳的精气,拔出来让人神采奕奕,带在身上令人威风凛凛。但是当君主做了违背道义的事情的时候,这把剑便会自动离开。湛卢剑所在的国家必定绵延昌盛。如今吴王弑杀王僚自立为王,又坑杀了万人来为自己的爱女陪葬,吴国人悲愤哀怨,所以湛卢剑离开昏庸无道的阖闾而侍奉有道义的君主。"楚昭王十分高兴,立即当作至宝佩戴在身上,并将获得湛卢剑的消息在全国公布,认为这是上天赐予的祥瑞。

阖闾丢失了宝剑,让人寻找。不久就有人回来报告:"这把剑去了楚国。"阖闾勃然大怒,说:"必定是楚王贿赂我身边的人偷了我的剑!"为了这件事,阖闾杀了身边几十个人。随后他派遣孙武、伍员、伯嚭率领军队讨伐楚国。大军出发后,他又派遣使者前往越国征兵。越王允常当时还没有跟楚国断交,不愿意发兵攻打楚国。孙武带兵攻取了楚国的六、潜两座城池,因为后面的援兵没有跟上,只得班师回朝。阖闾因为越国不愿意一同讨伐楚国而感到愤怒,又商议讨伐越国。孙武进谏说:"今年木星在越国的上方,讨伐它对我们不利。"阖闾不听孙武的劝告,坚持讨伐越国。于是孙武只得又率军攻打越国,在樵李打败越军,大肆掠夺后才回国。孙武私下对伍员说:"四十年以后,越国强大而吴国衰败啊!"伍员默默地记下了他的话。这是阖闾五年的事情。

到了第二年,楚国令尹囊瓦率领舟师讨伐吴国,以报六、潜战役的仇。阖闾让孙武、伍员迎敌,在巢地打败了楚军,抓了楚国的将领芈繁回国。阖闾说:"不进入郢都,即使是打败了楚军,依然不能算是成功。"伍员回答说:"我一刻都没有忘记攻入郢都!但是考虑到楚国是天下最强大的国家,不敢轻敌。囊瓦虽然不得民心,但是诸侯并没有跟楚国交恶。我听说他向诸侯不厌其烦地索要贿赂,不久之后诸侯和楚国的关系就会有变动,到时候可以趁机行事。"阖闾听了,就暂时放下了攻打楚国的心思,让孙武在江口演习水军。

伍员整天让人打探楚国的事情。忽然有一天,探子来报:"唐、蔡两国派遣使者来交好,已经在郊外等候了。"伍员高兴地说:"唐、蔡都是楚国的附属国,无缘无故派遣使者远道而来,必定是对楚国有了怨恨,这是上天要让我攻破楚国进入郢都啊!"

原来,楚昭王得到湛卢剑以后,诸侯都来祝贺,唐成公跟蔡昭侯也来朝贺楚国。蔡侯有羊脂白玉佩一双、银貂鼠裘二副,他将其中一副银貂鼠裘、一块玉佩献给楚昭王作为贺礼,自己佩戴另外一套。囊瓦见了十分喜爱,就让人去跟蔡侯索要。蔡侯十分喜爱银貂鼠裘跟玉佩,不愿意献给囊瓦。唐侯有两匹名马,名叫肃霜。肃霜本来是大雁的名字,它的羽毛白如雪,头高脖子长,马的形状和颜色跟肃霜相似,所以用肃霜来命名。后来又有人加了马的偏旁,叫骕骦。骕骦是天下稀有的宝马,唐侯用两匹马驾车来到楚国,行驶得又快又稳。囊瓦看见又十分喜爱,于是让人去向唐侯索要。唐侯也不愿意给他。两位君主见过楚王以后,囊瓦立刻对楚昭公撒谎说:"唐、蔡两国跟吴国私通,若是放他们回去,必定会带领吴国讨伐楚国,不如将他们留下来。"于是楚王将两位君主扣留在馆驿内,派人把守,名义上是保护,其实就是监押。楚昭公年幼,国家的事情全部都是囊瓦做主,所以这件事的根源还是在囊瓦身上。两位君主在楚国一住就是三年,十分想回去,但是又无法离开。

唐国世子不见唐侯回国,就让大夫公孙哲到楚国查探消息,这才知道唐侯被拘禁的原因。公孙哲对唐侯说:"跟一个国家哪个更重要?主公为什么不愿意献上宝马求得回国呢?"唐侯说:"这马世上罕有,我十分爱惜!连楚王我都不愿意献,更何况是令尹呢?而且这个人贪得无厌,竟然威胁扣留我,我就算是死了,也绝不听从他的。"公孙哲私下对跟从的人说:"我们的君主舍不得失去宝马,这才被困于楚国,他怎么如此地看重畜生而轻视国家呢?我们不如偷偷地盗走骕骦献给令尹。倘若可以让主公回到唐国,我们就算是担上盗马的罪责,也没有什么可怨恨的!"从者认同,于是用酒灌醉了饲养马的人,将这两匹宝马偷出来献给囊瓦,说:"鄙国国君认为令尹德高望重,因此让我们将这两匹宝马献给令尹,供令尹驱使。"囊瓦十分高兴,接受了他们的礼物。第二天,入宫对楚昭王说:"唐国地处偏僻,谅他们也成就不了大事,可以放他回国了。"楚昭公听了,就放唐成公出城。唐侯回国后,公孙哲跟众位跟从者都到殿前等待降罪。唐侯说:"如果你们不将宝马献给那个贪婪的家伙,我就不能回国,这是寡人的罪过,你们几个人不要怨恨我就足够了。"然后给了他们丰厚的赏赐。如今德安府随州城北有一个骕骦陂,就是因为这两匹马走过才因此得名。唐朝曾先生有诗说道:

行行西至一荒陂,因笑唐公不见机。
莫惜骕骦输令尹,汉东宫阙早时归。

后世有人写诗道:

三年拘系辱难堪,只为名驹未售贪。
不是便宜私窃马,君侯安得离荆南?

蔡侯听说唐侯将宝马献给囊瓦以后被允许回国,也将银貂鼠裘跟玉佩一起献给了囊瓦。囊瓦又对楚昭王说:"唐、蔡两国一体,唐侯既然已经回国了,也不能单独留下蔡侯。"楚昭公也就放了蔡侯。

蔡侯出了郢都,心中满是愤怒,拿出一块白璧扔到了汉水中,发誓说:"我若是不能讨伐楚国,而再次来到楚国,就像这大河一样一去不复返!"回到蔡国的第二天,蔡侯就将世子姬元作为人质送到了晋国,借兵讨伐楚国。晋定公将这件事告诉了周王,周敬王命令卿士刘卷以王师的名义召集诸侯相会。宋、齐、鲁、卫、陈、郑、许、曹、莒、邾、顿、胡、滕、薛、杞、郳加上蔡国,总共十七路诸侯,个个恼恨囊瓦的贪婪,都愿意出兵跟从。诸侯们让晋国士鞅为大将,荀寅为副将,各国军队都在召陵集合完毕。荀寅自认为蔡国起头兴师,对蔡国有恩,想要跟蔡国要贿赂,让人对蔡侯说:"听说你把银貂鼠裘跟玉佩送给了楚国君臣,为什么不送给我们?我们行军千里发兵讨伐楚国,就是为了你,不知道你用什么犒劳我们的军队?"蔡侯回答说:"我因为楚国令尹囊瓦贪婪,冒着不仁的名声抛弃楚国投奔晋国,请大夫谨记盟主的道义,灭了强楚扶持弱小,则荆襄一带五千里的土地,都可以当作军队的礼物,这利益不是更大？"荀寅听了非常惭愧。当时是周敬王十四年的春三月，大雨接连下了十几天，刘卷得了疟疾。于是荀寅对士鞅说："在之前的五霸之中，没有比齐桓公更出色的，即便如此，他在召陵也没有对楚国造成伤害。先君晋文公也只战胜了楚国一次，随后南北两方就是兵连祸结。楚、晋两国结盟以后，两国之间并没有什么嫌隙，不能由我们晋国先开战。况且水患正厉害，疟疾盛行，即使是进攻恐怕也未必能胜利，后退又害怕楚国趁此机会进攻，这些不能不考虑啊。"士鞅也是一个贪婪的人，也想向蔡侯讨要酬谢，但是并没有如愿，于是就借着下雨不利于进攻的借口，还了蔡侯的人质，传令班师回朝。各路诸侯见晋国不做主，也各自回了自己的国家。后世有人写诗道：

冠裳济济拥兵车，直捣荆襄力有余。
谁道中原无义士，也同囊瓦索苞苴。

蔡侯见诸侯的大军解散，十分失望。返回的时候路过沈国，怪沈子嘉不跟随讨伐楚国，让大夫公孙姓袭击灭了沈国，将他们的君主抓回来杀死，发泄自己的愤怒。楚国的囊瓦勃然大怒，出兵讨伐蔡国，围了蔡国的都城。公孙姓上前说："晋国靠不住，不如向东去吴国求救。伍员、伯嚭两位大臣跟楚国有大仇，必定会大力主张救援。"蔡侯答应了，立即命令公孙姓出使唐国，跟唐侯约定一起去吴国借兵，将自己的次子公子乾送到吴国当作人质。伍员将他们引见给阖闾说："唐、蔡两国因为伤心怨恨，愿意为先锋讨伐楚国。救援蔡国可以让大王显名于诸侯，打败楚军可以让我国获得巨大的利益。大王想要攻入郢城，这个机会不能错过。"于是阖闾接受了蔡国的人质，答应出兵救援，先派遣公孙姓回国报告。阖闾正想要调兵，近臣回报说："今天军师孙武从江口返回，有事情求见大王。"阖闾召孙武进宫，问他有什么事情。孙武说："楚国之所以难进攻，是因为它的附属国众多，不能轻易到达它的边境。如今晋侯振臂一呼，有十八个国家聚集。其中陈、许、顿、胡一直以来都依附于楚国，如今也弃楚从晋，人心都怨恨楚国，不只是唐、蔡两国，现在正是楚国势单力薄的时候。"阖闾十分高兴，让被离、专毅辅佐世子波守国；拜孙武为大将军，伍员、伯嚭为副将，自己的亲弟弟公子夫概为先锋，公子山专门管理监督粮饷。然后亲自带领全部的六万吴兵，对外称十万兵马，从水路过淮河直接到达蔡国。囊瓦见吴兵势力强大，想撤兵逃走，又害怕吴兵追赶，直到渡过汉水后才安营扎寨休息，连派了几批人到郢都告急。

蔡侯将吴王迎进都城，哭诉楚国君臣的罪恶。没过多久唐侯也到了。两位君主愿意为左右两军，一同跟从灭楚。临行前，孙武忽然传令军士全部上岸，将战舰全部留在淮河。伍员私下问他舍下船舰的原因。孙武说："船逆水而行太过于缓慢，要是让楚国有了准备的时间，那就不能攻破郢都了。"伍员听了他的话十分佩服。

吴国大军从江北走陆路经过章山，直接到了汉阳。楚军驻扎在汉水之南，吴兵驻扎在汉水之北。囊瓦日夜发愁吴军渡过汉水，听说他们将船留在了淮水，这才稍微安心。楚昭公听说吴军大举出兵讨伐楚国，自己召集群臣商议对策。公子申说："囊瓦不是大将之才，应该赶快让左司马沈尹戌率兵前往，不要让吴军渡过汉水。他们远道而来，没有后援的军队，必定不能久留。"楚昭王按照他的建议，让沈尹戌带领一万五千名楚兵，去帮助令尹囊瓦一同抗敌防守。

沈尹戌来到汉阳，囊瓦迎接他进入营寨。沈尹戌问："吴军从什么地方来的，速度如此快？"囊瓦说："吴军将船舰丢弃在了淮水，由陆路从豫章来到了这里。"沈尹戌连笑几声说："人们都说孙武用兵如神，照此来看，真是儿戏啊！"囊瓦说："为何如此说？"沈尹戌说："吴人习惯于划船，水战有利，如今弃船上岸，只想着走捷径，万一失利，更是没有后退之路，所以我才觉得可笑。"囊瓦说："他们的军队现在驻扎在汉水北边，有什么计策可以打败他们？"沈尹戌说："我分出来五千士兵给你，你沿江排列阵营，将船只全都聚集在南岸；再命人用小船在汉水上下游昼夜巡逻，让吴军不能抢夺船只渡河。我率领一只军队从新息［今河南息县西南］走近路到淮水，将他们的船全部烧毁，再将汉东的窄道用木石截断。然后令尹带兵渡过汉江，进攻他们的大寨，我从后面追击。他们的水、陆两条路都断了，前后受敌，吴国君臣都会死在我们的手上。"囊瓦高兴地说："司马果然高见，我实在是比不上。"于是沈尹戌让大将武城黑带领五千军队留下来帮助囊瓦，自己带领一万人朝新息出发。

第七十六回

楚昭王弃郢西奔　伍子胥掘墓鞭尸

沈尹戌走后，吴、楚两军隔江相望，相持了好几天。武城黑想要讨好囊瓦，给他出主意说："吴人弃船到陆地上，这就是放弃了自己的长处，而且又不熟悉这里的地形，司马已经推测到他们必定会失败。如今相持数天，吴军不能渡过汉江，肯定军心已经懈怠，应该早点进攻他们。"囊瓦的爱将史皇也说："楚人爱戴令尹的人少，爱戴司马的人多，若是司马带兵烧了吴人的船只，堵住过道，那攻破吴军的功劳，他就是第一。令尹位高权重，但是多次失利，如今又将最大的功劳让给司马，在朝堂上还有什么威信可言？司马肯定会代替你执掌政务。不如采用武城黑将军的计划，渡过汉江跟吴军决一胜负才是上策。"

囊瓦被他们说的话迷惑了，于是传令三军全部渡过汉江，到了小别山排列阵型。史皇出兵挑战，孙武让先锋夫概迎敌。夫概挑选了三百人，全部高举用坚硬的木头做成的大棒，一遇到楚兵就胡乱打上一阵。楚兵从来没有见过这样的打法，被打得措手不及，史皇大败而归。囊瓦说："你让我渡江，如今刚交兵就失败，还有什么脸面来见我？"史皇说："作战的时候不能斩杀敌方的将领，进攻的时候不能抓住敌方的君王，不能算大功。如今吴王的大寨就在大别山的下面，不如今天晚上趁他们没有准备，我们去劫营将吴王抓过来。"囊瓦又被他说动了，就挑选出一万精兵，准备停当后悄无声息地从小道杀向大别山。其余各军也都得到囊瓦的命令，按照预订计划行事。

得知夫概初战得胜，吴军中的高级将领都来孙武这里庆贺。孙武说："囊瓦才疏学浅胸襟狭小，贪图功绩又喜欢冒险，如今史皇被小挫，楚军的主力并没有什么亏损，今天夜里囊瓦必定派人来偷袭大寨，不能不防备。"于是命令夫概跟专毅各自带领自己的部队，埋伏在大别山的左右，只有听到哨角响起的时候，才允许杀出来，唐、蔡两位君主分成两路接应；伍员带领五千士兵，走小路到小别山去偷袭囊瓦的营寨，伯嚭接应；公子山保护吴王，将营帐转移到汉阴山，避免受到楚军的冲击；大寨之中虚设旗帜，留下数百名老弱守寨。孙武将一切安排妥当后，当天半夜时分，囊瓦果然带领精兵偷偷从山后过来了。楚军见大寨中寂然无声毫无防备，大喊一声就杀进了吴军的大寨，因为没有找到吴王，囊瓦就怀疑吴军有埋伏，连忙杀了出来。这时吴军的哨角响了起来，专毅、夫概两军突然从左右两边夹攻而来。囊瓦一边作战一边后退，三成的兵士折损了一成才逃脱出来，又听到炮声大震，右边有蔡侯，左边有唐侯，两边将他截住。唐侯大喊："还我骕骦马，就免你一死！"蔡侯也大喊道："还我鼠裘玉佩，我就饶恕你一条性命！"囊瓦又羞又恼、又慌又怕。正在危急的关头，幸好武城黑带兵赶到，大杀了一阵才将囊瓦救了出来。大约往回走了几里路，一伙守寨的小兵来报告："我们的营寨已经被吴国的将领伍员攻破了，史将军大败，现在下落不明。"此时的囊瓦心如刀绞，带着败兵连夜逃跑，一直到了柏举才停下脚步。过了很久，史皇也带着剩下的残兵到来，军队渐渐聚集，才又立好了营帐。

囊瓦说："孙武用兵的风格果然灵活多变！我们不如放弃这里，等回到国都补充了兵力再进行作战。"史皇说："令尹率领大军抗拒吴军，若是丢下营寨回国，吴军渡过汉江，然后长驱直入郢都，令尹的罪责该怎么逃脱啊？不如奋力一战，就算是死在战场上，也能在后世留下威名！"

囊瓦正在犹豫不决的时候，忽然士兵来报："楚王又派遣一军将士前来支援。"

囊瓦出寨迎接，原来是大将薳射。薳射说："大王听说吴军势力强盛，恐怕令尹无法取胜，特地派遣我带着一万士兵前来听命。"薳射问起之前两军交战的事情，囊瓦将之前的事情一五一十地详细叙述了一遍，脸上带着羞愧。薳射说："若是听从沈司马的话，何苦落到这个地步啊！按照现在的情况看，如今只有挖掘深壕、修筑高墙，不要跟吴军交战，等司马的军队回来了，再一同进攻吴军。"囊瓦说："我是因为兵力少，所以偷袭吴军大营没成功，反而还被他们偷袭了，若是两军兵力相当，楚军哪里打不过吴军！如今将军刚到，乘着军队的锐气，应当跟吴军决一死战。"薳射不同意囊瓦的看法，于是跟囊瓦各自安营扎寨，名义上互相配合，但是却相距十几里之远。囊瓦仗着自己比薳射位高权重，不尊敬薳射；薳射觉得囊瓦是个无能之辈，不愿意听从他的命令，两边各自怀有心思，不肯一起商议军事。吴军的先锋夫概打探到他们关系不和睦，就去见吴王说："囊瓦贪功不仁义，一直都不得人心；薳射虽然来支援，但是却不听囊瓦的命令。楚国三军都没有斗志，若是乘胜追击，必然可以大获全胜。"阖闾没有答应夫概的要求。夫概退下后说："君主有君主的命令，臣子有臣子的想法，我一个人率军前往，若是有幸可以攻破楚军，就可以攻入郢都了。"第二天早上，夫概刚起来就率领自己的五千军队，直接朝囊瓦的营寨奔去。孙武听说后，急忙派伍员带兵前去接应。

囊瓦对夫概的袭击完全没有准备，很快就被夫概攻入大寨，一时间楚军大乱。武城黑竭尽全力抵抗。囊瓦来不及坐车，直接跑出了大寨，左肩中了一箭，幸好史皇率领自己的军队赶到，让囊瓦上了马车。史皇对囊瓦说："令尹您自己快逃走吧，我今天就战死在这里了！"囊瓦脱下战袍盔甲，坐着车一溜烟儿地逃跑了。他又不敢回郢都，就直接到郑国逃难去了。后世有人写诗道：

披裘佩玉驾名驹，只道千年住郢都。

兵败一身逃难去，好教万口笑贪夫。

伍员带兵到了以后，史皇害怕他们追逐囊瓦，就提着长戟带领本部的士兵直接杀入了吴军，左冲右撞，杀死吴兵将近二百人。楚兵死伤的人数与吴军差不多。史皇重伤而死。武城黑对战夫概，一步都不肯后退，最后也被夫概杀死。

薳射的儿子薳延听说前营被袭击，就报告给自己的父亲，想要带兵前去营救。薳射不让他去，自己站在营帐前弹压军队中想要前往营救的士兵，下达军令说："乱动者斩首！"

囊瓦的部下战败后都投奔了薳射，薳射清点剩余的士兵，发现还有一万多人，就将他们合并到自己军中，楚军的士气又高了起来。薳射说："吴军乘胜追击，无法阻挡。趁着他们还没有到，我们整理军队撤退，等退回郢都后再做打算。"于是下令让大军拔寨全部撤退，蒍延先出发，蒍射亲自断后。夫概打探到蒍射撤军，就尾随其后追击。追到清发〔今湖北安陆县西〕的时候，夫概追上了楚军，当时楚军在收集船只，想要渡过汉江。吴军正想要上前发动攻击，夫概阻止了他们，说道："困兽尚且还知道战斗，况且是人呢？要是逼得狠了，他们必定会拼命。我们不如在这里休息一会儿，等他们渡过一半人我们再发动攻击。这时已经过去的人没有了生命危险，还没有过河的人都抢着过河获得一线生机，谁还愿意拼死作战？到时候我们一定会取得胜利！"于是夫概命令部队后退二十里安营扎寨。中军的孙武等人赶到以后，听了夫概的话纷纷称赞不已。阖闾对伍员说："我有这样的弟弟，还担心攻破不了郢都吗？"伍员说："臣听说被离曾经观察过夫概的面相，认为他的汗毛倒着长，必定会做出背叛国家、谋杀君主的事情，夫概虽然英勇，但是不能重用啊。"阖闾对伍员的话很是不以为然。

蒍射听说吴军追过来了，正想要排好阵势迎战，又收到了吴军后退的消息。他高兴地说："我就知道吴国人胆子小，不敢一直追到底。"于是他下令，第二天黎明时分开饭，吃过饭后全军一起渡过汉江。然而，楚军刚刚渡过十分之三的人，夫概就带兵赶到了，楚国的士兵因为争抢渡船使得军中大乱。蒍射无力制止，只得乘车快速离开了，楚军中还没有渡江的人，都跟随主将逃跑了。吴军在后面追击，缴获了很多旗帜、战鼓、兵器还有盔甲。孙武命令唐、蔡两位君主，各自带领本国的军队夺取楚军渡江的船只，沿江一路接应。蒍射逃到雍澨〔今湖北京山县西南〕后，将士们又饿又累，已经走不动路了。值得庆幸的是追兵已经被撤开了，就暂时停下来埋锅做饭。饭刚做熟，吴军又追了过来，楚军来不及吃饭，丢下食物就逃走了。留下现成做好的饭，反而让吴军享用。吴军饱食一顿，又尽力追赶。楚军之间相互踩踏，死伤无数。蒍射的车被绊倒，被夫概一戟刺死了。他的儿子蒍延也被吴军包围住。蒍延奋力迎战想要突破重围，却被牢牢困住。忽然听到东北角喊声大振，蒍延说："吴军又有援兵到了，我的命就要丢在这里了！"谁料那支军队竟是左司马沈尹戌的部队，他带兵到了新息后，就得到了囊瓦兵败的消息，于是原路返回，刚好在雍澨遇到了被包围的蒍延。沈尹戌命令部下的一万人兵分三路杀入。夫概仗着自己屡次得胜，本来是不以为然的，等看见楚军三路同时进兵，不知道到底有多少楚军，也不知道该和哪一路楚军交战，便解开重围逃走了。沈尹戌大杀一阵，杀死吴军一千多人。沈尹戌正想要继续追杀，吴王阖闾的大军就到了，两方军队安营扎寨相持。沈尹戌对自己的家臣吴句卑说："令尹贪图功劳，让我的计划没有成功，这是天意啊！如今敌军已经深入我国，明天我就奋力一战。如果有幸可以胜利，吴军到不了郢都，就是楚国的福气；万一我战败了，你将我的首级带走，不要被吴人得到。"又对蒍延说：

"你的父亲已经死于敌人手中,你不能再死了,应当立刻回国,将我的话传达给子西,让他赶紧想办法保护郢都。"蓬延跪下磕头说:"希望司马可以驱除贼寇,早日建立大功!"蓬延流泪告别了沈尹戌,回郢都去了。

第二天早上,双方列阵交战。沈尹戌平日里训练士兵有方,军士也都愿意为他赴死,全都奋力迎战。夫概虽然勇猛,却无法战胜,眼看着要战败,孙武带着大军杀来,右军有伍员、蔡侯,左边有伯嚭、唐侯;前排有强弓劲弩,后面有刀剑,直接冲入楚军,杀得楚军七零八落。沈尹戌奋力杀出重围,却身中数箭,僵卧在马车里,不能再继续作战。于是他呼唤吴句卑说:"我已经没有用了!你可以将我的首级快些砍下来,带去见楚王!"吴句卑不忍心下手,沈尹戌用尽全力大喊一声,就闭上眼睛不再看吴句卑。吴句卑没有办法,只得用剑砍断了他的首级,解开衣服包裹在怀里,又挖土掩盖了他的尸体,逃回郢都去了。这次战役后,吴军长驱直入楚国。史官有话称赞沈尹戌道:

楚谋不臧,贼贤升佞;伍族既捐,郤宗复尽。表表沈尹,一木支厦;操敌掌中,败于贪瓦。功隳身亡,凌霜暴日;天祐忠臣,归元于国。

蓬延提前回国后,见到楚昭王哭诉了囊瓦兵败逃走,自己父亲被杀的事情。楚昭王大吃一惊,连忙传召子西、子期等人共同商议,想要再出兵接应。不久吴句卑也回来了,将沈尹戌的首级呈了上来,详细地讲述了败兵的原因:"全都是因为令尹不听从司马的计谋,才落得如此境地。"楚昭王痛哭说:"我不能早日任用司马,是我的罪过啊。"因此大骂囊瓦:"这个误国的奸臣,在世上苟且偷生,就算是猪狗都不吃他的肉!"吴句卑说:"吴军一天比一天近,大王必须早日定下保护郢都的计划。"楚昭王一面传召沈诸梁领回他父亲的首级,赏赐丰厚的陪葬器具,封沈诸梁为叶公;一面商议放弃都城朝西逃走的计策。子西痛哭着进谏说:"江山社稷还有楚国陵墓,全都在郢都,大王若是弃城逃走,就再也无法回来了。"楚昭王说:"郢都以前依仗的就长江、汉水两道天险,如今这两道天险都已经失守,吴军早晚都会到来,我们怎么能束手就擒呢?"子期启奏说:"城中的壮丁还有几万人,大王可以将宫中的全部粮食财物拿出来,激励将士坚守城池。同时派遣使者去汉水以东的各个国家,让他们合兵入城援助。吴军深入我国境内,粮饷跟不上,怎么能持久作战呢?"楚昭王说:"吴军会在我们国家抢粮食,还担心缺吃的吗?晋人一声呼唤,顿、胡两国全都前往,吴军东下,唐、蔡为先锋,楚国宇下的国家,全都离心了,无法依靠它们。"子西又说:"我们带领全部的军士抗敌,等到无法战胜的时候,再走也不迟啊。"楚昭王说:"国家的存亡,现在全都仰仗你们兄弟两人了,你们觉得行就行,我不能再跟你们一起商议了。"说完,楚王眼含泪水进入宫中。子西跟子期商议后,让大将斗巢带领五千士兵，驻扎守卫麦城，用来防守北路；大将宋木带领五千士兵，驻守纪南城，用来防守西北路；子西自己带领一万精兵驻扎在鲁洑江，来阻止吴军从东面过江。西面的川江、南面的湘江全都是楚国的腹地，而且地势险峻，不是吴军进入楚国的道路，不必在那里安排防守的军队。子期下令，让王孙繇于、王孙圉、钟建、申包胥等人在城内巡逻，一定要小心谨慎。

吴王阖闾聚集起诸位将领，询问进攻郢都的日期。伍员说："楚军虽然屡次兵败，然而郢都并没有损伤，而且三个城市之间相互呼应，不是轻易可以攻破的。走西面的鲁洑江是进攻郢都最近的一条路，但是那里肯定有重兵把守，所以我军必须从北边大迂回进攻郢都。到时候我们可以将军队分为三部分：一队进攻麦城，一队进攻纪南城，大王带领主力直接进攻郢都，我们以迅雷不及掩耳之势，让他们顾此失彼，麦城、纪南城若是被攻破了，郢都就无法防守了。"孙武说："伍员的计划真是太好了！"于是进攻郢都的作战计划就此确定了：伍员跟公子山带领一万军队，蔡侯带领本国的军队援助，去攻打麦城；孙武跟夫概带着一万军队，唐侯带着本国的军队援助，去攻打纪南城；阖闾同伯嚭等人带领大军去进攻郢都。

伍员朝东走了几天后，探子来报告说："这里离麦城只有三十里的距离了，楚国大将斗巢带着士兵防守麦城。"伍员命令部队停在原地休息，他换了便服后，带着两名小兵去观察地形。来到一个村庄，伍员看到村里有人正在牵着驴磨麦子，村民一打，驴子就开始往前走，驴一走就带动磨盘转动，麦子被磨成屑纷纷落下来。伍员忽然领悟到什么，说："我知道攻破麦城的办法了！"说完就立刻回营，偷偷传下命令："每个军士都要准备一个布袋，里面装满土，再拿一束草，明天五更的时候检查。没有找到的人就斩首！"等到了第二天五更的时候，又下达一条军令："每车要带一些乱石，如果没有就处斩！"

天明之后，伍员将军队分为两队：蔡侯亲自率领一队人马前往麦城的东边，公子乾率领一队前往麦城的西边；到达指定地点后，各军将士利用所携带的乱石、杂草、土，筑成两座小城当作营垒。伍员亲自规划测量，监督率领军士建筑，没过多久就建造成了。东城狭长，形状像是驴，名叫"驴城"；西城是圆形，因为形状跟磨相似，所以叫"磨城"。蔡侯不明白伍员这样命名的用意，伍员笑着解释说："东边是驴，西边是磨，还担心'麦'攻不下吗？"

斗巢在麦城听说吴军在东、西两个方向建城，赶紧带兵前来阻止，谁知道两城都已经建立了起来，十分坚固。斗巢先到了东城，城上插满了旗帜，里面军号声络绎不绝。斗巢勃然大怒，便想要攻城。只见军营门大开，一名小将带兵出来迎战。斗巢问他的名字，小将回答说："我是蔡侯的小儿子姬乾。"斗巢说："你这个小孩子不是我的对手！伍员在哪里？"姬乾说："已经去攻打麦城了！"斗巢更加的愤怒，拿着长戟直接朝姬乾进攻，姬乾奋力迎战。两人交锋大约有二十多个回合，忽然有哨兵来报斗巢："现在吴军正在攻打麦城，希望将军可以速速回城！"斗巢恐怕麦城失守，赶紧鸣金收兵，带领的军队已经慌乱了。姬乾趁着形势又杀了一阵，不敢继续追赶，就返回了营中。

斗巢回到了麦城，正好遇见伍员指挥军马围城。斗巢放下兵器拱手说："伍员，别来无恙啊？你父亲哥哥被冤杀，罪魁祸首是费无极，如今这个奸人已经被诛杀了，你已经没有报仇的对象了。楚国对你们三代的恩德，你难道都忘了吗？"伍员回答说："我先人对楚国有大功，楚王根本就不曾考虑，在冤杀了我的父亲哥哥之后，又想杀了我。承蒙上天保佑，才让我逃过一命。我心中怀着怨恨已经十九年了，这才有了今天，你若是体谅我，就赶快远远地躲开，不要阻止我，这样还能保全我们之间的交情。"斗巢大骂："背叛君主的逆贼！躲避你不是好汉。"说完便拿着长戟扑了上来，伍员也拿着长戟迎战。大概战了几个回合，伍员说："我已经累了，先放你回城，等到明天再战。"斗巢说："改天再跟你决一胜负！"两下各自收兵回营。城上看见是自家的军队，就开门放他们进了城。

到了半夜的时候，忽然城上有人喊叫道："吴国的军队已经入城了！"原来，伍员军队中有很多楚军投降的士兵，因此他故意将斗巢放进麦城，同时让投降的士兵穿上楚军的军服，夹杂在楚军的队列里混入城中。入城后这些人埋伏在偏僻的地方，等到半夜的时候，从城上放下来长绳将城外的吴军吊了上去。等到楚国人发现的时候，城上的吴军已经有一百多人了。入城的吴军一起大声呐喊，城外又有大军接应，守城的楚军军士到处乱窜，斗巢无法管束，只得乘坐轻车逃走。伍员也不追赶，占领麦城以后，就派人到吴王那里送去攻破麦城的捷报。潜渊有诗写道：

西磨东驴下麦城，偶因触目得功成。

子胥智勇真无敌，立见荆蛮右臂倾！

孙武带兵过了虎牙山，进了当阳阪，看见漳江就在北边不远的地方，江水波涛汹涌。纪南城地势比较低，西边有赤湖，湖水通过纪南城到达郢都城下。孙武看到后心中生出一计，命令军士驻扎在高处，各自准备挖运泥土的器具，要求在一夜之间挖出一道深壕，将漳江的水引流到赤湖中；又修建了一条长堤堵住了江水，使得水只能进不能出，于是平地涨起两三丈高的江水。当时是冬天，刮了西风，水流直接灌入纪南城中。守城的将领宋木看到江水上涨，驱使城中的百姓逃到郢都去躲避水灾。但是因为水势浩大，就连郢都城下都变成了河湖。孙武让人去山上砍伐竹子建成竹筏，吴军坐着竹筏靠近都城。城中的人这才知道，这水是吴军将漳江水引流出来导致的。楚国国都中人心惶惶，各自逃命。楚王知道郢都已经守不住了，连忙让箴尹固在西门准备船，带着自己宠爱的妹妹季芈一同登船。子期当时还在城上，正想要亲自监督率领军士抵御水灾，听说楚王已经先走了，只能跟朝中的百官一起出城保护君主，只是单单一个人离开，连自己的家室都顾及不上。楚国的高官都逃走了，郢都自然也就不攻自破。史官有诗写道：

虎踞方城阻汉川，吴兵迅扫若飞烟。

忠良弃尽谗贪售，不怕隆城高入天。

孙武侍奉阖闾进入郢都后，立即让人挖开水坝，将城外的积水放回江中，集合军队防守四邻。伍员也从麦城赶到了郢都。阖闾进入楚王的宫殿，百官朝贺完毕以后，唐、蔡两位君主也入朝致词庆贺。阖闾十分高兴，就大摆筵席庆祝灭亡楚国的胜利。

当天晚上，阖闾留在楚王的宫殿中休息，左右将抓到的楚王的夫人献上。阖闾想要让她们侍寝，但是心里还有一些犹豫。伍员说："他的国家都成你的了，尚且是他的夫人呢？"于是吴王留宿在楚王宫中，将楚王的妾侍全部都奸淫一遍。有人对吴王说："楚王的母亲叫孟嬴，本来是世子建的妻子，楚平王因为她长得美丽抢走做了自己的夫人。她如今还年轻，容貌还没有衰退。"阖闾心动不已，就让人召她来侍寝，孟嬴不出来。阖闾生气了，命令随从："将她抓过来。"孟嬴紧闭房门，用剑敲着窗户说："我听说，所谓诸侯，体现的是一个国家的教养。按照礼教的要求，男女不能坐在同一个席子上，吃东西不能用同一个器具，以此来展示男女有别。如今大王丢弃君主的威仪，因为淫乱而闻名于国人，我宁愿拔剑自刎，也不愿意接受你的要求。"阖闾听了孟嬴的话十分惭愧，赶紧道歉说："我仰慕夫人的名声，想要一睹芳容，怎么敢淫乱呢？夫人休息吧！"他让孟嬴以前的侍卫为她守门，告诫其他人不得轻易进入。

伍员找不到楚昭王，就让孙武、伯嚭等人分别住到诸位大夫的家里，奸淫他们的姬妾来羞辱他们。唐侯、蔡侯同公子山一起去搜查囊瓦的家，鼠裘玉佩依然放在箱子里，骕骦马也在马厩中，两位君主各自取回自己宝物，全都转献给吴王。其他的财物都是一仓库一仓库的，任由随从搬取，道路上一片狼藉。可惜囊瓦一生贪图贿赂，又享用了什么呢？公子山想要霸占囊瓦的夫人，夫概到了以后，将公子山赶走自己夺走了囊瓦的夫人。当时吴国君臣都公然淫乱，连男女都不分了，当时郢都城中，几乎成了禽兽聚集的地方。后世有人写诗说道：

行淫不避楚君臣，但快私心渎大伦。

只有孟嬴持晚节，清风一线未亡人。

伍员对吴王说，他想要将楚国的宗庙全部都拆毁。孙武上前说："军队因为道义而出动，才是名正言顺。楚平王废除世子建而立秦女的儿子为世子，任用谗言贪婪之人，对内冤杀忠良，对外施暴于诸侯，所以吴军才来到这里。如今楚国的都城已经攻破，应当传召世子建的儿子芈胜，立他为君主，让他掌管宗庙的事情，来替代楚昭王的王位。楚人怜惜已故世子无辜，必定相安无事，而且芈胜感念吴军的恩德，将世代朝贡吴国永不背叛。大王虽然赦免了楚国，但如此依然是得到了楚国。这是既能得了名声还能得到利益的做法啊！"阖闾一心想要灭了楚国，不听孙武的劝告，将楚国的宗庙全部烧毁。

　　唐、蔡两位君主各自告辞回国后，阖闾又在章华台上设置酒宴，大宴群臣，乐师奏乐，群臣都十分高兴，只有伍员痛苦不已。阖闾说："你向楚国报仇的愿望已经实现了，又为什么如此悲伤呢？"伍员含泪回答说："楚平王已经死了，楚昭王又逃走了。我父兄的仇，还没有报万分之一啊！"阖闾问："那你想要怎么做？"伍员回答说："恳求大王准许我挖开楚平王的坟墓，打开他的棺材砍下他的头颅，以解我心头之恨。"阖闾说："你为我做的太多了，我怎么能怜爱一副枯骨，而不允许你了结自己的私人恩怨呢？"于是阖闾答应了伍员的要求。

　　伍员经过打听后，知道楚平王的坟墓在东门外的寥台湖，就带领本部军队前往。到了之后，只看见平原上都是衰草，湖水茫茫，并不知道坟墓在什么地方。他让人四处寻找，但是并没有找到任何踪影。于是伍员捶胸仰天长号说："天啊，天啊！难道是你不让我报父兄的冤仇吗？"忽然有一个老头来到伍员的面前，行礼问道："将军是因为什么想要找楚平王的坟墓呢？"伍员说："楚平王抛弃儿子夺走儿媳，杀害忠良重用奸臣，灭了我的族人。他活着的时候我不能砍掉他的头颅，死了也要鞭打他的尸体，来报我父兄的仇恨。"老头说："楚平王知道很多人怨恨自己，担心别人发现挖开自己的坟墓，所以将自己葬在了湖里。将军想要找到棺材，必须先排干湖水，这样才能找到。"随后老人领着伍员登上高台，将坟墓的位置指给他看。伍员让擅长潜水的人入水寻找楚王的坟墓，果然在台东找到了一个石椁。随后伍员下令，让军士各自背着一囊沙子，堆积在坟墓的旁边堵塞住流水；然后凿开石椁，找到了一个很重的棺材，打开以后，里面只有衣冠跟上百斤重的精铁。老头说道："这是假棺材，真棺材还在下面。"于是将更下面的石板拿开，下面一层果然有一个棺材。伍员命令毁掉棺材，将尸体拽出来，检查之后，果然是楚平王的尸体。因为用水银浸过，所以皮肤跟肉身都没有腐烂。伍员一见楚平王的尸体，怒气冲天，手持九节铜鞭，将尸体鞭打了三百下，肉身破烂骨头折断。接着他用左脚踩着尸体的肚子，右手将眼睛挖了出来，数落道："你活着的时候有眼无珠，忠奸无法辨认，听信谗言，杀了我的父亲兄长，实在是冤屈！"又砍掉了楚平王的脑袋，将他的衣服棺材全部毁掉后，连同他的尸骨一起丢弃在了原野上。后世有人写诗道：

怨不可积，冤不可极。极冤无君长，积怨无存殁。匹夫逃死，僇及朽骨。泪血洒鞭，怨气昏日。孝意夺忠，家仇及国。烈哉子胥，千古犹为之饮泣！

伍员将楚平王鞭尸后，问老头说："你怎么知道楚平王的坟墓在那里？又怎么知道坟墓中有假棺材？"老头说："我不是普通百姓，以前是做棺材的石工。当初楚平王让我们五十多个人建造假棺材，坟墓建成以后，楚平王担心我们泄露出去，就将所有的石工全部杀死在坟墓中，只有我偷偷地逃走才得以幸免。今天被将军的孝心深深感动，特地来指明，也算是稍微偿还一些那五十多个冤魂对楚平王的怨恨吧！"于是伍员拿来财物酬劳老头便离开了。

楚昭王乘船向西过了沮水后，又转向南边渡过大江，进入了云中。一天晚上，几百个草寇劫持了楚昭王的船，用长戈袭击楚昭王。当时王孙繇于在旁边，用身体遮挡住楚王，大喊："这是楚王，你们想干什么？"话还没有说完，长戈就刺中了他的肩膀，血流到了脚上，王孙繇于昏倒在地。草寇说："我们只知道这里有财宝，不知道有君王！楚国的令尹大臣贪图财物，更何况我们小民呢？"于是将船中所有的金银珠宝之类的财物全部搜出来。箴尹固连忙扶着楚昭王上岸躲避。楚昭王喊道："谁可以帮我保护我的妹妹？不要让她受伤！"下大夫钟建背着季芈，跟随楚王上了岸。回头再看时，只见这群盗贼正在放火烧船，众人只好连夜赶了几里路。到了第二天早上，子期跟宋木、斗辛、斗巢也陆续沿着楚昭王走过的痕迹赶上他们。斗辛说："我的家就在郧邑，离这里不到四十里，大王暂且坚持走到那里，然后再做打算。"不一会儿，王孙由于也到了，楚昭王吃惊地问："你身负重伤，是如何幸免于难的？"由于回答说："我重伤疼痛无法起身，火已经烧到了我的身边，忽然有人推我上岸，昏迷中听到他说：'我是楚国以前的令尹孙叔敖。传话给大王，吴军用不了多久自己就会退走，楚国江山社稷绵长久远。'还将药敷在了我的肩膀上，等我醒来的时候血已经止住了，伤口也不疼了，因此才来到了这里。"楚昭王说："孙叔生活在天上，他的灵魂没有消失。"几人相互叹息不已。

斗巢拿出干粮一起食用，箴尹固解开瓢去取水进献给楚昭王。楚昭王让斗辛去寻找船只，斗辛看到有一条船从东边来，载着妻小，仔细一看，原来是大夫蓝尹亹。斗辛喊道："大王在这里，快些让他上你的船。"蓝尹亹说："亡国之君，我为什么要让他上船？"竟然对楚王不管不顾，直接离开了。斗辛等候了很长时间，又等到了一个渔船，他将自己的衣服脱下送给渔夫，渔夫这才愿意将船只靠岸。于是楚王跟季芈一同上了渔船，才得以赶到郧邑。

斗辛的二弟叫斗怀，听说楚王到了就出来迎接。斗辛让斗怀做饭，斗怀在进献食物的时候，多次用眼睛观察楚昭王。斗辛心中就起了疑，于是跟最小的弟弟斗巢亲自保护楚王就寝。到了半夜,斗辛听到磨刀的声音,打开门出来看,竟然是斗怀手里拿着利刃,怒气冲冲。斗辛说:"弟弟磨刀是想要干什么?"斗怀说:"想要杀了楚王!"斗辛说:"你为什么生出如此叛逆之心啊?"斗怀说:"当初我们父亲忠于楚平王,楚平王听信费无极的谗言而杀了父亲。楚平王杀了我的父亲,我就杀楚平王的儿子,报仇雪恨,有什么不行的?"斗辛生气地骂道:"君王就像是天,天降忧患给人,人怎么能仇恨呢?"斗怀说:"君王有自己的国家,那他就是君王;如今他已经失去了国家,就是我的仇人。看见仇人不报仇雪恨,枉为人。"斗辛说:"古人说,对某个人的怨恨不波及他的子嗣。楚王已经改正了前人的过失,任用了我们兄弟,如今趁着君王危机而将他杀死,天理不容。你要是想要杀了楚王,先杀了我!"斗怀没有办法了,就拿着利刃夺门而出,心中仍然愤愤不平。楚昭王听到门外的争吵声,披上衣服起来偷听,听到了详细的原因,于是不愿意留在郧邑。斗辛、斗巢跟子期商议后,就随同楚王向北逃到了随国。

　　子西在鲁洑江把守,听说郢都已经被攻破,楚昭王已经逃走,害怕国人四处逃散,就穿上楚王的衣服,坐着楚王的马车,自称是楚昭王,将国都安在脾泄[古代地名,位于现代湖北江陵附近]来安抚人心。那些躲避吴军叛乱的百姓,也都赶到这里居住。子西听说楚王去了随国以后,将实情告诉了百姓,让他们知道楚王的下落,然后他也到了随国追随楚王。伍员还是因为没有亲手杀死楚昭王而愤愤不平,就对阖闾说:"没有抓到楚王,楚国就没有被消灭。我愿意率领一只军队西渡,去寻找昏君的踪迹,将他抓回来。"阖闾答应了。伍员一路寻找,听说楚王在随国以后,直接去了随国,写信给随国君主,想要将楚王要过来。

第七十七回
泣秦庭申包胥借兵　　退吴师楚昭王返国

　　伍员带兵驻扎在随国的南部地区,派人送信给随侯,信的大概意思是:
　　在汉川地带生活的周氏子孙,都被楚国吞噬殆尽。如今上天庇佑吴国,向楚国君主问罪。随国若是将楚昭王芈轸交出来,跟吴国交好,那汉阳的土地田产,全部都归于你。我们的君主将跟你世代都是好兄弟,共同侍奉周王朝。
　　随君看完信后,召集群臣商议。楚国的大臣子期长得跟楚昭王有些相似,就对随君说:"事情紧急!我假装成楚王,你将我献出去,楚王就可以幸免了!"随侯让太史卜卦预测这次事情的吉凶,太史献上卜卦的结果,写道:

平必阪,往必复。故勿弃,新勿欲。西邻为虎,东邻为肉。

随侯说:"楚国是'故',吴国是'新',这是鬼神对我的指示!"于是让人拒绝伍员说:"我们国家是楚国的附属国,世代有盟约。楚君若是愿意来我们这里,我不敢不接纳。然而现在他已经去了其他的地方,请将军明察!"

伍员知道囊瓦在郑国,怀疑楚昭王也逃到了郑国,而且郑国人杀了世子建,这个大仇还没有报,于是移兵讨伐郑国,围困了郑国国都。当时郑国的贤臣游吉刚死,郑定公十分害怕,将郑国的遭遇都归咎于囊瓦,囊瓦被逼自杀。郑侯将囊瓦的尸体献给了吴军,向伍员说明楚王实际上并没有到达郑国。吴军依然不愿意退兵,一定要灭了郑国,以报郑国杀世子建的仇恨。郑国的诸位大夫请求在国都城下和吴军决一死战,来决定郑国的生死存亡。郑侯说:"郑国的兵马怎么比得上楚国?楚国都被攻破了,更何况是郑国呢?"于是在国中下了悬赏令:"谁是能让吴军退军,我愿意跟他一同治理国家。"悬赏令挂了三天,都没有人敢报名。当初帮伍员渡河的渔翁的儿子,因为躲避战乱也逃到了郑国,听说吴国的主将是伍员,他就去求见郑国君主,说:"我能让吴军退兵。"郑定公说:"你让吴军退兵,需要用多少车马?"那人回答说:"不用一兵一卒、一斗粮食,只需要给我一个船桨,我在路上唱一首歌,吴军就会退兵。"郑侯不相信,但是短时间内也没有其他的对策,只能让左右交给他一只船桨说:"你要是真的能让吴军退兵,不会少了你的赏赐。"渔翁的儿子攀着绳索下了城墙,直接进入吴军,在营帐前一边敲击船桨一边唱歌:

芦中人!芦中人!腰间宝剑七星文,不记渡江时,麦饭鲍鱼羹?

军士将他抓住来见伍员,这人嘴里依然唱着"芦中人"。伍员走下席子,吃惊地问:"你是什么人?"渔翁的儿子举着船桨回答说:"将军看不见我手中拿的是什么吗?我就是当初渡你过河的那个渔翁的儿子。"伍员悲伤地说:"你的父亲因我而死,正想要报恩,遗憾的是不知道该如何报恩。今天有幸遇见你,你唱着歌来见我,你想要什么?"渔翁的儿子回答说:"我什么都不要。郑国害怕将军的兵威,在国中下令:'有谁能让吴军退兵,就将国家分给他一同治理。'我想着我的父亲跟将军有一面之缘,今天想要祈求将军赦免郑国。"伍员仰天叹息道:"唉!我有今天,全都是渔翁所恩赐的,苍天有眼,我怎么敢忘记!"当天便下令解开围困,全军离开郑国。渔翁的儿子回来报告给郑侯。郑侯十分高兴,将方圆百里的地方都封给了他,郑国的人都称他为"渔大夫"。至今溱水、洧水之间,还有渔翁村,就是当时赏赐给他的封地。后世有人写诗道:

密语芦洲隔死生,桡歌强似楚歌声。
三军既散分茅土,不负当时江上情。

伍员解开对郑国的围困后,又带兵回到了楚国,在楚国的各条道路上都设置了关卡严防死守,大军驻扎在麇地,派遣人四处招降楚国的附属国,同时紧急寻找楚昭王的下落。

自从郢都被吴军攻破以后,申包胥就逃到了夷陵的石鼻山中躲避。他听说伍员挖开了楚平王的坟墓鞭尸,又到处寻找楚昭王,就让人给伍员送信,信中大致说:

你是已故的楚平王的臣子,如今已经羞辱了楚平王的尸首,虽然你说是为了报仇,难道不觉得太过分了吗?物极必反,你应当速速返回吴国。不然,我将实践当初"复楚"的约定!

伍员看了书信后,沉思了半天,对来送信的使者说:"我因为军务繁忙,没有办法写书信回复,你替我给申先生带个道歉的口信:忠孝向来都不能两全,我已经老了,所以才违背常理不择手段!"

使者将伍员的话回报给申包胥,申包胥说:"伍员是一定要灭了楚国,我不能坐以待毙!"他想起来楚平王的夫人是秦哀公的女儿,楚昭王乃是秦国的外甥,要解除楚国的困局,除非是向秦国求救。于是他日夜向西边奔驰,脚跟全都裂开了,每一步都流血不止,他就撕破衣服包住脚,继续向秦国走。

来到了雍州,他想办法见到了秦哀公,说:"吴君贪婪像大猪,狠毒像长蛇,一直都想吞并天下的诸侯,而楚国就是他的第一个牺牲品。我们的君主没有守好国家,逃到了乡野之间,特地命令我来向上国告急,希望君侯您可以念你们甥舅之间的情谊,替楚国兴兵缓解当前的困境。"秦哀公说:"秦国在偏僻的西边,兵微将寡,连自保都十分困难,如何能为他国出兵啊?"申包胥说:"楚、秦两国边界相连,楚国遇到攻击而秦国不援救,吴国要是灭亡了楚国,接下来的目标就是秦国了。君侯保全了楚国,也是在保护秦国。如果秦国自此得到了楚国的依附,不是比吴国更强大了吗?倘若君侯能帮助楚国坚持下来,那么楚国愿意世世代代做秦国的附庸!"秦哀公仍然犹豫不决,说:"大夫暂且在驿馆住下,容我跟诸位大臣商议一下再做决定。"申包胥回答说:"我们的君主尚且还在荒野中逃亡,不能得到安居,我怎么敢去驿馆休息呢?"

当时秦哀公沉溺于酒色之中,不理会国家政务,不管申包胥如何请求,秦哀公始终都不愿意发兵。于是申包胥不脱衣冠,站在秦宫里日夜嚎哭不止,如此七天七夜,一口水都没有喝。秦哀公闻讯大吃一惊,说:"楚国的臣子为了自己的君主,竟然着急成这个样子?楚国有这样的贤臣,吴军还想要灭了楚国;我没有这样的贤臣,吴国怎么能容得了秦国呢?"因此流着泪,写了《无衣》这首诗来表彰申包胥的忠诚。诗中写道:

岂曰无衣？与子同袍。王于兴师，与子同仇。

申包胥得知秦哀公同意出兵的消息，磕头道谢后才开始吃饭。秦哀公命令大将子蒲、子虎带领五百乘战车，跟着申包胥去解救楚国。申包胥说："我们的君主在随国等待救援，就像是大旱时期的禾苗渴望雨水一样。我先走一步，将这个喜讯告诉他。元帅从商、谷向东出发，五天就可以到襄阳，再转头向南进军，就可以到荆门。我带着楚国剩下的军队从石梁山的南边出发，预计不到两个月，就可以跟你们会合。吴国仗着他们屡战屡胜，肯定不会多做防备，而且他们的军士在外面时间久了，都想要回国，若是攻破一军，整个吴军自然就瓦解。"子蒲说："我们不知道路，必须有楚兵来做向导，大夫不要耽误了日期。"

申包胥告别了秦国的元帅，连夜赶到了随国。见到楚昭王后，他说："臣请到了秦国的救兵，现在已经出了秦国边境了。"楚昭王大喜，对随侯说："卜卦人所说的：'西邻为虎，东邻为肉。'秦国在楚国的西边，而吴国在楚国的东边，他的话果然灵验啊！"当时蘧延、宋木等人也整合了剩下的士兵，跟随楚昭王在随国，此时全部出发去和秦军会合，子西、子期率领随国的军队也一起出发。秦军驻扎在襄阳，等待楚国军队的到来。

申包胥带领子西、子期等人与秦军相会后，楚兵先出发，秦兵跟随在后面，在沂水遇到了夫概的军队。子蒲对申包胥说："你率领楚军先跟吴军交战，我在后面支援你。"申包胥便带兵跟夫概交战。夫概仗着自己勇猛，不把申包胥放在眼里。大约交战了十几个回合，没有分出胜负。子蒲、子虎率领秦国大军加入了战斗。夫概看到军队中的旗帜上面有秦字，大吃一惊，说："秦国的士兵什么时候来的？"于是他赶紧鸣金收兵，可是此时吴军已经折损了一大半。子西、子期等人乘胜追击，追逐了五十里才停下来。

夫概逃回了郢都，见到吴王声称秦军势力锋锐，不能抵挡。阖闾心里有些害怕，孙武说："军队就像是兵器，可以短时间使用但是不能持久使用。而且楚国疆域辽阔，楚人心中未必肯服从吴国，臣之前请求立芈胜来安抚楚人，就是因为预测到会有今天的变故。当今之计，不如派遣使者跟秦国通好，承诺再立楚君；将楚国西边的土地割让出来，扩充吴国的边疆，对大王您来说也不是没有好处。要是依然在楚国的宫室中流连不去，跟他们相持久了，楚国人就会因为愤怒而努力作战，而我们吴军已经因为胜利而懈怠了，再加上秦国的兵士就像虎狼一样，臣也不敢保证吴国万全啊！"伍员知道已经没有办法抓到楚王了，因此也认同孙武的说法。就在阖闾想要听从他们两个的意见的时候，伯嚭却说："我们的军队自从离开东吴以后，一路上势如破竹，仅仅经过五次战役就占领了郢都，夷平了楚国。如今一遇到秦军就想班师回朝，为何之前如此勇猛后来就胆怯了呢？臣愿意领兵一万，必定杀得秦军片甲不留。若是不胜利，甘愿受军法处置！"阖闾听了他的话又有了信心，就答应了伯嚭的请求。

　　孙武跟伍员尽力阻止劝说他不要跟秦国交战，伯嚭就是不听。伯嚭带兵出城后，两军在军祥［今湖北随州市西南］相遇，各自排开阵仗。伯嚭见楚军队伍排列不整齐，立刻命令鸣鼓千钧，驾车直接冲进楚国的阵中，正好遇到了子西，大声骂道："你死里逃生，如今还指望死灰可以复燃吗？"子西也骂道："背叛国家的逆贼！今天有什么脸面跟我见面？"伯嚭勃然大怒，拿着长戟直接朝子西刺去，子西也挥舞着长戈迎战。战了没几个回合，子西假装战败逃走。伯嚭不知是计，便追了上去。还没有追二里路，左边沈诸梁带领一支军队杀出来，右边蘧延也带领一支军队杀来，秦国将领子蒲、子虎带着生力军从中间直接贯穿了吴军。三路大军将吴军生生截开，伯嚭左冲右撞，始终不能突破重围。幸好伍员带兵前来，大杀一阵后才将伯嚭救了出来。伯嚭带去的一万军马，战后剩下的不到两千人。伯嚭自己将自己囚禁，入宫请求吴王降罪。孙武对伍员说："伯嚭这个人，自认为有功劳而十分任性自为，时间长了肯定会成为吴国的祸患，不如趁这次兵败，利用军令将他斩首。"伍员说："他虽然有让军队损失惨重的罪过，然而以前的功劳也不小，况且现在大敌当前，不能斩杀自己的大将。"于是伍员启奏吴王，赦免了伯嚭的罪过。

　　秦兵直逼郢都，阖闾命令夫概跟公子山一起守城，自己带领大军驻扎在纪南城，伍员、伯嚭分别驻扎在"磨城""驴城"；各军互相配合，来跟秦军相持。吴王又派人去唐、蔡两国征兵支援。楚国将领子西对子蒲说："吴国将郢都当作巢穴，因此坚守城墙跟我们相持，若是唐、蔡两国来援助，我们就无法抵抗。不如趁这个机会讨伐唐国，若是攻破了唐国，则蔡国肯定因为害怕而守卫自己的国家，那我们就可以专心对付吴军了。"子蒲觉得这个计划可行，就分出来一支军队，攻破了唐国的都城，杀了唐成公，灭了唐国。蔡哀公十分害怕，也不敢出兵帮助吴军了。

　　夫概觉得自己是攻破楚国的首位功臣，就因为在沂水一战中战败，吴王就让他守卫郢都，心里很不高兴。等听到吴王跟秦军相持不下后，他忽然有了篡位的心思，他想："按照吴国的惯例，兄长死后由弟弟继承大统。阖闾死后本来应该由我继位，可是如今吴王立了公子波为世子，我就不能继位了！趁着现在吴军大军出征，国内空虚，我偷偷回国，自称为王争夺王位，岂不是比战争结束以后再争夺王位要轻松吗？"于是他带领军队，偷偷从郢都的东门离开，渡过汉水回了吴国。他对吴国人说："阖闾被秦军打败，不知道去了哪里。按照吴国兄终弟及的规矩，我应当继承王位。"于是夫概自称吴王，让他的儿子扶臧带领众人占领淮水，阻断吴王回国的道路。世子波和专毅听到事变，就率兵登上城墙防守，不让夫概进入都城。于是夫概派遣使者从三江［指吴淞江、钱塘江、浦阳江］到达越国，游说越侯发兵一起夹击吴国，答应事成之后，将吴国的五座城池割让给越国作为谢礼。

阖闾听说秦国灭了唐国，大吃一惊，正想要召集诸位将领商议是战是和，忽然公子山来报告说："夫概不知什么原因，带领本部的军队自行回吴国去了。"伍员说："夫概这样做，一定是想谋反。"阖闾说："现在该怎么办？"伍员说："夫概只不过是个一勇之夫，不足以忧虑。我们应该担心的是，要是越国人听说事变会做些什么。大王应该快快回国，先平定国内的叛乱。"于是阖闾让孙武、伍员退到郢都防守，自己跟伯嚭带领水军顺流而下。渡过汉水以后，阖闾收到了世子波的告急信，信中说道："夫概造反称王，又勾结越兵进入吴国边境，吴国都城危在旦夕。"阖闾大吃一惊，说："果然不出伍员所料。"于是他一边派遣使者前往郢都，召回孙武、伍员的军队；一边连夜返回吴国，沿江传口谕给当地驻守的将士："离开夫概回归军队的人，恢复其本来的职位；后回归的人斩首。"淮水上的士兵全都倒戈回归吴军，扶臧逃回了谷阳。夫概想要拉壮丁补充自己的兵力，可是百姓们听说吴王还活着，都纷纷逃走了。夫概没有办法，只能率领自己的军队出战。阖闾问他："你是我的亲兄弟，为什么要发动叛乱？"夫概回答说："你杀了王僚，难道不是谋叛吗？"阖闾十分生气，对伯嚭说："你去给我抓住这个叛贼！"两军交战了几个回合，阖闾指挥大军直进。夫概虽然勇猛，奈何寡不敌众，战败逃走。扶臧事先在江上准备了船只，接上夫概过江逃到了宋国。阖闾安抚过当地的百姓后，就回到了吴国的都城，世子波迎接阖闾进城，商量抵御越兵的计划。

孙武得到了吴王班师回朝的命令后，正在跟伍员商议如何撤军，忽然有人来报告伍员说："楚军中有人给您送来了书信。"伍员让人将书信拿来，一看原来是申包胥派人送来的。书信中大致说：

你们君臣占据了郢都已经三个季节了，到现在仍然无法安定楚国，这是上天不希望楚国亡国啊！既然你实现了当初"灭亡楚国"的誓言，那么我也要完成当初"让楚国复国"的诺言。朋友之间的情义，是相互成就而不是相互伤害。你要是不让吴军对楚国赶尽杀绝，我也会让秦军给你们留一线生机。

伍员将书信给孙武看后说："我们吴军几万人，长驱直入楚国，烧了他们的宗庙，毁了他们的江山社稷，鞭打了平王的尸体，住在他们活着的臣子家里享受，自古以来臣子报仇，没有这样畅快的。而且秦军虽然打败了我们一部分军队，对我们吴国来说并没有大的损伤。《兵法》说：'见可而进，知难则退。'幸亏楚国不知道我们的危急状况，现在可以退兵了。"孙武说："就这样退兵恐怕被楚人笑话，你为什么不借此为芈胜请命？"伍员说："好。"于是伍员也给申包胥写了一封回信：

楚平王驱逐自己没有过错的儿子，杀死自己没有罪过的大臣，我实在是无法控制心中的怒火，这才做了比较过分的事情。当初齐桓公保存邢国重立卫国，秦穆公三次帮助晋国的君主继位,而不吞并他们的领土,这种高尚的行为至今还在传唱。我虽然没有什么聪明才智,但是也听说过这些道理。现在楚国已故的世子建的儿子芈胜在吴国寄人篱下,名下没有一寸封地。如果楚国能够让芈胜回国,使世子建的亡灵能够得到祭祀,我一定会立刻退兵,让您也完成您的诺言。

申包胥收到书信后,将伍员书信中的内容告诉了子西。子西说:"赐封已故世子的后人,正符合我的心意。"于是他立即派遣使者去吴国迎接芈胜回国。沈诸梁进谏说:"世子建已经被废除了,芈胜就是仇人,为什么要养一个仇人来祸害自己的国家呢?"子西说:"芈胜只是一介匹夫!有什么可担心的?"最后用楚王的命令召回芈胜,承诺赐封给他一块比较大的封地。

楚国的使者出发之后,孙武跟伍员便班师回朝了。只要是楚国府库中的财宝美玉,全部用马车拉走,满载而归,又将楚国境内一万户人家迁移到吴地,用来充实吴国的空虚之地。伍员让孙武从水路先走,自己从陆地回国。在经过历阳山时,他想要找到东皋公报答他,可是东皋公的庐舍已经不在了。又派遣使者去龙洞山打听皇甫讷,竟然也没有得到任何消息。伍员感叹地说:"这两个人真是高人啊!"既然找不到人,伍员就地向空跪拜以后离开了。经过昭关的时候,这里已经没有楚兵把守了,伍员命人将这里摧毁。又过了几日,伍员走到了溧阳濑水,叹息道:"我曾经在此地饥困交加,向一个女子乞讨食物,女子将食物和粥送给了我,她因为避嫌投水自尽了。我曾经在石头上留了字,不知道还在不在?"就命人挖开土,石头上的字依然没有被磨损。他想要用千金来报答这个女子,却不知道她家在哪里,于是就将金子扔到了濑水中,说:"女子若是地下有知,就会知道我没辜负她!"走了不到一里路,路边有一个老太太,看见士兵经过就开始哭泣。军士问道:"你为什么哭的如此悲伤?"老太太回答说:"我有一个女儿,跟着我三十年没有嫁人,之前在濑水边洗衣服的时候,遇到一个穷途末路的君子,于是将饭送给了他,担心事情泄漏影响名誉,就自己跳进了濑水。我听说讨饭的人是楚国逃亡的大臣伍员。如今伍员得胜归来,没有得到他的报答,感叹我的女儿白白死去,所以才这么伤心。"军士对老太太说:"我们的主将就是伍员。他想要用千金报答你,但是不知道你们家在哪儿,已经将金子投到了濑水中,你现在就去吧!"于是老妇人取出金子回家去了。正是有了这个故事,现在人们还把濑水叫作投金濑。后世有人写诗道:

投金濑下水潺潺,犹忆亡臣报德时。
三十年来无匹偶,芳名已共子胥垂。

越国的子爵允常听说孙武等人带兵回到吴国,知道孙武善于用兵,料定难以取胜,也撤兵回国了,说:"越国跟吴国地位一样。"于是他也自称为王。

阖闾在对灭亡楚国的战争进行论功行赏的时候，认为孙武是头功。孙武不愿意当官，坚持请求回山归隐。吴王让伍员说服他留下，孙武偷偷地对伍员说："你知道天道轮回吗？暑热过去以后寒冷就来了，春天过去了秋天就到了。大王仗着吴国强盛，四境之内没有忧虑，必定骄傲享乐。你功成不退，必定有后患。我不是只想保全自己，也想一起保全你。"伍员对孙武的话很是不以为然，于是孙武潇洒离去。吴王赏赐给孙武好几车的金银财宝，孙武全部沿路散发给了穷苦的百姓。后来就不知道他的踪迹了。后世有人称赞孙武说：

孙子之才，彰于伍员；法行二嫔，威振三军。御众如一，料敌若神；大伸于楚，小挫于秦。智非偏拙，谋不尽行；不受爵禄，知亡知存。身出道显，身去名成；书十三篇，兵家所尊。

阖闾拜伍员为相国，伯嚭为太宰，和伍子胥共同管理国家的政务。将阊门改为"破楚门"，又在南边的边境建筑石墙，留门让士兵把守，用来防御越人的入侵，起名叫石门关。越国的大夫范蠡也在浙江口筑城，用来防御吴人，名叫固陵，意思是可以固守国家。这是周敬王十五年的事情。

子西跟子期重新回到郢都后，一面收葬楚平王的尸骨，重新修建宗庙，一面派遣申包胥带领舟师去随国迎接楚昭王。楚昭王跟随侯商定盟约，发誓永远不侵犯讨伐随国。随侯亲自送楚昭王上了船，这才回去。

楚昭王行驶到大江中，靠着栏杆四处眺望，想起往日的困难，如今再次渡过此江，看着水中的波浪自在地追逐，心中十分欢喜。他忽然看到水中有一个东西，就像是斗一样大，颜色是正红色，就让水手将它打捞出来，问了所有的臣子，谁都不认识这是什么东西。于是拔出佩刀将这东西砍开，里面就像是瓜瓤一样，试着品尝一下，竟然十分甘甜美味。楚王将这个东西赏赐给身边的所有人，说："这个没有名字的果实，就等博学的人来辨认吧。"

几天后，他们走到了云中，楚昭王叹息着说："这就是当初我遇到盗贼的地方，不能不记住这个地方啊。"于是停船靠岸，让斗辛带人在这儿建筑了一个小城，以方便行旅之人在此投宿。如今云梦县有一个地方叫作楚王城，就是这个地方的故址。子西、子期等人在离郢都五十里的地方迎接楚昭王，君臣见面后免不了相互安慰一番。

楚王到了郢都以后，看见城外白骨森森，城中的宫殿半数已经被摧毁，不自觉地潸然泪下。楚昭王进宫去见自己的母亲孟嬴，母子之间相对流泪。楚昭王说："国家不幸，遭遇如此大变，导致宗庙被夷平，陵墓受到羞辱，如此奇耻大辱什么时候才可以报回去？"孟嬴说："你今天既然复位，应当先赏罚分明，然后安抚体恤百姓，等到国家的元气慢慢恢复以后再做这样的打算。"楚昭王向孟嬴行礼感谢她的指教。

当天楚王不敢住在寝宫里，留宿在斋宫。第二天，祭祀宗庙并巡查过祖宗陵墓以后，楚王这才升殿上朝，百官都来朝贺。楚昭王说："我任用奸臣，差一点亡国，若不是诸位爱卿，怎么能重见天日。失国，这是我的罪过；复国，全部都是你们的功劳。"众大夫全都稽首，不敢认为自己有功劳。

楚昭王先设宴犒劳秦国的将领，赠送给秦国军队丰厚的礼物后，将他们送回国。然后再对楚国的臣子论功行赏，拜子西为令尹，子期为左尹。因为申包胥去请求秦国出兵援助功劳最大，想要封他为右尹。申包胥说："我之所以向秦国请兵，是为了君主，不是为了自己。君王既然已经返回国家，我也就如愿以偿了，怎么还敢因此而获利呢？"坚持不接受。楚昭王一再逼他接受，于是申包胥带着自己的妻子逃走了。申包胥的妻子问他："你如此辛劳，求来了楚国的援兵，安定了楚国，赏赐你是应该的，又为什么逃走呢？"申包胥回答说："我刚开始因为朋友之间的情谊，没有泄露伍员的行踪，最后让伍员攻破了楚国，这是我的罪过。身负罪责而冒领功绩，我实在感到羞耻！"申包胥带着家人逃到了深山，终身都没有再出来。楚昭王让人请他出山却求而不得，于是在他郢都宅子的门上挂匾称"忠臣之门"。

楚王拜王孙繇于为右尹，说："在云中的时候你为我挡了一戈，我不敢忘记。"其他的如沈诸梁、钟建、宋木、斗辛、斗巢、蒍延等，全部都加官进爵增加封地。他把斗怀叫来，也想要赏赐他。子西说："斗怀想要做杀君弑逆的事情，应该做的是治他的罪，怎么还要赏赐他呢？"楚昭王说："他想要为父亲报仇，说明他是一个孝子。能做孝子，做一个忠臣又有什么困难呢？"于是也封他为大夫。

蓝尹亹请求见楚昭王，楚王想起他不愿意搭载自己的愤恨，将他抓起来想要杀了他，让人对他说："你在路上抛弃了我，如今竟然敢回来，为什么？"蓝尹亹回答说："囊瓦就是因为抛弃仁德树下怨恨，所以才在柏举被打败，大王为什么要效仿他？我的小船跟郢都相比哪一个更安稳？臣之所以在成臼溪抛弃大王，是为了给您一个警告！我今天来，就是想要看大王悔悟了没有！大王不反省失去国家的过错，而牢记臣不搭载你的罪过，臣死不足惜，可惜的是楚国的江山社稷啊！"子西启奏说："蓝尹亹说的话很直率，大王应当赦免他，以牢记之前的失败。"于是楚昭王准许蓝尹亹入朝觐见，让他恢复之前大夫的职位。群臣看到楚昭王宽宏大量，都十分高兴。

楚昭王的夫人已经失身于阖闾，自己羞愧不敢见楚王，于是自缢而死。当时越国跟吴国已经结成仇怨，听说楚王复国，就派遣使者前来祝贺，趁这个机会将宗女进献给楚昭王，楚昭王立她为继室。越姬十分贤德，得到了楚昭王的尊敬和礼遇。

楚王念季芈跟自己共患难的情义，想要为她挑选良婿将她嫁了。季芈说："女子的道义是不接近男人。钟建经常背我，就是我的夫君，还怎么敢嫁给他人？"于是楚王将季芈嫁给了钟建,任钟建为司乐大夫。他又想起已故的相国孙叔敖的在天之灵,让人在云中建立祠堂祭祀他。

子西认为郢都残破,而且吴人长久居住在这里,已经熟悉这里的一切,又选择鄀地筑城建宫殿,建立了宗庙,将都城迁到那里居住,名叫新郢都。楚昭王在新宫殿设酒摆宴,跟群臣宴会。饮酒正痛快的时候,乐师扈子怕楚昭王安享如今的欢乐,忘了昔日的痛苦,再次重蹈楚平王的下场,于是抱琴到楚昭王的面前启奏说:"臣有一首曲子叫《穷鲲》,愿意为大王演奏。"楚昭王说:"寡人愿意欣赏。"扈子拿着琴弹奏,声音十分凄惨愁怨。歌词唱道:

王耶王耶何乖劣?不顾宗庙听谗孽!任用无忌多所杀,诛夷忠孝大纲绝。二子东奔适吴越,吴王哀痛助忉怛。垂涕举兵将西伐,子胥伯嚭孙武决。五战破郢王奔发,留兵纵骑虏荆阙。先王骸骨遭发掘,鞭辱腐尸耻难雪!几危宗庙社稷灭,君王逃死多跋涉。卿士悽怆民泣血,吴军虽去怖不歇。愿王更事抚忠节,勿为谗口能谤亵!

楚昭王很清楚琴曲所述的含义,听后泪流不止。扈子收琴到台阶下,楚昭王也下令结束了宴席。从此之后,楚昭王每天都很早上朝,到了很晚才退朝,辛勤地处理各种政务。他还实行了一系列的改革措施,例如减轻刑罚和赋税、招贤纳士、训练士兵、建设关卡等等。

芈胜回国以后,楚昭王封他为白公胜,建筑了名叫白公城的城池给他,于是芈胜就以"白"做为自己的姓氏,聚集自己本族的人居住在一起。夫概听说楚王不念旧怨,也从宋国前来投奔楚国,楚王知道他勇猛,将堂溪赏赐给他,名为堂溪氏。

子西认为楚国之所以有这样的遭遇都是因唐、蔡而起,唐国已经被灭了,但是蔡国还在,于是就向楚昭王请兵讨伐蔡国。楚昭王说:"国家中的事务刚刚有了头绪,我现在还不想给国民增加负担。"

按照《春秋传》的记载,楚昭王十年出逃,十一年返国,直到昭王二十年才出兵灭了顿国,俘虏了顿国国君牂;二十一年灭了胡国,俘虏了胡国国君豹,报了他们跟从晋国攻打楚国的仇;二十二年围困了蔡国,声讨蔡国跟从吴国进入郢都的罪责,蔡昭侯请求投降,将国家迁移到了长江、汝河之间。楚昭王修养生息了将近十年的时间,这才每次出兵都能取得胜利,楚国也得以复兴,终于使得"湛卢""萍实"这两个祥瑞的出现得到了应验。

第七十八回
会夹谷孔子却齐　堕三都闻人伏法

齐景公见晋国不能讨伐楚国，以致各诸侯都失去了对晋国的信任，心中想要对晋国取而代之，让齐国重新成为霸主的想法越来越强烈了，就联合了卫、郑两国，自称盟主。

鲁昭公之前被强势的大臣季孙意如所驱逐，齐景公想让昭公回到鲁国，但是季孙意如坚决不答应。鲁昭公又去请求晋国的帮助。但晋国荀跞得到了季孙意如的贿赂，也不收留鲁昭公，最后鲁昭公客死他乡。季孙意如废了世子衍以及他一母的弟弟务人的继承资格，拥立鲁昭公的庶子公子宋为君主，史称鲁定公。因为季孙意如跟荀跞之间私授贿赂，所以鲁国依附晋国而不依附齐国。齐侯勃然大怒，用世臣国夏为将军，多次侵扰鲁国的边境，鲁国对齐国的侵略没有一点儿办法。没过多久，季孙如意死了，他的儿子季孙斯接替他的位置，史称季桓子。在鲁昭公还没有被驱逐的时候，季、孟、叔三家就已经瓜分了鲁国的军政大权，各自用自己的家臣当政，鲁国的军中也不再有代表公室的大臣。三家的家臣又窃取了三位大夫的权利，行事肆无忌惮，甚至敢欺凌自己的主人。如今季孙斯、孟孙无忌、叔孙州仇当家，虽然三家在国中三足鼎立，但是下面的各个地区形同独立，当地的官员将治所当成了自己的领地，三家发出的命令根本就得不到执行，三家对此也无可奈何。

季氏宗庙所在的地方是费邑，邑宰是公山不狃；孟氏宗庙所在的地方是成邑，邑宰是公敛阳；叔氏宗庙所在的地方是郈邑，邑宰是公若藐。这三座城市的城墙都是三家自己修建的，十分的结实厚重，就像是曲阜都城一般。这三个邑宰之中，要数公山不狃最为强横。

季氏有一名家臣，姓阳名虎，字货，身高九尺多，力气过人，诡计多端。季孙斯起初将他当作是自己的心腹，让他做自己的家宰[邑宰主邑事，家宰主家事]，后来阳虎渐渐掌握了季氏的大权，自己作威作福，季氏反而要看他的脸色行事，没有一点儿办法。季氏在内被家臣牵制，在外受到齐国的侵扰，却束手无策。当时还有一个人叫少正卯，为人博学多识，巧言善辩，国人都叫他"闻人"，三家都十分依赖器重他。少正卯表面上一套背地里一套，见到三家就称赞他们辅佐君主匡扶国家的功劳，看见阳虎那帮人又夸赞他们秉公不徇私的德行，促使他们挟鲁侯以令三家，将鲁国的上下关系挑拨的水火不容。但是当时的人都觉得他说的话很有道理，没有人能看出他的阴险之处。

孟孙无忌是仲孙貜的儿子、仲孙蔑的孙子。仲孙貜在位的时候，倾慕鲁国孔仲尼的名气，让他的儿子跟从孔仲尼学习礼义。

孔仲尼名叫丘，他的父亲叔梁纥曾经是郰邑的大夫，就是在偪阳手托悬门的那位勇士。叔梁纥娶了鲁国施家的女儿，她生了很多女儿，但是没有生儿子。叔梁纥的妾倒是生了一个儿子，名叫孟皮，但是孟皮的脚有问题，几乎就是一个废人。不孝有三无后为大，于是叔梁纥向姓颜的人家〔即孔仲尼的外公家〕求婚。颜老先生有五个女儿，都没有订亲，他担心叔梁纥年老，对五个女儿说："你们谁愿意嫁给叔梁纥？"五个女儿没有人回答。她最小的女儿叫徵在，出来回答说："女子应该遵循的原则，没有出嫁的时候就要服从父亲的安排，您只管下令就行了，何必问呢？"颜氏很惊讶她能说出这样的话，于是将徵在许配给了叔梁纥。

成亲之后，叔梁纥夫妇担心没有儿子，就一起去尼山中的一个山谷里祈祷。徵在上山的时候，草木的叶子全部向上翻，等到祈祷完毕下山的时候，草木的叶子又全部下垂。当天夜里，徵在在梦里被黑帝召见，嘱托道："你有一个圣子，若是要生产，必定要去空桑中。"醒来之后便有了身孕。有一天，徵在晕晕乎乎的好像是在做梦一样，看见五个老人站在她家的院子里，自称是"五星之精"，还带着一个小兽。这只小兽的身体像牛，但是头上只长了一只角，身上还有龙鳞一样的花纹。小兽面向徵在伏在地上，从嘴里吐出一把玉尺，上面写着："水精之子，继衰周而素王。"徵在心中知道这是一只异兽，就在它的角上系了一条红丝带，然后让小兽离开了。后来徵在将这件事告诉了叔梁纥，叔梁纥说："这个小兽定是麒麟。"

到了产期，徵在问："附近有叫空桑的地方吗？"叔梁纥说："南山有一个山洞，有门但是没有水，俗名就叫空桑。"徵在说："我要到那里去生产。"叔梁纥问她原因，徵在就将之前做的梦告诉了他。叔梁纥认为这必定是神人对徵在的指点，就带着被褥去了南山的山洞里。当天夜里，有两条苍龙从天而降，守在山的左右两边，又有两个神女拿着香露，为徵在沐浴，很久之后才离开。不久徵在在这里产下了孔子。孔子出生后，山洞里忽然冒出一股清泉，而且出来的是温水；当徵在为孔子洗浴之后，泉水就干涸了。现在曲阜南边二十八里有个叫女陵山的地方，就是古代的空桑。

孔子一出生便长得跟别人不一样，牛唇虎掌，鸳肩龟脊，嘴大且深，头顶四周高中间低。他的父亲叔梁纥说："这个孩子秉承了尼山的灵气。"因此给他取名叫丘，字仲尼。仲尼出生没多久叔梁纥就去世了，一直都是徵在养育他。孔子长大后身高九尺六寸，人们称呼他为"长人"。仲尼有圣人的品德，学习孜孜不倦。他曾经周游列国，弟子满天下，国君全都尊敬倾慕他，但是却被当时掌权的权贵所忌惮，使得没有哪个国君能重用他。

这时孔子刚好在鲁国，孟孙无忌对季孙斯说："想要安定国内外的变乱，除非是重用孔子，否则无法达成这个目的。"季孙斯召见孔子，跟他说了一天的话，感觉孔子的智慧、学识就是汪洋大海一般，根本就不知道他的极限在哪里。季孙斯在谈话期间上厕所的时候，从费邑来了一个人，向他报告说："打井的人从土里挖出来一个土罐，里面有一只类似羊的东西，大家都不知道是什么。"季孙斯想要试探孔子的学识，就嘱咐那个人先不要说。回去入座后，他对孔子说："有个人打井的时候挖出来一条狗，您看这是什么东西？"孔子说："照我看来，这个东西一定是羊，而不是狗。"季孙斯惊讶地问他原因。孔子说："我听说山上的怪物叫夔、魍魉，水中的怪物叫龙、罔象，土中的怪物叫羵羊。这个东西是打井的时候挖出来的，也就是说是土里的怪物，所以一定是羊。"季孙斯说："为什么叫羵羊呢？"孔子说："这个东西只是样子像羊，既不是雌性也不是雄性。"于是季孙斯就把那个人叫来，一问，那个东西果然既不是雌性也不是雄性，他吃惊地说："仲尼的学识果然无人能及！"于是任命他为中都宰。

这件事传到楚国后，楚昭王让人带着丰厚的礼物来拜见，向他询问当初渡江所得到的东西到底是什么。孔子告诉使者说："这个东西叫萍实，可以剖开食用。"使者问："夫子是怎么知道的？"孔子说："我以前在楚国问路的时候，听到小儿唱的歌谣说：'楚王渡江得萍实，大如斗，赤如日，剖开品尝甜如蜜。'我是从这个歌谣得知的。"使者问："这种果实常见吗？"孔子说："萍实这种东西没有根茎，也无法在某个地方长时间停留，能够结出果实是千载难逢的事情，哪里是常见的东西。得到萍实是散开又重聚、衰败又复兴的征兆，值得为楚王祝贺啊！"使者回去告诉了楚昭王，楚昭王佩服不已。

在孔子的治理下，中都政治修明，百业兴旺，四方的人都派人来学习他的治理方式，当成自己治理的法则。鲁定公知道他的贤能，任用他为司马。

周敬王十九年，阳虎想要祸乱鲁国而独掌政权。当时叔孙辄在叔氏中不得宠，而且跟费邑的邑宰公山不狃关系很好。阳虎知道后，就和他们两个商议，计划先用计除掉季孙斯，让公山不狃代替季孙斯的职位，让叔孙辄代替州仇的职位，自己代替孟孙无忌的职位。

阳虎倾慕孔子的贤能，想要将他招揽到自己的门下辅佐自己，就让人暗示孔子来见自己，孔子没有答应。阳虎一计不成又生一计，送给孔子一头蒸乳猪。孔子说："阳虎这是想要在我去他家答谢的时候见我啊！"于是让他的弟子趁阳虎外出的时候，将他答谢的名帖送到阳虎家就走了。阳虎用尽了办法，始终无法让孔子追随他。孔子已经看出了阳虎居心叵测，就偷偷地对无忌说："阳虎必定要作乱，作乱一定先从季氏开始。你一定要提前做好准备，才可以避免这场大祸。"无忌假装在南门外建筑房子，立下栅栏堆积了很多木材，挑选出来三百名养牛马的健壮勇士成为自己的佣人，名义上是做工，实际上是防备阳虎作乱。又传话给邑宰敛阳，让他命令甲士等待命令，一旦有紧急情况发生，就带兵连夜赶来救援。

这一年的八月，鲁国将举行祭祀，阳虎想在祭祀仪式的第二天请季孙斯去蒲圃吃饭。无忌听说以后说："阳虎宴请季孙斯，这件事有些可疑。"就让人赶快去告诉邑宰敛阳，约定在中午的时候率甲士从东门到南门，路上注意周围的风吹草动，做好随机应变的准备。

到了宴请的日期，阳虎亲自到季氏的门口，请季孙斯上车。阳虎在前面做向导，阳虎的弟弟阳越在后面，季孙斯的周围全都是阳氏的人，只有驾车人林楚是季氏的门客。季孙斯心中对此很是不安，担心有什么变故，就偷偷地对林楚说："你能将马车赶到孟氏家吗？"林楚点点头，明白了他的意思。等走到了大街上，林楚立刻拉着缰绳让马朝南转向，还用马鞭用力抽打马背，马被打疼了，就跑了起来。阳越看到了，就大喊道："慢一点儿！"林楚装作没听见，又打了几鞭子，拉车的马跑得更快了。阳越十分生气，拉开弓就朝林楚射了一箭，但是没有射中。他也开始用马鞭打马，结果失手将马鞭扔到了地上。等他将马鞭从地上捡起来时，季氏的马车已经跑远了。季孙斯出了南门，直接就进了孟氏家里，关闭了栅栏后大喊："孟孙快救我！"无忌带着三百壮士拿着弓箭埋伏在栅门那里，等待阳越追过来。不一会儿阳越就到了，开始率领他的手下攻打栅栏。无忌一声令下，三百壮士一齐从栅栏内射箭，被射中的人立刻就倒地不起，阳越也身中数箭死掉了。

阳虎走到了东门，回头一看发现季孙斯不见了，就掉头按照原路返回。到了大街后，他问过路的人："你看见相国的车了吗？"过路的人说："他的马受惊了，已经出了南门。"话还没有说完，阳越的败兵到了，阳虎这才知道阳越已经被射死，季孙斯已经躲进了孟氏的新府邸。阳虎勃然大怒，带着手下就去了公宫，胁迫鲁定公出宫。刚好在途中遇见了叔孙州仇，将他也一起劫持了。阳虎将公宫的侍卫和他的私兵全都派了出去，一起在南门攻打孟氏。无忌率领三百人奋力抵抗。阳虎命人用火焚烧栅栏，季孙斯十分害怕。无忌见太阳到了正南方，说："成邑的援兵已经到了，不用担心。"话还没有说完，只见东角边有一员猛将带兵呼啸而来，大喊："不要冒犯我的主公！敛阳在此！"阳虎勃然大怒，便拿着长戈迎战敛阳。两位将领各显本领，对战了大概五十多回合，阳虎越来越有精神，敛阳渐渐力气不足。叔孙州仇突然从后面喊道："阳虎战败了！"立即率领自己的私兵拥着鲁定公向西逃走了，公宫的侍卫也跟着一起跑了。无忌率领壮士打开栅栏杀了出来，这时季孙斯的家臣苦越也率领甲士赶到了。阳虎孤立无援，只好收兵逃走，一直逃到讙阳关据守。三家合兵一起攻打，阳虎无法支撑，命人放火焚烧了莱门，联军只得后退躲避大火，阳虎冒着大火逃了出来，逃到了齐国。他见到齐景公后，将自己占据的讙阳的田地献给齐景公，想要借兵讨伐鲁国。大夫鲍国说："鲁国正重用孔丘，不能跟鲁国为敌。不如抓住阳虎，和以前占领的鲁国田地一起交给鲁国，用来讨好孔丘。"齐景公答应了，就将阳虎软禁在了都城西边。阳虎用酒灌醉了看守自己的人，乘坐轻车逃到了宋国，宋侯让他居住在匡地〔今河南睢县西南〕。但是阳虎虐待匡人，匡人想要杀了阳虎。他在匡地待不下去了，又逃到了晋国，在赵鞅的手下为官。南宋儒家谈论起阳虎作为陪臣竟然谋叛自己的主公，确实是大逆不道之罪。但是季氏放逐了自己的君主，独掌鲁国的政权，家臣在一旁窥探，已经不是一两天了，如今阳虎效仿季氏的所作所为，乃是上天对季氏的报应，不足为奇。有诗写道：

当时季氏凌孤主，今日家臣叛主君。
自作忠奸还自受，前车音响后车闻。

又有人认为，自从鲁惠公去世后，鲁侯就逾越本分用天子才能享用的礼乐；此后鲁国的三桓竟然在家中让人跳《八佾》，唱《雍》歌。诸侯没有把天子放到眼里，大夫不将诸侯放在眼里，那么家臣也不会将大夫放在眼里，所以鲁国这种以下犯上的悖逆行为，也是从上到下传下来的，其根源要追溯到很久以前了。诗说：

九成干戚舞团团，借问何人启僭端？
要使国中无叛逆，重将礼乐问《周官》。

齐景公见阳虎逃跑了，担心鲁国人怪罪他们接纳反叛的人，就让人写了书信给鲁定公，说明了阳虎逃到宋国的原因，然后约鲁侯在齐、鲁两国边境的夹谷山前相会，维护两国友好的关系，约定永远不交战。鲁定公得到书信后，便召集三家共同商议。孟孙无忌说："齐人十分阴险狡诈，主公不能轻易前往。"季孙斯说："齐国屡次兴兵侵略我们，今天想要跟我们重归于好，为什么要拒绝呢？"鲁定公说："我若是前往，该找谁来保驾呢？"无忌说："除了我的师傅孔子，谁都不行。"鲁定公立即召来孔子，请他来主持相关的建交仪式。

车马出行的东西已经准备好了，鲁定公马上要出发的时候，孔子启奏说："臣听说进行政治活动的时候，必须要做好军事方面的准备。军事和政治从来都是不能分割的。以前，诸侯一旦出了国家边境，身边必定要有官员跟从。宋襄公会盂的事情就是前车之鉴。请主公设置左右司马，以备不时之需。"鲁定公按照他的建议，让大夫申句须为右司马、乐颀为左司马，各自率领战车五百乘，跟着他行军。又命令大夫兹无还率领三百乘战车，在离会盟的地方十里之外安营扎寨。

鲁定公到夹谷的时候，齐景公已经先到了，而且设立好了会盟的台子——用泥土堆砌的三层台阶，看上去十分的粗糙。齐侯在台子的右边设置帐篷，鲁侯在台子的左边设置帐篷。孔子听说齐国带来的军队很多，便命令申句须、乐颀紧紧跟随。当时齐国的大夫黎弥以善于谋划著称，自从梁丘据死了以后，齐景公便特别的宠爱信任他。当天晚上，黎弥到齐景公的帐篷求见。齐景公让他进来，问他："你有什么事情吗？这么晚了还到这里来？"黎弥启奏说："齐、鲁之间有仇怨，已经不是一两天了。只是因为孔仲尼贤能，在鲁国任职，恐怕他以后加害齐国，所以才有了今天的齐、鲁两国相会。我观察孔仲尼为人，知书达理但不够勇烈，而且不懂军事方面的事情。明天主公会礼完毕以后，请您演奏各地的音乐以娱乐鲁君，然后让三百个莱夷人假装成乐工，擂鼓上前，找机会拿住鲁侯，并一同抓住孔某人。我再命令军队杀散台下鲁国的士兵，到那时鲁国君臣的性命就掌握在我们的手中，任凭主公处置，岂不是比用战争侵扰讨伐更加好吗？"齐景公说："这件事行不行得通，还需要跟相国商量。"黎弥说："相国素来跟孔仲尼有交情，若是让他知道了这件事，必定不会让我们这么做。臣请求独立完成这件事情！"齐景公说："我听你的，你一定要小心行事！"黎弥便偷偷去跟莱夷士兵约定如何行事。

第二天早上，两位君主聚集在台下，拱手谦让着登上高台，齐国的傧相是晏婴，鲁国的傧相是孔子。两人互相拱手施礼以后，各自跟从自己的主公登上坛交拜。两位君主谈论了两国之间太公跟周公之间的情谊［周武王灭了商纣王以后，姜太公被封到了齐国，周公姬旦被封到了鲁国］，相互赠送了礼物。完成会盟后，齐景公说："我这里有齐国各地的音乐，愿意跟你一同观赏。"于是齐景公传令先让三百莱夷人上前，演奏他们本土的乐曲。台下顿时鼓声大震，三百个莱夷人手中拿着牦牛尾巴及鸟羽装饰旗竿的旌旗、羽袯、矛戟、剑楯，杂乱无章地蜂拥而至，口中的呼声、口哨声此起彼伏。这些人刚走上台阶的一半，鲁定公的脸色就变了。孔子没有任何的害怕，快步走到齐景公的面前，挥着袖子说："两位君主是为了交好才相会，这次出行用的都是中原的礼数，哪里用得上蛮荒之地的音乐？请您命令有司让他们离开。"晏婴不知道这是黎弥的计划，也启奏齐景公说："孔子说的话十分有道理。"齐景公十分惭愧，急忙挥舞袖子让莱夷人退下。黎弥埋伏在坛下，只等莱夷人动手后命令齐国的军队一起发动，这时看到齐侯突然将莱夷人打发了下去，心中十分生气，就喊来本国的乐师，吩咐道："如果宴席间传召你演奏乐曲，一定要演奏《敝笱》这首诗，尽情取笑他们，若是能让鲁国的君臣大笑或是生气，我这里重重有赏。"原来，《敝笱》这首诗说的是文姜淫乱的故事，他想用这件事来羞辱鲁国。黎弥走上台阶启奏齐侯说：

"请弹奏宫中的乐曲,为两位君主祝贺。"齐景公说:"宫中的乐曲跟莱夷的音乐不一样,可以速速演奏。"黎弥传齐侯的命令,让会歌舞的二十多个侏儒,穿着奇装异服在脸上涂画,装成男女,分为两队,一起拥到了鲁侯的面前,又唱又跳,口中所唱的齐歌都是淫秽的词语,一边唱歌一边嬉笑。孔子按着佩剑瞪大了眼睛,看向齐景公启奏说:"戏谑诸侯的人理应当死!请齐国司马执行刑罚!"齐景公不说话,坛上跳舞的艺人依旧像刚才那样嬉闹。孔子说:"两国既然已经通好,就如同兄弟一般,那么鲁国的司马就是齐国的司马。"于是举起袖子向坛下一挥,大声呼喊:"申句须、乐颀在哪里?"两位将军飞驰到坛上,在男女两队中,各自将领班的那个人抓住,当着两位君主的面斩首了,剩下的人受到惊吓赶紧逃走。齐景公心中骇然。鲁定公随即站起身。黎弥刚开始还想在坛下截住鲁侯,但一来因为孔子竟然有这样厉害的手段,二来见申、乐两位将军十分的英勇,三来打探到十里之外就有鲁军驻扎,也只好缩着脖子退了下去。

会盟结束后,齐景公回到了营帐,召来黎弥责怪说:"孔仲尼为自己的君主做傧相,所行之礼都是用的古人之道,你却偏偏让我按照夷狄的习俗,我本来想跟鲁国修好,如今却反目成仇了。"黎弥惶恐不安,赶紧谢罪,一句话都不敢说。晏婴进谏说:"臣听说,小人知道自己的罪过,用话谢罪;君子知道自己的罪过,用东西谢罪。如今鲁国在汶水北岸一带有三处地方,其中一个叫讙,是阳虎献上来的不义之地;第二个地方叫郓,是之前取来让鲁昭公居住的地方;第三个地方是龟阴,是先君齐顷公仗着晋国的势力强行向鲁国索取的。那三个地方都是鲁国之前的领地,如果不归还鲁国,鲁国肯定不会甘心,主公何不趁着这个机会用这三个地方向鲁国谢罪,鲁国君臣必定心中大悦,而齐、鲁之间的交情就稳固了。"齐景公十分高兴,立即命令晏婴将这三个地方归还给鲁国。这是周敬王二十四年的事情。史臣有诗写道:

纷然鼓噪起莱戈,无奈坛前片语何?
知礼之人偏有勇,三田买得两君和。

又有诗单独称赞齐景公可以虚心接受自己的过错,所以是一个贤君,几乎复兴了霸业。诗写道:

盟坛失计听黎弥,臣谏君从两得之。
不惜三田称谢过,显名千古播华夷。

这些汶水北岸的田产本来是之前鲁僖公赏赐给季友者的,如今虽然名义上是归还了鲁国,实际上仍然是季氏的田产。因此季孙斯心中十分感谢孔子,特地在龟阴建造了一座城池,叫作谢城,用来表彰孔子的功劳,并对鲁定公说,升孔子的官职为大司寇。

当时齐国的南境忽然来了一只大鸟,大约有三尺长,身体是黑色的,脖子是白的，嘴巴很长，只有一只脚，拍着一双翅膀在田间飞舞。乡间的农夫追过去想要抓住它，大鸟腾空而起朝北方飞走了。季孙斯听说了这件怪事，就来问孔子。孔子说："这只鸟名叫商羊，出生在北海之滨。天降大雨的时候，商羊就会起舞，所看见商羊的地方，必定有连绵大雨的灾祸。齐、鲁两国接壤，不可不提前做准备啊。"季孙斯提前告诫汶水的百姓们，修建堤坝，修整屋子。没过三天，果然天降大雨，汶水泛滥成灾，鲁国的百姓因为提前做好了准备，所以没有受到水灾的危害。这件事情传到齐国后，齐景公更加觉得孔子是神人。从此以后孔子博学多识的名声传遍了天下，人们都称呼他为圣人。有诗可以证明：

五典三坟漫究详，谁知萍实辨商羊？

多能将圣由天纵，赢得芳名四海扬。

季孙斯问孔子，他的学生中谁愿意出仕，孔子推荐了子路和冉求，季氏全部都用为自己的家臣。有一天，季孙斯忽然问孔子："阳虎虽然离开了，不狃要是再兴兵作乱，该怎么制服呢？"孔子说："想要制服他们，就要先严明礼制。古代的臣子不私藏兵甲，大夫没有高一丈、长三百丈的城墙，因此邑宰就无法再作乱了。您何不毁掉他们的城墙，收缴他们的武器，这样就可以保证永久的平安了。"季孙斯认同他的说法，将孔子的话转告给了孟、叔二氏。孟孙无忌说："为了国家的利益，我们又岂能在乎自己私人的利益呢？"当时少正卯嫉妒孔子师徒都为官，想要败坏他们的功绩，于是让叔孙辄秘密地送信给公山不狃。公山不狃想要占据城池用来谋叛，知道孔子一直都被鲁国人敬重，也想要得到他的帮助，于是赠送给他丰厚的财物，并留下了一封信：

鲁国自从三桓掌握政权以后，君弱臣强，国人心中的怨恨一天比一天多。我虽然是季家的邑宰，却十分地倾慕您的高义，愿意带着费邑归公为鲁侯的大臣，辅佐夫子铲除强暴之臣，或许还可以让鲁国重现周公时期的繁荣。夫子倘若愿意，请移驾到费邑，我们当面商议这些事情。小小礼物不成敬意，请您不要嫌弃。

孔子对鲁定公说："不狃若是叛乱，未免劳民伤财，我愿意孤身前往，说服他回心转意改过自新，怎么样？"鲁定公说："国家事情繁多，全都要仰仗夫子主持大事，你怎么能忍心离开我的身边呢？"于是孔子退还了公山不狃送的财物跟书信。公山不狃见孔子不来，就跟成邑邑宰公敛阳、郈邑邑宰公若藐商议，想要三地同时起兵叛乱。公敛阳跟公若藐全都不同意。

郈邑的司马是侯犯，他十分勇猛，又擅长射箭，郈邑人都怕他，不敢不听他的话。侯犯一直都想要谋逆叛乱，就让喂马的人刺杀了公若藐，自立为郈邑的邑宰，发动郈邑的民众登上城池，以此作为抵御鲁国军队的后盾。

叔孙州仇听说郈邑叛乱了，去告诉了孟孙无忌。孟孙无忌说："我助你一臂之力，共同灭了这个叛乱的奴才。"于是孟、叔两家,联合兵力前往讨伐侯犯,围困了郈邑。侯犯带领全部的人奋力抗战,进攻一方死了很多人,无法取胜。孟孙无忌让叔孙州仇前往齐国请求救援。当时叔孙氏的家臣驷赤也在郈邑中,他假装依附侯犯,侯犯十分亲近信任他。驷赤对侯犯说:"叔氏派遣使者前往齐国请求援军。如果齐、鲁两国合军进攻,我们就无法抵挡了。你为什么不将郈邑献给齐国投降?齐国表面虽然亲近鲁国,实际上内心十分忌惮鲁国。齐国得到了郈邑,就缩短了与鲁国都城之间的距离,齐国必定十分高兴,而且会将多于郈邑几倍的土地赏赐给你作为报酬。总的来说,您既得了土地,还可以脱离危险的困境,又有什么坏处呢?"侯犯说:"这个主意太好了!"于是立即派人前往齐国请求依附,将郈邑献给齐国。齐景公召来晏婴问道:"叔孙氏请求我们派援兵讨伐郈邑,侯犯又将郈邑献给我们请求依附,我该选择谁呢?"晏婴回答说:"我们刚和鲁国改善了关系,怎么可以接受鲁国叛臣所献上的城池?帮助叔孙氏才是正确的选择。"齐景公笑着回答说:"郈邑是叔孙氏的私有土地,跟鲁侯可没有关系。况且叔孙氏君臣之间互为鱼肉,是鲁国的不幸,却是齐国的幸运。我有一个计策,同时答应他们两方来误导他们。"于是让司马穰苴带兵驻扎在齐鲁两国的边界上,观察两方的局势变动:若是侯犯可以抵御叔孙氏,就分出来一队军队占领郈邑,迎接侯犯回到齐国;若是叔孙氏战胜了侯犯,就说帮助他们攻打郈邑,到时候见机行事。从这个做法就可以看出齐景公是多么的奸诈。

驷赤见侯犯派遣的使者去了齐国,又对侯犯说:"齐国刚与鲁国会盟,帮助鲁国还是帮助郈邑还不一定,最好在家门口多准备一些兵器盔甲,万一出了意外还可以自保。"侯犯是个四肢发达、头脑简单的人,将驷赤的话当成了好话,就挑选出来精锐的盔甲还有锋利的兵器留在了城门下。驷赤将信绑在箭上射出了城外,鲁国的士兵捡到后交给了叔孙州仇。叔孙州仇打开书信,见信中写道:"我已经安排好了十几个内应,用不了多久城里就会有变乱发生,主君不用焦急。"叔孙州仇十分开心,就报告给了孟孙无忌,鲁军严阵以待城中的变乱。几天后,侯犯派出去的使者从齐国回来了,说:"齐侯已经答应了,愿意用其他的田地来补偿你。"驷赤去祝贺侯犯回来后,让人对城中的人说:"侯氏将要迁移郈邑的城民去投靠齐国,使者回话说齐国的军队马上就要到了。这该如何是好啊?"一时间城中人心动荡,有很多人去驷赤家里打听消息。驷赤说:"我也听说了,齐国跟鲁国刚通好,不方便占领此地,想要将你们迁走,去充实聊、摄等空旷荒凉的地方。"俗话说"故土难离",真要到了背井离乡的时候,谁不害怕?郈邑人得到了确切的消息,每个人心里对侯犯都很怨恨。

这一天,驷赤听说侯犯正在家里痛饮,就命令自己的几十个心腹在郈邑大喊:"齐国的军队已经到了城外!我们要快些收拾行李,三天内就要动身出发了。"喊完之后大家都哭了起来。郈邑的百姓大吃一惊，全部都聚集在侯氏的门口。此时那些老弱的人什么都做不了，只能痛哭流涕，壮年的人都咬牙切齿，对侯犯十分憎恨。忽然，他们发现侯犯家门口藏了很多的兵器盔甲，刚好可以使用。大家都争抢着穿上了盔甲，各自拿着兵器，大声呼喊着将侯犯家团团围住，就连守城的士兵都背叛了侯氏，跟城中的民众一起作乱。驷赤赶紧进去告诉侯犯说："郈邑的人都不愿意依附齐国，全城的人都叛变了。你还有甲胄武器没有？我愿意亲自率领甲士进攻叛乱的民众。"侯犯说："盔甲跟兵器全部都被城中的人抢夺走了。到了现在这个地步，最重要的就是保全性命。"驷赤说："我就算是丢掉自己的性命也要将你送出去。"于是驷赤出来对众人说："你们都让出来一条路，让侯氏出来，侯氏出了郈邑，齐国的军队就不会来了。"众人按照他的话让出来一条路。驷赤走在前面，侯犯跟在后面，还有侯犯的家属一百多人，坐了十几辆马车，驷赤一直将侯犯送出了东门。随后他又带领鲁军进了郈邑，安抚惊乱的百姓。孟孙无忌请求追击侯犯，驷赤说："我已经答应放他走了。"孟孙无忌听了，也就不再提追赶侯犯的事情了。

侯犯的叛乱被平定后，孟孙无忌将郈邑的城墙降低了三尺，任命驷赤为郈邑的邑宰。侯犯逃到了齐国，穰苴知道鲁军已经安定了郈邑，也撤兵回国了。

公山不狃刚听说侯犯占据郈邑造反，叔氏、孟氏两家带兵前往讨伐，高兴地说："季氏势单力薄！乘虚而入，鲁国就是我的了。"于是带领全部费邑的军队杀到了曲阜，叔孙辄作为内应，打开城门让公山不狃进了城。鲁定公赶紧召来孔子，问他应该怎么办。孔子说："宫中的兵力薄弱，不够用，请主公驾车前往季氏家中躲避。"于是鲁定公驾车到了季氏的家中，季氏家里有一座十分坚固的高台，易守难攻，鲁定公就在高台上住了下来。过了一会儿，司马申句须、乐颀全都到了。孔子命令季孙斯将家里的甲胄兵器全部拿出来，交给司马，让他们埋伏在高台的左右两边，而让宫中的士兵排列站在高台的前面。

公山不狃同叔孙辄商议说："我们此次行动，用的是匡扶宫室、抑制强臣的名义，若是不奉鲁定公为主，季氏就无法攻克。"于是他们一起来到了公宫，却没有找到鲁定公。他们在宫中停留了很长时间，这才知道鲁定公已经去了季氏那里，于是又率领军队去进攻季氏。攻进季家后，定公的人马四散而逃。就在他们认为胜券在握的时候，申句须、乐颀两位大将带领精锐的甲士杀来，孔子扶着鲁定公站在高台上，对费邑的人说："我们的君主在这里，你们难道不知道什么是对什么是错吗？赶快放下手里的武器，君主可以既往不咎！"费邑的人知道孔子是圣人，谁敢不听他的话？于是全都丢下武器，跪拜在高台下投降了。公山不狃、叔孙辄至此一败涂地，又一起逃到了吴国。

叔孙州仇回到鲁国后，说郈邑的城墙已经降低了，于是季孙斯也命令降低了费邑的城墙，恢复了原来的规制。孟孙无忌也想要降低成邑的城墙，公敛阳问少正卯怎么办，少正卯说："郈邑跟费邑是因为发生了叛乱，所以才降低了城墙的高度，若是成邑也降低了，那你跟叛臣又有什么两样？你就说：'成邑是防守鲁国的北大门，若是降低城墙，齐国的军队侵扰我国北边，该如何抵御？'坚持这样的说法，就算是不服从命令，也不会被当作叛乱处理。"公敛阳就按照少正卯的建议，让自己的士兵穿着盔甲登上城墙，谢绝说："我不是为叔孙氏守城，我是为鲁国的江山社稷守城。我担心的是一旦齐国的军队突然到了，这里没有可以防守的地方。即使我这条性命不要，也要和成邑共存亡，绝对不会动城墙的一分一毫！"孔子笑着说："公敛阳是说不出来这些话的，一定是'闻人'教给他的。"

季孙斯为了嘉奖孔子安定费邑的功劳，也因为他知道自己的能力不及孔子的万分之一，就让孔子参与相国的事务，每次有了事情，一定会先征求孔子的意见。每次孔子说出来什么话，少正卯就改变其中的词语或者说法，听到的人都非常的迷惑。孔子偷偷地启奏鲁定公说："鲁国之所以没有振兴，是因为忠奸不分，赏罚没有立下规矩。农夫想让秧苗苗壮成长，必定要先除去杂草。希望君主遇到事情不要息事宁人，请将太庙中的斧钺拿出来，陈列在大殿上。"鲁定公说："好。"

第二天，鲁定公让所有的大臣都参与会议，讨论成邑不降低城墙的好处跟坏处，然后听孔子的裁决。众人有的说应当降低，有的说不应当降低。少正卯为了迎合孔子的想法，献上了降低城墙的六个好处。这六个好处都是什么呢？一是表明了君主的尊贵；二是重新恢复了都城为重的局面；三是可以抑制强臣的势力；四是可以让跋扈的家臣失去依仗；五是可以让叔氏、季氏、孟氏三家的心理得到平衡；六是可以让邻国知道鲁国尊重礼制，更加地敬重鲁国。孔子启奏说："少正卯错了！城只不过是一座孤城，还能有什么作为？况且公敛阳忠于宫室，岂能是嚣张跋扈之人可以相比的？少正卯这是在用花言巧语祸乱朝政，挑拨君臣之间的关系，按照刑法应当诛杀！"群臣都说："少正卯是鲁国有名望的人，就算是说的话不恰当，也罪不至死啊！"孔子又启奏说："少正卯言辞虚伪而且善于争辩，行为邪恶而又固执，只是徒有一个虚名来迷惑众人，不杀他难以治理国家政事。臣的职位是司寇，请求执行少正卯的死刑。"于是命令力士在大殿上绑了少正卯，当场斩首。群臣全都大惊失色，三家心里也都对他十分敬畏。史臣有诗写道：

养高华士太公诛，孔子偏将少正除。

不是圣人开正眼，世间尽读两人书。

自从少正卯被诛杀以后，孔子这才得以施展胸中的抱负，鲁定公跟其他三家全都虚心听从他的意见。于是孔子立下纲常纪律，教导国人礼仪廉耻，因此百姓秩序井然，国家欣欣向荣。三个月后，鲁国风气焕然一新：集市中售卖东西的人，不再哄抬物价；男女走路的时候分成左右两边，不混杂在一起；遇到路上有丢失的东西，都认为占为己有是一种耻辱，不肯捡拾；四方来到鲁国的客人，吃住不愁，宾至如归。国人编了一首歌唱道："衮衣章甫，来适我所；章甫衮衣，慰我无私。"这首歌传唱到齐国后，齐景公大吃一惊，说："我们国家将来必定会被鲁国兼并！"

第七十九回
归女乐黎弥阻孔子　栖会稽文种通宰嚭

夹谷之会后，晏婴回国不久就病死了。齐景公为晏婴的去世悲伤哭泣了几天，正担心朝中没有人可以替代晏婴，又听说孔子治理鲁国，使鲁国得到大治，惊讶地说："孔子必定辅佐鲁国争霸，争霸必定争夺领土，齐国是鲁国的近邻，恐怕会最先受到鲁国的攻击，该怎么办？"大夫黎弥进谏说："主公担心孔子得到鲁侯的重用，为什么不阻止呢？"齐景公说："鲁国将国家政事交给孔子，岂能是我可以阻止的啊？"黎弥说："我听说国家政治清明、社会安定以后，必定会产生骄奢淫逸的陋习。请主公挑选一些能歌善舞的美女，将她们送给鲁国的国君，万一鲁侯接受了，接下来必定会因为怠慢公务而疏远孔子；孔子被疏远了，必定会离开鲁国去其他国家。鲁国失去了孔子，主公也就可以高枕无忧了。"齐景公十分高兴，立即命令黎弥于宫妓中挑选出二十岁以内的容貌美丽的女子，总共八十人，分成十队，让她们穿上锦绣制作的衣服，教她们学习歌舞。舞曲的名字叫《康乐》，其音乐还有动作都是新编的，姿态十分的美丽，前所未有。等她们学会之后，又挑选出一百二十匹良马，每匹马都配有金子装饰的马勒头跟雕刻着精美图案的马鞍，毛色都不相同，一眼望去就像是锦缎一般。一切都准备好之后，齐景公让人将美女骏马送给鲁侯。

使者来到鲁国后，在都城的南门搭了两个用锦绣做成的帐篷，东面的帐篷安放马群，西面的帐篷安置女乐。使者先将国书送给了鲁定公，鲁定公打开一看，上面写道：

姜杵臼向贤德的鲁侯问好，之前我在夹谷之会中对您不够尊重，心中一直都感到不安，幸好君侯觉得我认错的态度还算诚恳，两国这才重归于好。以前因为国内事务繁多，一直都没有怎么联系。现在我有十队歌姬，可以娱乐耳目；骏马三十驷，能够用来拉车。这些东西都送给您和您的手下，希望您们能够喜欢。请一定要收下！

鲁国的相国季孙斯只顾享受安逸的生活，早就忘记了自己的职责，而且心中早就怀有骄奢淫乐的心思。这时忽然听说齐国赠送了这么多能歌善舞的美女，心中十分的羡慕。于是他立即换了便服，带着自己的几个心腹，坐车偷偷地到南门去看美女。此时西边棚子里面的歌女们正在练习乐曲，清脆的歌声嘹亮悦耳，婀娜的舞姿精彩动人，每一个动作都令人心旷神怡。这时候的季孙斯觉得自己就像是到了天宫，看到的是天上的仙女，根本不是凡间的人能够想象的。季孙斯看了很长时间，又欣赏了歌女的绝美容貌、华丽服饰，不由得手脚酥软，目瞪口呆，意乱神迷，就像是魂魄被夺走了。鲁定公一天传召他三次，季孙斯为了看歌女，竟然不肯去见鲁定公。

到了第二天，季孙斯入宫觐见鲁定公，鲁定公将齐侯写的国书展示给季孙斯看。季孙斯启奏说："这是齐侯的好意，不能拒绝。"鲁定公也有想接受的意思，便问："歌女在哪里？可以先观赏一下吗？"季孙斯说："现在就在南门外面。如果主公想要去看，我可以陪你一起去。但是恐怕会惊动百官，不如换成便服比较方便。"于是君臣两人都换掉官服，各自乘坐小车赶往南门，直接到了西棚下面。早就有人给齐国的使者通报了消息："鲁君换了便服亲自来观赏歌女了！"使者吩咐歌女用心表演，于是歌女的歌声更加的娇媚，舞姿更加的诱人，十队歌女你方唱罢我登场，让人耳目充盈应接不暇，把鲁国君臣两人高兴得手舞足蹈，不知该如何是好。有诗可以证明：

一曲娇歌一块金，一番妙舞一盘琛。
只因十队女人面，改尽君臣两个心。

这时有人过来告诉鲁定公东边帐篷里的马是多么多么的优良，鲁定公说："光是这里就是人间罕见的奇观了，马就不必去看了。"

当天夜里，鲁定公回宫后一夜都没有睡着，耳中依然回想着当时听到的乐声，就像是美人就在枕边。他担心群臣知道后议论纷纷，第二天早上单独宣季孙斯进宫，让他随便给齐景公写了一封回信，里面详细地表达了自己对齐侯的感激之情，等等。随后赏给齐国的使者黄金百镒，让他带着回信回国了。接下来鲁定公迫不及待地将歌女接入宫中，其中的三十人赏给了季孙斯，骏马全部自己留下。

鲁定公和季孙斯刚得到了歌女，都陷入了温柔乡里，白天观赏歌舞，晚上就陪同侍寝，一连三天都不理朝政。孔子听说了这件事后，失望地对天长叹。当时他弟子子路在旁边，对他说："鲁君怠慢国家政务，夫子可以离开了。"孔子说："马上就要郊祭了，倘若主公仍然重视这个典礼，国家依然还有的救。"

到了郊祭那天，鲁定公匆匆地走完祭祀的流程后，便立即回到宫中，不但不去上朝，连祭祀用的肉都无心分给诸位大臣。负责分肉的官员追到宫里去找鲁定公，鲁定公将这件事推给了季孙斯，然后季孙斯又推给了他的家臣。

孔子在祭祀过后就回家了，一直到了晚上都没有见到祭祀用的肉。他伤心地对子路说："我的治国之道无法施展了，这是命啊！"于是抚琴唱道：

彼妇之口，可以出走。彼女之谒，可以死败。优哉游哉，聊以卒岁！

唱完，他就整理好装束离开了鲁国，子路、冉有也都丢弃官职跟随孔子离开了，从此鲁国又开始衰败下来。

后世有人写诗道：

几行红粉胜钢刀，不是黎弥巧计高。

天运凌夷成瓦解，岂容鲁国独甄陶。

孔子离开鲁国后先去的是卫国，卫灵公高兴地迎接孔子，询问他交战布阵的事情。孔子回答说："我没有学过这些。"第二天便离开了。

路过宋国匡邑的时候，匡人一直都十分憎恨阳虎，看见孔子容貌跟阳虎相似，以为是阳虎又来了，就聚集在一起将孔子包围起来。子路想要出来迎战，孔子阻止他说："我们跟匡人没有仇怨，他们如此做想必一定是有原因的，用不了多久他们自己就会解开围困。"于是安心坐下来抚琴。刚好卫灵公让人来追孔子，匡人知道是自己认错了人，谢罪以后便离开了。孔子又回到了卫国，住在了贤大夫蘧瑗的家里。

卫灵公的夫人名字叫南子，是宋国的宗女，长得很漂亮，但是生活作风比较糜烂。她在宋国的时候曾经与公子朝私通，公子朝也是个美男子，俊男美女到了一起，比起真正的夫妻也是有过之而无不及。南子嫁给卫灵公以后生了蒯聩，蒯聩长大以后被立为世子，但是她和公子朝的旧情并没有斩断。当时有美男子叫弥子瑕，一直都被卫灵公所宠爱。弥子瑕曾经将吃了一半的桃塞进卫灵公的嘴里，卫灵公高兴地吃了下去，还向别人夸赞弥子瑕说："子瑕真是爱我！这个桃如此美味，不舍得自己吃完，剩下的给我吃了。"群臣全都偷偷耻笑他。弥子瑕仗着君主的宠爱，玩弄权术为所欲为。卫灵公对外宠爱弥子瑕，对内却害怕南子，想要讨好她，于是常常让宋国的公子朝与自己的夫人相会，丑闻传遍了卫国，但是卫灵公却并不感到羞耻。卫国世子蒯聩十分憎恨南子的行为，让家臣戏阳尽快趁着朝见的时候，找机会刺杀南子，想要消除这些丑闻。南子发觉以后，就告诉了卫灵公。于是卫灵公驱逐了蒯聩，蒯聩逃到了宋国，又转而投奔晋国。卫灵公立蒯聩的儿子辄为世子。

孔子回到卫国后，南子请求见孔子。她知道孔子是圣人，非常地敬重。有一天，卫灵公跟南子乘坐同一辆马车出行，让孔子一起陪同。走到街上集市的时候，集市上的人歌唱道：

同车者色耶？从车者德耶？

孔子听到后叹息道："作为一国君主，对贤德的喜爱竟然比不上美色！"于是他离开卫国去了宋国，跟弟子一起在大树下演习礼法。宋国司马桓魋也是因为男色受到了宋景公的宠爱而当权，他忌惮孔子的到来，就让人砍倒了大树，想要找到孔子将他杀死。孔子换上便服离开宋国去了郑国，又从郑国前往晋国，走到黄河边的时候，听说晋国大夫赵鞅杀了郑国的贤臣窦犨、舜华二人。他叹息说："鸟兽还不肯伤害自己的同类，更何况是人呢？"于是又返回了卫国。没过多久，卫灵公死了，卫国人立姬辄为君主，史称卫出公。蒯聩也向晋国借兵，跟阳虎一起袭击戚城占为己有。当时卫国父子之间争夺国家，晋国帮助蒯聩，齐国帮助姬辄。孔子厌恶他们违背伦理，又离开卫国去了陈国，又从陈国去蔡国。

楚昭王听说孔子在陈、蔡两国之间犹豫，就让人请他去楚国。陈、蔡两国的大夫共同商议后，认为楚国要是任用了孔子，那么陈、蔡两国就危险了，于是一同出兵在荒野之地围困了孔子。孔子断粮三天，但是一直都在弹琴唱歌。现在开封府陈州边界有一个地方名叫桑落，这个地方有一个高台叫厄台，就是当时孔子断粮的地方。北宋经学家刘敞有诗写道：

四海栖栖一旅人，绝粮三日死生邻。
自是天心劳木铎，岂关陈蔡有愚臣。

就在第三天的晚上，有一个身高九尺多的怪人穿着黑色的衣服，戴着高帽子，身披盔甲手拿长戈，闯进孔子居住的地方大声呵斥他，声音惊动了左右。子路将他引出来在院子里交战，这人力大无比，子路无法取胜。孔子在一旁观察了很久，对子路说："为什么不刺他的肋骨？"于是子路刺向他的肋骨，那个人顿时就没有了力气，手都抬不起来，随后倒在地上变成了一条大鲇鱼。弟子们都感到非常奇怪，孔子说："世间的东西存在的时间长了，就会有很多的精灵附体。把它杀了就是了，有什么好奇怪的！"然后又命令弟子将它煮熟吃了。弟子们都高兴地说："这真是上天的恩赐啊！"

后来楚国的使者带兵驱散了陈、蔡两国的军队，将孔子接到了楚国。楚昭王对孔子的到来十分高兴，想要将一块方圆六千里的土地赏赐给孔子。令尹子西进谏说："昔日周文王在丰地、周武王在镐地，领地都只有百里，仍能修行仁德，因此灭了殷商。如今孔子的德行不输周文王跟周武王，他的弟子又都是有大贤德的人才，若是有了自己的领地，灭亡楚国算不上什么难事。"于是楚昭王打消了分封孔子的想法。

孔子知道楚国不会重用他，便回到了卫国。卫出公想要将国家政务交给他，孔子拒绝了。鲁国相国季孙肥也来请孔子的学生冉有，孔子因此返回了鲁国。鲁国用对待告老还乡的大夫的礼数来对待孔子。在孔子的学生中，子路、子羔在卫国为官，子贡、冉有、有若、宓子贱在鲁国为官。

吴王阖闾自从打败楚国以后，威镇中原，不可一世，吴王开始大肆游玩享乐。

他大兴土木，在国都中建筑了长乐宫，在姑苏山建筑了一个高台。姑苏山在都城西南三十里的地方，也叫姑胥山。他在胥门外修建了一条弯弯曲曲的路，做为通往山上的道路，春夏住在姑苏山上，秋冬就住在城中。

这一天，阖闾想起越人攻打吴国的仇恨，想要报这个仇，又听说齐国跟楚国互派使者交好，生气地说："齐、楚两国交好，将是我国北方的威胁！"于是想要先讨伐齐国，再讨伐越国。相国伍员进谏说："互派使者交好是邻国之间常有的事情，齐国未必是想要帮助楚国谋害吴国，不可以就这么仓促出兵。如今世子波的正妃已经死了，还没有继室，大王为何不派遣使者前往齐国求婚？如果他们不愿意，再攻打齐国也不晚。"阖闾同意了，就让大夫王孙骆前往齐国为世子波求婚。

当时齐景公已经年迈，当初的雄心壮志已经消磨殆尽，再也不能振作起来。他只有一个小女儿没有出嫁，不忍心将她远嫁吴国。无奈朝中没有良臣，害怕一旦拒绝吴国的请求，吴国就会兴兵讨伐，要是像楚国一样受到兵灾，后悔也来不及了。大夫黎弥也劝说齐景公跟吴国通婚，不要激怒吴国。齐景公不得已，只得将自己的幼女少姜许配给吴国成婚。王孙骆回复给吴王，吴王又让他将聘礼呈送景公，迎娶他的女儿回吴国。齐景公爱女儿但是又畏惧吴国，两种心思相互交缠，不由得流出眼泪，叹息说："若是晏婴、司马穰苴其中一个人在，我也不用害怕吴国人了。"齐景公对大夫鲍牧说："劳烦爱卿将我的女儿送到吴国，这是我心爱的女儿，嘱托吴王好生照看。"临行前，齐景公亲自扶少姜上车，送出南门外才返回。鲍牧侍奉少姜到了吴国，敬致了齐侯的嘱托。因为倾慕伍员的贤能，二人成了好朋友。

少姜当时还小，不知道夫妇之间的欢乐，跟世子波成婚以后，一心思念父母，白天晚上地哭泣。世子波再三安慰，仍然无法抚平她的哀伤，时间久了少姜抑郁成疾。阖闾可怜她，就改造了北门的城楼，装饰得十分豪华，将名字改为望齐门，让少姜每天登上城楼游玩。少姜靠着栏杆北望，看不见齐国，更加悲哀，病情也更加严重。临死前，她嘱托世子波说："我听说虞山的顶峰可以看见东海，请您将我安葬在那里，倘若我的魂魄有知，或许还能看到齐国！"世子波在请示过阖闾后，将少姜安葬在了虞山顶上。如今常熟县虞山有齐女墓，又有望海亭，齐女墓就是少姜的坟墓。张洪写的《齐女坟》这首诗可以证明。诗写道：

南风初劲北风微，争长诸姬复娶齐。

越境定须千两送，半途应拭万行啼。

望乡不惮登台远，埋恨惟嫌起冢低。

蔓草垂垂犹泣露，倩谁滴向故乡泥？

世子波思念少姜，也得了病，没过多久就死了。阖闾想要在诸位公子中挑选出来可以立为世子的人，但无法决定，就想和伍员商量。世子波以前的妃子生了一个儿子名叫夫差，已经二十六岁了，长得精神饱满、英勇伟岸，一表人才。夫差听说他的祖父阖闾在挑选立嗣的人选，就提前拜见伍员说："我是嫡孙，如果想立世子，人选除了我还有谁？这就是相国一句话的事情。"伍员答应了他。过了不久，阖闾派人传召伍员商议立储君的事情。伍员说："世子应当立嫡，就不会生出乱子。如今世子虽然已经不在了，但是嫡孙夫差还在。"阖闾说："我觉得夫差愚蠢而且不仁义，恐怕不能继承吴国的大统。"伍员说："夫差诚信爱人，遵守礼仪，父亲死了儿子继承是天经地义的事，地位又有什么可迟疑的呢？"阖闾说："我听你的，你好好地辅佐他。"于是阖闾就立夫差为太孙。夫差知道后，就到伍员家跪拜道谢。

周敬王二十四年，阖闾已经年老迟暮，性情十分急躁，听说越王允常死了，他的儿子勾践刚刚被立为君主，就想趁越国丧葬期间讨伐。伍员进谏说："越国虽然有袭击吴国的罪名，但是现在越国正是大丧期间，讨伐不吉祥，过一段时间再说吧。"阖闾不听，留下伍员跟太孙夫差守国，亲自带领伯嚭、王孙骆、专毅等人，以及挑选出的三万精兵出了南门朝越国进军。越王勾践亲自带领军队抵御，他任命诸稽郢为大将，灵姑浮为先锋，畴无余、胥犴为左右翼，跟吴军在槜李相遇，在相隔十里的地方各自安营扎寨。两方交战了几场，没有分出胜负。阖闾勃然大怒，就带领全部的吴军在五台山列阵，告诫军中的人不要轻举妄动，等到越国军队懈怠的时候趁机进攻。

勾践看吴国列阵的军队队列整齐，兵器盔甲十分精良，就对诸稽郢说："吴军实力强大，不能轻敌，必须用计谋扰乱他们。"于是让大夫畴无余、胥犴监督敢死队，左右各五百人。左边的五百人拿着长枪，右边的五百人拿着大戟，大喊一声朝吴军杀奔而去。吴军根本不理会越军的进攻，因为他们的阵脚都有弓箭手把守，牢固得就像是铜墙铁壁一样。越军进攻了三次，全都无法突破，只能退回去。见勾践没有办法，诸稽郢偷偷地启奏说："可以使用罪人。"勾践恍然大悟。

到了第二天，他秘密地传下军令，将军中携带的死刑犯全部带了出来，总共三百人，分为三队，全都脱去衣服，脖子上挂着剑，一步一步地走向了吴军。领头的人说道："我们的君主越王不自量力，得罪了上国，使得你们来讨伐越国。我们不敢苟活，愿意一死来代替越王的罪过。"说完，这些人按照顺序依次自刎。吴军从来没有见过这样的举动，觉得十分奇怪，都目不转睛地看着他们，交头接耳地议论是怎么一回事。这时越军忽然鸣鼓进攻，畴无余、胥犴率领两队敢死队，各自拿着大盾、手持短兵器呼喊着跑了过来。吴军心中慌乱，于是队列便乱了。勾践率领大军随后跟进，右有诸稽郢，左有灵姑浮，冲开了吴军的阵仗。王孙骆舍命挡住了诸稽郢；灵姑浮挥舞着长刀左冲右撞找人厮杀，正好遇到吴王阖闾。灵姑浮举起长刀就砍，阖闾向后一躲，长刀砍中了吴王的右脚，大脚趾被砍断了，一只鞋也掉到了马车下。幸好专毅带兵赶到，解救了吴王，然而专毅也身受重伤。王孙骆知道吴王负伤后，不敢继续作战，赶忙鸣金收兵，又被越兵追杀了一阵，吴军死伤过半。阖闾伤势严重，立刻收兵回了营寨。灵姑浮拿着吴王的鞋子献功，勾践十分高兴。

吴王年事已高，不能忍受伤痛，到了七里之外大叫一声便死了。伯嚭护送吴王的尸体先回国，王孙骆带兵断后慢慢后退。越兵也没有继续追赶。后世有人写诗谈到，吴王阖闾用兵不止，这才导致了这场大祸。有诗写道：

破楚凌齐意气豪，又思吞越起兵刀。

好兵终在兵中死，顺水叮咛莫放篙。

吴国的太孙夫差将祖父阖闾的尸体运送回国，入殓之后就继位为王。看完风水算完卦，决定将阖闾安葬在破楚门外的海涌山，调集工人凿穿山体做为墓穴，将专诸所用的鱼肠剑用来陪葬，还有其他的宝剑盔甲六千副，以及金玉之类所做的器具等，将整个墓穴都填满了。安葬以后，将工人全部杀死用来殉葬。三天后，有人看到墓穴处有一只白虎卧在上面，因此取名为虎丘山。懂得天象的人说，这是因为里面埋了太多的金属，五金之气泄露出来形成的。后来秦始皇让人挖开阖闾的坟墓，凿开山寻找鱼肠剑并没有找到，凿开的地方便成了深涧，就是现在的虎丘剑池。专毅因为伤势严重死去了，也一起葬在了山后，现在也不知道究竟埋在了哪个地方。

夫差安葬了祖父以后，立自己的长子友为世子。他让十个使者轮流站在院子里，每当自己出入经过的时候，就大声呼喊他的名字问道："夫差！你忘了越王杀了你的祖父了吗？"每次夫差都流着泪回答说："是！不敢忘记！"以此来告诫自己时刻保持警醒。他命令伍员、伯嚭在太湖训练水手，又在灵岩山设立训练射箭的射棚，计划等三年守丧期一过，便为祖父报仇雪恨。这是周敬王二十四年的事情。

这时晋顷公已经失去了对政权的控制，韩不信、赵鞅、魏曼多和智氏的荀跞、范氏的士吉射、中行氏的荀寅六位上卿结党营私，争权夺利。荀寅与士吉射的关系很好，还结成了儿女亲家，韩不信、魏曼多二人对他们十分忌惮。荀跞有一个宠臣叫梁婴父，荀跞想要任命他为卿。梁婴父仗着荀跞的宠爱，计划驱逐荀寅后接替他的位置，因此荀跞跟范氏、中行氏的关系恶化了。上卿赵鞅有一个同族兄弟的儿子叫赵午，封地在邯郸。赵午的母亲是荀寅的妹妹，因此荀寅称呼赵午为外甥。前些年，卫灵公跟齐景公合谋背叛晋国，晋国赵鞅率领军队讨伐卫国，卫国害怕了，进贡五百户人谢罪，赵鞅将这五百户人留在了邯郸，称之为"卫贡"。没过多久，赵鞅想要将这五百家人迁移到晋阳，用来充实晋阳的人口，赵午担心这些卫国人不愿意，没有立即奉命行事。赵鞅生气赵午违抗了自己的命令，就将赵午骗到了晋阳，将他抓起来杀了。荀寅生气赵鞅私自杀了自己的外甥，因此跟士吉射商议，想要共同攻打赵氏，为赵午报仇。赵氏有一个谋臣叫董安于，当时为赵氏守卫晋阳城，听说范氏跟中行氏的阴谋以后，特地到了绛城，告诉赵鞅说："范氏跟中行氏正相互勾连，一旦作乱，恐怕无法制服他们，主君应当提前做好准备。"赵鞅说："晋国有律令，先作乱的人一定会被诛杀，等到他们先发动叛乱以后再做出应对就可以了。"董安于说："与其伤害更多的百姓，我宁愿自己独死，若是有事，我一人承担责任。"赵鞅没有答应董安于的请求。董安于偷偷地准备了盔甲兵器，等待范氏跟中行氏作乱。荀寅、士吉射对国人宣扬称："董安于私藏兵器是想要害我们。"于是联合两家的士兵讨伐赵氏，围攻赵氏的官舍。幸好董安于有所准备，带兵杀出一条血路，保护赵鞅逃到了晋阳城。赵鞅担心二氏来攻打，就建造堡垒作为守卫的工事。荀跞对韩不信、魏曼多说："赵氏是六卿之首，荀寅跟士吉射没有君主的命令擅自驱逐他，政权就会落到他们两家手中。"韩不信说："我们就以范氏、中行氏两家首先挑起叛乱的名义，合力驱逐他们。"于是三人一同前往去向晋定公请命，各自率领家中的甲士帮助晋定公讨伐两家，范氏跟中行氏两家全力抵抗却无法取胜。士吉射计划劫持晋定公，韩不信就让人在集市中大喊："范氏、中行氏谋反，来劫持君主了！"国人信以为真，各自拿着兵器来解救晋定公。三家借助国人的力量，杀败了范氏、中行氏的军队，荀寅、士吉射逃到了朝歌。

韩不信对晋定公说："范氏、中行氏先挑起叛乱，如今已经被驱逐。赵氏世代对晋国有大功，应当让赵鞅官复原位。"晋定公向来都是言听计从，于是将赵鞅从晋阳召回来，恢复了他的爵位跟俸禄。

梁婴父想要接替荀寅的爵位，荀跞向赵鞅请求，赵鞅又询问董安于，董安于说："就是因为晋国的政权掌握在多家人的手中，所以才祸乱不断。若是立梁婴父为上卿，就是又多了一个'荀寅'啊！"于是赵鞅拒绝了梁婴父的要求。梁婴父很恼怒，知道是董安于阻止自己成为上卿，就对荀跞说："韩不信跟魏氏都是赵鞅的党羽，智氏势单力薄。赵鞅依靠的是他的谋臣董安于，为什么不除掉他呢？"荀跞问："有什么除去董安于的计划吗？"梁婴父说："董安于私藏兵甲，因此激怒了范氏跟中行氏叛乱。若是论谁才是罪魁祸首，还应该是董安于。"荀跞用梁婴父的话去责备赵鞅，赵鞅害怕了。董安于说："臣向来都期望以死明志，如果我死了可以让赵氏安宁，那就比活着更有价值。"回去后董安于就自缢而死。赵鞅将董安于的尸体放在集市上，让人告诉荀跞说："董安于已经认罪服法了。"于是赵鞅跟荀跞歃血为盟，约定两家永远不互相谋害。赵鞅偷偷地在家庙之中祭祀董安于，来答谢他的功劳。

荀寅、士吉射一直居住在朝歌，那些背叛晋国的诸侯都想借他们的手去削弱晋国。赵鞅多次带兵攻打朝歌，齐、鲁、郑、卫几国派遣使者给朝歌送去粮食、武器支援他们，导致赵鞅一直无法攻克朝歌。一直到周敬王三十年，赵鞅联合了韩、魏、智三家的兵力，才攻下朝歌城。荀寅、士吉射先是逃到了邯郸，后来又逃到了柏人。没过多久，柏人城又被攻破了，他们的党羽范皋夷、张柳朔都战死了。豫让被荀跞的儿子荀甲抓住了，荀甲的儿子荀瑶为他求情，于是豫让又成了智氏的家臣。荀寅、士吉射又逃到了齐国。可怜荀林父五代传到荀寅、士芳七代传到士吉射，祖上全都是晋国的左膀右臂，子孙却因为贪图权力，最后被灭了族，实在是悲哀啊！晋国的六卿，从此以后只剩下赵、韩、魏、智这四卿。后世有人写诗道：

六卿相并或存亡，总是私门作主张。

四氏瓜分谋愈急，不如留却范中行。

周敬王二十六年二月，吴王夫差守丧期已满，于是在太庙祷告之后，征集了全国的兵力，以伍员为大将、伯嚭为副将，从太湖走水道进攻越国。越王勾践召集群臣商议，准备出军迎战。大夫范蠡［字少伯］走出来启奏说："吴国认为他们国君的死是奇耻大辱，发誓一定要报仇雪恨，如今守丧期即满。吴军心中充满了愤恨，齐心协力，我们肯定无法抵挡。应当收兵坚守国家才是上计啊！"大夫文种启奏道："以臣的愚见，倒不如先用谦卑的言辞写一封书信向吴国谢罪，请求讲和，等他们退兵以后再做打算。"勾践说："两位爱卿说的守国讲和，都不是最好的应对方式。吴国是我们的世仇，他们进攻我们却不迎战，肯定会认为我们越国不能作战。"于是勾践率领国中全部的青壮年男子，总共三万人，在椒山下迎战吴国。

刚一交战吴军就开始后退，被杀伤的大约百十人。勾践乘胜追击，追了大约几里路，正好遇见夫差的大军，两军相互布阵大战。夫差站在船头亲自拿着鼓槌击鼓，来鼓舞士气，吴军顿时精神振奋。这时忽然刮起了强劲的北风，长江里的水被刮得波涛汹涌，伍员、伯嚭各自乘坐余皇大舰扬帆顺风而下，船上用的全部都是强弓劲弩，射出去的箭就像是飞蝗一样密密麻麻。越军迎着风无法抵抗敌军，大败逃走，吴军分成三路追击。越国的将领灵姑浮乘坐的船翻了，结果溺水而亡，胥犴也中箭而死，吴军乘胜追击，杀死的越军不计其数。勾践逃到了固城自保，吴军将固城重重围住，断绝了他们的水源。夫差高兴地说："用不了十天，越军全部会被渴死。"谁知道山顶上有一个灵泉，泉水中还有很多的鱼。勾践命人取了数百条鱼送给吴王。吴王见山上竟然有吃有喝，大吃一惊。勾践让范蠡留下来坚守固城，自己率领残兵趁吴军不注意逃到了会稽山。到达后统计兵力，只剩下了五千多人。勾践叹息说："从先君到我，三十年来从来没有打过这样的败仗！真是后悔当初没有听范、文两位大夫说的话，才落得如此下场啊！"

吴军更加抓紧进攻固城，伍员驻扎在固城的右边，伯嚭驻扎在固城的左边。范蠡一天接连三次向越王告急，越王十分害怕，文种献计说："事情紧急！现在请和还来得及。"勾践说："吴国若是不愿意，该怎么办？"文种回答说："吴国的太宰是伯嚭，这个人贪财好色，贪图功绩嫉妒贤能，虽然跟伍员同朝为官，但是却志趣不合。吴王害怕伍员，却跟伯嚭亲近。若是我偷偷地到伯嚭的营地，取得他的欢心，和他签订和约，他去游说吴王，吴王肯定会听。就算是伍员知道后阻拦，也无济于事了。"勾践说："爱卿去见太宰，用什么贿赂他？"文种回答说："军中所缺少的就是女色，可以将美女献给伯嚭，上天若是不想让越国的国祚断绝，伯嚭必定会接受。"于是勾践连夜派遣使者前往都城，让自己的夫人在宫中挑选出了八个美女，盛装打扮之后，再加上二十对白璧、黄金千镒，让文种带着在晚上去了伯嚭的营地。

伯嚭刚开始不想见，就让人去应付一下，后来听说来人带有礼物，这才让他们进了营地。伯嚭傲慢地坐在上首等待来人的拜见，文种跪下行礼道："我们的君主勾践年少无知，不能好好地侍奉大国，以致于得到惩罚。如今我们的君主追悔莫及，愿意带着国家成为吴国的臣子，但是又恐怕吴王心中记恨不接纳。我们知道太宰您有赫赫功绩，在外是保卫国家、御敌立功的将领，在内是吴国的骨干，吴王最亲信的人，因此我们的君主让下臣文种来拜访您，希望您能说句话，让我们国家重新回到吴国的宇下。小小礼物，聊表我们对您的敬意，从此以后定当源源不断送来。"然后将行贿的礼单呈了上去。伯嚭脸上依然带着怒色说道："越国旦夕之间就可以被攻破，只要是越国的东西，还用的着担心不会成为吴国的吗？你们还想用这区区小利来引诱我吗？"文种又说道："越国虽然兵败，但是依然还有五千精兵可以保护会稽，可以奋力一战。若是战败，就将国库中珍藏的宝物全部焚烧，然后逃到其他国家，像楚王一样再做打算，怎么会拱手让给吴国呢？就算是全部归吴国所有，但是大半财物都会送到吴王的宫中，太宰跟诸位将领也只不过是分得其中的十之一二。但是如果您帮助越国达成和议，我们的君主不是委身于吴王，其实是委身于太宰啊！春秋两季进贡的时候，吴王的东西还没有送进王宫，送给太宰的东西就已经到了贵府，这就意味着太宰您独自占有了整个越国的利益，诸位将领也不能分享。况且困兽还知道战斗，我们越国背水一战，还不知道有什么不可预测的结果！"文种的一番话说到了伯嚭的心里，不自觉地点头微笑。文种又指着单子上所进献的美人说道："这里的八个人，都是从越国宫中精心挑选出来的，要是民间有比这些更美的人，我们的君主如果可以活着返回越国的话，一定会全力搜寻，进献给太宰您享用。"伯嚭站起来说："大夫不去找伍员而是来见我，肯定是知道我不是那种趁人之危的人。明天我就带你先去见我们大王，来决定这个事情。"于是将越国所献的东西全部收下，将文种留在营帐中，好好地招待他。

第二天早上，文种跟伯嚭一同前往中营去见夫差。伯嚭先进去，详细地叙述了越王勾践让文种来请求讲和的诚意。夫差勃然大怒说："越国跟吴国有不共戴天之仇，怎么能允许他们求和呢？"伯嚭回答说："大王不记得孙武的话了吗？'兵凶器，可暂用而不可久也。'越国虽然得罪了吴国，但是现在越国已经对吴国认输了，他们的君主请求成为吴国的臣子，他的妻子请求成为吴王的妾室，越国的宝物珍玩，全部拿出来献给吴国，他们对大王唯一的请求，就是保留越国的宗祀而已。我们接受越国的投降，其实是得到了丰厚的利益；赦免越国的罪责，其实是在诸侯国显扬名声。名利双收，吴国就能成为霸主。如果一定要举兵灭了越国，勾践一定会焚烧了宗庙，杀了妻子，将国中的财物沉到江底，率领五千个死士奋力跟吴国背水一战，难道跟随大王的人都能全身而退吗？与其杀了勾践，倒不如得到越国更加有利。"夫差心动了，问伯嚭："如今文种在哪里？"伯嚭回答说："现在就在帐幕外等待传召。"于是夫差命文种前来相见。文种跪下来用膝盖走上前，又重述了之前的说法，而且更加的卑微谦逊。夫差说："你们的君主请求成为我的臣子，能跟着我回吴国吗？"文种磕头说："既然愿意成为您的臣子，生死都是由君主决定，怎么敢不服侍在您的身边！"伯嚭说："勾践夫妇愿意来吴国，吴国名义上是赦免了越国，实际上是已经得到了越国啊，大王还有什么可要求的呢？"于是夫差答应了越国的议和。

　　之前就有人到右营去报告伍员。伍员连忙赶到中营，看见伯嚭跟文种都站在楚王的身边。伍员怒容满面地问吴王："大王已经答应了越国的和议吗？"吴王说："已经答应了。"伍员连声喊道："不可！不可！"吓得文种接连后退好几步，一言不发地听他的解释。伍员说："越国跟吴国相邻，两国之间势不两立，若是吴国不灭了越国，越国必定灭了吴国。秦国跟晋国，就算是我们打败他们，得到他们的土地也无法居住，得到他们的马车也无法乘坐。但是攻打越国胜利后，他们的土地我们可以居住，他们的船我们可以乘坐，这对江山社稷有利，不能放弃啊！况且先王被吴国所害，不灭了越国，那所立下的誓言又如何交代？"夫差不知道该如何回答，只能看向伯嚭。伯嚭上前说："相国说的不对！先王建立国家，水陆并重，吴、越两国擅长水路，秦、晋两国擅长陆路。若是因为他们的土地我们可以居住，他们的船我们可以乘坐，说吴、越两国无法并存，那秦、晋、齐、鲁都是陆地的国家，他们的土地也可以互相居住，他们的马车也可以互相乘坐，他们四个国家难道也要合并成为一个国家吗？若是说先王的大仇，必定是无法赦免，那相国您跟楚国的仇恨不是更深吗？为什么不灭了楚国而允许他们讲和呢？如今越王夫妇都愿意来吴国服侍大王，再看楚国仅仅只是接纳了芈胜，两者之间更是不能相比，相国自己做着忠厚的事情，却想要让我们大王承受刻薄的名声，忠臣不是这样的。"夫差高兴地说："太宰所言在理，相国暂且退下吧，等到越国礼到的那天，我一定分出来一些赠送给你。"伍员被气得面如死灰，叹息道："我真是后悔不听被离的话，跟你这样的奸臣同朝为官！"伍员口中的怨恨之言不断，无奈地走出营帐，对大夫王孙雄说："越国十年繁衍人口，再加上十年的教育，只需要用二十年，吴国的宫殿就会成为一片沼泽啊！"王孙雄觉得伍员说的话太夸张了。伍员胸怀愤恨，自己回到了右营。

夫差命文种回复越王，再到吴国军营中感谢。夫差询问越王夫妇进入吴国的日期，文种回答说："我们的君主承蒙大王赦免不杀，将暂且回到国中，将全部的财物一并收拾完，用来进献给吴国，希望大王可以稍微宽限期限。如果我们负心失信，又怎么能逃过大王的诛杀呢？"夫差答应了，约定在五月中旬的时候，越王夫妇两人进入吴国称臣。于是夫差派遣王孙雄押解文种一同回到越国，催促越王起程；太宰伯嚭带兵一万驻扎在吴山等待，如果到了期限越王还不来，就直接灭了越国再回去报告；他带领大军先班师回朝。

第八十回
夫差违谏释越　勾践竭力事吴

越国大夫文种得到吴王夫差允许讲和的承诺后，立刻回去报告给越王，说："吴王已经班师回朝了。他派遣大夫王孙雄跟随我来到这里，催促大王起程，太宰伯嚭带兵驻扎在吴山，专门等待大王过江。"越王勾践听了，不由得泪流满面。文种说："五月去吴国的期限已经十分紧迫了！大王应该赶快回国，料理国中事务，不必在这里无益地哭泣。"于是越王收起眼泪，回到了越都，看到市井跟以前一样，只是街上的壮丁萧条，觉得十分惭愧。他将王孙雄留在了驿馆，收拾国库中珍藏的宝物，都装到了马车上；又从国都中选出三百三十名美丽的女子，其中三百人送给了吴王，三十人送给了太宰。在还没有到出发之日的时候，王孙雄就接连催促。勾践哭着对群臣说："我继承先人留下来的江山，每天兢兢业业，不敢怠慢荒废。如今椒山一战，便导致如今的家破人亡，远行千里去做俘虏，此次出行有去无回啊！"群臣也都流泪不止。文种上前说道："昔日汤被夏桀囚禁在夏台，周文王被囚禁在羑里，最后都一举成为王者；齐桓公逃奔到莒国，晋文公逃奔到翟国，后来都一举成为霸主。如此艰难困苦的环境，是上天想要大王成为霸主所要对您的磨练。大王顺从天意，自然有兴盛的那一天，又何必过于悲伤，自己损伤自己的志气呢？"于是勾践当天就祭祀了宗庙，王孙雄提前一天走，勾践跟夫人随后出发，群臣都到浙江边上送行。范蠡已经在固陵准备好了船来迎接越王。在水边祭祀路神的时候，文种举着酒杯走到越王面前，致辞道：

皇天祐助，前沉后扬；祸为德根，忧为福堂。威人者灭，服从者昌；王虽淹滞，其后无殃。君臣生离，感动上皇；众夫哀悲，莫不感伤！臣请荐脯，行酒二觞。

勾践仰天长叹，举起酒杯泪流满面，沉默不言。

范蠡进谏说："臣听说：'居不幽者志不广，形不愁者思不远。'古代的圣贤之人，都遭遇过厄运的困扰、囚禁的耻辱，也不是只有主公一个人！"勾践说："昔日尧重用舜、禹而天下大治，即使是洪水，也无法伤害国人。我今天要离开越国前往吴国，将国家托付给诸位大夫，诸位大夫用什么来完成我的期望呢？"范蠡对诸位大臣说："我听说'主忧臣辱，主辱臣死'。如今主公有离开国家的忧患、侍奉吴国的耻辱，我们浙东的土地上，难道没有一两个豪杰，跟君主一起分担忧虑耻辱的人吗？"于是诸位大夫齐声回答道："谁不是越国的臣子？全听大王命令！"勾践说："诸位大夫不抛弃我，愿意听诸位大夫自己的想法：谁愿意跟随我前去吴国？谁愿意留在越国守国？"文种说："国家之内，百姓的事情，范蠡不如我；跟吴王周旋，遇到事情随机应变，我不如范蠡。"范蠡说："文种对自己的评价很对，主公将国家的事情委托给他，可以使得国家农耕战备同时进行，百姓之间相处和睦。至于在危难之中辅佐君主，忍辱负重，保证主公能从吴国平安回来，为君主报仇雪恨，臣在所不辞。"

随后诸位大夫依次诉说自己的职责，以及能将自己负责的工作做到什么样的程度。太宰苦成说："代替君主发号施令，发扬光大君主的仁德，整理繁重的事务，让百姓安守本分，是臣的职责。"负责外交的行人曳庸说："跟诸侯互通，解决纷争疑惑，出访不辱使命，接待不出现过失，这是臣能做到的事情。"负责监察的司直皓进上前一步说："君主犯了错误就要直言相谏，举报不法、评议功过，正直无私、不避亲仇，这就是我应该做的事。"负责军事的司马诸稽郢说："观察敌人杀敌布阵，训练士兵勇往直前不惧生死，是臣能够做到的事情。"主管农业和民政的司农皋如说："身躬力行，吊唁死者、救治疾病，勤俭节约，充盈国库，是臣要做的事情。"负责祭祀和历法的太史计倪说："候天察地，记录阴阳，预测吉凶，辨别忠奸，是臣应该做的事情。"

勾践听后说："我虽然进入吴国，成为吴国的俘虏，但是诸位大夫胸怀仁德抱负，各显所长来保护越国的江山社稷，我就不用担心了！"于是他留下诸位大夫守国，独自跟范蠡一同前往吴国，君臣在江口分别，全都悲伤落泪。勾践仰天长叹："死是每个人都害怕的，但是我听见死，心中已经没有任何恐惧。"说完就直接登船离开了。送行的人都哭着跪拜在江岸下，越王始终没有回头看一眼。有诗可以证明：

斜阳山外片帆开，风卷春涛动地回。

今日一樽沙际别，何时重见渡江来？

越王的夫人靠着船边哭泣，看到鸟儿在啄食江边的虾米，飞来飞去十分的悠闲自在，因此哭着唱道：

仰飞鸟兮乌鸢，凌玄虚兮翩翩；集洲渚兮优悠，奋健翮兮云间；啄素虾兮饮水，任厌性兮往还。妾无罪兮负地，有何辜兮谴天？风飘飘兮西往，知再返兮何年？心辗辗兮若割，泪泫泫兮双悬！

越王听到夫人所唱的怨歌，心中十分悲伤，强颜欢笑安慰夫人说："我的翅膀已经准备好了，肯定有高飞的那一天，又为何忧伤啊？"

越王进入吴国后，先派遣范蠡在吴山跟伯嚭见面，然后将金帛女子献给伯嚭。伯嚭问："文大夫为何没有来呢？"范蠡说："他为我们君主守国，无法一同前来。"于是伯嚭跟随范蠡去见越王，越王十分感谢伯嚭庇护的恩德。伯嚭拍着胸脯保证让他平安返回越国，越王的心才稍微安定下来。伯嚭带领军队押解越王到了吴都姑苏，带他去见吴王。勾践脱掉上衣趴在台阶下，夫人也跟着跪了下来。范蠡将进献的宝物女子的礼单呈给下人。越王再次跪拜说："东海罪臣勾践，不自量力得罪了上国。大王赦免了我的罪过，让我侍奉您，承蒙大王如此恩德，才得以保留这条性命，不胜感激！勾践在此跪拜感谢。"夫差说："我若是念先君的仇恨，你今天就没有命了！"勾践又磕头说："臣确实该死，请大王可怜！"当时伍员在旁边，目光就像是火焰，声音就像是雷霆，说："在天上飞翔的飞鸟，尚且还有人想要将它射下来，况且是落在庭院中的呢？勾践有心机又为人阴险，如今就像是锅中的鱼，生命操在厨子的手里，所以才如此巧言令色，以求能够活命。一旦让他遂了心愿，就像是放虎归山，让鲸鱼回到深海，再无法掌控啊！"夫差说："我听说诛杀投降臣服的人，祸患会危害三世，我不是喜爱越国而不诛杀，是害怕受到上天的惩罚！"太宰伯嚭说："伍员只知道一时的谋划，不懂得安定国家的道理。我们大王实在是仁者啊！"伍员见吴王相信伯嚭的逸言，不听从自己的进谏，愤然离开。夫差接受越国的献礼，让王孙雄在阖闾的坟墓旁边建了一个石室，将勾践夫妇贬到了石室里，不允许他们穿礼服礼冠，解开头发换上破旧的衣服去喂马。伯嚭偷偷地送给他们一些食物，也仅仅是让他们不挨饿而已。吴王每次驾车出游时，勾践都拿着马鞭走在马车的前面，吴国人都指着勾践说："这个人就是越王！"勾践听见了也只是低着头沉默不语。有诗可以证明：

堪叹英雄值坎坷，平生意气尽销磨。

魂离故苑归应少，恨满长江泪转多。

勾践住在石室两个月，范蠡每天服侍在身边，寸步不离。忽然有一天，夫差召见勾践，勾践跪在地上，范蠡站在勾践的后面。夫差对范蠡说："我听说聪明的妇人不嫁破亡的家庭，有名的贤臣不做灭绝之国的官员。如今勾践昏庸无道，国家也即将灭亡，你们君臣都一起成为奴仆，被囚禁在石室里，难道不怕被人看不起吗？我想要赦免你的罪过，你如果能改过自新，抛弃越国侍奉吴国，我一定重用你。离开忧患享受荣华富贵，你意下如何？"当时越王趴在地上流泪，只担心范蠡跟从吴国。只见范蠡磕头回答说："臣听说亡国之臣，不敢谈论国政；打了败仗的将军，不敢说自己英勇。臣在越国不忠不信，不能辅佐越王为善，才导致越国得罪了吴国，幸好大王没有立即诛杀，我们君臣才保住了一条命，回来了能够为您打扫庭院，出去能够为您鞍前马后，臣已经心满意足，怎么还敢奢求荣华富贵啊？"夫差说："你既然不放弃你的志向，那就继续在石室待着吧！"范蠡说："谨记大王的命令。"夫差起身回到了宫中，勾践跟范蠡一起回到了石室。越王穿着短裤、围裙，戴着粗布头巾，剁草料喂马；夫人穿着不缝边的丧服，洒水打扫；范蠡捡柴做饭，面容憔悴。夫差经常让人偷偷地观察他们，看到君臣都努力劳作，没有一点儿怨恨不满，夜里也没有愁叹的声音，因此认为他们已经不再思念家乡，渐渐地也对他们置之不理了。

　　一天，夫差登上了姑苏山的高台，看到越王跟他的夫人端坐在马粪旁边，范蠡拿着鞭子站在左边，君臣之间的礼数、夫妇之间的礼仪依然存在，夫差对太宰伯嚭说："越王不过是一个小国的君主，范蠡也只不过是一介士人，即使是在穷困之地，也没有失去君臣之间的礼仪，我心里实在是敬重。"伯嚭说："不只是让人敬重，也让人可怜。"夫差说："确实如太宰所说的，我实在是不忍心看。倘若他们确实改过自新，可以赦免他们吗？"伯嚭回答说："我听说没有德行的人不会报答别人的恩惠。大王因为胸怀圣王之心，可怜他们，施恩于越国，越国怎么会没有厚报呢？愿大王决定。"夫差说："可以命太史选择良辰吉日，赦免越王回国。"伯嚭偷偷派遣家人在黎明前去了石室，将喜讯通知了勾践。勾践十分高兴，告诉了范蠡，范蠡说："我先给大王算一卦。今天是戊寅日，在卯时收到消息，戊是囚禁的意思，而卯又克戊。这一卦的歌谣说：'天网四张，万物尽伤，祥反为殃。'虽然是好消息，但是不值得高兴。"勾践听了范蠡的话，喜悦变成了忧愁。

　　伍员听说吴王想要释放越王，连忙入宫见吴王说："昔日夏桀囚禁商汤而没有诛杀他，商纣王囚禁周文王没有杀死他，结果天道翻转，祸变成了福，因此夏桀被商汤流放、殷商被周灭国。如今大王既然囚禁了越王，但是却不诛杀他，恐怕吴国会受到跟夏、殷商一样的祸患啊。"夫差因为伍员的话，又有了杀越王的心思，让人召见勾践。伯嚭又先给勾践通了消息，勾践大惊，又告诉了范蠡。范蠡说："大王不要害怕。吴王囚禁大王已经三年了。他既然可以容忍你三年，难道就容忍不了你一天吗？此次前去必然可以无恙。"勾践说："我之所以隐忍到现在没有死去，全都依靠大夫你的计谋啊！"于是勾践进城去见吴王，等了三天吴王都没有上朝。后来伯嚭从宫中出来，奉吴王的命令让勾践又回到了石室。勾践感到奇怪，就问伯嚭其中的缘故，伯嚭说："大王被伍员的话迷惑，想要杀了你，所以才召见你。正好赶上大王感染风寒无法起身，我入宫看望，就对大王说：'消除灾祸就应该多做好事。如今越王匍匐在宫中等待被诛杀，怨苦之气冲天。大王应当保重身体，暂且将他放回石室，等到病情痊愈了再做打算。'大王听了我的话，因此让你先回去。"勾践对伯嚭感激不已。

勾践在石室又住了三个月，听说吴王的病情依然没有痊愈，就让范蠡占卜吴王的吉凶。范蠡占卜完之后说："吴王不会死，到己巳日病情就会好转，壬申日必定痊愈。希望大王可以请求进宫问疾，倘若可以见到吴王，就请求品尝他的粪便，观看粪便的颜色，再跪拜道贺，诉说病情痊愈的日期。若是到了那天吴王的病情痊愈了，必定心中会感激大王，那大王就有机会被赦免了。"勾践哭着说："我虽然无能，也曾经是越国的君主，怎么可以受到这样的侮辱，为别人品尝粪便呢？"范蠡回答说："昔日商纣王将周文王囚禁在羑里，杀了他的儿子伯邑考，煮熟之后送给他吃，周文王忍痛吃了自己儿子的肉。大王要是想成就大事，就要不拘小节。吴王有妇人的仁慈，却没有大丈夫的决绝，之前已经想要赦免你回越国了，如今又忽然变卦，不这样做，怎么取得他的怜悯呢？"勾践当天便来到太宰伯嚭的府中，对伯嚭说："作为臣子，主公患病了臣子就应该忧愁。如今听说主公卧病在床，我的心中十分难受，寝食难安，想要跟随太宰一同进宫探望病情，来表达身为臣子的情义。"伯嚭说："君侯有如此的情义，我怎么敢不转达呢。"伯嚭入宫见吴王，含蓄地说出了勾践的想念之情，愿意入宫向吴王问疾。夫差病的没有精神，怜悯他，答应他入宫问疾。伯嚭带着勾践进入吴王的寝宫，夫差勉强睁开眼说："勾践也来看我了啊？"勾践跪拜启奏说："臣听说大王龙体失安，心疼得肝肠寸断，想要来探望大王也没有什么理由……"话还没有说完，夫差觉得自己腹胀想要大便，就让人拿出便桶。勾践说："我在东海的时候学过医术，看看人的粪便就可以知道病情的发展。"于是拱手站立在门口。等到侍人将便桶靠近床，扶着夫差方便后，想要拿出去的时候，勾践掀开了便桶的盖子，用手取了一点粪便跪着品尝。旁边的人全都捂着鼻子。勾践又进去磕头说道："罪臣再次拜贺大王，大王的病情到了己巳日就会好转，到了三月壬申日便会痊愈。"夫差说："你是怎么知道的？"勾践说："我听医者说：'夫粪者，谷味也。顺时气则生，逆时气则死。'如今我品尝了大王的粪便，味道苦涩而且有点发酸，恰好跟春夏时节草木发芽的味道一样，所以才知道的。"夫差高兴地说："勾践真是仁者啊！臣子侍奉君父，谁又愿意肯品尝粪便来判断病情呢？"当时太宰伯嚭也在旁边，夫差问他："你能做到吗？"伯嚭摇着头说："我虽然十分敬爱大王，但是也做不到这样。"

夫差说："不只是太宰，就连我的世子也做不到。"夫差立即让勾践离开石室，去其他的地方居住，说："等到我的病痊愈了，我就遣送你回国。"勾践再次跪拜叩头谢恩离开。从此以后勾践就住在民舍，依然像以前一样做着喂马的事情。

夫差的病情果然慢慢地痊愈了，和勾践所说的日期丝毫不差。吴王心中念着他的忠心，出朝后便命人在文台上设宴，传召勾践赴宴。勾践假装不知道是让他赴宴，依然穿着之前囚犯的衣服来了。夫差听说以后，立即命令他去沐浴，然后换上国君穿的礼服礼冠。勾践再三道谢，这才按夫差的命令换了衣服。换完以后勾践出来觐见夫差，又再次跪拜。夫差慌忙扶起他，立即下令说："越王是一个仁德之人，怎么能长期受辱！我将赦免他的罪过，释放他回国。今天为越王设了坐北朝南的君王之位，群臣应以对待客人的礼数对待越王。"于是让他坐在客人的位置，诸位大夫也都依次坐在旁边。伍员见吴王忘记仇恨如此对待敌人，心中十分不满，不肯入座，甩着袖子走了出去。伯嚭进谏说："大王有仁者之心，所以赦免仁者的罪过。臣听说'同声相和，同气相投'，今天这个场合，有仁德的人就应该留下来，没有仁德的人就应该离开。相国是刚勇之人，他不坐下来，莫非是自惭形秽吗？"夫差笑着说："太宰说的太对了。"酒过三巡，范蠡跟越王都起来一起敬酒，为吴王祝贺，口中致祝词道：

皇王在上，恩播阳春；其仁莫比，其德日新。於乎休哉！传德无极；延寿万岁，长保吴国。四海咸承，诸侯宾服；觞酒既升，永受万福！

吴王十分的高兴，当天一醉方休，命令王孙雄将勾践送到了馆驿，并说："三天之内，我一定送你回国。"

到了第二天早上，伍员入宫见吴王说："昨天大王用对待宾客的礼数对待仇人，是想要干什么？勾践心怀虎狼之心，外表装的温顺恭敬的样子，大王喜爱一时的逸言，而不考虑以后的祸患，抛弃忠直之言而听信小人的逸言，沉溺在小的仁德里而培养大仇。就像是将毛发放在炉炭上，还希望它不要被烧焦；将蛋从千里之上扔下来，还奢望它完整无缺，又怎么能做到呢？"吴王不高兴地说："我卧病在床三个月，相国没有说过一句好话宽慰我，是相国的不忠；不进献一个好东西给我，是相国的不仁。作为臣子不忠不仁，还要他干什么！越王抛下自己的国家，不远千里来归顺我，献上了他们的财物，身为奴婢，这是他的忠心；我得病，他亲自品尝我的粪便，没有丝毫怨恨，这是他的仁德。我怕若是听了相国一个人的私心，杀了这样的善人，皇天必定不会庇佑我！"伍员说："大王所说的话刚好相反。老虎将自己的身体伏下来，一定是想要攻击什么东西；狐狸将自己的身体缩起来，一定是要偷取什么东西。越王进入吴国为臣，他的怨恨隐藏在心里，大王又怎么会知道啊？他品尝大王的粪便，其实是在吞噬大王的心。大王若是看不出来，就中了他的奸计，吴国必定会成为越国的猎物。"吴王说:"相国不用再说了,我已经下定决心了!"伍员知道自己的进谏吴王不会听,很不高兴地退了下去。

到了第三天,吴王又命人在蛇门外设宴,亲自送越王出城。吴国的众臣都举着酒杯为勾践送行,只有伍员没有来。夫差对勾践说:"我赦免你回国,你要记得吴国的恩情,不要怨恨吴国。"勾践跪拜说:"大王可怜我孤苦,我才得以返回故国,以后定当生生世世全力报效吴国。苍天在上,请明鉴我的真心,如果背叛吴国,皇天不庇佑我!"夫差说:"君子一言为定,你走吧!好自为之!"勾践再次跪拜在地上,泪流满面,表现出恋恋不舍的样子。夫差亲自扶着勾践上车,范蠡驾车,夫人也再次跪拜谢恩,才一同上车,朝着南边出发。这是周敬王二十九年的事情。后世有人写诗道:

越王已作釜中鱼,岂料残生出会稽?
可笑夫差无远虑,放开罗网纵鲸鲵。

勾践坐船行驶在浙江上,看到江水两岸山川秀丽,天地澄净,于是叹息道:"我以为永远告别了越国的万民,这把骨头会扔在异国他乡,谁曾想过竟然可以返回国家呢?"说完,跟夫人相对流泪,左右也都感动的哭泣。文种早就知道越王将要回国,率领守国的群臣和城中的百姓出城,全都跪拜在浙江岸上,欢声鼓舞。勾践命令范蠡占卜回国都的日期。范蠡说:"真是奇怪,大王挑选的日子,没有比明天更吉祥的日子了。大王应该快速回国相应吉兆。"于是勾践下船后便策马扬鞭,连夜返回了国都,然后在太庙祷告上朝,这些都不再一一叙述。

勾践心中念着会稽之战的耻辱,想要在会稽山建城,将国都迁移到这里,以使自己警惕,就将这件事交给了范蠡。范蠡观测天上的星象,查阅各种地理资料,然后规划建造了新城,将整个会稽山都包括在城中。在西北方向的卧龙山建立了飞翼楼,用来象征天门;在城的东南面凿了个石洞,以象征地门。新城的外墙唯独西北方向没有修建,对外说的是:"我们已经臣服吴国,不敢堵塞了进贡的道路。"实际上是暗地里为了方便进攻吴国。城市建成以后,城中忽然出现一座大山,方圆数里,形状就像是乌龟,山上草木茂盛,有人认识这个山是琅琊东武山,不知道什么原因一夜之间飞到了这里。范蠡启奏说:"我建造的城池,相应天象,因此天降'昆仑',这是越国开始成为霸主的开始。"越王十分高兴,于是给这座山起名叫怪山,也叫飞来山,亦叫龟山。在山顶建立了一个三层的灵台,期待能让灵物再度降临。

所用器具全部备好以后,勾践从诸暨迁移到这里居住,对范蠡说:"我确实没有德行,才导致国家亡国,身为奴隶的时候,如果没有相国以及诸位大夫的帮助,怎么会有今天?"范蠡说:"这是大王的福气,不是我们的功劳。只希望大王不要忘了石室的辛苦,那越国就可以复兴,就可以对吴国报仇雪恨了。"勾践说:"受教了!"

于是让文种治理国政，让范蠡管理军务，尊重贤能、礼让下士，尊敬老者、体恤穷苦，百姓都非常高兴。

自从越王尝完粪便以后，就经常口臭。范蠡知道城北有一座山，生长出来的蔬菜名叫蕺，可以食用，但是却有轻微的臭味。于是让人采来，满朝都吃这种食物，来遮挡越王的口臭。后人因此叫这座山为蕺山。

勾践迫切地想要报仇，就劳心劳力夜以继日的努力。眼睛累了想要合上，就用蓼草辣眼睛；脚凉想要缩回去，就浸泡在水中。冬天经常抱着冰块，夏天反而要烤火；撤走了床榻被褥，睡在柴火上。又在睡觉吃饭的地方挂上几个苦胆，吃饭前、起床后都舔一下；半夜的时候就会偷偷哭泣，哭完口中又不断地大喊"会稽"二字。因为战败导致人口减少，于是他颁布命令：壮年不能娶年龄大的妻子，老者不能迎娶年轻的夫人。女子十七岁不出嫁，男子二十岁不娶妻，他们的父母就会受到惩罚。孕妇即将生产的时候，向当地官员报告后就会得到官医的看护。生了男孩就赏赐一壶酒、一条狗，生了女儿就赏赐一壶酒、一头猪；生了三个儿子，官府负责养活其中的两个，生两个儿子，官府就养活其中的一个。有死者，勾践就亲自送葬。每次出游，后车都必定会载着饭菜跟粥，遇到小孩子必定亲自喂食，询问孩童的姓名。遇到农耕的时候，自己亲身劳作，夫人自己织布，跟民间的百姓一起辛苦劳作。

勾践七年没有向国民征收一点儿赋税，自己不舍得吃肉，也不穿华丽的衣服，但没有一个月不派使者去吴国问候的。他又让男女进山采葛，制作出黄丝细布进献给吴王。吴王为了嘉奖勾践的顺从，让人增加他的封地。于是东到句甬，西至檇李，南至姑蔑，北至平原，纵横八百里的土地，全都成为越国的领土。勾践做出了十万匹葛布、一百坛蜂蜜、五双狐皮、箭竹十艘，用来作为答谢吴王封地的谢礼。夫差十分高兴，赏赐越王羽毛的配饰。伍员听说后，称病不上朝。

夫差见越国已经臣服没有二心，对伯嚭的话更是深信不疑。一天，他问伯嚭："如今四境之内没有战事，我想要扩充宫室用来玩乐，什么地方比较适合？"伯嚭启奏说："吴国都城之外，若是高台耸立风景秀丽，哪里都比不上姑苏，然而那是前王所建造的，称不上是天下奇观。大王不如将这个高台重新改造，让它高的可以看到百里，宽广的可以容纳下六千人，将歌童舞女聚集在上面，那便就是人间天堂了！"夫差觉得很对，就悬赏购买建筑高台的木材。文种听说了，就对越王说："臣听说，高飞的鸟儿，死于美食；深水里的鱼儿，死于鱼饵。如今大王想要报复吴国，必须先投其所好，然后再置之死地。"勾践说："虽然知道他们的喜好，但是又怎么能将他们置之死地呢？"文种回答说："臣认为攻破吴国有七个办法：一是进献货币，来取悦他们君臣；二是购买吴国干燥易存的粮食，掏空他们的积蓄；三是进献美女，来迷惑他们的心志；四是进献巧工神木，让他们建造宫室，耗尽他们的国库；五是派遣能言善辩、擅长献媚的大臣，扰乱他们的谋划；六是强迫他们的谏臣让他们自杀，来削弱他身边辅佐的臣子；七是积累财富训练士兵，趁他们虚弱的时候进攻。"勾践说："好！如今先用哪个计策？"文种回答说："如今吴王正想要改造姑苏台，应当挑选名山中的木材进献给吴王。"于是吴王让三千多木工进山砍伐巨木，一年多都没有找到。工人们想要回家，全都心存怨恨，于是创作了《木客之吟》：

朝采木，暮采木，朝朝暮暮入山曲，穷岩绝壑徒往复。天不生兮地不育，木客何辜兮，受此劳酷？

木工们每到深夜就唱这首歌，听到的人都觉得伤心欲绝。一天夜里，山里忽然长出了一对神木，粗得二十个人手拉手才能抱住，有四十丈高。山南面的是一棵梓木，山北面的是一棵楠木。木工看到以后都十分惊奇，从来没有见过如此的神木，赶紧去报告了越王。群臣都祝贺说："这是大王精诚所至，感动了上天，因此上天生出来神木来告慰大王。"勾践十分高兴，亲自到山里举办了祭祀仪式，然后将这两棵神木砍了下来。运出山后又雕琢研磨，用颜料画上龙蛇的纹路，然后让文种从水路将神木送到了吴国，告诉夫差说："东海的贱臣勾践，依靠大王的力量，想要修建一个小宫殿，偶然得到了这两块巨木，不敢自己使用，因此让我来献给大王。"夫差看到木材十分高兴。伍员进谏说："昔日桀盖起了灵台，纣王建造了鹿台，最后都因为劳民伤财而导致灭国。勾践这是想要谋害吴国，所以才进献这样好的木材，大王千万不要接受。"夫差说："勾践得到了这个神木，不自己使用而献给了我，是他的好意，怎么是谋逆呢？"根本不听伍员的劝谏，一意孤行地要建筑姑苏台。吴国花费了三年的时间聚集木材，又经过了五年施工才建成。竣工后的姑苏台高三百丈，方圆八十四丈，登上高台可以望到二百里以外。以前有九曲之路才可以登上姑苏山，而现在就需要更多的路了。吴国的百姓昼夜劳作，被累死的人不计其数。作曲家梁辰鱼是这样描写姑苏台的：

千仞高台面太湖，朝钟暮鼓宴姑苏。

威行海外三千里，霸占江南第一都。

越王听说姑苏台完工后，对文种说："你所说的'进献巧工神木，让他们建造宫室，耗尽他们的国库'这条计策已经完成了。如今崇台有了，必定要精心挑选歌女献上，如果不是绝色，不足以迷惑他们的心志。你要为我谋划啊！"文种回答说："国家的兴亡是由上天决定的，既然生出神木，还担心没有美女吗？但是在民间搜寻美女，又恐怕惊扰民心；我有一个计策，可以挑尽国中的所有美女，就看大王用不用了。"

第八十一回
美人计吴宫宠西施　言语科子贡说列国

　　越王勾践想要在越国境内找一些美女送给吴王夫差，却没有什么好的办法。文种给他出了一个主意说："请您把身边的近侍派出一百个，让他们分组行动，每一组都要有一个善于相面的人。有了这些人，就可以走遍国内的每一个地方。如果发现了比较漂亮的女子，就记下她们的姓名地址，然后再从中挑选出最出色的。如此一来，还愁什么找不到美女呢？"勾践觉得这个主意不错，就采纳了文种的建议。

　　过了半年的时间，下去巡察的人完成任务回来了，他们一共找到了二十多个美女。勾践又让人在这二十多个美女中优中选优，挑出了两个最漂亮的女子，一个叫西施，一个叫郑旦，并且将她俩的相貌画成画呈送上来。

　　西施的父亲是一个樵夫，住在苎萝山的山脚下，山下有东西两个村庄，村民大多都姓施，这个女孩因为住在西村，所以用"西施"来称呼她。郑旦也是西村的人，和西施是邻居，都住在江边。两个女孩每天一起到江边浣洗纱罗，美丽的容颜彼此映照，就像并蒂的芙蓉花一样。于是勾践让范蠡去了苎萝山，以每人百金作为聘礼付给其家族，并且让她们穿上绫罗绸缎制作的衣服，用装饰华丽的车子把她俩送到了都城。

　　都城中的人们早就听说这两个女孩子长的像仙女一样，都想来看看她们究竟漂亮到了什么程度，现在听说她们来了都城，马上过来围观，道路都堵塞了。范蠡让西施、郑旦先住在城外的馆舍中，并且贴出告示说："想要看美女是什么样子，必须先向柜子里投一文钱"。想看美女的人太多了，而且大多数也不在乎这一点小钱，当时在馆舍门外用来盛钱的是一个大木柜，几乎是顷刻之间就满了。当人们进入馆舍之后，只见两个美女站在楼上的栏杆后面，从下面看上去就像是九霄仙子漫步于白云之巅一样，令人目眩神怡。西施、郑旦二人在城外停留了三天的时间，范蠡利用这个机会得到了无数的钱币，并都送到了国库之中。

　　二人进了都城之后，勾践亲自把她们送到了他的离宫土城中居住，让年老的乐师教导她们唱歌跳舞，学习礼仪和妆容方面的知识，准备等她们学习完这些之后，就把她们送给吴王夫差。

　　就在头一年，齐景公去世，他最小的儿子姜荼继承了王位；楚昭王熊轸也在同一年去世，世子熊章继位。当时楚国发生了很多事情，晋国的国政衰败，齐国因为晏婴去世、鲁国因为孔子挂冠而去也都一蹶不振,诸侯之中只有吴国一枝独秀,兵力之强冠绝天下。吴王夫差因为兵强马壮,一直都有逐鹿中原的愿望,各国诸侯也都对他心存畏惧。

齐景公的夫人来自燕国,后世都称其为燕姬。燕姬曾经生过一个儿子,但是在很小的时候就夭折了。齐景公庶出的儿子有六个,最大的叫姜阳生,最小的叫姜荼。姜荼的母亲叫鬻姒,地位不高却甚得齐景公的宠爱,齐景公爱屋及乌,对姜荼也十分喜爱,把他叫作"安孺子"。齐景公五十七年的时候,他已经七十多岁了,但是一直都不肯明确让哪个儿子当世子,其实想等安孺子长大之后继承他的位置。但是他没料到自己会一病不起,于是就托孤于世家大臣国夏、高张,让他们在自己死后辅佐姜荼为君。齐国的大夫陈乞一向和公子阳生交好,担心姜阳生在姜荼继位之后受到迫害,就劝他逃亡到其他国家避祸。姜阳生听从陈乞的建议,带着儿子壬、家臣阚止,一同逃到了鲁国。后来果然不出他所料,齐景公很快就命令国、高两家将另外的几个公子驱逐出都城,迁移到了莱邑。

齐景公去世后,安孺子姜荼继位,国夏、高张分别作为左相、右相把持了政务。陈乞表面上和他们虚与委蛇,心中却对安孺子的继位极为不满,于是就召集了齐国的一众大臣说:"国夏、高张有一个计划,准备把景公时期的所有大臣都罢免掉,换上拥护安孺子的那些人。"那些大臣们相信了陈乞的话,就问他该怎么办,并且表示唯其马首是瞻。于是陈乞和鲍牧提议并率领各个大臣家的私人武装,围攻国夏、高张二人的府邸,高张被杀死,国夏逃亡到了莒国。事后鲍牧担任齐国的右相,陈乞担任左相,让国书、高无平分别担任国、高两个家族的族长,以维持国、高二族的祭祀。

安孺子当时才几岁,行动说话都要依靠别人的指点,根本无法处理政务,陈乞希望能够让姜阳生担任齐国的国君,于是就暗地里让人去鲁国请姜阳生回国。姜阳生到达齐国国都的时候正好是在夜里,他让阚止和儿子姜壬留在外面,自己单独进城隐藏在陈乞的家里。

这一天,陈乞假称要祭祖,邀请诸大臣到他家里享用祭品。鲍牧开始的时候在其他地方赴宴,等他到的时候其他大臣都已经到了。等大家到齐都坐下之后,陈乞说道:"我最近得到了一套精美的盔甲,请大家一起欣赏。"大臣们都纷纷说:"太好了,我们也开开眼界!"陈乞招了招手,一名魁梧的大汉背着大袋子从内院走了出来,把袋子放到了堂前。陈乞亲自把袋子解开,只见一个人从袋子里伸出头来。大家仔细一看,原来是公子阳生,众大臣都大惊失色。

陈乞将姜阳生扶出了袋子,让姜阳生面向南方站立好,然后对大臣们说道:"立太子要立长子,这是从古至今的规矩。安孺子是齐景公最小的儿子,不应该担任国君。

今天我奉了鲍牧相国的命令,改立公子阳生为齐国的国君。"鲍牧听了此话惊得目瞪口呆,连忙说道:"我什么时候说过这话?你这不是诬陷我嘛,以为我喝醉了呀?"

姜阳生对鲍牧做了一个揖,说道:"废立君王这种事情,哪个国家都是有的,问题是符合不符合道义。鲍大人你应该问的是符合不符合道义,而不是说没说过这些话……"没等姜阳生说完,陈乞就强行拉着鲍牧跪在了他的面前,其他的大臣没有办法,只好跟着向姜阳生跪拜。陈乞和其他大臣们歃血为盟,共同扶持公子阳生做了齐国的国君。

车驾仪仗备好后,大家一起簇拥着姜阳生上车来到了宫中,立刻在金銮殿举行了登基仪式。姜阳生就是后世通常称呼的"齐悼公",安孺子当天就被送到宫外杀掉了。因为鲍牧在陈乞家里的表现,齐悼公怀疑他不愿意立自己为君,就问陈乞应该怎么处理鲍牧。正好陈乞也嫉妒鲍牧比自己位高权重,就诬陷鲍牧和齐景公的其他几个公子有着深厚的交情,如果不杀死鲍牧齐国将永无宁日。齐悼公听信了陈乞的话,又杀死了鲍牧,让鲍息担任鲍家的家主,使鲍叔牙的祭祀不至于断绝。这样陈乞就成了齐国唯一的相国。然而齐国的人民知道这件事后,对悼公滥杀无辜的行为都颇有怨言。

悼公有个妹妹嫁给了邾国的国君曹益,曹益这个人傲慢无礼,和鲁国的关系非常恶劣。鲁国的上卿季孙斯在禀明鲁哀公后,带兵攻破了邾国,将曹益俘虏并把他囚禁在了负瑕。齐悼公得知这个消息后大怒,说道:"鲁国囚禁邾国的国君,这是看不起齐国啊!"于是就派使者出使吴国,希望吴国能够一起出兵惩罚鲁国。吴王夫差闻讯大喜,说道:"我早就想出兵中原了,这下可算是有借口了!"于是就答应齐国一起讨伐鲁国。

鲁哀公听说后非常害怕,马上释放了曹益,并且让邾国复国,还派遣使者去齐国谢罪。齐悼公对这个结果很满意,就让大臣公孟绰再次出使吴国,告诉夫差说:"鲁国已经改正了错误,就不麻烦贵国的军队了。"夫差听了这话非常生气,说:"吴国军队的行动为什么要听从齐国的命令,难道吴国是齐国的附庸吗?我要亲自去问问齐国的国君,朝令夕改的原因是什么。"厉声呵斥公孟绰让他退下。

鲁国听说吴王对齐国发怒,就派人去吴国送礼,希望能够和吴国一起讨伐齐国。夫差欣然答应了鲁国的请求,很快就发兵和鲁国一起讨伐齐国,占领了齐国的南部地区。

齐国上至一众大臣下到平民百姓都惊恐万分,都觉得是齐悼公的原因才凭空惹来了这场塌天大祸,所以对齐悼公的怨言就更多了。这个时候陈乞已经去世了,他的儿子陈恒把持了政权。陈恒看到人民有怨念,就对鲍息说:"您能不能把国君杀掉?这样从国家的层面上说,可以平息吴国的怒火;从个人方面说,也报了悼公冤杀鲍牧的家仇。"鲍息不愿意担上弑君的罪名,就推辞说自己没有能力做这样的事情,陈恒道："那我就替您做吧。"

陈恒利用齐悼公检阅军队的机会，给悼公献上了一杯毒酒毒死了他。然后陈恒给吴军送去了讣告说："贵国受到了上天的保佑，鄙国的国君得罪了您，已经暴病身亡了。既然上天已经代替大王惩罚了他，希望大王能够怜悯我们，不要让鄙国社稷灭亡，鄙国愿意世世代代听从贵国的命令。"夫差接受了陈恒的请求，和齐国讲和之后，就命令军队返回了吴国。鲁国也撤回了自己的兵马。

齐国的人民都知道悼公是死于非命，但是对陈恒的行为是又爱又恨，没有人敢说出真相。陈恒又把悼公的儿子姜壬立为国君，史称齐简公。简公继位后，为了分散陈恒的权力，让阚止担任左相，陈恒担任右相。过去有人认为，齐国之所以后来祸乱不断，其源头就是齐景公，还作诗说：

从来溺爱智逾昏，继统如何乱弟昆？
莫怨强臣与强寇，分明自己凿凶门。

这时候西施、郑旦经过了三年的歌舞训练，各种技艺达到了娴熟的程度。于是越王勾践用各种珠宝首饰来装饰她们，以旋波、移光等六个美丽的女子作为侍女，让范蠡用宝马香车把她们送到了吴国。

夫差从齐国回来之后，范蠡马上就去拜见了他，恭恭敬敬地说："东海之滨的卑贱臣子勾践一心感念着大王的恩德，因为无法亲自带着自己的妻妾服侍在您的身边，就找遍了全国得到了两个善于唱歌跳舞的女子，让陪臣把她们送到您的宫里，以便帮您做一些洒水扫地的工作。"夫差看到了西施、郑旦二人，几乎以为是仙女下凡，神魂俱醉。伍员看到吴王失态的样子，就进谏说："我听说夏朝是因为妹喜灭亡的，商朝是因为妲己亡国的，而周朝也因为褒姒失去了天下。由此看来，美女是亡国的事物，大王一定不能接受她们！"夫差却说："拥有漂亮的女人是所有男人的愿望。勾践找到了这两个女子，不自己享用而是把她们送给了寡人，这就是他忠心于吴国的证明，相国就不要再怀疑他了。"欣然把二女纳入了宫中。

西施、郑旦都属于绝色美女，夫差对她们无比的宠爱。西施比起郑旦更会讨好夫差，于是独占了吴王的恩宠，她居住的地方在姑苏台，出入的仪仗能够和王后、嫔妃媲美。而郑旦只能住在吴宫之中，因为嫉妒西施得到了吴王的宠爱而闷闷不乐，一年之后就去世了。夫差对于郑旦的死很伤心，把她葬到了黄茅山，并且建了一个祠堂来祭祀她。

夫差因为宠爱西施，就让王孙雄在灵岩山上建造了一座富丽堂皇的馆娃宫，里面的排水沟是用铜浇注的，门槛是用玉石雕琢的，四处都是珍珠宝玉做成的装饰品，作为西施游玩憩息的场所。还建造了一座响屧廊。什么是响屧廊呢？"屧"是一种用木头制作的鞋子，和现在的木屐类似。把走廊下面挖空，然后将大瓮放到里面铺平，上面盖上一块块的木板。这样西施和其他的宫女穿着木屐走在上面的时候，就会发出清脆的声音，所以叫作"响屧廊"。现在灵岩寺圆照塔前有一个小斜廊，就是响屧廊的旧址。明朝的高启曾经作过一首名为《馆娃宫》的诗，全文是这样的：

馆娃宫中馆娃阁，画栋侵云峰顶开。
犹恨当时高未极，不能望见越兵来！

宋朝的王禹偁也作过《响屧廊》诗：

廊坏空留响屧名，为因西子绕廊行。
可怜伍相终尸谏，谁记当时曳履声！

灵岩山上有玩花池和玩月池，还有一口名为"吴王井"的水井，井水甘冽，据说西施曾经在此对井梳妆，夫差站在她的旁边亲自为她整理头发。还有一个洞穴叫"西施洞"，相传西施和夫差曾经在这里相依而坐。洞口的外面有一个小小的凹陷，现在称其为"西施迹"。夫差和西施曾经在山巅之上弹琴，留下了琴台的传说。吴王又让人在山上遍植香树，以便西施和宫中的美女采集香叶。现在站在灵岩山上向南看，能看到一条直如箭矢的小溪，当地称为"箭泾"，就是当初西施采集香叶的地方。郡城的东南方向有采莲泾，吴王和西施曾在此采莲。又在郡城内从南到北开凿了一条宽阔笔直的壕沟，二人坐在船上一起游玩，船上的帆是用丝锦做成的，所以这条壕沟被称为锦帆泾。高启也为此作诗：

吴王在日百花开，画船载乐洲边来。
吴王去后百花落，歌吹无闻洲寂寞。
花开花落年年春，前后看花应几人？
但见枝枝映流水，不知片片堕行尘。
年年风雨荒台畔，日暮黄鹂肠欲断。
岂惟世少看花人，从来此地无花看。

郡城南有长洲苑，是当初狩猎的地方，此外还有鱼城用来养鱼、鸭城用来放养鸭子、鸡陂用以养鸡、酒城用来酿酒等。夫差和西施还曾在西洞庭山南面的一个山湾里避过暑。这个山湾有十几里长，三面都是山，只在南面有一个大门一样的缺口。夫差说"这里可以避暑"，于是就起了一个"消夏湾"的名字。明朝初年的张羽有一首《苏台歌》诗：

馆娃宫中百花开，西施晓上姑苏台。
霞裙翠袂当空举，身轻似展凌风羽。
遥望三江水一杯，两点微茫洞庭树。

转面凝眸未肯回，要见君王射麋处。
城头落日欲栖鸦，下阶戏折棠梨花。
隔岸行人莫倚盼，干将莫邪光粲粲。

  从得到西施之后，吴王夫差就把姑苏台当成了王宫，一年四季随心所欲地四处出游，终日沉湎于丝竹管弦、声色犬马之中，朝堂上的政务不管重要与否一概置之不理。能够经常见到他的人只有太宰伯嚭和王孙雄，相国伍员一再请求接见，但是屡屡被拒绝。

  勾践听说夫差对西施宠爱无边，每天都在饮宴游玩后，再次和文种一起谋划。文种又给他出了一计："我听说'国以民为本，民以食为天'。今年我国的庄稼收成不好，粟米的价格过一段时间必然会高起来。臣认为大王应该去向吴国借粮，防止我们的老百姓挨饿。如果上天放弃了吴国的话，吴国必定会借给我们粮食。"于是勾践就命令文种携带大量的金银宝贝去贿赂伯嚭，让伯嚭带着文种去拜见吴王夫差。

  夫差在姑苏台上的馆娃宫召见了文种，文种叩拜后说道："鄙国地势低洼，经常发生旱灾和水灾，今年又是一个灾年，人民都处于饥寒交迫之中。所以鄙国想向大王借一万石粮食来救灾，等明年我们的粮食收获之后，马上就会如数归还给大王。"夫差说："越王勾践是吴国的臣子，越国人民受了灾，也就是吴国人民受灾，我哪里会吝惜粮食不去救他们呢？"

  当时伍员也在场——他是听说夫差要在姑苏台接见越国的使者，就跟着一起来了，这才得以见到吴王——这时听到夫差答应借给越国粮食，就再次进谏道："大王，不能这样做！不能这样做！就目前的形势来看，不是吴国吞并越国，就是越国吞并吴国。我看越王派遣使者的意图，并不是真的为了救灾而借粮，而是以此为借口来消耗我们的粮食储备。给了他们，也不会让他们对我国更加友好；不给他们，也不会让双方的关系恶化。既然如此，大王不如不借给他们。"吴王说："当初勾践兵败后被囚禁在吴国，他像一个奴仆一样在我的马前步行，这些事情各国诸侯都是知道的。现在我让他复国，对他有再造之恩，而且他对吴国的进贡不绝于途，哪里还用担心他再次背叛吴国呢？"伍员说："我听说勾践励精图治，抚恤百姓、训练军队，目的就是为了报当初的一箭之仇。现在大王借给他粮食，这就是在帮他呀！臣恐怕将来这姑苏台会有麋鹿四处游荡了。"夫差说："勾践已经向寡人称臣了，哪里有臣子讨伐君王的事情？"伍员回答说："商汤伐桀、武王伐纣，难道不是臣子讨伐君王的例子吗？"

  伯嚭听了，在旁边厉声叱责道："相国说的太过分了！怎么能将我们的大王和桀、纣相提并论呢？"随后又向夫差说道："臣听说当初葵邱会盟的时候，各国诸侯约定：别国有了灾荒不能不卖给邻国粮食，目的就是为了帮助邻国渡过灾难。关系不佳的邻国都应该这样做，何况是我们的属国越国呢？等明年粮食收获之后，让他们如数归还就行了，这样吴国既没有什么损失，又会让越国对大王感恩戴德，又何乐而不为呢？"夫差闻言，觉得自己借给越国粮食的做法没有什么错误，就对文种说："你也看到了，大臣们都不愿意借给你们粮食，寡人这样做顶着多么大的压力。等明年你们丰收，必须及时归还，不能失信啊！"文种再次下拜，俯下身子说道："大王怜悯越国的百姓，把他们从饥寒交迫中拯救出来，我们必然会遵守承诺的。"

　　文种从吴国的仓库里领出了一万石粮食回到了越国，勾践见了大喜过望，一众大臣都祝贺道："大王洪福齐天！"随后勾践将粮食分发到了各地穷人的手里，老百姓们没有不称颂他的仁德的。

　　到了第二年，越国获得了大丰收。越王勾践又发愁了，对文种说："我要是不还给吴国粮食，就是没有信用；要是还了，就是对越国有害而对吴国有利。你说该怎么办呢？"文种道："最好的办法就是我们挑选出最好的粮食，蒸熟之后再还给他们。他们见我们的粮食好，必然会当作种子使用，蒸熟的种子是不会发芽的，这样我们就达到目的了。"勾践采纳了这个建议，就把所有的粮食蒸熟之后才还给吴国，一粒粮食都没有少。

　　吴王夫差听说后，感叹道："越王是个守信用的人啊！"又见越国归还的粮食颗粒饱满，就对伯嚭说："越国的土地肥沃，种出来的粮食品质很好，我们应该把这些粮食当作种子分发给老百姓种植。"于是吴国就将越国送来的粮食全部当作种子种了下去，结果不出文种所料，都没有发芽，于是吴国发生了饥荒。而吴王不知道这些粮食都是蒸熟的，还以为是因为土地的原因造成的。文种的这个计策不能说不毒辣啊！这件事发生在周敬王三十六年。

　　勾践听说吴国发生了饥荒，就想要发兵讨伐吴国。文种赶忙阻止了他："还没有到时候，吴国还有忠臣呢。"勾践感觉文种的想法保守，就又问范蠡，范蠡说："讨伐吴国的时机很快就要到了！大王只管操练好兵马等着就是了。"勾践又问："那些作战器械还没有准备好吗？"范蠡回答说："想要获得胜利，就必须有精兵。而精兵必须熟练使用各种武器，大到大剑长戟，小到弓箭弩矢，如果没有高明的师傅指点，必然无法发挥它们的作用。我已经打听到了两个人：南林有一个名叫处女的女子，精通剑戟的使用；楚国有一个叫陈音的人，弓箭百发百中。大王最好把他们聘请来训练我们的士卒。"于是勾践派出了两个使者，带着重金去聘请处女和陈音。

　　处女的父母不知道是谁，她从小在荒野里长大，一直在深山老林中生活。她的技艺也不是师傅教导的，而是自己摸索出来的。使者到了南林之后，向她传达了越王的旨意，于是处女就跟随使者北上去越国的都城。

　　到了山阴道的时候，一个须发皆白的老者拦住了车队，问道："来的是南林处女吗？你有什么惊人的剑术，竟然敢接受越王的聘任？老夫希望能和你比试一番！"处女答道："妾身不敢藏拙，希望能得到您的指点。"

于是老者就像折草一样折断了旁边的一根竹子，打算用竹子当作剑去刺处女。竹子还没有刺到处女就断了，竹梢落到了地上。处女一个箭步冲了上去，捡起竹梢反刺向老者。老者见无法阻挡，就纵身跳到一棵大树上，变成一只白色的猿猴，长啸一声逃向远方。使者对这件事感到非常惊奇。

处女见到越王后，越王请她入座后问什么是剑术的精髓。处女说："内心充满警惕，却给外人一种很安逸的样子；看上去像一个文静的女子，动起来如同猛虎下山一般；气息布满全身，心到手到；动作像奔跑的野兔一样迅速，看不清他的身影；身形变换纵横往来，让人目不暇接。掌握了我剑术精髓的人，可以以一当百、以百当万。大王如果不相信的话，我可以做一下试验。"

于是勾践挑选了一百个勇士，用戟围攻处女。处女不慌不忙地用手夺过他们的戟，一一反掷过去。勾践这才相信了处女的话，就让她担任军中的教习，接受处女训练的有三千人之多。过了一年多的时间，处女辞去教习的职务返回了南林，越王再次让人去请的时候，已经找不到处女了。有人说，这是上天想要让越国增强实力来灭亡吴国，才让天上的仙女下凡来传授剑术的。

陈音是楚国人，因为杀了人客居在越国避祸。范蠡听说他有百步穿杨的箭术，就让越王聘请他为箭术教习。越王问陈音："弓弩这种武器是什么时候发明的？"陈音回答说："臣听说弩是从弓演变而来的，弓是从弹弓演变而来的，而弹弓是古代的一个孝子发明的。上古时期的人民生活非常淳朴，饿了以鸟兽为食，渴了喝随处可见的积水，死后就用白色的茅草包起来放到荒野里。有一个人很孝顺，不忍心看到父母的尸体被鸟兽吃掉，就制作了弹弓守在旁边赶走鸟兽。他还创作了一首歌：'砍断一段木，接上一段竹；飞起一块土，赶走一只兽。'到神农帝即位的时候，人们将木材弯曲之后挂上绳子，就制成了弓；把笔直的木棍一段削尖，就成了箭。神农帝以弓箭为远程打击武器，军威凌驾于诸国之上。楚国的荆山有一个叫弧父的人，生下来就被父母抛弃了，从小就善于使用弓箭，据说箭无虚发。弧父把他的箭术传授给了后羿，后羿又传授给了逢蒙，逢蒙传授给了琴氏。当时诸侯之间征战不休，琴氏觉得弓箭的威力不够，就把弓臂加强，上面安装机括便于击发，这就是弩。琴氏将弩的使用技术传授给了楚三侯，此后弩就成了楚国军队中的制式武器。臣的先祖从楚国学到了弩的使用，到现在已经有五代了。弩箭只要射出去，鸟来不及飞、兽来不及跑。如果您不相信的话，可以试验一下。"于是越王也派三千人跟随陈音学习弩箭的使用，训练场就在都城的北郊，仅仅用了三个月的时间，那三千人就掌握了

使用弩箭的技巧。后来陈音不幸因病去世,越王勾践将他厚葬在一座山上,并将这座山命名为陈音山。后人曾作诗纪念越王练兵一事:

击剑弯弓总为吴,卧薪尝胆泪几枯。
苏台歌舞方如沸,遑问邻邦事有无。

伍员听说越国加强军事准备之后,求见夫差,痛哭流涕地说:"大王您一直认为越国对您忠诚无比,可是越王让范蠡日夜训练士卒,现在的越国已经是兵强马壮了。一旦越国趁机攻打我国,那就大祸临头了。如果大王不信的话,可以派人去越国打听一下。"夫差听了此言也不禁心生警惧,于是就派人去了越国,果然打听到了处女、陈音训练越国军队的详情。夫差问伯嚭:"越国既然已经臣服了,为什么还要如此大力加强军备?"伯嚭回答道:"越国蒙大王恩赐复国,没有兵马是无法保证自己安全的。训练军队这种事情,是每个国家都要做的,再平常不过了,大王又何必怀疑越国的用心呢?"然而夫差的心中对此事始终还是有些怀疑,于是就有了起兵讨伐越国的念头。

齐国的陈氏世代在民间的威望都很高,很早之前就有了篡国夺位的想法。等陈恒接任家主的位置后,谋逆的步伐就更快了,只不过忌惮高氏、国氏人多势众,才一直不敢付诸行动。为了解决这个问题,陈恒想将高氏、国氏的势力全部赶出朝廷,于是他向齐简公进谏说:"鲁国是我们的邻国,却伙同吴国侵略我国,这个仇不能不报。"简公对陈恒的话信以为然,就决定出兵攻打鲁国。陈恒趁机推荐国书为主将,高无平、宗楼为副将,大臣公孙夏、公孙挥、闾丘明等都随军出征,带领的战车有一千乘之多。陈恒亲自送军队出征,屯兵在汶水之滨,发誓不灭鲁国绝不班师。

当时孔子正在鲁国整理《诗经》《尚书》,这一天他的弟子琴牢(字子张)从齐国来拜见孔子,孔子问及齐国的事情,才知齐国的军队已经到了鲁国的边境。孔子闻言大惊,说道:"鲁国是我的母国,现在遭受了侵略,我不能不帮她!"就问身边的弟子:"你们谁能为我出使齐国,阻止齐国的侵略?"琴牢和公孙石都愿意去,但是孔子没有答应。子贡站起来问道:"老师,我可以去吗?"孔子说:"可以。"

子贡当天就拜别了孔子,很快就到了汶上齐军的军营求见陈恒。陈恒知道子贡是孔子的得意门生,求见的目的必然是游说齐国罢兵,于是装作满面怒容的样子接见他。子贡对此视而不见,坦然自若地走了进来。

陈恒让子贡坐下后问道:"先生来的目的,是为鲁国做说客的吧?"子贡答道:"不是,我是为齐国做说客的。鲁国这个国家攻打起来是很困难的,相国为什么要攻打它呢?"陈恒说:"攻打鲁国有什么困难的?"子贡道:"鲁国的城墙又低又薄、护城河又窄又浅,国君懦弱、大臣能力低下、士兵缺乏训练,所以它才'难打'。从相国的角度出发,最应该讨伐的是吴国。这个国家城高池深,兵强马壮,军队的指挥官还是名将，这样的国家攻打难度才是最低的。"陈恒勃然大怒，脸色阴沉地道："先生说的话是颠倒黑白呀，我非常不理解。"子贡道："请您屏退左右，我给您说一下我的理由。"陈恒挥手让服侍的人都下去，向前探身听子贡说什么。子贡平静地说："我听说'忧患在外部，就攻打实力较弱的国家；忧患在内部，就攻打实力较强的国家'。我曾经研究过，就相国目前的实力发展来看，必然无法和齐国的诸位大臣长久合作下去，既然如此，打败实力弱小的鲁国，就是各位大臣的功劳，相国没有半点好处。大臣们有了功劳，他们的威望就增加了，相国的威望无形中也就减少了，这对您是极其不利的！如果将军队攻击的目标改成吴国，那么各位大臣就必须全心全意地在外面对强敌，而相国就可以在朝中大权独握了。这不是对您最有利的结局吗？"陈恒脸上的乌云一下子消散了，笑着说道："先生所说的话，我是铭感五内呀！但是现在大军就在汶上，如果转而攻击吴国，大家必然会怀疑我的用意。这该怎么办呢？"子贡道："您只管按兵不动，我南下去游说吴王，让他发兵以攻击齐国的方式来救援鲁国。如此一来，您将作战目标改成吴国，就不会有人说三道四了。"

陈恒听了很高兴，就对国书说："我得到消息，吴国将要攻打我国。我们的军队就暂时先驻扎在这里，等打探清楚吴国方面的情报，打败了吴国才能再攻打鲁国。"国书按照陈恒的命令开始安排军队休整，而陈恒也回了齐国。

而子贡和陈恒告别后，当天就南下去了吴国。经过一番努力后，子贡如愿见到了夫差，他告诉夫差："当年吴国和鲁国联手攻打齐国这件事，齐国是恨到骨子里了。现在齐国的军队已经到了汶上，为的是攻打鲁国。等鲁国被打败了，下一个目标就是吴国。大王为什么不主动出兵攻打齐国呢？这既是帮鲁国，也是帮自己。如果吴国打败了万乘之国的齐国，又将千乘之国的鲁国收为附庸，影响力就比晋国还要大了，这样吴国不就成了霸主了吗？"

夫差说："以前齐国答应过，以后世世代代都以吴国为主，所以寡人才命令军队回国。结果齐国一直没有来朝贡，寡人正想向他们兴师问罪呢。不过寡人听说越国的国君一直在努力地整军经武，有可能是想攻击吴国。寡人的计划是先讨伐越国，然后再讨伐齐国也不迟。"子贡道："不能这样做！越国的实力小，齐国的实力大，即便打赢了越国，获得的利益也没有多少，而放过了齐国却后患无穷。攻打弱者、躲避强者，这是没有勇气的行为；贪图小利而忘却了大患，这是不明智的行为。既没有勇气还不明智，还拿什么去争霸天下？如果大王对越国不放心的话，我愿意为您出使越国，让越王勾践随大王出征，大王觉得怎么样？"夫差大喜，说道："先生说的正合我意。"

于是子贡向夫差告别，去向了东面的越国。勾践听说子贡要来越国，就命人黄土铺道、清水泼街，亲自到三十里之外去迎接。在把子贡安排到最好的住所之后，勾践向子贡鞠躬问道:"鄙国处于偏远的东海,先生降尊纡贵,不知有什么见教?"子贡很没有礼貌地回答说:"我是特地来慰问大王的。"勾践不以为忤,反而再次行礼道:"寡人听说祸患和福报都是相伴而来的,先生来慰问寡人,说明寡人的福报就要到了,还请您详细说明一下。"子贡说:"我前几天去了吴国,劝说吴王攻打齐国来救援鲁国。然而吴王怀疑越国准备攻击吴国,所以打算先讨伐越国,然后再攻打齐国。但凡没有报仇的意愿,而让仇人怀疑有报仇的意愿,这是蠢笨的行为;而有报仇的意愿却让仇人知道了,那就是自寻危险的行为了。"勾践大惊失色,站起来说道:"先生一定要救救我!"子贡说:"吴王夫差生性骄狂又喜欢听奉承话,太宰伯嚭喜欢专权又爱进谗言。大王给这两个人送去重礼,他们必然心生喜悦。吴王见越国言辞卑下、礼仪周全,自然也就疑心尽去了。然后大王亲自率领一支军队跟随吴王攻打齐国,如果吴国败了,那么吴国的军事实力也就削弱了;如果吴国获胜,吴王必定会产生争霸的心思,和强大的晋国争夺霸主,那么越国的机会就来了。"勾践又一次向子贡行礼,感叹道:"先生的到来,是上天对越国的恩赐呀,这简直就是让死人复活,让白骨长出肉来的恩德啊!寡人怎敢不遵从先生的教导?"于是勾践欲送厚礼,子贡态度坚决地拒绝了勾践的赏赐。

回到吴国后,子贡向吴王汇报说:"越王勾践对大王的恩德非常感激,听说大王对他有了疑心,吓得寝食难安,估计这几天就会有越国的使者前来谢罪了。"夫差听后没有说什么,安排人带子贡去馆舍休息。

五天之后,越国果然派文种为使者来了吴国。文种对夫差磕头之后说:"东海之滨的卑贱臣子勾践,承蒙大王不杀之恩,又得以复国,即使肝脑涂地也无法报答您的恩德!听说大王准备兴义师锄强扶弱,所以派外臣文种献上祖先留下的二十副精良的盔甲,一批质量上乘的长矛和大剑作为贺礼。请大王告诉出兵的时候,到时候勾践会从全国挑选出三千人跟随大王出征,他本人也会作为大王的小兵战斗在第一线,即使战死也无所畏惧。"

夫差听了非常高兴,就把子贡召来,说道:"勾践果然是个知恩图报的人,他准备带领三千人随我出征,先生觉得应该答应他的请求吗?"子贡道:"不能这样做,征了他国的军队为自己作战,还要让他国的国君上前线,这就太过分了。不如这样,可以让越国派出军队,但是就不要让勾践去了。"夫差听从了子贡的劝诫。

子贡告别吴王后,又北上去了晋国求见晋定公,说:"臣听说人无远虑必有近忧。现在吴国和齐国之间的战争已经不可避免了,如果吴国战胜了,必定要和晋国争霸天下,大王最好提前做好军事方面的准备。"晋定公道:"谢谢先生的提醒。"

第八十二回

杀子胥夫差争霸　纳蒯聩子路结缨

　　周敬王三十六年的春天，勾践命大臣诸稽郢率领三千人去了吴国。越国的军队到后，夫差就征调了全国的军队，开始了攻打齐国的军事行动。在此之前，夫差让人在句曲建造了一座行宫，里里外外都栽上了梧桐树，起名为"梧宫"，又让西施转移到这里避暑，他打算战胜齐国后，在这里过了夏天再回都城。

　　就在大军将要出发的时候，伍员再次进谏："越国只要没有灭亡，就是我国的心腹大患，而齐国只不过是癣疥之疾。现在大王不顾近在咫尺的心腹大患，却兴兵十万去解决千里之外的癣疥之疾，老臣担心齐国还没有打败，越国就已经打进吴国了。"夫差勃然大怒，厉声道："寡人就要出发了，你这个老家伙却说些不吉利的话，阻挠我的计划，你说我该怎样处罚你？"夫差想趁这个机会杀掉伍员，伯嚭把他拉到一边说："这是先王留下的老臣，不能直接杀了他，不然影响不好。大王不如让他出使齐国去下战书，借齐国人的手杀死他。"夫差说："太宰的这个计划很好。"于是就让人写了一封战书，里面历数齐国攻打鲁国、侮辱吴国的罪行，然后命令伍员带着这封战书出使齐国，希望齐简公看了战书后大怒之下杀死伍员。

　　伍员知道吴国必定会灭亡，走的时候悄悄带上了儿子伍封。到了临淄后，伍员向齐简公转交了吴王夫差的战书。齐简公看后果然很生气，打算把伍员杀了出气。鲍息连忙劝道："大王不能这样做。伍员是吴国有名的忠臣，数次进谏都不被吴王采纳，现在双方的关系势同水火。夫差现在让伍员出使我国，目的就是想要让大王杀了他，免得自己落下无故诛杀忠臣的罪名。最好的做法就是让他回去，这样吴国的忠臣和奸臣必然互相攻击，我们既能够渔翁得利，夫差也落不了好名声。"简公采纳了他的建议，不但没有杀伍员，还隆重地招待他一番，告诉他将交战的时间定在春末。

　　鲍息阻止齐简公不杀伍员是有原因的，他们两个以前就认识，而且关系很好。这天晚上，鲍息私下里去见伍员，问他吴国现在究竟是怎么回事。伍员低下头来泪流不止，但是吴国内部的情况他什么都没有说。最后伍员把儿子伍封介绍给鲍息，让他认鲍息做哥哥，以后就寄居在鲍家，而且不再使用"伍"这个姓，对外只能自称"王孙封"。鲍息看到伍员的这番举动，仰天长叹道："伍员这是准备死谏呀，所以这才让儿子留在齐国，为的就是免得伍氏没有了后代。"

吴王夫差派伍员出使齐国后，就挑选了一个良辰吉日，率领军队从都城的西门出发。到姑苏台的时候正好到了中午，就在这里吃了一顿午饭。饭后夫差感觉有点累，就小憩了片刻，不料却做了一个古怪的梦。夫差醒来之后，一直感觉心神不安，就招来伯嚭问道："寡人刚才午睡的时候做了一个梦，梦见了很多东西。先是进了一个叫章明宫的地方，看见有两口锅正在煮饭，却怎么都煮不熟；又看见两条黑狗，一条对着南方狂叫，一条对着北方狂叫；还有两把钢锹插在宫墙之上，大堂中流淌着一股大水；后院里传来阵阵声音，既不是鼓声也不是钟声，却好像是打铁的声音；前面的院子栽种的都是梧桐树，根本没有其他的树。太宰帮寡人分析一下，这个梦代表的是什么意思？"

伯嚭磕头之后，说："恭喜大王，这个梦是吉兆啊，就应在我们这次攻打齐国的军事行动上！'章明'的意思是打败了敌人，祝贺的声音源源不绝；锅里煮饭不熟，说明大王德行深厚，威加海内仍有余力；两条狗对着南北狂叫，代表着四夷宾服八方来朝；两把钢锹插在宫墙上，说明工匠努力工作、农民用心种田；流水进入殿堂，指的是邻国的朝贡络绎不绝，各种用度都很充足；后院有打铁的声音，意思是后宫的女子心情愉快，传来悦耳的笑声；前院都是梧桐树，梧桐是制作琴、瑟的原料，说明吴国日后必然过上歌舞升平的日子。看来大王此行要建功立业了！"

夫差虽然喜欢听阿谀奉承的话，但是对伯嚭的谀辞不以为然，心中的疑虑仍然没有消除。于是他又招来了王孙骆，告诉了他梦中的东西。王孙骆说："臣生来就是个愚笨的人，不知道这些东西代表的是什么意思。不过我听说城西的阳山有一个能人异士，叫公孙圣，这个人见多识广学问渊博，既然大王心中有疑虑，为什么不问问他呢？"夫差说："也好，你去把他给我叫来吧。"

王孙骆听了，就驱车到阳山去接公孙圣。不料公孙圣听了夫差做梦的详情后，马上趴在地上哭了起来。他的妻子看见了他的举动，在一旁嘲笑他："你这个人真是没有见识，天天想着见大王，现在大王要见你了，竟然激动的大哭起来！"公孙圣道："可悲呀，你根本就不知道是怎么回事！我曾经给自己算过卦，今天就是我的死期。过了今天，我和你就天人两隔了，所以我才会大哭的。"王孙骆在一边一直催他出发，公孙圣只好上了车子，一起去了姑苏台。

夫差听说公孙圣到了，马上就召见了他，详细地告诉了他自己梦中的内容。公孙圣道："臣知道，只要说了真话，我就必死无疑。不过我虽然怕死，也不敢说假话欺骗您。这个梦很奇怪呀，应该就应验在这次大王攻打齐国这件事上。我听说'章'的意思是'战而不胜败走章皇'，'明'的意思是'失去光明前途暗淡'；锅里煮饭不熟，是说大王逃跑的时候慌慌忙忙，连口熟饭都吃不上；两条狗对着南北狂叫，'黑'代表的是阴间,是说大王要死了;两把铁锹插在宫墙上,是说越国的军队攻进吴国,宗庙社稷都被摧毁了;流水进入殿堂,指的是仓库中积蓄了几百年的财富被洗劫一空;后院有打铁的声音,指的是后宫的女子被掠走,发出叹息的声音;前院都是梧桐树,梧桐是用来做棺材的,用来盛殓大王的尸体。希望大王撤回攻打齐国的军队,再让太宰伯嚭取下帽子、光着身子去向勾践赔罪,这样既能够保住江山社稷,还能够让大王免得死于非命!"

伯嚭听了这番话,大怒道:"你这个山野村夫,在这里胡说八道诋毁君王,应该被千刀万剐!"公孙圣圆睁双目,大骂道:"你身居高位,吃的用的都是民脂民膏,不想着尽忠君王为国效力,反而用花言巧语蛊惑君王。等越国的军队打进吴国的时候,难道你能保得住项上首级吗?"夫差大怒,说道:"乡下人没有一点见识,只知道胡言乱语,如果不杀了你,必然会去蛊惑无知的百姓。"回头对侍卫石番说:"你去把铁锤拿来,把这个乱臣贼子给我砸死!"公孙圣仰天大叫道:"苍天呐苍天,你应该知道我是多么的冤枉!对君王忠诚却获罪在身,没有罪行却有了杀身之祸!我死后不用埋,希望能把我的尸体抛到阳山的脚下,以后必然会发生一些奇异的现象,证明我是多么的无辜。"

夫差杀死公孙圣后,命人将他的尸体扔到了阳山脚下,指着他的尸体大骂:"豺狼会吃掉你的肉,野火会烧掉你的骨头,大风会吹散你的骨灰,世间不留你的一点残渣,看你还能做什么怪!"伯嚭马上端了一杯酒献给吴王,说:"恭贺大王,既然已经把这个妖人杀了,你喝了这杯酒,就可以发兵了。"后世有人为这件事写了一首诗:

妖梦先机已兆凶,骄君尚恋伐齐功。

吴庭多少文和武,谁似公孙肯尽忠!

夫差将十万吴军分成上、中、下三军,命令胥门巢率领上军、王子姑曹率领下军,自己率领中军和三千越军,让伯嚭做副将,浩浩荡荡地杀向齐国。军队出发之前,夫差派人去了鲁哀公那里,约定好双方兵马汇合的时间地点。在行军的途中,正好遇到了归国复命的伍员,伍员汇报了出使的情况之后,就告诉夫差自己生病了,无法随他一起去攻打齐国,先行回了吴国。

齐军的统帅国书听到吴、鲁联军即将到来,马上把手下众将召集到了自己的大帐中,商议如何迎敌。就在进行会议的时候,有人来报告:"相国陈恒派他的弟弟陈逆来了。"国书不敢端架子,马上和众将把陈逆迎接进来。双方坐定之后,国书问道:"您来这里,是相国大人有什么指示吗?"陈逆道:"吴国的军队长驱直入,已经过了嬴、博〔今山东城子县、泰安〕,眼看就要到了决定国家生死存亡的时刻了。相国担心有人贪生怕死,所以派我到这里督战。眼下形势危急,我军只能有进无退、有死无生,只能胜利不能失败，否则别怪我不讲情面。"众将齐声答应道："我们誓与吴军决一死战！"随后国书下令，全军结束休整迎战吴、鲁联军。

到了艾陵〔今山东莱芜〕，正好和胥门巢率领的吴国上军遭遇，国书随即命令大将公孙挥率本部人马先行攻击。胥门巢不甘示弱，也率军扑了上来。双方谁也无法战胜对方，战局就这样僵持了下来。国书想用首战的胜利鼓舞士气，就率领中军从另一个方向侧击吴军，在两面夹击之下，胥门巢终于抵挡不住了，大败之后仓皇逃命。

取得了首战的胜利，齐国军队的士气一下子就上来了。国书见士气可用，就又加了一把火，下令每个士兵都要准备一个长长的绳子，说："按照吴国的风俗，男子是不留长发的，我们有了绳子，就能把吴军的头颅拴起来带走。"听了这个命令，所有的人都欣喜若狂，认为马上就可以打败吴、鲁联军了。

胥门巢带领残兵败将回到中军后，夫差非常生气，打算杀了他来警示军队。胥门巢求饶道："臣是第一次和齐军作战，不知道对方的虚实，这才败了一场。请大王再给我一次机会，如果再打不赢的话，情愿按照军法被砍头！"伯嚭在一旁也极力为他说情，夫差这才饶了他的性命，不过还是剥夺了他的指挥权，让大将展如代替他指挥上军。正好这时候鲁国将领叔孙州仇也带着鲁军到了，夫差就赐给他一把宝剑、一副盔甲，让他作为向导，率领全军来到距离艾陵五里的地方扎好营盘。

国书见吴、鲁联军到了，马上派人来下战书。吴王夫差看到上面写了四个大字："来日决战！"

到了第二天，双方各自都排好了阵型。在夫差这边，他安排鲁将叔孙州仇为第一队，展如为第二队，王子姑曹为第三队；胥门巢率领三千人负责诱敌；自己和伯嚭率领剩下的部队驻扎在高岗之上作为机动的后援部队，而没有安排越国将领诸稽郢作战任务。

齐军列阵完成后，陈逆命令每个人都在嘴里含上一块玉，说："这样战死之后就可以马上装棺材里了！"公孙夏、公孙挥也命令将士们齐唱送葬的歌曲，发誓说："活着回来的不是大丈夫！"国书见了，赞叹道："各位都抱着必死的决心，哪里还用担心无法取得胜利呢？"

两军交触的时候，先遇到的是胥门巢带领的诱敌部队。国书对公孙挥说："这个人是你的手下败将，你去把他抓过来。"公孙挥听了，挥舞着长戟就冲了出去，胥门巢见了带着人就跑。公孙挥紧追不舍，不料叔孙州仇率领的第一队到了，和公孙挥杀在一起，而胥门巢也反身杀了回来。国书担心公孙挥挡不住两面夹击，又命令公孙夏前去挡住胥门巢的部队。然而胥门巢又跑了，等公孙夏追击的时候，展如的第二队又冲了上来，挡住了公孙夏的攻击。这时候胥门巢再次反身，准备和叔孙州仇夹击公孙挥。胥门巢的行为惹恼了齐国的高无平、宗楼，两个人一起冲了出去，打算一举击败胥门巢。但是王子姑曹又带着第三队上来了，独自对战高无平、宗楼二人。

战况进行的十分激烈，双方都死伤惨重。国书见吴军死战不退，齐军一时打不开局面，就亲自挽起袖子，抓起鼓槌敲响战鼓，同时命令全军压了上去，吴、鲁联军渐渐落了下风。吴王夫差在高岗上，对战局的变化看得很清楚，马上命令伯嚭带一万人上前支援。

国书见敌方又来了援军，正想调派部队拦住，却听见吴军方面敲响了铜锣，以为吴王看形势不妙要撤退，不料夫差却带着三万人同时从三个方向冲了上来。原来，夫差为了迷惑齐军，将用来表示撤军的锣声规定为进攻的命令。齐军果然被骗了，原本以为对方要撤退，精神上就不免松懈了下来，结果迎来的却是敌人的攻击，一下子就被吴军冲散了，原来整齐的阵列被分割成了三部分。

而吴军见吴王夫差亲自上阵，士气马上高涨了起来，人人奋勇争先，把齐军打得落花流水。展如活捉了公孙夏，胥门巢阵斩公孙挥，夫差的勇武也不减当年，一箭就射伤了宗楼。

看到齐军已经崩溃了，闾丘明对国书说："我们的军队就要完了！元帅不如换上便衣先逃出去，留得青山在不怕没柴烧。"国书叹了口气，说："我带了十万精兵强将，却败给了吴国，哪里还有脸回去啊！"说完，就解下身上的盔甲冲进吴军之中，随后就被乱军杀死了。闾丘明藏进了草丛中，试图逃过一劫，不料被鲁将叔孙州仇找到，也被俘了。

这一场战役吴国获得了全面的胜利：齐国的上将国书、公孙挥战死，公孙夏、闾丘明被俘后也被斩首，高级将领中只有高无平、陈逆二人幸免，中低级将领和士卒的损失不计其数，而且齐国剩余的八百多辆战车都成了吴国的战利品，一辆都没有跑掉。

看到战绩如此辉煌，夫差得意洋洋地问诸稽郢："先生也亲眼看到了吴国的将士是多么的英勇，不知道和越国的军队比起来，哪一个更强呢？"诸稽郢跪下来说道："吴国的军队天下无人能挡，小小的越国就更不用提了！"夫差听后非常开心，就重赏了越军，让诸稽郢先回去报捷了。

齐简公得到齐军大败的消息后震惊无比，和陈恒、阚止商量后，派遣使者携带大量的财物来见夫差，赔罪之后请求议和。夫差要求齐国、鲁国重修旧好，都不能侵略对方，二国都不敢不听，于是就签署了盟约，夫差也带着吴军凯旋回国。后世有人作诗道：

艾陵白骨垒如山，尽道吴王奏凯还。

壮气一时吞宇宙！隐忧谁想伏吴关？

夫差到了句曲的新行宫，笑着对西施说："寡人让美人住在这里来，就是为了能早一点见到你。"西施向吴王行了一个礼，祝贺夫差战胜齐国的同时，还为自己没有理解夫差的用意表示羞愧。

这个时候正处于初秋时期，梧桐林下树荫片片、凉风习习，二人携手上了高台饮酒作乐。到了夜深人静的时候，忽然听到外面有一群小孩在唱歌，夫差仔细一听，发现他们唱的是：

梧桐树叶冷，吴王的梦醒没醒？已经入了秋，吴王愁上又加愁……

夫差听后觉得非常讨厌，就让人把孩子们抓进宫里，问他们："这首歌是谁教你们的？"孩子们回答："是一个穿红衣服的小孩儿教的，不知道他是从哪里来的，也不知道现在去哪儿了。"夫差生气了，说："寡人上承天命，有什么好发愁的？"便想让人把这些小孩儿给杀了，西施极力相劝，这才让他放弃了这个想法。伯嚭也上前说道："世间万物，到了春天就欢喜，到了秋天就伤悲，这是自然规律。大王的情绪是符合自然规律的，何必为此闷闷不乐呢？"夫差这才转忧为喜。夫差在句曲的行宫停留了三天，才起驾返回都城。

在上朝的时候，文武百官都对夫差取得的战绩进行祝贺。伍员也来了，只有他一个人默然不语。夫差见了，就责备他："先生曾经说寡人不应该攻打齐国。现在寡人得胜回朝，只有你一个人没有功劳，难道你就不觉得羞愧吗？"伍员见夫差这样侮辱自己，非常激动地卷起袖子解下佩剑，大怒道："上天想要让一个国家灭亡，必然会先给它一个小小的好处，但随后给予的就是大祸。现在大王战胜了齐国，只不过是一个小好处，老臣恐怕大祸马上就要来了。"夫差生气地说道："好久没有见相国，感觉耳边清净了许多，现在你又絮絮叨叨地来烦我了！"于是捂住耳朵闭上眼睛坐在那里一言不发。

过了一会儿，他忽然睁开眼睛，对着前方看了好长时间，然后说道："真奇怪呀！"众臣问道："大王看见了什么？"夫差道："我刚才看见四个人背对背站着，过了一会儿朝四个方向走去；又看见殿下两个人面对面站着，面朝北的那个人杀死了面向南方的人。各位爱卿看到了吗？"大家都说没有看见。伍员说："四个人朝四个方向走，是四方离散的征兆；面朝北的那个人杀死面向南方的人，是说将要发生以下犯上、臣弑君的事。大王现在不知道反省自己的行为，将来必有身死国灭的大祸！"

夫差恼怒地说："你说的话太不吉利了，寡人不想听到这样的话！"伯嚭说："四方离散，那是有才能的人都离开了自己的母国，来了吴国；吴国现在成了霸主，不久之后还要取代周朝的地位，这也是下犯上、臣弑君。"夫差说："太宰说的话才是正解呀，相国老了，说的话不足为信！"

又过了几天,越王勾践亲自带着大臣们来朝拜吴王,同时祝贺吴国战胜了齐国,而且大肆贿赂吴国的重臣。伯嚭对吴王说:"这就是四方离散后来到吴国的验证啊!"夫差也有些沾沾自喜,就在文台之上摆酒招待勾践。越王勾践很恭敬地坐在下首,两国的大臣都在旁边站着。夫差说:"寡人听说'君主不能忘记有功劳的臣子,父亲不能放弃有能力的儿子'。太宰伯嚭为寡人练兵有功,寡人准备把他升为上卿;越王勾践以孝道侍奉寡人,始终没有懈怠,所以寡人打算再赏赐他一些土地,作为他帮助寡人讨伐齐国的报酬。各位爱卿觉得怎么样啊?"吴国的大臣都说:"大王有功必赏、有劳必酬,这是称霸天下的举动啊!"

只有伍员趴在地上哭着说:"太可悲了!忠心的臣子闭口不言,谗佞之徒不离左右,听到的都是奉承君王、颠倒黑白的话语。再这样下去,吴国就要灭亡了,到时候免不了宗庙化为废墟、宫殿长满荆棘!"

夫差大怒道:"你这个老家伙太坏了,简直就是吴国的一个妖孽!我明白你的心思,不就是想着把持大权作威作福,一心想要败坏我的江山吗?因为你是我父王留下的老臣,所以寡人一直不忍心杀你。现在你回家吧,永远也不要来见我!"伍员说道:"如果老臣是一个不忠不信的人,先王怎么会重用我。我落到这个地步,就和关龙逢遇到了夏桀、比干遇到了商纣王一样。如果我被杀了,大王不久之后必然身死国灭!我走了,以后再也不会来烦你了!"于是步履蹒跚地退出了文台。

夫差余怒未消,伯嚭又开始说伍员的坏话:"臣听说伍员在出使齐国的时候,悄悄把他的儿子伍封留在齐国鲍氏家里,这说明他已经有了叛国的心思了。大王一定要注意他的一举一动。"夫差听后怒不可遏,就命人将属镂剑送给伍员。

伍员收到夫差送来的剑后,叹了口气说:"大王的意思是让我自杀啊。"于是光着脚走下台阶,站在院子里扬天悲呼道:"天啊!天啊!当初先王根本就不想把你立为世子,是我极力劝说,你才得以继承王位;是我为你攻破楚国、大败越国,让你威加诸侯。没料到现在你不但不相信我的话,反而让我自杀!我今天死了,越国的军队明天就会来毁掉你的社稷宗庙!"于是对周围哭泣的家人说:"等我死后,你们把我的眼睛挖出来挂在东门上,让我看看越国的军队是如何进入都城的。"说完就用剑抹了脖子。

送剑的人回去后,把伍员所说的话告诉了夫差。夫差很生气,就去伍家指着伍员的尸体说:"伍员呀,你都已经死了,难道还会有知觉吗?"说完就亲自砍下他的头放到盘门[吴国都城的南门]的城楼上,又把他的尸体放进皮袋子里让人扔进钱塘江里,还诅咒说:"太阳烧毁你的骨头,鱼虾吃掉你的血肉,等你骨头都变成灰,看你还能见到什么!"

伍员的尸体被抛入江里后,一直在水面上沉沉浮浮,随着潮水上上下下,湍急的流水冲塌了大片的江岸。住在附近的居民害怕了，就偷偷地把他的尸体捞了上来，埋到了吴山上面。吴山在后世被改称胥山，现在山上还有子胥庙。陇西居士对伍员的遭遇感叹不已，用一首诗总结了他的一生：

将军自幼称英武，磊落雄才越千古。
一旦蒙谗杀父兄，襄流誓济吞荆楚。
贯弓亡命欲何之？荥阳睢水空栖迟。
昭关锁钥愁无翼，鬓毛一夜成霜丝。
浣女沉溪渔丈死，箫声吹入吴人耳。
鱼肠作合定君臣，复为强兵进孙子。
五战长驱据楚宫，君王含泪逃云中。
掘墓鞭尸吐宿恨，精诚贯日生长虹。
英雄再振匡吴业，夫椒一战栖强越。
釜中鱼鳖宰夫手，纵虎归山还自啮。
姑苏台上西施笑，谗臣称贺忠臣吊。
可怜两世辅吴功，到头翻把属镂报！
鸱夷激起钱塘潮，朝朝暮暮如呼号。
吴越兴衰成往事，忠魂千古恨难消！

夫差逼死伍员后，就把伯嚭升任为相国；又打算扩大越国的领土，被勾践坚决地拒绝后才打消了这个想法。勾践回国之后，进一步加快了攻打吴国的计划，而夫差根本就不在意越国的举动，行为举止越发骄横肆意。他调集了好几万士兵大兴工程：修筑了邗城〔今扬州市西蜀冈上〕；开凿了邗沟〔春秋时期著名的运河〕，东北通到射阳湖〔今江苏淮安东南，又名古射陂〕，西北连通了长江、淮河，北方到达沂水，西面到达济水。

太子姬友见夫差大兴土木，知道他还想着到中原地区会盟，想要进谏又怕惹恼夫差，于是就想出一个主意婉转地提醒他。这天早上，他拿着弹弓揣着弹丸从后花园走了出来，衣服鞋子都湿漉漉的。夫差见了很奇怪，就问他怎么把自己搞成了这个样子。姬友说："儿臣刚才到后花园游玩，听到一个知了在树上鸣叫，就走过去看看。知了在那里迎风长鸣悠然自得，却不知道后面有一只螳螂正从树枝上爬了过来，弯着腰举着前臂打算捕食它；螳螂一心想要捕捉知了，哪知道后面的树叶里面藏着一只黄雀，也把它当成了一顿美餐；黄雀想要吃螳螂，完全没有注意到我正在用弹弓瞄准了它；我只顾着打黄雀了，没看到脚下有个水沟，结果一下子掉了进去，就成了这个样子。"吴王说："你只看到了眼前的利益，而忽略了隐藏的危机，天下没有比这个更愚蠢的了。"

姬友说："其实还有比儿臣更愚蠢的行为。鲁国这个国家是周公旦的封地，还出了孔子这样的圣人。鲁国没有侵犯齐国,齐国却无缘无故地攻打它;齐国以为可以把鲁国吞并掉,不料吴国却倾全国之兵远征千里,粉碎了齐国的阴谋;吴国打败齐国的军队,以为以后齐国就成了自己的附庸,却不知道越王勾践挑选精兵强将攻进吴国,屠杀我们的人民,摧毁我们的宗庙。天下没有比吴国更蠢的了!"

夫差大怒道:"你说的都是伍员的陈词滥调,我早就听烦了。你现在又说这些话,是想要破坏我的计划吗?再说这样的话,你就不是我的儿子!"姬友被吓坏了,赶紧辞别吴王退了出去。

不久,夫差让太子姬友监国,留下王子地、王孙弥庸作为他的助手,自己亲自带兵沿邗沟北上。在随后的一段时间里,夫差和鲁哀公在橐皋[今安徽巢县西北拓皋镇]会盟、和卫出公在发阳[今山东莒县南]会盟。接着又广邀各国诸侯在黄池[今河南封丘县西南]会盟,准备和晋国争夺霸主的地位。

夫差率兵跨过吴国的边境后,勾践和范蠡立刻启动了灭吴的计划,调集了训练有素的水军两千人、精锐的陆军四万人、义勇六千人,准备先走海路,然后沿钱塘江而上偷袭吴国。

越国的畴无余带领先头部队率先到达姑苏的郊外,王孙弥庸见越军来犯,立刻率军出城迎战。开战不久,王子地带着另外一支吴军冲了出来,和王孙弥庸对畴无余形成了两面夹击的态势。战斗中畴无余马失前蹄,被吴军俘虏,剩下的越军失去了指挥,只好退了回去。

第二天,勾践率领的主力部队赶到了。太子姬友见越军来的很多,就打算凭借坚固的城池固守待援。然而王孙弥庸对他说:"越国的军队对我军还存在着畏惧的心理,而且他们远道而来必然疲惫不堪,如果我们再打赢一次,他们必定会退兵。即使没有打赢,我们再退守坚城也来得及。"姬友被他的话迷惑了,就让他打头阵,自己率军随后接应。

勾践见吴军主动进攻,就亲自在前线督阵。两军刚一接触,范蠡、泄庸两人就率军从吴军的两侧发动了攻击,攻势如狂风暴雨一般。这时吴国的精锐老兵都被夫差带走了,剩下的都是缺乏训练的新兵,而越国的士兵训练有素、武器装备十分精良,再加上有范蠡这样的良将指挥,吴军哪里能抵挡住越军的攻击。所以战斗进行了不长时间,王孙弥庸就战死在泄庸手里,太子姬友也被射中几箭,他担心被俘后受到越国人的侮辱,就拔剑自刎了。两个指挥官都死了,吴军再也没有了斗志,马上就溃败了,越军顺势直逼城下,试图一鼓作气拿下姑苏。

王子地见状,马上关闭了城门,一面动员民间精壮青年上城墙守城,一面派人到夫差那里求援。而勾践见一时半会儿打不下姑苏,就让水军驻扎在太湖,陆军在姑苏城的胥门和阊门之间安营扎寨，准备长期围困。同时让范蠡放火烧了姑苏台，大火一直烧了一个多月才熄灭；又把吴国所有的大船都划到了太湖里面。吴国的军队慑于越军的军威，没有一个敢于出城阻拦的。

吴王夫差和鲁哀公、卫出公一同来到黄池，派使者去邀请晋定公来会盟。晋定公自然不敢不来。在会盟之前，夫差让王孙骆和晋国的赵鞅商议，夫差和晋定公二人签署盟书时的顺序。赵鞅说："晋国一直都是中原会盟的盟主，这一次鄙国国君当然仍旧是盟主。"王孙骆道："不对。晋国的先祖是周成王的弟弟，而吴国的先祖是周武王的伯祖父，二者的辈分相差太多了。何况晋国虽然以前一直是盟主，但是在宋国、虢国会盟的时候，已经是楚国为盟主了，现在又怎么能够处于吴国之上呢？"二人一直争论了好几天，仍然没有解决谁当盟主的问题。

这天，王子地派来的信使来到了吴国的军营，报告夫差："大王，越国人打过来了，世子阵亡、姑苏台被焚毁、都城被围困，恳求大王早日回国。"夫差大惊失色，伯嚭却拔出剑来一剑刺死了信使。夫差问："你怎么把信使杀了？我还没有询问详细情况呢。"伯嚭道："这件事是真是假还无法确定，如果不杀信使，这个消息就有可能泄露出去，到时候晋国、齐国必然会趁火打劫，大王还能够安全回国吗？"

夫差道："你说的有道理。但是盟主的问题一直也没个结果，现在又出了这档子事儿，我是不进行会盟先回去好呢？还是参加会盟，让晋国做盟主好呢？"王孙骆说道："这两个方法都不可取。不参加会盟就走，谁都知道我们国内出事了；让晋国做盟主，我们以后就要听晋国的了。大王只有当了盟主，才能确保一切顺利。"夫差又问："你有什么办法可以让我当上盟主？"王孙骆示意夫差屏退左右，小声说道："现在形势很危险，请大王对晋国进行军事威胁，把晋国的气势压下去。"夫差道："是个好主意！"

当天夜里，夫差命令部队半夜就开始吃饭、喂马，然后悄无声息地到了晋军营地一里之外的地方列阵，一百人为一行，一行树一面大旗，一百二十行为一个方阵。中军都是白色的战车、白色的旗帜、白色的盔甲、白色的羽箭，夫差亲自拿着斧钺、举着白色的旌旗在阵中站立。左军都面向夫差的左方，也是一百二十行，全都是红色的战车、红色的旗帜、红色的盔甲、红色的羽箭，伯嚭为主将；右军都面向夫差的右方，也是一百二十行，全都是黑色的战车、黑色的旗帜、黑色的盔甲、黑色的羽箭，王孙骆为主将，全军共三万六千人。

黎明时分，阵势摆好之后夫差第一个敲响了战鼓，军中所有的鼓手也跟着敲了起来，接着军中的各种打击乐器也都敲响了。晋军听到营地外面传来的声音，还以为是吴军打过来了，全都吓得面如土色。晋定公也惊恐万分，马上派大臣董褐到吴军中询问是怎么回事。夫差告诉他："周天子已经颁发了旨意，让寡人主持这一次的会盟，来弥合各个诸侯国之间的关系。但是现在贵国的国君不遵从圣旨，为了争抢盟主的位置使得会盟一直无法进行。寡人不愿意让使者一趟趟地来回奔波，就亲自来这里问问他愿不愿意让寡人做盟主。行不行就让他给个话吧！"

董褐听了，只好回去将夫差的想法禀报给晋定公，当时鲁哀公、卫出公也在场。董褐偷偷地告诉赵鞅："我发现吴王虽然口气很强硬，但是脸色阴晴不定，好像有什么大心事，该不会是越国人打进姑苏了吧？如果不让夫差当盟主，他势必会对我们下毒手。然而也不能就这样白白让给了他，不如以让他去掉王号为条件，换取盟主的尊荣。"赵鞅深以为然，就去告诉了晋定公，让董褐再次去见夫差。

董褐对夫差说："既然您说是天子让你做盟主，鄙国的国君怎么敢不听从圣旨呢？但是吴国封国的时候只是伯爵，而您现在却僭号为王，这将周天子至于何地？如果您不再称王而称公，您说怎么办就怎么办。"夫差觉得董褐说得很有道理，就答应了这个条件，撤军之后以"吴公"的名义和晋国、鲁国、卫国会盟，他也如愿当上了盟主。

黄池会盟后，夫差立刻率军沿长江、淮河回援姑苏。就在回军的路上，又接连接到几封告急的书信，这时候消息已经瞒不住了，所有的将士都知道越军打到了姑苏城下。

等吴军回到了姑苏，长时间的急行军使得军队疲惫不堪，将无斗志、士无战心。然而夫差不顾实际情况，强行命令部队和越军作战，结果也就不言而喻了。

看到吴军大败，夫差终于害怕了，就对伯嚭说："你曾经保证越国不会背叛寡人，所以寡人才放勾践回去。现在形势糟糕到了这个地步，你必须给我和越国达成和议，不然的话，伍子胥自杀的属镂剑还在呢，他的下场就是你的下场！"

伯嚭只好来到越国的军营，五体投地地跪在勾践的面前，乞求勾践放过吴国，表示当年越国战败后赔偿了多少钱，吴国现在也愿意赔偿多少。范蠡也说："现在还没有到灭亡吴国的时候，就暂且和他们达成和议吧，也算是让伯嚭在吴王面前立了一功。吴国从此再也无法对我们构成威胁了。"于是勾践和吴国达成了和议，把所有军队都撤回了越国。勾践伐吴这件事发生在周敬王三十八年。

周敬王三十九年，鲁哀公在大野狩猎，叔孙氏的家臣鉏商抓住了一只怪兽，身体像麋鹿，尾巴像牛，角上还有肉，叔孙氏不知道这是什么兽，杀死之后带着尸体去问孔子。孔子仔细一看，告诉他："这是麒麟啊！"再看角上，当年孔子的母亲所绑的红色丝绳还在呢。孔子叹息道："看来我的生命就要走到尽头了！"于是让他的弟子将麒麟的尸体拿出去埋掉了。现在巨野故城东面十里的地方有一个土台，周长大约有四十多步，当地称为"获麟堆"，就是当初埋葬麒麟的地方。

弟子回来复命后，孔子取出瑶琴，唱道：

明王作兮麟凤游，今非其时欲何求？麟兮麟兮我心忧！

唱完后孔子取出《鲁史》，选取了从鲁隐公元年到鲁哀公十四年——也就是捕捉到麒麟的这一年，一共二百四十二年——之间的史书，有目的地进行了删减，编撰成《春秋》一书，《春秋》后来和《易经》《诗经》《尚书》《礼记》《乐经》合称"六经"。

同年，齐国的右相陈恒得到了一个令他喜出望外的消息：吴国被越国打败，从此再也没有了干涉他国的能力！如此一来，齐国内部没有了可以制衡陈氏的家族、外部没有强大的敌人，只有一个阚止是影响他篡位的障碍，于是陈恒就让他的族人陈逆、陈豹等人杀死了阚止。齐简公听到这个消息后，知道陈恒开始了篡位计划，就马上逃出王宫，准备去其他国家流亡。但是陈恒追了上去，杀死了齐简公后让简公的弟弟姜骜做了国君，姜骜史称齐平公，陈恒担任相国，废除了左右相的官职。

孔子听说齐国发生政变后，斋戒三日，沐浴身体后上朝求见鲁哀公，请求他出兵讨伐齐国。鲁哀公让他去和季孙、孟孙、叔孙三家商议，孔子说："我只知道鲁国的国君，不知道这三家是干什么的。"

其实陈恒也害怕诸侯们进行干涉，就把原来齐国从鲁国、卫国那里抢来的土地全部归还，北方和晋国的四位重臣打好关系，南方和越国、吴国联姻。他还拿出家财，尽量让老百姓得到利益，所以获得了齐国人民的支持。慢慢的，他把朝中鲍、晏、高、国等家族以及公族的官员都驱逐出去，将齐国的一半领土作为自己的封地；又从全国挑选出身高七尺［大约相当于现代的1.6米］的女子，总数不下一百人，全部当作自己的小妾纳入房中，甚至鼓励门下的宾客和她们偷情，生下了七十多个男孩，以这种方法来增强陈氏的宗族实力。地方上的清洗也很严重，齐国所有的大城市的管理者全部由陈氏的族人担任。

而在卫国，当时卫国的前世子卫蒯聩在戚地居住，他的儿子卫出公卫辄一直不许他回都城，大臣高柴屡屡进谏都被拒绝。卫蒯聩的姐姐孔姬嫁给了大臣孔圉，生了个儿子叫孔悝，孔圉去世后，孔悝接替了他的官职，成为卫出公的亲信，把持着卫国的国政。孔家有个家仆叫浑良夫，身材高大、长相英俊，孔圉死后就开始和孔姬私通。孔姬心疼弟弟，就让浑良夫到戚地去看望卫蒯聩。卫蒯聩见了浑良夫后，拉着他的手说："如果你能让我回到都城当上国君，我让你高官得做，骏马得骑，而且还给你三次免死的机会。"

浑良夫心动了，回去后就把卫蒯聩的话告诉了孔姬，孔姬也觉得条件不错，就让浑良夫装成妇女去接卫蒯聩。这天傍晚，浑良夫和卫蒯聩都装成女人，带着勇士石乞、孟黡潜入都城，藏在孔姬的卧室里。

孔姬对卫蒯聩说："国家的政务都是我的儿子处理，他正在宫中饮宴，等他回来了，就用武力逼他帮助我们，你的计划就可以确保成功了。"随后安排石乞、孟黡、浑良夫都穿上盔甲、藏好兵器等候，让卫蒯聩先不要出来。

不久，孔悝喝得晕晕乎乎地回来了。孔姬把他喊到高台上说："在父亲、母亲的亲戚里，谁是最亲的？"孔悝说："父亲这边就是叔叔伯伯，母亲那边就是舅舅。"孔姬道："既然你知道舅舅是母亲那边最亲的人，哪你为什么不让你舅舅回来当国君？"孔悝回答说："不让他接任国君而让出公继位，这是卫蒯聩的父亲卫灵公决定的，我无法违背卫灵公的命令。"说完就起身去厕所了。孔姬使了个眼色，石乞、孟黡二人就去了厕所的门外，孔悝一出来就被他俩架住了胳膊，嘴里说着"世子召见"就把孔悝拖走了，根本就不给孔悝说话的机会。

这时卫蒯聩已经来到了高台上，孔姬见孔悝进来了，就大声说："太子就在这里，孔悝为什么不拜见太子？"孔悝没有办法，只好给卫蒯聩行礼。孔姬又问："你现在愿意听你舅舅的吗？"孔悝见事已至此，只好说："愿意，他说什么我做什么。"于是孔姬杀了一头公猪，让孔悝和卫蒯聩歃血为盟。然后孔姬让石乞、孟黡将孔悝软禁在高台上，以他的名义召集孔家的私人武装，让浑良夫带领攻击卫出公的王宫。

卫出公卫辄喝醉了，正想睡觉呢，就得到了有人叛乱的消息，便让身边的侍卫去喊孔悝。侍卫说："叛乱的人就是孔悝！"卫出公吓得酒马上醒了，带着金银财宝上了轻型马车逃向鲁国。那些不愿意跟随卫蒯聩的大臣也都四散逃走了。

当时子路是孔悝的家臣，事发的时候他在城外，听说孔悝被人软禁，就准备进城解救他。路上正好遇到从城里跑出来的同学高柴，高柴说："城门已经关了，你进不去。再说你也不是大臣，不用去送死。"子路道："我吃的是孔家的俸禄，不能不管。"说完就向城门跑去，城门果然关闭了。

守门的将领公孙敢见子路要进城，就对他说："国君都已经跑了，你还进去干什么！"子路道："我最讨厌的就是吃着主家的俸禄，主家有了灾难却坐视不管的人，所以我就来了。"

正好有人要出城，子路趁机进了城，直接来到孔家的高台之下，大喊道："仲由到了，孔大人下来吧！"孔悝不敢回答，更不敢下来。于是子路就准备柴火去烧高台，打算以此逼孔悝下来。卫蒯聩害怕了，就让石乞、孟黡二人拿着戈下来把子路赶走。子路手里只有一把佩剑，哪里打得过手持长兵器的石乞、孟黡，不久就负了重伤，帽带被割断，帽子掉到了地上，眼看人就要死了。子路说："按照礼法的规定，君子死的时候是不能不带着帽子的。"他挣扎着带上帽子将帽带系好后就死了。事态平息后，孔悝侍奉卫蒯聩接任国君，史称卫后庄公。卫后庄公即位后，封次子卫疾为世子，封浑良夫为卿。

卫国政变的时候，孔子就在卫国。他听到这个消息，对弟子们说："高柴应该会回来，子路恐怕要殉难了。"弟子们问他为什么会得出这样的结论，孔子说："高柴这个人知大义识大体，必然会保全自身以待将来；而子路一向好勇斗狠不在乎死活，而且不懂得什么是轻重缓急，必然会舍生取义。"话还没有说完，就见高柴回来了。师徒二人相见，是悲喜交加。

不久卫后庄公派的使者也到了，对孔子说："寡人刚刚继位，对先生一向都很敬仰，所以给您送点美味。"孔子再一次行礼，然后接过了礼物，打开一看，原来是肉酱。孔子赶紧让人盖上，对使者说："该不会是我学生子路的肉吧？"使者大吃一惊，说道："不错。不过先生是怎么知道的？"孔子说："要不是子路的肉，贵国的国君也不会送给我呀！"就让弟子把这些肉酱给埋了，痛哭道："我一直都担心子路会死得很惨，现在果然是这样！"

卫国的使者走了不久，孔子就一病不起，很快就在周敬王四十一年夏四月己丑这一天去世了，享年七十三岁。后世有史学家称赞他说：

尼丘诞圣，阙里生德；七十升堂，四方取则。行诛两观，摄相夹谷；叹凤遽衰，泣麟何促。九流仰镜，万古钦躅！

孔子去世后，弟子们将他安葬到了北阜弯曲的地方，坟墓占地一百亩，鸟雀都不敢在这里的树上栖息。后世的各个朝代都对孔子进行封赏，最后被封为"大成至圣文宣王"，儒学的弟子一般都尊称他为"大成至圣先师"，所有的地方都建有纪念孔子的文庙，并在春、秋二季举办祭祀。孔子的子孙后来被封为衍圣公，世袭了两千多年。

卫后庄公即位后，怀疑孔悝是卫出公的党羽，便以醉酒之责把他驱逐出朝，孔悝逃亡宋国。因宫中所藏宝物被出公带走，府内空空，卫后庄公将浑良夫召来问道："用什么办法可将宫中宝物追回？"浑良夫奏道："逃亡的国君辄本来就是主公的儿子，主公为何不将他召回呢？"

第八十三回

诛芈胜叶公定楚　灭夫差越王称霸

话说卫后庄公因宫中宝物都被出公带走，将浑良夫找来商议。浑良夫说："现在的太子疾与逃亡的出公，都是主公的儿子，主公可以选择继承人为名将出公召回，他若肯回来，自然会把宝物送还。"

旁边有个童仆听到了，就把这些话偷偷地告诉了太子卫疾。于是太子卫疾就找了几个勇士劫持了卫后庄公，逼他歃血为盟发誓不召回前国君卫辄，并且要杀掉浑良夫。卫后庄公说："不召回卫辄我能做到，但是以前我答应过浑良夫，可以免他三次死罪，这该怎么办？"太子卫疾笑道："这还不容易吗？宣布他有四个死罪不就能杀掉他了吗？"卫后庄公答应了。

没过多长时间，卫后庄公建好了一座刻有虎兽纹的木屋花园，他就召集所有的大臣举办庆祝典礼。浑良夫来的时候穿着国君才能穿的紫色衣服、狐狸皮制作的皮衣，进去之后只解下了皮衣，但没有解下佩剑，就开始坐在那里吃东西。世子卫疾就让侍卫把他拉下去杀掉。浑良夫问："臣犯了什么罪？"世子卫疾一一列举道："臣子见君王的时候，穿的衣服是有规定的，和君王一起饮宴也必须要解下佩剑。你穿紫色的衣服，是第一个死罪；穿狐狸皮制作的皮衣，是第二个死罪；没有解佩剑，是第三个死罪。"浑良夫大喊："我和国君有盟约，可以免我三次死罪！"卫疾道："卫辄身为儿子，却不让自己的父亲回都城，这是大逆不道的行为，可是你却想把他召回来，这难道不是第四个死罪吗？"这下浑良夫说不出话了，只好引颈受戮。

过了一段时间，卫后庄公梦见一个披头散发的厉鬼，面向北方说道："我是浑良夫，我死的太冤枉了！"卫后庄公被惊醒了，就让下大夫胥弥赦占卜一下这个梦是吉是凶。胥弥赦告诉他："没有什么不吉利的。"然而他退出去之后，就对其他人说："冤魂化成了厉鬼，这是国君身死、国家危急的兆头呀！"说后就逃亡到了宋国。

卫后庄公即位第二年，晋国对他一直没有朝贡感到非常生气，就让上卿赵鞅率军讨伐卫国。卫国的老百姓把卫后庄公驱逐到了戎国，戎国人把他和世子卫疾都杀了。于是卫国人立卫灵公的侄子卫般师为国君，齐国的陈恒进行了武装干涉，抓走了卫般师，立卫灵公的庶子卫起为君。陈恒班师后，卫国的大臣石圃驱逐了卫起，又把原来的卫出公卫辄迎接回来当了国君。然而卫辄在复国后马上就驱逐了石圃。卫国的大臣们对卫辄的行为极度不满，七年后又把他驱逐到了越国，然后立卫蒯聩的弟弟卫默为君，史称卫悼公。此后卫国就成了晋国的附庸，国势越来越衰弱，完全看晋国赵氏的眼色行事。

楚国前太子建的儿子芈胜回到楚国之后，每次想起郑国杀死他父亲的时候，都恨得咬牙切齿，恨不得马上就去报仇雪恨。然而对他有恩的伍员以前已经赦免了郑国的罪行，他不想让恩人失信，而且郑国一直对楚昭王恭恭敬敬，让他也找不到借口，只好一直隐忍不发。等楚昭王去世后，令尹子西、司马子期立越女所生的儿子熊章继位，史称楚惠王。从父亲太子建死后，芈胜就迫切地希望子西能把自己请回去，共掌楚国的大权。谁知道子西不但一直不请他回去，也不给他增加俸禄，这让他极为不满。等听到伍员去世的消息后，他说："到报复郑国的时候了！"

于是芈胜让人到子西那里请求道:"当初郑国是如何迫害先世子的,令尹您应该很清楚。杀父之仇不共戴天,要是令尹觉得先世子死的冤,就派一支部队惩罚郑国,我愿意当先锋,哪怕是死在沙场上也无怨无悔。"子西推辞道:"新国君刚登基,国内大大小小的事情还没有理顺,再等等吧。"

芈胜知道子西不想出兵,就找了一个借口说自己要训练兵马防备吴国的入侵,让心腹家将石乞建造城池训练士卒,打造各种武器装备。等准备工作完成后,他再次向子西请求讨伐郑国,表示愿意用自己的私兵做先锋。这次子西答应了他,谁知道还没有等芈胜出兵,晋国的赵鞅就开始带兵攻打郑国了。郑国赶紧向楚国求援,子西马上派兵帮助郑国打退了晋军,保住郑国后双方再次签订了盟约。

芈胜知道后怒不可遏,说道:"令尹不去攻打郑国,反而救了它,这也太欺负人了吧?既然是这样,我就先杀了子西,再去攻打郑国!"于是就让人去喊在澧阳〔今湖南澧县〕任职的族人白善,准备让他去杀死子西。白善为难地说:"听他的话杀死子西,必然使国家大乱,这是对国家不忠;不听他的话,反而去告发他的计划,这是对家族不仁。"于是就放弃了官职,终生以种植药材为业,当地人把他的药园称为"白善将军药圃"。

芈胜听说白善不肯来,生气地说:"没有了你白善,难道我还杀不了子西了?"随即就把石乞喊了过来,和他商量道:"令尹子西和司马子期那里各准备五百人,应该够用了吧?"石乞道:"不够。我听说市场南边有一个叫熊宜僚的人,武艺高强,他一个人就能当五百个人用。"于是芈胜和石乞一起去拜访熊宜僚。

熊宜僚见芈胜亲自到来,惊讶地说:"您是贵人呀,怎么屈尊纡贵到我这个小地方来了?"芈胜说:"我有点事想和你商量一下。"于是就把想请熊宜僚刺杀子西的事情告诉了他。熊宜僚摇了摇头,说:"令尹对国家是有功劳的,而且和我无冤无仇,我是不会干这件事的。"芈胜生气了,拔出剑来指着他的咽喉说:"不答应就先杀了你!"熊宜僚面不改色,从容不迫地道:"杀我和杀一个蚂蚁没有任何区别,生什么气呀!"

芈胜听了,把剑扔到地上,感叹道:"你真是一个勇士啊,刚才我只不过是试试你的胆量。"随后就用马车把熊宜僚请到了家里,以上宾的规格招待他,吃饭睡觉、进进出出都在一起。熊宜僚被芈胜感动了,就答应帮他刺杀子西。

吴王夫差在黄池会盟的时候,楚国对吴国的强大心存畏惧,就告诫边境的部队加强戒备。芈胜以吴国计划偷袭楚国为借口,反而出兵偷袭了吴国,缴获了很多战利品。于是他就将战绩夸大,禀报子西说:"我打胜了吴国的军队,缴获了很多盔甲兵器。我打算亲自送到朝堂上,让都城的百姓看看我们的军威。"子西不知道这是芈胜的计策，就答应了。

于是芈胜将自己所有的盔甲兵器都当作战利品，装了一百多车，然后亲自带着一千名勇士来到了都城。楚惠王坐在殿上，子西、子期在一旁侍立，等候芈胜的觐见。仪式完成后，楚惠王看到殿下站着两个好汉，顶盔贯甲威风凛凛，就问："这两位是什么人呢？"芈胜答道："这是微臣麾下的将领石乞、熊宜僚，在这次作战中立下了很大的功劳。"说着就向两人招手，示意他们上殿。石乞、熊宜僚刚迈开脚步准备上台阶，就听到子期大喊道："这是大王的御殿，驻扎在边境的臣子只能在下面磕头，不能上台阶！"这两个人哪里会听他的话，一个箭步就上了台阶。

子期赶紧命令侍卫拦住他们，不料熊宜僚用手一拨，侍卫们就东倒西歪地倒在了地上，二人顺利地进到了殿里。石乞拔出剑来去砍子西，熊宜僚也用剑攻击子期。芈胜见状大喝一声："大家一起上！"他带来的一千勇士纷纷拿着武器跑进了殿里。芈胜用绳子绑住了楚惠王，石乞也活捉了子西，文武百官吓得一哄而散。

司马子期一向都以武力著称，随手拔出了作为仪仗使用的长戟，和熊宜僚战作一团。熊宜僚见自己的佩剑短，就把剑扔下，空手夺走了子期的长戟。子期又捡起地上的剑，砍中熊宜僚的肩膀，而同时熊宜僚的长戟也刺进了子期的腹部。两个人打的难分难解，最后同归于尽。

子西对芈胜说："当初你在吴国流浪衣食无继，是我念着骨肉之情将你接回了楚国，还封了你公爵的爵位，我哪一点对不起你，让你做出如此反叛的事情？"芈胜说："我父亲是郑国杀的，而你却和郑国结盟，那么你和郑国就是一体的。我要为父亲报仇，哪里会顾及个人的恩情？"子西叹了口气，说："真后悔当初没有听叶公沈诸梁的话！"

芈胜亲手砍下了子西的头颅，将他的头扔到了朝堂之上。石乞说："要是不把楚王给杀了，恐怕会功败垂成。"芈胜道："小孩子有什么罪？废了他的王位就行了！"于是芈胜将楚惠王拘禁在粮库里面，想要立王子熊启为王，熊启坚决不干，被芈胜杀死。石乞又劝芈胜自立为王，芈胜说："先王留下的有爵位的公子还有很多，我将他们全部给召来，总有愿意做国君的。"随后将带来的勇士都安置到了太庙之中。

楚国的大臣管修率领自己的私兵攻打芈胜，激战三天后兵败身死。圉公阳趁这个机会，在粮库的墙上挖了一个洞，把楚惠王背出来藏到了昭夫人的宫里。

叶公沈诸梁听说芈胜政变的消息后，马上带着叶县的全部士兵，星夜赶往都城勤王。到了都城郊外的时候，楚国迎接他的百姓站满了道路。看到叶公没有穿盔甲，百姓们惊讶地问他："您为什么不穿上盔甲呢？百姓们盼望您的到来，就像婴儿盼望父母一样。万一贼人的箭矢伤到了您，百姓们还有什么希望呢？"于是叶公穿上了盔甲，向都城走去。

到了都城附近，又有一批百姓来迎接他，看到他穿着盔甲，也惊讶地问道："您为什么要穿盔甲呢？百姓们盼望您的到来，就像荒年盼望粮食一样。如果能看到您的面容，即便战死也心甘情愿！就算是耄耋老人、黄发孺子，又有谁不愿意为您效死呢？为什么要把您的面容藏在盔甲里，让人不知道来的是谁、不知道是在为谁效力呢？"叶公听了这些话，马上又解下了盔甲。

这时候叶公已经明白，百姓们都愿意跟随他了。于是他就在车上竖起一面大旗，上面写着一个大大的"叶"字。箴尹固本来已经接受了芈胜的命令，准备带着自己的私兵进城帮他，等看到叶公的大旗后，马上就加入了叶公的队伍。城中的士兵、百姓看到叶公来了，立刻打开城门让他们进城。

叶公率领百姓们攻打驻扎在太庙的芈胜，石乞无力抵挡，只好扶着芈胜登上车子逃到龙山［今湖北江陵县西北］，准备逃亡到其他国家。还没有商量好去哪个国家，叶公率领的追兵就已经到了，芈胜见无法逃脱，就上吊自杀了，石乞将他的尸体埋葬到了山后一个秘密的地方。

叶公生擒了石乞，问他："芈胜在哪里？"石乞说："已经自尽了。"又问他："尸体在哪里？"石乞坚决不说。叶公命人取来一口大锅，生火将里面的水烧开后，将石乞拉到锅前，对他说："你要是再不说的话，我就把你活活地煮了！"石乞自己脱下衣服，笑着说："事情做成了，能享受荣华富贵；事情做不成，就要被人烹死，这是理所当然的。我哪里是靠出卖别人的尸体来保全自己性命的人？"说完就自己跳进了锅里，而叶公最终也没有找到芈胜的尸体。石乞虽然做的事情不对，但是从个人品质上来说，未尝不是一个英雄。

叶公无奈，只好领兵回去，迎回楚惠王扶持他复位。这时陈国趁楚国内乱起兵入侵，叶公请示楚惠王后领兵灭了陈国。楚国转危为安后，叶公又建议让子西的儿子熊宁接任令尹、子期的儿子熊宽接任司马，自己却飘然返回叶县。这一年是周敬王四十二年。

同一年，勾践得到了准确的情报，知道夫差自上次越国退兵之后，每日沉湎酒色不理政务，而且吴国连续几年遭受灾荒，人民怨声载道，于是再次调集全国的兵力攻打吴国。

军队刚离开都城不远，勾践看见路边有一只青蛙，双目圆睁肚皮高鼓，好像人生气了一般，就很严肃地抓着战车前面的横木站了起来。旁边的人问他："大王为什么对一只青蛙这么敬重？"勾践说："我见这个青蛙的样子像一个即将投入战斗的勇士，所以敬重它。"士兵们听说这件事后，纷纷议论道："我们的大王对发怒的青蛙都这么敬重，我们训练了这么长的时间，难道还不如一只青蛙吗？"于是互相鼓励上战场后一定要拼死作战。

老百姓们把他们的亲人一直送到了边境线上，分别时流着眼泪告诉他们："这一次如果没有灭掉吴国，就不要回来见我！"勾践又颁布了一条命令："父亲和儿子都在军中的，父亲回去；哥哥和弟弟都在军中的，哥哥回去；独生子而且父母健在的，回去赡养父母；有疾病无法参加这次行动的，禀告自己的长官后免费领取相应的药物、食品。"军中对勾践仁慈的做法都很感激，一时间欢声雷动。行军到三江口的时候，集体处决了犯了军法的士兵，再次严明军纪，士气再次上了一个台阶。

夫差听说越军再次来犯，也调集了所有的士兵，准备在江上拦住越军。当时越军驻扎在南岸，吴军驻扎在北岸。勾践将越军分成左、中、右三军，左军由范蠡指挥，右军由文种指挥，他亲自指挥中军的六千精兵。

双方本来约定的是第二天在江中决战，然而当天黄昏的时候，勾践就让范蠡指挥的左军来到了上游五里的地方，告诉他们在半夜的时候发动攻击。又命令文种指挥的右军隐蔽地渡过钱塘江，隐藏在离江岸十里的地方，等左军发动攻击后，立刻上前夹击吴军。还让范蠡、文种携带上大量的战鼓，作战的时候尽量让声势大一些。

到了半夜，正在熟睡的吴军忽然被震天的鼓声惊醒，急忙起来迎战。仓促之间还没有搞清楚来了多少越军，就又听见后方也传来了战鼓声，很明显自己陷入了腹背受敌的境地。夫差连忙分出一支军队，试图顶住后方的攻击，不料勾践亲自带着六千勇士悄无声息地摸到附近，直接对夫差的中军发起了攻击。

这个时候正是黎明前最黑暗的那段时间，吴军只觉得四面八方、中心外围都是敌人，根本就组织不起来阵型，很快就被越军打败了，夫差只好带着败军逃向都城。而勾践率领三军紧追不舍，不久就在笠泽[就是现代的吴淞江]追上了吴军，双方再次展开激战，吴军又一次战败了。就这样吴军一连败了三次，名将王子姑曹、胥门巢等人战死。

等天黑之后，夫差趁着夜色逃回了姑苏，闭门不出。勾践稍事休整之后，再次从横山出发，直抵姑苏城下。接着又在胥门外面建了一个小城，名为越城，将姑苏城团团围住。

围困几个月后，姑苏城内撑不下去了，而伯嚭谎称有病，夫差只好让王孙骆光着上身、跪着膝行到勾践的面前，替他请罪道："下臣夫差以前在会稽得罪了大王，下臣按照您的意思，达成和议后让您回国了。现在大王前来问罪，下臣希望大王能仿照会稽那次放臣一马。"

勾践听了有些不忍心，就打算和吴国讲和。范蠡说："大王起早贪黑辛苦了二十年的时间，就是为了灭亡吴国，现在怎么能够半途而废呢？"坚决不肯让勾践和吴国讲和。王孙骆来回跑了七趟，范蠡、文种都严辞拒绝了他。

勾践见吴军已经没有了士气，就和范蠡、文种商议，第二天发起总攻，突破口就选择在胥门。当天夜里，只见姑苏城的盘门上伍员的头颅缓缓升起，就像车轮一样大，头发胡须向周围散开，两眼发出闪电一样的光芒，十里之外都能够清楚地看到。越国的士兵吓得战战栗栗，待在营地一动都不敢动。到了半夜，盘门刮起了狂风，一时间电闪雷鸣暴雨如注，飞沙走石摧枯拉朽，碰到的士兵非死即残。范蠡、文种见局面危急，就冒着大雨脱光上衣对着胥门的方向祈祷。过了很长时间，狂风暴雨终于停止了，文种、范蠡不敢再睡觉，就坐在那里闭眼休息等待天明，不知不觉就睡了过去。忽然看见伍员乘坐白马拉着的白色马车来到了面前，衣服帽子都很华美，脸色就和生前一样。伍员告诉他们："以前我就知道，越国的军队必然会攻打姑苏，所以我要求将我的头放在南门这里。我对吴国忠心耿耿，不愿意看到越军从我的头下面进入都城，所以才召来风雨吓退你们的军队。然而越国吞并吴国是上天注定的，我也没有能力阻止这件事。如果你们想要进城，就把突破口改到东边吧，到时候我在那里给你们打开一个通道。"二人悚然而醒，交流之后却发现他们做了同一个梦，就赶紧禀告给了勾践。

勾践闻言，就让士兵开凿一条从南到东的水渠。刚挖到蛇门、匠门之间，就见太湖涨水了，汹涌的波浪直接将姑苏的城墙冲开一个缺口，无数的鳟鱼随着浪涛进入城内。范蠡说："这就是伍子胥为我们开辟的通道。"随即就命令士兵从这个缺口入城。后来人们利用这个缺口改建成了一个城门，名字就叫"鳟门"；又因为旁边的小溪里长着很多葑草，又叫"葑门"，这条小溪也被叫作葑溪。

夫差听说越军已经进了城，而伯嚭已经投降了，就和他的三个儿子以及王孙骆逃向阳山。经过一天一夜连续的奔跑，夫差饿得头晕眼花。有人捋了一些生稻谷，去皮之后让他吃。夫差狼吞虎咽地吃了下去，又俯下身子捧起水沟里的水喝。吃饱喝足了，夫差也有了一点精神，就问给他生稻谷的人："你刚才给我吃的是什么东西？"那人答道："是生稻谷。"夫差叹道："这就是公孙圣说的'逃跑的慌慌忙忙，连口熟饭都吃不上'啊！"王孙骆说："吃饱了就赶紧走！前面有一个山谷，可以在那里暂时躲避一会儿。"夫差道："我以前做的那个妖梦已经应验，看来我的死期就要到了，还躲什么呀。"于是他们就在阳山停下了。

夫差又问王孙骆："我记得公孙圣的尸体就是扔在这里的，不知道是否真的像他说的一样，会发生怪事。"王孙骆说："大王您喊一声试试。"夫差于是大喊一声："公孙圣！"只听得山中也回应道："公孙圣！"夫差喊了三次，山中回应了三次。夫差害怕了，就转移到了干隧［又叫遂山，在阳山西南一里］。

到干隧不久，勾践就带着几千人追上来了，里三层外三层围住了夫差。夫差写了一封信，绑在箭上射进了越军的防线。有人捡到了，送给了范蠡、文种。二人一起打开了信，只见上面写道："我听说'狡兔死走狗烹，敌国灭谋臣亡'，先生如果能保住吴国，也就相当于为自己留了后路。"文种也写了一封信，绑在箭上回复夫差："你有六项大罪：第一，冤杀忠臣伍员；第二，冤杀敢于直言的公孙圣；第三，听信重用奸臣伯嚭；第四，齐国、晋国没有冒犯吴国，你却数次攻打他们；第五，吴国和越国是邻居，你却无故侵略；第六，越国杀死了你的父亲，你不为父报仇，反而纵虎归山。你有这六项大罪，想要不死，可能吗？以前是上天把越国送给吴国，你不肯要，才落到了今天这个地步；现在上天又把吴国送给了越国，越国哪里敢违背上天的旨意呢？"

夫差接到了回信，在看到第六项罪名的时候，不禁流下了痛苦的眼泪，说："寡人忘记了杀父之仇没有杀勾践，是不孝之子，这就是上天放弃了吴国的原因。"王孙骆说："我再去一趟，苦苦哀求越王，兴许还能挽回。"夫差道："寡人已经不奢望复国了，只要勾践能够让我做他的附庸，年年纳贡、岁岁来朝都愿意。"

王孙骆又一次来到越军的大营，可是范蠡、文种连大门都不让他进。勾践看着痛哭而去的王孙骆，心中很是可怜他，就让人去告诉夫差："寡人念着你昔日对我的情分，把你安置在甬东［今浙江舟定海县东面的翁山］，再给你五百户食邑让你安度晚年。"夫差眼含热泪对来人说："大王要是放过了吴国，吴国也就是越国的一部分。如果吴国都没有了，我还要五百户食邑做什么？我已经老迈不堪，无法过普通百姓的生活了，唯求一死而已！"

越国的使者走后，夫差一直犹犹豫豫地不肯自杀。勾践对范蠡、文种说："你们为什么不把夫差抓出来杀掉？"二人说道："我们是臣子，不敢去杀君王。大王还是自己去吧，上天既然要让他死，就不能一直拖延。"于是勾践拿着名为"步光"的宝剑，站到军前让人告诉吴王："世上从来没有千秋万载的国君，既然终归都是一死，又何必死在一个士兵的手里呢？"夫差长叹几声，看了看四周哭着说："我杀了忠臣伍员、公孙圣，现在自杀已经晚了！"又对身边的人说："如果人死后有知，我在地下是没脸见伍员、公孙圣的，我死后一定要用三层绸布盖住我的脸。"说完就自刎而死。王孙骆解下衣服盖住吴王夫差的尸体后，就用腰带在旁边上吊了。

勾践命人以侯爵的规格将夫差安葬在阳山，让每个士兵都背来一筐土，不一会儿就堆成一个大坟墓。又将夫差的三个儿子流放到了龙尾山［今江西婺源］。后来人们将他们三个生活的地方叫作吴山里。

后世很多诗人对这段历史作诗纪念。张羽写诗感叹道：

荒台独上故城西，辇路凄凉草木悲。
废墓已无金虎卧，坏墙时有夜乌啼。
采香径断来麋鹿，响屧廊空变黍离。
欲吊伍员何处所？淡烟斜月不堪题！
南宋杨万里作《苏台吊古》写道：
插天四塔云中出，隔水诸峰雪后新。
道是远瞻三百里，如何不见六千人？
唐朝的胡曾先生作《咏史》写道：
吴王恃霸逞雄才，贪向姑苏醉绿醅。
不觉钱塘江上月，一宵西送越兵来。
元朝的萨都剌写的是：
阊门杨柳自春风，水殿幽花泣露红。
飞絮年年满城郭，行人不见馆娃宫。
唐朝的皮日休在《馆娃宫怀古五绝》中写道：
半夜娃宫作战场，血腥犹杂宴时香。
西施不及烧残蜡，犹为君王泣数行。

越王勾践进了姑苏，登上夫差的大殿，坐上夫差的宝座，越国随行的官员纷纷前来道贺，恭喜勾践终于大仇得报。伯嚭也混迹其中，估计是仗着昔日在夫差面前为越国和勾践说过不少好话，看上去很得意的样子。然而勾践看到他后，却说："哎呀！先生是吴国的太宰啊，寡人可不敢委屈您做我的臣子！您的君王在阳山呢，为什么不去跟随他呢？"伯嚭被讽刺的满面通红，用袖子捂着脸退了下去。勾践当场就命人把伯嚭抓起来杀掉，满门老小一个都没留，说："我就用这个来报答伍员对吴国的忠诚吧！"

勾践安抚好了吴国的百姓，就起兵渡过长江、淮河，在舒州[今山东滕州]和齐国、晋国、宋国、鲁国会盟，然后又派人给周天子朝贡。这时候周敬王已经去世了，太子姬仁继位，也就是周元王。元王收到朝贡后非常高兴，就命人赐给勾践衮冕、圭璧、彤弓、弧矢，任命他为东方的霸主，各国诸侯都纷纷来祝贺。当时楚国已经吞并了陈国，害怕越国的兵威，也派遣使者来修补关系。勾践将淮上的土地割让给了楚国，泗水以东方圆百里的土地割给了鲁国，吴国从宋国那里抢来的土地也还了回去。一时间各国诸侯欢声雷动，心悦诚服地尊越国为霸主。

会盟后勾践就回了吴国，命人在会稽修建"贺台"，以掩盖当初在这里被俘的耻辱。又在吴国的文台上大摆筵席，和文武百官庆祝灭吴成功，让乐师作乐曲《伐吴》来歌颂他的丰功伟绩。歌词是：

吾王神武蓄兵威，欲诛无道当何时？大夫种蠡前致词：吴杀忠臣伍员，今不伐吴又何须？良臣集谋迎天禧，一战开疆千里余。恢恢功业勒常彝，赏无所吝罚不违。君臣同乐酒盈卮。

欣赏歌舞的众臣都兴高采烈，只有勾践的脸上看不到一点欢喜的样子。范蠡悄悄地叹了口气，说："越王不愿意承认臣子有功劳，这就是猜忌臣子的开端啊！"第二天范蠡就向勾践告辞，说："臣听说'主辱臣死'，当初大王在会稽受到了侮辱，我之所以没死，是想忍辱负重帮助越国成功伐吴。现在吴国已经不存在了，要是大王愿意赦免我当初的死罪，就让我退休安度晚年吧！"勾践听了心里很不舒服，流下的眼泪打湿了前襟，说道："寡人凭借先生的帮助，才取得今日的成就，这还没有报答您呢，怎么能离我而去呢？如果先生留下来，咱们就共享富贵；如果先生走了，我就杀掉先生的妻子、儿子！"范蠡道："臣本人是应该死，可臣的妻子、儿子又有什么罪过呢？他们的生死就在大王一念之间，臣顾不了那么多了。"当天晚上，范蠡就乘着一叶扁舟出了姑苏的齐门，通过长江进入太湖。现在苏州齐门外面还有一个叫"蠡口"的地方，当初范蠡就是从这里过长江的。

第二天，勾践命人去找范蠡的时候，才发现他已经飘然而去。勾践闻讯后脸色阴沉地问文种："能把范蠡追回来吗？"文种说："范蠡这个人有神鬼莫测的才能，追不回来了。"

文种下朝到家后，有人给他送来一封信。打开一看，原来是范蠡的亲笔信，上面写着：

您还记得当初吴王说过的话吗？"狡兔死走狗烹；敌国灭谋臣亡"。我看越王这个人，脖子长嘴巴尖，是一个只能共患难而不能同享乐的人。您要是不走的话，将来他必定对你下毒手！

文种看完后想召见送信的人，却发现已经找不到了。文种心中闷闷不乐，然而对范蠡的话也没有完全相信，说："范蠡想多了吧？"

又过了几天，勾践班师回到了越国，把西施也带了回去。勾践的夫人瞒着他让人把西施引了出去，在她身上绑了一块巨石扔进了长江，说："这是让吴王亡国的东西，留着有什么用？"后世的人们不知道真相，错误地认为是范蠡把西施给带走了，于是有了"载去西施岂无意？恐留倾国误君王"的诗句。要知道范蠡离开的时候是孑然一人，连妻子、儿子都不带，又怎么会带走西施呢？何况西施是夫差最宠爱的妃子，他敢偷偷带走吗？还有个说法是范蠡怕勾践迷恋上了西施的美色，就用计将她沉江了，这个说法也是不对的。晚唐的诗人罗隐曾作诗为西施辩解，说：

家国兴亡自有时，时人何苦咎西施！

西施若解亡吴国，越国亡来又是谁？

范蠡走后，越王念着范蠡灭吴有功，就让人召来了他的妻子、儿子，赐给他们一块方圆百里的食邑，又让技术高超的工匠铸造了一尊范蠡的铜像，放置在自己宝座的旁边，就像范蠡仍然在自己身边一样。

过了一段时间，范蠡忽然让人带走了他的妻子、儿子，一起去了齐国。范蠡改名鸱夷子皮，在齐国入仕，位列上卿。没过多长时间又辞官在陶山[今山东定陶县境内]隐居，以蓄养各种家畜为生，获利不下千金，自号"陶朱公"，后世流传的《致富奇书》，据说就是陶朱公写的。再后来，吴地的人在太湖湖畔建造了一座祠堂，里面供着范蠡、张翰、陆龟蒙三人，称为"三高祠"。宋朝的刘寅有诗写道：

人谓吴痴信不虚，

建崇越相果何如？

千年亡国无穷恨，

只合江边祀子胥。

灭吴之后，勾践一直都不肯论功行赏，有功的大臣、武将没有得到一点赏赐。众人失望之余，也看清了勾践的真面目，于是计倪装疯辞职，曳庸等一班老臣也相继告老还乡，而文种也一直没有忘记范蠡所说的话，假托有病不肯上朝。勾践身边那些对文种不满的人开始说他的坏话："文种这个人认为自己功劳很大，大王却没有奖赏他，所以对大王满腹怨言，这才不上朝的。"勾践知道文种有一身的本事，觉得灭吴之后就用不上他了；如果文种哪一天发起叛乱，没有谁能是他的对手，虽然想要杀文种，却没有很好的借口。这时候鲁哀公和季孙、孟孙、叔孙三家有矛盾，想要除掉这三家却没有实力，于是就以朝拜越国为借口，来向越王勾践借兵。而勾践因为对文种很忌惮，迟迟不肯发兵，最后鲁哀公老死在越国。

这天勾践到文种的家里看望文种，文种装成病重的样子勉强将他迎了进去。勾践坐下的时候解下了身上的佩剑，对文种说："寡人听说，有志向的人不担心自己会死，担心的是自己的才能无法发挥。先生给我提供了七条灭吴的策略，我只用了其中三条就把吴国灭亡了，还有四条该用在哪里呢？"文种说："臣也不知道该用到什么地方。"勾践说："我希望这四条策略能在阴曹地府中打败吴国的先人。"说完就登车回去了，佩剑却故意忘在了文种家里。文种拿起剑一看，发现剑鞘上刻着"属镂"二字，知道这是当年吴王夫差让伍员自杀的那把剑。文种仰天长叹："古人说'大恩是不会有回报的'，我不相信范蠡的话，现在果然要被越王杀死了，这不是太傻了吗！"忽然又笑了起来，说："几百年之后，谈到我死的时候必定会把我和伍员相提并论，又有什么好遗憾的呢？"说完就用剑自杀了。

勾践听说文种自杀了，高兴了起来，假惺惺地将他厚葬在卧龙山〔又叫重山，位于现代浙江绍兴市东面〕，后世的人因为文种埋葬在这里，把这座山称为"种山"。文种安葬一年之后，忽然海水大涨，波浪破坏了山体，文种的坟墓也被摧毁了，有人看见伍员和文种一前一后站在浪头上回归大海。现在钱塘江上的海潮都是一层层的，据说前面的波浪是伍员，后面的波浪就是文种。髯翁写了一首《文种赞》：

忠哉文种，治国之杰！三术亡吴，一身殉越。

不共蠡行，宁同胥灭。千载生气，海潮叠叠。

勾践一共做了二十七年的国君，在周元王七年去世。勾践的子孙也很争气，世世代代都是霸主。

晋国原来六卿中的范氏、中行氏灭亡后，只剩下了智氏、赵氏、魏氏、韩氏四家。智氏、荀氏、范氏其实都是从荀氏分出来的，为了和荀氏、范氏区别开来，智氏就以先祖的封地"智"为姓。当时智氏的智瑶把持了晋国的政务，号为"智伯"。

智、赵、魏、韩四家听说齐国的陈恒弑君专权，各国诸侯都不敢干涉，就偷偷协商，各自占据了大片的土地作为自己的食邑。而晋出公的直辖领地反而比这四家还要少，但是他也无可奈何。

四家中赵家的家主是赵鞅，史称赵简子，他有好几个儿子，大儿子名叫赵伯鲁，最小的儿子叫赵无恤，无恤的母亲是一个地位低下的丫鬟。当时有一个叫姑布子卿的人，善于相面，云游到晋国的时候，赵鞅就请他为几个儿子相面。子卿看完之后说："没有一个能做将军的。"赵鞅叹道："看来赵氏要没落了啊。"子卿说："刚才我进来的时候遇到一个少年，跟随的都是贵府的下人，难道他不是您的儿子吗？"赵鞅说："这个是我最小的儿子赵无恤，出身卑贱，就不要提他了。"子卿道："上天要是放弃他，就是出身尊贵也会变成低贱；上天要是想让他发达，就是出身低贱也会变成尊贵。这个少年的面相和诸位公子不太一样，不过我没有看仔细。您可以把他叫过来，我再仔细看看。"

于是赵鞅就命人把赵无恤喊了进来。姑布子卿远远看见了他，就猛地起身拱手道："这是真正的大将军呀！"赵鞅只是笑，却没有回答。

过了几天，赵鞅把几个儿子都喊了过来，一一询问他们的学问，赵无恤有问必答，条理分明。赵鞅这才知道赵无恤的贤能，于是就废除了长子伯鲁改由赵无恤为爵位继承人。

这一年，智伯恼怒郑国不来晋国朝拜，就想联合赵鞅攻打郑国。赵鞅恰好生病了，就让赵无恤替自己领兵。在行军的时候，智伯想要灌赵无恤酒，赵无恤实在喝不下去了，就拒绝了智伯的要求。智伯已经喝醉了，认为赵无恤不给面子，就生气了，用酒杯将赵无恤的脸砸出了血。旁边侍候的赵家将士都很愤怒，想要去打智伯，赵无恤却阻止了他们，说："算不上什么耻辱，忍忍就过去了。"然而回到晋国之后，智伯反而在赵鞅面前告无恤的状，还想让赵鞅废除赵无恤的地位，赵鞅不肯答应。赵无恤听说这件事后就和智伯有了嫌隙。

周贞定王十一年，赵鞅病危，对赵无恤说："将来如果在晋国有了危险，只有晋阳是最安全、最牢固的地方。你一定要记牢了。"说完就去世了。赵无恤接任了家族的位置，后世称为赵襄子。

晋出公对智、赵、魏、韩四家把持了晋国的政权感到很愤怒，就秘密派人到齐国、鲁国，请求二国出兵讨伐四家。然而齐国的田氏和鲁国的季孙、孟孙、叔孙三家却将这件事告诉了智伯。智伯大怒，就联合韩康子韩虎、魏桓子魏驹、赵襄子赵无恤攻打晋出公。晋出公逃亡到了齐国，智伯立晋昭公的曾孙姬骄为君，也就是晋哀公。这件事情发生后，晋国的政权全部落到了智伯的手里，智伯也有了篡国的念头。

第八十四回
智伯决水灌晋阳　豫让击衣报襄子

智伯名瑶，他的爷爷是智武子跞，父亲是智宣子徐吾。智徐吾在决定哪个儿子做继承人的时候，问族人智果："我想让智瑶做继承人，怎么样？"智果说："智瑶没有智宵好。"智徐吾道："智宵各方面都不如智瑶，还是立智瑶的好。"智果说："智瑶有五个长处，只有一个缺点。长处是：身材高大、一副美髯，射箭驾车的技术都很好，多才多艺，刚毅果断，智计百出，缺点就是残暴不仁。五个长处都能让人自惭形秽，而且还残暴不仁，这样的人谁能容得下他？如果你一定要立智瑶为继承人，智氏必定会毁在他的手里。"智徐吾对智果的话不以为然，还是将智瑶立为继承人。智果叹息道："我要是不分家，就要跟着智氏一起死了。"就偷偷地找到太史，请他将自己的姓氏改为"辅"氏。

智徐吾去世后，智瑶把持了晋国的政务。这时的智氏可谓是权势鼎盛：内部有智开、智国这样忠心耿耿的族人，外部有絺疵、豫让这样国士无双的门客，风头一时无两，所以才有了篡国自立的想法。智瑶为此专门召集家臣们进行商议，谋士絺疵说："智、赵、魏、韩四家的实力都差不多，谁先出头，剩下的三家都会去阻止他。想要谋取晋国的政权，就必须先把其余三家的实力削弱。"智伯说："用什么办法才能削弱他们？"絺疵道："现在越国风头正劲，晋国已经失去了盟主的地位。主公假托发兵和越国争霸，以晋哀公的名义命令赵、魏、韩三家给您各献地百里，这样智氏就越发强大，而赵、魏、韩三家的实力也就小了。如果哪一家不干，就假传晋哀公的命令先把他灭了。"智伯说："这个办法好！不过先从哪一家开始呢？"絺疵道："智氏和韩、魏两家的关系还行，和赵氏一向不睦，最好先从韩氏开始，然后是魏氏，等韩氏、魏氏都同意了，赵氏一家即使反对也无济于事了。"

智伯随即就派弟弟智开到韩虎家里，对韩虎说："我哥哥接到晋哀公的旨意，准备起兵讨伐越国，而且命令韩、魏、赵三家各献采邑百里给国家，以这些地方的赋税作为军费。我哥哥让我来通知您一声，希望能带着地契回去。"韩虎道："您先回去吧，我明天亲自送过去。"

智开走后，韩虎把家臣们喊过来说："智瑶这是假传命令削弱我们的实力啊！我想发兵除掉这个乱臣贼子，你们觉得怎么样？"谋士段规说："智伯这个人贪得无厌，用晋哀公的名义来让我们献地。如果起兵攻打他，就是抗拒国君的命令，就给了他借口怪罪我们，不如给他。他从我们这里得到了土地，必然会接着向魏氏、赵氏索要。魏氏、赵氏不听他的，必定会互相攻击，我们到时候坐山观虎斗。"韩虎觉得这个主意很好，决定就这么做。

第二天，韩虎让段规准备好百里之地的所有资料，亲自送到智伯的家里。智伯听后大喜，就在府中设宴招待韩虎。饮宴的时候，智伯命人取了一幅画请韩虎欣赏。韩虎打开一看，原来是鲁国的卞庄子刺虎图，上面还有题跋：

三虎啖羊，势在必争。其斗可俟，其倦可乘。一举兼收，卞庄之能！

智伯还和韩虎开玩笑说："我曾经查阅过各国的历史，诸国中和阁下同名的有两个，一个是齐国的高虎，一个是郑国的罕虎，再加上你韩虎，那就有三头老虎了！"

当时段规在旁边侍立，上前说道："按照礼法的要求，称呼对方的时候不能喊对方的名字，这样是不礼貌的。君上这样开我们主公的玩笑，太过分了吧？"段规身材矮小，才到智伯的胸口高。智伯拍着他的头说："小孩子知道什么，也敢来插嘴！那三头老虎所吃的，莫非就是你吧？"说完拍着手大笑起来。段规不敢回嘴，就看向韩虎。韩虎装醉，闭着眼说："智伯说的对呀！"随后就告辞回去了。

智国听说这件事后，就向智伯进谏道："您这样戏弄韩氏的家主，侮辱韩氏的臣子，韩氏必然对我们恨之入骨。必须对他们加强戒备，不然就要有大祸发生。"智伯睁大眼睛吹牛道："我不去祸害别人就已经够了，谁敢来祸害我？"智国说："蚊子、蚂蚁、蜜蜂、蝎子这样的小动物还能伤人，何况国家的大臣呢？如果您不加以防备，以后后悔就晚了。"智伯道："我正要学习卞庄子打老虎呢，蚊子、蚂蚁能给我带来什么麻烦？"

智国见智伯听不进去自己的话，就摇着头、叹着气出去了。后世史学家评论智伯说：

智伯分明井底蛙，眼中不复置王家。

宗英空进兴亡计，避害谁如辅果嘉？

第二天，智伯又让智开去魏驹家里要地。魏驹想直接拒绝，谋臣任章说："给他吧。损失土地的人必然心生警惧，得到土地的人必然心生骄狂；警惧了就会团结，骄狂了就会轻敌；以团结对轻敌，智氏的灭亡指日可待了。"魏驹说："说得好！"也献给智伯百里之地。智伯又让他哥哥智宵去找赵无恤，要求赵氏割让蔺［今山西离石县西］、皋狼［今山西离石县北］两地。赵无恤本来就对智伯有意见，听了这个要求更生气了，说："土地都是先人们一代代传下来的，哪里敢随便送给他人？韩氏、魏氏土地多啊，他们愿意给你们，我绝不干这种讨好别人的事情！"

智宵回去将赵无恤拒绝的消息汇报给了智伯，智伯大怒，点齐了智氏所有的私兵，同时邀请韩氏、魏氏一起攻打赵氏，许诺消灭赵氏之后三家平分赵氏的土地。韩虎、魏驹一来怕智伯，二来也贪图赵氏的土地，就各自带着一支私兵跟随智伯攻打赵无恤。

智伯以自己的私兵为中军，韩氏的私兵为右军，魏氏的私兵为左军，三路兵马齐头并进杀向了赵无恤的府邸。赵氏有一个叫张孟谈的谋臣，提前知道了三家攻打赵氏的消息，就跑过去告诉赵无恤："我们寡不敌众，主公最好赶快逃走！"赵无恤问："逃到哪里最好？"张孟谈说："最好的地方莫过于晋阳。当初董安于在城中已经建设了府邸，后来主公贤明的家臣尹铎又在晋阳用心经营了几十年的时间，当地的百姓感念尹铎的恩德，必然会为主公效死力。"赵无恤随即带着张孟谈、高赫等一些家臣逃往晋阳，智伯带着三家的兵马紧追不舍。

赵无恤有一个家臣叫原过，在逃亡的途中掉队了，路上遇到了一个神人，下半身云雾缠绕，头戴金冠，身穿锦袍，脸看不清楚。神人给了他两节青竹子，说："把这个替我交给赵无恤。"原过追上赵无恤后，诉说了自己遇到的怪事，并把竹子给了赵无恤。赵无恤剖开竹子，看到竹子的内壁上用朱砂写着两行字："告知赵无恤，我是霍山［又叫太岳山，在山西霍县西南］山神。奉天帝的旨意，让你在三月丙戌那天消灭智氏。"赵无恤告诉众人，一定不能把这件事泄露出去。

一行人到了晋阳时，晋阳的百姓感念尹铎的仁德，纷纷扶老携幼迎接赵无恤，并且拥他入城在府邸中住下后才离去。赵无恤见民心可用，又见晋阳城高池深、粮食充足，心里这才稍微有了底气。随后就张贴告示，让青壮年男子登上城墙防备智伯。但是在检查武器装备的时候，却发现只有几百支箭，刀枪剑戟锈迹斑斑，又转喜为忧，对张孟谈说："最有效的守城武器就是弓箭，可是现在只有这点儿箭，完全不够用呀，怎么办？"张孟谈说："我听说董安于在修建府邸的时候，都是用芦杆荆条作为墙壁的骨架。主公何不打开墙壁看看，验证一下这个传说是不是真的？"赵无恤让人推倒一面墙，发现里面果然都是做箭杆的原料。赵无恤说："有了这些，箭杆是不用发愁了，可是没有金属怎么打制箭头和兵器呢？"张孟谈又说："据说董安于在建房子的时候，所有的柱子都是用铜浇注的。如果这个传说是真的，这些柱子用来打制兵器绰绰有余。"赵无恤又让人敲破一根柱子的外皮，发现里面果然是用精铜浇注的。赵无恤大喜，马上命人将所有的柱子、墙壁都推倒，让城中所有的工匠开始全力打制兵器、制作弓箭，造出来的武器精良无比，大家的情绪也都安定了下来。赵无恤感叹道："治理国家太需要有才能的臣子了！有了董安于，武器装备就齐全了；有了尹铎，晋阳的百姓就民心归附了。这是上天在保佑赵氏，将来一定会更加兴旺的！"

智伯追到晋阳后，将三家的兵马分成三处，彼此呼应，把晋阳围得像铁桶一般。晋阳的百姓战意高昂，纷纷到赵无恤的府邸中请求出战。张孟谈却对赵无恤说："目前敌众我寡，出城作战未必能够取胜，反而折了锐气。不如闭门不出坚守城池，以静制动。韩氏、魏氏和我们没有仇恨，是被智伯逼着过来的，而且这两家也不是心甘情愿把土地送给智伯的，所以他们和智伯之间并不团结。过不了多长时间，这三家就会互相猜忌产生矛盾。"赵无恤采纳了他的建议，就出去安抚百姓，让他们安心防守。军队和老百姓都互相鼓励，哪怕是妇女儿童也都积极地为守卫城池贡献力量，只要有敌军逼近城墙，就会受到弩箭的攻击。三家围了一年多的时间，始终没有攻破晋阳。

智伯坐在一辆小车上围着晋阳走了一圈，感叹道："这简直就是一座铁城啊，有什么办法可以打破呢？"正闷闷不乐的时候，抬头忽然看到一座山，山下泉眼甚多，最后汇成一条河滚滚东流。智伯让随从抓来一个本地人，本地人告诉他："这座山名叫龙山，因为山里有一块像水瓮一样的巨石，所以也叫悬瓮山。这条河名叫晋水，在东边和汾水汇合，这里就是晋水的源头。"智伯又问："这里离晋阳城多远？"本地人说："从这里到晋阳的西门大概有十里远。"

智伯登上龙山，看了看晋水的走向，然后又绕到晋阳的东北仔细观察了周围的地势，忽然计上心头："我找到破城的方法了！"赶紧回到了营地，让人请来韩虎、魏驹，告诉他们自己准备用水淹晋阳。

韩虎说："晋水是向东流的，而晋阳在晋水源头的西面，怎么用晋水淹晋阳？"智伯说："我不是用的晋水。晋水的源头在龙山，如果在北面开一个水渠，然后将晋水的上游筑坝截断，那么无法进入晋水河道的水就必然进入新开的水渠。现在春雨就要来了，必定会有山洪暴发，等水蓄够了，就决堤灌城，城里的人都会变成鱼虾！"韩虎和魏驹齐声称赞说："这个办法太好了！"智伯又说："既然如此，我们现在就分配任务，每个人各司其职。韩公你守好东面，魏公你守好南面，白天夜晚都不能放松警惕，不给赵无恤一点儿逃出去的机会。我将大营转移到龙山，同时把守西、北两个方向，专门负责开渠筑堤。"

韩虎、魏驹二人走后，智伯立刻命令部队准备大量的各种挖土的工具，在晋水的北面开凿水渠。然后又截断晋水，堵住山谷中所有能够让水流出去的地方，这样整个山谷就成了一个水库。那奔涌的山水无处去，只能望北而流，全部注入到新渠，然后用铁闸渐次堵住，流入的水不会流失，水量因此越来越大。现在晋水北流的那一支叫智伯渠，就是当初智伯挖掘的水渠。过了一个月，春雨如期而至，水库中的水慢慢涨到了堤坝的边缘，于是智伯命人挖开北面的水坝，大水汹涌而出，一直流到了晋阳城下。有一首诗描写的就是水淹晋阳这个事件：

向闻洪水泪山陵，复见瓮泉灌晋城。能令阳侯添胆大，便教神禹也心惊。

当时城中虽被围困，但是百姓向来富庶，没有受冻挨饿。晋阳城墙的地基修建得十分坚固厚实，即使被水泡了很长时间，也没有剥落的现象发生，而且城中的居民家底殷实，虽然被围困了一年多的时间，仍然衣食无忧。然而过了几天，城外的水势越来越高，城中也慢慢进水了，房子不是被泡塌了就是被淹没了。百姓们没有地方居住也没有地方做饭，就在树上搭建窝棚住在里面，将锅吊起来做饭吃。赵无恤的府邸中虽然有高台，但是他也不敢安心居住，每天都要和张孟谈一起乘着木筏四处巡视，以安民心。到了城墙上面的时候，只见外面流水浩渺，就像湖泊一般，不时一个浪头打来，如同排山倒海似的。水面还在渐渐上升，再有四五尺就要漫过城墙了，赵无恤看了也不禁心中恐惧。可喜的是，城中的军民都很安定，按时巡逻从不懈怠，而且百姓们也都抱着必死的决心，没有叛乱的苗头。赵无恤叹道："今天才知道尹铎的功劳有多大啊！"他又悄悄地对张孟谈说："虽然民心安定，可是水一直不退，要是再涨的话，满城的人都要喂鱼了，那个时候怎么办？霍山山神是骗我的吧？"张孟谈道："韩氏、魏氏和智氏不一条心，现在来攻打我们也是被逼的。臣今夜就偷偷地出城游说韩虎、魏驹二人，让他们反戈一击攻打智伯，这个危局就破了。"赵无恤道："外面又有敌人又有水患，插上翅膀也飞不出去呀。"张孟谈说："这个您不用担心，我自有办法。主公只要让众将多造木筏、厉兵秣马，如果我能游说成功，砍下智伯的头颅就指日可待了。"赵无恤答应了张孟谈的请求。

张孟谈知道韩虎的兵马驻扎在晋阳的东面，就扮成智伯的士兵，黄昏的时候用绳子坠下城墙，直奔韩虎的大营，告诉守门的军士："我是智元帅的亲兵，元帅有机密要事让我来同韩公面谈。"当时韩虎还没有睡，听了禀报后就让人把张孟谈带进去。由于处于战时，所有见韩虎的人都要经过严格的检查，而张孟谈的打扮和普通的亲兵一样，身上也没有夹带东西，所以并没有引起疑心。

张孟谈进入帐中，就要求韩虎让身边的人退下。韩虎让左右都退下，然后问他想要干什么。张孟谈道："我不是智伯的亲兵，而是赵氏的谋臣张孟谈。我家主公被围困了这么长的时间，已经是危在旦夕了。他担心自己有一天身死族灭，心中的话无人可说，所以派臣乔装打扮来到这里求见您，告诉您几句话。您要是能听我说完我就说，不然您就杀了我吧。"韩虎说："你只管说吧，有道理我自然会听的。"

张孟谈道："当初六卿和睦相处，共同执掌晋国的政务，后来范氏、中行氏不得人心自寻死路，现在就剩下了四家。智伯无缘无故想要赵氏的蔺、皋狼两地，我的主公因为这些都是祖产，所以才不肯割让给别人，其他并没有得罪智伯的地方。可是智伯仗着自己实力强，联合了您和魏氏来攻打赵氏。赵氏如果灭了，接下来就轮到韩氏、魏氏了。"韩虎沉吟良久，一言不发。张孟谈接着说："现在韩氏、魏氏跟随智伯攻打赵氏的原因，就是盼着城破之后可以和智伯一起瓜分赵氏的土地。难道韩氏、魏氏没有割让给智伯百里之地吗？世代相传的疆土，被人垂涎三尺并被抢走都没有听说你们两家敢说出一个不字，何况别人的土地呢？赵氏灭亡了，智氏会更加强大，到时候韩氏、魏氏能用今天的功劳和智伯争长论短吗？即使是现在你们三家平分了赵氏，谁能保证他日智伯不再向你们提其他的要求？您仔细考虑一下吧！"

韩虎问："先生的意见是什么呢？"张孟谈说："以臣的愚见，不如和臣的主公暗地里议和，反过来攻打智氏。智氏拥有的土地几倍于赵氏，你们能够分到的土地更多，而且还消除了将来的隐患。三位君上同心同德，世世代代唇齿相依，难道不是美谈吗？"韩虎说："先生说的好像也有道理，等我和魏驹商量一下再说吧。先生先回去，三天之后我就给你一个答复。"张孟谈道："臣九死一生才得以见到您，能来到这里是很不容易的，而且军中人多眼杂，难保不会泄露消息。请让我在您这里留三天，等候您的答复。"

韩虎就让人秘密地喊来段规，把张孟谈的建议告诉了他。段规从来都没有忘记过智伯对他的侮辱，所以对张孟谈所说的话深表赞同。韩虎就让段规去见张孟谈，段规把张孟谈留到自己的帐篷里一起住，两个人也成了好朋友。

第二天，段规按照韩虎的命令到了魏驹的营中，把张孟谈所说的话秘密告诉了魏驹，最后说："我家主公不敢自己做主，请将军决定该怎么办。"魏驹说："智伯这个贼子狂妄傲慢，我也恨之入骨，只是担心打虎不成反被虎咬啊。"段规道："智伯容不下我们两家，这是必然的。与其将来后悔，还不如今天做一个了断呢。赵氏就要灭亡了，韩、魏两家救了他，将来必然会对我们感恩戴德，和一个知道感恩的人共事，不比和一个贪得无厌的人共事好得多吗？"魏驹说："这件事还要从长计议，不能贸然行事。"段规就告辞回去了。

次日，智伯在龙山设宴招待韩虎、魏驹。在喝酒的时候，智伯满面笑容地指着晋阳城说："再有六尺就漫过城墙了。我现在才知道水这个东西可以灭城亡国啊。晋国境内河流众多，汾水、浍河、晋水、绛水都是大河，以我来看，这些河流不但不是屏障，反而是祸害！"听到这里，魏驹偷偷地用胳膊肘顶了一下韩虎，韩虎也踩了一下魏驹的脚，二人对视一眼，都看出了对方心中的恐惧。

宴席很快就结束了，韩、魏二人立刻告辞而去。絺疵对智伯说："这两个人要反了！"智伯问："你怎么知道的？"絺疵道："臣没有听见他们说，是从他们脸上看出来的。主公和他们约定，灭赵之后三家平分赵氏的土地，现在赵氏就要灭亡了，可这两个人没有为将要得到东西而欢欣，反而有担心出事的担忧，从这点就可以知道他们要造反。"智伯说："我和他们合作的很愉快呀，他们有什么好担心的？"絺疵道："主公刚才说'河流不但不是屏障，反而是祸害'。既然晋水可以淹掉晋阳，那么绛水就可以淹掉安邑〔今山西夏县西北，在绛水旁边〕、汾水就可以淹掉平阳〔今山西临汾，在汾水旁边〕，他们能不害怕吗？"

次日韩虎和魏驹也带着酒来到智伯的大营，回请智伯喝酒。智伯举起杯子却没有喝，对他俩说："我这个人性子直，心里有话不说出来不痛快。昨天有人告诉我，你们两个要造反，不知道是真是假？"韩虎、魏驹异口同声道："这话你信吗？"智伯道："我要是相信了，还会当面问你们吗？"韩虎说："听说赵氏拿出了许多金银财宝来离间我们的关系，这必定是有人收受了赵氏的钱财，让您怀疑我们两个，从而放松了警惕，好让赵氏逃跑的。"魏驹也说："韩公这话说的对。眼看就要破城了，谁不想瓜分赵氏的土地呀？放弃眼前必然会得到的利益，却将自己陷入难以预料的祸患中，该是多傻的人才会做这样的事情呀？"智伯笑着说："我就知道二位没有这个念头，只不过是絺疵想多了。"韩虎道："主帅虽然今天不信，但是难保有人天天说这样的话，还是会怀疑我们两人的忠心，岂不中了这些小人的奸计吗？"智伯将杯中的酒泼在地上，说："今后要是互相猜疑，就像这杯酒一样！"韩虎、魏驹二人站起来拱手道谢。这一天三个人喝酒的气氛比平常还要好，直到天黑了才散场。

二人走后，絺疵进来对智伯说："主公怎么把我说的话告诉他们了？"智伯说："你又是怎么知道的？"絺疵道："刚才我在大营门口碰到他们两个，他们瞪了我一阵子，然后就匆匆忙忙地走了。他们以为我已经知道了他们的阴谋，有惧怕我的心理，所以才这样匆忙。"智伯笑着说："我已经和他们泼酒为誓，从此以后不再互相猜忌。先生就不要再胡说八道了，免得伤了和气。"絺疵退了出去，摇头叹息道："智伯活不了多长时间了！"然后假说自己忽然得了病要找医生治疗，逃到秦国去了。后世

755

有人作诗感叹絺疵能见微知著、不立危墙之下：

韩魏离心已见端，絺疵远识讵能瞒？

一朝托疾飘然去，明月清风到处安。

韩虎、魏驹从智伯营中离开后，在回去的路上就决定和赵无恤合作反攻智氏。于是二人一起来到段规的帐篷里，和张孟谈歃血为盟说："回去告诉你家主公，明天半夜的时候我们就决堤放水，你们看到水位下去了就带领士兵出城，我们一起攻击智伯。"

张孟谈带着这个喜讯回到了晋阳城中，赵无恤听后大喜，悄悄地命令军队做好一切准备。到了双方约定的时间，韩虎、魏驹命人偷袭杀死智伯安排守卫堤坝的人，掘开了西面的水坝。大水冲进了智伯的营地，营中顿时一片大乱，惊呼声此起彼伏。智伯也被惊醒了，这时候水位上涨到了床铺那么高，衣服被子都湿透了。智伯还以为是巡逻的人检查的不仔细，才导致某个地方的堤坝发生了泄露，急忙让人去堵住缺口。转眼之间，水势越来越大，正好智国、豫让带着水军划着木筏到了。智伯上了木筏，回头再看营地，发现这里已经变成了一片泽国，营帐堡垒东倒西歪，军需器械都漂在水面，将士们在洪水里载沉载浮奄奄一息。

智伯正悲伤不已，又听到周围传来了厮杀声，原来是韩、魏两家的私兵乘小船趁着水势杀到了，看到智氏的兵士就是一刀，嘴里还喊着："不要放跑了智伯！"智伯叹着气说："我不听絺疵的话，果然中了他们的奸计。"豫让道："现在形势太危急了，主公马上从后山撤退，然后去秦国搬救兵。臣在这里拼死作战掩护您撤离。"智伯同意了豫让的建议，和智国一起乘木筏转到后山。不料赵无恤也想到了智伯可能会逃往秦国，让张孟谈率领主力和韩、魏两家一起追杀智氏的私兵，自己亲自带着一个小队埋伏在龙山的后面，所以智伯刚到这里就被发现了。赵无恤亲自捆住了智伯，历数他的罪状后砍下了他的头颅。智国投水自尽，豫让虽然率领残部英勇作战，无奈寡不敌众，剩下的人越来越少。等智伯被擒的消息传来后，剩下的士兵再也没有了斗志，豫让也只好变装易服逃往石室山，智氏的私兵全军覆没。赵无恤查了一下黄历，发现这天正是三月丙戌，霍山山神所赐的竹书果然应验了。

三家合兵一处，将各处的堤坝——毁掉，让大水重新进入晋水的河道东流，晋阳城中的水才慢慢退了下去。赵无恤安抚百姓后，对韩虎、魏驹说："我幸亏有了二位的帮助，才保住了晋阳，实在是感激不尽。智伯虽然死了，但是他的宗族还在，如果不斩草除根必然后患无穷。"韩、魏二人也说："只有将智氏全族杀光斩净，才能消除我等的心头大恨！"

三个人当天就去了绛州［今山西运城市新绛县］，诬陷智氏叛国，然后将智氏满门老小屠戮一空，整个家族鸡犬不留。只有智果已经独立出去改为"辅"氏，才得以幸免于难，由此可见智果的先见之明。韩氏、魏氏原来献给智氏的土地不但全部收回，还和赵氏一起均分了智氏的所有采邑，没有一寸土地留给晋侯。

赵无恤论功行赏时，属下的文臣武将都认为张孟谈当居首功，可是赵无恤却认为高赫的功劳应该排在第一位。张孟谈不服气，说："在晋阳城被围困的时候，没有见高赫出一个计策、进行一次战斗。主公将他列为首功，赏赐最重，我不理解。"赵无恤道："在我困难的时候，大家都惊慌失措，只有高赫一举一动都严格遵循礼法，从来没有忘记君臣之礼。功劳是一时的，礼法是万世的，将高赫列为首功不是应该的吗？"张孟谈这才服气了。

赵无恤对霍山山神的帮助非常感激，就在霍山上建了一座祠堂，让原过及其后代在这里负责祭祀。他虽然杀死了智伯，但是对他的怨恨仍然无法消除，就把智伯的头颅刷上漆做成了尿壶。

隐藏在石室山中的豫让听说这件事后，哭着说："士为知己者死。智伯对我有大恩，现在身死国灭，连遗骸都要受到这样的侮辱，我要是不能为智伯报仇，誓不为人！"于是改名换姓，装扮成服役的囚犯混进了赵无恤府邸的厕所，准备在赵无恤解手的时候刺杀他。赵无恤到了厕所门口，忽然心生警觉，就让侍卫进厕所中搜查，不一会儿侍卫就拉着豫让出来了。赵无恤问："你身上藏着利刃，是想刺杀我吗？"豫让郑重其事道："我是智伯以前的家臣豫让，想要为他报仇！"侍卫们都说："这是叛贼的余孽，最好杀掉。"赵无恤说："智伯身死，也没有后代，而豫让想要为他报仇，这是义士啊，杀义士是不吉利的。"于是就命令侍卫将他放走。豫让临走的时候，赵无恤又喊住了他，问："我今天放了你，你能不再为智伯报仇吗？"豫让道："您放了我，是您对我的私恩；我要报仇，是家臣对主公的大义。"旁边的人都说："这个家伙太放肆了，让他走了就是放虎归山，主公一定要杀了他。"赵无恤道："我已经说过要放了他，怎么能说话不算呢？今后小心谨慎，防着他点就行了。"当天就回了晋阳，为的就是不给豫让行刺他的机会。

豫让回到家里，每天想的都是如何为智伯报仇，但是一直都没有可行的计划。他的妻子劝他到韩氏、魏氏那里求取一官半职，也不失富贵，豫让却勃然大怒，拂袖而去。

他想要再次去晋阳报仇，担心有人认出自己，就剃掉胡子、眉毛，又在身上抹了一层树漆，身体因为过敏长满了疙瘩，就像一个麻风病人一样，每天在市场上要饭。他的妻子见他一直不回家，就到外面来找他。到了市场上，听到他乞讨的声音，惊讶地说："这是我丈夫的声音啊。"跑过去一看，说："虽然声音像，可这个人并不是我的丈夫。"说完转身就走了。豫让见妻子能通过声音认出自己，知道别人也能用这个方式来认出自己，就硬生生地吞下一块木炭，声带受到了伤害而变得嗓音沙哑，此后再乞讨的时候，即使他的妻子也认不出他来了。

豫让有个朋友知道他的心愿，看到乞丐的形容举止，怀疑他就是豫让，于是到他的身后喊了一声："豫让！"乞丐马上就回头看向了他，他立刻就明白了，这个人就是豫让。朋友将他请到家里吃饭，对他说："你想要报仇的决心真大呀！但是这个办法不行。以你的才华，如果假装投靠赵氏，必然会得到赵无恤的重用，到时候报仇的机会随时都有，何必这样伤害自己的身体来报仇呢？"豫让道："如果我投靠了赵无恤再刺杀他，那就是不忠心。我将自己弄成这个样子为智伯报仇，为的就是让那些不忠心的人听到我的事迹而心生愧疚。今天我就要和您告别了，以后没有相见的机会了。"说完就和他的朋友告辞，直奔晋阳而去。

赵无恤回到晋阳后，看到智伯所开凿的新渠，认为已经完成的工程不能就这样废弃掉，应该利用起来才是正理，就命人在渠上修建一座桥，名为"赤桥"，以方便水渠两边的人往来。赤色是火的颜色，因为晋水经常发生水患，而火能把水烧干，就起名"赤桥"来镇压水患。

桥建好后，赵无恤驱车前去参观。豫让知道这个消息后，带着利刃装成死尸藏在桥下。赵无恤的马车快到赤桥的时候，拉车的马忽然嘶鸣着不走了，车夫打了几鞭子都一动不动。张孟谈上前说道："臣听说，好马不会让自己的主人陷入危险的境地，现在这匹马不上桥，肯定有贼人藏在下面，不能不小心啊。"赵无恤下了车，命人去桥下搜索。一会儿就有人回来报告："桥下面没有可疑的人，只有一具死尸。"赵无恤道："刚建好的桥，哪里会有死尸？肯定是豫让！"马上就让人把豫让拽了出来。虽然豫让身形容貌大变，嗓音嘶哑，可是赵无恤对他的印象太深刻了，还是一眼就认了出来。

赵无恤指着豫让大骂道："上一次我已经法外开恩放了你，今天又来行刺，苍天哪里会保佑你这样的人！"说完就让人把他拉下去杀了。豫让仰天大呼，眼中留下了血泪，拉他的人问："你还会怕死吗？"豫让回答道："我不是怕死，而是遗憾我死后没人为智伯报仇。"赵无恤听见了，又让人把他带回来，问："你以前是范氏的家臣，范氏被智伯灭亡后，你不但不为范氏报仇，反而投奔了智伯。现在智伯死了，你却一心为他报仇，为什么？"豫让道："君臣相处，讲究的就是一个'义'字：国君像对待手足一样对待臣子，臣子也会像对待心脏一样对待国君；国君像对待家畜一样对待臣子，臣子也会像对待陌生人一样对待国君。我以前在范家的时候，范氏像对待普通人一样对待我，那我就以普通人的方式来报答范氏；等投奔了智伯后，他对我可以做到把自己的衣服给我穿、自己吃的给我吃，以国士的规格对待我，那么我就必须以国士的方式来报答他，又怎么能够一概而论呢？"赵无恤道："看来你想要报仇的想法是无法改变了，我不能再将你放走。"就解下佩剑让他自尽。

豫让提了一个要求，说："我听说忠臣不担心身死，明主不隐藏他人的大义。您已经放过我一次了，我非常知足，今天哪里还奢求活命呢？但是我连续两次刺杀都失败了，心中的愤懑无处发泄。请您脱下衣服让我砍几下，就当我已经报了仇，这样我的心愿也就算完成了。"

赵无恤怜悯豫让志向可嘉，就脱下身上的锦袍，让侍卫递给了豫让。豫让手持利剑，对着锦袍怒目圆睁，如同锦袍就是赵无恤一样，扑上去三次，砍了三剑，然后说："现在我可以去地下见智伯了！"说完自刎而死。这座赤桥现在还有，后人改名为"豫让桥"。

赵无恤见豫让自尽，心中十分伤感，命人将他厚礼入葬。卫士从地上捡起锦袍，将它呈给赵无恤，赵无恤见宝剑所砍之处竟有血痕点点，心中不由十分惊骇，就此染上一病。

第八十五回
乐羊子怒啜中山羹　西门豹乔送河伯妇

话说赵无恤让豫让剑刺其袍，豫让砍了三剑，赵无恤连打了三个寒噤。豫让死后，赵无恤见宝剑所砍之处血痕点点，心中害怕，从此染病不起。赵无恤这一病就是一年多，始终没有痊愈。他有五个儿子，他大哥赵伯鲁是因为他才失去继承人资格的，所以赵无恤对赵伯鲁一直心中有愧，于是立赵伯鲁的儿子赵周为继承人。赵周早死，就又立赵周的儿子赵浣为继承人。赵无恤临终的时候对赵浣说："三家灭亡智氏之后，赵氏土地辽阔、人民拥戴，最好趁这个好时机联合韩氏、魏氏瓜分了晋国，各自建国留给后世子孙。要是再晚上几年，万一晋国出现一个英明的君主，收回权力勤于政务，老百姓归附了国君，恐怕赵氏就要被他所灭了！"说完就去世了。赵浣安葬赵无恤后，把他的遗言告诉了韩虎。

周考王四年，晋哀公去世，他的儿子姬柳继位，史称晋幽公。韩虎和魏驹、赵浣商议之后，只留给了晋幽公绛州、曲沃两地作为食邑，剩余的土地全部被三家瓜分，号称"三晋"。晋幽公地小人少，反而要到三家去朝拜，君臣之分已经颠倒了。

齐国的相国陈恒去世后，儿子田盘[从田盘开始，在史书上齐国的陈氏就改为了田氏]继位，听说三晋瓜分了晋侯的土地，便也让他的兄弟和族人担任齐国所有城市的长官,同时派遣使节向三晋贺喜,四家约定同进同退。从此之后,在进行国家间交往的时候,出头的就是田、赵、韩、魏四家,齐国、晋国的国君形同虚设。

周考王把他的弟弟姬揭分封到河南[不是现在的河南省,而是河南省洛阳的古称]王城,来继承周公旦的官职。又把姬揭的小儿子姬班封到了巩城[今河南巩义]。因为巩城在王城的东面,所以称姬班为东周公、姬揭为西周公,这就是东西二周的由来。周考王去世后,他的儿子姬午继位,史称周威烈王。就在周威烈王在位期间,赵、韩、魏、田四家的家主分别换成赵籍、韩虔、魏斯、田和,四家的关系更加密切了。

周威烈王二十三年,九鼎被雷电击中,被打得摇摇晃晃。晋国的赵氏、韩氏、魏氏听说后,聚集在一起商议道:"九鼎是从三代时期传下来的国之重器,现在被雷电击中,说明周朝的国运没有多长时间了。虽然我们已经实际上立国了,但是一直没有名分,现在周朝已经衰弱,我们派人去请求周王封我们为诸侯,他害怕我们强大的实力,不敢不答应。这样一来,既能名正言顺地立国,还不需要背上篡国的罪名,岂不是两全其美吗?"于是,三家都派遣能够信任的人为使者,带着大量的钱财和本地的土产觐见周威烈王,请求进行册封。赵氏派的是公仲连,韩氏派的是侠累,魏氏派的是田文。

周威烈王问三位使者:"晋国的土地都归三家所有了吗?"田文说:"晋侯无心政务,导致众叛亲离。三家起兵讨伐叛逆,这才得到了土地,不是从晋侯手中抢来的。"又问:"三家既然想当诸侯,怎么不自立呢?还来给朕说什么?"公仲连回答说:"以三家几代人积累下来的实力,自立为诸侯绰绰有余。之所以来陛下这里请封,就是不敢忘了天子尊崇的地位。陛下如果册封了,三家必然世代忠诚于天子,成为陛下最坚定的支持者。"周威烈王听后很高兴,就命令内史颁布圣旨,册封赵籍为赵侯、韩虔为韩侯、魏斯为魏侯,都赏赐全套侯爵所用的衣冠、仪仗和信物。

三位使者回去后,赵、魏、韩三家立刻宣布建国,赵国以中牟[古地名,在今河南鹤壁的西面]为都城、韩国以平阳为都城、魏国以安邑为都城,各自在都城中建设宗庙。又派遣使者到各国送去国书,各国也都遣使祝贺。没过多长时间,三晋就将晋靖公废黜为普通老百姓,将他迁移到纯留[今陕西屯留南边],晋侯剩下的那点儿土地也被三家分得干干净净。晋国从唐叔开国到靖公,共有二十九世,最终灭国亡祀。后世有人作诗感叹这段历史:

六卿归四四归三,南面称侯自不惭。

利器莫教轻授柄,许多昏主导奸贪。

还有一首诗讽刺周威烈王不应该答应三晋请封,认为这一行为助长了臣子篡位的野心,诗是这样写的:

王室单微似赘瘤，怎禁三晋不称侯？

若无册命终成窃，只怪三侯不怪周！

在三晋的国君中，魏文侯魏斯是最贤明的，能够虚心纳谏、礼贤下士。当时孔子的高徒卜商卜子夏正在西河设馆授徒，魏文侯曾到这里跟他学习经义。魏成向魏文侯推荐了贤人田子方，于是魏文侯又和田子方成为好友。魏成说："西河有一个叫段干木的人，品行高洁却隐居不出。"魏文侯立刻命人驾车去探访他。

段干木看到魏文侯的车驾来到他的门前，就从后墙翻了出去，避而不见魏文侯。魏文侯感叹道："他真的是一个品行高洁的人啊！"就在西河停留了一个月，每天驱车前去求见，而且每次快到段干木家的时候，魏文侯就扶着马车前面的横木站起来，不敢坐在车上，免得让段干木看到了，认为自己傲慢。段干木见魏文侯是诚心求见，只好出来见他。于是，魏文侯就用马车把他载回了安邑，和田子方一样使之成为自己的宾客。此外朝堂上还有李克、翟璜、田文、任座等一众谋士，就人才鼎盛这方面来说，当时没有一个国家能超过魏国的。秦国好几次想攻打魏国，最后都因为魏国人才太多，出兵的计划无疾而终。

有一次，魏文侯和掌管田猎的官员约定，第二天午时在郊外某处打猎。可是第二天早上下雨了，天气非常冷，魏文侯就命人端来一些酒，让一众大臣喝酒御寒。大家正喝得高兴，魏文侯却问："快到午时了吧？"旁边的人回答道："已经午时了。"魏文侯立刻命令把酒撤下去，催促车夫赶紧驾车到约定的地方。有人说："下雨了，没法打猎，何必空跑一趟呢？"魏文侯说："我和人家说好了，他肯定在那里等候。虽然没法打猎了，又怎么能不履行当初的约定呢？"城中的人见魏文侯冒着雨去了城外，都觉得非常奇怪，待知道是为了履行约定后，纷纷称赞道："我们的国君竟然信守诺言到了这个地步！"从此以后，凡是魏文侯下的命令，早上颁布晚上就可以得到施行，没有人敢违背。

晋国的东面有个小国叫中山国，国君姓姬，爵位是子爵，属于白狄的分支，也叫作鲜虞。这个国家以前是晋国的附庸，从晋昭公开始就经常叛乱，晋国曾多次讨伐。赵简子赵鞅在世的时候，带兵围打中山国，才逼得它和晋国媾和，开始向晋国朝贡。三家分晋后，中山不属于三晋任何一个国家的附庸。中山现在的国君是姬窟，喜欢彻夜长饮，将白天当成夜晚、夜晚当成白天，疏远大臣亲近小人，百姓流离失所，经年灾荒四起，魏文侯早就想讨伐这个国家了。

魏成告诉魏文侯："中山这个国家西边离赵国很近，而南边离魏国很远。我们打下来容易，守住却很困难。"魏文侯道："如果让赵国得到了中山，那我们在北方的压力就更大了。"翟璜上奏道："臣举荐一个人，姓乐名羊，是本国穀丘［在今河南商丘东南］人。这个人文武双全，是大将之才。"魏文侯问："你怎么知道？"翟璜道："乐羊在走路的时候捡到一块金子，就带回了家。他妻子看到后吐了一口唾沫说：'有志气的人不喝盗泉的水，廉洁的人不吃施舍的食物。这块金子不知来路，为什么要拿回来玷污你的品行呢？'乐羊被妻子的话感动了，就把那块金子扔到了野外，又去鲁国、卫国游学。过了一年多回去了，到家的时候他妻子正在织布，见他回来了就问：'你的学业完成了吗？'乐羊说：'还没有。'他的妻子拿起剪刀就把织布机上的线剪断了。乐羊惊讶地问她为什么这么做。她说：'学业有成，才能够施行于天下，就像线织成布之后才能做衣服一样。现在你没有完成学业就半途而废，和这织布机上的线又有什么区别？'乐羊从妻子的话中悟出了道理，就回去继续游学，七年都没有回家。现在这个人就在魏国，但是要求很高，小官不愿意干，何不用这个人为将呢？"

魏文侯就让翟璜用自己的专用马车去接乐羊。有人进谏说："臣听说乐羊的大儿子乐舒现在就在中山当官，怎么能用这样的人呢？"翟璜说："乐羊这个人胸怀大志，乐舒曾经为中山的国君招徕他，可是乐羊认为中山国君荒淫无道，不愿意去。如果主公能够赋予他全权，还用发愁不能成功吗？"魏文侯认可了翟璜的说法。

乐羊随着翟璜来拜见魏文侯，魏文侯问："寡人想任命你为征伐中山的统帅，可是你的儿子在中山，这该怎么办呢？"乐羊说："大丈夫想要建功立业，就要各为其主，怎么可能做出因私废公的事情呢？如果臣不能灭了中山，甘愿军法从事。"魏文侯大喜，道："先生相信自己，寡人就相信先生！"于是就拜乐羊为大将、西门豹为先锋，领兵五万去讨伐中山国。

姬窟闻讯后，派大将鼓须领兵驻扎在楸山，以阻击魏军的进攻，乐羊见一时难以打破鼓须的阵地，就在文山驻扎了下来。

双方对峙了一个多月，始终无法打破僵局。乐羊对西门豹说："我在主公面前立下了军令状，现在出兵已经一个多月了，却一点进展都没有，真是令人羞愧！我发现楸山上面长着很多楸树，如果有一个胆大心细的人带领部队潜入进去放火烧林，中山国的军队必然大乱。我们趁乱攻击，必定会取得胜利。"西门豹表示自己愿意接受这个任务。

这个时候正是八月十五中秋节，姬窟派人带着酒肉来楸山犒赏三军。鼓须和麾下将领在融融的月光下开怀畅饮，整个营地的戒备都放松了下来。大约到了三更的时候，西门豹带着一队精兵悄然而至，每个人都拿着长长的火把——都是用枯枝扎成的，里面灌满了容易燃烧的东西，在楸山上四处放火。鼓须见周围起火，已经蔓延到了营地，连忙带醉率人救火。可是根本就无从下手，营地中死伤无数，顿时乱了起来。鼓须见营地已经没法救了，就想带着残兵返回都城。他知道魏国的军队就在前山，所以就往后山逃跑，正好碰到从后山绕过来的乐羊。中山国的军队大败，鼓须拼死作战才幸免于难。逃到了白羊关，魏军仍然紧追不舍，鼓须不敢在此地停留，就弃关而走。乐羊顺势长驱直入，所向披靡。

鼓须刚带着败兵见到姬窟，说乐羊智勇难敌。不久乐羊就率军包围了中山国的都城。姬窟大怒，责令众臣进献破敌的良策。大臣公孙焦道："乐羊是乐舒的父亲，而乐舒就在本国做官。主公不如让乐舒登上城墙，劝他父亲退兵，这应该是个好办法。"姬窟也认为是个好办法，就喊来乐舒，说："你父亲领着魏军包围了都城，如果你能劝说他退兵，寡人就赐给你一块很大的地盘做采邑。"乐舒说："臣的父亲以前就不肯做中山的官，而是做魏国的官。现在各为其主，哪里是臣能够劝说得动的？"姬窟一定要他去，乐舒不得已只好来到城头，喊他父亲前来相见。

乐羊顶盔掼甲驱车来到城前，没等乐舒说话就开口骂道："君子不生活在有危险的国度，不为混乱的政权服务。你贪图富贵，不知道何去何从，现在我奉命讨伐罪人安抚百姓，如果你能劝说姬窟投降，你我还能保留父子之情。"乐舒道："投降不投降要听国君的，不是儿子能决定的。只求父亲缓缓攻势，让我们君臣能静下心来商量商量。"乐羊说："看在父子之情的份上，我可以休兵一个月。你们君臣最好早日做出正确的决定，以免耽误了大事。"乐羊随后就下令围而不攻。

姬窟觉得乐羊会心疼自己的儿子，绝对不会急于攻城，只求得过且过，根本就不去想对策。一个月后，乐羊给的期限到了，就派人来问姬窟君臣是否投降。姬窟又派乐舒去哀求乐羊，将限期又延长了一个月，接着又延长一个月。西门豹看不下去了，就问乐羊："元帅是不是不准备打中山了？否则为什么这样一直迁延下去？"乐羊说："中山的国君不体恤他的百姓，所以我们才来讨伐他。如果急于进攻，老百姓就会伤亡惨重。我三次答应他放宽期限的请求，不但是为了保全父子之情，也是为了赢取中山国的民心。"

再说魏国国内，对于乐羊的平步青云，魏文侯身边的人都愤愤不平。等乐羊三次延长期限的消息传回来后，就有人到魏文侯面前说乐羊的坏话："乐羊进入中山后屡战屡胜，势如破竹，可是因为乐舒的请求，他耽误了三个月的时间，可见他们父子之间的感情深厚到何种地步！主公如果不召回乐羊，恐怕会出现师老兵疲、空费国帑的情况。"魏文侯闭口不言，随后招来翟璜，问他乐羊这样的举动有什么深意。翟璜道："乐羊心中必然已经有了计划，主公不要起疑心。"此后群臣纷纷给魏文侯上书，有说姬窟准备分一半国土给乐羊的，有说乐羊准备和中山国联合对魏国反戈一击的。魏文侯将这些奏章一概留中不发，都封存在一个箱子里，只是经常派遣使者前去劳军，并且告诉乐羊已经在都城中为他建造了府邸，就等着他凯旋。

乐羊对魏文侯的信任感激万分，见中山国一直托词迁延不肯投降，就率领部队发起猛烈的攻击。然而中山国的都城高大坚固，城中有着海量的粮食物资，加上鼓须和公孙焦日夜严密地巡逻警戒，又拆除民房制作滚木礌石，一连攻打了几个月都无法破城。乐羊恼了，就和西门豹站在第一线督战，于是攻势越发猛烈。鼓须在指挥防守的时候，被魏军一箭射中脑门而死。

城中的房屋墙头都拆完了，眼看魏军就要突破城墙，公孙焦跑去对姬窟说："现在事态紧急万分，只有一个办法可以让魏军退兵！"姬窟问："什么办法？"公孙焦说："乐舒三次去请乐羊宽延期限，乐羊都答应了，可见乐羊是非常疼爱这个儿子的。等到紧急时刻，就把乐舒绑到长木杆上，告诉乐羊，如果不退兵就杀掉他的儿子，同时让乐舒大喊救命，这样乐羊必然会再次放缓攻势。"

姬窟就按照公孙焦出的主意，将乐舒绑到了长木杆上，乐舒也高喊"父亲救命"。乐羊见后大骂道："你这个没出息的东西！上不能出奇谋划良策，让国君战胜敌人；下不能危急之时劝谏国君及时求和保全性命，反而像个吃奶的孩子一样装可怜！"说完就弯弓搭箭准备射乐舒。乐舒心中暗暗叫苦，连忙溜下城墙去见姬窟，道："我父亲一心为国，全然不顾父子之情。主公自己决定是战是和吧，臣希望您能赐死我，来彰明我无法退敌的罪过。"公孙焦说："父亲攻城，儿子也不能说没有罪过，应该赐死。"姬窟说："这也不是乐舒的过失呀。"公孙焦说："只要乐舒死了，我就有退敌的计策。"姬窟就把自己的佩剑交给乐舒，乐舒自己抹了脖子，死了。然后公孙焦说："人情中最亲的就是父子，现在将乐舒煮成肉汤送给乐羊，乐羊见了肉汤必然心神大乱，也就无心攻城了。主公再带着一支军队杀出城去，如果侥幸胜利了，再做其他打算。"

姬窟也没有其他更好的办法，就按照公孙焦的主意将乐舒煮成肉汤，连他的头颅一起送给乐羊，还让使者告诉乐羊："我们的国君因为您儿子不能让您退军，已经把他杀掉煮成肉汤了，现在特地来送给将军。您儿子还有妻子儿女，如果您再攻城的话，就会把她们全部杀掉。"乐羊一看，果然是乐舒的头颅，大骂道："没出息的东西！你侍奉无道昏君，本来就是自己找死！"随即端过肉汤，在使者面前吃了一碗，然后对使者说："谢谢贵国国君送的肉汤，破城之后我会亲自去当面感谢他，我们军中也有大锅等着他呢。"

使者汇报之后，姬窟见乐羊根本就没有心疼死去儿子的样子，而且攻势越发急迫，害怕城破之后受到乐羊的侮辱，就回到后宫上吊了。公孙焦打开城门请求投降，乐羊历数他谗事君王、诬陷同僚、丧权辱国的罪名后将其斩首。安抚慰问百姓之后，乐羊让西门豹领五千人驻守中山，自己带着主力携带着中山国国库中的金银财宝班师回国。

魏文侯听说乐羊打下了中山国，亲自出城迎接凯旋之师，慰问乐羊道："将军为了国家失去了儿子，这是寡人的罪过啊！"乐羊磕头说道："臣不敢因为私情有损公义，更不敢辜负了主公的托付。"

乐羊正式朝见魏文侯后，呈上中山国的地图和财物清单，众臣都来恭贺。魏文侯在内台之上设宴，亲自给乐羊端着杯子敬酒。乐羊接过杯子一饮而尽，脸上满是居功自傲的神色。赐宴结束后，魏文侯让人提来两个密封的箱子，让乐羊带回家。乐羊接过两个箱子，心中暗想："箱子里应该装的全是金银财宝一类的东西，主公担心大家知道了妒忌我，才密封之后给我。"回家之后打开一看，原来都是弹劾他的奏章，里面说的全是他意图反叛的事情。乐羊大惊道："原来朝中竟然有这么多的人陷害我！如果不是主公如此信任我，没有被这些奏章迷惑，我哪里会成功打下中山国？"

第二天，乐羊就上朝谢恩，魏文侯提出要给他重赏。乐羊再次下拜推辞道："能够灭亡中山国，全靠主公在国内一力维持，微臣只是做了一点微不足道的事，哪里有功劳可言？"魏文侯说："如果不是寡人，爱卿也不会得到如此重用；如果不是爱卿，也无人完成寡人的心愿。不过爱卿这次也辛苦了，不如就去封地休养如何？"随后就把灵寿封给了乐羊，号为灵寿君，罢免了他的兵权。

乐羊走后，翟璜上前问道："既然主公知道乐羊有能力，怎么不让他带兵防守边境，而是让他闲居享乐呢？"魏文侯笑而不答。翟璜出来后又问李克，李克说："乐羊这个人连自己的儿子都不爱，还能爱其他人吗？当年管仲就是因这个而怀疑易牙的！"翟璜这才明白了魏文侯将乐羊弃而不用的原因。

魏文侯考虑到中山离安邑较远，只有绝对信任的人镇守那里才可以防止意外发生，于是就封世子魏击为中山君。魏击接受命令后出了王宫，坐上马车向中山驶去，远远看到田子方坐着一辆破破烂烂的马车行驶过来，魏击马上下车，站在路旁向田子方拱手致敬，谁知田子方只是瞟了他一眼，连句客气话都没说，就赶着马车飘然而去。

魏击又羞又怒，立刻让人跑上去拉住田子方的马缰绳，问道："我想问问先生，是有权有势的人有资格看不起人，还是贫苦低贱的人有资格看不起人呢？"田子方笑着说："自古以来只有穷人有资格看不起人，有权有势的人是没有资格的。国君看不起人，江山就会不保；大臣看不起人，宗族就会不保。楚灵王看不起人，结果失去了王位；智瑶看不起人，结果全族被屠戮，这都是有权有势没资格看不起人的明证。至于穷人，吃的是野菜，穿的是布衣，于人无求，与世无争，如果有国君来请他出仕，高兴去就去，不想去就不去；如果国君言听计从，就耐着性子留下来，不然就飘然而去，谁能够阻止他？周武王能打败万乘之国的商纣，却奈何不了首阳山中的伯夷、叔齐，穷人就是这么有资格看不起人！"魏击听后满面羞惭，向田子方道歉之后才走。魏文侯听说田子方不屈从于世子的权势，对他更加敬重。

当时邺城还缺一个太守，翟璜说："邺这个地方位于上党和邯郸之间，与韩国、赵国为邻，只有精明强干的人才能担任这儿的太守，就目前来看，只有西门豹才能胜任。"魏文侯当即下旨，任命西门豹担任邺都的太守。

西门豹到了邺城后，发现百业凋敝、人口稀少，就把当地的长者找来，问是什么原因让他们如此困苦。长者说："负担最重的就是为河伯娶妻。"西门豹说："奇怪！河伯是如何娶妻的，你给我详细说说。"长者说："漳河有两条支流，分别是清漳水和浊漳水，合流之后才称为漳河，河伯就是清漳水的水神。这个神灵喜欢美女，每年都要娶一个夫人。如果挑出美女嫁给他，就会保佑当年风调雨顺，否则河伯就会生气，发大水淹没我们的家园。"西门豹问："这件事是谁倡导的？"长者说："是本地的巫师说的。人们都害怕会发大水，不敢不听啊！每年这里的大户、官吏都会和巫师商议，从民间敛取几百万钱，用二三十万给河伯娶妻，剩下的钱他们就都分了。"西门豹又问："难道老百姓们就让他们把这些钱都分了，没有一点意见吗？"长者说："巫师要主持仪式，三老［战国秦汉时期的基层官员］和官吏要负责到各地收取钱财，四处奔波劳苦功高，这些人分些钱是理所当然的，老百姓也都心甘情愿。还有更过分的呢，春播的时候，巫师要到处寻找合适的女子，如果某户人家的女儿漂亮，就会说'这个女孩应该嫁给河伯'。如果这一家有钱，就可以多给巫师一些钱，让他放过自己的女儿另外再找；如果是穷人的话，就只好让巫师将辛辛苦苦养大的女儿带走。巫师在河边建造一所斋宫，里面各种用具都是新的，让这个女孩沐浴更衣后住在这里。到了河伯娶妻的那天，就让新娘登上一艘用芦苇编成的小船，小船在河上载沉载浮几十里后才沉没。人们为了河伯娶妻，每年都要花费大量的金钱，有些人不愿意把女儿献给河伯，就带着家人远走他乡，所以这里的人口越来越少。"西门豹又问："这里发过大水吗？"长者说："亏得河伯每年都能娶到一个夫人，所以没有发大水。然而虽然免了被水淹的祸，奈何此处地势高，离河也远，每年到了雨水稀少的季节都会发生旱灾。"西门豹道："既然河伯如此灵验，下一次河伯娶妻的时候我也去见识一番。"

到了河伯娶妻的那天，长者果然来请西门豹。西门豹衣冠整齐地来到河边，见到邺城的官员、三老、大户、里长全都来了，远远近近的老百姓也都来看热闹，围在四周的有几千人之多。有人将主持仪式的巫婆介绍给西门豹，西门豹一看，原来是一个神情倨傲的老妇，后面还跟着二十多个女弟子，每人都手持毛巾、梳子、笸子、香炉一类的器具。

西门豹对巫婆说："麻烦大师把新娘子喊来让我看看。"巫婆回头示意一个弟子把新娘带来。新娘到后，西门豹见这个女子穿着鲜艳的嫁衣、白色的袜子，容貌中等算不上漂亮。西门豹对众人说："河伯是一个地位尊崇的神灵，只有特别漂亮的女子才能配得上他。这个女子不好,麻烦大师去告诉河伯,就说是太守说的:'另外挑选绝色美女,后天就送给他。'"随即命令带来的士兵将巫婆扔到了河里,周围的人无不大惊失色。

西门豹一言不发地等在河边,过了好长时间才说道:"老太婆年纪大了不中用,去了这么长时间都不回来,派一个年轻点儿的去催催!"就让士兵把一个女弟子扔进河里。过了一会儿,又说:"怎么这么慢?再催催!"又扔进去一个。过一会儿还嫌慢,又扔进去一个。一共扔进去三个女弟子,都是到河里就沉下去了。西门豹见仍然没有人回来,就说:"这些人都是女流之辈,恐怕连话都说不清楚。麻烦三老去跟河伯说清楚。"三老刚想推辞,西门豹大喝道:"快去,说清楚了马上回来。"士兵们不容三老分说,左拉右拽地把他扔进了河里,顺着波涛漂了下去。一旁的人吓得目瞪口呆,一句话都不敢说。

西门豹恭恭敬敬地站在那里,面对着河水,似乎仍然在等着河伯的答复。大约又过了两个小时,西门豹说:"看来三老年纪大了,也办不了事。这就必须要官吏、大户去说了。"官吏、大户都吓得面如土色、汗流浃背,跪下来苦苦哀求,磕头磕得血流满面都不敢起来。西门豹说:"那就再等一会儿吧。"众人稍微放心了一点儿,战战兢兢地跪在地上。

约莫过了一个时辰,西门豹叹道:"河水滔滔一去不返,河伯又在什么地方呢?你们这是在随便戕杀民间的女子,按照法律是应该偿命的!"众人赶忙磕头承认错误,说:"都是巫婆骗了我们,不关我们的事啊!"西门豹道:"现在巫婆已经死了,以后要是再有人说为河伯娶媳妇,就让他先去河伯那里说媒。"随后责令他们,把历年贪污百姓的钱财全部退出来,分给贫苦的百姓。又让那些年长的人找出大龄无妻的人,把巫婆的那些女弟子嫁给他们。从此,邺城再也没有巫婆、巫师,逃到其他地方的百姓也慢慢地回来了。

后世有人做了一首诗,对西门豹破除迷信,让老百姓能够安心生活的事迹大加赞扬:

河伯何曾见娶妻?愚民无识被巫欺。

一从贤令除疑网,女子安眠不受亏。

之后,西门豹又四处查看地形,挑选好合适的地方后,征发民夫开凿了十二条水渠。漳河水流入水渠后,既降低了漳河的水位,也使得两岸的田地得到灌溉,再也没有了旱灾,粮食产量也提高了一倍,人民没有了饥馑之苦。现在临漳县的西门渠就是西门豹当初开凿的。

魏文侯听说后,对翟璜道:"先生给寡人提了两条建议:让乐羊攻打中山、让西门豹管理邺都,这两个人都完美地完成了任务。现在还有一个问题,就是西河位于魏国的西部边境，是秦国进入魏国的必经之地，爱卿考虑一下，谁能够镇守这里？"

翟璜想了一会儿，说："臣举荐吴起，这个人也是大将之才，刚从鲁国来到魏国。主公最好赶快把他找来启用，如果晚了恐怕他就要去其他国家了。"魏文侯问："莫非就是鲁国那个'杀妻求将'的吴起吗？听说这个人贪财好色、性格残忍，怎么能委以重任呢？"翟璜道："臣为主公举荐人才的时候，考虑的是他们的才能是否能够完成主公的任务，至于他们的品行并不在我的考虑范围。"魏文侯道："既然如此，你就去为我把他请来吧。"

第八十六回
吴起杀妻求将　驺忌鼓琴取相

吴起出生在卫国，从小喜欢击剑，在乡里游手好闲无事生非，他母亲经常为此骂他。有一次把他骂恼了，他咬破自己的胳膊说："我今天就离开您去他乡游学，不做到出将入相镇守一方，就不回来和您相见。"他的母亲哭泣着求他不要走，他却径直出了北门，连头都不回。

到了鲁国后，吴起先是拜在孔子高徒曾参的门下求学，日夜手不释卷，学习十分刻苦。有一年，齐国大臣田居到了鲁国，看到吴起勤奋好学，谈话的时候引经据典滔滔不绝，就将女儿嫁给了他。

吴起到曾参门下一年多的时候，曾参听说吴起老母健在，就问他："你已经出来六年了，还不回去看望你的母亲，你作为儿子安心吗？"吴起回答道："学生出门的时候发过誓：'不能出将入相镇守一方，绝不回去。'"曾参道："对其他人能发誓，对自己的母亲怎么能发誓？"从那以后，曾参就开始从心底里厌恶吴起这个人。后来吴起母亲去世的消息传来后，吴起仰天大哭三声，马上收起泪水开始读书，就像个没事人一样。曾参大怒，说："母亲去世了，吴起却不回去奔丧，这是忘本啊！河水没有了水源就会枯竭，大树没有了树根就会折断，人要是忘了本，能善终吗？从此以后我再不承认吴起是我的弟子！"

被儒家逐出后，吴起开始学习兵法，仅用了三年时间就毕业了，然后去鲁国求取官职。鲁国的相国公仪休经常与他谈论兵法，知道他在军事上有杰出的才能，就把他推荐给了鲁穆公，成为鲁国的大臣。吴起当了官，也就有了钱，于是纳了很多姬妾，纵情声色。

当时齐国的相国是田和，他一心篡齐自立，又担心鲁国和齐国世代联姻，到时候会讨伐他。于是就以当初的艾陵之战为借口兴兵攻打鲁国，试图以武力打败鲁国，让它将来不敢干涉自己篡位。公仪休对鲁穆公说："想要击败齐军，除了吴起没人能做到。"鲁穆公虽然嘴上答应了，但是一直不肯任命吴起为统帅。等到齐军打下成邑后，公仪休又问道："臣以前说过吴起可以为将，主公为何一直不启用他？"鲁穆公道："我当然知道吴起是大将之才，可是他的妻子是齐国大臣田居的女儿，要知道丈夫都是爱妻子的，谁能保证他以后不起二心，所以我一直犹豫不决。"

公仪休出朝回府后，发现吴起已经在府里等他。一见公仪休吴起就问："齐国的强盗已经进入我国的腹地了，主公决定让谁领兵了吗？不是我自夸，如果让我领兵的话，必定杀得齐军片甲不留。"公仪休道："我已经几次推荐你了，可是主公因为你娶的是田居的女儿，所以一直对你有所怀疑。"吴起道："不就是打消主公的疑心嘛，这个简单。"说完就告辞了。

到了家里，吴起问他的妻子："每个人都希望有妻子，为什么呢？"田氏说："有内有外才是一个家庭，娶妻子就是为了可以成家立业。"吴起道："如果丈夫能当上大官，俸禄优厚名垂青史，这样的家业算得上是大了吧？"田氏道："当然大了。"吴起道："我有一件事需要你的帮助，你一定要答应我。"田氏道："妾身不过一个无知女子，怎么有能力帮你建功立业呢？"吴起道："现在齐国兴兵攻打鲁国，鲁国的国君想要让我领兵，唯一担心的就是你是齐国田居的女儿，所以才不用我。如果我拿着你的头去见国君，他一定不会再怀疑我，我也就可以领兵了。"田氏听了大吃一惊，刚要张口说话，吴起就拔出剑来一下砍掉了她的头颅。后世有人对吴起这种不奔母丧、杀妻求将的丧失人性的行为进行了辛辣的批评，诗是这样写的：

一夜夫妻百夜恩，无辜忍使作冤魂？

母丧不顾人伦绝，妻子区区何足论。

吴起用一块布包住田氏的头，提着去见鲁穆公，说："臣有志报国，奈何主公因为我娶了田家的女儿而产生疑心。臣现在已经把她给杀了，来表明臣是忠于鲁国而不是齐国。"鲁穆公对吴起的做法感到很难过，就对他说："你先回去吧。"过了一会儿公仪休来了，鲁穆公对他说："吴起为了做将领杀了自己的妻子，太残忍了，这种人不能重用。"公仪休道："吴起这样的人不爱妻子只爱功名，如果主公不重用他，他马上就会投奔齐国来攻打我们。"鲁穆公觉得公仪休说的有道理，就拜吴起为大将，泄柳、申详为副将，率兵两万即刻出发去阻截齐国的军队。

吴起受命之后，在军中与普通士兵同甘共苦，睡觉的时候不铺席子，行军的时候不骑战马；看到哪个士兵的负重多，就分过来一些帮他背上；有个士兵身上长了疮，便亲自为他熬药，亲口为他吸出疮里的脓血。士兵们被吴起爱兵如子的作风所感动，都摩拳擦掌愿意为他拼死作战。

正率领齐军长驱直入的田和听说鲁穆公拜吴起为将后，笑着对大将田忌、段朋说："我听说过吴起，他是田氏的女婿，这家伙就是一个好色之徒，哪里知道什么是行军作战！鲁国用这个人领兵，战败就是必然的结局！"

等到两军相遇的时候，发现吴起根本不采取任何的举动。田和感到很奇怪，就派人偷偷地看他在干什么，只见吴起正和军中地位最低的士卒围坐在一口锅前吃东西。田和知道后大笑说："军中就应该等级分明，将军的地位尊崇，士兵才会敬畏；士兵敬畏将领，军队才会有战斗力。吴起做出如此没有尊卑的事情，怎么能够让大家信服？看来我不用再担心他了！"

随后又让心腹爱将张丑假装为使者，以讲和为借口到吴起的军营中打探虚实。吴起将精锐的士兵都藏了起来，露面的都是老弱病残，装成一副恭谨的样子把张丑迎了进去。张丑问吴起："大家都说将军为了领兵杀死了妻子，是真的吗？"吴起装作吓坏了，浑身发抖地说："我虽然没有出息，也曾经在圣人门下求学过，怎么会做出这种没有人伦的事情？我的妻子是病死的，只是恰好在我拜将的时候去世。先生听说的不是事实。"张丑道："将军如果还认田家这门亲戚，我们就可以和您讲和。"吴起道："我就是一个书生，哪里敢和贵国的军队作战？两国能够重修旧好，这本来就是我的愿望。"吴起将张丑留在军中，连续设宴款待三天才让他离开，从来都没有谈到过军事方面的内容。张丑临走的时候，吴起还再三请求张丑为他在田和面前多加美言。

张丑走后，吴起就暗地里将兵马分成三路，跟在张丑后面偷偷摸到齐军的营地。田和听到张丑的汇报后，认为吴起所带的士兵既没有战斗力，也没有求战的欲望，对吴起就更不重视了。然而就在齐军放松警惕的时候，鲁国的军队杀了过来，此时的齐军一片混乱，士兵没有披甲的时间，就更不用提将战车套好了。田和也是大吃一惊，立刻命令田忌带步兵迎战，给段朋率领的车军争取出准备的时间。然而鲁国的泄柳、申详二人各自带领一支军队，从左右两个方向一起杀进了齐国的军营。猝不及防的齐军哪里挡得住这样的攻击？很快就败了下去，满山遍野都是齐军的尸体和武器。鲁军在后面一路追杀，一直过了平陆才鸣金收兵。鲁穆公对这个战果十分满意，将吴起的官职升为上卿。

田和好不容易收拢起败兵，责骂张丑误了大事，要治他的罪。张丑说："我看到的就是那个样子，谁知道是吴起的阴谋呢？"田和叹道："吴起这个人用兵已经达到了孙武、田穰苴的高度了。如果让他一直留在鲁国，齐国就危险了。我想要派一个人到鲁国，和吴起暗中约定互不侵犯，你愿意去吗？"张丑道："我哪怕豁出命去也要完成这个任务，以求将功赎罪。"

于是田和用重金买来两个美女，再加上一千镒黄金，让张丑扮成商人去鲁国偷偷地送给吴起。吴起本来就贪财好色，见了美女和黄金马上就收了，对张丑说："你回去对田相国说，只要齐国不侵犯鲁国，鲁国就不会侵犯齐国。"

张丑离开鲁国都城曲阜后，故意把他行贿吴起的事情说了出去，一时间吴起接受贿赂、和齐国暗通款曲的消息传的沸沸扬扬。鲁穆公听说后，对身旁的人说："我就知道吴起靠不住！"就打算削去吴起的官职入狱治罪。吴起得到这个消息后，抛家弃子独自一人逃到魏国，在翟璜的府里做门客。正好魏文侯和翟璜谈到西河太守的问题，翟璜就顺势把吴起推荐给魏文侯。

等吴起来后，魏文侯问："听说将军是鲁国的有功之臣，是为了什么才来鄙国的呢？"吴起答道："鲁侯听信别人的谗言，打算将臣入狱治罪，臣为了保住性命才逃到了贵国。听说君侯礼贤下士，天下豪杰纷纷来投，臣也想为君侯贡献一份力量。如果能得到您的任用，哪怕肝脑涂地也在所不惜！"于是魏文侯拜吴起为西河太守。吴起到了西河后，修整城池打造器械，训练士卒培养军官，一如在鲁国时那样对士兵爱护有加，所以深得当地军民的爱戴。他还修建了一座城，为的就是阻挡秦军进入魏国，当地人用他的姓氏将这座城命名为"吴城"。

这个时候秦惠公已经去世，他的儿子嬴出子继位。秦惠公是秦简公的儿子，秦简公是秦灵公最小的叔叔。在秦灵公去世的时候，他的儿子嬴师隰太小，众大臣一起立秦简公继位为君，到出子继位的时候已经三代了。这时嬴师隰已经是个壮年人了，他对众大臣说："这个国家是我父亲留下来的，我有什么罪过，竟然被你们剥夺了继承国君的资格？"众大臣无言以对，互相商议之后杀死了嬴出子，将嬴师隰立为国君，也就是秦献公。吴起趁秦国正处于多事之秋，起兵攻入秦国东部地区，夺取了黄河西部的五座城池，韩国、赵国闻讯后都来魏国祝贺。

因为翟璜屡次为国家举荐了有用的人才，魏文侯打算拜他为相国，在征求李克意见的时候，李克说："翟璜不如魏成。"魏文侯点了点头。

李克出朝后，翟璜走过来问他："听说主公挑选人做相国，决定权就在您的手里，现在人选定了吗？是谁？"李克说："定了，是魏成。"翟璜气忿忿地道："君侯想要打下中山国，我推荐了乐羊；君侯为邺都太守的人选发愁，我推荐了西门豹；君侯为西河太守的人选发愁，我推荐了吴起。我哪里不如魏成？"李克说："魏成推荐的子夏、田子方、段干木等人，后来不是君侯的老师就是君侯的朋友；而你所推荐的人，无一不是君侯的臣子。魏成的俸禄百分之九十都用于为君侯招贤纳士，而你的俸禄全都用在自己身上。你哪里有资格和魏成相比？"翟璜满面羞惭，施礼道："我这个山野村夫说错了话，多谢您的教导。"从此以后，魏国在内政、军事方面都有了得力的人选，国家四境安定，百姓安居乐业，是三晋之中实力最强的国家。

　　齐国的相国田和见魏国实力强大，而且魏文侯的贤名天下流传，就想和魏国搞好关系。随后，他将齐国的国君齐康公姜贷赶到东海之滨，只给其一个城郭供应饮食，剩下的都要他自己想办法。又托魏文侯去请求周王室，效仿三晋封他为诸侯。此前周威烈王已经去世，儿子周安王姬骄继位。田和请封就在周安王十三年，周王室的权势比以前更加衰微，周安王不敢得罪魏文侯，就封田和为齐侯。田和就是史书所称的"田太公"，姜太公所建的齐国从实质上来说已经灭国了。从齐恒公时陈完逃到齐国，到田和篡齐自立建国，一共花了十代人的时间。

　　当时三晋都以能找到优秀的人才担任相国为荣，因此相国的权力最大。魏国的相国是魏成，赵国的相国是公仲连，韩国的相国是侠累。

　　侠累在未发迹的时候和濮阳人严仲子严遂是拜把兄弟，严遂家庭富裕而侠累一贫如洗，所以严遂一直在经济上给予侠累帮助，后来又送给侠累千金供他游学。而侠累也正是在严遂的帮助下才在韩国进入官场，最后被韩烈侯拜为相国。侠累担任相国后，对自己要求很严格，从来不接受私人的请托。严遂听说侠累当了相国，就来韩国找侠累，希望他能把自己推荐给韩烈侯，然而侠累拖了一个多月都没有推荐。严遂看出侠累是不想帮他，就自己出钱贿赂侍候韩烈侯的人，才得以见到韩烈侯。二人交谈之后，韩烈侯大喜，觉得又得到一个人才，就想重用严遂。然而，侠累却说了很多严遂的短处，不让韩烈侯任用他。严遂知道后，对侠累愤恨不已，就离开了韩国，准备遍游列国，寻找勇士刺杀侠累，以报心头大恨。

　　在齐国的一个杀牛场中，严遂遇到一个大汉用巨斧杀牛，一斧子下去就筋骨俱断，看上去非常轻松。严遂觉得那个斧子有三十多斤，就知道他是个奇人异士，仔细一看，只见他身高有八尺，一对大眼，满脸胡子，说话的口音不像是齐国本地人。于是严遂就邀请他到附近说话，询问他高姓大名仙乡何处。大汉说："我叫聂政，魏国人。因为性格粗鲁，得罪了乡亲，就带着老母和姐姐客居于此地，以杀牛为生。"随后聂政也问了严遂的姓名，严遂告诉他之后就匆匆离开了。

　　第二天一大早，严遂穿上正装去聂政家里拜访他，将聂政邀请到酒馆里设宴款待。酒过三巡之后，严遂送给聂政一百镒黄金作为礼物。聂政觉得礼物太重了，不愿意收，严遂就说："我知道您还有老母在世，所以用这点微薄的礼物，替您供养老母。"聂政道："仲子既然愿意替我养活母亲，必定是有用我的地方。如果你不说明白是什么事情，我是绝对不会做的。"于是严遂就将侠累忘恩负义的事情详细说了一遍，告诉聂政自己想要让他去刺杀侠累。聂政说："以前专诸说过：'老母在世，这具身体不敢随便让别人驱使。'仲子去找其他人吧，我不敢接受您的馈赠。"严遂说："我是钦佩您高尚的品德，想要和您结成兄弟之好，哪里能让您舍弃孝道，来达成我自己的个人愿望呢？"聂政被逼不过，只好收下了这些金子。随后聂政用一半金子作为姐姐聂荌的嫁妆，剩下的每天买了鲜美的食物供养母亲。过了一年多，聂政的母亲因病去世了，严遂又来祭奠聂母、慰问聂政，还替聂政办理了母亲的丧事。

丧事结束后，聂政对严遂说："如今我这个人就是你的了，你想要我做什么我就为你做什么。你不用客气，就直说吧！"严遂就和他商量如何刺杀侠累，并且想要准备一些战车、勇士来帮助他。聂政说："相国是一个国家最重要的官员，出入都有大量的护卫，警戒十分严密，只能智取不能力敌。我只需要随身携带一把匕首，见机行事就可以了。今天我就出发，以后就不要见面了，你也不要问我如何刺杀。"

到了韩国的都城后，聂政在郊外休息了三天，第四天一大早就进了城。正好赶上侠累下早朝，只见他坐在高头大马拉着的马车上，前后左右都是武装护卫，飞快地向相府走去。聂政尾随他到了相府，见侠累下车后进入大堂开始处理政务，从大门到大堂之间三步一岗五步一哨，戒备森严。聂政在大门外远远地看到，侠累坐在华丽的席子上，背靠着案桌，左右围着一群手拿文书的官员，似乎在请示些什么。过了一会儿，好像说完了，大家乱哄哄地向外走去，那些护卫也有点松懈了。聂政见此良机，马上一边高喊着"我有急事要禀报相国"，一边向大堂方向快步跑去。护卫们立刻就来阻拦，聂政双臂一挥，拦他的护卫就倒了下去。聂政到了大堂，抽出匕首直刺侠累，侠累还没有站起身就被刺中心脏一命归阴。堂上堂下一片大乱，都大喊："有刺客！"有人关上了大门，护卫们也都抽出兵刃杀向聂政。聂政用匕首连杀几人，估计自己是逃不掉了，又担心死后有人认出自己，急忙用匕首割掉脸上的肉、剜出双眼，回手刺破自己的喉咙死去。

这时侠累遇刺的消息已经有人报告给韩烈侯了，他问："刺客是谁？"大家都不知道。韩烈侯就命人将刺客的尸体拖到闹市上，悬赏千金来让人告发刺客的姓名来历。一连过了七天，虽然来辨认刺客的人往来如织，却没有一个人能够提供确切的消息。

消息传到魏国后，聂荌一听就知道是弟弟聂政，马上用白布包着头来到阳翟，抱着聂政的尸体放声大哭。管理闹市的官员把她抓了起来，问她："你是死者的什么人？"聂荌说："我叫聂荌，死者是我弟弟聂政。我弟弟知道刺杀相国的罪太大了，恐怕连累了我，所以才毁了自己的容貌，目的就是为了不让人认出他。但我不能因为顾忌自己的生命，就埋没了我弟弟的名声！"官员说："既然死者是你的弟弟，那么你必然知道他当刺客的原因。究竟是谁让他干的？如果你说清楚了，我会请求君侯饶你一命。"聂荌道:"如果贪生怕死,我就不会到这里来了。我弟弟用自己的生命为代价刺杀了大国的相国,是为别人报仇的,如果我不说出我弟弟的名字,是埋没了他的名声;要是我说出了是谁指使的,是埋没了他的义气。"说完就撞死在旁边的石头井柱上。

管理闹市的官员上报之后,韩烈侯对聂荌的行为赞叹不已,就命人将聂政、聂荌二人的尸体收拾好埋葬了,同时任命韩山坚接任了侠累相国的职务。

韩烈侯去世后韩文侯继位,韩文侯去世后韩哀侯继位。韩山坚和韩哀侯一向不和,就找个机会弑杀了韩哀侯。

之后,韩国的大臣们一起诛杀了韩山坚,立韩哀侯的儿子韩若山为国君,史称韩懿侯。在韩懿侯的儿子韩昭侯继位后,拜法家的代表人物申不害为相国,使韩国的国力得到极大发展。

周安王十五年,魏文侯魏斯病重,把世子魏击从中山召了回来。赵国听说魏击离开中山后,立刻发兵打下了中山,从此之后魏国和赵国就有了矛盾。

魏击回到都城的时候,魏文侯已经去世了,魏击主持了葬礼之后继位为魏国的国君,史称魏武侯,拜田文为相国。吴起从西河回来参加魏文侯的葬礼,认为自己功劳最大,相国之位就是囊中之物,所以在听到魏文侯宣布田文为相国的时候,他在极度失望的同时也对田文产生了怨气。

退朝之后吴起拦住了田文,对他说:"您知道我立了多少功劳吗?今天我想和您说一说。"田文道:"您说吧,我听着呢。"吴起道:"战争来临的时候,让士兵悍不畏死地作战,保家卫国,这方面您和我谁的功劳大?"田文道:"我不如您。"吴起又道:"统领百官抚育百姓,让国家国富民强,这方面您和我谁的功劳大?"田文说:"这方面我也比不上您。"吴起接着说:"镇守西河之地,秦国不敢东顾,韩赵心悦诚服,这方面您和我谁的功劳大?"田文说:"还是不如您。"吴起道:"这三方面您都不如我,可是您却比我位高权重,这是为什么呢?"田文说:"可能我的能力确实不能胜任相国这个职务,所以我对此也很惭愧。可是现在新国君刚继位,还没有建立起威信,百姓们对他不亲近,大臣们对他不心悦诚服,而我既是先王留下的老臣,又是新国君的心腹,能够很好地起到捏合各方势力的作用,而且现在也不是论功行赏的时候。"吴起低下头思考了很长时间,说:"您说得有道理。不过这个位子早晚都是我的。"

有一个内侍听到了二人的争论,就告诉了魏武侯。魏武侯认为吴起对自己心存怨念,就把吴起留在都城,打算另外找人担任西河太守。吴起知道魏武侯对自己不满,害怕死在他的手里,连夜跑去了楚国。

当时楚国的国君是楚悼王熊疑,他早就听说过吴起的才能,所以吴起一来就拜他为相国。吴起对楚悼王的信任感激涕零，激动地保证一定要让楚国国富民强军力大增。他给楚悼王提了一个建议："楚国拥有方圆千里的领土和上百万的兵力，按说应该能够压其他诸侯一头，世代都能够成为霸主。之所以没有做到，就是因为不知道养兵的精髓是什么。什么是养兵的精髓呢？用一句话概括就是：想要让士兵出力，就要先让他们富裕！现在满朝都是冗官，到处都是冗费，而士兵们却连吃一顿饱饭都是奢望，在这样的情况下，想要让他们舍弃生命保卫国家，无异于缘木求鱼！如果大王采纳了臣的建议，裁汰冗官，削减用度，将剩下来的钱财物资都投入到军队中，要是楚国不军威大振，您可以用'欺君'的罪名砍下臣的头颅！"

很多大臣都说吴起的建议不会被采纳，可是楚悼王还是力排众议同意了，让吴起制定了详细的官制，一下就清理了几百名冗官。规定大臣的子弟不再荫庇为官员；和楚王出了五服的宗亲全部废为平民，让他们自食其力；五服之内的宗亲按照血缘的远近依次减少禄米，光禄米一项每年就节省了数万钱的国帑。又从全国范围内挑选出一批精壮士兵，进行严格的训练，按照作战技能的熟练度调整他们的收入，最高的能够达到原来的几倍，所以士兵们训练的时候没有一个偷懒，军队的战斗力很快就提升了。楚国也因此傲视群雄，三晋、齐国、秦国没有不惧怕楚国的，在楚悼王在位的时候，没有一个敢对楚国用兵。

但是楚悼王去世后，还没来得及入殓，那些因为吴起的改革而利益受到损失的人开始联合起来攻击吴起。吴起逃到了楚悼王的寝宫，后面的追杀者也拿着弓箭撵到了这里。吴起知道跑不掉了，就抱着楚王的尸体趴下来。追杀者乱箭齐发，不但把吴起射成了刺猬，就连楚悼王的尸体也中了几箭。吴起鼓足最后的力气喊道："你们杀了我没有什么，可是你们因为对大王怀恨在心，侮辱他的尸体，这是大逆不道的行为，难道还想逃掉国法的制裁吗？"说完就死了。众人听了吴起的话，吓得一哄而散。

继位的楚王是楚悼王的儿子熊臧，史称楚肃王。一个多月后，楚肃王开始追究向楚悼王尸体射箭这件事，派他的弟弟熊良夫带兵将所有参与追杀吴起的人都灭了族，共有七十多家。后世有人作诗感叹吴起：

满望终身作大臣，杀妻叛母绝人伦。

谁知鲁魏成流水，到底身躯丧楚人。

还有一首诗是赞扬吴起的智慧的，用抱着楚悼王的尸体而死这种方式，借楚肃王的手报了自己的仇。诗是这样写的：

为国忘身死不辞，巧将贼矢集王尸。

虽然王法应诛灭，不报公仇却报私。

在齐国，田和被封为齐侯之后两年就去世了，太子田午继位。田午去世后，儿子田因齐继位。田因齐继位的时候，已经是周安王二十三年了。这个时期的齐国国家富庶，兵强马壮，田因齐见吴国、越国的国君都已经称王，往来的国书中自己却只能称"公"，好像矮了对方一头似的，很不甘心，就自己封自己为王，因为他的谥号是"威"，所以后世都称他"齐威王"。魏国的国君此时是魏䓨，他知道齐国称王后，说道："齐国都称王了，我凭什么不能称王？难道魏国的地位比齐国低？"于是也开始称王，史称魏惠王，"孟子见梁惠王"中的"梁惠王"说的就是他。

齐威王继位后，每天想的都是醇酒、美女、音乐，前面九年对国家的政务连问都不问，韩国、魏国、鲁国、赵国都来攻打齐国，守卫边境的将士连战连败，国内上上下下对他怨声不绝。

这一天，有个读书人来求见，自称名叫驺忌，齐国人，对弹琴很有研究，听说国君喜欢音乐就特地来献上一曲。齐威王令人把他请了进来，赐座后命人把琴放到了他的面前。可是驺忌的手指在琴弦上摸来摸去，就是一点声音都没有。齐威王感到很奇怪，就问他："先生不是对弹琴很有研究吗？寡人愿意欣赏一下您的技艺，可是您为什么一直不弹呢？是琴不好还是认为寡人没有欣赏的能力？"驺忌放下琴，郑重其事地说："我精通的是琴理。弹奏音乐那是乐工的工作，我虽然也懂，却没有达到能为大王弹奏的水平。"齐威王更好奇了，问："什么是琴理，先生能给我说一下吗？"

驺忌告诉他："琴就是'禁'，意思就是要禁止所有不良的嗜好，培养良好的习惯。传说琴是伏羲创造的，讲究很多：长三尺六寸六分，象征着一年三百六十六天；宽六寸，象征着六合；前面宽后面窄，象征着上下尊卑；上面圆下面方，象征着天圆地方。琴最初只有五根琴弦，象征着五行；第一根弦粗，剩下的都比较细，粗弦象征着君王，细弦象征着臣子。发出的声音缓慢叫浊、急促叫清，浊的意思是宽厚而不放任，象征着君王的行事原则；清的意思是廉洁而有秩序，象征着臣子的行事原则。上面的五根琴弦分别叫宫、商、角、徵、羽，第六根是周文王加的，叫少宫，第七根是周武王加的，叫少商。琴弦有粗有细，发出的声音有浊有清，象征着君臣各司其职。君臣能够各司其职，政令必定能够通行；政令通行了，国家就会大治。所以琴道也是治国之道。"齐威王说："说的好啊！先生既然知道琴理，弹琴的技艺自然也会精通，请先生弹一曲吧。"驺忌回答道："弹琴是我的主业，所以我要用心弹琴；治国是大王的主业，为什么不用心治理国家呢？现在大王拥有一个国家却不去治理他，和我手放在琴弦上却不弹琴不是一样的吗？我有琴不弹，大王心里就不痛快了；而大王有国不治，恐怕齐国所有人的心里都不痛快！"齐威王一愣，笑道："先生这是借琴来劝谏寡人啊！寡人接受您的劝谏。"随后就让驺忌留宿到旁边的宫殿里。

第二天，齐威王沐浴更衣之后再次接见了驺忌，和他谈论齐国的各项事务。驺忌详细地讲解了自己的治国理念，齐威王如获至宝，立即拜驺忌为相国。

当时齐国的淳于髡因为能言善辩很有名气，见驺忌不费吹灰之力就当上了相国，很不服气，就带着一群弟子去拜见驺忌。驺忌恭敬有礼地接待他，他却傲慢无礼地直接坐到上首，对驺忌说："我有几句话想要告诉相国，可以吗？"驺忌说："请您指点。"淳于髡道："儿子不能离开母亲，妻子不能离开丈夫。"驺忌道："谢谢您的教诲，我会一直守在君王身旁的。"淳于髡又说："硬木做成的车轮涂上猪油，是很滑润的，但是放到方形的空洞里却无法转动。"驺忌道："谢谢您的教诲，我不敢不顺应民意。"淳于髡接着说："弓臂虽然粘的很牢固，有时候也会散开；纵横分布的河流汇入大海，自然而然合为一体。"驺忌道："谢谢您的教诲，我不敢脱离人民。"淳于髡又说："狐皮做成的大衣虽然烂了，但是不能用狗皮来补。"驺忌道："谢谢您的教诲，我任命官员的时候一定选择那些有才能的人，不会让没有能力的人滥竽充数。"淳于髡说："做轮毂和辐条的时候，如果尺寸不一致，就无法做成车轮；做好的琴瑟如果不调整音律，就无法弹出乐曲。"驺忌道："谢谢您的教诲，我会向大王请求制定严格的法律来监督那些不法的官吏。"淳于髡不再说话，沉默了一会儿就向驺忌行礼告辞了。

出去之后，淳于髡的弟子问他："老师，您刚进去的时候很傲慢，出来的时候为什么很恭敬呢？"淳于髡说："我说了五句隐藏着哲理的话，相国立刻明白了我的用意并给出了相应的回答。这才是真正有智慧的人，我不如他！"从此之后，那些靠游说为生的人，听到驺忌的名字就不敢进入齐国。

而驺忌也记着淳于髡的话，尽心尽力地治理国家。驺忌经常问身边的人"各地的主官谁称职谁不称职"，几乎所有的人都对阿郡的太守赞不绝口，而对即墨郡的太守骂声不绝。驺忌将这件事告诉齐威王之后，齐威王也有意无意地问周围的人两个太守的情况，得到的回答和驺忌所得到的大致相同。于是，齐威王让人悄悄到两地暗访，得到确切的汇报后，就命令阿郡、即墨的太守立刻到都城来。

即墨太守先到的都城，齐威王在接见他的时候什么都没有说，他身边的人都很奇怪，不知道齐威王为什么没有惩罚他。等阿郡的太守也赶到后，齐威王立刻命令所有的大臣都上朝，准备宣布如何处置这两个太守。大家在底下议论的时候都说："即墨的太守必然会受到处罚，阿郡的太守会受到表扬。"

上朝仪式完成后，齐威王就把即墨的太守喊到跟前，说："从你担任即墨太守之后，每天寡人都听到有人说你做的如何如何不好。可是当寡人派人到即墨暗访的时候，却发现当地百姓安居乐业，官吏清廉自守。这是因为你只顾着治理当地的民生，从不阿谀奉承我身边的人，所以才受到他们的诋毁。你是一个好官啊！"于是将即墨太守的食邑增加了一万户。

随后又叫来了阿郡的太守，说："自从你到了阿郡后，每天都有人说你的好话。可是当寡人派人到阿郡之后，发现田地一片荒芜，百姓缺衣少食；当初赵国的军队攻打旁边的郡县时，你也不派兵增援；只知道用金银宝贝讨好寡人的左右，企图让寡人对你有好印象。在各地的太守中，最恶劣的就是你了！"阿郡的太守跪在地上磕头求饶，表示愿意改过自新，齐威王根本不听，马上令人准备大锅，准备烹死他。

很快锅里的水就开了，阿郡的太守被扔进了锅里。随后齐威王又喊来那些经常夸奖阿郡太守、污蔑即墨太守的官员，一共有几十个之多，骂道："我把你们留在身边，就是因为信任你们，希望你们能够给我正确的消息。没想到你们竟然敢为了钱财颠倒黑白，这是欺君之罪，我要你们还有什么用？都烹了！"众人都跪在地上苦苦哀求。齐威王的怒气小了一点，就挑出他以前最信任的十几个人一一给烹了。后人作诗说：

权归左右主人依，毁誉纷来倒是非。
谁似烹阿封即墨，竟将公道颂齐威。

齐威王从这件事上吸取了教训，就派檀子镇守南城以防备楚国的入侵、田肦镇守高唐以防备赵国的入侵、黔夫镇守徐州以防备燕国的入侵，又任命种首为司寇、田忌为司马，齐国因此而大治，各国诸侯都不敢小视。

又封驺忌为"成侯"，以下邳作为采邑，说："如果说有人能帮寡人建功立业的话，那么这个人就是你了！"驺忌谢恩之后说："以前五霸之中最强的就是齐桓公和晋文公，他们能取得如此耀眼的成就，是因为他们都是用周王室的名义做事。现在虽然周王室已经式微，但是天下共主的名头还在。如果大王能去朝觐王室，取得周天子的支持，就有了指挥各国诸侯的名义，想要取得齐桓公、晋文公那样的功业就不费吹灰之力。"齐威王道："我已经称王了，王怎么能朝觐地位相同的另一个王呢？"驺忌说："称王为的是压各国诸侯一头，并不是压的周天子。如果大王朝觐的时候自称齐侯，天子必然对大王谦逊的态度十分满意，我们的目的也就达到了。"齐威王大喜，马上就命人准备车驾去朝觐天子。

到周烈王六年的时候，周王室愈加衰落，各国的诸侯很久都不来朝觐了，齐侯这时能来朝觐，更是显得难能可贵，所以满朝文武都欢欣鼓舞，周烈王也翻箱倒柜找出了很多宝贝赐给了齐侯。齐威王从周王室回齐国的时候，一路听到的都是赞扬他美德的声音。

经过多年的征战、兼并之后，天下比较强大的国家只剩下七个，分别是齐、楚、燕、韩、赵、魏、秦，实力基本上差不多。剩下的国家中，越国虽然也称王，但是每况愈下，与七国已经无法相提并论了，至于宋国、鲁国、卫国、郑国，就更不值一提了。齐威王称霸之后，楚、魏、韩、赵、燕五个国家都以齐国为盟主，只有秦国位于遥远的西部，遭到中原各诸侯国的疏远排斥，什么事情都不会通知它。

秦献公在位的时候，境内连续下了三天金雨［"金"指的是金属，而不是黄金。这里的"金雨"应该是发生了金属材质的陨石雨］。周朝的太史儋暗地里叹息道："秦国的国土是周朝分封的，传说五百多年后会回归中原成为霸主，此后因为占据五行中的'金'而代替周朝成为天子。现在秦国下了金雨，莫非就是吉祥的预兆吗？"

秦献公去世后，他的儿子秦孝公嬴渠梁继位，认为秦国不能名列于中原的各诸侯国是一种耻辱，于是下令招贤纳士，许诺："不管是哪一国的人，只要能够让秦国富强，就可以获得尊崇的地位、海量的钱财。"

第八十七回
说秦君卫鞅变法　辞鬼谷孙膑下山

卫国有一个叫公孙鞅的人，是卫国国君的旁支，对法家的学问很有研究，但是卫国国小兵弱，无法让他一展所学，他就去魏国投奔相国田文，希望能在那里实现人生理想。然而，田文还没有来得及举荐他就去世了，公叔痤接任了相国，于是公孙鞅又成了公叔痤的门客。

公叔痤知道卫鞅才能不凡，就举荐他担任魏国的中庶子，每当有了重要的事务都会和他商量，而卫鞅每次都能提出切实可行的办法，所以公叔痤打算推荐他担任更高的职务。然而这个想法还没有落实，公叔痤就生病了。魏惠王去探病的时候，看到他气息奄奄的样子，非常伤心，就问他："相国病重，万一您无法处理国事了，谁来接替您的位置呢？"公叔痤说："中庶子卫鞅这个人虽然年轻，但他的才华高我十倍不止，是世间难得一见的奇才，大王可以让他接替我担任相国。"见魏惠王沉默不语，公叔痤又说："如果大王不想用卫鞅，就一定要杀掉他，一旦让其他国家用了此人，必然会对魏国形成威胁。"魏惠王说："好的。"等上车离开的时候，魏惠王叹了口气说："公叔痤这是病糊涂了啊，既要让我任命卫鞅做相国，又建议我不用他就杀了他。这个卫鞅有这么厉害吗？这不是胡话又是什么？"

等魏惠王走后，公叔痤命人招来了卫鞅，对他说："我刚才给大王说了，让他任命你为相国，可是他没有答应；然后我又告诉他，如果不用你就要把你杀掉，他说'好的'。我这个人做事一向是先国君后臣子，所以心里的想法先告诉国君，然后才是你。你赶紧走，不然就大祸临头了。"卫鞅说："既然大王不肯听您的话任命我为相国，也不会按照您说的来杀我。"回去之后卫鞅根本就不做逃走的打算。公子卬和卫鞅的关系很好，也向魏惠王推荐他，然而魏惠王仍然没有用卫鞅为相国的打算。

等秦国招贤纳士的消息传到魏国后，卫鞅立刻离开了魏国。到了秦国后，卫鞅先是求见秦孝公身边的宠臣景监，二人就一些问题交换看法后，景监认为卫鞅很有才华，就推荐给了秦孝公。

过了几天，秦孝公召见卫鞅，问他什么是治国之道。卫鞅一一列举了伏羲、神农、尧、舜的治国理念，可是他的话还没有说完秦孝公就睡着了。第二天景监进宫的时候，秦孝公责备他说："你的门客太迂腐了，说的话大而无当，你怎么给我推荐这样的人啊？"退朝之后景监找来了卫鞅，对他说："我向大王推荐您，是想让您获得大王的欣赏进而得到重用，怎么您净说些不切实际的话呢？大王很不高兴。"卫鞅说："我原本是希望大王能够实行尧舜那样的称帝之道，看来大王并没有理解我的用意。麻烦您让大王再接见我一次。"景监说："大王现在心情很差，五天之内没法提这事。"

过了五天，景监又对秦孝公说："那一天臣门客的话还没有说完，还想见您一次，希望您能答应。"秦孝公又把卫鞅喊来，卫鞅详细讲述了夏禹分封诸侯厘定赋税、商汤周武王顺天应人的事迹。秦孝公说："先生果然见识渊博，不过古代和现在的情况是不一样的，您说的这些已经行不通了。"说完就挥手让他退下。景监一直在门外等候，见卫鞅出来了，就问："今天怎么样？"卫鞅道："今天我给大王说的是称王之道，看来还是不能让他满意啊。"景监有点儿生气，说："国君招纳贤才的目的就是为了解决问题，就像猎人买弓箭是为了获得猎物一样，怎么会舍弃眼前的问题去效仿古代的帝王呢？您的事就这样算了吧！"卫鞅说："我以前是不知道大王的志向，怕的是他的志向高而我说的话境界不够，所以才试探他。现在我已经知道他想要做什么了，如果能让大王再接见我一次，不愁他不用我。"景监说："先生进见两次，就让大王生气两次，我还敢多嘴多舌地惹大王再生气吗？"

第二天，景监入朝后向秦孝公赔不是，一句关于卫鞅的话都不敢提。等景监回家后，卫鞅问他："我的事您今天给大王说了吗？"景监说："没有。"卫鞅说："太可惜了！贵国的国君虽然下令招纳贤才，但是有了贤才却不认识。既然如此，我就离开这里吧！"景监问："先生要去哪里？"卫鞅道："哪个国家都有国君，难道没有比秦国国君更希望得到贤才的吗？就算不去其他国家，难道秦国还没有比您更一心为国、宁愿委屈自己的吗？我去找这样的人吧！"景监连忙说："先生别急，我们从长计议，五天后我保证再给大王说一次。"

又过了五天，景监到宫中去见秦孝公，当时秦孝公正在喝酒，忽然看见一只大雁从天上飞过，于是放下了酒杯喟然长叹。景监走过去问："大王看见大雁为什么叹气呀？"秦孝公说："昔日齐桓公说过：'我有了管仲，就像大雁有了翅膀一样。'我下令招纳贤才已经几个月了，然而却没有找到一个贤才，我就像没有翅膀的大雁一样，空有冲天的志向却没有实力去实现。"景监趁机说道："臣的门客卫鞅说，他有称帝之道、称王之道、霸主之道，前两次说的是称帝之道和称王之道，大王认为不切实际并没有采用，他还有霸主之道没有说，希望您能抽出一点儿时间，让他说完。"秦孝公听到"霸主之道"四个字，正中下怀，马上就让景监把卫鞅喊进宫来。

卫鞅一进来秦孝公就问："听说先生懂得什么是霸主之道，您为什么不早点给我说呢？"卫鞅说："不是我不想说，只不过这霸主之道和称帝之道、称王之道迥然不同：帝王之道是顺应民心，而霸主之道是拂逆人心。"秦孝公听了勃然大怒，脸都变色了，按着剑柄说："只不过是实行霸主之道罢了，哪里一定会拂逆人心？"卫鞅从容不迫地说："琴瑟的音调不和谐了，就必须重新调整。治理国家也是这样，政策如果不改变，就无法实现大治。普通的老百姓只知道安于目前的平静生活，根本就不懂得什么是百年大计；乐于享受胜利的果实，却不愿意筚路蓝缕地从头开始。就像管仲担任齐国相国的时候，厘正内政、改革军令，将全国划分为二十五个乡，让士农工商各司其职，完全改变了齐国旧有的制度，这哪里是无知小民愿意做的？可是在政令通行之后，齐国内部国富民强，外部各国诸侯臣服，如此一来国君得了名、百姓得了利，这时候大家才知道管仲是为了大家好才这样做的。"

秦孝公说："如果先生真的有管仲那样的才华，寡人肯定会让全国上下都听您的。不过具体该怎么做？"卫鞅道："国家不富强，就不能对外用兵；军队不强大，就无法打败敌人。想要国家富强，最好的做法就是奖励耕织；想要军队强大，最好的做法就是奖励战功。用重赏作为奖励，人民就会欣然而往；用重罪作为惩罚，人民就会悚然而退。有功必赏、有罪必罚，政令就必然能够通行，做到了这些，国家就不可能不富强。"秦孝公说："说得好！这些我能做到，先生接着说。"卫鞅道："想要富国强兵，没有合适的人选是做不到的；有了合适的人选，却不给他足够的权力，也是做不到的；给了足够的权力，但是不信任他，总是因为别人的话而左右摇摆，也是做不到的。"秦孝公又说了一个"好"，正想让卫鞅继续说，卫鞅却要告辞，秦孝公说："我正想听听先生全部的理念，为什么急着要走呢？"卫鞅说："请大王仔细考虑三天，等您拿定主意后我再全部告诉您。"

出去之后景监就埋怨卫鞅："大王再三叫好，你不趁此良机说出全部的计划，还要让大王考虑三天，难道是要挟大王吗？"卫鞅说："大王还没有下定决心，不这样做恐怕会发生变化。"

第二天秦孝公就让人来请卫鞅，卫鞅道歉说："我已经和大王说过了，不到三天是不会去见他的。"景监劝卫鞅不要拒绝，卫鞅说："我和大王做了约定却自食其言，以后大王还能相信我吗？"景监这才不再劝他。

　　到了第四天，秦孝公派车来接卫鞅。卫鞅刚一进宫，秦孝公就请他坐下，急迫地向他请教具体的改革方案。卫鞅也详细地向秦孝公讲述了秦国目前的政策中哪些需要改进、哪些需要全部变革。两个人一问一答，连续谈了三天三夜，秦孝公根本没有感到困倦。紧接着就任命卫鞅担任左庶长，赏赐宅邸一座、黄金五百镒，还明发上谕："今后国内所有的事情都由左庶长安排，如有违抗按抗旨论罪。"所有的大臣无不肃然听命。

　　随后卫鞅就制订了详细的改革计划，交给秦孝公后，君臣又仔细商议具体实施的步骤。

　　卫鞅担心人们不相信自己，在公布之前将一根三丈长的木杆竖在咸阳的南门，告诉围观的人："谁能将这根木杆送到北门，我给他十金。"

　　围观的百姓虽然很多，但是都觉得这件事太怪异了，不知道卫鞅的用意是什么，所以没有人敢动木杆。卫鞅听说后说："没有人干，莫非是嫌钱少？"于是就将赏金提到了五十金。然而围观的人更加怀疑他的用意了。这时有一个人说："秦国的法令中从来没有这么大的奖赏，现在出了这个悬赏，必然有用意，即使得不到五十金，难道还能一点儿不给吗？"就把这根木杆扛到了北门，后面跟了一大群看热闹的人。一个小吏跑过去告诉了卫鞅，卫鞅就把扛木杆的那个人喊过去，夸奖他说："你愿意听我的命令，是个好百姓。"随即给了他五十金，对围观的人说："我永远都不会对老百姓失信的。"都城中的百姓奔走相告，都说新任的左庶长言出必行，一定不能违背他的命令。

　　周显王十年，也就是秦孝公三年，卫鞅的改革政策终于出台了。主要内容有：

　　定都：秦国地理位置最好的地方是咸阳，依山环河险固可靠，所以将都城迁到咸阳，以成就万世的霸业。

　　建县：国内所有的村镇都合并到县里管辖，每个县设县令、县丞各一人，负责新法的推行，不称职的按轻重程度不同进行相应的惩罚。

　　辟土：城池外面所有的平原地区，除去车马行走的大道和田间小路之外，附近的居民都必须将这些荒地开辟为田地，收成之后按亩纳税。六尺为一步，二百四十平方步为一亩。计算亩数的时候，如果一步超过了六尺就属于欺骗国家，开辟的田地没收为官田。

　　定赋：所有的赋税都按照田地的多少征收，废除原来井田制什一税［就是征收产量的十分之一］，所有的土地都要交税，不得偷税漏税。

本富：鼓励男耕女织，粮食布匹出产多的是良民，免除一家的劳役；因为懒惰而衣食无着罚为官奴；将灰烬倒在路上的人也罚为官奴，因为灰烬会让怀孕的母马闻之流产；从事工商业的征收重税；有两个儿子就必须让他们分家，不分家的每个人征收两份人头税。

劝战：按照军功提升官职和爵位，每杀死一个敌人提升一级爵位，后退一步当场斩首。战功多的可以官高爵显，车马服饰不加任何限制；如果没有战功，哪怕家财万贯也只能穿褐色衣服、乘坐牛车。宗室人员按战功的多少区别远近，没有战功就开除出宗室，废为平民。凡是有私下决斗的，不论有理无理一概处死。

禁奸：五家为一保，十家为一连，连内互相监视。一家犯了罪，剩余九家都要检举，不检举就十家连坐，全部腰斩。最先告发的按军功赏赐；检举一个罪犯升爵位一级；隐藏罪犯的按罪犯的罪名进行处罚。旅馆必须检查客人的身份凭证，没有的不得留宿。只要家中有一人犯罪，所有的资产全部没收。

重令：所有的政策在颁布之后，不论贵族还是平民都要一体执行，不执行的斩首示众。

新的政策出台后，百姓们议论纷纷，有说好的，也有说不好的。卫鞅把这些乱发议论的人全部拿下，责骂道："政令颁布了，你们只管照着做就是了。说不好的，是抵制政令施行的人；说好的，是向官府献媚的人。这两种人都不是良民。"把这些人全部记下名字，发配到边境去守卫边疆。大臣甘龙、杜挚偷偷议论新法被贬为庶民后，秦国所有的人都噤若寒蝉，即使熟人在路上遇到了都不敢交谈，只能以眼色示意。

随后卫鞅又大量征发徭役，在咸阳修建宫室、殿堂，等建好后就开始迁都。世子嬴驷反对迁都，而且指责新法有诸多缺点，卫鞅大怒道："法令之所以无法执行下去，就是因为上层的人带头违抗。世子是国君的接班人，不能对他进行处罚；但是就这样不管，就是违背了国法。"于是就对秦孝公说，将世子的罪行处罚在他的师傅身上：割了太傅公子虔的鼻子，太师公孙贾脸上被刺字。百姓们都说："连世子违反法令都连累他的师傅受到了处罚，何况我们这些老百姓呢？"

人心安定后，卫鞅就选择良辰吉日将都城迁到了咸阳，随同迁移的雍州大户有几千户之多。将全国分成三十一个县，开辟新田后，收进国库的赋税比原来增加了一百多万钱。卫鞅曾经到渭水河畔视察监狱，一天就杀了七百多人，渭水都被鲜血染红了，犯人的哭声响彻百里，老百姓在梦中都吓得战战栗栗。从此之后秦国国用充足，民间路不拾遗、盗贼绝迹，人民勇于为国作战而不敢私自决斗，秦国的实力在各国诸侯中首屈一指。于是发兵攻打楚国，夺取了商、於之间的大片土地，将秦国南方的防线推到武关之外六百多里的地方。周显王知道秦国崛起后，也派遣使者册封秦孝公为方伯[就是诸侯长，代表王室镇抚一方]。各国诸侯畏惧秦国的强大，也都前来祝贺。

这个时候三晋之中只有魏国的国君称王，有吞并韩国、赵国的意图，听说卫鞅受到秦国的重用后，魏惠王叹息道："真后悔当初没有听公叔痤的话！"这时子夏、田子方、魏成、李克等人都已经去世了，魏惠王感觉人才匮乏，就拿出大笔的钱财招揽四方豪杰。孟轲听说后，就来到了魏国。

孟轲字子舆，邹国人，师从孔子的嫡孙孔伋，得了儒家的真传，一向以济世安民为己任，在各诸侯国名气很大。听说他到了魏国，魏惠王亲自到城外去迎接，并以上宾的礼节来招待他。魏惠王问他用什么方法可以让魏国得到利益的时候，孟轲说："我在圣人门下学习的时候，只知道什么是仁义，不知道什么是利益。"魏惠王认为孟轲的思想迂腐，就弃而不用，孟轲随后就去了齐国。后世有人作诗道：

仁义非同功利谋，纷争谁肯用儒流？

子舆空挟图王术，历尽诸侯话不投。

东周的阳城有一个叫鬼谷的地方，这里山高林密，似乎不是一个适合人居住的地方，所以叫作"鬼谷"。山谷中居住着一位名叫王栩的隐者，自号鬼谷子，传说是晋平公时期的人。王栩曾和宋国人墨翟一起在云梦山采药修道，不过墨翟的志向是拯救天下万民于水火，不久就离开了，只剩下王栩一个人，人们都称他为"鬼谷先生"。

鬼谷先生的学问包罗万象，上有博古通今之略，下有经天纬地之才。最精通的有四门：第一门是数学[古汉语指的是术数的学问]，对天象的变化了如指掌，对未来的吉凶一卜即知；第二门是兵学，精通各家兵书战策，排兵布阵鬼神难逃；第三门是游学[指的是游说国君实现理想的学问]，博闻强记条理清晰，口若悬河舌辩无双；第四门是出世学，也就是民间常说的修行，会炼丹能养气，学会后小能祛病延年，大能白日飞升。先生不肯早日成仙，仍然游戏人间的原因，就是为了教育出几个聪明的弟子，能和他一起共列仙班，这才在鬼谷暂住。

开始的时候，先生在闹市中以算卦为掩护来挑选合适的弟子，给人算出的吉凶祸福无不一一应验。他有了名气之后，慢慢地就有人前来求学。先生来者不拒，去者不追，有哪方面的潜力，就教授哪一方面的学问，一来可以为七国培养一些人才，二来也希望能找到几个有仙骨的人，一起羽化成仙。不知道先生在鬼谷生活了多少年，也不知道有多少弟子前来求学。在这些学生中，同时在先生门下学习又比较出名的，有齐国人孙膑、魏国人庞涓和张仪、东周洛阳人苏秦，其中孙膑、庞涓是结义兄弟，学习的都是兵法；苏秦和张仪也是结义兄弟，学习的是游说。

庞涓在鬼谷学习三年多之后，觉得自己已经学成了，就有了下山的意愿。这一天在山下打水的时候，听见路过的人说魏国正在招贤纳士，就想前去应聘，可是又怕先生不答应，所以心中一直犹豫不决。其实先生早已知道他的想法，看到庞涓的样子就笑着对他说："你的机会到了，怎么还不下山去求取荣华富贵呢？"庞涓见先生说出自己的想法，马上跪下来说道："学生正有这样的打算。请问先生，我这次下山能成功吗？"先生说："你去摘一朵山花，我给你算一下。"

这时候正好是烈日炎炎的夏天，早就过了百花怒放的季节，哪里有什么山花呀？庞涓找了很长时间，只找到一株草花，于是连根拔起，就在转身要回去的一刹那，忽然想道："这种草花品种不名贵，长的也小，恐怕先生会根据这株草花说我难成大器。"于是扔到地上重新寻找。奇怪的是，庞涓找了半天，找来找去一朵花都没有找到。庞涓无奈，只好捡起以前扔的那朵，藏在袖子里回去了。

先生问他找到了什么花，庞涓说："山里面没有花。"先生说："既然山里面没有花，那你袖子里放的是什么东西？"庞涓见藏不住了，只好将花拿出来双手递给先生。这时候花已经从土里拔出来半天了，又经过烈日的暴晒，早就枯萎了。先生说："你知道这种花的名字吗？它叫马兜铃，一开就是十二朵，这个数字就是你能享受富贵的年数；它是你在鬼谷采到的，而且被太阳晒枯萎了，'萎'就是'委'，'鬼'加'委'就是一个'魏'字，看来能让你发迹的地方就是魏国了。"庞涓对先生的神机妙算正在惊奇，又听先生说道："但是你不应该欺骗我，今天你能欺骗别人，他日别人也会欺骗你。这个毛病你一定要改掉！关于你的未来，我这里有八个字，你一定要牢牢记住：'遇羊而荣，遇马而瘁。'"庞涓恭敬地行礼道："谢谢先生的教诲，我一定矢志不忘。"

下山的时候，孙膑把他送到了山下，庞涓对他说："我和兄长是八拜之交，发过誓要同享荣华富贵。如果有机会，我一定会把你举荐给魏王，一起建功立业。"孙膑说："兄弟说的是真心话吗？"庞涓道："如果我说谎，就让我乱箭穿心而死！"孙膑说："多谢你的深情厚谊，又何必发这样重的誓呢！"兄弟二人洒泪而别。

孙膑回山之后，先生见他脸上有泪痕，就问他："你是舍不得庞涓走吧？"孙膑说："我们有同学之情，怎么会舍得呢？"先生问："你觉得以庞涓现在的水平，能当大将吗？"孙膑说："他跟先生学习了这么长时间，怎么会不能当大将呢。"先生说："远远不够！远远不够！"孙膑大惊，就问为什么，先生却默然不语。

第二天，先生对众弟子说："夜里老鼠在我的房间里跑来跑去，影响我睡觉。你们从今天开始轮流为我守夜赶老鼠。"众弟子齐声领命。这一天夜里，轮到孙膑值班的时候，先生在枕头下面取出一卷书，对孙膑说："这是你的先祖孙武撰写的《孙子兵法》，一共十三篇。当初你的先祖将他献给吴王阖闾，吴王用它打败了楚国。吴王对它十分珍惜，不想让太多的人看到，就锁进铁箱子里放到了姑苏台的屋檐下面，越国人焚毁姑苏台后，《孙子兵法》就失传了。我以前和你的先祖交情深厚，曾找他要了一份,还亲自做了注解。领兵打仗的奥秘都在这卷书里面,之前我一个人都没给过。我看你心地忠厚善良,所以才给了你。"孙膑说:"学生从小就没有了父母,后来国家发生变故又宗族离散,虽然知道祖上有这部著作,但是从来都没有见过。老师既然有这部书,为什么不传授给庞涓,而只传授给我呢?"先生说:"得到这部书的人,如果用得好就会对天下有利,用得不好就会对天下有害。庞涓这个人人品不好,哪里会轻易传授给他呢?"

天明后孙膑将《孙子兵法》带回了自己的卧室,不分昼夜地研究背诵。三天后先生突然向孙膑索要原书,孙膑从袖子里拿出来还给了先生。先生一篇一篇地考较孙膑,他对答如流一字不差。先生高兴地说:"你能够如此用心学习,看来世上又要出现一个孙武了!"

庞涓跟孙膑告别后直接去了魏国,成为相国王错的门客。王错见庞涓有着很高的军事素养,就把他推荐给了魏惠王。庞涓拜见魏惠王的时候,正好厨师给魏惠王端上来一盘蒸羊肉,魏惠王拿起筷子正准备吃呢。庞涓见了,心中暗喜:"老师说我'遇羊而荣',真是一点都不错啊!"魏惠王见庞涓一表人才,放下筷子有礼貌地出来迎接。庞涓施礼的时候,魏惠王一把扶住他,请他坐了下来。

当魏惠王问庞涓擅长做什么的时候,庞涓说:"臣在鬼谷先生的门下学习兵法,完全掌握了其中的精髓。"随后慷慨激昂地说出自己在军事方面的见解,唯恐漏下了什么。魏惠王问:"我国处于四战之地:东面有齐国,西面有秦国,南面有楚国,北面是韩国、赵国、燕国。之前赵国侵占了我国的中山,这个仇还没有报,先生有什么计策夺回这个地方?"庞涓说:"如果大王不用微臣,那微臣说什么都没用;如果大王用了微臣,保证魏国能战必胜攻必取,席卷天下都不是问题,区区一个中山又有什么可担心的呢?"魏惠王说:"先生说的容易,做起来就困难了!"庞涓道:"臣觉得自己最擅长的就是军事,对付六国的军队如同探囊取物。如果我做不到,情愿被大王治罪。"魏惠王很高兴,就拜庞涓为元帅兼军师,庞涓的儿子庞英,侄子庞葱、庞茅也都成为军中的将领。

庞涓整军经武,先是攻打卫国、宋国等小国家,每一次都取得了胜利,宋国、鲁国、卫国、郑国的国君害怕了,就一起到魏国朝拜魏惠王。正好齐国又入侵魏国,庞涓领兵打败了齐国的军队,于是就认为自己为魏国立下了不世的功业,心中很是得意。

这时墨翟正在云游天下,偶然路过鬼谷,就来探望老朋友。墨翟在鬼谷先生那里碰见了孙膑,二人交谈之后都觉得非常投缘。于是墨翟问孙膑:"你的学业已经完成了,为什么不下山求取功名,而是在这里浪费光阴呢?"孙膑说:"我的同学庞涓现在在魏国出仕,我们已经约好了,他有机会就会把我推荐给魏王,所以我才一直在这里等待。"墨翟说："庞涓现在是魏国的大将，有推荐人的资格，为什么一直不肯推荐你呢？我替你去魏国看看庞涓是什么意思。"随后墨翟就去了魏国。

刚一进魏国，墨翟就听说庞涓自恃有功于魏国，大言不惭地说自己是无双国士。墨翟一听就明白了，庞涓根本就没有推荐孙膑的打算。于是墨翟换上平民的衣服，直接求见魏惠王。

魏惠王早就听说过墨翟的名字，知道他来求见，就亲自到院子里迎接，并且向他请教军事方面的问题，墨翟大概指点了他几句。即便如此，魏惠王对墨翟的学识也惊为天人，想要让他留下来做官。墨翟坚决地推辞了，说："臣性格狂野粗疏，受不了规矩的约束。据我所知，以前吴国的孙武有一个后代叫孙膑，得到了孙武的真传，他在军事方面的才能我是望尘莫及的，现在就隐居在鬼谷。大王何不把他请来呢？"魏惠王问："既然孙膑在鬼谷学习，那就是庞涓的同学了。先生认为他们哪一个更高明？"墨翟说："他们两个虽然是同学，但是孙膑学到了他先祖独有的兵法，放眼天下都没有对手，何况庞涓呢？"

等墨翟走后，魏惠王召见庞涓，问："听说爱卿有一个叫孙膑的同学，只有他得到了孙武的《孙子兵法》，天下无人能敌。爱卿怎么不把他推荐给寡人？"庞涓回答说："不是我不愿意推荐他，而是因为他是齐国人，所有的亲人都在齐国。如果他在魏国出仕的话，必然会优先考虑齐国的利益，所以臣不敢推荐他。"魏惠王道："所谓'士为知己者死'，难道必须是本国的人，才能放心使用吗？"庞涓说："既然大王想要让孙膑来，我就写一封信给他。"庞涓虽然没有说出来，但是心里在想："现在魏国的兵权都在我的手里，如果孙膑来了，必然会分走我部分权力。可是魏王下了命令，又不能不办。等他到了，再想个办法陷害他，阻断他的青云之路岂不是更好吗？"于是就写了一封信交给魏惠王。魏惠王随后就派人带着庞涓的书信和黄金、玉璧、四匹马拉的豪华马车去聘请孙膑。

听说庞涓派人来接自己去魏国，孙膑很高兴。打开信一看，只见上面的内容大概是这样：

托兄长的福，我一见到魏王就受到他的重用。当初我们说过的话我都铭记于心，现在机会来了，我马上就向魏王推荐了你。希望你能马上出发，我们一同共建伟业。

孙膑拿着庞涓写的信去见鬼谷先生，告诉先生他就要下山投奔庞涓了。先生早就听说庞涓已经得到魏惠王的重用，成为魏国的大将，可此时要过来信一看，却发现上面一个字都没有提到他，就知道庞涓是一个性情凉薄、忘恩负义的人。先生当然不会和这样的小人计较，可是孙膑要是去了魏国，岂不是要受到庞涓的陷害？鬼谷先生有心不让孙膑去，可是看到此刻孙膑兴奋的样子，也不忍心说出口，而且魏惠王派的使者就在旁边等着,更无法明言相告。于是也让孙膑去找一朵山花,为他占卜一下此行的吉凶祸福。

此时已经到了九月,孙膑见先生的几案上面有一个瓶子,里面插着一枝黄色的菊花,也就不再出去寻找了,直接将菊花拿出来交给先生,等先生看完之后又放进瓶里。随后,他就听见先生说道:"这枝菊花是被折下来的,不是一丛完整的菊花。但是这种花能耐严寒,即使到了下霜的季节也不会死去,所以虽然不完整,也不是大凶之兆;而且供养在瓶子里,预示着你此行会得到国君的重视;瓶子是以铜为材料注入模子后做成的,和钟鼎是一样的铸造方式,预示着你此后虽然历经坎坷,最后还是能流芳百世。但是这支花被人拔了两次,恐怕你第一次入仕无法成功;后来又被放进了瓶子里,或许代表着你会在家乡齐国功成名就。我给你改个名吧,能让你的功名来得快一些。"于是就将孙膑名字中的"宾"字加了一个"月",改成"膑"字。"膑"字的原意是"刖刑",也就是剜掉膝盖骨,说明鬼谷子已经知道孙膑会受到刖刑,只是天机不可泄露,只能用改名字的方式暗示他。鬼谷先生果然是一个奇人啊!后世有人曾经写了一首诗赞颂鬼谷先生占卜一道的神奇:

山花入手知休咎,试比蓍龟倍有灵。

却笑当今卖卜者,空将鬼谷画占形。

就在孙膑辞行的时候,先生又送给他一个锦囊,告诉他:"不到山穷水尽的时候,不要打开看。"随后孙膑就和使者一起下了山,登上马车去了魏国。

苏秦、张仪见到孙膑即将出仕,心中羡慕不已,二人商议好之后就来找先生,说自己也想要下山求取功名。先生说:"天下最难找到的就是天资聪明的人。以你们二人的资质,如果能够潜下心来修道,将来必定能羽化成仙,何必贪恋红尘中的富贵呢?"苏秦、张仪异口同声地回答道:"栋梁之才不能在山中白白腐朽,锋利的宝剑不能一直放在剑鞘里埋没。时间如白驹过隙一晃而过,我们受先生教导多年,也想趁这个机会建功立业名传千古。"先生见无法强留,叹了口气道:"有成仙资质的人太难找了!"就为他俩各算了一卦,说:"苏秦是先吉后凶,张仪是先凶后吉;苏秦会先游说诸国成功,张仪会晚一些时间。我看庞涓、孙膑这两个人以后会势同水火,必定会自相残杀,你们两个以后要互帮互助彼此提携,不要伤了同学之间的感情。"又取出两本书分别交给二人,苏秦、张仪一看,原来是姜太公撰写的《阴符篇》。二人说道:"这本书我们都已经能背下来了,先生为什么还要送给学生呢?"先生说:"你们是会背了,但是并没有掌握这本书的精髓。此后如果无法达成意愿,就仔细研究一下这本书,自然能够给你们提供帮助。我此后也要去海外逍遥,不再留在这个山谷里了。"苏秦、张仪走后没几天,鬼谷子也飘然出海,寻找蓬莱仙岛去了,也有人说鬼谷子已经成仙,离开了凡间。

第八十八回
孙膑佯狂脱祸　庞涓兵败桂陵

孙膑到魏国后，就住在庞涓的家里。他在向庞涓表示感谢的时候，庞涓的脸上流露出对他有恩德的表情。当孙膑提到鬼谷先生为他改名的时候，庞涓大惊道："'膑'这个字不吉利呀，为什么要改成这个字呢？"孙膑说："先生就是这么改的，我也不能拒绝。"

第二天，二人一起去见魏惠王。魏惠王同样到院子里去迎接，一举一动都非常恭敬。孙膑也恭敬地对魏惠王说："臣只不过是山野之间的一个匹夫，承蒙大王如此厚待，心中实在是惭愧！"魏惠王说："墨翟先生说天下只有先生得到了孙武的秘传。寡人盼望先生的到来，就像渴了想要喝水一样。现在先生到了，我感到特别的欣慰。"随后问庞涓："寡人想要封孙膑先生为副军师，和爱卿一起管理军队，爱卿觉得怎么样？"庞涓说："臣和孙膑不仅是同学，他还是臣结义的兄长，哪里能让兄长做弟弟的副手？不如先暂且让他做客卿，等他立了功，我就退位让贤，做他的副手。"魏惠王就按照庞涓的建议封孙膑为客卿，赐给他一座比庞涓稍差一点的府邸。所谓客卿，实际上就是国君的客人，可以为国君出谋划策，但是并没有实际的权力，庞涓出这个主意，就是为了不让孙膑分走自己的军权。

此后孙膑和庞涓的来往开始密切起来。庞涓想："孙膑手里有《孙子兵法》，必须先想办法把这部书骗过来，才能进行其他计划。"于是就宴请孙膑，二人在席间自然而然地谈到兵法。只是庞涓问了很多问题，孙膑都对答如流，而孙膑问的问题，庞涓却表现得一无所知。庞涓就诈孙膑："这些都是《孙子兵法》里记载的吧？"孙膑对庞涓一点儿怀疑都没有，说："对，就是《孙子兵法》里记载的。"庞涓道："先生当年也教过小弟这些内容，不过当时不用心，以致于忘掉了大部分。麻烦兄长再借给我看看，我不会忘记你的恩情的。"孙膑道："这部书又经过了先生的注解，和原本已经有很大的不同了。而且先生只让我看了三天就要走了，我也没有抄下来。"庞涓问："兄长还记得全部内容吗？"孙膑道："大概内容还是记得的。"庞涓巴不得孙膑马上就教给他，可是他心里也知道欲速则不达的道理，为了避免孙膑起疑心，就岔开了话题。

过了几天，魏惠王想要检验一下孙膑的能力，就到校场阅兵，让孙膑、庞涓各自带一支军队演习阵法。庞涓摆的阵法孙膑一眼就能看出来，说这是什么阵法、可以用什么方法来破。而孙膑摆的阵法庞涓却一无所知，于是庞涓就偷偷地问孙膑。

孙膑对他说："这就是'颠倒八门阵'。"庞涓又问："有其他变化吗？"孙膑说："有，如果受到了攻击，随时可以变为'长蛇阵'。"在魏惠王问庞涓，孙膑摆的是什么阵的时候，庞涓就把刚才孙膑说的话告诉了魏惠王。阅兵结束后，魏惠王问孙膑的时候，孙膑的回答和庞涓刚才说的话基本一致。于是魏惠王就认为庞涓的才能不比孙膑差，心中更是高兴。

不过庞涓心中却高兴不起来，他想："孙膑的才华比我高多了，如果不除掉他，日后他的地位必然在我之上。"庞涓为此寝食难安，左思右想后终于想出了一条毒计。

这一天，二人在闲谈的时候，庞涓问孙膑："兄长现在已经在魏国出仕了，可是家中的亲人都还在齐国，为什么不把他们接过来呢？"孙膑伤心地说："我们虽然同学数年，可是你并不知道我家中的情况。我四岁的时候母亲就撒手人寰，到了九岁父亲也去世了，一直跟着叔叔孙乔生活。叔叔以前是齐康公的大臣，后来田和废黜了齐康公，这些大臣也要么被驱逐、要么被杀死。我们整个孙家也因此星散各地，叔叔和堂兄孙平、孙卓带着我逃到了洛阳，又因为灾荒让我在洛阳的北门做了佣人，他们父子也不知道去了什么地方。等我长大后，从邻居那里得知鬼谷先生是个得道高人，就只身前去拜师。现在过去了这么多年，没有听说过家乡任何的消息，哪里还有什么宗族啊！"庞涓又问："虽然如此，但是兄长应该还想念故乡吧？"孙膑道："人非草木孰能无情，毕竟那里是我的故乡，怎么会不想念呢？在我下山的时候，先生也说过我的功名将会在故乡获得，不过现在我已经是魏国的臣子，这些话也就不必再提了。"庞涓知道了孙膑内心深处的想法，假装赞同他的意见："兄长说的很对呀，大丈夫在任何地方都能够建功立业，何必一定要在家乡呢？"

半年之后，孙膑对这件事已经没有了半点印象。这一天，在下朝回家的路上，他听见有个说山东话的男子问旁边的人："这位就是孙客卿吧？"孙膑立刻让人把这个男子带到家里，询问他的来历。那个人说："小人叫丁乙，齐国临淄人，是一个商人。您的哥哥托小人去鬼谷为您送信，到了鬼谷后才知道您已经来了魏国，所以又绕路到了这里。"说完就将书信双手递给孙膑。孙膑打开书信，只见上面写着：

愚兄孙平、孙卓问候弟弟孙膑，自从家族遭遇不幸，族人离散已经三年了。失散后，我们一直在宋国为人耕田放牧为生，你的叔叔也因病去世，他乡飘零的日子苦不堪言。现在幸好齐国的国君大度，赦免了我们的罪行，这才得以重归故里。听说你在鬼谷先生门下学习，你本来就资质过人，又有了先生的教导，将来必成大器，所以我们准备让你回来，重振家族的辉煌。现在有商人丁乙到魏国贩卖货物，正好让他给你捎去这封信，希望你看到后尽快回来，我们兄弟也能够早日相见。

孙膑看完后信以为真，不由得放声大哭。丁乙说："我来的时候您的兄长嘱咐我，让我劝您早点回去骨肉相聚。"孙膑说："我已经做了魏国的客卿，这件事还要从长计议。"随后就让人带丁乙去吃饭，让他带上自己的回信。信中前面无非是一些想念家乡、思念亲人的话，最后几句是："我已经做了魏国的客卿，不能就这样回去。等我建功立业之后，再慢慢寻找回去的方法。"丁乙接过回信后就告辞了。

然而孙膑并不知道，这个人并不是什么商人丁乙，而是庞涓的心腹手下徐甲。庞涓从孙膑口中套出他的家族人员后，就伪造了孙平、孙卓的书信，让徐甲装扮成齐国的商人丁乙去送给孙膑。孙膑和两个堂兄在很小的时候就失散了，自然也不知道他们写的字是什么样子，所以也就信以为真了。

庞涓骗到孙膑的回信后，就模仿他的笔迹将最后几句改成了"小弟现在已经做了魏国的客卿，心中对故国一直念念不忘，很快就会回去。倘若齐王不嫌弃我这点儿才能，必然会效忠于齐国。"紧接着他就带着这封信进了王宫，让魏惠王屏退左右后将假信交给魏惠王，说："孙膑果然身在魏国、心怀齐国，前几天他偷偷交给齐国使者一封信，臣派人在郊外将使者截下来，搜出了这封信。"魏惠王看完之后说道："孙膑挂念着要回齐国，难道是怪罪寡人没有重用他，无法让他一展所长吗？"庞涓道："孙膑的先祖孙武，原来是吴国的大将，后来毅然舍弃高官厚禄回到了齐国，谁能忘记自己的父母之邦呢？大王即便重用了孙膑，可是他心里想的都是齐国，哪里会全心全意地为魏国着想呢！而且孙膑的才能可不比微臣差，如果他成了齐国的大将，将来必定会和魏国争夺天下，这是魏国将来的心腹大患啊，不如把他给杀了。"魏惠王说："孙膑是我请来的，如今没有有力可信的证据就贸然把他杀了，恐怕天下所有人都会认为寡人不看重贤才。"庞涓说："大王说的很好，我先去劝劝孙膑，如果他愿意死心塌地地为魏国服务，大王就对他加官进爵；否则的话大王就把他交给我，我来处置他。"

庞涓辞别魏惠王后就去找孙膑，说："听说兄长收到了家信，是真的吗？"孙膑的性格本来就忠厚，而且对庞涓也没有防备之心，马上就回答道："是真的"，还给庞涓详细说了信中的内容。庞涓道："兄弟之间很久没见了，想要回家探望也是人之常情。兄长为什么不向大王请几个月的假，回故乡看看呢？"孙膑道："我担心大王怀疑我不会回来，不准我的假。"庞涓道："你只管上奏章请假，到时候我会帮你说话的。"孙膑说："多谢兄弟帮我。"

当天夜里，庞涓再次求见魏惠王，说："臣奉大王之命去劝孙膑，可是他坚决要回齐国，而且还说了很多埋怨大王的话。如果明天他上奏章请假，大王就把他私通齐国使者的罪名公开了。"

第二天，孙膑果然上了一份奏章，要求给他一两个月的假期，让他回齐国扫墓。魏惠王见了大怒，在后面批道："孙膑之前私通齐国的使者，现在又请假回齐国，明显是有了背叛魏国的想法,辜负了寡人对他的期望。削去他的官职,将他送到军师府问罪。"

孙膑被送到了军师府。庞涓看到孙膑后装作大吃一惊的样子,说:"兄长这是怎么了?"军政司宣读魏惠王的旨意后,庞涓又装作愤愤不平的样子告诉孙膑:"兄长放心,我知道你是冤枉的,这就去大王那里为你求情。"说完就命车夫驾车去见魏惠王。

见到魏惠王后,庞涓说:"孙膑虽然私通齐国的使者,可是这个罪名也不至于判他死罪。按照臣的看法,不如剜去他的膝盖骨,再在他的脸上刺字,终身不允许他回齐国。这样孙膑就成了一个废人,既保住了他的性命,以后也无法对魏国造成威胁,岂不是两全其美吗?微臣不敢擅自做主,请大王决定吧。"魏惠王道:"爱卿的这个处理方案最好,就按这样执行吧。"

庞涓匆匆忙忙赶回了军师府,对孙膑说:"大王对你十分生气,原来是打算杀了你的,不过经过我苦苦哀求,终于保住了你的性命,但是要剜掉你的膝盖骨,还要在脸上刺字。这是魏国的法度,并不是我没有尽心尽力地帮你。"孙膑叹了口气,说道:"老师当初就说过,'虽然有伤害,但不是大凶'。多亏贤弟的努力,今天我才能保住这条命,这个恩情我永远不会忘记!"庞涓立刻叫来刀斧手,将孙膑绑起来后剜掉了他的膝盖,孙膑大叫一声,疼昏倒地,过了好一会儿才醒。庞涓又命人在脸上用针刺了"私通外国"四个字后涂上了墨汁。庞涓假装伤心不已,流着泪为孙膑的伤口敷上了药,用布包好之后将他送到了书房,安慰他放心将养身体。一个多月后,孙膑的伤口愈合了,只是没有了膝盖骨,再也无法站起来,更无法行走,每天只能盘着腿坐在那里。后世有人为此做了一首诗:

易名膑字祸先知,何待庞涓用计时?
堪笑孙君太忠直,尚因全命感恩私。

孙膑见自己成了一个废人,每天都是庞涓在照顾他的生活,对庞涓更是感激不尽。这天,庞涓请求孙膑教给他鬼谷先生注解过的《孙子兵法》,孙膑毫不犹豫地答应了。于是,庞涓给孙膑送了一些空白竹简,让他把《孙子兵法》写下来。

还没有写到十分之一,庞涓就把诚儿叫了过去,问他孙膑写了多少。这个诚儿是侍候孙膑的仆人,见孙膑无辜受到这样的刑罚,很可怜他,就帮他说话:"孙先生因为双腿不方便,躺着的时间长,坐着的时间短,每天只能写两三段。"庞涓大怒道:"怎么写得这么慢!这样子什么时候能写完?你催催他,让他快点儿写。"诚儿退下去后问庞涓的近侍:"军师为什么这么急迫地让孙先生写完?"近侍说:"您有所不知,表面上看军师和孙先生关系亲密,其实他对孙先生是非常忌惮的,之所以留孙先生一条性命,就是为了得到《孙子兵法》罢了。等孙先生写完了,就会断掉他的饮食供给。这件事你千万不要泄露出去！"

诚儿赶紧把这个消息偷偷告诉了孙膑。孙膑大惊，心想："没想到庞涓是这样一个无情无义的人，《孙子兵法》绝对不能给他！"又转念一想："如果不继续写，他必然会恼羞成怒，到时候我就危险了！"左思右想，他一直找不到逃出去的办法，忽然想起：当初下山的时候鬼谷先生送给他的锦囊，并嘱咐说道："到危急关头，才可以打开看。"现在就是这样的关头！于是他将锦囊急忙打开，只见里面有一片黄色的丝绢，上面写着"装疯"两个字。孙膑一下子就明白自己该怎么做了。

到了晚上，孙膑正想拿筷子，就一头栽到了地上，嘴里吐着白沫，抽搐不止，过了好大一会儿，又愤怒地瞪着眼说："你为什么在饭里下毒？"说完，孙膑挣扎着爬起来将桌子上的盘子和碗一把拂了下去，又将写好的木简扔进火里，整个身子扑倒在地上，嘴里含含糊糊的骂声不绝。诚儿吓坏了，不知是孙膑的计谋，赶紧去报告庞涓。庞涓急了，第二天亲自过来看是怎么回事，只见孙膑脸上全是鼻涕口水，趴在地上一会儿哭一会儿笑。庞涓问："兄长为什么一会儿哭一会儿笑？"孙膑说："我笑的是魏王想要杀我，可是我有十万天兵天将相助，他能把我怎么样？我哭的是魏国没有了孙膑，还有谁能做大将？"说完又瞪着眼看向庞涓，不停地磕头乞求："鬼谷先生，求您救孙膑一条性命！"庞涓说："我是庞涓，你认错人了！"孙膑拉着他的衣服不放，一直喊"先生救命"。庞涓让人拉开孙膑，私下问诚儿："他这病是什么时候发的？"诚儿说："就在吃晚饭的时候。"

庞涓怀疑孙膑是装的，就想试探一下，于是就让人把孙膑拉到猪圈里。虽然这里污秽不堪、臭气熏天，但是孙膑却披头散发，睡得很香甜。庞涓又让人给他送来酒食，诈唬他说："小人可怜先生的遭遇，送点酒食聊表心意。军师不知道，你就赶紧吃吧！"孙膑清楚这是庞涓来诈自己的，就怒骂道："我知道你是想毒死我！"说完就将酒食打翻在地。来人随手就从旁边捡起几块狗屎和泥土递给孙膑，却见孙膑接过来津津有味地吃了下去。于是这个人就回去告诉了庞涓，庞涓说："这个人真疯了，以后不用再担心他了。"从此就放松了对孙膑的监管，任由他进出。

孙膑有时候会早上爬出去，到晚上才回来，回来之后直接就去猪圈里睡觉；有时候出去了也不回来，随便找个地方就睡下了；有时候会和人谈笑风生，有时候又会悲痛地号哭不已。有人认得他是孙客卿，可怜他成了一个残废，就给他东西吃，孙膑有时候吃，也有时候不吃，狂言乱语不绝于口，没人知道他是装疯。然而庞涓对他仍然不放心，命令地方官员每天早上都要向他汇报孙膑在哪里，不让他离开监视范围。后世有人对孙膑的遭遇十分同情，就做了一首诗：

纷纷七国斗干戈，俊杰乘时归网罗。

堪恨奸臣怀嫉忌，致令良友诈疯魔。

墨翟在齐国云游的时候，寄居在田忌的家里。他的弟子禽滑从魏国来探望他，墨翟问禽滑："孙膑在魏国怎么样？"禽滑就将孙膑的遭遇详细告诉了墨翟。墨翟叹道："我向魏王举荐他，本来是想让他建功立业的，没想到反而害了他！"随后就将孙膑的才华以及又是如何被庞涓陷害的这件事，转告给了田忌。田忌又将这件事禀告了齐威王，说："我们国家的人才，却在其他国家受到了羞辱，这种事情不能坐视不管啊！"齐威王说："寡人立刻发兵去把孙膑抢回来怎么样？"田忌说："不行。庞涓不让孙膑在魏国入仕，又怎么会让他在齐国入仕呢？只怕我们发兵的消息刚传过去，他就会把孙膑给杀了。想要顺利地把孙膑接回来，就必须如此这般，才能够万无一失。"

齐威王就按照田忌的建议，任命淳于髡为使节，以向魏惠王送茶叶为借口去见孙膑，禽滑扮成随从也跟着去了。

到了魏国后，淳于髡把茶叶献给了魏惠王，转达了齐威王对他的问候。魏惠王大喜，命人将淳于髡一行安排到了馆驿休息。白天的时候禽滑在市场上看到了发疯的孙膑，因为当时人多眼杂，禽滑不敢和孙膑接触，使了一个眼色就走了。当天晚上，禽滑偷偷地到了市场，看见孙膑正背靠着水井的栏杆坐着，默默无语地看着自己。禽滑哭着说："没想到孙先生落到了这般田地！您认识禽滑吗？我是墨翟先生的徒弟，老师把您的遭遇已经告诉齐王了，齐王对您非常欣赏。淳于髡先生这次来魏国，送茶叶只是一个借口，真正的目的就是接您回齐国，为您报仇雪耻。"孙膑听了泪如雨下，好一会儿才哽咽着说："我原来想着我必死无疑，没想到还有逃出生天的机会。只是庞涓这个人疑心很重，恐怕没有办法把我带出去。怎么办？"禽滑说："我已经做好完善的计划了，孙先生不必担心。等出发的时候我再来接您。"并且告诉孙膑，就把这里当做接头的地点，千万不要去其他地方。

第二天魏惠王设宴款待淳于髡，他知道淳于髡是个能言善辩的人，赠送了很多金银以壮行囊。到淳于髡回国的时候，庞涓又在都城外的长亭里摆下酒席，为他饯行。而禽滑在离开魏国的前一天夜里，就已经用一辆大小足够让人躺下去的马车接走了孙膑，让仆人王义穿上孙膑的衣服，披头散发、脸上糊着泥巴装成孙膑的样子继续在魏国都城装疯卖傻。庞涓每天都能听到地方官员的汇报，知道孙膑还在，没有任何怀疑。所以淳于髡看到庞涓为他送行，就让禽滑带着使团先行离开，自己和庞涓虚与委蛇，大喝一场酒后才追了上去。过了几天，王义也脱身追上来。

都城的地方官员不见孙膑，只找到一地的破衣烂衫，马上报告给了庞涓。庞涓怀疑孙膑投井自尽了，就让人在附近的水井里打捞，却始终找不到孙膑的尸体；又让人挨门挨户打探，也没有一点儿孙膑的消息。庞涓担心把孙膑失踪的消息汇报上去之后遭到魏惠王的叱责，就吩咐下去，统一口径说孙膑投井自尽了，根本就没有怀疑孙膑去了齐国。

淳于髡一直等到出了魏国的国境，才让孙膑沐浴更衣，到了临淄的时候，田忌出城十里来迎接他。稍事休息之后，孙膑乘着蒲车去拜见齐威王。齐威王问了他一些兵法方面的问题后，就要给他封爵，孙膑推辞说："臣没有为齐国立下一点功劳，不能接受爵位。而且庞涓要是听说了我在齐国入仕，必然会因为嫉妒使魏、齐两国产生不必要的争端，不如把我到齐国的消息隐瞒下来，等齐国用到臣的时候，臣必定不遗余力。"齐威王觉得孙膑说的有道理，就让他先住在田忌的家里，田忌把他尊为上宾。孙膑想要让禽滑带他去拜见墨翟，却发现墨翟师徒一起离开了临淄，不由得对二人的高风亮节感慨不已；又派人去寻找孙平、孙卓，却一点儿消息都没有，这时候才知道庞涓从一开始就是骗自己的。

齐威王在有时间的时候，喜欢和宗族的人赛马，田忌的马不如齐王的马好，经常输给齐王。这一天，田忌带着孙膑去校场看赛马，孙膑发现比赛的马素质都差不多，可是田忌连续三场都输了，就告诉田忌："君侯明天再比一场，我有办法让您取胜。"田忌道："只要先生有办法让我取胜，我马上就去找大王比赛，用千金作为赌注。"孙膑说："君侯只管去好了。"田忌就去请求齐威王说："臣和大王赛马屡战屡败，明天我愿倾尽家财和您一决胜负，每一场的赌注都是千金。"齐威王笑着答应了他的请求。

到了比赛的时间，齐国的贵族都乘着华丽的马车来看热闹，赛场四周围观的老百姓有几千人。田忌心里有点发怵，就问孙膑："先生保证胜利的办法究竟是什么？一场一千金，赌注太大了，可不能开玩笑！"孙膑说："齐国最好的马都在大王手里，所以用同档次的马去比赛，您没有胜利的希望。这三场比赛不是用上、中、下三个档次的马来比吗？我的办法就是用您的下等马和大王的上等马比、上等马和大王的中等马比、中等马和大王的下等马比。这样您输了一场，却赢了两场，总体算下来还是赢了！"田忌拍着手道："好办法！"就把最好的鞍具放到下等马的背上，让人以为这匹马就是上等马。

比赛开始后，田忌用下等马和齐威王的上等马去比赛，毫无悬念地输了第一场。齐威王见自己的马领先那么多，高兴得眉飞色舞，田忌说："还有两场呢，等我全输了，大王再笑话我也不晚。"等第二场、第三场结束后，田忌果然都赢了，他也赢得了千金的赌注。齐威王觉得有点不可思议，就问田忌其中的缘故。田忌说："今天臣能够赢得比赛，并不是臣的马好，而是孙先生出的主意好。"随后就将具体的安排告诉了齐威王。齐威王感叹道："从这一件小事，就可以看出孙膑的才华有多高了！"此后对孙膑更加敬重，时不时地就会加以赏赐。

再说魏惠王既已废了孙膑，便责成庞涓收复中山。庞涓上奏说："中山离魏国远，而离赵国近，与其争夺远处的地盘，不如就近从赵国打下一片。臣愿意率兵直捣邯郸，为大王报当初赵国抢走中山的一箭之仇。"魏惠王答应之后，庞涓就带五百辆战车包围了邯郸，守将平选连战连败，赵成侯就以中山为代价换取齐国出兵救赵。

齐威王知道孙膑的军事才能，就想让他担任主帅领兵出征。孙膑推辞道："臣是一个残废之人，如果担任了主帅，会让人家笑话齐国无人可用，请让田忌出任主帅。"于是齐威王就让田忌为主帅，孙膑为军师在背后出谋划策，不露身份。

田忌打算直接去救援邯郸，孙膑阻止了他，说："邯郸守将平选不是庞涓的对手，等我们到了，邯郸恐怕已经被攻破了。不如我们在半路上就停下来，放出攻打襄陵的消息，庞涓知道后必定回师救援，我们半道截击，必胜无疑。"田忌采纳了这个建议。

赵国一直等不到齐国的援兵，就打算投降。庞涓派人告诉魏王这个好消息。他正打算派兵，忽然得到了齐国趁魏国国内兵力空虚的机会准备攻打襄陵的消息。庞涓大惊道："如果襄陵有失，安邑就危险了，我应该立刻回师救援。"于是舍弃邯郸，直接命令撤军，去截击齐国的军队。

到了离桂陵二十里的时候，与齐国的先头部队遭遇。原来孙膑一直注意着魏军的一举一动，预先就让牙将袁达率领三千人在此截击。庞涓的先锋部队统领是他的侄子庞葱，随即就发动进攻。战斗约二十多个回合，袁达就装作无力抵挡退走。庞葱担心敌人诱敌深入，不敢追击，而是汇报给了庞涓。庞涓呵斥道："连一个小小的牙将都抓不到，还能抓住田忌吗？"随即就率领大军追了上来。

快到桂陵的时候，远远就看到齐军摆好了阵势在等着魏军。庞涓站在战车上一看，眼前的战法正是孙膑刚到魏国时摆的"颠倒八门阵"，就想："田忌怎么会摆这个阵？难道孙膑回到齐国了？"虽然心中疑惑，庞涓还是有条不紊地安排军队。正在这时，对面推出一辆战车，顶部的大旗上写着一个"田"字，顶盔掼甲的田忌手持长戟站在战车中间，右边是拿着长矛的田婴。田忌大喊："对面的魏军，谁能够做主，请出来说话！"

众目睽睽之下，庞涓自然也不能示弱，乘着战车到了阵前，对田忌说："齐国和魏国一向关系良好，现在魏国和赵国发生了矛盾，关齐国什么事？齐国这种化友为敌的行为太让人失望了！"田忌说："赵国已经将中山送给我国国君，所以我们的国君才派我领兵救援赵国。如果魏国也割给我们几个郡的土地，到手之后我立马退兵！"庞涓大怒道："你有什么本领，敢和我作战？"田忌道："既然你说自己有本事，认识我摆的是什么阵吗？"庞涓道："这是'颠倒八门阵'，我从鬼谷先生那里学过。你从哪里偷了一点皮毛，竟然敢在我面前卖弄？我魏国三岁的小孩儿都认识这个阵法。"田忌笑着说:"你既然认识,敢打吗?"庞涓心中忐忑,要是说不敢打,绝对会大伤士气,就厉声喝道:"我既然学过,自然就能破。"

随即喊庞英、庞葱、庞茅过来,对他们说:"我当初听孙膑说过,这个阵势一旦受到攻击,就会变成长蛇阵,打头部,尾部就会接应;打尾部,头部就会接应;打中间,头部、尾部会同时接应。进攻的人怎样都会被困住,所以单独攻击某一个点是不行的,必须同时进行攻击,让三个部分无法接应。你们三个各领一支部队,等我出击之后,只要阵型有了变化就立刻同时出击,自然也就打破这个阵了。"

庞涓安排好之后,就率领五千精锐兵力进入阵中。然而刚一进去,八个方向的旗帜纷纷产生了变化,再也分不清哪是休、生、伤、杜、景、死、惊、开八门了。庞涓带着军队左冲右突,只见到处都是如林的戈矛等着他,始终找不到生路。接着齐军的"田"字帅旗降下,升上来的是"孙"字大旗。庞涓吓坏了,说:"孙膑这个残废果然去了齐国,我中计了!"就在危急万分的时候,庞英、庞葱杀了过来,但是也只是救出了庞涓,五千精锐片甲不留。这一仗魏军败的很惨,总共损失了两万多精兵,庞茅也被田婴杀死了。

原来,八门阵的八个方向,加上中间的主阵,一共是九支军队,整体呈方形。等庞涓进去攻打的时候,孙膑抽出头和尾的两支军队作为预备队,以阻拦外面的魏国援军,而剩下的七支部队变成了一个圆阵,所以庞涓才被迷惑了。唐朝的卫国公李靖曾摆过"六花阵",就是从孙膑摆的这个圆阵变化而来的。后来有人作了一首诗来讽刺庞涓的无知,同时夸赞孙膑的神奇:

八阵中藏不测机,传来鬼谷少人知;
庞涓只晓长蛇势,那识方圆变化奇?

庞涓确定了孙膑就在齐军之中,心里惧怕万分,和庞英、庞葱商议一番后,连大营都不要了,连夜逃回了魏国。田忌和孙膑见庞涓跑了,也不追赶,直接班师回齐国了。

虽然庞涓在桂陵之战中失利,可是因为之前有打败赵国的功劳,魏惠王也没有怪罪他,让他功过相抵了。

田忌、孙膑回国后,齐威王更加信任他们,让他们全权负责军事方面的事务。驺忌害怕将来田忌取代自己相国的位置,就偷偷地和门客公孙阅商议,想让田忌和孙膑在齐威王前失宠。正好庞涓派人带着千金来贿赂他,让他想办法夺掉孙膑的兵权,这下正合驺忌的心意,就让公孙阅扮成田忌的家人,带着十金在凌晨的时候去找算卦的人,说:"田忌将军让我来算卦。"算卦的人问:"算什么?"公孙阅说:"我们将军和大王是一个祖宗,现在他兵权在握威名赫赫,打算自己做国君,你给算算能不能成功。"算卦的人大惊,摆手说道:"这是大逆不道啊!别找我算,你赶紧走!"

公孙阅说:"不算不要紧,但是你不能说出去!"

公孙阅刚出去,驺忌安排的人就冲进来将算卦的人抓了起来,说他给叛臣田忌算卦了。算卦的人说:"刚才确实有人找我了,但是我没有给他算。"驺忌马上就去找齐威王,将田忌算卦的事告诉了他。齐威王果然对田忌起了疑心,每天都让人刺探田忌的一举一动。田忌知道后,为了让齐威王不怀疑自己,就假称有病交出了兵权,孙膑也辞去了军师的职务。第二年,齐威王去世,太子辟彊继位,即齐宣王。齐宣王深知田忌的冤屈和孙膑的才能,就都让他们官复原职。

魏国的庞涓听说田忌、孙膑失去了兵权,大喜道:"我今后可以横行天下了!"

这时韩昭侯灭亡了郑国,将都城迁到了新郑。赵国的相国公仲侈到韩国祝贺,趁这个机会请求和韩国联手灭亡魏国,约定灭魏之后双方平分魏国的土地。韩昭侯答应了,但是又说:"我国今年收成不好,明年再出兵讨伐吧。"

庞涓得到这个消息后,就对魏惠王说:"听说韩国准备帮助赵国攻打我国,趁现在他们还没有联合起来,我们最好先打韩国,破坏他们的计划。"魏惠王答应了,就命世子魏申为上将、庞涓为大将,倾全国之兵进攻韩国。

第八十九回
马陵道万弩射庞涓　咸阳市五牛分商鞅

庞涓和太子魏申领兵到外黄〔今河南民权西北〕时,有平民徐生求见太子申。太子申问他:"先生来见我,有什么指教啊?"徐生说:"太子这是去攻打韩国的吧?我有一个办法,保证您百战百胜。太子想听吗?"太子说:"我当然愿意听了。"徐生说:"太子想一下,天下有比魏国更强大的国家吗?有比魏国的国君更尊贵的地位吗?"太子说:"没有!"徐生说:"如今太子亲自领兵攻韩,如果成功,将来也不过是继位为王,执掌魏国。如果万一失败了,太子该当如何?如何做到既没有兵败的危险后果,又有将来继位称王的荣耀,这就是在下所说的必胜之计。"太子说:"先生说的好,谢谢您的教诲,我明天就退兵回去。"徐生摇了摇头,说:"虽然太子也认为我说的对,但是您的想法是无法实现的。俗话说'一人遭鼎烹,大家都吃羹',现在想要分太子这锅羹的人太多了,即使您下命令回去,又有谁会听呢?"

徐生走后,太子就发出命令准备回师。庞涓说:"大王将所有的军队都交给了您,连战斗都没有开始就急忙回去，这和打了败仗有什么区别？"剩下的将领也都不愿意空手回去。太子魏申见没人听自己的，只好领兵直奔韩国的都城新郑。韩哀侯知道魏军来犯，急忙派使者到齐国求救。

听了使者的哭诉后，齐宣王召集大臣们问道："救援韩国和不救援韩国，哪个做法更好一些？"相国驺忌说："韩国和魏国发生了战争，就如同两虎相争一样，作为邻国我们最好的做法就是坐山观虎斗，所以不能去救援。"田忌、田婴都说："如果魏国打赢了韩国，将来必然把矛头指向我们，所以救韩国也是在救我们自己。"

齐宣王见只有孙膑默然不语，就点名问他："军师一句话都不说，难道救和不救都不对吗？"孙膑说："是的，都不对。魏国仗着实力强大，前年打赵国、今年打韩国，难道它会放过齐国吗？如果不救，就是放弃韩国，魏国吞并韩国后实力会更强，所以说'不救'是错误的；魏国刚出兵，韩国还没有到山穷水尽的时候我们就出兵，相当于我们出兵替韩国打仗，韩国是安全了，我们的损失就太大了，所以说救也是不对的。"齐宣王说："那该怎么办？"孙膑说："从保证齐国利益的角度出发，主公最好答应出兵救援，韩国知道有救援，必定拼命抵抗，魏国也会拼命攻打。等到双方精疲力尽后，我们再出兵攻魏救韩，这个办法损失最小、获利最大，岂不比前两个办法好？"齐宣王拍着手称赞道："这个办法好！"

随后就召来了韩国的使者，告诉他："贵使赶快回去，就说齐国的援军马上就到，一定让韩侯守住。"韩昭侯闻讯大喜，用尽一切办法抵御魏军的攻击，可前后打了五六仗都败了，于是又派遣使者到齐国催促。齐国见韩国快坚持不住了，就以田忌为主帅、田婴为副帅、孙膑为军师，率领五百辆战车前往救援韩国。

出兵之后，田忌又想直接去韩国，孙膑立刻阻止了他，说："不行不行！我们上一次救援赵国的时候不是直接去的赵国，现在为什么要直接去韩国呢？"田忌说："军师的意思是什么？"孙膑道："想要解决纷争，最好的办法就是攻打对手不得不救援的要地。就目前的形势来看，只有攻击魏国都城是最好的办法。"田忌就按照孙膑的建议，带领齐军直奔魏国都城安邑。

庞涓率领的魏军连战连胜，此时已经逼近了韩国的都城新郑，可是忽然接到了国内传来的讯息，说齐国的军队已经进入魏国，让他赶快回师救援都城。庞涓大惊，立刻命令放弃之前所有的作战计划，全军回援。韩国这时也到了山穷水尽的地步，无力追击，只能眼睁睁地看着魏军撤退。

孙膑得到魏军回援的消息后，对田忌说："三晋的士兵骁勇善战，一向都看不起齐国的军队，认为我们不敢和他们作战，我们要好好地利用一下他们轻敌的这个心理。《孙子兵法》中说：'急行军一百里过后和敌人作战，领兵的主将都有可能被敌方擒获；急行军五十里过后，一半的战士都会掉队。'我们已经深入魏国的腹地，最好装作害怕的样子来引诱魏军急行军。"田忌问："怎么引诱？"孙膑说："今天挖出可以供十万人吃饭的灶坑，明后两天逐渐减少，魏军见我们的灶坑少了，就会认为我们的部队因为不敢和他们作战而逃兵过半，必然会日夜兼程地行军，试图抓住这个良机将我们一举歼灭。如此一来，魏军必定会产生骄狂的情绪，而体力却无法保持在最佳状态，我们的机会也就来了。"田忌听从了孙膑的计谋。

庞涓在向西南方向撤退的时候，想到韩军屡战屡败，正是一举灭亡韩国的好机会，却这样被齐国破坏了，不世之功就此变成镜花水月，心中也是忿忿不平。等回到魏国国境的时候，就得到齐军已经赶到了他们前面的消息。查看齐军扎营的痕迹，发现占地面积很大，又数了一下做饭留下的灶坑，就知道能够保证十万人吃饭。庞涓有点吃惊，说："齐国的军队来的不少啊，不能轻敌！"第二天又赶到齐军的一个宿营地，再数灶坑的时候，发现只能供五万余人吃饭；到了第三天，就剩下供三万人吃饭的灶坑了。庞涓拍着脑袋，庆幸地说："这是魏王洪福齐天啊！"世子魏申问："还没有追上齐国的军队，将军为什么这么高兴呀？"庞涓说："臣本来也知道齐国的军队作战意志不强，但是没有想到，他们刚进入魏境仅仅三天的时间，士兵就已经逃亡过半了，剩下的人还能拿起武器和我们作战吗？"魏申说："齐国人很狡猾的，将军可不能掉以轻心。"庞涓轻蔑地说："田忌这些人是来送死啊！臣虽然没有什么本事，还是想生擒田忌，一雪当年桂陵之战的耻辱！"随后他发布命令：在全军中挑选出两万精锐，他和世子魏申各领一万人，分成两队昼夜兼程追击齐军，剩下的步兵全部交给庞葱率领，在后面慢慢跟上。

孙膑让侦察兵时刻关注着庞涓的行军速度，当他得到消息说：庞涓率一万人已经过了沙鹿山，正日夜兼程追了上来，便根据庞涓的行军速度，推测魏军在太阳落山之后必定会到达马陵。

马陵是一个山谷，两边都是崇山峻岭、草木茂盛，正是埋伏的好地方。道路两旁有很多树木，孙膑让人只留下最大的那棵，将剩余的全部砍掉，横七竖八地堆在路上，使魏军无法前进。他又让人将留下的那棵大树剥掉东面的树皮，在白色的树身上用木炭写了六个大字："庞涓死此树下"，上面还有四字的横批："军师孙示"。

接着孙膑命令部下将领袁达、独孤陈，各带五千名弓箭手埋伏在两侧，只要看到树下有火光就乱箭齐发；又命令田婴带一万人埋伏在马陵东面三里的地方，等魏军过去之后堵住他们的退路。安排妥当之后，他就和田忌带着剩余的军队远远地藏了起来，准备随时接应。

庞涓知道齐军就在前面不远的地方，恨不得一步就追上去，所以一直催促部下全速追击。到了马陵的时候，正好太阳已经落山，而此时正是十月下旬，月亮还没有升上来，所以光线很差。这时先头部队派人回来报告："前面的道路被齐军砍下的大树堵住了，我军无法前进！"庞涓呵斥道："这是因为齐军害怕我们追上他们，才堵住道路的。"正要命令军队搬开树木打开道路，忽然隐隐约约看见前面那棵大树上有写的字，可是天太暗了，根本看不清楚写的是什么。于是庞涓就让人点起火把照明，一看清树上的字，就大喊一声："又中了孙膑的计了！"他赶快让魏军速速撤退，但是已经太晚了，就在火把点燃的那一刹那，袁达、独孤陈率领的两支伏兵看到火光就万箭齐发，箭像骤雨般落下，魏军大乱，刹那间就被一片片地射死。庞涓也受了重伤，知道自己无法逃出去了，就叹了口气说："只恨当初没有杀掉这个残废，让这小子就这样天下闻名了！"说完就拔出佩剑割断了自己的喉咙。庞涓的儿子庞英也中箭身亡，当场牺牲的魏国将士不计其数。后世有人写诗感叹道：

昔日伪书奸似鬼，今宵伏弩妙如神。

相交须是怀忠信，莫学庞涓自陨身！

当初庞涓下山的时候，鬼谷先生曾说他："今天你能欺骗别人，他日别人也会欺骗你。"庞涓用假信欺骗了孙膑，害孙膑被挖掉了膝盖骨，如今果然被孙膑欺骗，中了减灶计；鬼谷先生还说他"遇马而瘁"，如今果然到了马陵兵败身死；从庞涓回到魏国入仕到自杀，正好是十二年，也应了马兜铃开十二朵花的征兆。从这些可以看出，鬼谷先生的占卜是多么灵验。

魏申率领的一万人就在庞涓后面，听说庞涓兵败，急忙停了下来。不料田婴率军从后面杀了过来，这时的魏军十分惊恐，加上庞涓身死，已经没有了作战的勇气，于是一哄而散。魏申势单力薄，也被田婴生擒，五花大绑地扔进战车里面带了回去。田忌和孙膑也带兵前来接应，只杀得魏军尸横遍野、血流成河，魏军携带的辎重军需也都成了齐军的战利品。田婴押着太子申，袁达、独孤陈带着庞涓父子的尸首前来献功，孙膑亲手斩下庞涓的首级，将它悬挂在车上，齐军凯旋而归。就在当天晚上，魏国的世子魏申担心受到齐国的侮辱，找了个机会自刎而死，让孙膑叹息不已。

齐军到沙鹿山的时候，正好遇到庞葱率领的步兵，孙膑让人用长矛挑着庞涓的头颅前去劝降，庞葱率领的步兵一下子就溃散了，他本人也下了战车跪地投降。田忌打算杀了庞葱为孙膑报仇，孙膑劝道："当初害我的只是庞涓一个人，他的儿子我都没有追究，何况是他的侄子呢？"田忌就将魏申和庞英二人的尸体交给庞葱，让他转告魏惠王："赶快向齐国纳贡称臣，不然等齐军打到了魏国，宗庙社稷都保不住。"庞葱连连答应着退了下去。马陵之战发生在周显王二十八年。

田忌等人率领齐军回到齐国后，齐宣王大喜，不仅为他们大摆筵席庆功，还为田忌、田婴、孙膑等人亲自倒酒。相国驺忌想到当初收受魏国的贿赂陷害田忌、孙膑的事情，心中惭愧万分，就假称自己重病，辞去了相国的职务。随后齐宣王任命田忌为相国、田婴为将军，孙膑仍然是军师，不过增加了他的采邑。孙膑态度坚决地推辞了齐王的封赏，还亲手抄录了先辈孙武的《孙子兵法》十三篇送给齐宣王，说："臣是一个残疾人，承蒙大王的重用，能够上报君王的信任、下报个人的怨仇，已经非常满意了。臣一身的本领都是从这部书中学习得来的，现在臣留着它已经没有用处了，就送给大王让各位将军参考吧！臣的心愿就是能够找到一个山清水秀的地方终老一生！"齐宣王见留不住他，就把石闾之山赐给了孙膑。后来孙膑在这里住了几年，有一天忽然不见了，有人说是鬼谷先生把他度化成仙，已经离开了凡间。这是后话了。后世的石闾之山上有一座武成王庙，里面有一篇《孙子赞》，写的就是孙膑一生的事迹，文章是这样写的：

孙子知兵，翻为盗憎。刖足衔冤，坐筹运能。救韩攻魏，雪耻扬灵。功成辞赏，遁迹藏名。揆之祖武，何愧典型！

齐军回国之后，齐宣王就把庞涓的头颅挂在城门楼上示众，以宣扬齐国的军威。又派人去各国报捷，各国诸侯知道后无不惊恐万分，而赵国、韩国的国君对齐国更是感恩戴德，亲自到临淄来朝贺。齐宣王趁此机会和赵国、韩国的国君商议，如何再次联手进攻魏国。魏惠王得到这个消息后，吓得魂不附体，马上派使者来求和，并且表示愿意归附齐国。于是齐宣王通知赵、韩、魏三国的国君，在博望城〔现在山东聊城北面〕举行盟会，三国的国君没有一个敢不去的。三国的国君同时去朝拜一个和自己地位平等的诸侯，标志着田齐正式成为当时的霸主。

马陵之战后，齐宣王自恃天下无敌，开始纵情于声色犬马之中，在临淄城内修建了"雪宫"作为饮宴游乐的场所，又在城外征辟了方圆四十里的土地改成猎场。在谗言蛊惑下，他还在稷门建立了左右学堂，网罗了几千名游学的宾客，其中比较著名的有驺衍、田骈、接舆、环渊等七十六个人，都被齐宣王赏赐府邸，封为上大夫的职务，每天都在这里谈论一些不切实际的东西，从不理会实际的政务。齐宣王在这段时间信任的是王驩等一班奸臣小人，田忌屡屡劝谏都被驳回，最后郁郁而终。

这一天，齐宣王正在雪宫大宴宾客，四面丝竹悦耳、美女环绕。忽然宫外来了一个其丑无比的女子，凸额头深眼窝、高鼻子大喉结、驼背弯腰、手脚巨大，头发像枯草、皮肤如黑漆，穿着一身破破烂烂的衣服，到了宫门前叫嚷着要见齐宣王。守门的武士拦住他，大喝道："你这个丑八怪是什么人，竟然敢来求见大王？"丑女说："我是无盐人，叫钟离春，今年四十多岁了，一直嫁不出去。听说大王在这里饮宴，特地前来拜见，希望能到宫中侍候大王。"周围的人都哈哈大笑道："这是我见过的最厚颜无耻、最没有自知之明的女人！"有人就将这件事当成笑话报告给了齐宣王。齐宣王也好奇这个女人哪里来的自信，就命人将钟离春带进来。和齐宣王一起饮宴的大臣们看到如此丑陋的女子，都不禁掩口而笑。齐宣王问钟离春："寡人宫中的各级嫔妃都已经足够了。你长得这么丑，在乡里都找不到人娶，却想要以平民的身份嫁给君王，莫非有什么特殊的本领吗？"钟离春回答说："妾身没有很特殊的本领，只不过善于用动作表达将来会发生的事情。"齐宣王说："那你就试着为寡人预测一下吧，如果预测得不准，寡人会马上斩下你的头！"

钟离春答应了，先是大睁双眼看向远方，接着张开嘴巴露出牙齿，又挥了四下手，然后拍着膝盖大声喊："危险了！危险了！"齐宣王不明白她这一连串的举动的含义，就问周围的大臣这是什么意思，一众大臣谁也不知道钟离春想要表达的是什么。齐宣王说："钟离春过来，你给寡人说明白，你刚才的动作是什么意思。"钟离春说："大王赦免了妾身的死罪，妾身才敢说。"齐宣王说："我答应了。"

随后钟离春说道："妾身看向远方，是替大王观看边境上燃起的烽烟；张开嘴巴，是替大王惩罚拒绝纳谏的舌头；挥手是替大王赶走身边的奸佞小人；拍打膝盖是替大王拆除游玩饮宴的场所！"齐宣王大怒道："我哪里有这么多的错误？你这个无知村妇完全是胡说八道！"马上就喝令旁边的武士将钟离春拉下去砍了。钟离春没有一点儿惧色地说："请大王听妾身明明白白地说清楚您的过失，然后再杀妾身。妾身听说秦国任用商鞅之后，国力大增，不日就要兵出函谷关争霸天下，齐国就是它的第一个目标，如今大王内无良将、外无边防，所以妾身才能替大王看到边境的烽烟四起。俗话说'君有诤臣，不亡其国；父有诤子，不亡其家'，大王只知道沉迷酒色，不理朝政，忠臣良将的进言从不接受，所以妾身才替大王惩罚拒谏的舌头。王驩这些佞人靠着阿谀奉承骤登高位，有才能的人反而身居下僚；驺衍之辈只知道空谈清议，根本就不懂得实干兴邦，信赖任用这些人，长此以往伤害的恐怕就是大王的江山社稷，所以妾身才替大王挥去这些无用的奸佞小人。大王修宫殿、建猎场，花园水榭、楼台亭阁层出不穷，消耗的是民力、浪费的是国帑，所以妾身才替大王拆除它们。大王有了这些错误，目前的处境可以说危若累卵，尚且在这里苟且偷安，不顾将来的大患，难道妾身说的不对吗？如果大王能听进去妾身的话，妾身死而无憾！"

齐宣王叹息道："如果不是钟离春说出这些话，寡人还不知道自己犯了这么多的错误！"立刻就结束了宴席，用马车将钟离春载回宫中，要正式立她为王后。然而钟离春却拒绝了，说："大王连我说的话都不听，还要我的人做什么？"于是齐宣王下令招贤纳士，屏退了左右谄佞之徒，解散了稷下空谈之辈，启用田婴为相国，拜孟轲为上宾，齐国也又一次兴旺起来。之后又封钟离春为"无盐君"，将整个无盐都赐给她作为采邑。

秦国的卫鞅听说庞涓兵败身死之后，就对秦孝公说："秦、魏两国接壤，对于秦国来说，魏国就是心腹大患，不是魏国吞并秦国，就是秦国吞并魏国，是无法和平共处的。现在魏国刚刚打了大败仗，各国诸侯对它也很有意见，如果我们趁此机会攻打，魏国必定无法支撑，只有步步向东后退。这样我们就可以占据黄河、崤山之间的险要之地，有了攻击东方诸国的桥头堡，为将来建立帝王之业打下基础。"秦孝公深以为然，就以卫鞅为大将、公子少官为副将，率兵五万攻打魏国。

大军刚出咸阳，向东进发，西河太守朱仓就收到了警讯，一天之间连续三次向都城发去了告急的文书。魏惠王闻讯后立刻召集群臣，商议抵御秦军的策略。公子卬上前说："当初卫鞅在魏国的时候，臣和他关系很好，我还曾向大王举荐过他，可惜大王不肯用他。现在我愿意领兵去西河支援，先和他谈和，如果他不同意我就在城中坚守，同时向赵国、韩国求援。"大臣们都认为这个策略可行，于是魏惠王就以公子卬为救援西河的大将，也率兵五万进驻到吴城。吴城是当初吴起任西河太守的时候修建的，为了抵抗秦兵，坚固无比，易守难攻。

公子卬到吴城后，正打算修书一封，派人送给卫鞅，想让他罢兵，就有守城将士来报："秦国的相国卫鞅派人来送信，现在就在城外。"公子卬就让人从城墙上放下一条绳索，将送信的使者拉了上来。他打开信一看，只见上面写着：

当年我和公子交情莫逆，不亚于亲兄弟。虽然我们现在各为其主，不得不领兵到了这个地方，但是又何必兵戎相见呢？鄙人的意见是，我们两个到玉泉山商量一下，和平解决两国的争端，既让两国的士兵免于兵戈之苦，也能让我们两个的友情流传千秋万代！如果您同意的话，就告诉我一个时间吧！

公子卬看完大喜道："我也是这个意思啊！"随后就命人厚待使者，写了一封信让他带了回去。他的信是这样写的：

相国没有忘记我们昔日的交情，打算化干戈为玉帛，使两国的人民免受战乱之苦，这也是我的意愿。就在三天之内，相国任选一个时间吧，我随时都可以过去。

卫鞅拿到回信后，高兴地说道："我的计划成功了！"马上又派人到城中约定会面的日期，说："我已经让秦国军队的先锋部队撤回去了，等我们会谈之后就会全部撤军。"还送给公子卬旱藕［芋头］、麝香两样礼物，说："这两样是秦国的特产，旱藕对人体有益，麝香可以辟邪，代表着我们的友情天长地久。"公子卬觉得卫鞅对自己很好，更加相信他没有其他意图，就又写了回信感谢卫鞅。

等使者回来后，卫鞅就命令公子少官率领先锋部队拔营向秦国方向行军，给士兵们的解释是到狐岐山、白雀山一带打猎，以补充军中的肉食。但是给公子少官的密令却是让他带领部队在狐岐山、白雀山一带埋伏好，等到了约定日的午末未初时赶到玉泉山，听到山上响起炮声，就马上上去把所有人拿下，不能漏掉一个。

到了双方约定的那天，清晨的时候卫鞅就让人去城中报信，对公子卬说："相国已经出发了，在玉泉山上等着您，随行人员不到三百。"公子卬信以为真，也用马车带着酒食、乐队出发了，随行人员的数量也在三百左右。

刚到了山脚下，就看到卫鞅远远迎了过来，公子卬见卫鞅随从不多，也都没有带兵刃，一点儿都没有起疑心。二人见面之后，交谈的都是当初的交情，以及今天如何议和各自退兵。跟随公子卬而来的魏国人见不用打仗了，无不欢欣鼓舞。

因为双方都准备了酒席，而公子卬是主人，先端上来的就是魏国准备的酒食。公子卬给卫鞅倒酒，敬酒三次，卫鞅也回敬三次，乐队演奏了三次。随后卫鞅命人撤去魏国的酒席，换上秦国准备的菜肴。在旁边服侍的两个人都是秦国有名的勇士，一个叫乌获，能举起千钧的重物；一个叫任鄙，能空手和虎豹战斗。卫鞅举杯敬酒的时候，就向旁边的人使了一个眼色，那个人随后就去了山顶上。

公子卬正在兴致勃勃地和卫鞅聊天，只听见山顶上传来一声炮响，紧接着山下远处也传来了炮声，好像彼此呼应一般。他吓了一跳，急忙问卫鞅："这是怎么回事？相国莫非骗了我？"卫鞅笑道："暂时先骗你一次，回头我给你赔礼道歉！"公子卬慌了，站起来就跑，旁边站着的乌获过来一把抱住了他，让他动弹不得；任鄙则带人拿下了公子卬的随从和乐队。此时公子少官率领的部队也赶到山下，将车辆、仪仗、仆役等一网打尽。

卫鞅让人将公子卬押进囚车，作为第一批战俘送到咸阳报捷，对那些魏国的随从却很客气地松了绑，还给他们酒肉吃食压惊，恢复原来的车马阵仗，并告诉他们："如果你们能骗开吴城的城门，人人都有重赏；要是不按照我说的办，立刻砍头！"这些人都是贪生怕死之徒，哪里知道什么是家国大义？当下全部答应了。于是让乌获装成公子卬坐在车里，任鄙扮成护送他的秦国使者跟在后面，一行人大摇大摆地向吴城而去。

守卫城门的人看见主帅的车队回来了，马上就打开了城门。乌获、任鄙刚进了城门就爆起发难，一人打碎了一扇城门板，前来阻挡的魏军也被打倒一片，吴城的防御就此打破。紧随其后的卫鞅亲自带着秦军快速进入了吴城。西河太守朱仓得知吴城失守，自忖无法守住西河，也弃城而去，至此魏国的西部已经没有了可以阻挡秦军的军事要地。卫鞅随后长驱直入，兵锋直指魏国都城安邑。

魏惠王吓坏了，急忙让大臣龙贾去找卫鞅求和。卫鞅说："魏王认为我才能低下不肯用我，所以我才去了秦国。秦王尊我为上卿，待遇优厚，如今又赐给了我兵权，如果不灭了魏国，那就是辜负了秦王的信任。"龙贾说："我听说'良鸟恋旧林，良臣怀故主'。虽然阁下没有在魏国入仕，但是在魏国生活了那么长的时间，也算得上是阁下的故乡了，难道就没有一点感情吗？"卫鞅沉思了很久才说："想要让我退兵也可以，但是魏国必须将河西一带全部割让给秦国，让我对秦王有个交代。"龙贾没有办法，只好回去禀报魏惠王。魏惠王答应了卫鞅的条件，最终用河西一代的土地换来了暂时的平安。卫鞅接收了河西之后，就带着兵马回国了，公子卬也投降于秦国。

失去河西后，魏国都城安邑和秦国之间已经没有了战略纵深，魏惠王为了安全就把都城迁到了大梁，从此魏国也叫作梁国。

秦孝公见卫鞅重新夺回了失去已久的河西之地，为了表彰他的功劳，就把他的爵位升为"列侯"，还将他以前攻下的商、於等十五座城池作为他的封地，号为"商君"，后世称卫鞅为"商鞅"就是这个原因。

卫鞅谢恩回府之后，面有得意地对门客们说："我当初只是卫国国君的旁支，后来带着满腔的抱负来了秦国，为国君改革制度，让秦国国富民强。现在又让魏国割地七百里，自己的封地也有十五个城池之多，算得上功成名就了吧？"众门客纷纷祝贺，却只有一个人厉声说道："一千个人的唯唯诺诺，不如一个人的直言不讳。你们都是商君的门客，怎么能这样谄媚自己的主公，让他陷于危险之中呢？"众人一看，原来是上客赵良。卫鞅问他："先生认为他们说的话是谄媚，那你说说，我在治国方面，和百里奚相比是谁更好一些？"赵良说："百里奚担任秦穆公相国的时候，三次帮助国君平定叛乱，攻灭周围小国二十余个，让穆公成为西方的霸主。但是就他个人而言，夏天出去不让人打伞遮阳，即使累了也不坐轿子，去世的时候老百姓悲痛得就像自己的父母死了一样。现在您担任秦国的相国已经八年了，虽然所有的法令都能通行无阻，但是刑罚太重了，老百姓只知道什么是国君的威严，而不知道什么是国君的仁德；只知道追逐利益，而不知道施行仁义。在朝堂上，太子对您处罚他师傅的事情一直耿耿于怀；在民间，老百姓对您的严刑峻法始终心怀怨愤。一旦国君驾崩，您就会陷入万劫不复之地，现在的一切都会化为乌有，到时候还谈什么荣华富贵、功成名就呢？您为什么不向国君推荐贤才，然后自己辞去相位，归隐乡野呢？如果做到了这些，您还有希望平安地度过余生！"卫鞅听后默然不语，心中很不愉快。

五个月后，秦孝公因病去世了，世子嬴驷继位为秦国国君，史称秦惠公。卫鞅自认为是先王时期的重臣，面对新君时言行举止都没有严格遵守礼法。当初被他处罚过的公子虔、公孙贾对他恨之入骨，这时终于有了报仇的机会，就对秦惠公说："臣听说，如果臣子的权柄太重，就可能会谋朝篡位；服侍自己的人过于亲昵，就可能危及国君的生命。卫鞅变法之后，虽然秦国的国力强大了，但是老百姓遵守的是卫鞅的法律，而不是秦国的法律。现在他的封地有十五个城池之多，位高权重，将来必定会谋反！"秦惠公道："我早就想杀他了，可他是先王的老臣，也没有造反的明显证据，所以才一直忍了下来，就再让他多活几天吧。"随后就派人收走了卫鞅的相印，让他回自己的封地修养。

卫鞅上朝辞行之后，就收拾车马出城，车队的规模、仪仗比之诸侯有过之而无不及，各级官员纷纷前来送行，各个衙门空无一人。于是公子虔、公孙贾又对秦惠公说："卫鞅还是不知悔改，使用的仪仗堪比王侯，如果让他回了封地，必定会谋反。"甘龙、杜挚也出来作证，说确实是这样。秦惠公大怒，马上就命令公孙贾领兵三千去追赶卫鞅，抓到之后就地斩首。当时咸阳的百姓都对卫鞅不满，如今听说公孙贾去追他，卷起袖子随同而去的有几千人之多。

卫鞅的车队这时候已经出咸阳一百多里了，他听到后面一片喧哗，就让人去打探是怎么回事，很快就知道这是新君在追杀自己。他怕跑不掉，就急忙下车脱下贵族的衣服，化装成一个兵卒逃跑了。黄昏的时候，他赶到了函谷关，找到一个旅店投宿。店主找他要身份凭证，卫鞅说没有，店主就说："按照商君制定的法律，旅店不能收留没有身份凭证的人，否则就要处死。我不敢留你住，赶紧走吧！"卫鞅叹道："没想到我制定的法律，竟然害了我自己！"于是就连夜往前走，找了机会混出了函谷关，直接奔魏国而去。

然而，魏惠王对他诱擒公子卬、抢占河西之地恨之入骨，打算将他逮捕后送给秦国。卫鞅听说后又偷偷跑回了商、於，打算起兵造反。可是这时候公孙贾也赶到了商、於，将他抓回了咸阳。

周显王三十一年，秦惠公公布了卫鞅的罪状后，将他押到闹市里五牛分尸，百姓们争抢着吃他的肉，不一会儿就分光了，整个家族也被屠戮殆尽。可怜卫鞅呕心沥血实行改革，让秦国从一个边陲小国变成能够逐鹿中原的强国，自己最终却身死族灭，难道不是过于苛刻的报应吗？这是周显王三十二年的事，后世有人作诗说：

商於封邑未经年，五路分尸亦可怜！

惨刻从来凶报至，劝君熟读《省刑》篇。

卫鞅死后，秦国的百姓如释重负，到处都是歌舞升平。齐、楚、燕、韩、赵、魏六国知道这个消息后，也都纷纷庆祝自己少了一个强大的敌人。秦惠公又重新启用了以前被革职的甘龙、杜挚，拜公孙衍为相国。随后公孙衍就建议秦惠公吞并巴蜀后称王，让各国都要像魏国一样送给秦国一定数量的土地作为礼物，不然就发兵攻打它们。随后秦惠公就自己加了"王"的尊号，也就是秦惠文王，有些典籍也称他为"秦惠王"，然后派使者通知六国，要求割地作为贺礼。其他诸侯都在犹豫是不是要割地，只有楚威王熊商当场拒绝了秦国的无礼要求。楚国这时候刚打败越国的军队，杀死了越王无疆，吞并了整个越国，所以敢于直接拒绝秦国的要求。秦国派使者来楚国，也被楚王驳斥回去。

第九十回
苏秦合从相六国　张仪被激往秦邦

　　苏秦、张仪二人拜别鬼谷先生后，到了山下就分手了：张仪一人去了魏国，苏秦直接回了洛阳老家。

　　苏秦家中老母还健在，有一个哥哥和两个弟弟，哥哥几年前去世，只剩下了嫂子，两个弟弟分别是苏代和苏厉。苏秦已经出外学习好几年，如今回来了，家里所有人都很高兴。过了几天，苏秦打算游说列国，可是身上没有钱，就跟母亲说打算变卖家中的财产用作游说的费用。母亲、嫂子、妻子都极力阻止，说："季子不耕种田地、不从事工商，只想着用一张嘴来获得富贵。这是放弃现成的事业去追求虚无缥缈的功名，到你穷困潦倒的那一天，看你后悔不后悔！"两个弟弟也说："哥哥要是真的辩才无碍，何不去游说周王呢？在家门口就能做到的事，又何必到异地他乡去追寻呢？"

　　苏秦见一家人都反对，只好去求见周显王，准备向他讲述自己富民、强兵的治国策略。周显王不太相信他，将他安排在馆驿住下。周朝的大臣都知道苏秦是本地的小户人家，怀疑他没有治国的本领，也都不肯保举他。

　　他在馆驿住了一年多时间，始终无法得到周显王的任用，激愤之下就回到了家里。他又说服家人变卖家产，筹措了一百镒黄金，然后置办了黑貂皮做的衣服、购买车马奴仆，开始周游列国。在途中，苏秦详细考察了各地山川地形、风土人情，对各个国家的具体情况都有了充分了解。然而游历了几年，仍然无法得到各国国君的赏识。

　　在听说卫鞅被封为"商君"后，苏秦认为秦孝公是最重视人才的国君，决定到秦国求见秦孝公。然而等他西行到了咸阳之后，秦孝公已经去世、卫鞅也被处死了，他只好求见秦惠公。秦惠公问他："先生不远千里来到鄙国，不知有什么可以教导寡人的？"苏秦说："臣听说大王让各国诸侯割地，莫非是想要什么都不做就拥有天下吗？"秦惠公说："不错，我确实是这么想的。"苏秦说："秦国东面有函谷关、黄河天险，西面有汉中，南面有巴蜀，北面是胡貉，四面都有坚固的屏障，根本就不必考虑外部的军事威胁。如今的秦国沃野千里、士卒百万，上有大王这样贤明的国君，下有万众一心的人民，如果能采用臣的策略，并吞六国席卷天下易如反掌、取代周室称皇称帝如探囊取物，哪有什么都不做就能成事的呢？"

这时候秦惠公刚刚诛杀了卫鞅，从内心对这些游说之士感到极度厌恶，之所以接见苏秦，也只是想落个礼贤下士的好名声，所以就推辞道："寡人听说翅膀上的羽毛没有长齐的话，是无法振翅高飞的。先生说的这些我都明白，但是现在有心无力，等过几年再说吧。"

苏秦回去后，将古代三皇、五霸征战天下的方略汇总成一本书，秦惠公收到后虽然也大致看了一遍，但是根本就没有用他为官的兴趣。苏秦又去拜见相国公孙衍，然而公孙衍忌惮他的才华，担心以后会威胁到自己的地位，不愿意为他说话。

就这样，苏秦在秦国浪费了一年多的光阴。此时他当初筹措的一百镒黄金早就花完了，黑貂皮做的大衣也烂了，已经到了山穷水尽的地步，只好辞退仆人，变卖车马作为回去的路费，自己挑着担子回到了洛阳。

母亲看到他狼狈而归，指着他骂声不绝；正在织布的妻子看到他回来了，不肯从织布机上下来与他相见。苏秦饿坏了，就请嫂子给他做点儿饭吃，嫂子以没有柴火为借口不给他做饭。后人做了一首诗：

富贵途人成骨肉，贫穷骨肉亦途人。

试看季子貂裘敝，举目虽亲尽不亲。

对这种世态炎凉的现实进行了辛辣的讽刺和挖苦。

苏秦见状不由得落下了眼泪，叹道："就因为身无余财、地位低下，妻子不把我当丈夫看、嫂子不把我当弟弟看、母亲不把我当儿子看，这都是我的罪过啊！"

在整理书箱的时候，他看到当初鬼谷先生送他的《阴符经》，忽然想起来先生告诉他的话："如果无法达成意愿，就仔细研究一下这本书，自然能够提供帮助。"此后苏秦闭门研读《阴符经》，夜以继日地揣摩其中的精义，在极度疲倦想要睡觉的时候，就用锥子扎大腿，用疼痛让自己保持清醒，血都流到了脚面上。掌握了《阴符经》的精髓后，苏秦又花了一年多的时间仔细研究各国的局势，最终达到了了然于胸的地步。于是苏秦给自己鼓劲："我苏秦用这样的学识来游说国君，难道还不能获得他们的重用、取得卿相的地位吗？"

随后苏秦就找来苏代和苏厉，对他们说："我现在学问已经大成，取得功名富贵不费吹灰之力，需要你们资助我去游说列国。如果我成功了，日后必定也帮你们取得富贵。"还给他们讲述《阴符经》的精义和作用。苏代、苏厉也领悟了一些内容，觉得苏秦这次应该能取得成功，就各自出了一些钱财来资助他。

苏秦又一次拜别了家人，原来的计划仍然是去秦国，但是他又想："现在七国之中虽然秦国的实力最强，最有可能一统天下，但是秦惠公不肯用六国的人。再去的话，如果仍然不能获得秦惠公的重用，又有什么脸面重回故里？"左思右想，他得出了"只有六国联合起来孤立秦国，才可以自保"的结论。

他游说列国的第一站是赵国。当时赵国的国君是赵肃侯赵语，他的弟弟奉阳君赵成为相国，然而赵成不认同苏秦的观点，不肯向赵肃侯举荐他。于是苏秦又北上去燕国求见燕文公，可是他再次遇到了困难：没有人愿意为他引见燕文公。他在燕国的都城住了一年多，盘缠都花完了，在旅店中几天都吃不上饭。旅店店主可怜他，就借给了他一百钱，苏秦这才没有被饿死。

这一天燕文公出游，苏秦抓住这个难得的机会趴在路边求见。燕文公见他身体面容超尘出俗，就询问他的姓名。当知道他就是苏秦后，燕文公高兴地说："听说先生当年曾给秦惠公上过十万字的治国之策，寡人非常羡慕，遗憾的是无法读到先生的大作。现在先生来了，这是寡人的大幸，也是燕国的大幸！"说完也不出游了，马上用车请苏秦回到了大殿，向他鞠躬行礼，请教治国的方略。

苏秦道："燕国也算得上是一个大国了，疆土方圆两千里，有几十万的兵力，其中有六百乘的战车、六千人规模的骑兵。但是和中原的大国相比，不管是人民还是兵力都还不到他们的一半。然而燕国一直没有受到战争的威胁，老百姓还能够安居乐业，大王知道是什么原因吗？"燕文公说："寡人不知道，请先生指教。"苏秦说："燕国之所以没有陷入战争的漩涡，就是因为赵国挡在了前面。如今大王不肯和作为燕国屏障的赵国搞好关系，反而割地给潜在的敌人秦国，这种做法不是太愚蠢了吗？"燕文公说："那我该怎么办？"苏秦道："按照臣的浅见，不如先和赵国交好，然后与其他国家结成联盟，大家形成一个整体共同抵御贪得无厌的秦国，这才是能够长治久安的做法。"燕文公说："先生的这个合纵计划是为燕国好，寡人也愿意实行，但是其他诸侯不愿意合纵怎么办？"苏秦道："臣虽然才能低下，但是也愿意为大王游说赵王，让他参加合纵。"燕文公大喜，立刻拿出很多金银财帛作为路费，提供车辆马匹让他去赵国，还派了武士护送。

到赵国的时候，刚好奉阳君赵成去世。赵肃侯听说燕国的客人到了，就亲自到台阶下迎接，说："贵客不远千里来到鄙国，不知能给寡人什么教诲？"苏秦说："臣听说，天下所有才华出众的平民，无不对大王的高义赞叹不已，都希望能够为您效力。怎奈奉阳君是个嫉贤妒能的人，所以四方的宾客都不愿意来赵国，即使身在赵国的也都闭口不言。如今奉阳君不在了，所以臣才敢来说出臣的愚见。臣听说，想要保全国家，最好的做法莫过于让百姓安居乐业；而想要让百姓安居乐业，最好的做法莫过于和邻国交好。赵国地域广大、兵力众多，战车千乘，骑兵万骑，物资充足，所以秦国最忌惮的、也最想攻打的就是赵国。然而他一直没有付诸行动的原因，就是害怕出兵攻赵时韩国、魏国攻击他的后路。所以，魏国、韩国实际上是赵国南方的屏障。可是魏国、韩国面对秦国的方向都没有关隘、大河之类的天险，一旦秦国大举入侵，这两个国家只有投降一条路可走。魏国、韩国投降了，秦国就可以放心地攻打赵国了。臣曾经研究过地图，诸国的土地加起来要超过秦国万里，诸国的兵力加起来是秦国的十倍。如果六国能齐心合力，打败秦国没有一点儿问题。现在秦国的战略是以武力恐吓各国，让他们割地求和，然而主动割让土地就是自取灭亡！自取灭亡和让敌人灭亡，哪一个结果更好就不言而喻了吧？按照臣的看法，最好的做法就是各国君臣找个地方会谈一下，建立起攻守同盟。不管秦国攻击哪个国家，剩余的国家都要全力援救，不肯遵守这个约定的国家就会被大家讨伐。秦国的实力虽然强横，但是他敢和所有的国家敌对吗？"赵肃侯道："寡人年轻，刚登基还没有多长时间，没有听过这么高明的议论。现在先生想让寡人召集各国合纵，寡人怎么敢不听从呢！"接着就把相国的大印交给了他，还赐了大宅一座。随后又任命他为"纵约长"，携带黄金千镒、白璧百双、锦绣千匹，带着一百辆装饰豪华的马车出使各国。

　　苏秦有了钱后，第一件事就是派人回了燕国，给当初借给他一百钱的旅店店主送去一百镒黄金。就在他打算出发游说韩国、魏国的时候，赵肃侯突然派人把他喊了过去，告诉他："刚刚收到的急报，秦国的公孙衍率兵攻打魏国，生擒大将龙贾，斩首四万五千人，逼得魏王不得不割让河北的十座城池求和。有消息说公孙衍的下一个目标就是赵国，怎么办？"苏秦听了暗暗吃惊，如果秦国攻打了赵国，赵肃侯必然也会和魏国一样割地求和，这样合纵的计划也就无法实现了，目前只能走一步说一步，先把赵肃侯应付过去。于是苏秦告诉赵肃侯："秦军大战之后必然要休整一段时间，短时间内是无法攻打赵国的。即便来了，臣也有办法让他们退兵。"赵肃侯说："既然如此，先生就先留在寡人身边吧，等秦军真的不来了，先生再去出使。"苏秦想要的就是这个结果，当下连连答应，退了下来。

　　到家以后，苏秦马上把心腹毕成叫到了密室，说："我有一个同学，名叫张仪，字余子，是大梁人。我现在给你一千金，你化名贾舍人，装扮成商贾去魏国找他。见到他之后就这么做……等你们到了赵国再那么做……一定要谨慎小心，千万不能漏了马脚。"毕成领命，当夜就去了大梁。

　　张仪离开鬼谷后，因为家里贫穷，先是想在魏惠王那里谋取一个官职养家糊口，但是没能实现，后来见魏军屡战屡败，觉得魏国没有前途，就带着妻子去了楚国，在相国昭阳那里做门客。

昭阳率兵攻打魏国，从魏国夺取了襄陵等七座城池，楚威王为了嘉奖他的功绩，就把和氏璧赏给了他。和氏璧有什么来历呢？原来，当初在楚厉王末年的时候，有个叫卞和的楚国人在荆山找到一块璞玉，就献给了楚厉王。楚厉王让玉工鉴定的时候，玉工认为是一块普通的石头，楚厉王大怒，认为卞和是故意骗他，就砍掉了卞和的左脚。到了楚武王继位后，卞和又去献玉，玉工还认为是石头，于是楚武王又砍了他的右脚。等到楚文王继位的时候，卞和还想去献玉，奈何两只脚都没有了，没有办法去。他抱着璞玉在荆山脚下哭了三天三夜，眼泪流完了，接着哭出来的都是血。有认得卞和的人问他："算了吧，你献一次砍一只脚，再献一次还希望得到奖赏吗？又哭什么呢？"卞和说："我哭不是为了赏赐。本来是一块美玉，大家非要说它是石头。我本来是一个诚实守信的人，却非要说我是个骗子，这不是黑白颠倒了吗？我无法证明自己，所以才悲伤啊。"这件事传到楚文王耳朵里后，他就让人把卞和与璞玉都带到都城，剖开璞玉后，果然从里面开出来一块洁白无瑕的美玉，于是就用这块玉制成一个玉璧，起名为"和氏璧"。现在南漳县西边的荆山山顶上有一个水池，水池旁边有一座石屋，当地人叫作"抱玉岩"，据说这座房子就是卞和的故居，也是当初他抱着璞玉哭泣的地方。楚文王怜悯卞和的遭遇和诚心，就赏赐卞和终身享受大臣的待遇。和氏璧本来是无价之宝，因为昭阳覆灭越国、大败魏国，取得的功劳极大，所以才把和氏璧赏给了他。自从得到和氏璧后，昭阳一直都随身携带，从来都没有丢下过。

这一天，昭阳去赤山游玩，随同而去的门客有一百多人。赤山的脚下有一汪深深的潭水，据说当年姜太公曾在这里钓过鱼。潭水的旁边有一座高楼，大家就在楼上饮酒作乐。就在大家都喝得半醉、气氛热烈的时候，有门客向昭阳请求见识一下举世无双的和氏璧。昭阳不愿扫大家的兴，就让负责看管宝物的小厮将储藏和氏璧的箱子拿到面前，亲自打开锁，又解开里面的三层锦缎包裹，这才将和氏璧放到身前的几案上。众门客一个个传看，都对这个天下闻名的宝物赞叹不已。

就在传看的时候，有个人说："潭里面跳出来一条大鱼！"昭阳就站起来走到栏杆处去看，众门客也都跟着去了。此时那条大鱼又一次跳了上来，足有一丈多长，后面还有一群鱼儿跟着跳跃，众人都啧啧称奇。一转眼的功夫，东北方向出现了一片越来越大的乌云，风也刮了起来，看来就要下大雨了。昭阳就回过身来说："收拾一下，准备回去吧。"负责看管宝藏的小厮想要将和氏璧装到箱子里，却不知道究竟在谁的手里，乱哄哄地找了一阵子也没有找到。

回府之后，昭阳就让一个门客负责寻找丢失的和氏璧。门客说："张仪这个人家里一贫如洗，而且品行也不好。如果和氏璧真的被人偷走了的话，必定是他偷的。"

其实昭阳在心里本来就怀疑是张仪偷的,现在听到门客也这样说,就更加认定是张仪了。于是他就让人把张仪抓来,拿起鞭子先打了一顿,然后让他交出和氏璧。张仪本来没有偷,哪里会认这件事,所以矢口否认。昭阳更生气,就命人接着狠狠地打,然而张仪虽然被打得遍体鳞伤、奄奄一息,仍然不肯承认,昭阳这才相信了他,把眼看就要咽气的张仪放了。旁边有和张仪关系比较好的门客把他送了回去。

张仪的妻子看到他这副模样,哭着对他说:"你现在这个下场,都是因为学习游说术引起的。如果当初在家老老实实地种庄稼,哪里会有这样的大祸?"张仪张开嘴让妻子看看,问:"我舌头还有没有?"妻子说:"有。"张仪道:"只要舌头还在,就是本钱还在,终究不会一直这样贫困下去的。"

张仪在楚国将养了一段时间,稍微好了一点之后就回了魏国。又过了半年,他听说苏秦在赵国春风得意,就想过一段时间去投奔苏秦。这天他打算出去闲游,刚出门就见外面停着一辆马车,贾舍人在旁边休息。张仪就上前攀谈了几句,当知道对方从赵国来,他问:"听说苏秦担任了贵国的相国,这个消息是真的吗?"贾舍人道:"先生怎么问这个?莫非是苏相国的朋友吗?"张仪道:"我们当初一起在鬼谷先生门下求学,情同手足。"贾舍人道:"既然是这样,您为什么不去赵国呢?相国肯定会举荐您的。正好我在这里的生意已经结束了,打算回赵国呢,如果您不嫌我身份低贱,就一起走吧。"张仪欣然答应了贾舍人的邀请。

几天后,张仪和贾舍人一起到了赵国。到了邯郸城外的时候,贾舍人对张仪说:"我家在郊外,我还有些事要处理。城里到处都是旅店,您先住下,我过一段时间再去拜访您。"张仪只好自己找了个旅店安置下来。第二天一早,张仪就写了拜帖去求见苏秦,然而苏秦之前就告诉过看门的人,不得为张仪通报,所以一直到了第五天他的拜帖才被看门的人接受。随后张仪失望地得到消息:相国太忙了,改天再见您。张仪又等了好几天,还是见不到苏秦,心里有些生气,就打算回魏国。就在他收拾行李的时候,旅店的店主拦住了他,说:"先生已经求见相国了,只是没有见到。您要是走了,万一相国来找的话我如何回答?哪怕您在这里留一年半载,我也不敢放您走。"张仪无奈,只好继续留在旅店,询问贾舍人住在哪里,竟然没有一个人知道这个人。

又过了几天,张仪再次去相府求见。这次运气不错,很快苏秦就让人告诉他:"我明天有时间,你来吧。"张仪这才高兴起来,急忙找店主人借了一身衣服,第二天清早就到了相府门外等候。苏秦为了显示自己的傲慢,事先就做了安排,不让张仪从大门进,而是走旁边下人走的小门。张仪非常不高兴地进了院子,刚想进正堂,旁边有人拦住了他,说:"相国正在处理公务,客人还是再等会儿吧。"张仪只好站在侧房的房檐下面,看着一群赵国官员到正堂去请示和拜见。一直到了中午,才听见苏秦在正堂里喊:"想要见我的那个客人呢?"马上就有人来催张仪:"快点,相国要见你了!"

张仪又收拾了一下衣服帽子,然后走上台阶进入正堂,原想着苏秦怎么也要到门口迎接,谁料苏秦坐在那里一动不动。张仪忍着气,向苏秦作揖问好,这时苏秦才站了起来,稍微抬了抬手就算是回礼了,敷衍了事地说:"余子这一段时间过得还好吧?"张仪更加生气,连回答都不想回答了。正好下人来禀报,吃午饭的时间到了,苏秦又说道:"公务太多了,这才让余子等候多时,恐怕你也很饿了,先吃饭吧,有什么事吃完饭再说。"随后就让人在堂下为张仪安排饭食,他自己的饭自然是安排在正堂里。张仪的饭是一荤一素,粗茶淡饭,苏秦面前的却是山珍海味琳琅满目。张仪本来不想吃,怎奈真的是饿坏了,何况以前已经欠了店主人很多房钱、饭钱,正指望见到苏秦之后,哪怕他不推荐自己,至少也会送一点盘缠还账呢,不想是现在这副样子。所谓"人在矮檐下,不得不低头",张仪此时人穷志短,只好忍耻含羞,拿起筷子一口口吃了起来。然而抬头看到正堂上苏秦吃得酣畅淋漓,就是剩下赏给仆役的饭菜都要比自己的餐食好得多,张仪更是又羞又气。

吃完了饭,苏秦对仆役说:"让客人上来吧。"张仪进来的时候,苏秦还是大剌剌地坐在那里一动不动,他实在忍不下去了,就骂道:"季子,我本以为你是一个念旧情的人,所以才千里迢迢地来投奔你,没想到你会这样羞辱我!你还有同学的情分吗?"苏秦慢悠悠地说:"以你的才华,应该早就发达了,没料到竟然还是如此落魄。难道我没有能力举荐你,让赵王给你一官半职吗?当然不是,只不过我怕你的能力退步,做不出成绩反而连累了我。"张仪十分气愤:"男子汉大丈夫,想要功名会自己争取,难道非要让你推荐吗?"苏秦道:"你既然能自己取得功名,还来找我干什么?念在同学一场,给你五十两黄金,你自己走吧!"说完就让人给了张仪一锭金子。张仪怒火中烧,一时激动,哪里还会想什么以后,接过金子一把扔到地上,转身就走,苏秦连一句挽留的话都没说。

刚到旅店门口,张仪就看见自己的行礼铺盖都被放在外面,就问店主人为什么这样做。店主人说:"你今天去见了相国,他必然会留你吃饭住宿,我先替您准备好,免得到时候一忙落下了东西。"张仪摇了摇头,只说:"可恨!可恨!"脱下衣服帽子还给了店主人。店主人奇怪地说:"莫非先生不是相国的同学,而是来攀高枝的?"张仪拉着店主人,将原来二人同学的时候交情如何深厚、今日相见时苏秦如何无礼等等,一五一十地说了一遍。店主人道:"先生现在只是一个平头百姓,而相国位高权重,你尊敬他是应该的,他架子大一点也无可厚非。何况他还送了你一锭金子,也算不忘旧情了。有了这锭金子,你既能还了我的账,也有了回家的路费,为什么不要呢?"张仪道:"我一时性起昏了头,才把金子给扔了。现在身无分文,这可怎么办呢?"

两个人正说着，以前带张仪来赵国的贾舍人走了进来，和张仪见礼之后就问道："这几天太忙了，一直没有过来，请先生原谅。不知道先生见到相国了吗？"张仪一听，心中的怒火又上来了，重重地拍了一下店里的桌子，骂道："别再提这个无情无义的贼子了！"贾舍人道："先生这是怎么了？为何生气呢？"店主人忙将张仪拜见苏秦的前前后后说了一遍。贾舍人道："当初是我建议先生来赵国的，现在到了这个地步，都是我害的您。我愿意把您欠的钱给还了，然后准备车马送您回魏国。先生觉得这样做可以吗？"张仪道："我也没脸回魏国了，想要去秦国一趟，可惜没有钱。"贾舍人说："先生想要去秦国，莫非秦国也有您的同学吗？"张仪道："没有。只是现在七国之中只有秦国最强大，完全可以对付赵国。我到了秦国后，如果能为秦王所用，就可以报今天苏秦羞辱我的仇了。"贾舍人道："如果先生想去其他国家，我就帮不上您了。可是您想去秦国，正好我要去那里探亲，咱们还可以结伴而行，您看怎么样？"张仪大喜道："没想到世上竟然有这样有正义感的人，苏秦知道了岂不是要羞愧而死！"随后就和贾舍人结拜为兄弟。贾舍人为张仪结清旅店的账目后，就和张仪一起去了秦国。在路上，贾舍人为张仪置办了车马、衣服、仆役等，只要是张仪需要的，根本就不吝惜花费。到了秦国之后，他又拿出了许多钱为张仪提高声望，并且贿赂秦惠公的左右，以期让张仪到秦国的消息传到秦惠公耳中。

　　这时候秦惠公对当初失去苏秦的事情已经非常后悔了，既然知道张仪到了秦国，哪里还会放弃这个鬼谷先生的高徒？随即就召见了张仪，并拜他为客卿，关于诸侯国的事情都要和他商议之后才施行。

　　贾舍人见张仪安定下来了，就向他告辞。张仪哭着说："当初我穷困潦倒、走投无路，多亏有您的帮助这才得到秦王的重用，我正想着怎么报答您，为什么突然说要走呢？"贾舍人笑着说："不是我帮的您，帮您的是苏相国。"张仪大吃一惊，好久才说道："这些钱不是你给我的吗？怎么说是苏相国帮的呢？"贾舍人说："相国提出'合纵'的方略后，担心秦国攻打赵国破坏了他的计划，他认为能够阻止秦国攻打赵国的人非您不可，所以才让我化装成商人去魏国找您。我也不叫贾舍人，而是叫毕成。到了赵国后，又担心您满足于小官小职，就故意用羞辱您的方式激怒您，您也果然有了来秦国的想法。现在您已被秦王重用，我也该回去禀报相国了。"张仪叹道："可悲呀！我从一开始就落入季子的计划之中，从来都没有发觉，说明我和季子相比还差得很远呐！麻烦您转告季子，只要季子还在位，我就保证不让秦国攻打赵国，以此来报答季子帮助我的恩德！"

　　毕成回到赵国后，苏秦马上就对赵肃侯说："现在可以确定秦国不会出兵攻打赵国了。"随后就拜别赵肃侯去了韩国。

到了韩国，苏秦就求见韩宣惠公，说："韩国的地域虽然只有九百多里，士卒也只有几十万人，但是全天下的强弓劲弩都是出自韩国。如果韩国成为秦国的附庸，秦王必然要求您割地作为礼物，今年给了明年还会要。韩国的土地是有限的，而秦国的欲望是无穷的，长此以往哪里还会有韩国的土地？俗话说'宁为鸡首，不为牛后'，以大王的贤明和韩国的兵戈之利，要是得了个'牛后'的名头，我都替您感到羞愧！"韩宣惠公蹭的一下子就站了起来，恭敬地说："寡人全都听您的，马上就和赵国结盟。"然后又送给苏秦一百镒黄金，派人护送他去魏国。

到魏国后，苏秦对魏惠王说："魏国的地盘虽然只有一千多里，但是不管是人民还是军队，都足以抵抗秦国的入侵。听说现在有大臣建议您割地给秦国，如果秦国一直要求割地怎么办？大王如果能加入合纵的计划，六国合力对付秦国，永远都不会再有向秦国割地的事情发生！"魏惠王道："寡人愚昧无知没有才能，这才有了兵败的耻辱。现在先生给了寡人正确的方略，怎么能不听从呢？"也送了苏秦一车钱币布帛。

随后苏秦就去了齐国，对齐宣王说："臣听说临淄人口众多、物产丰富，现在却打算向秦国低头，难道就不感到羞愧吗？况且齐国不和秦国接壤，秦国的军队怎样也打不到齐国来，怕它做什么？臣希望大王能够加入赵国倡导的合纵计划，和其他五国互相救援。"齐宣王道："我答应了。"

接着苏秦又转向西南去了楚国，对楚威王说："楚国方圆五千多里，是天下最大的国家，秦国最担心的就是楚国了，因为楚国强大了就意味着秦国的实力变小了；同样，秦国强大了也意味着楚国的实力变小了。就目前的局势来看，各国要么合纵、要么连横，'合纵'意味着楚国将成为各国的领导者，'连横'则意味着楚国向秦国俯首称臣、割地纳贡。对楚国来说，不同的选择，结果也是截然不同的。"楚威王说："先生说的都是对楚国有利的话呀！"

与楚国缔结盟约后，苏秦就开始返回赵国。路过洛阳的时候，六国的国君都派遣使者前来送行，各种仪仗前呼后拥，车辆辎重组成的车队连绵二十里之长，每到一地，当地官员都要出城迎接，简直比王侯出行还要威风。周显王听说苏秦将要路过洛阳，也让人清水净街、黄土铺道，在城外搭建好帐篷供苏秦小憩。

进了洛阳城，满城的百姓都来观看，就连苏秦的老母也拄着拐杖等候在路旁啧啧称赞；两个弟弟、嫂子、苏秦的妻子俯身在路边都不敢抬头看他。苏秦看到家人，就停了下来，坐在车里问他的嫂子："嫂子，您过去饭都不给我做，为何今天对我这么恭敬呢？"嫂子不好意思地说："还不是你官位高钱又多，让人不能不恭敬嘛。"苏秦长叹一声，道："'世情看冷暖，人面逐高低'，古人说的话很有道理啊！我今天才知道荣华富贵对一个人是多么重要了！"随后就让家人上了马车，带着他们回到了家中。接着又出资建起了宅院，让所有族人都住了进去，还留下了一千镒黄金供他们日常使用。现在洛阳还有苏秦故居的遗址，据说曾经有人在那里挖出过上百锭黄金，应该就是那时候埋的。苏代、苏厉羡慕哥哥以游说获得富贵，也开始跟着苏秦学习《阴符经》。

在家里住了几天，苏秦继续上路赶向赵国。回去之后赵肃侯封他为武安君，接着就派遣使者到齐、楚、魏、韩、燕五国，通知各国国君在某日到洹水会盟。赵肃侯和苏秦作为主人，自然提前到了那里，安排会盟用的高台、住宿的营地等一应事务。

最先到达的是燕国的燕文公，随后是韩国的韩宣惠公，接着魏国的魏惠王、齐国的齐宣王、楚国的楚威王等也都在几天之内陆续到了。会盟的第一个程序是安排各国国君的座次，当然这个工作就是苏秦和各国大臣的事了。按说楚国、燕国是最早分封的诸侯，应该在前，而齐国、韩国、赵国、魏国都是新晋的，应该在后，可是合纵的目的是为了战争，就要用实力说话了，所以以楚国为长，其次是齐国，接下来依次是魏国、赵国、燕国、韩国。另外还有爵位的问题，有的国君称王了，有的国君还在沿用周王朝封的爵位，苏秦建议所有的国君都称王，免得大家在礼节方面产生不便。由于这次会盟的地点在赵国，所以赵国的国君坐在主人的位置，另外五国的国君作为客人按照前面说好的顺序就坐。

周显王三十六年，合纵的会盟正式开始。各国国君都按照说好的位置坐好后，做为主持者的苏秦就登上高台，对六位国君说："各位都是大国的君主，有王爵之尊，人民富庶，兵强马壮，雄立于中原大地。而秦国的先人不过是养马的马夫，却依仗险要地形的保护而蚕食各国诸侯，诸位国君愿意臣服于秦国吗？"六位国君齐声说道："不愿意！请先生明说，需要我们做什么。"苏秦道："关于六国合纵的计划，我之前已经和诸位国君说过了，今天需要你们做的就是歃血为盟，向神灵发誓以后会亲如兄弟，守望相助。"六位国君都拱手说道："谨受教！"

随后苏秦端来盘子，让六位国君依次歃血，随后向天地、先人发誓："一国背盟，五国共击！"盟书一式六份，六国国君各执一份。

在会盟之后的酒宴上，赵王提议道："苏秦先生提出的合纵策略，奠定了我们六国的安全基础，我们最好封他一个比较高的官职，这样他就可以往来于六国之间，让盟约更加稳定。"其他五位国君也都赞成这个建议，于是六位国君合封苏秦为"纵约长"，让其兼任六国的相国，赐金牌宝剑以总管六国的臣子百姓，还各赏赐苏秦一百镒黄金、十匹宝马。后世有人作诗纪念这次会盟，对各国国君能善始而不能善终极尽惋惜之情：

相要洹水誓明神，唇齿相依骨肉亲。

假使合从终不解，何难协力灭孤秦？

就在结盟的这一年，魏惠王、燕文王都去世了，接任的国君是魏襄王、燕易王。

第九十一回
学让国燕哙召兵　伪献地张仪欺楚

六国合纵之后，苏秦就抄录了一份盟约送到秦国的边关，守卫边关的将领让小吏把盟约送到了咸阳。秦惠文王看后大惊，对相国公孙衍说："如果六国真的能够团结在一起，寡人就没有希望东进了。必须想一个办法，让这个盟约瓦解。"公孙衍说："首先提议合纵的是赵国，大王先兴兵攻打赵国，看其他五国来不来救援。如果真的来救援，谁先来就打谁。这样做的话，各国必然害怕受到我们的攻击而不敢救援，合纵也就瓦解了。"

当时张仪也在场，因为答应过苏秦会阻止秦国攻打赵国，就上前说道："六国刚刚缔结合纵的盟约，必然会完全遵守，不可能一下子就瓦解。如果我们攻打赵国，那么韩国从宜阳出兵，楚国从武关出兵、魏国从河外出兵，齐国、燕国也都发兵前来助战的话，我们的军队打阻击战都不够，哪里还有兵力去攻打别人？离我们最近的是魏国，最远的是燕国，如果大王用重礼贿赂魏国，魏国必然会与我们议和；然后再和燕国的太子联姻，各国必然会对燕国、魏国产生疑心，合纵也就自然瓦解了。"惠文王觉得张仪说的很好，就派使者告诉魏王，答应归还以前占领的襄陵等七座城池，两国讲和。魏王果然上当了，还派遣使者回访秦国，并且将女儿许配给了秦国的太子。

赵王听说了这件事，就召来苏秦责备道："先生提议六国合纵，现在还不到一年，魏国、燕国就开始和秦国私下往来，说明合纵靠不住呀。如果秦国突然来攻打赵国，还能指望他们来救援吗？"苏秦心中也有些担心，就对赵王说："我为您出使燕国，必然要让他们有个交代。"

到了燕国后，燕易王拜苏秦为相国。这时燕易王刚继位，齐国却趁着燕国国丧的时候入侵，抢走了十座城池。燕王对苏秦说："先王对先生无所不从，这才有了六国合纵。如今先王尸骨未寒，齐国就抢走了我们十座城池，难道当初在洹水发的誓言都忘了吗？"苏秦说："您不用担心，我去齐国给您把那十座城池要回来。"随后就去了齐国。

见到齐宣王后,苏秦对他说:"燕国是齐国的盟友,燕王又是秦王的女婿。大王贪图燕国的十座城池,不仅燕国仇恨您,秦国也仇恨您。得到十座城池,却换来了两个仇家,不划算呐。如果大王愿意听我的话,就把十座城池还给燕国,这样燕国、秦国都会支持您,有了燕国、秦国的支持,号令天下也没有什么困难的。"齐王听后很高兴,就把十座城池还给了燕国。

燕易王的母亲文公夫人一向仰慕苏秦的才华,经常让人请他进宫,久而久之两人就有了私情。燕王也知道这件事,不过一直装不知道,但是苏秦却害怕了,就开始刻意结交相国子之,还和他结了儿女亲家,又让苏厉、苏代和子之结为兄弟,打算用这种方式自保。然而文公夫人让他进宫的次数越来越频繁,苏秦就更害怕了,觉得长此以往必然会有暴露的一天,到时候恐怕自己这条命就保不住了,最好的办法就是离开燕国。于是他对燕王说:"燕国和齐国要是就这样发展下去,必然会有兼并的一天。臣愿意去齐国为您施反间计。"燕王问:"什么反间计?"苏秦说:"臣装成在燕国犯了罪,然后逃跑到齐国。齐王必然会重用我,我就借机败坏齐国的朝政,用这种方式帮助燕国。"燕王答应了,随后就找个借口收走了苏秦的相国印,苏秦也借机逃到了齐国。

齐宣王一直都很看重苏秦的名声,就让他做了客卿,苏秦也开始随时找机会用打猎、声色等诱惑齐王。齐王想要钱财,苏秦就让他加重赋税;齐王想要美女,苏秦就四处挑选美女。总之,苏秦为齐王所出的主意一切都是为了让齐国的国政产生混乱,为燕国制造机会。然而齐王对此一点儿都没有发觉,哪怕相国田婴、客卿孟轲极力劝谏也执迷不悟。

宣王去世后,他的儿子齐湣王田地继位,初期的时候很勤政,娶了秦王的女儿为王后,封田婴为薛公,号靖郭君。至于苏秦,还是和以前一样得到齐王的信任。

张仪听说苏秦离开了赵国,就知道合纵的盟约要瓦解了,马上就建议秦王毁约,不给魏国襄陵等七座城池。魏襄王很生气,就让人去秦国索要,然而让他没想到的是,秦王不但不给,还让公子华、张仪率军打下了魏国的蒲阳[今山西隰县],更让他想不到的是,秦王在张仪的建议下又将蒲阳还给了他,还让张仪将公子嬴繇送到魏国做人质。魏王对秦国的举动迷惑不已。张仪趁机对他说:"秦王对您很好啊,打下您的城池不要不说,还将自己的儿子送来做人质。所以以后魏国不但不能对不起秦国,还要想办法感谢秦国。"魏王问:"用什么谢?"张仪道:"除了土地,秦国什么都不稀罕。如果大王送给秦国一块地,秦王必然对您更好;要是秦国和魏国合兵攻打其他国家,您得到的土地必然会比送出去的多十倍。"魏王被张仪的话迷惑了,就把少梁地区送给了秦国,也没有接受人质。秦王大喜,就罢免了公孙衍,让张仪做了相国。

此时楚威王已经去世,他的儿子楚怀王熊槐继位。张仪派人给楚怀王送了一封信，告诉他要接回自己的妻子儿女，以及当年是如何被昭阳冤枉成偷和氏璧的贼等等。楚王指着昭阳的鼻子大骂："张仪这样贤明的人，你为什么不向先王推荐，反而逼他去了秦国？"昭阳张口结舌，半天说不出一句话，心中也感到十分羞愧，回到家里就发病死了。楚王对张仪在秦国受到重用感到恐惧，就再次向各国提出合纵。而张仪这时候却向秦王提出辞去相位，而且要去魏国。秦王问他为什么，他说："六国一直致力于苏秦的合纵，短时间内是无法瓦解的。臣去了魏国，若是得到了权力，就建议魏王率先和秦国交好，如此合纵也就名存实亡了。"秦王答应了这个计划。

到了魏国后，魏襄王果然拜张仪为相国。张仪找个机会对魏王说："魏国处于四战之地，南有楚、北邻赵、东面齐、西接韩，更没有山川河流一类的险要地形做屏障，地理位置太差了。除非和秦国交好，否则国家就无法保证和平。"魏王虽然有些心动，但是一直无法下定决心背叛合纵盟约。张仪就背地里让人通知秦国，发兵大败魏军，夺走了魏国的曲沃。后世有人作诗对苏秦为燕仕齐、张仪为秦仕魏的间谍行径进行了辛辣的讽刺：

仕齐却为燕邦去，相魏翻因秦国来。
虽则从横分两路，一般反复小人才。

然而秦国的行为让魏王更加愤怒，越发不肯向秦国低头，坚持合纵并提议楚怀王为纵约长。同时，齐国也因为秦国攻打魏国而更加看重苏秦。

齐国的相国田婴因病去世后，儿子田文继承了薛公的爵位，他就是历史上有名的孟尝君。田婴有四十多个儿子，田文的母亲是一个地位很低的小妾。田文出生于五月初五，一落地田婴就让小妾把他给扔了。小妾不忍心扔，就偷偷地把田文养在其他地方。到田文五岁的时候，小妾领着他去见田婴，田婴对小妾不听自己的命令非常生气，田文跪下来说："父亲是因为什么原因不想要我？"田婴说："人们都说五月初五是一个凶日，这天出生的孩子会长得和门一样高，将来对父母不利。"田文说："人的命运是由上天决定的，哪里会由一扇门决定呢？即便真的是由门决定的，把门加高不就行了吗？"田婴答不上来，然而心中也觉得这个孩子见识不凡，就认下了这个儿子。田文到了十几岁的时候，就可以游刃有余地接待四方宾客，而宾客们也都愿意和他交游，四处宣扬他的声誉，即使各国的使者到了齐国，也都会求见田文。于是田婴就认为田文是一个贤明的人，将他立为适子。

孟尝君继位薛公之后，立刻大兴土木，建设了许多馆舍，用来延揽四方的豪杰之士。凡是来投奔他的人，不论能力大小都会收留，所以各国犯了法的人都逃亡到了这里。孟尝君虽然爵高位重，但是在饮食上和所有门客都是一样的。有天夜里招待客人吃饭，孟尝君跟前的灯光被遮住了，客人看不到孟尝君吃的是什么样的饭菜，就怀疑两个人吃的不一样,扔下筷子就要告辞。孟尝君问明原因后,就端着自己的饭菜送到客人面前,果然没有区别。客人叹道:"孟尝君如此诚心地招待客人,我还这样怀疑他,我就是个卑鄙小人呀!有什么脸面做这样人的门客?"说完就拔刀自刎了。孟尝君在这个客人灵前祭奠的时候,哭得十分悲痛,所有门客都被孟尝君感动了。这件事传出去后,来投奔他的人越来越多,最多的时候曾经有几千人。各国诸侯知道孟尝君贤明而且门客众多,都互相告诫不要侵犯齐国。后人写了这样一首诗赞扬孟尝君为国延客的壮举:

虎豹踞山群兽远,蛟龙在水怪鱼藏。堂中有客三千辈,天下人人畏孟尝。

张仪在魏国担任相国三年后,魏襄王去世,魏哀王魏嗣继位。楚怀王派了使者来魏国吊丧,趁机提出六国伐秦的计划,魏哀王答应了。随后韩宣惠王韩康、赵武灵王赵雍、燕王姬哙也相继答应出兵。楚国的使者到了齐国后,齐湣王召集群臣商议是否出兵,有些大臣说:"秦王是大王的岳父,秦国也和我们没有仇怨,不能出兵。"苏秦则认为应该遵守合纵的盟约,力主出兵。只有孟尝君说:"提议出兵的、不出兵的都不对。出兵就得罪了秦国,不出兵就得罪了其他五国。以臣看来,最好的办法就是出兵,但是要控制住行军的速度,不要走那么快。出兵了,也就和其他五国保持了一致的立场;速度慢了,就有了观望的机会,然后看情况决定进退。"齐王认为这个做法最好,就以孟尝君为主帅,领两万人助战。孟尝君刚出齐国的边境,就对外宣称自己得病了,要请医生治疗,时不时就停下来,耽搁行程。

这时候韩、赵、魏、燕四国的军队已经到了函谷关外,汇合楚国的军队后约定进攻的日期。楚怀王虽说是纵约长,但是并没有其他四国军队的指挥权,所以这个军事联盟名义上是统一的,实际上各不统属。秦国函谷关的守将叫樗里疾,直接开了关门出关挑战,五国的将领互相推诿,谁都不愿意先进攻。双方相持几天后,樗里疾出奇兵截断了楚军的粮道,楚军因为断粮产生了混乱。樗里疾趁机偷袭,楚军大败而走,其他四国的军队也都趁机退兵了。于是齐国的军队还没有赶到战场,战争就已经结束了,这都归功于孟尝君巧妙的计划。

孟尝君回到齐国后,齐王赏了他百金,还说:"差点误信了苏秦的建议。"苏秦也觉得有点惭愧,不如孟尝君看得深远。楚怀王担心秦国、齐国建立同盟,就派遣使者给孟尝君送重礼以加深关系,强调两国之间深厚的友谊,双方的使节来往不绝于道。

齐宣王在世的时候非常看重苏秦,很多贵族、大臣都对苏秦有一些嫉妒。等齐湣王继位后,苏秦的荣宠一点都没少。这一次齐王没有采纳苏秦的建议,而是采用孟尝君提供的方略,事实证明苏秦没有孟尝君的眼光深远,于是就有人猜测齐湣王已经不信任苏秦了,就招募勇士在朝廷上用匕首刺进了苏秦的腹部。苏秦捂着肚子就跑，找到齐王后说有人要刺杀他。齐王急忙让人去抓刺客，刺客早就跑了，哪里还能抓得到？苏秦对齐王说："臣死之后，希望大王把我的头砍下来挂在闹市上，告诉大家'苏秦是燕国来的间谍，幸亏有人刺杀了他。如果有人知道他的阴谋并报告给寡人的话，就赏一千金'。只要这样做了，必然能抓到凶手。"说完就自己拔下了匕首，血流满地而亡。

齐王按照苏秦的吩咐，砍下他的头挂到了闹市上。不久有个人经过这里，看到齐王的悬赏后对旁边的人炫耀道："是我杀的苏秦。"管理闹市的官员听说后，马上就带着人把他抓起来去见齐王。齐王让司寇严刑拷打，刺客受刑不过，就供出了所有参与刺杀苏秦的人，其中好几个后来都被灭了门。

后世有人认为，苏秦临死的时候还能够用计为自己报仇，可谓智谋过人；但是从他被刺杀这件事本身来看，是不是他反反复复、不忠于一个国家的报应呢？

苏秦被刺杀之后，他的门客经常会披露一些他往日的阴谋，总结起来就是一句话："苏秦是燕国派来的间谍！"齐湣王到此终于知道了苏秦是多么的奸诈，从此齐国就和燕国有了嫌隙，齐王甚至打算让孟尝君领兵讨伐燕国。

苏代知道后，就说服燕王向齐国纳质求和，于是燕王就让苏厉带着质子来见齐湣王。齐王对苏秦的行为极端恼怒，就打算扣下苏厉。苏厉厉声喊道："燕王打算举国依附秦国，是臣的哥哥苏代历数大王的威仪和德行，认为依附秦国不如依附齐国，这才有了臣前来齐国纳质求和。大王为什么因为怀疑死者的用心，而给无辜者加罪呢？"齐王这才高兴起来，并设宴款待苏厉。此后苏厉作为人质在齐国为官，他的哥哥苏代仍然在燕国为官。

后世有人作了一篇《苏秦赞》，对苏秦的一生进行了简要的概括：

季子周人，师事鬼谷。揣摩既就，《阴符》伏读。合从离横，佩印者六；晚节不终，燕齐反覆。

张仪见六国伐秦劳而无功，心中暗暗欢喜，等得到苏秦去世的消息后，在为好友悲伤的同时也有些高兴，说："终于到我一展才华的时候了！"于是就找机会对魏哀王说："秦国的实力能够同时对抗五个国家，说明五国中任何一个国家都无法独力对抗秦国。原来倡导合纵的是苏秦，可是苏秦连自己都保不住，还能保住一个国家吗？就连同父同母的亲兄弟都会因为利益打得头破血流，何况是两个国家呢？大王如果仍然执迷于苏秦的合纵，不肯依附秦国，一旦哪个国家先依附了秦国一起攻打魏国，魏国就危险了。"魏哀王说："寡人倒是愿意听从相国的意见依附秦国，但是寡人担心秦国不接纳，这该怎么办？"张仪说："臣替大王去秦国请罪，以建立两国之间的良好关系。"于是魏王就大张旗鼓地派张仪出使秦国，至此秦、魏之间的关系得到了改善，张仪也重新回到秦国担任相国。

燕国的相国子之长得身高体壮、膀大腰圆，能够抓住身边掠过的飞鸟、赶上奔驰的骏马，在燕易王时期就掌握了燕国的政权。燕王哙继位后，只知道花天酒地、寻欢作乐，根本就不处理朝政，子之也就有了篡位自立的心思。苏代、苏厉都是子之的结义兄弟，所以每当别国派使节到访时，就会夸赞子之是如何的贤明。有一次，燕王哙让苏代出使齐国去看望在临淄做人质的儿子，回国后燕王哙问苏代："听说齐国有一个孟尝君，是天下闻名的贤者，齐国有了这样的贤臣，是不是就可以称霸天下了？"苏代说："不能。"燕王哙又问："为什么？"苏代回答道："齐王虽然知道孟尝君贤明，但是却不肯给他足够的权力，怎么能够称霸天下？"燕王哙说："寡人就是没有孟尝君这样的贤臣，要是有的话，给他足够的权力有什么困难的？"苏代趁机说："相国子之政务娴熟，他就是燕国的孟尝君！"此后燕王哙就让子之全权处理朝政。

又有一天，燕王哙问大臣鹿毛寿："古代的君王很多，为什么只有尧、舜受到后人的赞扬呢？"鹿毛寿也是子之一党的，就回答道："尧舜之所以能被称为圣人，就是因为尧把帝位禅让给了舜、舜把帝位禅让给了大禹。"燕王哙又问："那么为什么大禹将帝位传给了儿子呢？"鹿毛寿说："大禹也曾经想过将帝位禅让给益，所以才让益处理政务，但是他没有废除儿子夏启的太子之位，所以大禹驾崩之后，夏启就夺走了益的帝位。后世的人们都说大禹的德行不够，不如尧、舜，就是这个原因。"燕王哙说："我想把王位禅让给子之，这样做合适吗？"鹿毛寿说："大王如果能够做到，那大王的德行就和尧、舜一样了。"于是燕王哙就召集群臣，宣布废黜太子姬平，将王位禅让给相国子之。子之假意谦让了三次，也就欣然接受了。随后就是祭祀天地，子之穿上早就准备好的帝王服饰，拿着玉圭坐上了王位，一副洋洋得意的样子。燕王哙反而站在大臣的行列里向子之跪拜，将主宫让给子之，自己搬到了离宫居住。苏代、鹿毛寿都被封为上卿。将军市被不忿子之篡取王位，就带着自己的私兵攻打子之，都城的老百姓也都加入了他的队伍。双方战斗了十几天，共计死伤几万人，最后市被兵败被杀。鹿毛寿对子之说："市被之所以会发动叛乱，就是因为原来的太子姬平还活着。"子之就打算趁这个机会囚禁姬平，太傅郭槐知道后，就带着姬平一起逃到了无终山避难，姬平的庶弟姬职逃到了韩国。都城里的百姓无一不对子之怨声载道。

齐湣王听说燕国发生了内乱，就拜匡章为大将，率十万大军从渤海攻打燕国。燕国的百姓对子之恨之入骨，纷纷以箪食壶浆迎接齐军，没有一个抵抗的。匡章从出兵那天起，一路上没有遇到一点阻拦，仅仅用了五十天时间就到了燕国的都城，而且一到那里百姓就打开了城门。子之的党羽见到匡章的大军进了城，也都一哄而散。子之仗着自己的勇武，和鹿毛寿一起率兵与齐军在大衢抗战，然而燕国的士兵越来越少,鹿毛寿也战死了。子之身负重伤之后,还杀死了一百多人,最后力竭被俘。燕王哙在离宫上吊自杀,苏代跑回了洛阳。

周赧王元年,匡章捣毁了燕国的宗庙社稷,将燕国府库中的钱财宝物搜刮一空,随后将子之用囚车送到临淄请功。至此,燕国三千多里的国土大半都归于齐国。匡章的大军仍旧驻扎在燕国的都城,以控制刚刚侵占的燕国领土。

子之被押到临淄后,齐王历数他的罪行后将他凌迟处死,肉泥赐给群臣。从接受禅让到被凌迟,子之只做了一年多的燕王,就因为一个虚名而觊觎王位,最终落得身死族灭,真是太愚蠢了!

燕国的百姓虽然痛恨子之,但是看到齐王的意图是吞并燕国,自然也不愿意做亡国奴,于是就在无终山找到太子姬平,重新立他为燕国的国君,也就是历史上的燕昭王,原太傅郭槐为相国。赵武灵王也不愿意看到齐国吞并燕国,就让大将乐池将姬职从韩国接了过来,准备以大军护送他回燕国,拥立姬职为燕王,后来听说姬平已经被立为燕王,这才终止了这个计划。

燕昭王继位后,郭槐立刻传檄燕国各地,告诉百姓原太子姬平已经登基,随后已经投降齐国的各地纷纷易帜,重新回归燕国。匡章无力阻止,只好率军回了齐国。燕王回到都城后,重修宗庙,矢志复仇,放下身段,用重金招揽四方豪杰。他对郭槐说:"先王受到的耻辱让寡人夙夜难忘。如果能有贤明的人帮助寡人,寡人愿意一切都听他的。只求先生能为寡人找到这样的贤才。"郭槐道:"古时候,有一个国君想要千里马,就让内侍带着千金去寻找。内侍在路上遇到一匹死马,一群人都围在旁边叹息,内侍就问他们叹息什么,有人说:'这是一匹千里马,可惜死了,所以我们在这里叹息。'内侍就用五百金买下死马的骨头,用布袋装起来交给了国君。国君很生气,骂道:'死马的骨头有什么用?况且还浪费了我五百金!'内侍说:'我之所以花了五百金,就是因为这是千里马的骨头。这种稀罕事必然会四处流传,人们也会说'国君为一匹死了的千里马,尚且愿意花五百金,何况活着的呢?千里马很快就要有了。'不到一年的时间,就有人送来了三匹千里马。现在大王想要招揽天下的英才,就让臣来做马骨吧,那么才能比臣高的人,怎么不会为了优渥的待遇前来呢?"于是燕王就为郭槐修建了宫殿,平时两个人在一起的时候都是郭槐上坐,自己以弟子的礼节服侍他,就连郭槐的饮食都会亲自端过去。又在易水河畔筑起一座高台,上面堆积大量的黄金来供养四方的宾客,起名"招贤台",也叫"黄金台"。于是燕王喜爱招贤纳士的名声遐迩皆知,各国的名士也纷至沓来:有来自赵国的剧辛、来自东周的苏代、来自齐国的驺衍、来自卫国的屈景等。燕王将这些人全部拜为客卿,一起谋划国事。元朝的刘因曾作了一首名为《黄金台》的诗,对燕昭王轻财好士、重兴燕国的行为进行了歌颂和赞扬。诗的全文是：

燕山不改色，易水无剩声。谁知数尺台，中有万古情！

区区后世人，犹爱黄金名。黄金亦何物，能为贤重轻？

周道日东渐，二老皆西行。养民以致贤，王业自此成。

齐湣王战胜了燕国，杀死燕王哙和子之后，威名大振，秦惠文王认为齐国已经对秦国形成了威胁。而楚怀王担任纵约长后，又和齐国的关系良好，双方已经形成牢固的军事同盟，这些都让秦王极度担忧，就找张仪商议，看用什么办法可以瓦解齐楚联盟。张仪说："这个不难，臣凭一张利口就可以拆散这个联盟，让楚国和秦国交好而与齐国绝交。"

在取得秦王的同意后，张仪就辞去相国的职务，开始去楚国游历。楚怀王身边有一个叫靳尚的宠臣，怀王对他可谓言必听计必从，张仪就用重金结好靳尚，通过他获得了楚王的接见。楚怀王对张仪的到来很重视，亲自到城外迎接他，给张仪赐坐之后问："先生来到鄙国，有什么指教？"张仪说："臣此番到来，为的是让秦楚两国重归于好。"楚怀王道："寡人哪里不愿意和秦国交好呀？只是秦国经常攻打楚国，所以不敢和秦国交好。"张仪对他说："现在天下的大国有七个，最大的就是楚国和齐国，加上秦国也不过三个而已。秦国要是和东方的齐国合作，齐国的地位就会高于其他国家；要是和南方的楚国合作，楚国的地位就会高于其他国家。然而按照鄙国国君的意愿，是想要和贵国合作，而不是齐国。为什么呢？因为齐国是秦国的姻亲，却很对不住秦国！鄙国国君希望能和贵国合作，臣也希望能为大王出力。但是大王一直和齐国交好，这就让鄙国国君不高兴了。如果大王能和齐国绝交，鄙国国君愿意归还楚国商、於六百里土地，而且还会将鄙国国君的女儿嫁给您，从此之后秦国和楚国的关系就是亲人加兄弟，共同对抗其他五国。希望您能同意！"楚国的一众大臣都以为能够收回失地，一起向楚王祝贺，只有一个人挺身而出，说道："不能听张仪的！以臣看来，这是坏事而不是好事！"楚王抬头一看，原来是客卿陈轸，就不高兴地说："寡人不费一兵一卒就得到了六百里土地，大家都认为是好事，只有你认为是坏事，为什么呢？"陈轸说："秦国之所以重视楚国，就是因为楚国和齐国是盟友。如果现在和齐国绝交，那么楚国就没有了帮手；没有帮手的楚国有什么值得秦国重视的，还要奉送六百里土地？这是张仪的诡计！如果和齐国绝交了，张仪反口不给大王土地，而齐国又因为怨恨大王的背叛而与秦国交好，齐、秦合兵攻打楚国，那么楚国的灭亡指日可待！所以臣认为这是坏事而不是好事。大王不如派一个使者和张仪一起去秦国，等六百里土地交割完毕之后，再和齐国绝交不迟！"屈平也说："陈轸说得对，张仪就是个反复小人，绝对不能相信他的话。"然而靳尚反对，说:"不先和齐国绝交,秦国会给我们地吗?"楚怀王也说:"很明显,张仪不可能欺骗寡人。陈轸就不要多说了,就看寡人怎么接收土地吧。"随后就将相印交给了张仪,赐给他一百镒黄金、十匹骏马,一面通知北方边境的守将不让齐国的使者进入,一面派逢侯丑和张仪一起去秦国接收商、於之地。

一路上张仪和逢侯丑两个人喝酒吃肉聊得十分开心,简直就像亲兄弟一样。快要到咸阳的时候,张仪装作喝醉了,一脚踏空就从车上掉了下来。仆人赶紧去搀扶,张仪大喊道:"我的脚摔坏了,赶紧去找医生。"说完就躺在车上进城,让人去报告秦王,将逢侯丑留在馆驿里,自己一溜儿烟地回家了。

逢侯丑去求见秦王,秦王不见他;去张仪家里,看门的人一直推脱说张仪的脚伤还没有痊愈。就这样一连等了三个月的时间,逢侯丑才等到上书秦王的机会,将张仪的许诺告诉了秦王。秦王回信说:"如果张仪真的这样说了,寡人一定兑现。可是寡人听说楚国和齐国一直藕断丝连,担心会受到欺骗,所以除非张仪伤好了亲自跟寡人说,否则寡人是不会相信的。"逢侯丑只好再去找张仪,可是仍然见不到人,他只好派人回楚国,将秦王的话转告给楚怀王。楚怀王说:"秦国怎么还说我们和齐国藕断丝连呢?"就让勇士宋遗转道宋国,带着宋国的关符来到齐国境内,对齐湣王大肆辱骂。齐湣王知道后大怒,就派遣使者西行来到秦国,表示愿意和秦国一起攻打楚国。

张仪听说齐国的使者来了,就知道自己的计划成功了,于是对外宣传自己的伤痊愈了,开始上朝。在进宫门之前遇到了逢侯丑,张仪装作很惊讶的样子问他:"将军怎么不去接收土地,仍然滞留在这里呢?"逢侯丑说:"秦王说见了先生才会决定,现在幸好先生的伤好了,就赶紧告诉秦王吧,我也好早点回去向我们的国君汇报。"张仪说:"这点儿小事还用得着报告秦王吗?我所说的是我那六里的采邑,愿意送给楚王。"逢侯丑说:"我听到的命令是接收商、於之地六百里的土地,可不是六里。"张仪说:"楚王大概是听错了吧?秦国的土地都是用战士们的鲜血换来的,一寸也不会送人,何况是六百里呢?"

逢侯丑回去一说,楚怀王大怒道:"这个张仪果然是反复无常的小人!要是让我抓住了,一定会生吃了他!"马上就下令调集兵马,准备攻打秦国。客卿陈轸上前问楚王:"现在臣可以说话了吗?"楚王道:"寡人以前没有听先生的劝告,果然被小人给骗了。先生今天有什么妙计?"陈轸道:"大王已经没有齐国这个盟友了,现在又去打秦国,未必能有什么实质性的好处。不如再割让给秦国两座城池为礼物,与秦国合兵攻打齐国。虽然我们在秦国那里失去了土地,可是又从齐国那里补了回来,整体来说没有损失,甚至还会有增加。"楚怀王道:"欺骗楚国的是秦国,齐国有什么错误?与秦国合兵攻打齐国,天下的人都会笑话寡人!"随后拜屈匄为大将、逢侯丑为副将，带领十万大军取道天柱山西北直接袭击蓝田。秦王知道后，命魏章为大将、甘茂为副将，领兵十万迎战；又派遣使者向齐国征兵，齐国的将领匡章也率军前来助战。屈匄虽然也是一员骁勇善战的名将，怎奈寡不敌众，连续几次作战都失利了，楚军最后在丹阳被齐秦联军一举歼灭。楚国在这次战争中损失极大：主将屈匄被甘茂斩首，逢侯丑等七十多个将领战死，士兵损失八万多人，还失去了汉中地区八百多里的土地。韩国、魏国听说楚国战败，也蠢蠢欲动地试图发动袭击。楚国举国震动，楚怀王担心有亡国之祸，就派屈原作为使者到齐国谢罪，派陈轸作为使者到秦军大营，以两座城池为代价求和。魏章让人去请示秦王，秦惠文王说："寡人想要黔中，愿意用商、於来换，如果楚王同意了就可以退兵。"魏章按照秦王的命令转告了楚怀王，楚怀王说："寡人不要土地，只要有张仪就心满意足了。如果贵国能把张仪送到楚国，寡人愿意把黔中送给贵国作为谢礼。"

第九十二回
赛举鼎秦武王绝脰　莽赴会楚怀王陷秦

听说楚怀王愿意用黔中换张仪，秦惠文王身边那些嫉妒张仪的人都说："用一个张仪换来黔中几百里的土地，太划算了！"然而秦王却坚定地说："张仪是寡人的股肱之臣，寡人宁愿不要那些土地，也不能失去张仪！"张仪却说："臣愿意去。"秦王道："楚王正一腔怒气等着先生呢，如果先生去了，他肯定会杀了先生。寡人不愿意看到先生落到这个下场。"张仪说："如果用微臣一个人的性命，为大秦换来数百里的土地，那臣虽死犹荣，况且臣还未必会死！"秦王问："先生有什么妙计可以脱身吗？麻烦您说出来让寡人参详一下。"张仪道："楚王的夫人叫郑袖，既漂亮又聪明，很受楚王的宠爱。当年臣在楚国的时候，听说楚王又喜欢上了一个美人，郑袖就对这个美人说：'大王不喜欢别人呼出的气体喷到他的身上，你在大王身边的时候最好捂着自己的鼻子。'这个美人信以为真，之后见了楚王果然都捂着自己的鼻子。楚王很奇怪，就问郑袖：'这个美人见了寡人就捂着鼻子是什么原因？'郑袖说：'她嫌大王身上臭，不想闻。'楚王大怒，就将那个美人的鼻子给割了，从此郑袖就成了楚王最宠爱的人。还有楚王最信任的大臣靳尚，也得到了郑袖的欢心，二人内外勾结，能够影响楚国整个朝堂。臣以前和靳尚关系很好，料想在这两个人的庇护下保住性命是没有问题

827

的。大王只要命令魏章率军在汉中保持对楚国的军事压力，楚王必定不敢杀我。"秦王觉得张仪说得有道理，这才放他去了楚国。

张仪刚到楚国，楚怀王就命人把他抓起来投入狱中，准备选一个日子将他明正典刑。张仪在去楚国国都之前就已经派人联系了靳尚，所以靳尚一听说张仪被抓起来了，就去跟郑袖说："夫人以后就不会独享大王的宠爱了，真可惜啊！"郑袖大惊，问道："出了什么事？"靳尚说："秦国不知道大王对张仪有气，所以才让他出使楚国。现在听说大王要杀了张仪，秦王就打算还给大王原先侵占的土地，还要将自己的女儿嫁给大王，陪嫁的都是能歌善舞的美女，唯一的要求就是让大王饶了张仪。秦王的女儿来了，大王必须要给她尊贵的地位，更要以礼相待，夫人您还想要独得大王的欢心，可能吗？"郑袖大惊，问道："先生有什么办法阻止这件事？"靳尚说："夫人装作不知道这件事，给大王分析一下杀了张仪的利害关系，只要把张仪放了，秦王也就不会嫁女了。"

这天夜里，郑袖哭着对楚王说："大王想要用土地换张仪，秦国还没有接收土地就把张仪送来了，这是秦国对大王的尊敬。秦国的军队一举攻下汉中，已经具备了吞并楚国的条件。杀了张仪就会给秦王发难的借口，必定会增加兵力进攻楚国，到时候我们夫妇性命难保。这些天来，每次想到这里我都寝食难安。况且食君之禄忠君之事，张仪本来就是秦国的相国，为秦国着想本来就是他的本分，又有什么可怪罪的呢？大王如果能够厚待张仪，他也会像效忠秦王那样效忠大王。"楚王说："夫人不要担心，我会好好考虑的。"

就在楚王犹豫不决的时候，靳尚又劝他："杀了一个张仪，对于秦国算不上什么损失？可是我们却实实在在的少了黔中几百里的土地！不如留下张仪的性命，还能当作与秦国谈和的筹码。"从内心来说，楚王也不想把黔中给秦国，于是就放了张仪从优招待。张仪趁机游说楚王，楚秦交好有许多好处云云。随后楚王就让张仪回了秦国，以增进两国的友谊。

屈原出使齐国回来后，听说楚王放了张仪，就进谏说："以前张仪欺骗了大王，这次张仪来了，本来臣还以为大王要吃他的肉、喝他的血呢，可是现在大王不但放了他，还被他迷惑得要和秦国交好。就连一个百姓都知道报仇，何况是一个国君呢？没有得到秦国的欢心，反而惹了众怒，臣觉得大王的做法有欠考虑。"楚王一听，确实是这个道理！立刻让人驾轻车去追赶张仪，可惜张仪早已快马加鞭跑了两天了，哪里能追得到？张仪回到秦国后，魏章也从汉中撤军回了咸阳。后世有人作了一首诗，既赞叹张仪的机智，也讽刺了楚怀王的愚蠢。诗是这样写的：

张仪反覆为嬴秦，朝作俘囚暮上宾。

堪笑怀王如木偶，不从忠计听谗人。

回到咸阳后，张仪对秦王说："臣九死一生，才得以重新见到大王。楚王虽然很畏惧秦国，但是也不能让臣失信于楚王。如果大王能够将汉中地区的一半还给楚国，再和楚王联姻，臣就能以和楚国交好为开端，游说六国一起侍奉秦国。"秦王认可了张仪的建议，就以汉中的五个县为礼物，派人去楚国修补双方的关系，同时请求楚王将女儿嫁给秦国的世子嬴荡，又将自己的女儿嫁给楚王的小儿子熊兰。楚王很高兴，认为张仪果然没有欺骗自己。秦王认为张仪功劳不小，就又赏赐了他五个城池为采邑，号为"武信君"；又给他准备了黄金白璧、高车驷马，到各国游说连横。

张仪先去的是齐国，对齐湣王说："大王觉得齐国和秦国相比，谁的土地面积大？谁的军队战斗力强？您的大臣都认为齐国离秦国远，不会受到秦国的攻击，这是只顾眼前、不顾以后的短视行为。现在秦国和楚国联姻，赵、魏、韩无不吓得战战栗栗，争着献给秦国土地以获得秦王的欢心，只有大王仍然仇视秦国。如果秦国让韩国、魏国攻打齐国的南部边境、让赵国的军队趁机渡过黄河攻打临淄、即墨，到时候大王就算是想要和秦国交好，秦国还愿意和齐国交好吗？"齐王道："寡人一切都遵从先生的安排。"于是赠予张仪厚礼。

随后张仪又去了赵国，对赵武灵王说："鄙国国君的军队虽然武器不精良、士卒缺乏训练，但还是愿意和大王在邯郸比试一番，所以先让臣通知您一下。大王的凭仗就是苏秦倡导的合纵，可是苏秦背弃燕国逃到齐国后，又因为内乱被刺杀，他连自己的性命都保不住，您竟然还相信他的那一套，真是荒唐啊！如今秦楚结成了姻亲，齐国纳贡，韩、魏称臣，这就是五个国家合为一体了。大王想要以一个独木难支的赵国对抗五个国家，连万分之一的希望都没有！所以臣为大王考虑，就会和秦国交好！"赵王也答应了和秦国交好。

接着张仪又去了燕国，对燕昭王说："和大王关系最好的是赵国。当初赵无恤将他的姐姐嫁给了代国的国君，后来他想吞并代国，就和代国国君约定在一座山上相会。赵无恤事先让工匠制作了一把长柄的金勺，在饮宴的时候厨师端上来一鼎肉汤，他抓过金勺将勺柄刺进了代国国君的胸膛，随后就吞并了代国。他的姐姐知道后对天长泣，用摩笄［古代女性插在头发上的簪子］刺进自己的喉咙自杀了，后人将那座山叫作"摩笄山"。赵无恤为了利益连自己的亲姐姐都会放弃，何况是没有血缘关系的人呢？现在赵王已经用割地的方式向秦国谢罪，马上就要和鄙国的国君在渑池相会，一旦秦国让赵国攻打燕国，大王还能保住易水河与长城吗？"燕王惊恐万分，马上表示同意把恒山东面的五座城池送给秦国，做为和秦国交好的礼物。

张仪完成了连横的任务，就踏上了返回秦国的路程。还没有到咸阳，就听说了秦惠文王去世，秦武王嬴荡继位的消息。

齐湣王开始听张仪说三晋都已经向秦国献地求和，所以才不敢有反对的想法，等知道张仪是离开齐国之后才去往赵国，认为自己是被张仪给骗了，非常生气。后来又听说秦惠文王去世，他就让孟尝君给各国去信，商谈一起和秦国绝交再次合纵。因为楚国和秦国联姻的缘故，担心楚国不同意合纵，就打算先攻打楚国。楚国让世子熊横到齐国做人质，齐国这才撤回了军队。齐湣王为"纵约长"，与各国共同宣布，抓到张仪的人可赏十座城池。秦武王性格粗疏耿直，在做世子的时候就厌恶张仪的诡计多端，以前那些嫉妒张仪的人趁机开始在秦王跟前说他的坏话。张仪害怕被秦王处死，就进宫对秦王说："臣有一计愿意献给大王。"秦王问："是什么计策？"张仪说："听说齐王对臣很是憎恨，臣在哪个国家做官就会攻打哪个国家。既然如此，我就辞去秦国的官职去魏国做官，那么齐国必然去攻打魏国。趁着齐国和魏国发生战争，大王就派兵攻打韩国，占领了三川就有了取代周王室的机会。"秦王认为张仪的计策不错，就用三十辆兵车把他送到了大梁。魏王让张仪代替公孙衍为相国，而公孙衍则离开魏国去了秦国。

齐湣王知道张仪担任魏国的相国后，果然怒不可遏，立刻就准备发兵攻打魏国。魏王害怕了，就问张仪怎么办。张仪就让他的门客冯喜装成楚国人去见齐湣王，说："听说大王格外憎恨张仪，是真的吗？"齐王说："真的。"冯喜说："如果大王真的恨张仪，臣希望您不要攻打魏国。臣刚好是从咸阳来的，听说张仪离开秦国的时候和秦王有约定，说'齐王恨我，我在哪里他就攻打哪里'，所以秦王才大张旗鼓地把他送到了魏国，目的就是为了挑起齐国和魏国之间的战争。一旦齐、魏之间的战争僵持下来，秦国就有了在北方动手的机会。所以大王要是真的去攻打魏国，就是中了张仪的计了。大王不如不攻打魏国，这样秦国就会对张仪失去信任，张仪虽然留在了魏国，也不会有什么作为了。"齐王觉得有道理，就取消了攻打魏国的计划。魏王因为这件事更加器重张仪。一年多后，张仪病死在魏国。也是在这一年，齐国的王后钟离春去世。

秦武王身强体壮、力大无穷，喜欢和勇士们做摔跤游戏，乌获、任鄙在秦惠文王时期就已经是秦国的将领，武王继位后也很宠信他们，还提高了他们的官职和爵位。周赧王六年，也就是秦武王继位的第二年，齐国有名的力士孟贲来到了秦国，武王亲自测试了他的勇力后感到很满意，也封了他一个大官，和宠信乌获、任鄙一样宠信他。

孟贲单字"说"，在齐国的时候就是远近闻名的勇士，在水里、陆上没有能令他害怕的动物。有一次，他在野外遇到两头牛在抵角，孟贲随手就从中间分开了，其中一头牛趴在地上，另一头牛却仍然扑过去用角抵它。孟贲生气了，左手按着牛头，右手去拔牛的角，结果角拔出来了，牛也死了。当时的人们都害怕他的勇武，没有敢和他对抗的。听说秦武王招募天下勇士的消息后，他就去了秦国。在渡黄河的时候，由于等待渡河的人多，平日里人们都是按照到渡口的时间前后依次登船。可是孟贲根本就不管这些，到了之后挤开众人就上了船。船夫气他不守规矩，就用船楫敲他的头，说："你这么蛮横，以为自己是孟贲吗？"孟贲瞪着眼看着船夫，头发都竖起来了，忽然大喝一声，黄河中顿时破涛汹涌，一船的人都被颠簸得掉进水里。他一摆胳膊一跺脚，渡船就像箭一样飞了出去，不一会儿就到了对岸。

因为六国的"相"都叫"相国"，秦国不屑于采用和他们一样的名字，就改称"丞相"，设左右丞相各一人，以甘茂为左丞相、樗里疾为右丞相。魏章气秦武王不让自己做丞相，就去了魏国。武王想起当初张仪对他说过的话，就问樗里疾："寡人一直生活在西陲，没有见过中原的盛景。如果得到三川，到巩洛地区游玩一次，哪怕死了都甘心！爱卿能为寡人攻打韩国吗？"樗里疾说："大王想要攻打韩国，为的是打下宜阳，以打通去三川的道路。从秦国到宜阳的道路既险峻又遥远，而且赵国、魏国的援兵来得很快，臣的意见是不要攻打韩国。"武王又去问甘茂，甘茂说："臣为大王出使魏国，邀请魏国一起攻打韩国。"武王大喜，就派甘茂去游说魏王，魏王也答应了甘茂的请求。

甘茂以前和樗里疾有矛盾，担心他从中作梗，就让副使向寿先回去告诉武王："魏国已经答应臣的要求。虽然如此，劝大王还是先不要攻打韩国的好。"武王不明白甘茂的话是什么意思，就亲自去接他，两个人在息壤相遇。

武王就问甘茂："丞相许诺为寡人劝说魏国和我们一起攻打韩国，现在魏王也答应了，丞相又说'先不要攻打韩国的好'，为什么呢？"甘茂说："大军行走的是漫长而又险要的道路，要攻打的是劲敌韩国的军事重地，这可不是短时间内能够完成的任务。当初曾参在费［春秋时期鲁国的地名，在今山东费县西南］居住的时候，有一个同样叫曾参的鲁国人杀了人，有人跑过去告诉曾参的母亲：'曾参杀人了！'他的母亲当时正在织布，马上就反驳说：'我儿子不会杀人'，说完继续织布。过了一会儿，又有人跑过来说：'曾参杀人了！'他的母亲停了梭子，想了想说：'我的儿子肯定不会做这样的事。'说完又开始织布。没多久，又有一个人跑过来说：'确定了，杀人的就是曾参！'曾参的母亲把梭子一扔就下了织布机，翻过墙头跑出去藏了起来。即使是曾参这样的贤人，他母亲对他十分信任，三个人说他杀人，他的母亲就相信了。如今臣的德行肯定不如曾参，大王对臣的信任也未必比得上曾参的母亲对曾参的信任，可是将来说臣有问题的人，恐怕绝对不止三个！臣怕的是将来大王会改变主意。"武王说："寡人将来绝对不会听别人的谗言，寡人可以和先生立字为据。"于是君臣二人歃血立誓，并且将誓书保存在息壤。随后秦武王就发兵五万，以甘茂为大将、向寿为副将攻打宜阳。

然而，甘茂围困了宜阳五个月的时间，仍然无法破城。右丞相樗里疾对武王说："我们的军队士气已经不再旺盛，如果不撤兵的话，恐怕会产生不利的变化。"于是武王就命令甘茂撤军，然而却只收到甘茂的一封回信，武王打开一看，上面只有两个字："息壤"。武王恍然大悟："当初甘茂就说过害怕寡人听别人的话，这是寡人做错了。"于是不再提撤兵，还增加了五万兵力，让乌获带着去增援甘茂。

此时由大将公叔婴率领的韩国援军也到了宜阳，秦、韩两国就在宜阳城下展开了野战。乌获拿着一百八十斤的大戟率先打破韩军的阵列，甘茂、向寿各领一支军队随后跟进，韩国的军队根本无法抵挡这样的攻击，不久就一败涂地，被秦军斩首七万多人。紧接着秦军又发起了攻城战，乌获一跃而起用手抓住城墙的垛口，可惜垛口承受不住他身体的重量倒塌了，乌获掉下去的时候正好身下有一块石头，肋骨被摔断了，当场身亡。不过乌获的牺牲并没有影响秦军的士气，宜阳最终还是被攻克了。

这场战争吓坏了韩王，就让相国公仲侈带着财物去秦国求和。秦武王得到宜阳也心满意足了，就答应与韩国议和，下诏让甘茂班师，留下向寿安抚宜阳。随后就让右丞相樗里疾为先导前往三川，武王带着任鄙、孟贲等一众勇士启程直奔洛阳。

周赧王听说秦王来了，就派出使者到城外以主人迎接客人的礼仪来迎接他。秦王向使者道歉说无法拜见周赧王，他知道九鼎就在周王室太庙附近的房子里存放，就提出去参观一下。到了之后，果然看到整整齐齐排列的九尊铜鼎。九鼎是大禹收取九州进贡的青铜，每一个州的青铜铸成一尊鼎，上面有本州的山川、人物、土地面积、贡赋多少等信息。每一尊鼎的鼎脚、鼎耳上都有龙形图案，所以也叫作"九龙神鼎"。九鼎从夏、商时期就是镇国神器，到周武王推翻商朝后，又把九鼎迁到了洛阳。九鼎看上去就像座座小山一样，不知道具体有多重，迁移的时候装在车船上，人拖牛拉，不知费了多少工夫。

秦王挨个看了一遍，心中赞叹不已，然后指着雍州鼎说："雍州就是现在的秦国，雍州鼎也就是秦鼎，寡人应该把这尊鼎带回去。"说完就问守卫九鼎的小吏："这尊鼎有人举起来过吗？"小吏说："自从九鼎迁移到这里后，就从来没有移动过。据说每尊鼎有三万斤重，谁能举起来这么重的东西？"秦王就问任鄙、孟贲："两位爱卿力气都很大，能把这尊鼎举起来吗？"任鄙知道秦王自负力气很大又争强好胜，就推辞说："臣的力气只能举起三千斤，这尊鼎的重量超过臣力气极限的十倍，臣是举不起来的。"孟贲则是卷起袖子走了上来说："让臣试试，要是举不起来大王可不要生气。"随后就让人用青色的丝线制成粗大的绳索，在两边的鼎耳上各结成一个宽松的绳环，接着扎紧腰带、捋起袖子，将两支铁棍一样的胳膊穿进丝绳环里，大喝一声"起"。只见鼎离开地面有半尺高,紧接着就落了下来,而孟贲由于用力过猛,眼珠子都鼓了出来,眼角也撕裂了,鲜血直流。秦王笑道:"爱卿费了很大的力气啊!既然爱卿能举起这尊鼎,寡人难道还不如你吗?"任鄙劝他:"大王是万乘之国的国君,身份是何等的尊贵,不能轻易做这种尝试!"秦王不听,当时就脱下了身上的礼服,将全身上下收拾得利利索索。任鄙拉着他的袖子苦苦劝谏,秦王生气地说:"你自己不能举起来,所以嫉妒寡人吧?"任鄙见秦王动怒,吓得不敢再说话了。秦武王大踏步走到鼎前,也将双臂穿进丝绳环里,想道:"孟贲只能举起来,我偏要举起来后再走几步,这样才显得我力气更大。"随即鼓起全身的力气,憋着一口气心中暗喝一声"起",也只举起了半尺高,正想抬腿起步,不料力气已经用完了,鼎也顺着他的身体落了下来,正好压住了他的右脚,只听得"咔嚓"一声,整个右脚脚骨被生生压断。秦王大吼一声:"疼啊!"当时就晕了过去。跟随的人赶紧把他抬回了驿馆,只是伤势太重,根本就没有可行的治疗方法。秦王的血流了一床,极端痛苦地坚持到了半夜,最终还是去世了。当初他自己曾说,到巩洛地区游玩一次,哪怕死了都甘心,如今果然死到了洛阳,莫非当初的话就是他死亡的预兆吗?

周赧王闻讯大惊,连忙让人准备好质量上乘的棺材,亲自监督秦王入殓的过程,亲自到灵前吊唁,极尽礼数。等周赧王吊唁之后,樗里疾就带着秦王的灵柩返回了秦国。秦武王没有儿子,他的同父异母弟弟嬴稷继承了他的王位,也就是史书上所说的秦昭襄王。先王安葬、新王登基的事情忙完之后,樗里疾开始追究秦王举鼎一事当事人的罪过,孟贲被五马分尸、灭门;任鄙能够尽心劝谏,升为汉中太守。随后樗里疾又在朝堂上公开说:"提出'打通三川'计划的,就是甘茂!"甘茂怕樗里疾以此为借口加害自己,就逃亡到了魏国,后来也死在那里。

秦昭襄王听说楚王向齐国送去了人质,怀疑楚国背叛了秦国,就以樗里疾为大将兴兵攻打楚国。楚国派大将景快率兵迎战,然而景快兵败身死,楚国陷入了新的危机。就在楚王惊恐不已的时候,秦王派人给他送了一封信,大概意思是:

以前寡人和大王约定,双方结为兄弟之好,互相联姻,在很长一段时间里关系都很融洽。然而大王背叛寡人向齐国送去人质,真是太令寡人失望了,所以寡人才派兵攻打大王的边境。但是这也并不是寡人愿意看到的,如今天下最大的国家就是秦国和楚国,如果我们两个国君不和睦,又如何能够号令各国诸侯?寡人希望能和大王在武关见个面,咱们两个亲自订个盟约,然后大王就可以回去了。而且还会将原来楚国的土地都还给大王,我们重续前好。希望大王能够答应,如果不答应的话,寡人是不会就这样回去的。

楚王看完后,就召集群臣进行商议。他说:"寡人要是不去,担心激怒秦国;要是去的话，又担心被秦国欺骗。是去还是不去好呢？"屈原说："秦国是虎狼之性，楚国被秦国欺骗不是一次两次了，大王要是去了肯定回不来。"相国昭睢说："屈原说的是忠言！大王一定不能去。我们还应该尽快向边境增兵严防死守，提防秦军发动袭击！"靳尚却说："不能这样做。楚国就是无法抵挡秦军，所以才损兵折将，实力日益削弱。现在秦王想要交好我们却拒绝了，要是秦王大怒之下增兵攻打楚国，怎么办？"楚怀王的小儿子熊兰娶的是秦王的女儿，认为双方是亲家，必然不会有什么危险，就极力劝说楚王赴约，说："秦王和楚王亲上加亲，再没有比这种关系更亲密的了。他们攻打我们的时候，我们还想要与他们求和呢，况且人家热情地邀请我们呢？靳尚先生的想法最正确，大王不可不听。"楚王因为刚打了败仗，心中对秦国本来就有所畏惧，又被靳尚、熊兰这么一说，就答应和秦王相见。挑选好日子后，楚王就出发了，随行的只有靳尚一个大臣。

秦昭襄王让他的弟弟泾阳君嬴悝伪装成自己坐镇武关，坐的是秦王的御车、用的是秦王的仪仗，随从的也都是宫中的侍卫。让将军白起带兵一万埋伏在武关中，准备随时劫持楚王。让将军蒙骜带一万人埋伏在武关的外面，随时准备处理可能发生的意外情况。又不断派出使者恭敬地去迎接楚王。

楚王对秦国没有一点儿怀疑，刚到武关，就见关门打开了，有一名秦国的使者出来说道："我们大王已经在关内等候您三天了，不敢让大王的车驾停留在荒野之中，特地命臣请大王到馆驿相见。"楚王这时候已经到秦国的地盘了，也没有拒绝的余地，只好跟使者一起进关。刚过去武关的大门，一声炮响，关门忽然关闭。楚王心中就有了怀疑，问使者："为什么这么急着关门？"使者说："这是按照秦国的规定做的。现在还处于战争时期，不能不这样做。"楚王又问："你们大王在什么地方？"使者回答说："就在前面馆驿等着您呢。"说完就呵斥车夫快点走。

又走了二里多地，就看见秦王的侍卫守护在一所房子周围，使者命令车夫停车。这时从房子里走出一个人，楚王见这个人虽然也穿着锦袍玉带，但是神情举止并不像是一个国君应该有的样子，心中更是疑惑，不肯下车。那个人向楚王鞠躬说道："大王就不用再怀疑了，臣确实不是秦王，而是秦王的弟弟泾阳君。大王进来吧，臣有话跟您说。"楚王没办法，只好下车走了进去，可是还没等坐下，就听见外面杀声四起，向外面一看，只见整个房子都被秦军围得水泄不通。楚王这时倒冷静下来了，对泾阳君说："寡人是应秦王的邀请来会见的，为什么要派兵围住寡人？"泾阳君道："我们没有恶意。秦王刚好生了点小病无法出门，又不愿意失信于大王，所以才让臣来邀请大王到咸阳一叙。至于这些士卒嘛，都是为了保证大王的安全才派来的。大王千万不要推辞啊。"到了这个地步，哪里还能轮得上楚王做主？泾阳君嘴上说着漂亮话，绑架一般将楚王拉到马车上，由白起领兵护送直往咸阳而去，武关只留下蒙骜带的兵马。楚王看看四周，发现没有靳尚的身影，就知道靳尚逃回了楚国，叹了一口气，流着泪道："真后悔没有听昭睢、屈原的话，这是被靳尚给害了啊！"

得到楚王到了咸阳的消息后，秦昭襄王在章台召见他。当时在场的有秦国的文武百官和各国的使节，秦王面对着南方坐下，让楚王以藩臣拜见君王的礼节拜见他。楚王大怒，气冲冲地大声说："寡人认为秦楚是姻亲，所以才不加防备地来和你会面。现在你装病把我骗到咸阳，又不以礼相待，你是什么意思？"秦王道："以前您说将黔中送给我，结果说了不算。今天请您过来，就是为了让您完成当初的诺言。只要您把黔中给我，我马上就送你回去。"楚王说："秦国就算是想要得到黔中，也应该光明正大地说出来，何必搞这些阴谋诡计呢？"秦王道："不这样做，您是不会答应的。"楚王道："寡人可以把黔中给你。咱们签订一个盟约，你派一个将领随我回楚国接收黔中，怎么样？"秦王道："盟约没用。您必须先派一个人回去，将黔中的地图、户籍交割清楚，才能放你回去。"秦国的众臣也都上前劝说楚王，让他接受秦王的条件。楚王更加生气了，说："你用诡计将我骗来，又强迫我割让土地，寡人就算是死了，也不会接受你的胁迫！"秦王见楚王执意不肯，就将他扣留在了咸阳，一直不让他回去。

靳尚逃回楚国后，对相国昭睢说："秦王是想要黔中，所以才把大王给扣了。"昭睢说："现在大王被秦国扣留，世子又在齐国当人质，如果齐国和秦国合谋再扣下世子，那楚国就没有国君了！"靳尚说："大王的儿子熊兰还在呢，怎么不立他为国君呢？"昭睢说："熊兰是庶子，嫡子熊横在很久以前就被大王立为世子了，现在大王还在秦国，如果我们不遵守他的命令舍嫡立庶，等将来大王回来了，我们怎么解释？我们假装去齐国送讣告，顺便请世子回国，齐国必然会答应我们的要求。"靳尚说："我没有能力让大王躲过危难，这次的事情就让我略效微劳吧。"昭睢就派靳尚为使者出使齐国，谎称楚怀王去世，前来齐国接世子回去继位。

齐湣王对孟尝君说："楚国现在没有国君，如果我们扣下熊横，让楚国用淮北来换熊横怎么样？"孟尝君说："不能这样做。楚王也不是只有熊横一个儿子，我们扣了熊横，要是楚国拿淮北来赎他，当然什么问题都没有；要是楚国的大臣立楚王另外的儿子为国君，那么我们既得不到一点好处，还要落一个不讲道义的坏名声，扣着熊横还有什么用？"齐王想了一下，发现确实是这个道理，就按照礼仪让熊横回了楚国。

熊横是楚国的第四十一位国君，号顷襄王。他继位后仍然信任重用熊兰、靳尚，又让使者去秦国通知秦王："幸亏祖宗保佑，鄙国又有了新的国君！"秦王扣留楚怀王，落了个言而无信的坏名声，也没有得到黔中，心中又羞又怒，就让白起、蒙骜率军十万攻打楚国，夺取十五座城池才罢休。楚王在秦国生活了一年多的时间，发现秦

835

国人对他的看守越来越松懈,就化装逃出了咸阳,准备逃回楚国。秦王闻讯后立刻派兵追赶,楚王不敢直接向东走,而是向北逃向赵国,打算到赵国后绕道回楚国。

第九十三回
赵主父饿死沙丘宫　孟尝君偷过函谷关

　　赵国的赵武灵王名叫赵雍,眉骨呈弧形、嘴部突出、连鬓胡子,一张黑脸泛着油光,有超出常人的气概和并吞天下的志向。在赵武灵王继位的第五年,韩国国君的女儿被立为王后,后来她生了儿子名叫赵章,当时就被立为世子。到了赵武灵王十六年的时候,他梦见有一个美女鼓琴,觉得这个美女简直就是仙女下凡。第二天他将做的梦讲给大臣们听的时候,有一个叫胡广的大臣说,自己的女儿孟姚善于鼓琴。武灵王就在大陵台召见孟姚,果然和梦中的美女一模一样;又让孟姚鼓琴,琴艺也相当出色。武灵王很喜欢孟姚,就让她进宫做了嫔妃,称她为"吴娃"。吴娃生了个儿子叫赵何,在韩后去世后,武灵王竟然废黜了世子赵章,改立吴娃为王后,赵何为世子。

　　之前赵国的周边环境很危险:东边是东胡、北边是燕国、西北是林胡和楼烦、西南隔着黄河就是秦国,是典型的四战之地。武灵王担心赵国日后国力衰弱受到这些势力的欺凌,就带头扎皮带、穿皮靴,穿窄袖左衽的胡人服装,此后赵国人不分贵族百姓都穿胡服。废除了战车,建立了骑兵军队,每天都让骑兵用弓箭狩猎,大大加强了赵国军队的战斗力。

　　在完成一系列的改革后,赵武灵王亲自率军攻城略地,将赵国的疆域扩大了几百里,南面扩张到了恒山一带,西面新设了云中郡,北面新设了雁门郡。此时赵国的实力达到了一个新的高峰,武灵王就有了攻略秦国的意图,打算从云中郡出发途径九原南下直袭咸阳。他认为手下的将领都无法完成这个伟大而又艰难的军事行动,就决定让世子提前继位,自己亲自来执行这个计划。

　　周赧王十七年,赵武灵王将大臣们都召集到世子居住的东宫,将王位传给世子赵何,也就是赵惠王。赵武灵王自号主父——相当于后世所说的太上皇,任命肥义为相国、李兑为太傅、公子成为司马,将长子赵章派到安阳,号安阳君,让田不礼辅佐他。

　　赵主父打算考察一下秦国的地形,也想观察一下秦王的为人处世,就假称自己是赵国的使者赵招,带着国书来秦国通报赵国改立新君。他带着几个画工,一面走一面画沿途的地形。到咸阳拜见秦王的时候,秦王问:"你们大王今年多大了?"他说:"正值壮年。"秦王又问:"既然正值壮年,为什么将王位传给儿子呢?"他说:"我们大王认为,刚继位的新君大多都不熟悉政务,他想改变这种情况,就让新君先继位,然后再手把手地教他如何处理政务。不过我们大王虽然名义上是'主父',可是国家的事务仍然可以一言而决。"秦王问:"你们赵国惧怕秦国吗?"他回答说:"要是不怕的话,就不会进行胡服骑射的改革了。现在我国训练有素的骑兵是以前的十倍,有了这些,或许能够让我们两国长久地保持良好的关系。"秦王见他回答问题的时候不卑不亢、对答如流,心里十分敬重。睡到半夜,秦王忽然想起使者相貌堂堂、身材魁梧,神情举止不像是臣子,更像是久居人上的国君,就觉得疑点重重,再也睡不着了。

到了天明,他就命人去喊使者赵招前来觐见,可是使者的仆人却说:"使者生病了,暂时无法觐见,等病好了就去拜见秦王。"过了三天,使者还是没有出现,秦王生气了,就让小吏去把使者抓来。然而等小吏到使者居住的馆驿中时,发现使者已经不见了,只抓到了跟随他的仆人,而且仆人说自己才是真的赵招,于是小吏就把他押到了秦王面前。秦王说:"既然你是真的使者赵招,那么之前的那个是谁?"赵招说:"那个人是我们的赵主父。主父想要亲眼看到大王的威仪,所以才诈称使者。他现在已经离开咸阳三天了,特地命臣留在咸阳向大王谢罪。"秦王大惊,跺着脚说:"赵主父欺我太甚!"立刻就命令泾阳君和白起领三千精兵昼夜兼程去追赶。等泾阳君他们赶到函谷关的时候,守关的士兵说:"赵国的使者已经出关三天了。"泾阳君等人无奈,只好回去将赵主父已经离开秦境的消息禀报秦王。秦王知道后一连几天都心惊肉跳,最后还是按照礼仪把赵招送回了赵国。后世有人对赵主父敢于亲自潜入秦国、直面秦王的行为赞叹不已,作诗说:

分明猛虎踞咸阳,谁敢潜窥函谷关?

不道龙颜赵主父,竟从堂上认秦王。

第二年,赵主父再次出巡云中郡,自代国出发一直西行到楼烦才停下来。为了震慑中山国,赵主父在灵寿修建了一座城池,起名为"赵王城";也为吴娃在肥乡修建了一座城池,起名为"夫人城"。这时候赵国的实力已经超出魏国和韩国了。

也是在这一年,楚怀王从秦国逃到了赵国,赵惠王和一众大臣商议之后,担心接纳楚王会引起秦国的怒火,主父出巡,他不敢自己决定,就拒绝收留楚王。楚王没有办法,就想继续向南去投奔魏国,然而还没到就被秦军追上了,只好随同泾阳君一起回了咸阳。楚王的心中愤恨难平,吐了一斗多的血,就此一病不起,不久就去世了。秦国将他的尸首送还给楚国。楚国的百姓怜悯楚怀王被秦国欺骗,最后客死他乡,迎接他尸首的人无不痛哭流涕,就像自己家的亲人去世了一样。楚怀王去世后，各国诸侯厌恶秦国的霸道和不讲道义，又开始了新的合纵计划。

屈原一直认为楚怀王之死的主要责任在于熊兰和靳尚，可是这两个人仍旧受到楚顷襄王的信任和重用，无论君臣都苟且偷安，没有一点儿向秦国报仇的意愿。屈原的心中愤愤不平，几次向楚王进谏要亲君子远小人，训练士兵挑选将领，以期为楚怀王报仇雪恨。熊兰知道屈原所指的"小人"就是指自己和靳尚，就让靳尚对楚王说："屈原觉得自己和大王是同姓，然而却没有得到大王的重用，心中对大王有怨念，经常对周围的人说大王不向秦国报父仇是不孝，熊兰等人不赞成讨伐秦国是不忠。"楚顷襄王大怒，就削去了屈原所有的官职，将他赶回了家。

屈原的姐姐叫屈婆，早已嫁到了远方，听说屈原被楚王赶走，就回到了秭归老家去探望他。见到屈原的时候，只见他蓬头垢面，在汨罗江岸边一边走一边吟诗，就劝他："虽然楚王不采纳你的忠言，但是你已经尽到臣子的责任了，再忧愁又有什么用处呢？为什么不躬耕陇亩度此余生呢？"屈原一向都很尊重姐姐的意见，为了不让她担心，就拿起锄头去地里干活了，同乡的人都知道屈原因为忠诚而被放逐，都来帮他干活。过了一个多月，姐姐见屈原好像心情已经恢复平静，也就回去了。屈原又叹息道："楚国的形势已经恶劣到如此地步，我不忍心看到宗族灭亡的那天！"就在凌晨的时候，他抱着一块大石头投入了汨罗江，这一天是农历的五月初五。附近的人听说屈原投江了，纷纷驾着小船前来营救，可惜已经来不及了。于是就用苇叶将黍米包成三角形，投入汨罗江来祭奠他，上面用彩色的丝线包裹，以防止蛟龙抢食，这就是粽子的来历；另外还有赛龙舟，也是从人们驾船营救屈原演变而来的。之后这些活动从楚国流传到了越国，逐渐又蔓延到了其他地区，最后成了一个全国性的风俗。屈原曾经种过的那块地，种出来的米晶莹如玉，被称为"玉米田"；当地人为屈原立祠，把他的家乡改名为"秭归"。在北宋元丰年间，屈原被封为清烈公，还为他的姐姐修建了庙宇，称为"秭归庙"，后来又加封屈原为"忠烈王"。后世有人曾写过一首《过忠烈王庙》：

峨峨庙貌立江傍，香火争趋忠烈王。
佞骨不知何处朽，龙舟岁岁吊沧浪。

赵主父结束云中郡的巡游回到邯郸后，对有功人员进行了封赏，全国的百姓每人都被赏赐了够吃五天的酒肉。那天，在群臣祝贺之后，赵主父让赵惠王坐上王位，自己在旁边的便座上坐着，看群臣向赵惠王行礼。当他看到年幼的赵何穿着王服坐在上面，而已经成人的赵章反而在下面向自己的弟弟跪拜的时候，心中不禁对赵章升起了怜悯。朝会结束后，赵主父对身边的赵胜说："你看到安阳君的样子了吗？虽然他也跟着大家一起朝拜，但是好像心里并不情愿。我想把赵国一分为二，让赵章做代王，地位和赵王平等，你看怎么样？"赵胜说："大王当初废长立幼就已经做错了，现在君和臣的名分已经确定了，如果再另生事端，恐怕会发生争夺王位的事情。"赵主父说："大权都在我的手里，又有什么好担心的？"

回宫之后，王后吴娃见他脸色不好看，就问他："莫非今天朝中发生什么事了吗？"赵主父说："我觉得做为哥哥的赵章朝拜年幼的弟弟，有点于理不合。想要让赵章做代王，可是赵胜却说不合适，所以我有点拿不定主意。"吴娃说："当初晋穆侯有两个儿子，大儿子叫姬仇，二儿子叫姬成师。晋穆侯去世后，姬仇继位为晋国的国君，将弟弟分封在曲沃。姬成师羽翼丰满后，就杀光了姬仇的全家，自己成为晋国的国君，这件事您是知道的。做为弟弟的成师尚且会杀掉哥哥，更何况哥哥对弟弟、成年人对未成年人呢？我们母子会死无葬身之地的！"赵主父被吴娃的话所迷惑，就打消了这个念头。

在赵主父说这番话的时候，旁边有一个曾经在东宫侍候过赵章的内侍听到了，就偷偷地把赵主父的想法告诉了赵章。赵章和田不礼进行商议，田不礼说："主父说让两个儿子都能称王，这是很公平的，可惜被一个女人拦住了。大王年龄小，不懂事，真要是找个机会把他除掉，主父也拿我们没有办法。"赵章说："这件事就交给你了，如果成功了我们同享富贵。"

太傅李兑和相国肥义私交很好，他偷偷告诉肥义："赵章这个人性格强横骄傲，跟随他的人很多，而且有不臣之心；田不礼刚愎自用，知进而不知退。他们两个走到了一起，想来不久就会发生夺位的事情了。您位高权重，他们第一个目标肯定就是您，要是您称病辞职，让公子成接任相国，就不会牵连到您了。"肥义说："主父将大王交给了我，让我做相国的原因，就是认为我可以保证大王的安全。现在还没有到危险的时候，我就先做了逃兵，不是让荀息看笑话吗？"李兑叹道："您现在是一个忠臣，不再是智者了。"说着眼泪就流了下来，哭了好一会儿才告辞离开。肥义想到李兑的话就夜不能寐、食不下咽，左思右想也没有好办法阻止赵章他们的阴谋，只好嘱咐赵何的近侍高信："今后要是有人喊大王出去的话，必须先告诉我。"高信说："谨遵您的吩咐。"

这一天，赵主父和赵何一起到沙丘游玩，安阳君赵章也跟着去了。沙丘上有一座高台，据说是商纣王修建的；还有两所离宫，赵主父和赵何各自住在一所离宫里，相隔五六里，赵章的住处正好在两座离宫的中间。田不礼对赵章说："大王出游在外，带的卫士不多。如果我们假传主父的命令让他去主父的离宫，他必定会过去；我们在路上埋伏好，半路上把他截杀，然后再用主父的名义安抚他的部下，谁还敢反对我们？"赵章说："这个计划很好！"

当天夜里，赵章的一个心腹装成主父的使者，来到赵惠王的离宫对他说："主父突然生病了，想要见大王，希望大王能快点过去！"高信马上就跑着去报告肥义，肥义说："主父平常没什么病，这件事很可疑！"他马上就进了离宫，对赵何说："臣先去，如果没有意外发生，大王才能出发。"又对高信说："把离宫的门都锁好，一定不要轻易开门。"

肥义带上几名骑兵和使者先走，到了半路的时候，伏兵以为是赵惠王来了，一拥而上将他们全部杀死了。田不礼过来用火把一照，才发现死者是肥义而不是赵惠王。田不礼大惊，说："事情有了变化，趁消息还没有走漏，最好集中全部兵力偷袭离宫，幸运的话还能够成功。"于是就簇拥着赵章一起偷袭赵惠王居住的离宫。

因为肥义走前有过吩咐，高信紧锁宫门，早就做好了各种应变的准备，田不礼的偷袭毫无悬念地失败了。到天亮的时候，高信让人到房顶上射箭，一下子就射死了好多叛军。箭射完后，又揭起瓦片往下投掷。田不礼命人将巨石绑在木头上撞击宫门，发出雷鸣般的声音。眼看宫门就要被撞开，赵惠王危在旦夕的时候，离宫外面又响起了厮杀的声音，两支兵马冲了过来，将叛军杀得四散逃走。原来，公子成和李兑被留在邯郸，他们担心赵章会趁机作乱，就各自带领一支部队前来接应，正好遇到叛军围攻离宫，这才解救了赵惠王。

赵章兵败之后对田不礼说："现在该怎么办？"田不礼说："您赶紧到主父那里哭着求他，主父一定会庇护你的。我在这里尽全力阻挡追兵。"赵章就按他说的，一个人骑着马跑到赵主父的离宫，赵主父果然把他藏了起来。田不礼带着残兵再次和追来的公子成、李兑交战，众寡悬殊下被李兑杀死。李兑料想赵章无处可逃，唯一的生路就是去赵主父那里，于是就带兵围住了赵主父的离宫。

宫门打开后，李兑举着剑走在前面，公子成紧随其后。见到赵主父后二人跪下磕头，说："安阳君赵章反叛，这是国法难容的罪行，请主父把他交出来。"赵主父说："他没有到我这里来，二位爱卿去其他地方找吧。"李兑、公子成再三请求，赵主父始终都不松口。李兑对公子成说："既然到了这个地步，就先搜查吧，等搜不出来我们再向主父请罪。"公子成也赞同道："你说得不错。"于是二人就喊进来几百名亲兵，搜遍了离宫的各个角落，最后终于在一个夹墙里找到了赵章，把他给绑了出来。李兑一看见赵章，立刻拔出剑来砍掉了他的头颅。公子成问："你怎么这么急呀？"李兑道："万一让主父发现让我们把他交出去，不交就是抗旨不尊，交了就是放虎归山，还不如早点儿杀了呢。"公子成很佩服李兑思虑周详。

李兑提着赵章的头颅从离宫出来的时候，听到了主父的哭声，又对公子成说："主父把赵章藏起来，就说明他在可怜赵章。我们围困主父的离宫，杀死赵章，能不伤主父的心吗？这件事结束之后，主父要是追究我们围困离宫的罪行，我们九族都会被杀了！大王年幼，没法和他商量，我们就自己解决吧！"于是就吩咐士兵："继续包围离宫。"又让人假传赵惠王的命令，说："离宫中的人听着，大王有令，先出来的免于处罚，后出来的按叛军的同党论罪，诛九族！"离宫里的上下人等听了，都争先恐后地跑了出来，只剩下了赵主父一个人。赵主父喊了这个喊那个，没有一人回应，等他想要出去的时候，才发现宫门已经在外面锁上了。外面一连几天都没有解围，赵主父在离宫中饥饿难耐，却一点儿吃的都没有。院中的树上有一个鸟窝，他爬上去掏了几个鸟蛋生吃了，一个多月后终于饿死了。后世有诗云：

胡服行变靖虏尘，雄心直欲并西秦。

吴娃一脉能胎祸，梦里琴声解误人。

赵主父的死外面的人并不知道，李兑等人一直都不敢进去，直到三个多月后，才打开锁进入离宫，这时候赵主父的尸首都已经干了。公子成侍奉着赵惠王看了赵主父的尸首后，开始入殓发丧，将他葬到了原先代国的地域。现在山西的灵丘，就是因为赵武灵王的坟墓在这里而得名的。

赵惠王回到邯郸后，任命公子成为相国、李兑为司寇。没过多长时间，公子成就死了，因为赵胜曾阻止赵主父分封赵章为王，赵王就任命他为相国，还将平原赐给了他，号为"平原君"。

和孟尝君一样，平原君也喜欢供养名士。封爵之后，他招揽宾客的兴致更高了，家里供养的门客经常都有数千人之多。

平原君的府邸里有一座漂亮的楼房，里面住的是他的侍妾，从这座楼上可以看到旁边的邻居家。邻居家的男主人是一个瘸腿的平民。有天早上，这个人拖着腿去打水，有个侍妾在楼上看到后就大笑起来。过了一会儿，他就来找平原君，平原君作了个揖把他请了进来。他说："听说君侯喜欢名士，士人们之所以不远千里来到君侯的府上，就是因为君侯看重名士、看轻美色。在下是一个残疾人，走路不方便，可是君侯的侍妾却在楼上指着臣嘲笑。在下不甘心受到妇人的侮辱，希望君侯能够把那个嘲笑在下的侍妾给杀了。"平原君笑着说："好"。他走后，平原君笑着说："这个家伙傻了吧？就因为对着他笑了，就想让我杀掉自己的侍妾吗？"

平原君的府中有一个规定：负责管理门客的人每个月都要统计门客的数量，按照门客的多少来划拨相应的钱粮。在平民上门兴师问罪之前，门客的数量是越来越多，而此后则是越来越少，仅仅一年多点儿的时间，门客的数量就只有以前的一半了。平原君很奇怪，就敲钟将所有门客都召集过来，问："我在招待诸位的时候，一直是以礼相待，可是很多人都走了，是什么原因呢？"有一个门客上前说："君侯不杀嘲笑平民的侍妾，大家都很不以为然，认为君侯看重的是美色而不是人才，所以他们都走了。我们最近也要走了。"平原君大惊，对众门客谢罪道："这是我的不对！"立刻就解下自己的佩剑，让随从去砍下那个对着平民笑的侍妾的脑袋。然后自己提着脑袋到邻居的门前，跪下来向平民请罪。平民见平原君完成了自己的要求，感到很高兴。从此之后门客们都认为平原君很贤明，门客的数量又回到了原来的水平。当时有人作了三字歌谣来称颂平原君：

食我饱，衣我温，息其馆，游其门。

齐孟尝，赵平原，佳公子，贤主人。

秦昭襄王听说平原君为了一个瘸子斩了自己的侍妾，感慨万千，有一天在和向寿谈话的时候，就说到了平原君的贤明。向寿说："平原君和齐国的孟尝君相比还是有差距的。"秦王问："那孟尝君又贤明到了哪种程度？"向寿说："孟尝君在他父亲田婴还在世的时候，就已经开始主持家中的各项事务，接待各方宾客。各方的宾客纷纷来投，各国的诸侯对他都很佩服，要求田婴让他作世子。等他继承薛公的爵位后，投奔他的门客就更多了。这些门客的衣食都和孟尝君是同样的，所耗费的财力无法计算，孟尝君差点因此而破产。从齐国来的士人都觉得孟尝君对自己很好，没有一个说他坏话的。现在平原君的侍妾嘲笑瘸子却不舍得杀，直到门客对他有意见了，才斩下侍妾的头去谢罪，不显得有点晚了吗？"

秦王又说："寡人怎样才能见一面孟尝君，让他为我做事呢？"向寿道："大王如果想要见孟尝君，为何不召见他呢？"秦王道："他是齐国的相国，让他来他会来吗？"向寿道："如果大王送儿子或者兄弟去齐国做人质，以此来说明大王的诚意和态度，齐国自然不敢不让孟尝君来。孟尝君来了，大王就任命他做秦国的相国，齐国势必也要让大王的儿子、兄弟做齐国的相国。秦、齐两国的国君都让自己的亲人做对方的相国，关系也就会越来越密切，将来一起对付其他诸侯就很容易了。"秦王说："好，就这么办。"随后就派他的弟弟泾阳君嬴悝到齐国做人质，说："寡人将自己的弟弟送到了齐国，希望齐国能让孟尝君来秦国一趟，让寡人和他见一面，以纾解寡人对他的仰慕之情。"

孟尝君的门客听说秦王召见他，都劝孟尝君一定要去。正好苏代作为燕国的使者来到了齐国，他对孟尝君说："今天我进城的时候，听到一个木偶和一个土偶说话：'天要下雨了，你就要被淋坏了，怎么办？'土偶笑着说：'我本来就是土做成的，淋坏了也只不过是回到了最初的形态。要是你被雨水冲走，我就不知道你会被漂到什么地方了！'秦国是虎狼之国，连楚国的国君都敢扣下来，何况您呢？如果不放您回齐国，我不知道您最后的结果会是什么样。"听了他的话，孟尝君就更不想去秦国了。

匡章知道后就对齐湣王说："秦王宁愿在齐国放一个人质，也要见孟尝君，说明秦王是想要和齐国亲近。如果孟尝君不去秦国，秦王必定会不高兴！就是孟尝君去了秦国，大王也不能留秦国的人质，留了就说明大王不相信秦王。大王不如把泾阳君放回去，然后让孟尝君出使秦国以感谢秦王的厚爱，这样秦王就会更相信孟尝君，对齐国也会更好。"齐湣王觉得这样做很好，就对泾阳君说："寡人马上就要派相国田文出使秦国，让他随时接受秦王的教诲，哪里敢让您这样的贵人做人质呢？"随后就备好车马把泾阳君送了回去，同时让孟尝君出使秦国。

随同孟尝君去秦国的门客有一千多人，一共用了一百多辆车，浩浩荡荡地去咸阳拜见秦王。孟尝君进了秦宫后，秦王走下台阶去迎接，握着他的手嘘寒问暖，还说自己对孟尝君是多么的仰慕等等。

孟尝君送给秦王一件白色的狐裘，毛有两寸长，比雪还要白，价值千金，是一件天下无双的宝物。秦王对这个礼物很喜欢，会见结束后就直接穿上了，回到后宫之后对最宠爱的燕姬夸耀这件狐裘。燕姬说："这种狐裘很常见，没有什么珍贵的地方。"秦王说："狐狸不活到几千岁，身上的毛就不会发白。普通的狐裘都是用狐狸腋窝里的那一块皮一点点拼出来的，而这件则是一整块皮，珍贵的地方就在这里。齐国是中原的大国，所以才能有这样珍贵的衣服。"当时天气还热，秦王就脱下狐裘交给管理衣物的小吏，让他仔细收藏，等天冷了就要穿，同时也在心里做了决定，过几天就任命孟尝君为丞相。

樗里疾担心孟尝君担任丞相后，会夺取他的权力，就让他的门客公孙奭对秦王说："田文是齐国人，担任丞相后必然会先为齐国考虑，而后才是秦国。以孟尝君这样的贤才，只要想做就不可能不成功，加上他门客众多，如果他借秦国的权力背地里为齐国做事，那秦国就危险了！"秦王将公孙奭的话告诉了樗里疾，问是不是这样。樗里疾说："公孙奭说的不错。"秦王又问："既然这样，那就把他放走吧？"樗里疾说："孟尝君来秦国一个多月了，他那一千多门客早就把秦国的里里外外都打听得清清楚楚。如果让他回了齐国，就是一个祸害，不如杀了吧。"秦王被樗里疾的话迷惑了，就将孟尝君软禁在驿馆里。

泾阳君当初在齐国的时候，孟尝君对他热情招待，每天都送去精美的酒食，临走的时候还送给他几件宝贝，所以对孟尝君很感激。他知道秦王的计划后，就偷偷地去告诉了孟尝君。孟尝君害怕了，就问他怎么办，泾阳君说："大王还没有最后做决定。后宫有一个叫燕姬的嫔妃，最受大王的宠爱，说的话大王都会听。君侯如果带有宝贝，我替您送给燕姬，让她向大王进言放您回国，君侯也就不会有性命之忧了。"孟尝君就拿出两双纯净无暇的玉璧，托泾阳君献给燕姬让她为自己解围。

然而燕姬却对泾阳君说:"我不要玉璧。我最喜欢的就是白狐裘,听说中原那些大国有,如果孟尝君送给我一件,我一定替他说话。"泾阳君回去将燕姬的要求告诉了孟尝君,孟尝君说:"天下只有这一件,还已经献给秦王了,上哪里去找第二件去?"于是就问所有门客:"谁能再给我找到一件白狐裘?"一群人面面相觑,都束手无策,只有最后面的一个瘦瘦小小的门客走上前来,说:"臣能找到。"孟尝君问:"你有什么办法?"门客说:"臣能装成狗,从秦王那里偷出来。"孟尝君笑了笑,就让他去了。

当天夜里,门客扮成狗的样子,从狗洞中潜入王宫的仓库里。看守仓库的小吏听到窸窸窣窣的声音,就坐起来喊:"是谁?",门客马上学了几声狗叫,小吏以为是看门狗,就放心地重新躺下去睡觉,一点儿怀疑都没有。等小吏睡熟后,门客将他身上的钥匙取了下来,打开收藏宝物的柜子,果然找到了白狐裘,就偷出来献给了孟尝君。孟尝君天一亮就让泾阳君将狐裘转交给了燕姬,燕姬非常高兴。

到了吃晚饭的时候,燕姬看秦王的情绪不错,就趁机说:"妾身听说齐国的孟尝君是天下闻名的大贤,他本来是齐国的相国,不愿意来秦国,可是秦国执意将他请了过来。现在不想用他也就是了,为什么还要杀了他呢?把人家的相国请过来,却无缘无故地杀了,还要落一个屠戮大贤的名声,妾身担心以后天下的贤士都不会来秦国了!"秦王听了说:"有道理!"

第二天一上朝,秦王就命令人给孟尝君准备车辆和通关文书,让他回齐国去。

孟尝君说:"幸亏燕姬说情,我才能逃脱虎口。万一秦王反悔了,我仍然是性命不保。"有一个门客善于伪造假文书,就把孟尝君通关文书中的名字给改了,然后一行人急忙离开了咸阳。

到函谷关的时候正值半夜,此时关门早已落锁,孟尝君担心追兵随时都可能赶到,急于出关。可是关门的开启和落锁时间都是有规定的:天黑就要落锁,到鸡叫才会开启。就在孟尝君和一众门客急得像热锅上的蚂蚁时,一阵阵公鸡的叫声从门客的队伍中传了出来。孟尝君奇怪地看了过去,发现是一个下等门客学的鸡叫。听到了鸡叫,函谷关内所有的公鸡也都叫了起来,守关的小吏以为天就要亮了,就起来打开关门,开始查验通关文书放行。一出了关门,孟尝君等人就快马加鞭、日夜兼程地回了齐国。归国之后,孟尝君对这两个门客说:"我能够虎口脱险,靠的就是鸡鸣狗盗的帮助!"其他门客自愧没有帮到孟尝君,从此不敢再小看任何一个下等的门客。后世有人用诗对孟尝君不拘一格的用人原则进行了毫不吝惜的赞美:

明珠弹雀,不如泥丸;白璧疗饥,不如壶餐。狗吠裘得,鸡鸣关启;虽为圣贤,不如彼鄙。细流纳海,累尘成冈;用人惟器,勿陋孟尝。

樗里疾听说秦王把孟尝君放走了,急忙跑到宫里,问昭襄王:"大王就算是不想杀田文，也要把他留在秦国做人质，怎么把他给放了呢？"秦王很后悔，就让人去追孟尝君，一直到函谷关都没有追上，于是就找守关的小吏要出关的名单，但是根本就没有孟尝君出关的记录。使者说："莫非他走错路了，还没有到？"等了半天，还是不见孟尝君一行的踪影。守关的小吏问他们找的究竟是谁，使者就详细描述了孟尝君的相貌和随行人数、车马等情况。小吏听后说道："如果是这群人的话，那他们今天一大早就出关了。"使者问："还能追上吗？"小吏说："这群人跑得飞快，估计现在都已经离开一百多里地了！肯定追不上！"使者只好回去禀报了秦王。秦王听后叹息道："这个孟尝君有神鬼莫测的智谋，果然是天下闻名的贤士！"

天冷之后，秦王让管理衣物的小吏把白狐裘取出来，却怎么也找不到，紧接着就发现白狐裘被燕姬穿在身上，就问燕姬哪里来的白狐裘，这才知道白狐裘是被孟尝君派人给偷走了。秦王又叹道："孟尝君的门下就像是一个大集市，什么样的人才都有，我们秦国没法比呀！"就正式把白狐裘赐给了燕姬，也没有追究小吏失窃的罪过。

第九十四回
冯谖弹铗客孟尝　齐王纠兵伐桀宋

孟尝君逃出了函谷关，准备经赵国返回齐国。平原君赵胜知道后，亲自到城外三十里处去迎接，态度极其恭敬。赵国有很多人都听说过孟尝君，但是没见过他，于是都出来围观。孟尝君个子较矮，还没有普通人高，有个围观的人笑着说："以前我很仰慕孟尝君，觉得他一定是相貌堂堂的大丈夫、美男子，现在看来不过是一个小男人罢了！"旁边有几个人也都跟着笑了起来。当天夜里，所有嘲笑孟尝君的人都被砍掉了脑袋。平原君心里清楚，杀人的凶手就是孟尝君的门客，但是始终都不敢过问孟尝君。

齐湣王派孟尝君出使秦国后，就像被砍掉一条胳膊一样，担心他为秦国所用，一直忧心忡忡。等孟尝君从秦国逃回后，齐王大喜过望，仍然任命他为相国，而投奔孟尝君的门客也越来越多了。

在此之前，由于门客太多，孟尝君已经无力像以前那样一视同仁地供养，他将门客分为三等，供门客居住的客舍也分为三等。上等的叫"代舍"，中等的叫"幸舍"，下等的叫"传舍"。住在"代舍"的人可以代表孟尝君去处理某项事务，能够住进代舍的都是上等门客，吃饭有肉、出入有车；"幸舍"的意思是住在这里的人都能够独当一面，能够住进幸舍的门客，吃饭有肉但不提供车辆；"传舍"的意思是只解决温饱，既没有肉也没有车，所有的下等门客都住在这里。前面说过的鸡鸣、狗盗和伪造通关文书的人，现在都被安排进了代舍。孟尝君在薛邑的收入并不足以供养门客，他就在薛邑放高利贷，以利息补贴门客的日常用度。

有一天，一个衣衫褴褛、相貌伟岸的男子求见孟尝君，他衣衫褴褛，脚着草鞋，说自己叫冯谖，是齐国人。孟尝君与他见礼就坐之后问道："先生到寒舍来，不知有什么见教？"冯谖说："没有。我就是听说您喜欢供养门客，不管贵贱都收留，我家里太穷了，所以才来投奔您。"孟尝君就安排他住进了传舍。

过了十几天，孟尝君问传舍长："新来的那个门客都做了些什么？"传舍长说："冯先生穷得很，除了一把剑什么都没有。而且还没有剑鞘，只能用草绳绑起来挂在腰间。每天吃完饭都敲着剑唱：'长剑啊，我们回家吧，饭里没有鱼！'"孟尝君笑着说："这是嫌我提供的饭食不够好啊！"就命人将冯谖安排住进幸舍，享受中等门客的待遇。并让幸舍长观察他的举动，说："五天后把他的表现告诉我。"五天后幸舍长来报告："冯先生还是吃了饭就敲着剑唱歌，就是换词了，现在唱的是：'长剑啊，我们回家吧，出门没有车！'"孟尝君惊奇地说："这是想做我的上等门客啊！这个人必然有特殊的才能。"随后他就把冯谖的住处改到了代舍，仍然让代舍长注意冯谖，看他是不是还要继续提要求。冯谖每天坐车早出晚归，又唱道："长剑回家吧，没办法养家！"代舍长对孟尝君诉说后，孟尝君皱着眉头说："这个客人怎么这么贪得无厌呢？"再让人注意冯谖的举动，发现他后来不再唱了。

过了一年多的时间，负责管理钱粮的人来告诉孟尝君："目前的钱粮只够用一个月了。"孟尝君查看了一下账目，发现很多老百姓都欠他的账，就问身边的随从："门客中有谁能去薛邑为我把欠账收回来？"代舍长说："没听说冯先生有什么长处，不过看上去是一个忠诚可靠的人。以前他不是自己要求做上等门客嘛，不如君侯利用这件事试试他的能力？"孟尝君就把冯谖请过来，对他说了请他去薛邑收债的事。冯谖一口就答应下来，随后就坐着车到了薛邑，住进了公府里。

薛邑有居民一万多户，大部分都借了孟尝君的高利贷。听说孟尝君派上等门客来收利息，很多人主动送了过来，总计有十万钱。冯谖就用这些钱买了酒肉，提前贴出告示说："凡是欠孟尝君钱的，无论有没有能力偿还，明天都要到府中查验借款的契约。"百姓们听说去了有酒肉吃，都按时到来。冯谖一个个地都给了他们酒肉，让他们吃饱喝足，同时趁机在旁边观察借钱人的言行举止，从中分析他们真实的经济状况。

等大家都吃完酒肉后，他开始一个个地对账。根据借钱人的经济状况，对那些暂时无力偿还但是过一段时间能还上的人，就重新定一个还款日期写在借款契约上。而那些确实无力偿还的人，都跪在他的周围苦苦哀求再将还款日期延后。冯谖命人点起一堆火，将一筐子契约扔进火里烧成了灰，然后对大家说："孟尝君之所以贷钱给你们，是担心你们这些穷苦百姓无法生活，并不是为了赚钱。然而君侯的门客众多，仅靠孟尝君的俸禄是供养不起的，所以才收取利息补贴门客的用度。现在有偿还能力的，就重新约定还款日期；实在无力偿还的，就免去你们的债务。孟尝君对你们薛邑的百姓，可谓是有天高地厚之恩呀！"在场的老百姓都跪下磕头，欢欣鼓舞地说："孟尝君就是我们的再生父母啊！"

早就有人将冯谖焚烧契约的事报告给了孟尝君，孟尝君听后大怒，马上让人把冯谖喊回来。冯谖回来的时候空着两只手，孟尝君假装不知道他焚烧契约的事，问他："先生辛苦了，债收完了吧？"冯谖说："不但把债给收回来了，还为您把德收回来了。"孟尝君气得脸都变色了，责备说："我有三千多门客，俸禄不足以供养，这才在薛邑放贷，希望能够收点利息补贴一下。听说你收到利息后，买了很多酒肉与百姓大吃大喝，又烧掉了一半的契约，竟然还说'把德收回来了'，你收的是什么德？"冯谖说："君侯暂且息怒，让我详细给您说一下。借债的人太多了，如果不准备酒肉，他们就会因为怀疑我请他们的用心而不敢来；如果他们不来，我就无法知道他们家的经济条件。有还款能力暂时无法归还的，就宽延一下期限。那些没有还款能力的，就是逼他们，他们还是还不起；时间越长利息就越多，多到一定程度他们就会逃亡了。薛邑虽然不大，但却是君侯世代相传的封地，这里的人民是可以和君侯同甘苦共患难的。现在免除了那些穷人的债务，来展现君侯不重金钱重人民的美德，您仁义的美名将会永远流传。这就是臣为君侯收回来的'德'！"孟尝君还在为如何供养门客烦恼呢，心中对冯谖的话根本就不以为然；可是那些契约已经烧了，即使再骂他也无济于事，只好勉强让自己的脸色好看一点，对冯谖作了一个揖，道了一声谢，就让他回去休息了。后世有人作诗对冯谖敢于担当，以放弃债权的方式为主家打下坚实群众基础的做法，进行了热情的赞扬：

逢迎言利号佳宾，焚券先虞触主嗔。

空手但收仁义返，方知弹铗有高人。

秦昭襄王见识到了孟尝君的能力，非常后悔放走了他，想："要是齐国重用了孟尝君，终归是秦国的祸患！"于是就派人到齐国境内四处散播谣言，说："孟尝君仁义的名声天下流传，天下只知道齐国有个孟尝君，又有谁知道齐王是谁呢？想来不久孟尝君就会成为齐国的国君了！"又让人去游说楚顷襄王："以前六国攻打秦国的时候，只有齐国的军队没有到战场，这是因为孟尝君不服楚怀王当了纵约长，所以才故意拖延行军速度的。楚怀王在我国的时候，本来我们的国君是想放他回去的，可是孟尝君让人来告诉秦王，不要让楚怀王回去。因为当时大王在齐国做人质，他想让秦国杀了楚怀王，把大王留下来作为要挟楚国割地的筹码，这才使得大王差点儿回不了楚国，楚怀王在秦国去世。秦国之所以做了对不起楚国的事情，都是因为孟尝君的挑唆。秦王因为这件事打算杀了孟尝君，不料又被他给跑了。现在他又重新做了齐国的相国，手中大权在握，说不准什么时候就会篡位自立，到时候楚、秦两国就进入多事之秋了。鄙国的国君愿意悔过自新，和楚国重新交好，将女儿嫁给大王，以期两国共同面对孟尝君篡位之后的局面，希望大王能够答应！"楚王被他迷惑了，竟然不顾杀父之仇，重新和秦国交好，迎娶秦王的女儿为王后，也让人到齐国境内散布流言蜚语。

齐湣王对这些谣言信以为真，就罢去孟尝君的相位，将他赶回了薛邑。那些门客听说孟尝君罢相，都纷纷离开了，只有冯谖一个人留了下来，为孟尝君赶车。

车驾还没到薛邑，薛邑的老百姓就扶老携幼迎接过来，争着向孟尝君献上酒水饭食，一个挨一个地向他问好。孟尝君很感动，对冯谖说："原来这就是先生为我收取的'德'啊！"冯谖说："臣的用意并不仅仅是这些。如果给我准备一辆马车，必能让君侯重回朝堂，而且采邑也会增加。"孟尝君道："先生说怎么办就怎么办！"

几天后，孟尝君准备好了车马和大量金银钱币，告诉冯谖："先生想去哪里就去哪里。"于是冯谖驾车来到了咸阳，对秦王说："来到秦国的士人，都想让秦国强大而削弱齐国；而去齐国的士人，都想让齐国强大而削弱秦国。秦国和齐国势必无法并立于世，只有胜利者才能拥有整个天下。"秦王问："先生有什么办法让秦国成为胜利者而不是失败者？"冯谖问："大王知道齐国已经不用孟尝君了吗？"秦王说："我听说了，但是我不敢相信。"冯谖说："齐国之所以被各国重视，就是因为孟尝君的贤明。现在齐王听信谗言免去了孟尝君的相国之位，这种将功劳当作犯罪的行为必然会使得孟尝君心里产生怨恨。如果秦国能在孟尝君怨恨齐国的时候，将他接到秦国重用，那么齐国在秦国面前就没有秘密了。如果使用得当，到时候齐国甚至会成为秦国的一部分，哪里仅仅只是一个胜利者呢？大王最好快点让使节悄悄去薛邑，带上重礼聘请孟尝君。机不可失时不再来！万一齐王醒悟过来，又重新让孟尝君担任相国，那时谁是胜利者谁是失败者就又不好说了！"当时樗里疾刚去世，秦王正想找一个能力出众的丞相，冯谖的话对他来说无异于久旱之后的甘霖。他立刻命人带十辆豪华的马车和一百镒黄金，用丞相的仪仗去迎接孟尝君。冯谖又对秦王说："臣先回去替大王给孟尝君说一下，让他做好准备，免得到时候耽误时间。"

冯谖一路疾驰回到了齐国，顾不上去见孟尝君，反而先去求见齐王，说："齐国和秦国是竞争对手，这个大王是知道的。有了人才就是胜利者，失去人才就是失败者。今天我在路上听说，秦国庆幸孟尝君失去相位，暗地里用十辆豪车、百镒黄金来聘请孟尝君去秦国担任丞相。如果孟尝君到秦国担任了丞相，不为齐国而是为秦国出谋划策，那么秦国就会成为胜利者，临淄、即墨也就危在旦夕了！"齐王吓得面色大变，说："那该怎么办？"冯谖说："秦国的使者很快就要到薛邑了，大王趁着他还没到，抢先恢复孟尝君的相位，增加他的采邑，孟尝君必定会高高兴兴地接受大王的任命。秦国的使者再强势，难道能不经过国君的同意，就私自接走一个国家的相国吗？"齐王说："就这么办！"

然而齐王虽然嘴上答应了，但并没有完全相信冯谖的话，他让人赶到边境秦国通往薛邑的必经之地，打探这个消息是否属实。使者刚到没多久，就看见西面一支车队逶迤而来，找人一问，果然是秦国派来迎接孟尝君的队伍。使者马上连夜赶到临淄告诉了齐湣王，齐王随即就让冯谖拿着节杖去接回孟尝君，恢复了他的相位，还增加了一千户的食邑。等秦国使者到薛邑的时候，听说孟尝君重新担任了齐国的相国，只好调转马头回去了。

孟尝君复相之后，以前那些离开的门客又回来了。孟尝君对冯谖说："我一向对门客很好，也没有失礼的地方，当我失势的时候，他们却一个个都离我而去；现在幸亏有了先生的帮助，我才重新做了相国，这时候他们又都回来了，难道他们见了我就不感到羞愧吗？"冯谖对孟尝君说："荣辱盛衰是天地间的常理。君侯没有注意到大城市的市场吧？天一亮，人们就争着抢着从大门里挤进去，到了晚上这里几乎就是没有人了，为什么呢？因为这里已经没有了他们所需要的东西！像'富贵多朋友、贫贱没亲人'的事情，就是人际交往中的正常现象，君侯又何必怪罪他们呢？"孟尝君对冯谖再拜道："我明白了，非常感谢您的教导！"此后，他还是像以前那样对待门下的宾客。

这个时期，魏昭王魏遫和韩釐王韩咎在周天子的命令下合纵攻打秦国。秦王以白起为大将，在伊阙和韩魏联军展开决战。在伊阙战役中，秦军斩首二十四万，俘虏了韩国的大将公孙喜，夺取武遂周围二百里的土地。随后秦军又挟大胜后的余威，一举夺取魏国黄河以东四百里的土地。

秦昭襄王对这个战绩非常满意，考虑到七国的国君都是称王，显不出秦国的尊贵，就想要称帝。不过要是自己单独称帝的话，又有点担心成为众矢之的，于是就派使者对齐湣王说："现在所有的国君都称王了，天下的人都不知道谁管谁。寡人的意思是寡人称西帝管理西方，大王称东帝管理东方，这样平分天下，大王意下如何？"齐王有点儿心动，但是也不敢贸然称帝，就征求孟尝君的意见。孟尝君说："秦国因为恃强蛮横被诸侯所厌恶，大王千万不要学秦王。"

过了一个月，秦国又派遣使者来齐国，想让齐国和秦国一起攻打赵国。正好苏代又从燕国来齐国，齐湣王就问他齐、秦称帝的事情该怎么处理。苏代说："秦国不邀请其他国家称帝，而只邀请齐国，这是对齐国的敬重。如果拒绝，就是驳了秦王的面子；如果接受，就会伤害和各国的关系。臣建议大王接受称帝的建议，但是不公开。如果秦国称帝后，西方的那些诸侯愿意承认，大王再称东帝也不迟；如果秦王称帝遭到了诸侯们的反对，大王也可以跟着一起反对。"齐王说："谢谢您的教导。"随后又问："秦国又邀请寡人一起攻打赵国，这件事怎么办？"苏代说："师出无名，就不会成功。赵国并没有犯什么错误，攻打它只会让秦国增加土地，齐国什么好处都没有。现在宋国国君荒淫无道，天下人都称他为'桀宋'，大王与其去攻打赵国，还不如去攻打宋国。占领了宋国的地盘就增加了齐国的疆域，得到了宋国的百姓就增加了齐国的子民，而且还有诛杀暴君、安抚百姓的好名声，这可是媲美商汤、周武王的行为啊！"齐湣王对苏代的建议很满意，就接受了帝号但是不公开，厚待秦国使者之后，又推辞了秦国攻打赵国的邀请。秦昭襄王称帝两个月后，见齐国仍然称王，也取消了帝号，不敢继续使用。

却说宋康王乃是宋辟公的儿子。当初他母亲怀他的时候，曾梦见徐偃王投胎到她的腹中，所以他出生后就起名为"偃"。宋偃出生时就有异相，成年后身高九尺四寸、脸有一尺三寸宽，眼似流星、面露精光，能把铁钩捋直。

在周显王四十一年时，宋偃赶走了他的哥哥宋剔成，自立为国君。十一年后，都城中有一个人掏麻雀窝的时候，从里面掏出一个快要孵出的鸟蛋，打开后发现里面是一只鹞的幼鸟。因为这件事很奇怪，就将这只鹞鸟献给了宋王。宋王让太史占卜吉凶，太史说："小鸟生出了大鸟，这是反弱为强、称霸天下的征兆。"宋王高兴地说："宋国已经积弱多年了，寡人要是不重振宋国，还能指望谁呢？"立刻下令大量拣选国内的青壮年男子，由他亲自训练出了十几万精兵，随后开始向周边的国家展开攻击：攻打东面的齐国，抢走了五座城池；大败南方的楚国，抢走三百多里的土地；又打败了西面的魏国，得到两座城池；灭掉滕国，吞并了这个国家的疆土；接着又派遣使者去秦国交好，秦国也派遣使者到宋国回访。此后宋国就自认为是中原的强国之一，和齐、楚、三晋处于相同的地位；宋偃也开始称王，认为天下英雄没有可以和自己相提并论的。

每次上朝的时候，宋王都要让所有的大臣一起高呼"万岁"。堂上的大臣刚喊完，堂下的小吏也跟着大喊，接着就是门外的侍卫们，"万岁"声震耳欲聋，几里之外都能够听到。又用皮袋子装上牛血挂在高高的木杆上，宋王用强弓利箭射破皮袋子，里面的血洒出来染红了地面，让人在闹市到处宣扬："我们大王把天都射伤了，流了一地的血。"意图用这种方式让远方不知内情的人对他产生畏惧的心理。宋王还安排通宵达旦的酒宴，给大臣们强灌酒，他自己喝的却是温水。大臣中那些酒量很大的都醉得不成样子，他还是一副若无其事的样子。那些喜欢阿谀奉承的人都说："大王酒量如海，喝一千石也不会醉！"

有一天，他在封父游玩，看到远处的宅院里有一个非常漂亮的女子正在采桑叶，为了不让院墙挡住视线，他就让人修建了青陵台，站在上面观看。后来他打听到，这个宅院是舍人韩凭的家，采桑的女子是韩凭的妻子息氏。宋康王就派人告诉韩凭，自己很喜欢他的妻子，让他把妻子让出来。韩凭对他的妻子说了这件事，问她是否愿意。息氏作了一首诗回答他：

南山有鸟，北山张罗；
鸟自高飞，罗当奈何？

宋康王一心想得到息氏，哪里会就此罢休？就派人到韩凭家里抢走了息氏。韩凭眼睁睁地看着息氏被拉上马车哭喊着远去，心中悲愤难忍于是自杀了。宋王带着息氏登上青陵台，对她说："我是宋国的国君，可以决定一个人的富贵，也可以决定一个人的生死。你的丈夫已经死了，你的后半生能依靠谁？如果你答应嫁给我，我就立你为王后。"息氏又用一首歌再次拒绝了他，歌是这样写的：

鸟有雌雄，不逐凤凰；
妾是庶人，不乐宋王。

宋王听了恼羞成怒，说："现在你已经到了这个地步，就算是不想嫁给寡人，也必须嫁！"息氏说："就算是这样，也要让妾身沐浴更衣，祭奠过前夫之后，才能够嫁给大王。"宋王答应了息氏的要求。

沐浴更衣后，息氏对着天空拜了三拜，纵身跳下了青陵台。宋王急忙让人去拉，却已经来不及了。跑到青陵台下再看的时候，只见她早已香消玉殒。在收殓息氏的时候，从她的裙带上发现了留给宋王的一封信，上面写着：

我死后请把我的尸体和韩凭合葬，九泉之下也会感念您的恩德。

宋王看后大怒，就故意把韩凭、息氏分开埋在两个坟茔里，二者一东一西看似很近，却是处于可望而不可即的距离。

息氏入土三天后，也就是宋王返回都城的那天晚上，两个坟茔的旁边忽然分别长出了一棵有着五彩花纹的梓树，十几天的时间就长到三丈多高，相向的树枝交缠到了一起。还有一对鸳鸯飞到了树枝上，脖子交缠发出悲愤的叫声。附近的人都说，这对梓树是韩凭夫妻的魂魄变的，就把这两棵树命名为"相思树"。后人有诗歌颂了息氏忠于爱情、不畏强权的自由精神，诗是这么写的：

相思树上两鸳鸯，千古情魂事可伤！

莫道威强能夺志，妇人执性抗君王。

宋国的大臣们见宋王如此残暴，纷纷上书进谏。宋王觉得这些人是在干涉自己的自由，就在宝座旁边放了一副弓箭，只要有人进谏就一箭射死，最多的时候曾在一天之内射死了景成、戴乌、公子勃三位重臣。自此群臣再也没有敢劝谏他的，各国诸侯也都称他为"桀宋"。

齐湣王听了苏代的建议后，就联合楚国、魏国一起攻打宋国，约定灭宋后三国平分宋国的领土。秦昭王听说齐国要讨伐宋康王，生气地说："宋国刚刚和秦国交好，齐国就去攻打，寡人必定会救援宋国，不可能改变主意。"齐湣王知道后害怕了，就问苏代怎么办。苏代说："臣去阻止秦国发兵，让大王能够顺利讨伐宋王。"随后就去了秦国，对秦王说："齐国现在去攻打宋国了，臣特地来祝贺大王。"秦王说："齐国攻打宋国，先生怎么祝贺寡人呢？"苏代回答道："齐王的残暴蛮横不下于宋王，如今楚国、魏国跟着齐国一起攻打宋国，必然会受到齐王的欺凌。楚国、魏国受到了欺凌，必然会投靠秦国。对于大王来说，舍去一个小小的宋国给齐国，而得到楚国、魏国两个强国，这个交换太划算了，怎么能不向大王祝贺呢？"秦王又问："如果寡人非要去救援宋国呢？"苏代说："宋康王的残暴已经犯了众怒了，所有的国家都希望宋国灭亡，只有秦国站在宋国这边，那么秦国也会受到所有国家的敌视。"秦国这才取消了救援宋国的计划。

齐国的军队最先到达宋国的国境，随后楚国、魏国的军队也都赶到了。齐国的大将韩聂、楚国的大将唐昧、魏国的大将芒卯在举行军事会议时，唐昧说："宋王这个人志大才疏又目中无人，最好用示弱的方式将他引诱出来。"芒卯说："宋王残暴不仁，老百姓心中的怨气很大。我们三国都被抢走了不少土地，如果我们广发檄文，历数他的罪行，以此为名攻打宋国，故地百姓一定会响应而反戈抗击宋国的。"韩聂说："你们两个说的都很好，我们就这么办。"随后就四处散发要讨伐宋偃的檄文，上面列举了他十大罪状：

一、赶走兄长自立为君，以篡权夺位的手段获取王位；

二、无由灭亡滕国，吞并滕国的土地，恃强凌弱；

三、经常发动战争侵略邻国；

四、谎称射破皮袋子里的血就是射伤了上天，这是对上天的不敬；

五、彻夜饮酒不理朝政；

六、荒淫无道，强抢别人的妻子、女儿；

七、射杀进谏的忠臣，阻塞了言路；

八、妄自尊大，擅自称王；

九、只结交强大的秦国，对周边的邻国却不屑一顾；

十、不敬神灵、欺凌百姓，完全忘记了君主的职责。

檄文发出之后，所有看到、听到的人无不对宋王愤恨不已，生活在齐、魏、楚三国先前所失之地的百姓自发行动起来，驱逐官吏，占据城池，等待三国军队的到来。有了这些人的配合，讨宋联军连战连捷，很快就推进到宋国的都城睢阳附近。宋王征发了很多兵马，亲自带领中军出城十里扎营，和城中的守军呈犄角之势。

为了消灭宋王这个城外的支撑点，韩聂让麾下将领间丘俭率领五千人前去诱敌，宋王知道这是韩聂的诡计，连理都不理。于是间丘俭挑出了几个声音洪亮的士兵，站在辒车历数宋王的十大罪状。宋王这下忍不住了，就让将军卢曼出战，间丘俭稍微抵抗了一阵，就丢弃了辎重器械假装狼狈而逃，卢曼见状自然紧追不舍。一直站在营垒上观战的宋王看到了大喜道："只要打败了齐国，楚国、魏国就胆寒了！"随即命令全军出击，直逼齐军的大营。韩聂又佯装战败，撤退二十里后重新扎营，暗地里却让唐眛、芒卯分别率领楚军、魏军，从左右两方绕到宋军的大营后面。

第二天，宋王认为齐军已经丧失斗志，就改变了原来的作战计划，率领城外的军队攻击齐军。而齐军方面，主将韩聂让间丘俭打着自己的旗号和宋军对峙，自己去执行另外的任务。两军从早上到中午一共交战三十多次，宋王也果然英武过人，亲手杀死了齐国二十多个将领、一百多个士卒，不过宋国的将军卢曼也阵亡了。最后间丘俭大败，丢下大量的辎重、财宝狼狈而逃，打胜了的宋军纷纷争抢战利品。

就在这时，探兵报告说："敌军正在攻打睢阳城，是楚国和魏国的军队。"宋王大怒，急忙整顿军队，立刻回援睢阳。然而还没有走出五里地，就遇到了齐军的埋伏，领兵的将领正是齐国的韩聂。宋王赶忙派戴直、屈志高出战，结果屈志高被韩聂在阵前杀死，戴直不敢直接和韩聂交锋，保护着宋王一边战斗一边前进，到了睢阳城下的时候，被守城的将领公孙拔接应进城。随后睢阳城就被联军包围，日夜攻打不停。

不久，齐湣王又亲自带领大将王蠋、太史敫等人和三万生力军前来增援，联军的声势更大了。而宋军得知敌军有了增援，而且是齐王亲自领兵，便丧失了斗志；加上宋王不体恤士兵，日夜驱使军民守城警戒，却没有一点儿赏赐，城中怨声载道。戴直对宋王说："敌军兵锋正盛，而城中的军民已经没有了固守的决心，大王不如放弃睢阳，到其他地方暂避一时，以图东山再起。"此时宋王争霸天下的愿望已经化成流水，叹息了一阵之后，也只好和戴直一起在半夜的时候弃城而逃。

宋王逃跑后，公孙拔立刻投降联军，迎接齐湣王进了睢阳城。齐湣王一边安抚百姓，一边命令部队追击宋王。宋王逃到温邑的时候被追兵赶上了，戴直试图挡住追兵让宋王逃走，却被追兵生擒后杀死。宋王见无法逃脱，就想跳进神农涧自杀，然而涧水太浅没有成功，被追兵拖出来后斩首，并把他的头颅送到了睢阳。宋国自此灭国，所有的土地都被齐、楚、魏三国瓜分了。

联军解散之后，楚国、魏国的军队各自回国。齐湣王说："在这次灭亡宋国的战争中，齐国是出力最多的，楚国、魏国有什么资格分走宋国的土地？"就率兵尾随在楚军的后面，在重丘偷袭了楚军，战胜之后趁势抢走了楚国的淮北地区；此后又向西侵略三晋，多次取胜。楚国、魏国恼恨齐国的背叛行为，果然都派遣使者到秦国，表示愿意依附秦国，而秦王认为这都是苏代的功劳。

齐王吞并了宋国的土地，心中更是志得意满，就让宠臣夷维去通知卫国、鲁国、邹国的国君，让他们称臣、纳贡、朝贺。三国担心受到齐国的攻击，不敢不听从齐王的命令。在一次朝会中，齐王得意洋洋地说："寡人打败燕国、灭亡了宋国，增加了千里土地；屡败魏国、迫使楚国割地，威望凌驾于各国诸侯之上；鲁国、卫国称臣纳贡，泗水流域闻风丧胆。早晚有一天派一支军队灭了东西二周，将九鼎迁到临淄，成为真正的天子，以此号令天下，看谁敢违抗寡人的命令！"孟尝君进谏说："宋偃就是因为骄狂自大，才让齐国得到机会灭亡了宋国，希望大王能够吸取宋偃的教训！周王室虽然式微，但是仍然是天下的共主，七国征战的时候从来都不敢进攻周室，怕的就是得到亡周的坏名声。以前大王推辞称帝，天下的人都认为大王谦虚，可是现在大王却有了取代周王室的想法，恐怕这并不是齐国的福分！"齐湣王不高兴地说："商汤流放夏桀、武王讨伐商纣，难道夏桀、商纣不是商汤、周武王的君主吗？寡人哪里不如商汤、武王了？可惜的是你不是伊尹、姜太公！"于是再次罢免了孟尝君的相国之位。孟尝君担心被齐湣王杀掉，就带着宾客逃到了大梁，投奔魏国的公子魏无忌。

魏无忌是魏昭王的小儿子，为人谦恭有礼、尊重贤士，待人接物唯恐不周到。有一次吃早饭的时候，一只斑鸠被鹰追赶，走投无路之下钻进了他的饭桌下面，魏无忌就把斑鸠藏了起来，看着鹰飞走了才把斑鸠放出来。谁知道鹰没有飞远，而是藏到屋脊的后面，看到斑鸠出来后，就扑上来把它抓住吃了。魏无忌自责道："这只斑鸠是为了避祸才投奔我的，如今竟然让鹰给吃了，这是我对不起它啊！"伤心得一天都没有吃饭，同时命令身边所有人都去捉鹰。后来一共捉到了一百多只，每一只都装在一个笼子里交给了他。魏无忌说："吃斑鸠的只有一个，我不能连累其他鹰。"于是就用剑按着笼子，祷告说："不是吃那只斑鸠的，就向我叫一声，我会放了你们。"前面的鹰都叫了，只有到一只鹰面前的时候，它低着头不叫唤，于是魏无忌就把它给杀了，又放走了其他鹰。人们听说这件事后，都感叹道："无忌公子连一只斑鸠都不忍辜负，难道会辜负人吗？"从此之后各国的贤士不管才能高低都纷纷来投奔，魏无忌的门客也达到了三千多人，和孟尝君田文、平原君赵胜一样。

魏国有一个隐士叫侯嬴，这时候已经七十多岁了，家里很穷，是大梁夷门的看门人。侯嬴品性高洁且多谋善断，一向被乡里的人所敬重，号为"侯生"。魏无忌听说后，亲自驾着马车去拜访他，并奉上二十镒黄金作为礼物。侯生拒绝道："我一向安贫自守，不要别人的一文钱。如今我已经老了，难道会为了公子改变自己的气节吗？"魏无忌也无法强迫侯生收下，就想以郑重介绍他给所有宾客的方式，来表达自己对侯生的重视和尊敬。

这一天，魏无忌大摆筵席，将魏国所有达官贵人都请了过来，安排座位的时候唯独空下了主宾的位置。然后魏无忌亲自坐车到了夷门，请侯生去参加宴会。侯生上车后，魏无忌拱手请他上坐，侯生连一句客气话都没有说就坐下了。魏无忌亲自赶车，态度非常恭敬。这时侯生又对魏无忌说："臣有个朋友叫朱亥，在市场上卖肉，我想去看看他，能不能请公子送我一趟？"魏无忌说："很高兴能和先生一起去。"马上就命令前面的车辆转道去市场。

到了朱亥家门前，侯生又对魏无忌说："公子先在这里等一会儿，老夫自己去见我的朋友。"侯生下车就进了朱亥的家里，和朱亥在肉案前面对坐而谈，絮絮叨叨地说了很长时间的话。其间侯生时不时观察魏无忌，发现他依然很平和，没有一点儿不耐烦的样子。当时魏无忌带的随从有十几个，见侯生一直在唠唠叨叨都很厌恶，不少人偷偷地骂他，侯生也听见了，只有魏无忌的神色始终没有变化。

侯生和朱亥聊了很长时间，这才告辞离开，上车后依然坐在首位。魏无忌出门的时候是午时，等回到府中的时候已经是申时末了。那些魏国的达官贵人见魏无忌留下主位，还亲自去接客人，还以为是哪位到大梁游历的名士或是别国出使魏国的使节呢，都恭恭敬敬地正襟危坐，怀着朝圣的心态等待见识一番。谁知道左等也不来、右等也不来，个个都觉得心烦意乱，也不再注意自己的形象了。忽然有下人报告："公子把客人接回来了！"于是所有的人都站了起来，恭恭敬敬地出门迎接。谁知道抬头一看，只见下车的只是一个衣着寒酸的白胡子老头，大家都觉得非常奇怪。魏无忌带着侯生一一介绍给参加宴会的宾客，等大家知道这个老头是夷门看门人的时候，所有的人对侯生没有了一点敬意，也对魏无忌的做法很不以为然。魏无忌拱手请侯生上坐，侯生也毫不客气地坐了上去。

酒过三巡、菜过五味之后，魏无忌捧着金杯到侯生面前敬酒，侯生接过来说道："臣只不过是看守夷门的一个小人物，公子放下身段亲自接我，又在闹市中长时间地等候而没有一点儿不耐烦；接着又让臣坐在各位显贵之上，您所做的已经超过臣的身份所应该受到的待遇。然而臣这样做的目的，就是为了成就公子礼贤下士的名声！"参加宴会的宾客无不暗中窃笑侯生的巧舌如簧。

宴会结束后，侯生成了魏无忌的上宾。侯生向魏无忌推荐了卖肉的朱亥，魏无忌数次前去拜访，而朱亥却没有回访一次，魏无忌始终都没有怪罪朱亥不懂礼仪，可见他折节下士到了什么程度。

孟尝君到魏国投奔魏无忌后，正是英雄惜英雄，所以二人相处得非常融洽。孟尝君原来和赵国的平原君赵胜关系很好，就建议魏无忌交好平原君，后来魏无忌做主将自己的姐姐嫁给了平原君为夫人。魏国、赵国的关系能够得到改善，孟尝君在中间起到了牵针引线的作用。

而在齐国，自从孟尝君离开之后，齐湣王更加骄傲自大了，每天都在想如何取代周王室，自己成为天子。当时齐国发生了很多奇怪的现象：在几百里的范围内下起了血雨，沾到衣服上腥臭难闻；有一个地方忽然塌下去几丈深，有泉水涌了上来；只听到有人在关门前痛哭，却始终看不到人影。自从这些怪事发生之后，老百姓们都惶惶不可终日，完全打乱了平常的生活节奏。大臣狐咺、陈举曾先后向齐王进谏，建议召回孟尝君，结果惹得齐王大怒，把他们杀死并暴尸在通衢大道。看到齐湣王这个样子，王蠋、太史敫等人都称病辞职，返回故乡隐居了。

第九十五回
说四国乐毅灭齐　驱火牛田单破燕

燕昭王自继位之后，每天想的都是如何向齐国报仇雪恨。为了实现这个愿望，他经常慰问百姓的疾苦，亲自参与士卒的训练，因此其尊贤好士的名声传遍四海，各国的豪杰纷纷来投，其中最有名的就是乐毅。

乐毅是赵国人，著名军事家乐羊的孙子，他自幼就喜欢研究兵法。当初乐羊被封到灵寿，也就把家安到了那里，逐渐成为当地的一个大家族，后来灵寿成为赵国的领土，乐家也就成了赵国人。在赵武灵王沙丘之乱的时候，乐毅举家离开了灵寿前往大梁，但是一直都没有得到魏昭王的重用。等听说燕王修筑黄金台、广揽四方豪杰后，就有了投奔燕王的打算，于是他找机会以使节的身份出使燕国。见到燕昭王后，乐毅向他展示了自己军事方面的才能。燕王一听就知道乐毅是才不世出的军事天才，便以客卿的礼节来招待他。乐毅谦虚地说自己不敢承受这样的礼节，燕王说："先生是赵国人，又在魏国出仕，到了燕国自然是客人。"乐毅说："臣出仕魏国是为了避祸。大王如果不嫌弃臣才能低下，就让臣做您的臣子吧。"燕王大喜，就拜乐毅为亚卿，地位在剧辛等人之上。乐毅也把全部的族人都迁移到了燕国，此后成为燕国的百姓。

此时齐国正值强盛期，肆意欺凌各国诸侯，而燕昭王却一直在韬光养晦，抓紧一切时机提升实力，意图有机会就报复齐国。等到齐湣王驱逐孟尝君后，齐国内部的矛盾更加表面化，而燕国实行了多年的休养生息，国力已经有了很大的改善，士兵们的求战欲望也很高。于是燕昭王就问乐毅："先王被齐国逼死已经二十八年了，此仇此恨寡人一直念念不忘，经常担心自己死在齐王前面，不能亲手杀掉此贼以报家仇国恨。现在齐王骄横淫奢刚愎自用，内部、外部都对他极其不满，这正是报仇的好时机啊。寡人打算倾全国之兵讨伐齐国，先生觉得应该怎么做？"乐毅说："齐国地广人多，士兵久经训练，单独一个燕国是打不下来的，必须要联合其他国家才可以。现在和燕国关系最好的是赵国，大王最好先说服赵国组成联军，那么韩国也必然会加入。孟尝君在魏国，正恨齐湣王驱逐自己，自然也会加入。如此一来就是四个国家联手，攻打齐国也就不会有问题了。"燕王觉得这个想法很好，就准备好节杖符印，让乐毅去游说赵国。

平原君赵胜将乐毅的话转告给了赵惠文王，赵王答应参加联军。当时正好秦国的使者也在邯郸，乐毅又游说秦国的使者，攻打齐国会让秦国得到好处。秦国的使者回去汇报给秦王后，正好秦王也忌惮齐国的强大，担心各国背叛秦国而依附齐国，于是又派遣使者到赵国，告诉乐毅说秦国也同意参加联军。

就在乐毅出使赵国的同时，剧辛也到了魏国，见到孟尝君后，孟尝君果然也力主出兵讨伐齐国，而且还约定让韩国也参加联军。

到了约定的出兵日期，燕昭王召集全国的精锐，以乐毅为将军发起了讨伐齐国的战争。秦国的白起、赵国的廉颇、韩国的暴鸢、魏国的晋鄙也都率领本国军队如期赶到了约定的地点。燕王命令乐毅为五国军队的统帅，号为"乐上将军"，浩浩荡荡地杀向了齐国。

齐湣王亲自率领中军，和大将韩聂在济水的西面迎战联军。乐毅身先士卒，其他国的军队也都奋勇争先，这一战齐军大败，被杀得尸横遍野、血流成河，韩聂也被乐毅的弟弟乐乘斩杀。联军乘胜追击，齐湣王大败，逃回国都临淄后，连夜派人到楚国求援，答应将淮北地区全部割让给楚王作为回报；同时召集城中的军队、百姓，准备固守临淄。

济西战役后,秦、魏、韩、赵各国的军队都忙于分兵占领齐国边境的城池,只有乐毅率领燕国的军队长驱直入齐国的腹地,所过之处恩威并施,齐国的城池无不闻风而降,不久就兵临临淄城下。

齐湣王害怕了,就带着几十名文臣武将偷偷从北门逃跑到了卫国。卫国的国君卫怀君亲自到城外以臣子迎接君主的礼节来迎接他。入城之后,卫怀君又让出了自己的主殿让齐湣王居住,所有的供应都不敢怠慢。然而齐湣王这时候仍然放不下架子,一点儿也不按应有的礼节来对待卫怀君。卫国的诸臣都为自己的君主感到不平,就安排人在夜里抢走了齐湣王的辎重。齐湣王大怒,打算等卫怀君觐见他的时候,让他追捕这些强盗。然而卫怀君一直都没有露面,还断掉了他的饮食。齐湣王这时才感觉自己做得有点过分了,等到太阳西斜的时候,他饿坏了,又害怕卫怀君派人来抓他,就带着夷维几个人趁天黑逃走了。跟随他的那些人见君主都跑了,也一下子树倒猢狲散。

几天后齐湣王逃到了鲁国的边境,守卫边境的官员把这个消息报告给了鲁缪公,鲁缪公就派遣使者去迎接他。夷维问使者:"鲁国打算用什么样的礼仪来招待我们大王?"使者回答说:"准备用十太牢[祭祀或者宴会时牛、羊、猪各一头称为太牢,只有羊和猪叫少牢。十太牢就是牛、羊、猪各十头]的规格来招待贵国的国君。"夷维说:"我们的国君是天子。天子巡游地方,各地的诸侯要让出主殿,早晚要亲自在堂下侍候天子吃饭,等天子吃完之后才能够处理政务。仅仅十太牢怎么行?"鲁缪公听到使者的汇报后大怒,命令拒绝齐湣王入境,齐湣王只好转道去了邹国。

此时邹国的国君刚刚去世,齐湣王打算去祭奠。夷维对邹国人说:"天子吊唁诸侯,主人必须背对着棺椁站在西面的台阶上,面对着北方哭泣;天子要站在东面的台阶上,面南背北地进行吊唁。"邹国人说:"我们是小国,不敢麻烦天子吊唁我们的国君。"随后就拒绝了齐湣王避难的请求。齐湣王没有办法了,夷维出了主意:"听说莒州还没有沦陷,我们为什么不去那里呢?"于是几个人逃到了莒州,检点士卒准备固守。

临淄在齐湣王逃走之后就处于群龙无首的状态,乐毅没有费多大劲就破了城,随后抢走了齐国国库中所有的财物和祭祀用的祭器,又找回了原来被齐国抢走的燕国重器,用大车运回了燕国。燕昭王大喜,亲自到汶上劳军,又将昌地封给乐毅,号为"昌国君"。燕昭王回国后,将乐毅留在齐国,打算攻打齐国剩下的城池。

齐王的同宗中有一个叫田单的人,智谋过人,通晓兵法,然而齐湣王却不肯重用他,只让他做了一个辅助管理临淄市场的小官。燕军进入临淄的时候,城中所有人都慌着逃命,田单和他的族人逃到安平后,就命人将所有车辆车轴的头部都截断,留下的部分基本上和轮毂平齐,然后又用铁皮包裹车轴的方式尽量加固车轴。当时看到的人都讥笑他,然而没过几天,燕军攻打安平,安平的居民在出逃的时候,纷纷因为车辆拥挤而发生车轴碰撞，要么无法提起速度，要么车轴断裂无法行驶，所以都被追赶的燕军俘虏了。只有田单一族的车轴因为没有轴头而且非常坚固，才没有发生这些问题，他们也因此得以逃到了即墨。

　　乐毅分兵占领齐国各地的时候，听说齐国以前的太傅王蠋的家在画邑，就命令所有的军队不能进入画邑四周三十里之内。又让人带着金银珠宝去邀请王蠋出仕燕国，王蠋以自己老迈多病为由推辞了他。来人说："乐上将军说了：'太傅要是来了，就官封大将，食邑万户，要是不答应的话，就纵兵屠了画邑！'"王蠋听了仰天长叹道："古语说：'忠臣不事二君，烈女不嫁二夫。'齐王不听忠言，疏远忠臣，所以我才辞官回家种田。如今国破君逃，我不能保住国家和君主，你们还要用屠城来逼我。我与其落个不义的名声存活于世，还不如一死落个忠义的名声呢！"说完就将头放到一个树杈上，用力一顿身体，颈骨断裂，死去了。乐毅听说后扼腕叹息，命人厚葬了王蠋，还在他的墓碑上刻了"齐忠臣王蠋之墓"七个大字。

　　到了周赧王三十一年，也就是乐毅出兵的六个月后，燕军已经占领了齐国七十多座城池，全部编成了燕国的郡县，只有莒州和即墨还在坚守。于是乐毅不再进行大规模的军事行动，让燕军进入休整阶段；又废除齐湣王时期的各种暴政，减轻齐国百姓的负担，还为齐桓公、管仲建立祠堂以供四时祭祀；四处寻访隐居的名人贤士，他的这些措施让齐国人非常满意。乐毅想：既然燕军已经把控住了大局，而齐国也只剩下了两个城池，完全没有发起反攻的可能，不如用怀柔政策让这两地自己投献，不必采用武力强攻。

　　回头再说楚国，顷襄王听齐国的使者说将淮北地区全部割让给自己，就命大将淖齿率兵二十万，以救援齐国的名义到齐国接受淮北。在出兵之前，他对淖齿说："齐王急切来求寡人，说明他已经到了走投无路的地步。爱卿到了齐国后见机行事，只要对楚国有利，你可以全权处理。"

　　淖齿率军到了莒州后，齐湣王很感激，就任命他为相国，让他掌握了齐国的军政大权。淖齿见燕军势大，担心救援齐国不成反而得罪了燕国，就私下让人对乐毅说，他打算杀了齐湣王，然后和燕国平分齐国的领土，条件就是燕国必须支持自己做齐王。乐毅给他回信说："将军要是诛杀无道、自立为王，这是齐桓公、晋文公也无法做到的丰功伟绩。我答应你的要求！"淖齿大喜，就在鼓里这个地方集结起军队，邀请齐湣王阅兵。齐湣王一到就被抓了起来，淖齿历数齐王的罪名："齐国已经有了三个亡国的征兆：下血雨，这是上天在警告你；地陷，这是大地在警告你；有人在关门前哭泣，这是百姓在警告你。你不知道反省戒惧，反而屠戮忠臣、驱逐贤人，还非分地想要称帝。现在齐国几乎失去了全部的领土，你却在这座小城中苟且偷生，是想要做什么？"齐湣王低头无言以对。夷维抱着齐湣王痛哭失声，淖齿就先杀了夷维，又将齐王吊在屋梁上，三天之后才咽气。齐湣王的结局十分惨烈啊！

回到莒州后，淖齿又打算杀掉世子田法章，结果没有找到他。随后淖齿就写了一篇奏章送给乐毅，里面写的全是自己的功劳，让乐毅转交给燕王。

齐国有一个大臣叫王孙贾，在十二岁的时候父亲去世，只剩下老母在堂。齐湣王可怜他，就让他做了官。齐王出逃的时候，王孙贾也是随行的一员，在卫国的时候和齐王走散了。他不知道齐王去了哪里，就自己回家了。他的母亲见他回来了，就问他："大王去哪里了？"王孙贾说："儿子跟着大王到了卫国后，大王在夜里逃走了，现在不知道在什么地方。"他的母亲大怒道："你早出晚归，我在家里倚门相望，你要是晚上没有回来，我在村口翘首以待。国君盼望臣子归来，和母亲盼望儿子的归来有什么区别？你是齐王的大臣，大王夜里逃走，你却不知道他去了哪里，你还回来干什么？"王孙贾很惭愧，就辞别母亲又去寻找齐湣王。后来听说齐王去了莒州，就连忙赶了过去。刚到莒州，就得知了齐王被淖齿弑杀的消息，王孙贾立刻脱下衣服露出左肩，在闹市中大呼道："淖齿身为齐国的相国却弑杀自己的国君，这是为臣不忠，有愿意和我一起诛杀这个罪臣的，就和我一样露出自己的左肩！"闹市上的人互相看了看，说："这个人虽然年龄不大，却有一颗忠义之心，我们这些有忠义之心的人应该跟他一起去！"一时间露出左肩的有四百多人。

当时楚国的士卒虽多，但是绝大部分都在莒州城外驻守，淖齿只知道在齐王的宫中饮酒作乐，让宫女为他弹琴唱曲，宫外只有寥寥几百人站岗。王孙贾率领四百多人赶到后，夺下了卫兵的武器杀进宫中，将淖齿擒获后剁成了肉泥，随后就紧闭城门严防死守。城外的楚军没有了主将，一半逃走了，另一半投降燕国。

齐国的世子田法章听说齐王遇害，急忙化装成一个平民，自称是临淄人王立，因为逃难无法回家，到了太史敫家做了佣人，每天辛苦地浇灌花园，没有人知道他的身份。太史敫有个女儿刚刚十五岁，这天在花园中游玩的时候偶然见到了田法章，大惊道："这不是个普通人，怎么会自降身份到这个地方？"就让丫鬟去询问田法章的来历，田法章担心引来大祸，坚决不说自己的身份。太史敫的女儿说："富贵的人装成平民，这是隐瞒身份以图避祸，将来他必然大富大贵。"于是不时让丫鬟给他送衣服和食物。时间长了，双方的关系也就近了，田法章就将自己的来历偷偷告诉了太史敫的女儿。太史敫的女儿和他私定终身，偷偷地有了夫妻之实，她家里的人都不知道。

即墨的守将病死之后，军中群龙无首，打算找一个通晓兵法的人担任主将，可是一直都没有合适人选。有人知道当初田单截掉车轴的事，认为田单有军事才能，于是大家推举田单为将军。田单在军中和士卒一样，拿着工具加固城防，还将自己的族人、妻妾都编入军队，城中的人对他很是敬畏。

那些逃散的齐国大臣听说王蠋宁死不改节操的事迹后，叹息道："这个告病还乡的人尚且怀着忠义之心，我们还在朝中为官的人要是坐视君亡国破，不能报仇复国，还算是人吗！"于是都来到莒州投奔王孙贾，一起寻找世子的下落。过了一年多，田法章知道了他们没有恶意，就找到太史敫说："我就是世子田法章！"太史敫报告王孙贾后，就安排车驾将他迎入宫中即位，史称齐襄王。随后又将这个消息通报了即墨，约定两地互为犄角抵御燕军。

乐毅将莒州、即墨包围了三年，一直都无法让两地投降，就解围退兵九里建立营地和防御工事，发布命令说："城中的居民有出来砍柴的，一律不得阻拦。对于城中的贫民，饥饿的要给食物，受冻的要给衣服。"目的仍然是用怀柔的方式促使两地投降。

燕国的大臣骑劫很勇敢也很有力气，平常喜欢谈论兵法，和燕国的世子姬乐资关系很好，一直都在觊觎兵权。他对世子说："齐湣王已经死了，齐国也只剩下即墨和莒州这两座城池。乐毅能在六个月的时间里攻下齐国的七十多个城池，拿下这两座城池有什么困难的？之所以没有打下来，就是因为齐国人还不肯归附他，打算用恩义慢慢地进行感化，等时机到了就会自立为齐王了。"姬乐资将骑劫的话告诉了燕昭王，燕王大怒道："没有乐毅，先王的仇就没法报。就算是乐毅真的想要做齐王，按照他的功劳来说不应该吗？"随后就抽了姬乐资二十鞭子，又派人带着节杖到临淄，即刻拜乐毅为齐王。乐毅感动得泪流满面，以死自誓不肯接受齐王的封号。燕王说："我本来就知道乐毅的心中是怎么想的，他是绝对不会辜负寡人信任的。"燕昭王喜欢寻仙问道，让方士为他用各种金属、矿石炼成仙丹服用，时间长了身体受到损伤，结果害热病去世了。世子姬乐资继位，史称燕惠王。

田单一直都在关注着燕国的一举一动，在听说骑劫打算取代乐毅、世子姬乐资挨鞭打之后，说："看来齐国复兴要指望燕国下一代的国君了！"等燕惠王即位后，田单就派间谍在燕国散布谣言："乐毅早就想称王，只是因为燕昭王对他很好，不忍心背叛，这才不用心攻打莒州、即墨，目的就是为了把持住军队，等待时机。现在燕国新王即位，他就要举事了。"

燕惠王本来就对乐毅有疑心，现在听到这些流言蜚语和当初骑劫的说法一致，就真的相信了。于是就让骑劫去取代乐毅为上将军，让乐毅回国。乐毅害怕被燕王杀掉，说："我是赵国人"，就抛弃在燕国的家人逃到了赵国。赵王将关津赐给了他，号为"望诸君"。

骑劫取代乐毅后，完全取消了原来乐毅的各种措施，燕军上下都不服气他。骑劫在营垒中只待了三天，就开始率军攻打即墨，里里外外几道包围圈，将即墨围得水泄不通，但是城中的防守却更加坚固了。

这天早上，田单起床后对城中的人说："昨天晚上我做了一个梦，梦见上天对我说：'齐国应该复兴，燕国就要失败了。'很快就会有神人来做我们的军师了，到时候我们会战无不胜、攻无不克！"有一个小兵明白了他的用意，就跑到他的面前小声说："你看我能做军师吗？"说完就快步离开了。田单急忙起来拉住小兵，对旁边的人说："我梦中见到的神人就是他！"于是就给小兵换了衣服帽子，让他在军帐中上坐，田单像对待老师那样对待他。小兵说："我真的什么都不会。"田单说："你别告诉别人就行了。"

随后田单就通报三军，这个小兵就是"神师"，每一道命令都要先请示神师之后才发布。这一天他对城中的人说："神师有命令：'每天吃饭都要先在院子里祭祀自己的祖先，这样就可以获得祖先的庇护。'"于是所有的人都按照这个命令去做。天上的飞鸟看到院子里有吃的，都飞下来啄食供品。这样的现象每天早晚都会发生，燕军看到了非常奇怪。又听说有神人下凡帮助齐军，都认为齐军得到了上天的帮助，是不能和他们为敌的，否则就是不敬上天，所以燕军很快就丧失了斗志。

田单又让人四处散播有关乐毅的谣言："昌国君乐毅太仁慈，俘虏了齐国的士兵都不杀，所以城里的人才不害怕燕军。如果把俘虏的鼻子割了，再让他们作为敢死队放在第一线，即墨人就害怕了。"骑劫相信了，就把所有的齐国俘虏都割了鼻子。城里的人看到后很害怕，就互相鼓励一定要奋勇作战，坚决不能当俘虏。

接着田单又让人散布了一个谣言："城里人的祖坟都在外面，要是被燕国人掘了怎么办？"骑劫果然又上当了，派出士兵把城外的坟墓挖开，将里面的尸首烧掉，尸骸扔到到处都是。即墨人从城头上看到了，无不痛哭失声，恨得想要吃燕国人的肉，纷纷到军营前请战。

田单见到了这些，就知道不管是军队还是百姓，这时候都有了死战复仇的决心，于是就精心挑选出五千精壮藏在民间，剩下的老幼、病人和妇女继续守城。还让人去燕军的军营送信："城中没有粮食了，我们将在明天投降。"骑劫对众将说："我和乐毅相比怎么样？"众将都说："您比乐毅强好几倍。"军中的士兵知道后也都喜笑颜开，高呼："万岁！"田单又从民间收取一千镒黄金，让富户偷偷地送给燕国的将领，只求城破后能保住自己的一家老小。燕国的将领大喜，就给了他们一面小旗子，让他们插在门上作为记号。此后燕军更是丧失了所有的警惕，只等着田单前来投降了。

接下来田单又让人将城中的牛全部集中到一起，总共有一千多头，给它们披上红色的牛衣，上面画着五色龙纹；又在牛角上绑上尖刀，尾巴上绑上麻、芦苇制作的火把，里面灌满油脂，拖在牛的后面就像一个大扫帚一样。这一切都是在约定投降前的那一天完成的，大家都不知道田单这样做的用意。

到了黄昏的时候，田单准备好酒肉，让以前挑选出的那五千精壮吃饱喝足之后，又在他们的脸上画上五彩的图案，让他们跟在牛的后面来到了城墙处。接着让百姓在城墙上掏出几十个洞，把牛从洞里赶出城外，然后点燃了牛尾巴上的火把。牛感受到了尾巴上的炙热，在惊恐和疼痛的驱使下都跑向燕军的营地，那五千人也都悄无声息地跟在后面。

燕国人一直认为第二天就要进即墨城受降，所以连警戒的哨兵都没有安排，天一黑就全部睡觉了。忽然间急如骤雨的蹄声将他们从梦中惊醒，只见从即墨城方向跑来了不计其数的怪兽，后面的火把照的天空如同白昼，刹那间就冲进了营地，营中的燕军碰到就死、挨上就亡。后面的那一群壮汉如同杀神一般，手持大刀阔斧见人就杀，虽然只有五千人，在这个混乱的情况下却发挥出了几万人也无法达到的效果。田单在后面又带着即墨城中的老弱妇孺，敲打着铜器发出震天动地的声音，更是渲染出了恐怖急迫的气氛。燕军一直都听说有神人帮助齐军，如今看到这些怪物，在心慌意乱的情况下根本就无暇分辨是什么东西，一时间肝胆俱裂，腿都吓软了，哪里还敢与之对抗？即使是胆子稍大一点的人，也知道事不可为，都四散逃命去了。在很短的时间内，整个燕军的营地就崩溃了，急于逃命的燕军你拥我挤，被踩死的人不计其数。骑劫见大势已去，就抢过一辆战车落荒而逃，谁知道恰好遇到田单，被一戟刺死，燕军至此再也没有挽回局面的可能。这是周赧王三十六年的事，史官作诗对田单摆出的火牛阵不吝赞美，也对燕惠王听信谣言走马换将以致功败垂成扼腕长叹：

火牛奇计古今无，毕竟机乘骑劫愚。

假使金台不易将，燕齐胜负竟何如？

田单整顿好部队后，接着乘胜追击，一路上战无不胜攻无不克，所过之处的城池听说齐军大胜、骑劫被杀，都纷纷回归齐国，田单的军队像滚雪球一样越来越壮大。田单一直追击到了齐国北部的边界，燕国原来攻克的七十多个城池也全部被收复。军中的将领认为田单功劳很大，打算让他做齐王，田单说："世子田法章还在莒州，我只不过是王族中的一个远支，哪里敢自立为王？"于是就派人到莒州去迎接田法章。王孙贾亲自给田法章赶车，将他送到了临淄，收葬齐湣王、择日祭祀太庙后，正式继位为齐王。

在第一次朝会上，齐襄王对田单说："齐国能够转危为安收复失地，全都是叔父的功劳！叔父的成名之地是安平，寡人就封叔父为安平君，食邑一万户。"又拜王孙贾为亚卿，迎娶太史敫的女儿为王后。太史敫这时才知道自己的女儿已经和田法章私定终身了，怒气冲冲地对女儿说："你不经过三媒六证，自己决定终身大事，从此之后我再也没有你这个女儿！"发誓以后再不相见，齐襄王给他升官加爵也不接受。然而王后在四时三节都会派人去问候太史敫，从来都没有失过礼数。

此时在魏国的孟尝君将相国之位让给了公子魏无忌，魏王将魏无忌封为信陵君。孟尝君回到薛地后，地位和各国的诸侯差不多，与平原君、信陵君一直保持良好的关系。齐襄王畏于孟尝君，就请他重新担任相国，孟尝君不肯答应，但是一直在为齐国、魏国的友好关系牵针引线。孟尝君去世后，因为没有儿子，齐国的王族都争抢着要继承薛公的爵位。后来齐国和魏国一起灭亡了薛地，瓜分了孟尝君遗留下来的领地。

骑劫兵败之后，燕惠王这才知道乐毅国士无双，然而已经追悔莫及了。他让人送信给乐毅，希望乐毅能够重返燕国，但是乐毅回信说不想回去。燕王担心赵国重用乐毅，就让乐毅的儿子乐间承袭了昌国君的爵位，又任乐毅的弟弟乐乘为将军，对他们都很信任重用。乐毅也不计前嫌，一直都在为燕、赵的友好关系往来奔波，这两个国家都任命乐毅为客卿。乐毅后来终老在赵国。

赵国当时的大将是有勇有谋的廉颇，各国诸侯对他都很忌惮，秦国的军队屡屡侵犯赵国，但是在廉颇的奋力阻挡下，每次都无功而返，最后只得与赵国交好。

第九十六回
蔺相如两屈秦王　马服君单解韩围

赵惠文王最宠爱的内侍叫缪贤，惠文王任命他为宦者令，缪贤经常插手政务。有一天，一个外地客商拿着一块白璧来到缪贤的府上，希望能将白璧卖给缪贤。缪贤感觉这块白璧玉色光润，没有一点瑕疵，就花五百金买了下来。在让玉工看的时候，玉工大吃一惊，说："这就是和氏璧呀！楚国的相国昭阳在宴会上丢掉的就是它，昭阳怀疑是张仪偷的，将他打得半死，张仪这才去了秦国。后来昭阳悬赏千金找这块璧，偷的人不敢拿出来，一直都没有找到，不料今天落到了您的手里。这是无价之宝，必须珍藏起来，不能轻易让人知道。"缪贤说："虽然是这样，但是它为什么是无价之宝？"玉工说："这块玉璧是夜光璧，放在黑暗的地方会自己发光，不落尘埃、祛除邪魅。放在身边冬暖夏凉，百步之内都不会有蚊子飞虫。这几点奇异之处是其他玉璧没有的，所以才称它是无价之宝。"缪贤试了一下，果然有玉工说的那些效果，于是就用一个精美的盒子装起来放在箱子里。谁知道这个消息被人告诉了赵王，说：

"和氏璧落到缪贤手里了。"赵王就向缪贤讨要,缪贤对和氏璧心爱无比,虽然嘴上答应了,却一直拖拖拉拉地不肯献给赵王。赵王生气了,就借着出去打猎的机会闯进了缪贤的家里,找到和氏璧后扬长而去。

缪贤担心赵王治自己的罪,想要出逃。他的门客蔺相如拉住了他,问:"您想逃到哪里?"缪贤说:"我打算去燕国。"蔺相如又问:"您从哪里知道燕王看重您,就这样去投奔他?"缪贤说:"当初我陪着大王一起去会见燕王,他私下里拉着我的手说'我愿意和您交个朋友',所以我认为他看重我,这才去投奔他。"蔺相如劝他说:"您错了!赵国强大而燕国弱小,而您是赵王的宠臣,所以燕王才想要和您结交。他看得起的不是您,而是您身后的赵王!现在您得罪了赵王逃亡到燕国,燕王担心受到赵国的讨伐,必然会把您抓起来送给赵王来讨好他,到时候您就危险了!"缪贤说:"那你说怎么办?"蔺相如说:"您又没犯什么大罪,就是没有把和氏璧早点送给赵王。如果您光着身子背上斧锧,到大王面前磕头请罪,大王必定会赦免您。"缪贤就按蔺相如说的做了,赵王果然赦免了缪贤,没有杀他。缪贤认为蔺相如很有智慧,从此之后将他待为上宾。

为缪贤鉴定和氏璧的玉工后来去了秦国,秦王让他制作玉器的时候,他偶然谈到了和氏璧在赵国。秦王问:"这个和氏璧有什么特殊的地方?"玉工又把以前他对缪贤说的话说了一遍。秦王心中极为爱慕,非常想见识一下和氏璧是什么样子。这时秦昭襄王的舅舅魏冉是丞相,对他说:"大王想要看看和氏璧,为什么不用西阳的十五座城池去换呢?"秦王惊讶地说:"对寡人来说,十五座城池是无法割舍的,怎么会用来换一块玉璧呢?"魏冉说:"赵国害怕秦国都害怕到骨子里了,如果大王说用十五座城池换和氏璧,赵国必然不敢不送来和氏璧,只要送来了我们就扣下。所以用城池换只是一个借口,实际上就是让他们送来和氏璧。这样大王还担心失去城池吗?"秦王大喜,派了客卿胡伤给赵王送去一封信,上面写道:

寡人很久之前就听说和氏璧了,可惜始终无缘相见。现在听说和氏璧在大王手里,寡人不敢白要,愿意用西阳的十五座城池来交换。请大王一定要答应。

赵王收到信后,召集大臣廉颇等人进行商议。想要把和氏璧送去秦国,但又担心秦国骗自己,如此一来和氏璧没了也得不到城池;要是不把和氏璧送去,又担心惹恼了秦国。一众大臣众说纷纭,有说应该给的,也有说不能给的,始终都无法形成共识。最后李克提了一个建议:"找一个智勇双全的人带着和氏璧去秦国,秦国要是给城池,就把和氏璧给秦国,不给城池就把和氏璧带回来,这样两头都照顾到了。"赵王看向廉颇,廉颇却低下头不说话。这时缪贤上来说:"臣有一个门客叫蔺相如,此人很有胆气,而且智谋过人。如果大王想要找一个能完成这个任务的人,他就是最好的人选。"赵王马上就让缪贤把蔺相如喊过来。

等蔺相如拜见之后，赵王问他："秦王想要用十五座城池换和氏璧，先生觉得应该答应吗？"蔺相如说："秦国强大而赵国弱小，不能不答应。"赵王又问："如果我们给了和氏璧，而秦国不给城池怎么办？"蔺相如说："秦国用十五座城池来换和氏璧，这个代价不能说不高，如果赵国不答应，那就是赵国理亏。赵国不等城池到手就把和氏璧送去，已经做到仁至义尽了。如果秦国得到了和氏璧却不肯给赵国城池，那就是秦国理亏了。"赵王说："寡人想要找一个人出使秦国，来保证赵国不会白白失去和氏璧，先生愿意为寡人走一趟吗？"蔺相如说："如果大王实在没有合适的人选，臣愿意带着和氏璧去一趟。如果十五座城池到了赵国手里，臣就把和氏璧留在秦国，否则臣保证将和氏璧完整地带回赵国。"赵王大喜，马上就封了蔺相如官职，让他带着和氏璧出使秦国。

秦王听说和氏璧送来了，在章台上大集群臣，宣赵国使者蔺相如进见。蔺相如放下盒子，只用锦缎包着和氏璧，双手捧着送给秦王。秦王打开一看，只见和氏璧流光溢彩、晶莹剔透，没有半点瑕疵，整体宛若天成，雕刻、镂空的地方没有丝毫雕琢的痕迹，当真称得上稀世珍宝。秦王仔细观赏了一遍，口中啧啧称奇，又将和氏璧交给众臣传递欣赏，众臣看后也无不称奇，纷纷对秦王跪拜山呼"万岁"。随后秦王又让内侍将和氏璧包起来，送给后宫的美人把玩，过了很长时间才送出来，但仍旧放到了秦王的案上。

蔺相如一直在旁边等候，始终不见秦王说将城池给赵国的事，心生一计，上前对秦王说："其实这块玉璧还是有一点瑕疵的，臣希望能为大王指出来。"秦王就让左右将和氏璧递给蔺相如。蔺相如拿到和氏璧后连退几步，靠在一根柱子上，双目圆睁、怒不可遏地说："这和氏璧乃是天下的至宝。大王想要和氏璧，一封书信到了赵国，赵国君臣商议的时候，群臣都说'秦国仗着自己国力强大，一句空话就想要和氏璧，恐怕给了和氏璧秦国也不会给城池，不如不给'。臣认为连普通百姓都不会骗人，何况是万乘之国的国君呢？又怎么能以小人之心度君子之腹而得罪大王呢？于是我们的国君斋戒五天，然后让臣带着和氏璧送到大王这里，我国对大王的尊敬已经无以复加了！现在大王接见臣的时候礼节傲慢，坐着就接过了和氏璧，不仅让左右的大臣传递观看，还让后宫的妇人把玩，这是对和氏璧的亵渎！从这些就可以看出，大王根本就没有把十五座城池交给赵国的诚意，所以臣才又把和氏璧骗回来。如果大王要逼臣交出来，臣的头就和这块玉璧一起撞碎在这根柱子上，宁死也不会让秦国得到！"说完就斜眼看着柱子，做出一副随时要撞的样子。

秦王心疼和氏璧，担心蔺相如真的把它摔碎，就道歉说："先生别这样！寡人怎么会失信于赵国呢！"马上就让人取来地图，亲自在地图上指点着说从某处到某处，这十五座城池都会给赵国。蔺相如心里明白,秦王的这些做法就是为了把和氏璧从他手里哄出来,绝对不是真的,就对秦王说:"我们的国君不敢吝惜稀世之宝而得罪大王,所以斋戒五天,遍召群臣后郑重地将和氏璧交给臣。大王想要从臣这里拿到和氏璧,也必须斋戒五天,并且举办隆重的仪式,臣才会交给大王。"秦王没有办法,只好说:"行。"然后命人将蔺相如送回馆驿休息。

　　回去之后,蔺相如心中暗想:"我在赵王面前夸下海口,说如果秦国不给城池,就一定将和氏璧完整地带回赵国。现在秦王虽然答应了斋戒五天,但是他得到和氏璧后仍然不给城池怎么办?到时候又有什么脸面回去见赵王?"只好让一个随从穿上破衣服,装成一个穷人的样子,用布袋将和氏璧缠在腰间,从小路偷偷地回了赵国。同时还给赵王捎去口信:"臣担心秦国会欺骗我们,不打算给赵国城池,所以才让人将和氏璧还给大王。臣就在秦国这里等候秦王的处置,宁死也要完成臣的使命。"赵王知道后感叹道:"蔺相如果然没有食言呐!"

　　秦王嘴上答应斋戒五天,其实根本就没有做。五天之后,他升殿大摆仪仗,又命令各国驻秦的使者都参加接收和氏璧的仪式,打算以此向各国夸耀秦国的强盛。一切准备妥当之后,他命令赞礼官领赵国使者上殿。蔺相如迈着从容的脚步,面色如常地走进大殿,又从容不迫地参见了秦王。秦王见他手里没有玉璧,就问道:"寡人已经斋戒五天了,使者怎么没有带和氏璧来呢?"蔺相如说:"秦国从秦穆公之后的二十多位君臣,没有一个守信用的。远的有杞子骗郑国、孟明视骗晋国,近的有商鞅骗魏国、张仪骗楚国。往事历历在目,说明秦国是没有信用可言的。臣现在担心的就是秦国再骗了赵国,使臣无颜去见鄙国的国君,所以臣已经让下人带着和氏璧走小道回赵国了。臣知道自己犯了死罪!"秦王怒道:"你说寡人态度不端正,所以寡人斋戒之后接收和氏璧。现在你把和氏璧送回了赵国,明摆着是你骗了寡人!"呵斥左右立刻绑了蔺相如。蔺相如面不改色,说:"大王暂且息怒,再听臣说几句。就目前的形势来说,明显秦国强大而赵国弱小,只有秦国敢做对不起赵国的事情,赵国绝对不敢做对不起秦国的事情。大王如果真想要和氏璧,就先把十五座城池割让给赵国,然后随便派一个使者,和臣一起到赵国就可以取回和氏璧。赵国岂敢得了城池还不给和氏璧,既落个不守信用的名声,还得罪了大王呢?臣知道自己欺骗大王是个什么样的罪名,所以已经捎信给鄙国的国君,不打算活着回去了。请大王把臣给煮了,让所有诸侯都知道秦国因为一块玉璧就杀了赵国的使者,其中的是非曲直大家自然都有自己的判断!"秦王和秦国的大臣面面相觑,一句话都说不出来。在旁边观礼的各国使者都为蔺相如的安危捏了一把汗。殿上的武士上前准备把蔺相如拉走,秦王喝止了他们,对众臣说:"就算是杀了蔺相如,也拿不到和氏璧了,还白白落了一个不义的名声,结束了秦、赵之间的良好关系。"于是就按照相应的礼仪厚待蔺相如,让他自由地回到了赵国。

后世有人读到这段历史的时候,议论说秦国攻城掠地,列国都没有办法,一块玉璧又能重要到哪里去?蔺相如的用意是,如果让秦王用这种欺骗的方式得到了和氏璧,必然轻视赵国,将来赵国遇到的刁难和危机也会更多,不管是要地还是要财物,赵国都不可能拒绝。所以他在这里显示了自己的勇气,让秦王知道赵国不是没有人才。

蔺相如回到赵国之后,赵王认为他很有才能,就拜他为上大夫。后来秦国不提给赵国城池的事,赵国也不提给秦国和氏璧的事。然而秦王心中对这件事始终耿耿于怀,就又派遣使者到赵国,请赵王到渑池相会。赵王说:"秦国曾经用会面的名义骗了楚怀王,将他囚禁在咸阳,至今楚国人提起来还伤心不已。现在又来约寡人会面,该不会是也想着像扣下楚怀王那样扣下寡人吧?"廉颇和蔺相如商量后认为,如果赵王不去,就是向秦国示弱,后果更加难以预料,于是就决定让蔺相如陪同赵王前去赴会,廉颇辅佐世子在国内留守。赵王高兴地说:"蔺相如连和氏璧都能保证安全,何况是寡人呢?"平原君赵胜说:"以前宋襄公赴会的时候,就是因为没有带军队,才被楚国劫持;鲁定公和齐景公在夹谷会盟,也要带着左右司马。现在虽然有蔺相如陪同,但是还要带上五千精锐士卒做近卫以防不测,再让大军驻扎在三十里之外,才能确保大王的安全。"赵王问:"这五千人让谁率领?"平原君说:"臣知道有一个叫李牧的田部吏,这个人是个将才。"赵王又问:"何以见得?"平原君说:"李牧到臣家里收取田税的时候,因为臣没有按时交税,他就按照相应的法律杀了臣家里的九个相关责任人。臣生气地骂他,他对臣说:'国家能够存在,靠的就是法律。如果今天对君侯徇私忘公,那么法律就没有了威严;法律没有了威严,国家就会贫弱;国家贫弱了,就会导致其他国家的侵略。如果赵国都不存在了,君侯还能保住您的家吗?以君侯的地位,更应该奉公守法,大家都遵守法律,国家就会强大;国家强大了君侯才能够长保富贵,这对君侯来说不是最好的结果吗?'从他的这些话就可以看出,这个人有着非同寻常的见识,臣也是从这里知道他能够领兵。"赵王接受了平原君的举荐,拜李牧为中军将领,率领五千精兵随扈左右,平原君率领大军随后前进。

廉颇把赵王送到边境后说:"秦国是虎狼之地,大王进去后会有什么样的后果难以预料。臣想和大王做个约定:估计大王来回花在路上的时间,加上和秦王相会的时间,一共大约需要三十天。如果超过了三十天大王还没有回来,臣请效仿当初楚国的做法,立世子为国君,以防止秦国产生一些不该有的想法。"赵王答应了廉颇的要求。一行人到了渑池之后,秦王也到了,各自都到馆驿中休息。

到了约定相会的日子,秦王和赵王按照相应的礼节见面后,就开始了宴饮。喝到半醉的时候，秦王说："寡人曾经听说赵王在音乐方面很有研究，寡人有一尊宝瑟，请赵王为寡人弹奏一曲。"赵王气得脸色通红，但是也不敢拒绝秦王的要求。秦国的侍者将宝瑟送到赵王的面前，赵王就弹奏了一曲《湘灵》，秦王一直叫好。等赵王弹完后，秦王说："寡人听说赵国的始祖赵烈侯喜欢音乐，看来赵王是家学渊源啊。"说完就回过头来，让人把史官喊过来将这件事记载下来。史官就拿出木简，在上面写道：某年某月某日，秦王和赵王在渑池相会，命令赵王鼓瑟。蔺相如上前说道："赵王听说秦王在击缶方面很有研究，臣希望大王能为赵王击缶，大家互相娱乐。"秦王当时气得脸都变色了，毫不客气地拒绝了蔺相如的请求。蔺相如就拿过来一个盛酒的瓦盆，跪在秦王面前再次请求，秦王仍然不答应。蔺相如说："大王依仗的不就是秦国强大吗？现在我们在咫尺之间，我可以把我的血喷到大王身上！"周围的人都说："蔺相如你太过分了！"说着就想把他拉开。蔺相如圆睁双眼、厉声叱责，头发、胡子都竖了起来，周围人吓坏了，不由自主地退了几步。秦王心里很不高兴，但是心里对蔺相如是真的有点儿害怕了，就勉强拿起筷子在瓦盆上敲了一下。蔺相如一站起来就喊来赵国的史官，让他在木简上写上：某年某月某日，赵王和秦王相会于渑池，命令秦王击缶。

秦国随行的大臣心里不服气，站在宴席前面对赵王说："今天赵王既然来了，请割让十五座城池作为送给秦王的贺礼。"蔺相如也对秦王要求道："有往也要有来，赵国既然用十五座城池作为贺礼，秦国也不能没有回礼。请秦王将秦国的都城咸阳送给赵王作为贺礼！"秦王只好说："我们两个国君的关系很好，各位就不要多说了。"然后又让随行的人敬酒应酬，假装宾主尽欢才散了宴席。

秦国的客卿胡伤等人背地里劝秦王，让他将赵王和蔺相如扣下。秦王说："探子说赵国的防备很严密，万一要是不成功，就贻笑天下了。"之后秦王对赵王更加敬重，双方约为兄弟之国，永不侵犯对方；又让世子安国君的儿子嬴异到赵国做人质。秦国的大臣们都说："双方约定和好就是了，何必送什么人质呢？"秦王笑着说："赵国现在还是有一定实力的，暂时还无法打它的主意。不送人质赵国就不会相信我们；只有让赵国相信秦国，真心与我们和好，我们才可以专心对付韩国。"大臣们都很佩服秦王的深谋远虑。

赵王辞别秦王回到赵国边境的时候，时间恰好是他和廉颇约定的三十天。赵王说："寡人有了蔺相如，国家和我自己都像泰山一样安定稳固。蔺相如的功劳是最大的，其他的大臣都不及他。"随后封蔺相如为上相，上朝的时候站在廉颇的前面。

廉颇知道后大怒，说："我攻城野战，屡建奇功，蔺相如靠耍嘴皮子立下微末之功，却站在我的前面。况且他本来只是缪贤的一个门客，如此身份低贱的一个人，我不甘心在他之后！下次我看见他就把他给宰了！"蔺相如听说这些后，每次大朝会的时候都托病不去,为的就是不和廉颇碰面。他的门客认为他惧怕廉颇,私下里对他议论纷纷。

有一天,蔺相如出去的时候,老远就看见廉颇的车子从对面行驶过来,他赶忙让车夫将车子赶到旁边的小巷里,等廉颇过去之后才出来。门客们对蔺相如的做法很气愤,就一同来找他,说:"我们远离家乡、抛妻弃子来投奔您,是因为您是当世的奇男子、伟丈夫,我们敬佩您的智慧和胆量才追随您的。现在您和廉颇将军都是朝中的重臣,而且您的地位还在他之上。廉颇对您恶语相向,您一语不发,上朝的时候躲着他,出门的时候还要躲着他,您为什么这么怕他呢?我们为您感到羞耻,请让我们离开吧!"蔺相如坚决阻止了他们,说:"我之所以躲着廉颇将军是有原因的,只是你们没有发现罢了。"门客们说:"我们学识浅薄,请您说明是什么原因。"蔺相如说:"诸位认为廉颇和秦王谁更厉害?"门客们说:"廉颇将军当然比不上秦王。"蔺相如解释道:"秦王这样威风凛凛的人物,天下没有能够对抗的人,而我却敢当堂呵斥他本人、羞辱他的大臣。虽然我没有多大出息,难道会独独害怕廉颇将军一个人吗?我唯一顾虑的是,秦国之所以不敢攻打赵国,就是因为赵国有我和廉颇将军两个人。如果我们之间的关系恶化,就必然会有一个人离开朝堂,秦国知道之后也必然会利用这个机会侵犯赵国。我之所以强忍羞耻来避开廉颇将军,就是因为以国是为重,而个人的荣辱绝对不能影响到国是!"门客们对蔺相如的胸怀都很叹服。

没过多长时间,蔺相如的门客和廉颇的门客在一家酒肆中遇到了,双方为一张桌子发生了争执。蔺相如的门客说:"我们的主人因为国家的缘故让着廉颇,我们也应该学习他,让着廉颇的门客。"从此之后廉颇的门客更加骄纵。

河东有一个人叫虞卿,在到赵国游历的时候,听到了蔺相如门客转述的蔺相如的话,就告诉赵王说:"大王现在最重要的臣子,大概就是廉颇和蔺相如了吧?"赵王说:"对。"虞卿又说:"臣听说前代的大臣,都是和衷共济、互帮互助,这样才能治理好国家。可是现在大王最倚重的两位大臣却势同水火,这可不是社稷之福啊。蔺相如步步退让,廉颇却不知体谅蔺相如的良苦用心;廉颇日益骄狂,可蔺相如却不敢压制他嚣张的气焰。如果这样发展下去,他们在朝中不能共谋国是,在外无法彼此扶助,臣很为大王的江山担心呐!臣愿意让廉颇、蔺相如同归于好,同心协力辅助大王。"赵王高兴地说:"那就麻烦先生了。"

虞卿先去的廉颇家,对廉颇的功绩不吝赞美之词,廉颇听了很高兴。然后虞卿话头一转说:"要是论功绩的话,自然没有人能比得上将军的;但要是论气量的话,将军就比不上蔺相如了。"廉颇勃然大怒,说:"那个懦夫是靠嘴皮子换来的官职,能有什么气量?"虞卿说:"蔺相如可不是一个懦夫,他考虑的是大局,是长远之计。"

随后就把蔺相如对门客说的那番话告诉了廉颇，最后说："将军要是不想在赵国生活也就罢了，要是想继续在赵国生活，你们两位重臣一个谦让一个好强，恐怕最后将军您不会落下好名声。"廉颇惭愧万分，说："要不是先生的话，我都不知道自己错在哪里。我远远不及蔺相如啊。"就拜托虞卿先去蔺相如那里，转述自己有悔过之心。

然后廉颇光着身子背上一捆荆条，自己走到蔺相如家的大门前，大声道歉："我见识短浅，不知道相国竟然有如此的容人之量，廉颇万死不能赎罪！"一进大门他就直挺挺地跪在了院子里。蔺相如在内院听见了，连忙快步跑了出来，将廉颇扶起后说："我们两个共为朝臣，同扶社稷，将军能够体谅我的苦衷，就已经让我感激不尽了，何必要负荆请罪呢？"廉颇说："我性子粗暴，先生能够原谅我，真是让我无地自容。"拉着蔺相如流下了眼泪，蔺相如也哭了。廉颇又说："我想要和您结为生死之交，哪怕是割了我的脖子也不会后悔！"廉颇先给蔺相如施礼，蔺相如也回礼如仪，随后就命人大摆筵席招待廉颇和虞卿，众人尽欢之后才各自离去。有一个形容朋友间交情深厚的词语叫"刎颈之交"，就是由此产生的。后世有一个人作了一首诗，既赞扬了蔺相如胸怀似海、为国家安危不顾个人荣辱的高风亮节，也赞扬了廉颇的知错能改，这首诗的全文是：

引车趋避量诚洪，肉袒将军志亦雄。
今日纷纷竞门户，谁将国计置胸中！

赵王听说蔺相如和廉颇和好如初，认为虞卿功不可没，就赏赐他一百镒黄金，拜为上卿。

几乎就在同时，秦国以白起为大将军兴兵攻打楚国，一举攻克了楚国的都城郢都，楚顷襄王不得不迁都到陈。秦国在这次战争中抢到的土地上成立了南郡，随后又以魏冉为大将攻打黔中，成立了黔中郡。楚国的领土更少了，楚王只好让太傅黄歇带着太子熊完去了秦国，以太子为人质求和。

秦王又派白起攻打魏国，一直打到了大梁城下。魏国派大将暴鸢迎战，却损兵四万大败而回，最后只好割让给秦国三座城池求和。秦王封白起为武安君。没过多久，秦国的客卿胡伤再次攻打魏国，击败魏国大将芒卯后夺取了南阳，秦国又成立了南阳郡。秦王将这里赐给魏冉为食邑，号穰侯。又让胡伤率军二十万攻打韩国，包围了阏与。韩釐王急忙派使者到赵国求援。

接到韩釐王的求援信后，赵王召集了众臣商议是否救援韩国。蔺相如、廉颇、乐乘都说："阏与这个地方地势险要、道路狭窄，不容易救援。"平原君赵胜说："韩国、魏国和我国唇齿相依，如果不救援的话，恐怕秦军腾出手来就会攻打我们了。"唯有赵奢沉默无语。散会之后，赵王将赵奢单独留了下来，问他有什么意见。赵奢说："地势险要、道路狭窄并没有什么问题，就像是两只老鼠在洞穴里打架，谁更有勇气谁就是胜利者。"赵王就挑选了五万精锐，以赵奢为将救援韩国。

赵奢率军刚出邯郸三十里，就下令安营扎寨修建防御工事。一切准备妥当之后，又下令说："所有人都不得议论下一步的军事行动，违者斩首！"此时的阏与战况极其激烈，喊杀声震动了城里房子的瓦片。军中有一个小吏报告赵奢，说阏与已经危在旦夕，赵奢立刻将他以违反军令的罪名斩首。赵军在邯郸城外一直停留了二十八天，每天的工作就是加固防御工事，将壕沟挖深挖宽。

秦国的将领胡伤虽然听说了赵国要来救援，但是一直没有见到赵国的军队，就派侦察兵前去赵国境内打探，得到的报告是："赵国是派出了援兵，领军的将领叫赵奢，但是他们出了邯郸三十里就停下了，根本就没有前进。"胡伤不相信，就派亲信为使者直接去了赵军的军营，对赵奢说："秦国很快就要打下阏与了，将军要是敢和秦军作战的话，就快点来。"赵奢说："鄙国国君因为邻国告急，这才让我来这里防备发生意外，哪里敢和秦国作战呢？"又命人端上好酒好肉款待来人，带他视察周围的防御设施。使者回去后，对胡伤说赵军如此这般，胡伤大喜道："赵军离开都城三十里就安营扎寨，大力建设防御设施，这说明他们根本就不打算来救援，阏与是我们的了！"于是就不再关心赵军的行动，将全部精力放到了攻打阏与上面。

就在送走秦国使者的第三天后，赵奢估计他已经回到了秦军的大营，便下令挑选出一万名箭术出众的骑兵为前锋，剩下的军队在后面轻装跟随，日夜兼程地奔向阏与。两天一夜后，赵军进入了韩国境内，在离阏与十五里的地方再次建立营垒。胡伤大怒，留下一半士兵继续围困阏与，自己带着另外一半人来迎战赵军。

赵军中有一个叫许历的军士，在一片竹简上刻了"请谏"两个字跪在营前。赵奢觉得有点儿奇怪，撤去了前面发布的不许谈论军事行动的命令，让人把他喊进来问道："你想说什么？"许历说："秦军没有想到我们来得这么快，他们这一次的进攻必定非常犀利，将军必须加强队列厚度才能阻止秦军的突破，不然就危险了。"赵奢说："可以。还有什么？"许历接着说："兵法上说'善于利用地形的会取得胜利'，阏与四周只有北山最高，然而秦国的将领却没有占据此地，这是我们的好机会，必须尽快占领北山。"赵奢又答应一声"好"，随后就加强队列，让许历带领一万人占领了北山，此后秦军的一举一动都被赵军看得清清楚楚。

胡伤带兵赶到后，也看到了北山的重要性，立刻驱兵攻山。然而山路崎岖难行，几个胆大的秦兵试着走了几步，被上面的赵军用石头砸伤了。胡伤气的暴跳如雷，命令手下的兵将四处寻找可以上山的道路。正在这时，赵奢率军杀到了山下，胡伤只好分兵阻击。赵奢将一万名弓箭手分成两队，左右各一队向秦军进行覆盖射击，许历也带着他那一万人趁机从山顶上杀了下来。秦军在前后夹击之下很快就崩溃了，胡伤马失前蹄被甩到地上，差点被赵军活捉，幸好兵尉斯离带着一支部队赶到，拼死将他救了出去。赵奢追杀了五十里，秦军一直组织不起来有效的阻击，只好一路向西败走。阏与城的包围圈就此被赵军打开了。韩釐王亲自来犒赏赵军，还让人送信给赵王表示感谢。

赵军班师回国后，赵王封赵奢为马服君，地位和廉颇、蔺相如相同。赵奢又推荐了许历，赵王封许历为国尉。

赵奢有一个儿子叫赵括，从小喜欢谈论兵法，家中收藏的《六韬》《三略》等兵书读得烂熟于心。有一次赵括和赵奢谈论兵法的时候，引经据典，滔滔不绝，就连赵奢也说不过他。赵括的母亲高兴地说："有这样的孩子，我们可谓是后继有人了。"赵奢却脸色很难看地说："赵括没有做主将的能力。赵国如果不起用赵括，那就是国家的大幸！"赵括的母亲说："赵括把你收藏的兵书都读完了，谈论到军事方面的问题天下无人能比，您为什么说他没有做主将的能力呢？"赵奢说："赵括自认为天下没有人能比得上他，这就是他不能做主将的原因。军事行动涉及到国家的生死安危，多方考虑博采众长还担心会有遗漏，而赵括却将军事行动看成了游戏！如果他掌握了兵权，必定会刚愎自用，别人的建议他是不会采纳的，失败是他唯一的结局！"赵括的母亲将赵奢说的话告诉了赵括，赵括说："父亲年龄大了，胆子也就小了，自然会说这样的话。"

两年后，赵奢病危，在临死之前嘱咐赵括："古人一直都在戒惧'兵凶战危'。我做了几年的大将，今天终于可以不再担心兵败沙场，死也瞑目了。你不是大将之才，切记不能领兵出战，以免玷污了我们家的门风！"又嘱咐赵括的母亲："以后要是赵王起用赵括为大将，你必须将我的遗言转告给他，一定不能让赵括做大将。丧师辱国可不是小事！"说完就去世了。赵王感念赵奢立有大功，就让赵括继承了马服君的爵位。

第九十七回
死范雎计逃秦国　假张禄廷辱魏使

魏国的大梁有一个叫范雎的人，字叔，有经天纬地之能、安邦定国之志。他想要做魏王的官，但是因为家境贫寒，没有人愿意引荐，只好先在中大夫须贾家里做低等门客。当初齐湣王昏庸无道，乐毅纠合四国讨伐齐国的时候，魏国也参与了，等到田单破燕复齐、齐襄王田法章继位之后，魏王担心齐国报复，就和相国魏齐商议，以须贾为使者到齐国重修旧好，须贾走的时候带上了范雎。

到齐国后，齐襄王问须贾："当初我父亲和魏国一起讨伐宋国的时候，两国可谓是同气连枝；但是后来燕国侵犯齐国的时候，魏国也是帮凶之一，寡人一想起来就恨得刻骨铭心。现在魏国又来用空话哄骗寡人，可见魏国是多么的反复无常，这让寡人如何相信你们？"须贾无言以对，范雎在旁边替他说道："大王说得不对！当初鄙国跟随齐国讨伐宋国，是齐国命令我们去的。本来三国约定平分宋国的土地，但是后来贵国食言了，不但独吞了宋国的土地，还兴兵侵略鄙国。这是齐国对鄙国失信！各国诸侯担心齐国骄横残暴、贪得无厌，这才亲近燕国。济西战役是五个国家同时攻打齐国的，难道是只有鄙国一个国家吗？然而鄙国也没做过分的事，没有和燕军一起攻打临淄，这就是对齐国以礼相待。现在大王英武盖世，报家仇雪国耻，重振先人的荣光，鄙国国君认为齐国必当再现齐桓公、齐威王时期的辉煌，更能够改正齐湣王的错误，千秋万代，永垂不朽，所以才让外臣须贾前来重修旧好。现在大王只知责人，不知责己，恐怕齐湣王的覆辙就要重现了！"齐襄王被他说得哑口无言，惊愕地站起来道歉说："是寡人说错了！"随后就问须贾："这位是什么人？"须贾说："是臣的门客范雎。"齐王对范雎看了又看，好久之后才命人将须贾送回馆驿，所有的供应都从优从厚。又让人暗地里游说范雎："鄙国国君认为先生是人中龙凤，想要让先生留在齐国封您为客卿，请您一定要答应！"范雎推辞道："我和使者一起出来，却不一起回去，那就是不讲信用、没有仁义，我以后还怎么做人？"齐王听说后更加敬重范雎，又让人给范雎送去黄金和酒肉。范雎坚决不肯收，但是使者一直强调这是齐王交给他的任务，不完成坚决不能回去。范雎没有办法，最后只好收下酒肉，将黄金退了回去。使者叹着气回去了。

有人将这件事报给了须贾，须贾就把范雎喊过来问道："齐王派来的人是做什么的？"范雎说："齐王派他送给我黄金和酒肉，我不敢收。但是他一直在逼我收下，最后我只留下了酒肉。"须贾又问："齐王为什么会送给你这些？"范雎说："我不知道。或许是因为我是您的随从，他是敬重您才送给我的吧。"须贾道："齐王连我都没有送，却单单送给了你，必定是你和齐国在暗中有勾结。"范雎说："齐王之前曾派人来，说想让我留在齐国做客卿，已经被我严词拒绝了。我一向以信义作为行事的原则，怎么会私下勾结齐国呢？"但是他的这些话不但没有打消须贾的怀疑，反而让他疑心更重了。

等出使齐国的任务完成，须贾带着范雎返回魏国后，他对相国魏齐说："齐王打算将我的门客范雎留下来做客卿，还送给他黄金和酒肉。我怀疑范雎将我们国内的一些秘密告诉了齐国,所以齐王才会送给他这些。"魏齐听后大怒,立即召集宾客,让人将范睢拿下,准备当席审问。

范睢到后,跪趴在台阶下面,魏齐厉声问他:"你将魏国的秘密泄露给齐国了吗?"范睢说:"我哪里敢做这样的事?"魏齐又问:"你要是没有说,齐王为什么要留你做客卿?"范睢回答说:"齐王留我了不假,但是我没有答应。"魏齐再问:"那送你的黄金、酒肉你为什么收下了?"范睢说:"来人一再强迫我收下,我担心一点儿不收会惹恼齐王,就只留下了酒肉,那黄金确实没有收下。"魏齐听了咆哮如雷,骂道:"你这个卖国贼还敢狡辩!就是送给你酒肉,也不会无缘无故!"马上命人将范睢绑起来,抽他一百鞭,让他承认向齐国泄露秘密。范睢说:"我真的没有和齐国私通,让我说什么?"魏齐更生气了,说:"给我打死这个狗奴才,不要留下祸根!"司狱用鞭子、棍子一阵乱打,将范睢的牙齿都打掉了。范睢血流满面、疼痛难忍,嘴里大呼冤枉,参加宴会的宾客见魏齐正在大怒之中,谁也不敢劝。魏齐一面让人用大杯劝客人喝酒,一面让司狱用力打范睢。就这样一直从辰时打到未时,将范睢打得遍体鳞伤、血肉横飞,最后"咔嚓"一声,他的肋骨也给打断了,范睢疼得大叫一声,昏死了过去。正可谓:

可怜信义忠良士,翻作沟渠柱死人!

传语上官须仔细,莫将屈棒打平民。

潜渊居士还有一首诗说:

张仪何曾盗楚璧?范叔何曾卖齐国?

疑心盛气总难平,多少英雄受冤屈!

狱卒见范睢没气了,就报告魏齐:"范睢被打死了。"魏齐亲自下来查看,见范睢肋骨也断了,牙齿也掉了,身上没有一块肉是完好的,躺在血泊中一动不动,就指着范睢说:"死得好,也叫后人看看卖国贼是什么样的下场!"又让狱卒用苇席裹住范睢的尸体送到厕所里,告诉宾客,小便的时候都尿到他身上,让范睢死也不能做个干净鬼。

眼看天就要黑了,也是范睢命不该绝,他又苏醒了过来,从苇席的缝里观察了一下四周,发现只有一个守卒在旁边看守,就叹了口气。守卒听见了,就赶紧过来看他。范睢说:"我受了这么重的伤,虽然暂时醒过来,但肯定是活不成了。你要是能让我死在家里,让我的家人收殓我的时候方便一点,我还有几两黄金,就都送给你。"守卒贪图他的黄金,就告诉他:"你接着装死,我进去给相国报告一下。"

这时魏齐和他的宾客都已经喝醉了,守卒上前报告:"厕所里的那个死人都已经发臭了,该扔出去了。"宾客们也都说:"虽然范睢有罪,相国将他处置到这个地步也已经可以了。"魏齐说:"把他扔到荒郊野外,让野鸟把他的肉给吃了。"说完魏齐就回了后宅，宾客们也都散了。

等到夜深人静的时候，守卒偷偷地把范雎送到了家里，范雎的妻儿老小看到他这副模样，心中的痛苦自然不用多说。范雎让家人将黄金拿出来送给守卒，又请他将包裹自己的苇席扔到野外，做出他被扔到荒郊野外的假象。

守卒走后，家人将血肉模糊的范雎收拾干净，又将他身上的伤包扎好，喂他吃了一点儿东西。范雎慢慢地对他的妻子说："魏齐太恨我了，就算是知道我死了也会起疑心，我能够从厕所里逃出来是因为他喝醉了。等明天找不到我的尸体，必然会到家里来，到时候我就活不了了。我有个八拜之交叫郑安平，他住在西门附近的一个小巷子里，你连夜把我送到他那里，一定不能向外人透漏我还活着的消息。等过了一个多月，我的伤好了就会亡命他乡。我离开之后家里就开始发丧，就像我真死了一样，这样魏齐就不会怀疑了。"他妻子按他说的先通知了郑安平，郑安平马上就到了他家，和他的家人一起将范雎背走了。

到了第二天，魏齐果然怀疑范雎是否会死而复生，就让人去看他的尸体还在不在。去查看的人回来报告说："确实扔到了荒郊野外，现在就剩下了一副苇席，估计尸体已经被野狗给拖走了。"魏齐又让人偷偷观察范雎家里的情况，见他一家人都穿着孝服痛哭流涕，这才放心了。

范雎在郑安平家上药休养了几天，伤势慢慢稳定了。等到能走路的时候，两个人就潜出大梁，在具茨山中藏了起来。范雎化名为张禄，山民们都不知道他就是原来的范雎。半年之后，秦国的谒者王稽奉命出使魏国，住在馆驿之中。郑安平装成一个驿卒服侍王稽，因为反应迅速、做事得体受到王稽的喜爱。王稽偷偷地问郑安平："你知道你们国家有哪些贤人没有出仕吗？"郑安平说："哪有那么多的贤士啊！过去倒是有一个叫范雎的人智计百出，然而被相国魏齐给打死了。"郑安平的话还没有说完，王稽就叹息道："可惜啊，这个人没有到我大秦，也就没有了施展才华的机会！"郑安平又说："不过小人同乡有一个叫张禄的，才华智谋不亚于范雎，先生想要见见他吗？"王稽说："既然有这样的大贤，你怎么不早点把他请过来呢？"郑安平说："他在都城中有仇人，白天不敢过来。要是没有这个仇人，早就在魏国出仕了。"王稽说："夜里来也不要紧，我等着他。"

当天晚上，郑安平让范雎也打扮成驿卒的模样，在深夜来到了馆驿拜见王稽。王稽用天下大势来考较，范雎侃侃而谈，好像那些事情他都参与了一样。王稽大喜道："我知道先生不是普通人，不知道能不能和我一起去秦国？"范雎说："我在魏国有仇人，待在这里很不安全。如果您能把我带到秦国，那是满足了我的愿望啊。"王稽算了一下说："估计我这里的事情还有五天才能办完。先生到时候在三亭冈那边没人的地方等我，到时候我把你带走。"

五天之后，王稽辞别了魏王，魏国的大臣们在郊外为他饯行之后，就启程回国。他刚驱车到了三亭冈，就看见张禄和郑安平两人从旁边的树林里走出来。王稽高兴得如获至宝，让张禄坐在自己的车上再次启程。一路上王稽对张禄嘘寒问暖，饮食与共，两个人谈的非常投机，关系十分融洽。

很快车队进入秦国的边境，到湖关的时候，看见前面尘土飞扬，一队车马从西面过来了。范雎问："对面来的是什么人？"王稽认识车队前导的人，就说："这是穰侯在巡视东部的郡县。"前面说过，穰侯就是魏冉，也是宣太后的弟弟。宣太后来自楚国，姓芈，是秦昭襄王的母亲。昭襄王继位的时候年龄还小，就由宣太后垂帘听政，她的大弟弟魏冉做了丞相，后来封为穰侯，二弟弟芈戎被封作华阳君，共同帮她处理国政。昭襄王长大后，心忧太后势大，就封他的弟弟嬴悝为泾阳君、嬴市为高陵君，为的就是分薄芈氏手里的权力。咸阳城里的人把魏冉、芈戎、嬴悝、嬴市合称"四贵"，但是其他三人都没有魏冉的丞相之位尊贵。丞相每年都要代替秦昭襄王视察郡县、检查城防、检阅军队、抚慰百姓，这些都已经形成惯例了。现在穰侯来视察东部地区，前面的仪仗王稽怎么会不认得？范雎说："我听说穰侯完全把持了秦国的政权，为人嫉贤妒能，不愿意接纳其他诸侯国的人才。我先在车中的箱子里藏起来，免得他见了我羞辱我。"

不一会儿穰侯的车驾就到了，王稽早就下车站在路边迎候。穰侯看见了王稽，也下车慰劳他说："您为国家辛苦了！"两人就在车前寒暄了一阵。穰侯问："东方各国近来发生什么大事没有？"王稽回答说："没有"。穰侯又向王稽的车里看了看，说："先生不会把东方的那些游说之徒带回来了吧？这些人就仗着一张利口在各国挑拨离间，以此获得荣华富贵，其实一点儿用都没有！"王稽说："下官不敢。"

穰侯刚上车走远，范雎就从箱子里爬出来，准备下车跑到一旁。王稽说："丞相已经走了，先生可以和我一起坐车走了。"范雎说："我刚才从箱子里偷偷观察了穰侯，发现他眼白多、瞳仁小，又喜欢斜着眼看人，这种人一般都多疑、反应慢。刚才他向车里看，就说明心中已经起疑了，没有立刻搜查，过后必然会后悔；后悔了就必然会再回来搜查，我不如到旁边暂避一时，这样更安全一些。"说完，他喊上郑安平和自己一起向前面跑去。

王稽的车驾跟在后面，还没有走十里地，就听见后面响起了马蹄声，回头一看，果然有二十多骑从东面飞奔而来。拦住王稽的车驾后，领头的人对王稽道歉说："丞相担心大人车中有其他国家的人，命令我们来检查一下，请大人不要责怪我们。"将所有的车辆里里外外都仔细搜查了一遍，确认真的没有夹带外人后，这些人才回去向穰侯复命去了。王稽感慨道："张禄先生果然是个有智慧的人，我比不上他呀！"随后就命令车驾加速前进，又走了四五里，看到了范雎二人，王稽让他们上车一起回到了咸阳。后世有人作诗感叹魏国当权者不重视人才，致使范雎这样的大才投奔敌国，从而给自己造成了巨大的灾难。诗是这样写的：

料事前知妙若神，一时智术少俦伦。
信陵空养三千客，却放高贤遁入秦！

王稽向秦昭襄王复命之后，找了个机会说："魏国有个张禄先生，智谋过人、才华横溢，是天下难得的贤才。当初在大梁时对臣说，秦国现在危机重重，他虽然有办法解决秦国的这些问题，但是需要和大王面谈，所以臣把他带回了咸阳。"秦王说："东方那些靠游说为生的人最喜欢夸大其词，大部分人都是这样，先让他在馆驿中住下吧。"于是范雎就被安置在馆驿中的下舍，虽然说是随时等候秦王的召见，但是一年多都没有消息。

有一天，范雎在闹市上看到穰侯征发士卒准备出征，就悄悄地问旁边的人："丞相这次征兵是要攻打哪个国家？"有一个老者告诉他："打算攻打齐国的纲、寿。"范雎问："齐国近来侵犯我国了吗？"老者回答说没有。范雎又问："秦国和齐国不接壤，中间还隔着魏国和韩国呢，而且齐国也没有侵犯我们，为什么要劳师远征呢？"老者把范雎拉到一个偏僻的地方，对他说："攻打齐国并不是大王的意思。因为陶山在丞相的采邑里，而纲、寿就在陶山附近，所以丞相让武安君白起带兵把它们打下来，以增加自己的采邑。"

回到馆驿之后，范雎给秦王上了一封奏章，大概内容是：

旅居秦国的外臣张禄，冒死奏闻秦王殿下：

臣听说英明的君主处理政务的原则，有功劳就会给予赏赐，有能力就会给予官职，做的多俸禄就多，才华高爵位就高。所以没有能力的人不敢滥竽充数，有能力的人也不会弃而不用。现在臣在下舍待命已经一年多了，如果大王认为臣还有点用处，希望大王能忙里抽闲接见臣一次，让臣一展胸臆；如果大王认为臣没有用处，还把臣留在秦国做什么呢？说什么是臣的问题，听不听就在于大王了。如果臣说的不对，到时候治我的罪也为时未晚。请不要因为看轻臣的缘故，也看轻了举荐臣的人。

其实这时候秦王早就把范雎给忘了，等看到他的奏章，这才想起有这么一个人，马上派车把他从馆驿接到离宫，准备在那里接见他。范雎到的早，看到秦王的车驾要到了，他装作不知道，故意跑到通往后宫的小巷里。秦王的随从就跑过来赶他走，说："大王就要来了，你赶紧走。"范雎故意说："秦国只有太后和穰侯，哪里有秦王？"一边说一边往前走，根本不停下来。正在争吵的时候，秦王的车驾到了，问随从："你和客人为什么争吵？"随从把范雎刚才说的话学了一遍，秦王也不生气，把范雎接进了内宫，用上宾的礼节招待他，范雎自然也谦让一番。

秦王让左右都下去后，长跪而向道："先生有什么教导寡人的吗？"范雎说"嗯嗯"。秦王停顿了一下，跪立在地问他，范雎还是说"嗯嗯"。这样的情况一连出现三次，秦王说："先生一直不说话，难道是认为寡人没有资格听吗？"范雎说："不是这样的。当初姜子牙在渭水垂钓，等遇到了周文王，一句话就被周文王拜为尚父，周武王也用他的计谋灭亡了商朝而登临天下；箕子、比干虽然是王族和重臣，但是商纣王不听他们的劝谏，最后一个被贬为奴隶，一个被杀死，商朝随后也灭亡了。这些人的遭遇不同，并没有其他什么原因，就是信不信他们说的话这一点区别。姜子牙虽然和周文王的关系远，但是文王信任他，所以周朝就得了天下，姜子牙本人也因功被封为诸侯，祭祀世世不绝；箕子、比干虽然是纣王的亲叔叔，但是纣王却不信任他们，所以要么为奴、要么身死，更无法阻止国家的灭亡。如今臣只是一个旅居秦国的外国人，属于最边缘的人物，可是臣要说的要么涉及到秦国的生死存亡，要么涉及到骨肉亲情。不往深里说，对秦国就没有一点儿帮助；要是说深了，那么箕子、比干的下场就是臣的下场，所以大王连问三次臣都不敢回答的原因，就是臣不知道大王是否信任臣。"秦王再一次跪立，说："先生说的是什么话！寡人敬慕先生的才华，这才让所有的人都退下去，就是为了让先生说出心里话。先生有什么想法尽管说，哪怕涉及到太后或者朝中的重臣，都不必有什么忌讳。"

秦王这样说的原因，是因为刚才听到了随从转告范雎所说的"秦国只有太后和穰侯，哪里有秦王"，心中有疑问，所以才要实实在在地请教范雎。而范雎这边则是因为双方第一次见面，万一话不投机就断绝了以后进言的途径，而且旁边偷听他们谈话的人也不少，万一泄露出去就会惹来杀身之祸，所以就准备简单叙说一下外部的情况做个引子。

范雎见秦王是真心请教，就说："大王让臣直抒胸臆，这也是臣的愿望。"说完就深施一礼，秦王也还了一个礼。然后范雎就坐下来说道："秦国地势的险要，天下都比不上；秦国的军事实力之强，天下也无人能挡。然而秦国一直无法兼并天下、成就霸业，难道不是秦国的大臣们在战略方面犯了错误吗？"秦王恭敬地问他："请问犯了什么错误？"范雎说："臣听说穰侯准备越过韩国、魏国去攻打齐国，这种做法极不可取。齐国离秦国太远了，中间又隔着韩国和魏国，派去的兵力少了，无法对齐国形成威胁；派去的兵力多了，就会对秦国形成难以承受的压力。过去魏国越过赵国攻打中山，虽然打下来了，但是不久就被赵国抢走了。为什么呢？就是因为中山离赵国近、离魏国远！现在去攻打齐国，败了是秦国的耻辱；就算是打胜了，也是白白地送给韩国或者魏国，对秦国又有什么好处呢？对于大王来说，最好的战略就是'远交近攻'。远交可以离间东方各国原本良好的关系，近攻可以增加秦国的领土。如此从近到远，就像是蚕吃桑叶一样，占领整个天下也不会有什么困难！"秦王又问："这个'远交近攻'具体要怎么实行？"范雎说："所谓远交，就是交好齐国和楚国；所谓近攻，就是攻打韩国和魏国。等韩国和魏国被打下来了，齐国和楚国还能保存下来吗？"秦王拍手叫好，立刻任命范雎为客卿。又按照范雎的指点攻打东面的韩国和魏国，叫停了让白起攻打齐国的行动。

魏冉和白起，这一个文臣一个武将，已经共事了很久，现在见到范雎忽然间得到了秦王的信任，心里都很不高兴。然而秦王对范雎越来越重视，经常半夜把他一个人叫过去商量事情，只要是范雎出的主意，秦王就没有不同意施行的。

范雎见秦王真的信任自己了，一天找了个机会让秦王屏退了所有的人，说："臣受到大王的信任能够共商国是，就是粉身碎骨也难以报答。然而臣还有一套让秦国国内安定的计划，以前没有敢献给大王。"秦王郑重地问："寡人什么都听先生的，既然先生有安定秦国的计划，这时候不告诉寡人，还要等到什么时候呢？"范雎说："臣没有来秦国之前，人们说到齐国的时候，只知道孟尝君如何如何，没有提到齐王的；说到秦国的时候，只知道太后、穰侯、华阳君、高陵君、泾阳君如何如何，没有提到秦王的。能够控制整个国家，才能叫作'王'，国家的权柄是不能让臣子掌控的。现在太后仗着自己是国母，四十多年来不顾大王的感受擅自行事；穰侯成为秦国唯一的丞相，华阳君就是他的副手；高陵君、泾阳君自立门户、形同独立，各自都有生杀大权。这些人的个人财富几乎是国家的十倍，而大王没有实权只有一个虚名，不是处于极度危险之中吗？当初崔杼掌握了齐国，最后弑杀了齐王；李兑掌握了赵国，最后弑杀了赵武灵王。现在穰侯在内有太后的支持，在外冒用大王的威名，大军一出则各国诸侯吓得肝胆俱裂，秦军班师则各国诸侯对他感恩戴德，在大王的身边大肆安插眼线。臣觉得大王在朝堂之上被孤立已经不是一天两天了，恐怕大王千秋万岁之后，秦国的国君就不会是大王的后代了。"秦王被范雎的话吓得毛骨悚然，施礼道谢说："先生告诉寡人的都是肺腑之言啊，寡人遗憾的是没有早听到这些。"

第二天上朝的时候，秦王就免去了魏冉丞相的职务，让他返回封地。穰侯的家产太多，自己的车辆装不下，就去管理车辆的有司那里去借牛车，后来装了一千多车，各种奇珍异宝就连秦王都不曾拥有。第三天，秦王又将华阳君、高陵君、泾阳君驱逐到了函谷关以外，将太后安置在深宫之内，不再允许她插手国家的政务。又拜范雎为丞相，还将应城赐给他作为封地，号"应侯"。当时秦国人只知道丞相叫做"张禄"，没有人知道他就是范雎。唯一知道的只有郑安平，范雎告诫他不能泄露出去，郑安平当然也不敢说。

范雎拜相的这一年是秦昭襄王四十一年，也是周赧王四十九年。这时魏昭王已经去世了，他的儿子魏安釐王魏圉继位，听说秦王采纳新任丞相"张禄"的建议，打算攻打魏国，就急忙召集群臣计议。信陵君魏无忌说："秦国已经好几年没有攻打魏国了，现在没有任何理由就出兵侵犯，明摆着是欺负我们打不过它。我们最好的办法就是秣马厉兵、严阵以待！"相国魏齐说："不妥。秦国强大魏国弱小，战事一起我们绝对会失败。听说秦相张禄是魏国人，难道他对故乡就没有一点儿感情吗？我们最好派遣使者带着大量财宝到秦国，通过张禄拜见秦王，向秦国许诺送去人质来求和，这才是万全之策。"魏安釐王刚刚当上国君，从来都没有经历过战争，就采纳了魏齐的建议，让须贾出使秦国。

须贾奉命到了咸阳，下榻在馆驿之中。范雎听说后大喜，说："须贾来了，说明到我报仇的日子了。"说完他脱下身上的好衣服，装扮成一副落魄文人的样子偷偷出了府邸，到馆驿去拜见须贾。须贾见了他大吃一惊，问道："范叔近来可好？我还以为你被魏齐相国打死了呢！你是怎么跑到这里来的？"范雎说："那时候他们将我扔到了荒郊野外，第二天早上才苏醒过来，正好有一个商人路过听到了我的呻吟声，因为可怜我就将我救了下来。我好不容易捡了一条命，也不敢回家，就辗转来到了秦国，没想到竟然在这里遇到了您。"须贾说："范叔莫非是想要游说秦国吗？"范雎说："我当初在魏国受到那么大的教训，现在逃命到这里，哪里还敢去议论国家大事呢？"须贾又问："范叔在秦国以何为生？"范雎说："给人家做佣人，勉强能糊口罢了。"

须贾觉得范雎很可怜，就让他坐下来，还要了酒饭给他吃。当时正是寒冬腊月，范雎穿的衣服又旧又破，冻得哆哆嗦嗦。须贾叹道："没想到范叔贫寒到了这个地步！"就让人取来一件绸子做的厚衣服给他穿。范雎说："这是您穿的衣服，我哪里敢穿？"须贾说："大家都是老相识，就不要客气了。"范雎穿上衣服，对须贾连连道谢，又问须贾："您来秦国有什么事？"须贾说："现在秦国的丞相张禄说话很管用，我有事想要求他，可惜没有人介绍。你在秦国这么长时间了，有没有熟人帮我引见张丞相？"范雎说："我的主人和丞相的关系很好，我也经常和主人一起去相府。丞相喜欢辩论，我家主人有答不上来的时候，我也会帮他说几句。丞相认为我有点儿口才，不时就会赏我一些酒肉，所以我们也算认识。如果您想要见张丞相，我愿意带你去。"须贾说："既然是这样，那就麻烦你和张丞相约个时间吧。"范雎说："丞相太忙了，我知道他今天就有时间，何不现在就去呢？"须贾说："我坐的是骏马拉的豪车，可惜马蹄受伤、车轴断裂，现在没法去。"范雎说："这些我主人都有，我可以去借来。"

范雎回府之后，就赶着车来到馆驿，进去对须贾说："车马都准备好了，我给您赶车吧。"须贾高兴地上了马车,范雎赶着马车就出发了。街道上的人看到丞相赶着车过来,都在两旁拱手施礼,也有赶紧走到一旁让开道路的。须贾认为这些人是尊敬自己,其实不知道人家尊敬的是范雎。

到了相府门前,范雎告诉须贾:"大人先在这里稍等一下,我先进去为您通报一声。如果丞相答应接见,您就可以进去了。"说完范雎就直接进去了。须贾下车后就站在门外,等了好长时间,听见府里响起了鼓声,门口也有人大喊:"丞相升堂了!"那些门客和丞相下属的官员往来不绝,但是一直都不见范雎送来消息。

须贾等的有点儿急了,就问看门的人:"刚才我有个朋友进去禀报丞相,却一直都没有出来。能不能麻烦您进去帮我喊一下?"看门的人问:"你说的那个朋友是什么时候进去的?"须贾说:"就是刚才给我赶车的那个人。"看门的人说:"赶车的那个人就是张丞相,他是去馆驿拜访自己的朋友,所以才穿的便服。"须贾听了只觉得五雷轰顶,心里吓得怦怦乱跳,说:"我被范雎给骗了,死期马上就要到了!"俗话说"丑媳妇总要见公婆",事到如今根本就没有了回旋的余地,他只好脱下衣服、摘下帽子,光着脚跪在相府的门前,请看门的人转告范雎,就说"魏国的罪人须贾在门外领死"。又过了很长时间,里面才出来人让他进去见丞相。

须贾更加惶恐不安,低着头用膝盖跪着走,从侧门进去一直跪着挪到台阶下面,磕头如捣蒜地说:"我该死!我该死!"范雎威风凛凛地坐在堂上,问他:"你知道自己有罪吗?"须贾趴在地上说:"知道。"范雎接着问:"你犯了几条罪?"须贾说:"拔下我的头发来数我的罪名,都不够用!"范雎说:"你有三条罪:我先人的坟茔都在魏国,我就是因为这一点才不愿意做齐国的官,你却认为我和齐国私通,在魏齐面前胡说八道,这是你的第一条罪状;当魏齐发怒的时候,把我打得牙也掉了、肋骨也断了,你连一句为我求情的话都没有,这是你的第二条罪状;等到我昏迷不醒被扔进厕所,你领着魏齐的那些宾客往我身上撒尿,你怎么就这么狠心呢?这是你的第三条罪状。本来今天我是想杀了你,以报我心头之恨的,你之所以能够不死,就是因为你今天送给我一件厚衣服,还有一点儿故人的情谊,这才留了你一条命,你最好知道感激。"范雎说完就挥手让他下去,须贾磕着头连连道谢,又匍匐着爬了出去。此后秦国人才知道他们的丞相张禄就是魏国的范雎。

第二天,范雎进宫见到秦王后说:"魏国害怕了,已经派人过来向我们求和。兵不血刃就能达到这样的效果,这都是因为有大王的威德啊。"秦王听后大喜,范雎又说:"臣犯了欺君之罪,求大王赦免了臣的罪名,臣才敢说。"秦王问:"你有什么事情骗了寡人?只管说吧,寡人不治你的罪。"范雎说:"其实臣不叫张禄,而是魏国的范雎。臣自幼就孤苦无依,后来到魏国大臣须贾的家里做门客。在跟随须贾出使齐国的时候，齐王曾私下里送给臣金子，被臣坚决推辞了。等回到魏国后，须贾在相国魏齐面前诬陷臣私通齐国，魏齐不分青红皂白，就将臣几乎打死。幸好臣苏醒过来，于是改名张禄逃到秦国，又蒙大王恩典担任了丞相。现在须贾作为使者来到咸阳，臣的真名实姓很快就会被大家知道，最好还是使用原来的名字，请大王明察！"秦王说："寡人竟然不知道丞相蒙受如此的冤枉和屈辱。既然须贾来了，那就杀了他为爱卿出气！"范睢说："须贾是为公事来的，自古以来两国交兵不斩来使，更何况是来求和呢？臣哪里能因为私仇影响到公务？况且想杀臣的人是魏齐，也不全怪须贾。"秦王说："爱卿能够先公后私，这才是真正的忠诚于国家啊。魏齐这个仇寡人来给你报，须贾就交给你了。"范睢谢恩后退了下去。

在秦王批准两国和议之后，须贾去向范睢道谢并辞行。范睢说："老相识来到我这里，怎么能不请你吃一顿饭呢。"他让门客将须贾带到门房里等候，又吩咐下人准备大摆宴席。须贾暗地里谢天谢地，心里说："惭愧啊！惭愧！没想到丞相竟然如此宽宏大量、如此以礼相待，这也太隆重了！"

范睢退堂之后，须贾一个人坐在门房里，因为外面有士卒看守，他也不敢擅自行动，只好一个人苦苦等待。就这样他从早上等到中午，也慢慢地饥饿难忍。须贾想："前天范睢到了馆驿，我用现成的饮食招待。没想到今天他用宴席来回请我，都是老相识了，怎么这么客气呢？"不一会儿就看到堂上准备好了一切，从内堂又送出一张名单，上面写的都是各国驻咸阳的使者，以及本府中有头有脸的人物。须贾又想："看来范睢是邀请这些人来陪我的。就是不知道来自哪个国家的什么官员，到时候安排座位的时候一定要小心谨慎，千万别失了礼节，坐了不该坐的位置。"须贾还在暗中盘算呢，又看见众多使者和宾客都到了相府，直接登上台阶走进大堂里。这时候负责安排宴席的人也向里面报告道："客人都已经到齐了！"只见范睢从内堂走了出来，和大家见礼之后就逐一定好了座次，两旁也响起了鼓乐之声，但是一直都没有人来请须贾入席。须贾这个时候是又饿又渴、又忧又愁、又羞又恼，心中的苦闷难以形容。

堂上酒过三巡，范睢开口说道："还有一个老相识在这里，刚才把他给忘了！"所有的客人都站起来说："既然是丞相的朋友，按照礼节我们应该坐他下面。"范睢摆手道："虽说是老相识，但是不能让他和诸位坐在一起。"就让人在堂下摆了一个小几案，然后命人把须贾带过来坐下，让两个罪犯坐在他的两边。几案上没有酒菜，只有一些喂马的熟豆子，两个罪犯用手捧着喂他，像喂马一样。那些客人都感觉很过意不去，就问："丞相为什么这么恨这个人呢？"范睢就将他以前的遭遇又说了一遍，客人们都说："他们竟然做的这么过分，也难怪丞相会生气。"

须贾虽然知道这是在羞辱他，但是也不敢违抗范睢的命令，只能一口口地将马料吃掉,吃完之后还要向范雎磕头谢恩。范雎瞪着眼骂道:"虽然我们大王答应与你们讲和,但是魏齐侮辱我的仇不能不报。留你一条小命回去告诉魏王,赶快把魏齐的人头还有我的家眷送来,这样两国才能真的改善关系,不然的话我就亲自率大军将大梁踏为平地,到时候魏王再后悔就晚了。"须贾吓得魂不附体,连声答应着退了出去。

第九十八回
质平原秦王索魏齐　败长平白起坑赵卒

须贾保住了性命,连夜启程赶回大梁,将范雎的要求报告给了魏安釐王。这下魏王犯愁了,把范雎的家眷送到秦国是不值一提的小事,可要是把相国的头给砍了,那伤的可就是国家的尊严了,所以犹豫再三无法做出决定。

魏齐听说范雎的要求后,扔下相印连夜逃往赵国,去投奔平原君赵胜去了。魏王只好将车辆装饰得漂漂亮亮的,又送上一百镒黄金、一千匹彩帛,将范雎的家眷送到了咸阳。同时发表声明:"魏齐听到消息后逃跑了,现在在平原君赵胜的家里,不关魏国的事。"

范雎知道魏齐逃出了魏国,就去找秦昭襄王。秦王说:"秦国和赵国一向关系不错,在渑池会上双方还约为兄弟,我将异人送到邯郸做人质,就是为了加固双方的友好关系。之前我们攻打韩国的时候,赵国让李牧率兵支援韩国,解了阏与之围,寡人当时没有与赵国一般见识。但现在平原君又擅自接纳丞相的仇人,这就太过分了。丞相的仇人就是寡人的仇人,寡人决定出兵讨伐赵国,一是为了报当初赵国支援韩国的仇,二是为了把魏齐要过来。"他亲自担任主帅,点了二十万士兵,又命令王齮为大将,开始攻打赵国,一连攻下赵国三座城池。

这时赵惠文王刚刚去世,他的儿子赵丹继位,史称赵孝成王。赵孝成王还小,由惠文太后主持国事,听说秦军打过来了非常害怕。而蔺相如恰好这个时候病得卧床不起,已经告老还乡,由虞卿担任相国。大将廉颇率军去抵抗秦军的入侵,然而战事一直处于胶着状态。虞卿对惠文太后说:"现在情况紧急,臣要求带长安君去齐国做人质,求齐国出兵救援。"太后答应了。

原来,惠文太后是齐湣王的女儿,齐襄王田法章也在这一年去世,太子田建继位,因为田建年岁尚轻,齐国的国政由君王后太史氏决定。两位太后实际上是姑嫂至亲，关系自然很好。而长安君又是惠文太后最小的、也是最受宠爱的儿子，他到齐国来做人质，君王后又如何不肯出兵？于是齐国就以田单为大将，率军十万援救赵国。

得到齐国军队出发的消息后，王翦对秦王说："赵国有很多名将，又有平原君这样的贤才，短时间内想要取胜是很不容易的。况且齐国的军队很快就要到了，到时候想要取胜更加困难，不如撤军吧。"秦王说："抓不到魏齐，寡人有什么脸面去见应侯？"就派使者去告诉平原君："秦国来攻打赵国，为的就是魏齐！只要君侯把魏齐送过来，秦国立马撤军。"平原君回答说："魏齐不在我这里，希望秦王不要听信谣言。"使者一连去了三次，平原君都不肯承认。秦王心中闷闷不乐，想要继续打下去，又怕赵国和齐国合兵之后胜负难料；要是班师回国，又怎么能把魏齐给抓过来？左思右想之后，秦王终于有了主意。他给赵王写了一封道歉信：

寡人和大王是兄弟之好。寡人不该听信了谣言，认为魏齐就在平原君家里，这才兴兵讨要魏齐，不然的话寡人怎么会轻易进入赵国的国境？现在寡人知错了，打下来的三座城池仍然还给赵国，希望我们能重修旧好，像以前一样亲密无间。

赵王也派人送去回信，感谢秦王撤回兵马、还回城池的深情厚谊。田单听说秦军退回去了，也率军回了齐国。

到了函谷关后，秦王又让人给平原君送去一封信，上面说：

寡人听说君侯义薄云天，愿意和君侯平等论交。希望君侯能来寡人这里做客，寡人愿意和君侯畅饮十天。

平原君看过后，就带着信去见赵王。赵王将群臣召集到一起，商议该怎么回复秦王。相国虞卿说："秦国虎狼之性，从来都不讲信义。当初孟尝君去秦国的时候，就差点儿回不来。现在秦王正怀疑魏齐就在平原君家里，一定不能让平原君去。"廉颇说："之前蔺相如带着和氏璧一个人到秦国，尚且能安全回国，说明秦国是不敢欺骗赵国的。如果不去的话，反而让秦国更加怀疑魏齐就在赵国。"赵王说："寡人也认为这是秦王的一番好意，不能不去。"于是命令平原君和秦国的使者一起去了秦国。

进入函谷关后，秦王一见平原君就像是见了多年的好友一样，每天都设宴款待他。就这样过了几天，秦王趁着宴席上气氛热烈的时候说："寡人向君侯提一个要求，如果君侯愿意答应，就把这杯酒喝了。"平原君说："大王的命令我哪敢不听呢！"说完就举杯一饮而尽。秦王接着说："以前周文王得了姜子牙，尊他为'太公'；齐桓公得了管仲，尊他为'仲父'。现在范先生就是寡人的太公、仲父！范先生的仇人魏齐就在君侯家里，君侯可以派人回去把他的头送过来，让范先生出了心头的那口恶气，这就是寡人求君侯的事。"平原君赵胜说："臣听说尊贵的时候交朋友，是为了低贱时有所依靠；富裕的时候交朋友，是为了贫穷时有所依靠。魏齐是臣的朋友，即便真的在臣家里,臣也不能把他交出去,何况没有呢?"秦王脸一沉,说:"君侯不交出魏齐,寡人就不放君侯回去!"平原君说:"让不让我回去大王做主。大王是以饮酒为名义让臣来的,要是扣下了臣,天下都知道理在谁那边。"秦王见平原君不肯交出魏齐,就把他带到了咸阳,又让人给赵王送去一封信,说:

大王的弟弟现在在寡人这里,而范先生的仇人就在平原君的家里。魏齐的头不送到咸阳,平原君就不可能回去。大王要是不给的话,寡人就亲率大军到赵国去要魏齐,而且还不放平原君。大王看着办吧!

赵王收到秦王的信后大吃一惊,对众臣说:"寡人怎么能为其他国家逃亡的一个臣子,而失去国之栋梁的亲人?"就发兵围住了平原君家,让赵胜的家人把魏齐交出来。平原君的很多门客都和魏齐关系很好,他们趁着天黑放他逃出去投奔相国虞卿。虞卿说:"赵王害怕秦国甚于害怕豺狼虎豹,对他说什么都无济于世。为今之计,先生不如还返回大梁,信陵君招贤纳士,有罪之人都希望躲在他那里,而且他和平原君关系深厚,必然会庇护先生。虽然这样,先生仍然是国君的罪人,不能独行,还是让我陪你同去吧!"于是虞卿把随身携带的相印解下来,又给赵王留了一封道歉信,然后和魏齐一起换上粗麻做的衣服,伪装成贫民逃出了赵国。

快到大梁的时候,虞卿让魏齐先藏在郊外,安慰他说:"信陵君是个为人慷慨的大丈夫,我去之后他必定马上就派人来接先生,先生不会在这里等很长时间的。"虞卿徒步走到信陵君府邸的门前,将自己的名帖送了进去。负责接待宾客的人将名帖送去的时候,信陵君解开头发正要沐浴,看到名帖后大惊,说:"这个人是赵国的相国呀,怎么到我这里来了?"让接待宾客的人以主人正在沐浴为推辞,先把虞卿迎接进来,问他为什么会来魏国。虞卿这时候急得像热锅上的蚂蚁一样,就将魏齐的情况,以及自己抛弃高官厚禄陪同魏齐投奔信陵君的原因,大致说了一下。接待宾客的人又进去报告给信陵君。信陵君为难了,他心底是害怕秦国的,从内心不想接纳魏齐;可是虞卿舍弃相位千里来投,也无法直言拒绝,所以一直犹豫不决。虞卿听说信陵君因为为难而无法即刻出来相见,盛怒之下拂袖而去。

虞卿一走信陵君就出来了,向众门客简单讲述了虞卿来投的原因,然后问:"虞卿这个人为人怎么样?"当时侯生也在,大笑着说:"公子遇到事怎么这么糊涂啊!虞卿一席话就能让赵王拜他为相国、封万户侯,到魏齐穷途末路投奔他的时候,又能舍弃高官厚禄一起出逃,这样的人天下能有几个?公子从这些事情无法判断出虞卿的为人吗?"信陵君羞惭的无地自容,急忙挽起头发戴上帽子,让车夫驾上马车快速追赶虞卿。

魏齐在那里苦苦等候,却一直都不见有人来接他,心想:"信陵君是为人慷慨的大丈夫，应该一听说就会派人来接我。现在这么长时间还没有人来，看来是不想收留我啊。"不久，他看见虞卿眼中含泪回来了，说："信陵君算不上大丈夫，竟然因为害怕秦国而拒绝了我的请求。不过也不要紧，我和先生还可以走小路去楚国。"魏齐说："我一时失察得罪了范雎，先是连累了平原君，然后又连累先生。现在又要让先生路途奔波，到楚国去苟延残喘，而且还不知道楚国会不会收留，我还活着干什么？"说完就拔出佩剑去抹脖子。虞卿急忙上前夺掉了魏齐的剑，可是魏齐的喉咙已经被割断了。虞卿正在悲伤的时候，信陵君的车驾已经追过来了，他看见之后立刻躲了起来，不愿意见信陵君。信陵君见到魏齐的尸体，抱着痛哭道："我犯了大错啊！"

赵王找不到魏齐，又得知相国虞卿也不见了，就知道二人一起逃走了，不是去了魏国就是去了齐国，就派出骑兵向这两个方向追捕。在得知魏齐在大梁郊外自刎后，赵王派出使者到魏国，请魏王砍下魏齐的头去赎回平原君。使者到大梁的时候，信陵君已经把魏齐入殓了，但是还没有下葬。使者对信陵君说："君侯和平原君的关系好得就像是一个人一样，而且平原君和君侯一样维护魏齐。魏齐要是还活着的话，我就什么也不说了；可惜现在他已经死了，因为一具死后无知的尸体，就让平原君一直生活在虎狼之地无法回国，君侯能安心吗？"信陵君不得已，只好砍下魏齐的头，用木匣装起来交给了赵国的使者，然后将魏齐无头的尸体埋到了大梁的郊外。后人有诗描写魏齐轻信人言、过度侮辱范雎，最终落了个害人害己、传首咸阳的下场。诗是这样写的：

无端辱士听须贾，只合捐生谢范雎。
残喘累人还自累，咸阳函首恨教迟！

虞卿辞去了赵国的相国，又对世间的人情冷暖感慨万千，于是也不做官了，隐居在白云山中，以编纂书籍自娱自乐，内容不乏讽刺当时的政事，书的名字就叫《虞氏春秋》。后人写诗说：

不是穷愁肯著书，千秋高尚记虞兮。
可怜有用文章手，相印轻抛徇魏齐！

这里对虞卿重情重义，不惜为魏齐舍弃高官厚禄，最终成为一代文学大家的事迹进行了讴歌和赞扬。

赵王得到魏齐的人头后，派人日夜兼程送到了咸阳，秦王又将魏齐的头送给了范雎。范雎将魏齐的头做成尿壶，说："当初你让你的门客喝酒后尿到我身上，现在我让你在九泉之下天天盛我的尿！"

既然收到了魏齐的人头，秦王就让人礼送平原君回了赵国。赵国随即拜平原君为相国，让他接替了虞卿的位置。

范雎又对秦王说："臣本来是个穷苦的平民，幸好得到大王的赏识，这才位极人臣。大王又为臣报了血海深仇，对臣可谓是恩重如山。然而要没有郑安平，臣在魏国的时候就死了；要没有王稽，臣也无法到秦国受到大王的重用。求大王削减臣的爵位、俸禄，转封到这两个人的身上，让臣能够完成报恩的心愿，这样臣就死而无憾了！"秦王说："要不是爱卿提起，寡人几乎就忘了这两个人了！"于是马上下旨任命王稽为河东太守、郑安平为偏将军。

从此之后，秦王就极力推行范雎"远交近攻"的策略，经常攻打比邻的韩国和魏国，而与远方的齐国和楚国使节不绝于途。范雎对秦王说："听说齐国的君王后为人贤明又有智慧，我们来试试真假。"秦王就让使者带着玉连环送给君王后，说："如果贵国有人能解开玉连环，寡人就甘拜下风。"君王后让人取来一把金锤，一锤就把玉连环砸得粉碎，说："回去告诉你们大王，老身已经把玉连环给解开了！"使者回去禀报后，范雎说："君王后果然是女中豪杰，不能冒犯啊。"随后秦国就与齐国订立了盟约，约定双方互不侵犯，齐国也因此获得了安宁。

楚国的世子熊完一直在秦国做人质，在咸阳待了十六年都没有回去。这一年秦国派使者到楚国续签友好盟约后，楚国的使者朱英也随着秦国的使者一起来了咸阳。在拜访熊完的时候，朱英说楚王已经病入膏肓，恐怕很快就会去世。太傅黄歇对熊完说："大王病重而世子还在秦国无法回去，等大王去世，您另外的几个兄弟必然会谋取王位，到时候楚国就不是您的了。臣去应侯那里说一下，希望他能让您回国。"熊完说："好。"

黄歇到了范雎的府邸，问道："丞相知道楚王生病了吗？"范雎说："听贵国的使者说了。"黄歇接着道："楚国的世子在贵国已经生活很长时间了，和贵国的文臣武将都有着深厚的交情，如果楚王驾崩世子继位，必然会亲近秦国。丞相要是这时候让世子回国，他对您必然感激不尽；如果不让他回去，楚国就会另立国君，那时候世子在秦国也就不过是一个咸阳城的老百姓而已。何况楚国会接受这个教训，以后也不会向秦国送人质了。为了留下一个老百姓，却失去和一个万乘之国的良好关系，在臣看来实在是不划算啊！"范雎也赞成他的看法，说："先生说的对呀！"就把黄歇的话转告了秦王。秦王说："先让太傅黄歇回去看看楚王的病情，要是真的病危了，就让他回来接熊完回去。"

黄歇听说熊完不能和自己一起回去，就偷偷地和熊完商议："秦王不让您回去，可能是打算像当初扣下楚怀王那样扣下您，逼迫楚国割地赎回自己的国君。楚国要是让您回国，就中了秦国的计；不让您回国，您就只能作为俘虏终老在咸阳了。"熊完跪了下来，请教黄歇："先生有什么计划吗？"黄歇说："臣认为世子不如偷跑回去。

现在正好我们有使者在咸阳，机不可失时不再来。臣自己留在这里，用生命承担秦国人的怒火。"熊完哭着说："这个计划要是成功了，我和太傅共享楚国！"

随后黄歇偷偷地去见朱英，将自己的计划全盘托出，朱英也同意协助熊完逃回楚国。于是二人就让熊完装成朱英的车夫，随着楚国的使团一起出了函谷关。黄歇一直待在馆驿里，秦王催他早些回去看望楚王的病情，他说："世子刚好有病了，我要是走了就没有人照料他。等世子的病稍微好一点我就回去。"

半个月后，黄歇估计世子已经出函谷关很远了，才去求见秦王，磕头道歉说："外臣黄歇担心鄙国国君一旦去世，世子无法继位为楚王，就私自将他送了回去，现在已经出函谷关很久了。臣知道自己犯了欺君之罪，请大王杀了我吧！"秦王大怒，说："没想到楚国人这么狡诈！"就呵斥左右将黄歇关押起来，准备择日将他斩首。范睢阻止了秦王，说："就是杀了黄歇，熊完也回不来了，而且会让两国的关系恶化，不如嘉奖他忠心为主，然后放他回去。楚王死后世子熊完必定继位为新的楚王，黄歇这次为熊完立了大功，熊完继位后必定以他为相国。如此一来，楚国的君臣都会对秦国有好感，楚国也就必定会向秦国靠拢。"秦王认为范睢说的有道理，就重赏了黄歇，让他回楚国了。后世有人作诗：

更衣执辔去如飞，险作咸阳一布衣。
不是春申有先见，怀王馀涕又重挥。

诗中认为秦国确实有重演楚怀王旧事的打算，但是在黄歇的巧妙安排之下熊完顺利回到了故国，没有步上他爷爷的后尘。

就在黄歇回到楚国的三个月后，楚顷襄王去世，世子熊完继位，史称楚考烈王。楚王将黄歇由太傅升为相国，又将淮北的十二个县封给他做采邑，并封他为春申君。黄歇说："淮北紧邻齐国，为了国家的安全，还是将这里设置成郡吧。臣愿意将封地改到江东。"楚王就将黄歇的封地改到了以前的吴国境内。

到了封地后，黄歇大兴土木，改造了吴王阖闾的旧都苏州，并将此地作为自己采邑的首府；疏通城内的河道以连通太湖，形成四纵五横的格局；将破楚门改名为昌门。这时虽然孟尝君已经去世，可是赵国有平原君、魏国有信陵君，都以门客众多闻名天下。黄歇对这三位君侯十分羡慕，也开始广招四方宾客，门客最多的时候有几千人之多。据说平原君曾派遣使者去问候春申君，黄歇将使者一行安排在馆驿的上舍居住。使者想要在楚国人面前装排场，就用玳瑁做成簪子、用珍珠玉石装饰刀鞘剑鞘，可是后来发现，春申君有三千多个门客，其中的上等门客都穿着用珍珠装饰的鞋子，结果让平原君的使者无比羞愧。在门客的建议下，春申君出兵吞并了邹国和鲁国，以名士荀卿为兰陵令，改革内政，训练军队，楚国因此复兴了。

处理好和齐国、楚国的关系后,秦昭襄王让大将王龁率军攻打韩国。运粮的船队从渭水出发,直接通过黄河进入河洛地区。王龁一举攻破了野王城,阻断了通往上党的道路。

既然无法得到支援,上党太守冯亭就只能自己想办法了。他召集了一些亲信和士绅商量,说:"秦国既然占据了野王城,那韩国就保不住上党地区了。我们与其投降秦国,还不如投降赵国。上党明明是秦国浴血奋战的战利品,却被什么都没有做的赵国接收了,秦国必定生气;秦国生气了,就会移兵攻打赵国;赵国受到了攻击,就会和韩国结成同盟;赵国和韩国联合在一起,就有对付秦国的实力了。"参加会议的所有人都赞成这样做,于是冯亭就派遣使者去了邯郸,将投降书和上党地图交给了赵王。这一年是赵孝成王四年,也是周赧王五十三年。

在使者到邯郸的三天前,赵王做了一个梦,梦见自己穿着一件两种颜色的布缝在一起的衣服,骑着一条从天而降的神龙向天上飞去,可惜的是还没飞到天上就掉到了地上;还梦见自己左边有一座金山、右边有一座玉山。赵王醒后喊来大臣赵禹,把梦里的内容告诉他后,让他解梦。赵禹说:"缝起来的衣服,代表的是'合';骑着龙上天,代表国势蒸蒸日上;掉到地上,代表会得到土地;金山玉山,代表钱财充足。"赵王大喜,又喊来一个叫敢的算卦人解梦。敢说:"缝起来的衣服,是说残破不全;骑着龙上天,还没到天上就掉到地上,是说中间会产生变化,最终落个有名无实的结果;金山玉山,是说看得见却不能用。这个梦不吉利,大王要小心了!"赵王更相信赵禹说的那些吉利话,对算卦人的解释很不以为然。结果仅仅过了三天,冯亭派的使者就给他把上党地图和降书送来了。他打开一看,只见上面写着:

韩国现在正处于危急之中,上党眼看就要落到秦国手里了。然而上党的军民不愿意投降秦国,想要投降赵国,臣不敢违背军民的意志,所以将上党地区的十七座城池献给大王。请大王一定要收下!

看到这个消息,赵孝成王高兴得手舞足蹈,说:"还是赵禹说得对呀!"平阳君赵豹进谏说:"臣听说无缘无故就得到的利益,这种利益往往是祸根。大王一定不能接受上党的归附。"赵王说:"人家是因为害怕秦国、心怀赵国,这才归附寡人的,怎么会是无缘无故呢?"赵豹说:"秦国对韩国步步蚕食,攻占野王城断绝上党和大梁的交通,为的就是让上党不战而降。要是被赵国得到了上党,秦国会甘心吗?这就像秦国辛苦耕种,结果庄稼成熟之后却让赵国给收走了,这就是臣所说的'无缘无故得到的利益'。而且冯亭不投降秦国而投降赵国,为的就是嫁祸给赵国,来解决韩国目前面临的危机。大王怎么不明白这一点呢?"赵王对赵豹说的话不以为然,又把平原君赵胜喊过来,问他是不是应该接受上党的归附。平原君说:"就是征发一百万兵力，花费一年的时间，也不见得能占领敌方一座城池。如今我们不费一兵一卒获得了十七座城池，这是天降横财呀，绝对不能错过这个机会！"他的这番话正合赵王的心意，于是赵王让平原君率军五万去接收上党，封冯亭为华陵君，食邑三万户，仍然为上党太守；其他十七个县令也都被赐封世袭的侯爵，食邑三千户。

平原君去拜见冯亭的时候，冯亭把自己关进屋子里，哭泣着不肯和平原君相见。平原君一再要求冯亭出来，冯亭在里面说："我有三个不义的地方，所以没脸和您见面：为国君牧守一方，丢失了自己的辖地却不能以死相报国君，这是我第一个不义的地方；没有经过国君的允许，就擅自将国家的土地送给其他国家，这是我第二个不义的地方；以出卖国君土地的方式获得荣华富贵，这是我第三个不义的地方。"平原君叹道："这是个忠臣啊！"守在门外三天都不肯离开，一定要见冯亭。冯亭没有办法，只好出来和平原君见面，但是仍然泪流满面，又说愿意配合赵国接收上党，不过赵国最好另外任命一个太守，自己想要辞官回家。平原君对他百般劝说："先生的心事我都已经知道了。不过先生不做上党太守的话，会让上党的军民失望。"最后冯亭答应继续做太守，但是不肯接受爵位。平原君回去的时候，冯亭对他说："上党之所以归附赵国，就是因为无法独自抵挡秦国的攻击。君侯回国后一定要转告赵王，尽快征发士卒让能将带领，来支援上党。"

平原君回到邯郸后，赵王大摆宴席庆贺获得了上党，对于冯亭要求发兵支援上党的提议却一直议而不决。然而就在此时，王龁已经率军包围了上党，冯亭坚守了两个月，赵国的援军仍然迟迟不到，最后只好率领军民逃向赵国。到了这个时候赵王才终于有了决断，让廉颇率兵二十万来救援上党。廉颇走到长平关的时候遇到冯亭，这才知道上党已经丢失，秦军也马上就要赶到这里了。于是廉颇在金门山下安营扎寨，建立防御工事，在主营地周围又修建了几十个子营地，如同众星环月一般；分兵一万让冯亭率领驻守光狼城；又分兵两万，以都尉盖负、盖同分别为主将驻守在东鄣城和西鄣城；裨将赵茄负责侦察秦军的行动。

赵茄率军五千刚出长平关二十里，就遇到了秦国由司马梗率领的侦察部队。赵茄见司马梗人少，直接杀了过去，想要先绞杀这支秦军，以鼓舞赵军的士气。双方正在厮杀的时候，由张唐率领的秦国的第二支侦察部队也赶到了。赵茄惊慌失措之中，被司马梗一刀斩于马下，赵军很快就溃散了。廉颇听说赵茄兵败，传令各个堡垒用心把守，不要轻易和秦军野战；又让士兵在营地内掘出无数个几丈深的大坑，里面都灌满了水，大家都不知道他的用意是什么。

王龁的大军赶到后，在距离金门山十里之外扎下营盘，分兵攻打东鄣城和西鄣城，盖负、盖同违抗廉颇的命令出城迎战，却兵败身亡。随后王龁乘胜攻击光狼城，司马梗奋勇作战第一个登上城墙,后面的秦军一拥而上,冯亭见守不住了,也开始向金门山的赵军大营撤退,被廉颇接应了回去。秦军再次攻打赵军大营,廉颇传令道:"凡是出去迎战的,哪怕战胜了也要斩首!"王龁攻不进去,将营地前移,逼近到离赵军大营仅仅五里的地方。然而无论秦军如何挑衅,赵军都不出战。王龁说:"廉颇是个老将,行军作战的经验丰富,我们现在的这些手段对他是不起作用的。"偏将王陵出了一个主意:"金门山下的山涧叫杨谷,是敌我两军的水源。赵军的营地在杨谷的南面,我军的营地在杨谷的西面,而杨谷的流向是自西流向东南,也就是说我们在上游、赵军在下游。如果我们截断了杨谷,赵军就没有饮用水了;没有水喝,几天之后赵军就会大乱,我们趁赵军大乱的机会进攻他们,必然会取得胜利。"王龁觉得这个办法很好,命令士兵将杨谷截断。杨谷后来被称为"绝水",就是从这个事件得来的。然而秦国人并不知道,廉颇早在营地中的深坑里灌满了水,根本就不担心缺水的问题。

双方在金门山下相持了四个月的时间,王龁始终无法取得作战的机会,只好派人回咸阳向秦王汇报这里的情况。秦王喊来范雎商量该怎么解决这个困局,范雎说:"廉颇更擅长打持久战,他知道我军战斗力强,所以不轻易出战。他的目的是,我军远道而来,必然无法持久作战,等我军师老兵疲的时候,再趁机给我们重重一击。如果不把这个人除掉,我军是无法进入赵国的。"秦王问:"先生有什么办法可以除掉廉颇?"范雎让旁边的人都退下,对秦王小声说:"想要除掉廉颇,就必须用反间计,如此如此去做,不过需要花不少的钱,大概要一千镒黄金。"秦王大喜,立刻就让人拿一千镒黄金给范雎,让他全权负责这件事。

范雎回去之后,让一个心腹门客走小路去了邯郸,将黄金全部送给了赵王左右的人,散布谣言说:"在赵国所有的将领中,马服君赵奢是最厉害的,听说他的儿子赵括更是青出于蓝而胜于蓝,要是让赵括领军,谁都不是他的对手!廉颇现在已经老了,早就没有了年轻时候的勇气,所以在这次战斗中屡战屡败,已经损失三四万士兵,在秦国的压力下早晚都会投降!"

之前赵王知道赵茄等人阵亡、连丢三座城池的时候,曾派人到长平催廉颇出战,但是廉颇坚持固守待变的计划,违抗了赵王的命令。那时候赵王就已经疑心廉颇畏敌如虎,现在听到身边的人都这样说,更加信以为真,召来赵括问道:"要是让你做主将,你能打败秦军吗?"赵括说:"要是秦国让武安君白起做主将的话,我还真要费点儿劲;至于王龁这样的小人物,根本就不值一提。"赵王问:"为什么这么说呢?"赵括说:"白起几次担任主将领兵出征,都取得了不俗的战绩:第一次是在伊阙大败韩魏联军,斩首二十四万;第二次是攻打魏国,夺取大大小小共六十一座城池;第三次是攻打楚国,鄢、郢、巫、黔中都成为秦国的领土;第四次还是攻打魏国,斩首十三万，魏军主将芒卯狼狈逃命；第五次是攻打韩国，攻破五座城池，斩首五万；第六次是攻打我国，贾偃将军被斩首，两万赵军被他扔进了黄河里面。此人战必胜攻必克，在秦军中的威望很高，很多敌人听到他的名字就会哆嗦。如果臣和白起作战的话，胜负在五五之间，所以必须用心谋划。至于王龁这些秦国新提拔起来的将领，就是因为廉颇畏敌如虎才得以取得这样的战绩，如果遇到了臣，那就是秋叶遇到了狂风，哪里还有他们嚣张的资格？"赵王大喜，立刻拜赵括为上将军，赐给他黄金彩帛，让他带着节杖去代替廉颇，同时又增加了二十万精兵。

赵括检阅过军队后，用车拉着赵王赏赐的黄金彩帛回家了。他母亲看到后说："你父亲临死前留有遗命，告诫你不能带兵，你今天为什么不拒绝？"赵括说："不是我不想拒绝，实在是朝中没有人能比得上我。"他的母亲就给赵王上书进谏说："赵括只是背会了他父亲的那些兵书，完全不懂得变通，根本就不是将才。大王不要让他带兵。"赵王把赵括的母亲叫了过去，亲自问她为什么这样评价自己的儿子。赵括的母亲说："他父亲做将军的时候，从大王这里得到的赏赐都分给了部下，从来不往家里拿一分；接受命令之后，当天就会住在军营里，和士卒同甘共苦，再也不过问家里的一切；每次有了事情都会召集大家共同商议，从来不搞一言堂。现在赵括做了主将，会议的时候傲慢粗暴，军中的将领没有敢抬头看他的。大王所赏赐的财物全都拉到了自己家里。当主将的人怎么能这样做呢？他父亲临终的时候，曾特意嘱咐说：'赵括要是当了主将，必定会导致赵军失败！'我一直牢牢记着这句话，希望大王可以另外找一个良将，一定不要让赵括领兵。"赵王说："寡人已经决定了！"赵括的母亲说："大王既然不听我的劝告，那么要是赵括打败了，请不要牵连我们。"赵王答应了。于是赵括就带领兵马出了邯郸，浩浩荡荡去了长平。

范雎派的门客还留在邯郸，仔细打探赵国的一举一动，所以赵括对赵王所说的那些话他都知道了，在赵括率军启程后，他也立刻返回了咸阳报信。秦王和范雎商量道："除了白起，没有人有能力打赢长平之战。"于是，秦王让白起担任主将，王龁改任为副将，并传令军中对换帅的事情一定要进行保密："说武安君白起为主将的人，立刻斩首！"

赵括率领援军到了长平，廉颇在查验虎符节杖之后，将统兵权移交给了他，自己带着一百多亲兵回了邯郸。赵括将廉颇原来的布置全盘推翻，把全部的兵力都集中在主营。当时冯亭还在军中，一再进谏他全都听不进去。赵括又将原来各军的指挥官全部撤职，换上自己带来的将领，并发布了严厉的命令："秦军要是再来挑战，每个人都要奋勇作战；如果战胜了就要乘胜追击，不能让秦军逃走一个人！"

白起到了大营后，听说赵括全盘推翻了廉颇的布置，就让一名将领带三千人出营挑战。赵括得知后派了一万人出来，结果秦军大败而回。白起站在堡垒上观看了整个战斗过程，对王龁说："我知道怎么打败赵括了。"赵括见赵军胜了一次，高兴得手舞足蹈，又让人到秦军大营下战书。白起让王龁在战书上批复："明天进行决战。"随后退兵十里，在王龁原来的营地的后面扎营。赵括得到这个消息后大喜："这是秦军害怕我的表现啊！"就杀牛犒赏三军将士，命令："明天是决战，一定要活捉王龁，让秦国成为各国诸侯的笑料！"

　　白起在营地布置妥当之后，立刻召集全部将领安排作战任务：将军王贲、王陵各自带一万人，轮番和赵括战斗，但是只能输不能赢，只要能引诱赵军攻打秦军的大营就是立了大功；大将司马错、司马梗各带一万五千人，走小路绕到赵军的后面，截断他们的后勤线；大将胡伤带两万人藏在附近，只要赵军开营追击，就杀出来将赵军截成两段；大将蒙骜、王翦各带五千轻骑兵，负责接应各路兵马；白起和王龁坚守营地。正是：安排地网天罗计，待捉龙争虎斗人。

　　此时赵括也完成了军事部署，命令部队四更做饭，五更的时候必须吃完饭，天一亮就列队出发。

　　第二天早上，赵军刚出发不到五里，就遇到了王贲率领的秦军。赵括命先锋傅豹出战，大约三十多个回合就打败了王贲，傅豹追了过去。赵括又派王容率军前去助战，结果遇到了王陵的部队，双方交战不久王陵也败了。赵括见赵军连胜两仗，就率领大军进行追击。冯亭又劝他："秦国人一向狡诈如狐，他们败得不正常，将军不要追击！"赵括根本不听，追了十几里，就到了秦军的大营，王贲、王陵从大营的左右绕道逃跑了。

　　赵括立刻命令攻打秦军的营地，但是秦军防守得极为严密，打了几天也没有打下来，于是赵括命人去催促大营中的军队全部拔营到这里。然而不久之后接到苏射的报告，后续军队被秦国的胡伤带兵截断了，无法前来助攻。赵括大怒道："胡伤竟然如此嚣张，我亲自去打败他！"他让人查看秦军的行动，探子回报道："西面有敌军来来往往，只有东面很安静。"赵括就率军从东面转移。刚走了二三里路，秦国的大将蒙骜杀了出来，大喊道："赵括你中了武安君的计了，还不快点投降！"赵括大怒，想要亲自上阵，偏将王容拦住了他："不劳将军动手，让我来立功吧。"王容和蒙骜打了一会儿，王翦也率军到了，赵军死伤很严重。赵括估计无法取胜，找了一片水草茂盛的地方扎营。冯亭又劝他："作战时最重要的就是保持士兵的锐气，如今我军虽然作战不利，但是锐气还在，如果死战的话还是能够回到原来营地的，这样就可以和留守的部队合起来抵御秦军。如果在此地扎营，腹背受敌，将来就再也出不去了。"赵括还是不听，让士兵建筑长垒固守，一面命人飞马向赵王求援，一面命人催促后军向这里运输粮草。然而这个时候他的后勤补给通道已经被司马错、司马梗率军截断，而前面也被白起率领的大军挡住了去路，后面被胡伤、蒙骜的部队阻住了归途，已经落到冯亭所说的腹背受敌的地步了。秦军每天都在赵军的营地前大喊武安君的命令，让赵括尽快投降。这时赵括才知道白起真的在秦军中，吓得肝胆俱裂。

秦王得知白起将赵括围在了长平，就亲自到了河内郡，凡是十五岁以上的男子都被征发到了军中，分路抢夺赵军的粮草，阻断赵国援兵的道路。

赵括被秦军围了四十六天，随身携带的粮食早就吃完了，军中的士卒自相残杀，他也无力制止。赵括决定突围，将所有的军队分成四队：傅豹带一队向东，苏射带一队向西，冯亭带一队向南，王容带一队向北，四队同时出击，只要有一队打开缺口，赵括就带着其他三队一起从那里冲出去。然而白起早就准备好了大量弓箭手，埋伏在赵军营地附近，只要有人出来就乱箭齐发，四队兵马一连冲了几次都被射了回去。又过了一个月，赵括实在坚持不下去了，他精心挑选五千勇士，身披重甲配备骏马再次突围，自己亲自领军，傅豹、王容接应。然而这次行动又被王翦、蒙骜破坏了，赵括想要返回大营，不料马失前蹄倒在地上，中箭身亡。赵军一片大乱，傅豹、王容也都战死了。苏射想带着冯亭一起走，冯亭说："我三次进谏，主将都不听，这才落到了这个地步，看来这就是我的命啊，还逃什么？"说完就拔刀自刎了。苏射侥幸逃了一命，去了遥远的胡人地区。

赵括死后，白起立刻招降，剩下的赵军都放下兵器脱下甲胄，纷纷跪地投降。白起又让人带着赵括的头去赵军的大营招降，当时大营中还有二十多万士兵，但是因为主将已经死了，也没有人敢于出来作战，就都投降了。赵军的甲胄器械堆积如山，所有的辎重都成为秦国的战利品。

白起见俘虏太多，和王龁商议道："以前秦国攻下了野王城，上党可以说已经是囊中之物，可是上党的军民也不愿意投降秦国，而更愿意投降赵国。现在前后投降的赵国士兵将近四十万了，万一要是出了状况，我们怎么办？"于是将投降的赵国士兵分别关进十个俘虏营，由十名秦国将领各带两万人看守。又赏给这些俘虏酒肉，宣布："明天武安君要从你们之间挑选士兵，强壮的分配兵器带回秦国，老弱的和胆小的全部送回赵国。"被俘虏的赵军大喜过望。白起给那十名秦国将领发了密令："天黑之后，所有的秦军都要在头上缠上一块白布。凡是头上没有白布的都是赵国人，全部杀掉。"当天夜里，二十万秦军一起杀进了俘虏营，投降的赵军既没有防备也没有武器，只能引颈受戮；即使有人逃出了营地，外面还有蒙骜、王翦率领的巡逻队，抓住后不由分说就是一刀。四十万赵军一夜之间就被杀得干干净净，能听到地上血水流动的声音，杨谷的涧水都被染红了，所以后来杨谷也被称为"丹水"。白起将赵军的头颅都收集起来，堆到了秦国的营地里，称其为"头颅山"。后来又以头颅堆为基础建成了一座高耸入云的土台，被称为"白起台"，台下就是杨谷。后来唐太宗巡视到这里的时候，命高僧大德举办了七天七夜的水陆道场，以超度被杀死的赵军亡魂，因此把下面的山谷命名为"省冤谷"。后世有人作诗谴责白起坑杀降卒的残暴行为：

高台百尺尽头颅，何止区区万骨枯！

矢石无情缘斗胜，可怜降卒有何辜？

在整个长平之战中，秦军一共杀死赵国四十五万人，其中包括之前投降王龁的那一部分，只有二百四十个年龄比较小的赵军被放回了邯郸，以此四处宣扬秦国的军威。

第九十九回
武安君含冤死杜邮　吕不韦巧计归异人

赵孝成王刚接到赵括捷报的时候，心中还有些沾沾自喜，然而随后就接到了赵括被困长平的消息，正要组织兵力前去救援，却传来了噩耗：赵括兵败身亡，四十多万赵国士兵投降后，被白起一夜杀尽，只有二百四十人回到了赵国。赵王和一众大臣无不吓得魂不附体。

消息传开后，整个赵国一片哭声，子哭父、父哭子、兄哭弟、弟哭兄、祖哭孙、妻哭夫……沿街满市的哀号痛哭声不绝于耳，只有赵括的母亲不哭，她说："从赵括当了领兵大将的那天起，我就已经把他当作死人了。"赵王因为以前答应过赵括的母亲，不但没有因为赵括的错误株连她，反而赏赐了不少粮食布匹安慰她，还让人去向廉颇道歉。

就在整个赵国惊慌失措的时候，边境的守军又送来报告："秦军已经攻克了上党，整个上党地区的十七座城池全部又投降秦国了。现在武安君白起亲率大军逼向赵国，扬言要包围邯郸。"赵王问众臣："谁能让秦国退兵？"群臣没有一个敢接话的。平原君回去后，问了众门客同样的问题，也没有一个敢接话的。

正好苏代来平原君这里做客，就自荐道："如果让我去咸阳，保证能让秦国不再攻打赵国。"平原君告诉赵王之后，赵王立刻拿出了很多金银财宝给苏代，作为他去秦国游说的费用。

苏代到了咸阳之后，第一个拜见的是丞相范雎。范雎把他迎进去坐下，问："先生来咸阳是为的什么事啊？"苏代说："为你的事。"范睢笑了笑说："我能有什么事？"苏代说："武安君已经把赵括杀了吧？"范睢说："不错。"苏代接着问："现在就要兵困邯郸了吧？"范睢说："对。"苏代又说："武安君用兵如神，作为秦国的将军，到目前为止，累计夺下了七十多座城池、斩首将近一百万，就是伊尹、姜子牙所建立的功勋也比不上他。如果让他包围了邯郸，赵国必定灭亡；赵国灭亡了，秦国就会称帝；秦王称帝了，白起无疑就是辅政的元老重臣，他在秦国的地位不亚于伊尹在商朝、姜子牙在周朝的地位。丞相虽然地位也不低，但是也不能不居于白起之下。"范睢惊呆了，把坐着的席子拉到苏代面前问："那怎么办？"苏代说："丞相不如答应韩国和赵国，只要他们肯割让土地给秦国，就和他们议和。如此一来，秦国得到土地是丞相的功劳，还趁机解除了白起的兵权，丞相的地位就安如泰山了。"范睢大喜。

第二天上朝的时候，范睢对秦王说："我们的军队已经出征很长时间，早已疲惫不堪，再继续进军恐怕会有不好的事情发生。不如让人去通知赵王和韩王，让他们割地议和。"秦王说："丞相自己决定吧。"于是范睢送给苏代很多金银财宝，让他去游说韩国和赵国。韩王和赵王都害怕秦国，同意了苏代的建议。韩国答应割让垣雍，赵国答应割让六座城池，各派了使者向秦国求和。秦王开始嫌韩国给一座城池太少，韩国的使者说："上党的那十七座城池原来可都是韩国的。"秦王笑着接受了韩国的条件，随后颁诏命令白起回师。

白起此时打一仗胜一仗，正要进兵围困邯郸呢，忽然接到让他退兵的诏书，知道是应侯范睢的主意，很是生气。

自此白起和范睢开始有了矛盾。回到咸阳后，白起当众说："在长平之战失败后，邯郸城内一夜十惊，如果那时候趁势攻击，用不了一个月就可以拿下。可惜应侯范睢不知道利用这个有利的形势，非要我们撤军，真是错失良机啊。"秦王听说白起的话后，后悔地说："白起既然知道是攻克邯郸的好机会，怎么不早点禀报寡人？"他准备再次拜白起为大将去攻打赵国。刚巧这时白起生病了，秦王只好拜王陵为大将。

王陵率军十万包围了邯郸。赵王命廉颇主持邯郸城的防御，廉颇的防御措施十分严密，又自己出钱招募敢死队，经常在夜里用绳子爬下城墙去偷袭秦军的大营。王陵屡屡失利。

这时候白起的病已经好了，秦王打算让他去接替王陵。白起说："邯郸现在不好打。之前赵国刚刚战败，整个赵国从国君到老百姓都处于惊慌失措之中，那个时候要是攻打的话，他们防守不会严密，攻击也没有力量，很快就能够拿下。现在长平之战已经过去两年多，他们已经缓过来了，而且廉颇这种老将有着极为丰富的战争经验，可不是纸上谈兵的赵括能比的。各国诸侯见秦国刚和赵国议和，就又起兵攻打，都认为秦国没有信用，也必定会重新进行合纵来救援邯郸。臣看不出秦国有胜利的希望。"秦王非要让他去，白起一再拒绝。秦王没了法子，就让范雎去劝白起。而白起恼恨范雎当初让他功亏一篑，就称病不见他。秦王问范雎："白起真病了吗？"范雎说："真病还是假病不知道，但是看来是坚决不肯去接替王陵了。"秦王生气了，说："白起还以为秦国没有别的大将，只能用他吗？当初长平之战的时候，刚开始的时候主将就是王龁，王龁哪里不如白起？"于是他增兵十万，让王龁带兵去接替王陵。王陵归国后被免去了官职。然而王龁又花了五个月的时间，还是没有打下邯郸。

白起知道后，对他的门客说："我当初就说过邯郸不容易打，大王不听我的话，看看现在是个什么结果？"他有一个门客和范雎关系好，就把他的话告诉了范雎。范雎又告诉了秦王，秦王就一定让白起做大将去接替王龁，白起撒谎说自己病得起不来了。秦王大怒，削去了白起的爵位，从将军贬成了小兵，又命令他迁到阴密，立刻离开咸阳不得停留。白起叹道："范蠡说'狡兔死，走狗烹'，我为秦国攻下了七十多座城池，当然该烹了。"说完就出了咸阳西门，到了杜邮的时候停下休息，同时等候后面的行李。范雎又对秦王说："白起走的时候还是一副忿忿不平的样子，口中说的都是埋怨大王的话。看来他生病是假的，要是白起去了其他国家，定会成为秦国的大患。"于是秦王命人带着利剑送给白起，让他自裁。使者到杜邮后，向白起颁布了秦王的旨意。白起把剑拿在手里，悲愤地说："我哪里得罪了上天，竟然落到这个地步？"过了好大一会儿又说："我当然该死！在长平之战中，赵国的士卒有四十多万投降了我，我却用计一夜之间将他们全部坑杀，他们又有什么罪？我当然是应该死的！"说完就自刎了。白起死于秦昭襄王五十年十一月，这一年也是周赧王五十八年。秦国人都认为，白起的死并不是他真的犯了什么罪，所以都很同情他，很多地方都为他立祠纪念。后来到了唐朝末年，雷电劈死了一头牛，牛的肚子上有"白起"两个字。有人说这是因为白起杀人太多，所以几百年之后他还在畜生道中轮回，接受雷劈的惩罚。杀人太多就会受到这样的惩罚，领兵打仗的人不能不吸取教训啊！

秦王杀了白起后，又点了五万精兵，以郑安平为将去增援王龁，务必要拿下邯郸才罢休。赵王听说秦国又增兵了，被吓坏了，就派遣使者分别到各国去求援。平原君说："魏国是我们的姻亲，关系一向和睦，肯定会发兵的。楚国是大国，而且离我们很远，势必要用合纵来游说他们才能发兵，我亲自去吧。"

平原君想在门客里面挑出二十个文武双全的人一起去楚国，然而有的人文采出众却不懂武艺，有的人武艺高强却又不通文墨，挑来挑去最后只挑出来十九个人，剩下一个怎么也找不到符合条件的了。平原君叹了口气，说："我供养门客几十年了，想要挑出一些合用的人，怎么会这么难呢？"有一个下等门客站出来说："像我这样的人，不知道可以算上一个吗？"平原君问他叫什么，他说："我叫毛遂，来自大梁，已经在君侯门下三年了。"平原君笑着说："贤明的人生活在普通人中间，就像把锥子放到袋子里面，锥子的尖头一下子就会露出来。现在先生到我门下三年了，我却从来没有听说过先生的名字，看来先生是文不成、武不就啊。"毛遂说："我是今天才要求进袋子里面的，要是以前进去的话，整个锥子都会出来，何止是光露出一个尖呢！"平原君觉得毛遂说的话很有意思，就加上他算是凑齐了二十个人，即日出发去了楚国的国都。

到达之后，平原君先去拜会了春申君黄歇。黄歇原来和平原君就有交情，替他转告了楚王。第二天黎明的时候，平原君进宫觐见楚王，见礼之后双方都坐在殿上商议，毛遂和另外十九个人一起站在大殿的台阶下面。平原君从容不迫地说起合纵抵抗秦军的事情，楚王说："合纵首先是赵国提出的，后来在张仪的游说下，合纵才被破坏了。先君楚怀王曾经做过纵约长，没有打赢秦国；齐湣王后来也做过纵约长，结果各国都背叛了他。现在各国对'合纵'这个词都很忌讳，而且各国如同一盘散沙似的，先生就不要再提了。"平原君说："自从苏秦提出合纵的方案，六国在洹水会盟后，秦国的军队整整十五年不敢出函谷关一步。后来韩国和魏国被骗，想要攻打赵国；怀王又被张仪欺骗，想要攻打齐国，所以合纵也就慢慢解散了。倘若这三个国家能够坚守当初在洹水的誓约，不受秦国的欺骗，秦国能拿我们有什么办法？齐湣王名义上的'合纵'，实则想兼并各国，和各国国君的意愿相违背，哪里会有合纵不好的说法？"楚王说："就目前来看，只有秦国强大，关东六国相比之下都是弱小的，能够自保就不错了，哪里还有能力互相支援？"平原君说："秦国虽然强大，但也无法同时对付六个国家。我们这六个国家虽然每一个相比秦国都很弱小，但是合在一起对付秦国也绰绰有余。如果大家都抱着自保的想法而不愿意互相支援，那么一个强大一个弱小，结局是什么也就不言而喻了。"楚王又说："秦国一出兵就打下了上党十七座城池，坑杀赵军四十多万，韩国、赵国合起来都打不过秦国的一个白起。现在秦军围困邯郸，楚国离那里这么远，就算我同意出兵，能来得及吗？"平原君说："鄙国国君任命主将的时候犯了错误，这才导致长平之败。现在王陵、王龁带着二十多万人，却在邯郸城下连连受挫，前前后后打了一年多，也没有伤到赵国的根本。如果各国大军云集，就可以打掉秦国人嚣张的气焰，可以保证六国几年之内的安全。"楚王说："秦国刚刚和我国续签了友好盟约，现在君侯让寡人参加合纵救援赵国，之后秦国必然会迁怒于楚国，那么到时就是楚国替赵国承受秦国的压力了。"平原君说："秦国和楚国交好的目的，是为了专心对付赵、魏、韩三国；这三个国家要是灭亡了，秦国会放过楚国吗？"然而楚王心中始终无法打消对秦国的恐惧，始终无法做出决定。

站在台阶下的毛遂看了看旁边的日晷[古代的一种计时工具]，发现已经到中午了，于是他按着佩剑一步步从台阶上走进大殿，对平原君说："合纵有什么益处和弊处，三言两语就可以说明白了。现在你们从早上说到了中午，仍然无法达成一致，是什么原因？"楚王生气地问平原君："他是什么人？"平原君说："这是臣的门客毛遂。"楚王对毛遂说："寡人正在和你的主人议事，你插什么嘴？"就想赶他出去。毛遂说："合纵是天下人的事，天下人都有资格议论！我们君侯就在这里，哪里轮到你来斥责我？"楚王的脸色缓和了一些，说："你想说什么？"毛遂说："楚国占地五千多里，从楚武王、楚文王时期就已经称王了，至今仍然雄视天下，号为盟主。然而在秦国崛起之后，楚国几次大败，连怀王都被秦国囚禁而死；竖子白起对楚国一逼再逼，鄢、郢沦陷，被迫迁都到这里。这对于楚国来说是百世难忘的仇恨，连三尺高的小孩都觉得羞惭，大王就没有考虑过吗？今天我们提出合纵，为的是楚国，可不是赵国！"楚王嗫嚅诺诺地说："对，对。"毛遂又逼问："大王能够做出决定了吧？"楚王说："寡人拿定主意了！"毛遂喊人取来歃血用的盘子，跪着献给楚王说："大王是纵约长，应该先歃，然后是我们君侯，最后是臣。"于是楚国和赵国进行合纵的盟约确定了。歃血之后，毛遂左手托着歃血的盘子，右手向另外那十九个人招手，说："诸位也应该到堂上来一起歃血。你们就是人们平常所说的'因人成事'的人。"楚王既然答应了合纵，就让春申君率领八万人去救援赵国。

回国之后，平原君感慨地说："毛先生这条三寸不烂之舌，抵得上百万雄兵啊！我见过的人多了，可是到毛先生这里却走了眼，从此之后我不敢再评论天下的人了。"此后他就让毛遂做了上等门客。后人有诗赞扬毛遂在关键时刻力挽狂澜：

　　橹樯空大随人转，秤锤虽小压千斤。
　　利锥不与囊中处，文武纷纷十九人。

魏安釐王也派晋鄙率军十万去救援赵国。秦王听说诸侯要救援赵国，就亲自到邯郸督战，并且派人告诉魏王："秦国马上就要打下邯郸了。谁敢帮助赵国，到时候我就先打谁！"魏王吓坏了，派人追上晋鄙告诉他不要再往前走了。于是晋鄙在邺下停了下来，而春申君也屯兵在武关不走了。

在秦国和赵国渑池会盟之后，秦国安国君的第二个儿子嬴异人就一直在赵国做人质。安国君叫嬴柱，字子傒，是昭襄王的世子。安国君没有嫡子，虽然有二十多个儿子，不过都是姬妾生的，他最宠爱的姬妾是来自楚国的华阳夫人，但是华阳夫人没有儿子。嬴异人的母亲是夏姬，不受安国君的宠爱，而且死得早，所以嬴异人在赵国做了很长时间的人质，都没有接到过家里的一封信。当初王翦攻打赵国的时候，赵王盛怒之下想要杀了嬴异人，平原君劝他说："嬴异人不受宠爱，杀了又有什么好处？反而给了秦国一个借口，也给以后求和增加困难。"赵王的怒火难消，虽然没有杀嬴异人，但是却把他重新安置到了丛台，让大臣公孙乾名为陪伴实则监视，又减少了各种供应，嬴异人出门没有车马，身上没有闲钱，一天到晚都闷闷不乐。

阳翟有个叫吕不韦的人，父子两代都是商人，经常在各国奔波，靠着低买高卖攒下了万贯家财。这时吕不韦正好在邯郸，偶然在路上碰到了嬴异人，见他眉目清秀，虽然穿的衣服不好，却也难掩贵家公子的气质。吕不韦觉得这个人很奇怪，就问旁边的人："这是什么人？"那个人说："这是秦王世子安国君的儿子，在这里做人质。因为秦国屡次侵犯赵国，大王好几次都想杀了他。他现在虽然没有死，但是被送到了丛台居住，缺吃少穿的和穷人没有什么两样。"吕不韦心里说："这真是奇货可居啊！"他回去后就问他的父亲："种地有多大的利润？"他父亲说："十倍。"他又问："贩卖珠宝玉石有多大的利润？"他父亲说："一百倍。"他接着问："要是扶持一个人做上国君，掌握一个国家，会有多大的利润？"他父亲说："谁能扶持人做上国君？真要是能做到的话，那利润会高得无法计算！"

吕不韦就献上一百镒黄金结识了公孙乾。后来两个人的关系越来越好，也就有机会见到了嬴异人。吕不韦装作不认识他，问公孙乾他的来历，公孙乾把实情告诉了他。有一天公孙乾在丛台请他喝酒，吕不韦说："现在也没有外人，既然秦国的王孙在这里，不如叫他也来喝酒吧。"公孙乾同意了，就请嬴异人来和吕不韦相见，三个人一块儿喝起酒来。喝到一半的时候，公孙乾起身去上厕所，吕不韦趁这个机会小声对嬴异人说："秦王现在老了，而世子最喜欢的华阳夫人又没有儿子。殿下有二十多个兄弟，没有谁得到安国君特别的喜爱，殿下怎么不趁这个时候返回秦国，如果能获得华阳夫人的欢心并认她为母，日后你也就有了成为秦国世子的希望。"嬴异人眼中含泪，说："我哪敢想这么多！只是每次有人谈到秦国我就心如刀绞，只恨没有机会逃出去。"吕不韦说："我家里虽然算不上富裕，但愿意拿出一千镒黄金帮殿下到秦国游说安国君和华阳夫人，帮殿下重回秦国，怎么样？"嬴异人说："如果您真的做到了，我以后和您有福同享。"话刚说完，公孙乾就回来了，问："吕先生在说什么呢？"吕不韦说："我问王孙玉石在秦国是什么价钱，王孙说他不知道。"公孙乾也没有起疑，命人再上酒，三个人喝尽兴了才散场。

此后吕不韦经常和嬴异人见面，他偷偷地给了嬴异人五百镒黄金，让他收买服侍他的人，以及结交朋友。公孙乾和他身边的人都收了嬴异人很多财物，这些人和他处的就像是一家人一样，也就不再监视他了。

吕不韦又花五百镒黄金买了很多珍贵礼品，和公孙乾告别之后去了咸阳。他打听到华阳夫人有一个姐姐，也嫁到了秦国，就收买了她的下人，让下人传话说："王孙嬴异人在赵国很想念太子和华阳夫人，有些土特产托我转交给他们。这些小礼物也是王孙孝敬给姨娘的。"附上的还有一盒珠宝。华阳夫人的姐姐大喜，亲自来到客厅，坐在帘子后面会见客人，对吕不韦说："这些东西虽然是王孙的心意，也麻烦您长途奔波了。现在王孙在赵国，不知道还想念家乡吗？"吕不韦说："我家就在王孙所居住的公馆对面，王孙有什么事都会对我说，所以我知道他最挂念的是什么。他日夜思念太子和夫人，说自幼就没有了母亲，就将夫人看作亲生的母亲，想要回国承欢膝下，一尽做儿子的孝道。"华阳夫人的姐姐说："王孙现在安全吗？"吕不韦说："秦国屡次攻打赵国，所以赵王好几次都想杀了王孙，幸好赵国的臣民都力保王孙，他这才幸免于难，所以更加想回来了。"华阳夫人的姐姐又问："赵国的臣民为什么要保王孙呢？"吕不韦说："因为王孙既贤明又孝顺，每逢秦王、太子和华阳夫人的生日，以及元旦和初一、十五的早上，他都会进行斋戒，沐浴更衣后焚香对着西方叩拜，这些事赵国人都知道。而且他喜欢学习、重视贤才，交往的诸侯和朋友遍及天下，所有人都称赞他的贤明和孝顺。正是因为这些，赵国的臣民才愿意保护他。"吕不韦说完，将价值五百镒黄金的珠宝拿了出来，说："王孙没法回来孝顺太子和夫人，就用这些小东西表达他的心意，麻烦您转交给华阳夫人吧。"华阳夫人的姐姐让门客陪着吕不韦吃饭，自己亲自去宫里将珠宝交给华阳夫人。华阳夫人见了那些珠宝，还以为嬴异人真的很想念她，心里非常高兴。华阳夫人的姐姐回来后，又去见了吕不韦，吕不韦故意问她："华阳夫人有几个儿子？"她回答说："没有儿子。"吕不韦说："我听说靠姿色取悦他人的，年龄越大受到的宠爱越少。现在夫人很受太子的宠爱，但是她没有儿子，最好从太子众多的儿子里面挑一个最贤明的，认到她的膝下，等太子百年之后，这个儿子就是秦国的国君，这样华阳夫人才不会失去权势。不然的话，等夫人年老色衰，后悔就晚了。现在异人贤明孝顺，又愿意依附夫人，他自己也知道没有资格做继承人，如果夫人将他认作嫡子，他必然会视夫人为亲生的母亲，这样夫人不就可以世世代代都有权势吗？"华阳夫人的姐姐又将这些话转告给了华阳夫人，夫人说："客人说的很对。"

　　这天夜里，华阳夫人和安国君喝酒喝得正高兴的时候，忽然掉下了眼泪，安国君很奇怪，问她是怎么回事。华阳夫人说："我有幸嫁给了您，不幸的是没有为您生下儿子。如今夫君的儿子中只有异人贤明，来往秦国的诸侯宾客对他都交口称赞。如果能让他做我的嫡子，我以后就有依靠了。"太子答应了，华阳夫人又说："您今天答应了我，明天听到其他人的话，就又忘记了。"太子说："你要是不相信我，咱们就刻符为誓。"说完就拿过来一枚玉符，在上面刻上"适嗣异人"四个字，然后从中间刨开，二人各留一半作为信物。华阳夫人说："异人现在还在赵国，怎么让他回来呢？"太子说："找机会我去求一下大王。"

然而此时秦昭襄王正对赵国接收上党而生气，所以太子的请求自然也就没有得到同意。吕不韦又打听到王后的弟弟杨泉君此时正被秦王信任重用，就再次重金买通他的门下，得以拜见杨泉君。吕不韦一见杨泉君就说："君侯马上就死到临头了。"杨泉君大惊，问："我犯了什么事？"吕不韦说："君侯的人都能做得高官、骑得骏马、金银如山、美女成群，而太子的人连一个有这些的都没有。等太子继位之后，跟着他的人必然对君侯心生怨恨，到时候君侯就要大祸临头了。"杨泉君问："先生认为我现在怎么办才好？"吕不韦说："鄙人有一计，可以保证君侯长命百岁、安如泰山，君侯愿意听吗？"杨泉君跪立，恭敬地向吕不韦请教。吕不韦说："大王年纪大了，而太子安国君子傒又没有嫡子。现在安国君的儿子异人贤明孝顺的名声四海皆知，可惜却被困在了赵国，日夜翘首西望，想要重回故土。君侯要是请王后劝秦王接回异人，再让太子立异人为嫡子，如此一来，本来没有资格成为国君的异人最后会成为国君，本来没有儿子的华阳夫人最后有了儿子，他们两个都会感激君侯，异人的后代也会庇护君侯的后代，君侯也就可以长保富贵了。"杨泉君施礼说道："谢谢您的指点！"当天杨泉君就进宫将吕不韦的话转告给了王后，王后又告诉了秦王。秦王答应了，说："等赵国人求和的时候，我就把这个孩子接回来。"

之前太子被秦王拒绝后，又把吕不韦喊来，问他："我是想把异人接回来做嫡子，但是大王不同意。先生有什么好的建议吗？"吕不韦说："如果君侯真的想立异人为嫡子，我不惜倾家荡产去贿赂赵国的当权者，必然能让王孙回国。"听了吕不韦的话，太子和华阳夫人都很高兴，就交给吕不韦三百镒黄金，让他转交给异人作为结交朋友的费用。而王后劝说秦王成功后，也拿出二百镒黄金，一起交给了吕不韦。华阳夫人给嬴异人做了一箱衣服，还送给吕不韦个人一百镒黄金。太子还提前拜吕不韦为异人的太傅，让他转告异人："很快就能见面了，不要担心。"

吕不韦辞别太子后回了邯郸，先去见他的父亲，将这些天的所作所为一五一十地说了一遍，他的父亲很高兴。第二天，吕不韦就准备了礼物去拜见公孙乾，接着又见了嬴异人，将王后、太子、华阳夫人等人说的话一一都转告给他。随后又将那五百镒黄金和一箱子衣服交给了嬴异人，异人大喜，对吕不韦说："衣服我就留下了，黄金你全部带走，该花的地方就花，只要能把我救回秦国，我就感激不尽了。"

之前吕不韦买了一个邯郸的美女，名叫赵姬，唱歌跳舞都很出色，这时候已经怀孕两个月了。吕不韦心生一计："异人回了秦国，就有资格继承国君的位置，如果将赵姬送给他，倘若生的是男孩，那么这个孩子也就是未来的秦王。这样嬴氏的天下将来也就成了我吕氏的天下，也不白让我倾家荡产做成这笔生意。"想到这里，吕不韦就请嬴异人和公孙乾到自己家里喝酒，端上来的都是山珍海味，两边还有乐师伴奏。酒喝到一半的时候，吕不韦提议："小人刚纳了一个小妾，在歌舞方面还算是有点心得，我想让她给二位敬一杯酒，不要嫌我唐突。"随后让两个小丫鬟将赵姬喊了过来，吕不韦说："你先过来拜见两位贵客。"赵姬如风摆杨柳一般走了过来，磕了两个头。嬴异人和公孙乾急忙站起来作揖回礼。吕不韦又让赵姬捧着金杯前去敬酒，敬到嬴异人的时候，他抬头一看，发现赵姬果然很漂亮。有多漂亮？后人有一首描写美女的小令，恰好就是赵姬的写照：

云鬓轻挑蝉翠，蛾眉淡扫春山，朱唇点一颗樱桃，皓齿排两行白玉。微开笑靥，似褒姒欲媚幽王；缓动金莲，拟西施堪迷吴主。万种娇容看不尽，一团妖冶画难工。

赵姬敬过了酒，舒展衣袖跳了一曲《大垂手》，接着又跳了一曲《小垂手》，舞姿翩翩如天外游龙，身材婀娜似仙女出行。公孙乾和嬴异人看得是目乱神迷、失魂落魄，完全都忘了此时何时、此地何地。吕不韦又让赵姬换了大杯敬酒，二人毫不犹豫地一饮而尽。赵姬回去之后，三个人又开始互相敬酒，气氛很是热烈。公孙乾不知不觉地就喝醉了，歪到席子上睡了过去。嬴异人心里还挂念着赵姬，这时借酒遮脸对吕不韦说："我孤单一人在这里做人质，长夜漫漫孤枕难眠，如果能得到先生的这个小妾为妻，毕生的愿望就都满足了。不知道她身价是多少？我可以给您钱。"吕不韦佯装大怒，说："我好心好意请你来喝酒，让妻妾出来敬酒是我对你的尊敬，你却想要抢走我心爱的女子，这算是怎么回事？"一席话说得嬴异人无地自容，满脸通红地跪下说："我刚才说的那些都是醉话，先生千万不要怪罪。"吕不韦急忙把他扶起来，说："我为殿下谋划回秦国的事，倾家荡产尚且不心疼，现在哪里会吝惜一个女人呢？只不过这个女孩年龄小，比较害羞，恐怕她不愿意跟着殿下。如果她愿意的话，我愿意马上送过去服侍您。"嬴异人连连施礼，嘴中称谢不已。等公孙乾醒酒之后，两个人就一起坐车回去了。

当天夜里，吕不韦对赵姬说："秦国的王孙很喜欢你，求我把你送给他做妻子，你是什么意见？"赵姬说："我已经嫁给你了，而且还怀了身孕，为什么将我抛弃送给他人呢？"吕不韦压低了声音，说："你跟着我，一辈子也不过是商人的女人。嬴异人有继承国君的资格，你要是获得他的欢心，将来必定会成为王后，如果侥天之幸你肚子里是男孩，那么他就是将来的秦王，咱们就是秦王的父母，日后的富贵没有穷尽。念在我们的夫妻情分，委屈你按照我的计划做吧，千万不能泄露出去。"赵姬说："夫君谋划的是万世基业，妾身不敢不听从。但是夫妻之间的情分，又哪里是说割舍就能割舍的呢？"说完泪如雨下。吕不韦抱着赵姬安慰她："你要是忘不掉我们的情谊，等以后得了嬴家的天下，我们还可以做夫妻，到时候永远都不再分离，岂不是更好吗？"于是二人对天发誓，计划成功之后白头偕老、永不分离。

第二天，吕不韦去了丛台，向公孙乾道歉说昨天慢待了他们。公孙乾说："我正要和王孙一起去你家道谢呢，怎么又让你跑一趟。"不一会儿嬴异人也到了，彼此互相寒暄了一阵子。吕不韦说："承蒙殿下不嫌我的小妾丑陋，愿意让她服侍您，我劝了她好长时间，她终于答应跟随殿下了。今天就是好日子，我马上就把她送到这里陪伴殿下。"嬴异人高兴地说："先生对我恩重如山，粉身碎骨也难以报答！"说完马上就让人准备喜酒。吕不韦回去之后，当天晚上就用轿车把赵姬送过去和嬴异人成亲了。后人作诗说：

新欢旧爱一朝移，花烛穷途得意时。
尽道王孙能夺国，谁知暗赠吕家儿！

一言点破了吕不韦不顾夫妻恩情，让自己的儿子谋取了嬴家天下的卑劣行径。

嬴异人得到赵姬后，夫妻间如鱼似水、恩爱有加。过了一个多月，赵姬对嬴异人说："我有幸服侍殿下，在上天的保佑下已经怀孕了。"嬴异人并不知道赵姬早就有了身孕，还以为她怀的是自己的孩子，更加高兴。赵姬嫁给嬴异人之前就怀孕两个月了，按理说嫁过来八个月就应该生产，然而到了时间之后肚子里却没有一点儿动静，一直到第十二个月的时候，才生下一个男孩。赵姬生产的时候室内红光闪烁，院子里百鸟飞翔。生出来的婴儿鼻挺眼长，方额头双瞳仁，嘴里已经长了几颗牙齿，脖子的后面长着一块龙鳞，啼哭声在街道上都能听见。出生的这一天是秦昭襄王四十八年正月初一，嬴异人大喜，说："我听说顺应天命的帝王，出生的时候必定有异象发生。这个孩子长相不凡，又出生在正月，他日必能总领天下政务。"于是就用赵姬的姓氏为这个孩子起名为"赵政"。后来赵政继位为秦王，统一六国后成为名垂千古的秦始皇。

吕不韦听说赵姬生的是儿子，心中也是暗暗高兴。

到了秦昭襄王五十年，赵政已经三岁了。这时秦国的军队正在急迫地攻打邯郸，吕不韦对嬴异人说："如果赵王再因为秦军攻打邯郸迁怒殿下怎么办？不如殿下先逃离这个危机重重的地方。"嬴异人说："这件事全靠先生谋划了。"吕不韦拿出他全部的黄金，一共有六百斤，用三百斤贿赂守卫南门的将军，说："小人全家从阳翟到这里经商，不幸秦国人来了，我们被困在邯郸很长时间了。我们很思念故乡，现在将这些做生意的本钱全部分给各位，为的就是想让各位行个方便，让我们一家人出城回阳翟，我对各位感激不尽。"守将答应之后，吕不韦又给了公孙乾一百斤黄金，说自己打算回阳翟，拜托他去找南门的守将行个方便。南门的守将和士兵都已经得了好处，自然也不介意做个顺水人情。

在此之前，吕不韦已经先让嬴异人偷偷将赵姬和赵政送回了赵姬的娘家。临走那天，吕不韦又置办了酒席送到丛台请公孙乾喝酒，对他说："我三天之后就要走了，所以特地准备了一桌酒席请您，算是咱们的告别宴了。"席间他将公孙乾灌得烂醉。吕不韦也给守卫丛台的士兵准备了大量的酒肉，随便他们吃喝，等他们吃饱喝足了，自然也就都去睡觉了。到了半夜的时候，嬴异人换上便装混在吕不韦的随从里，和吕氏父子一起到了南门，南门的守将也不知道他就是秦国的王孙，打开城门把他们放了出去。

当时王龁的大营在邯郸的西面，出了南门之后就是通往阳翟的大路，按说他们去秦军大营要走西门的，不过之前吕不韦说是要回阳翟，所以只能走南门。出城之后，一行人向南走了一段路，估计后面的守军看不到他们的身影了，才拐弯向西走去。天亮的时候，他们遇到了秦军的巡逻军队，吕不韦指着嬴异人说："这个人是秦国的王孙，以前在赵国做人质，现在逃了出来，你们赶紧带路去大营。"巡逻队让出了三匹马让嬴异人和吕氏父子骑上，将他们带到了王龁的大营。王龁问清楚他们的来历后，把他们请进大帐见面，又给嬴异人换了衣服，设宴款待他们。等他们吃完后，王龁说："大王来邯郸亲自督战，行宫离这里只有十里路。"随后就备好车马将他们送到了秦王的行宫。秦昭襄王见到嬴异人后喜不自胜，说："太子对你日思夜想，如今苍天保佑我的孙子终于虎口脱险。你先回咸阳吧，安慰一下你父母对你的思念之情。"不久嬴异人辞别秦王，和吕氏父子一起坐车去了咸阳。

第一百回
鲁仲连不肯帝秦　信陵君窃符救赵

嬴异人和吕不韦父子到咸阳之后，派人提前通知安国君，说自己马上就要到家。安国君对华阳夫人说："我们的儿子回来了。"两个人一起坐在中堂上，等候嬴异人拜见。

吕不韦对嬴异人说："华阳夫人是楚国人，殿下既然认她做母亲，最好穿着楚国的衣服去拜见她，表示殿下非常依恋她。"嬴异人也觉得应该这样，就在进东宫之前换了楚国的衣服。来到中堂之后，嬴异人先拜见了安国君，然后又拜见了华阳夫人，哭着说："不孝儿与父母分离多年，不能在跟前侍养尽孝，望父母能饶恕孩子的不孝之罪。"华阳夫人见嬴异人一身楚国人的打扮，惊奇地问他："孩子你在邯郸，怎么学起楚国人的打扮了？"嬴异人施礼后说："孩儿日夜思念母亲，所以让人做了楚国的衣服穿上，聊慰对您的思念。"华阳夫人高兴地说："我就是楚国人呀，真是我的好儿子！"安国君对嬴异人说："既然这样，你以后就改名叫子楚吧。"嬴异人马上跪下去感谢父亲赐名之恩。安国君又问子楚："你是怎么回来的？"于是子楚就将赵王如何想要杀他，吕不韦又是如何高义、如何倾家荡产行贿赵国官员的事情，详细叙述了一遍。安国君听后立刻喊来吕不韦，说："要不是先生，我这个贤明孝顺的儿子就差点没有了。现在我先送给先生五十镒黄金、良田二百顷、宅邸一座，供先生暂时安置。等大王回来之后，再正式给先生加官进爵。"吕不韦谢恩之后就退了出去。子楚就住在华阳夫人的宫里。

公孙乾一直到天明才醒了酒，有人来报告："秦国的王孙不知道去哪里了。"公孙乾让他去吕不韦家看看，不久后回来报告："吕不韦一家也都不见了。"公孙乾大惊，说："吕不韦说是三天后动身，怎么半夜就走了？"他马上赶到南门，问守门的将军吕不韦是否夜里走了。守门的将军回答："吕不韦和他的家属已经出城很久了，我是奉您的命令才放他们走的。"公孙乾又问："秦国的王孙嬴异人是不是和他们在一起？"守门的将军说："只有吕氏父子和他们的几个随从，没有见嬴异人。"公孙乾跺着脚说："嬴异人肯定在随从里面，我中了这个商人的计了！"回去之后就给赵王上表："臣看守不严，导致秦国人质嬴异人逃走，臣无法推卸自己的罪责。"表章送走之后，公孙乾就拔剑自刎了。后世有人写诗批评了公孙乾贪图财物，致使嬴异人逃走：

监守晨昏要万全，只贪酒食与金钱。

醉乡回后王孙去，一剑须知悔九泉。

在子楚逃出邯郸后，秦王对邯郸的攻势更加猛烈。赵王再次派遣使者请求魏军过来救援。魏国客将军［官名，对别国人在本国任将军职务者以客礼相待］新垣衍向魏王献计说："秦国这么急着攻打赵国是有原因的。之前秦王和齐湣王号称东西二帝，后来又放弃了帝号。现在齐湣王已经死了，齐国也江河日下，只有秦国天下称雄。然而秦王始终无法名正言顺地称帝，心中有所不满，现在一直攻打赵国，为的就是称帝罢了。如果赵国派遣使者尊秦王为帝，秦王必定会很高兴，也就不再攻打赵国了。其实这就是用一个虚名免去实际的大祸。"魏王本来就担心救援赵国会引来秦国的攻击，觉得新垣衍说的很有道理，就让他和赵国的使者一起到邯郸，将这番话告诉赵王。

赵王和一众大臣议论新垣衍的主意是否可行，然而众说纷纭，始终无法达成一致的意见。平原君这时也心乱如麻，无法做出决定。

当时有一个叫鲁仲连的齐国人，十二岁的时候就辩倒过辩士田巴，人称"千里驹"，田巴却说："这是飞兔，何止是千里驹啊！"鲁仲连长大之后不屑做官，最喜欢四处游历，为人民排忧解难。鲁仲连这时候正好也被围困在邯郸，听说魏国的使者请赵国尊秦为帝，当时就不高兴了，就去求见平原君，说："我听路过的人说君侯打算尊秦王为帝，有没有这回事？"平原君说："我现在就像是惊弓之鸟一样，连魂都吓没了，哪里还敢出什么主意！这是魏王让新垣衍来出的主意。"鲁仲连说："君侯是天下闻名的贤明之士，怎么将未来交给一个魏国来的客人？新垣衍将军现在在哪里？我替君侯把他给骂回去！"

平原君就去馆驿找新垣衍，说鲁仲连想要和他进行辩论。新垣衍早就听说过鲁仲连辩才无碍，担心他扰乱自己的计划，就推辞说不愿意见鲁仲连。可是平原君一定要让他和鲁仲连会面，新垣衍最后只好答应，将鲁仲连邀请到馆驿。新垣衍见鲁仲连骨骼清奇、神情飘逸，简直就像是神仙一样，不由得肃然起敬，说："我看先生相貌不凡，不像是有求于平原君的人，为什么滞留在这围城之中，不离开这里呢？"鲁仲连说："我没有什么事求平原君的，但是想要求将军一件事。"新垣衍说："先生想要求我什么？"鲁仲连说："想求你不要让赵国尊秦王为帝。"新垣衍问："那先生打算怎么帮赵国解决这个危机？"鲁仲连说："我能让魏国和燕国来救援赵国，而齐国和楚国本来就已经来救援了。"新垣衍笑着说："燕国是什么情况我不知道，至于魏国，我本来就是大梁人，先生又怎么让我们帮助赵国？"鲁仲连说："魏国是没有看到秦王称帝的危害，要是看到了，必然会来救援赵国。"新垣衍问："秦王称帝有什么危害？"鲁仲连说："秦国人不讲礼仪，以杀敌多少来论功劳，恃强凌弱、屠戮生灵，现在和各国同是地位平等的诸侯国还这个样子，要是秦国成为各国的帝王，必然会更加强暴。我宁愿跳海而死，也不愿意做秦国的子民！那么魏国愿意接受秦国的统治吗？"新垣衍说："魏国怎么会愿意接受秦国的统治？就像是仆人一样，十个仆人跟随一个主人，难道是仆人的智慧和力量不如主人吗？不是，就是因为他们害怕主人！"鲁仲连说："那么魏王是将自己看成秦王的仆人了？如果是这样，我能让秦王将魏王煮成肉汤！"新垣衍生气地说："先生有什么本事让秦王将魏王煮成肉汤？"鲁仲连说："过去九侯、鄂侯、周文王是商纣王的三公。九侯有一个女儿很漂亮，献给了纣王，然而这个女孩不喜欢放荡的生活，纣王就杀了这个女孩，还将九侯煮成肉汤；鄂侯劝纣王不能这么做，纣王就把鄂侯也给煮了。周文王听说后偷偷地叹息了几声，纣王知道后就把他囚禁在羑里，差点也被杀死了。难道是这三个人的智慧、力量不如商纣王吗？按照礼法的规定，'君要臣死，臣不能不死'，天子有权力杀死自己的诸侯！秦王如果称帝，必定会命令魏王入朝，一旦秦王像纣王杀九侯、鄂侯那样杀魏王，谁能阻止秦王？"新垣衍陷入沉思之中，没有答话。鲁仲连接着说道："还不止如此，一旦秦王称帝，就必然大肆调整各国诸侯下属的大臣，免去他不喜欢的人，扶持他看中的人；还会将自己的女儿嫁给各国诸侯做正室，魏王还能有平静的日子吗？到时候将军你又能如何保住自己的官职爵位呢？"新垣衍噌的一下就站了起来，连连施礼道："先生果然是天下闻名的贤士！我立刻就回去禀告我们的国君，再也不提尊秦国为帝的事了！"

之前，秦王听说魏国派人来赵国商议尊他为帝，很是高兴，就放缓了攻击的节奏，等待他们商议的结果。后来听说这个提议被废止，魏国的使者也走了，就叹了口气说："邯郸城里有能人啊，不能轻视！"随后就退到了汾水，让王龁用心戒备。

新垣衍走后，平原君再次派人到邺下催促晋鄙进军，晋鄙以"没有得到命令"为借口不肯前行。平原君写了一封信责备信陵君魏无忌："我之所以和君侯结亲，就是因为君侯急公好义，能救人于水火。现在邯郸危在旦夕，而魏国的援军却裹足不前，这哪里是亲戚之间应该做的？你姐姐因为担心城破而日夜哭泣，君侯就算是不考虑我，难道也不考虑你姐姐会有什么样的遭遇吗？"

信陵君接到信后，几次请求魏王下命令让晋鄙进军，魏王一直都不肯，说："赵国自己不肯尊秦王为帝，难道还想依靠别人的力量抗击秦军吗？"信陵君又让他那些能言善辩的门客百般游说魏王，可是始终都无法让魏王改变主意。信陵君："我绝对不会辜负平原君对我的期望。既然我无法让大王改变主意，那我就自己到赵国去，和平原君死在一起。"他搜集了一百多辆战车，邀请自己的门客同赴赵难。愿意和他一起赴死的门客有一千多人。

经过夷门的时候，信陵君和侯生告别。侯生说："君侯努力去做吧，我老了，不能跟君侯一起去，不要见怪！不要见怪！"信陵君对侯生看了又看，侯生却再也不说话了，只好闷闷不乐地出发了。走了十几里，信陵君心里想："我平常对侯生不能说不好，现在我去挑战秦军，这可是找死的行为啊，他不仅不给我出谋划策，连一句劝阻我的话都没有，很奇怪啊！"想到这里，信陵君让门客们停下，独自赶车回去找侯生。门客们都说："这是一个快死的人，来了也没有什么用，君侯何必再去见他呢？"信陵君不听，只管一个人走了。

侯生一直都在夷门外面站着，看到信陵君回来了，笑着说："我就知道君侯会回来的。"信陵君问："为什么？"侯生说："君侯待我这么好，现在君侯去必死之地，而我却连送都不送，君侯心里肯定会埋怨我，从这里就知道君侯必定会回来。"信陵君再次施礼，说："开始的时候我也认为是不是哪里对不起先生，才导致先生这样做的。但是我想来想去，始终觉得自己没有对不起先生的地方，所以我才回来问一问先生，究竟是为了什么才做出这样的举动？"侯生说："君侯供养门客几十年了，没有听说这些门客献上什么奇谋妙计，只知道和君侯一起去阻挡暴秦攻打邯郸，这就像是用肉块去砸老虎,能起到什么作用?"信陵君说:"我也知道这样做无济于事,但是平原君和我交情深厚,我不忍心看着他就这样死去。先生有什么好办法吗?"侯生说:"君侯先进来坐下,咱们慢慢说。"

二人进了侯生的值房,闲杂人等都出去后,侯生小声问:"听说如姬很得大王宠爱,真的吗?"信陵君说:"是的。"侯生说:"我还听说当年如姬的父亲被人杀了,如姬让大王为她报仇,结果大王费了三年时间都没有找到她的仇人。最后还是君侯派门客砍下凶手的人头,交给了如姬。这件事是真的吗?"信陵君说:"确实有这么一回事。"侯生说:"如姬因为这件事很感激君侯,一直想要报答君侯,哪怕为君侯而死也在所不辞。现在调动晋鄙兵马的另一半兵符就在大王的卧室里,只有如姬有条件偷出来。如果君侯开口求如姬,如姬肯定会答应。君侯有了兵符,就能从晋鄙手里夺取军权。有了这支部队,就可以打败秦军保住赵国,这可是五霸才能建立的功业!"

一番话说得信陵君如梦初醒,他向侯生施礼道谢之后,通知所有宾客在郊外等候,自己独自回了大梁。他找到和他关系很好的内侍颜恩,请他转告如姬自己想要如姬把虎符盗出来。如姬知道后说:"既然是信陵君想要我做,哪怕是赴汤蹈火我也不会推辞。"当天夜里,如姬趁魏王喝醉熟睡的时候盗出了虎符,让颜恩转交给了信陵君。

拿到虎符之后,信陵君又去找侯生道别。侯生说:"将在外君命有所不受。虽然君侯有了虎符,要是晋鄙不相信你,或者假装答应却背地里再次请示魏王,还是无法夺取军权。臣的那个朋友朱亥你也认识,是天下有名的勇士,君侯可以把他带上。晋鄙要是老老实实地交出军权也就算了,如果他不交,就让朱亥把他杀了。"信陵君一听就哭了。侯生问:"君侯莫非害怕了?"信陵君说:"晋鄙是魏国的老将,又没有犯罪,就因为不肯将军权交给我就把他给杀了,我感觉很对不起他,没有害怕什么。"

信陵君和侯生到了朱亥家里,邀请朱亥和自己一起去魏军大营。朱亥笑着说:"我是一个市井之间的小人物。君侯好几次到家里来拜访我,我却从来没有回拜,就是觉得那些俗礼没什么用处。现在君侯有用得着我的地方,正是我为君侯卖命的时候。"

侯生将信陵君和朱亥送到了夷门外面,对信陵君说:"臣应该和君侯一起去,不过年纪太大了,受不了长途奔波的苦楚,就让我的魂魄和君侯一起去吧!"说完就在信陵君的车子前面自刎了。信陵君悲痛万分,送给侯生家很多财物,让他的家人厚葬侯生。他也不敢长时间停留,安排好之后就和朱亥上车启程了。后世有人认为,在"信陵君窃符救赵"这个故事中,侯生的智谋是起了关键作用的,有诗为证:

魏王畏敌诚非勇,公子捐生亦可嗤!

食客三千无一用,侯生奇计仗如姬。

一直到了三天之后,魏王才发现他放在卧室中的虎符不见了。他感到很奇怪,就问如姬见到虎符没有，如姬当然不会说是自己盗走了。魏王命人搜遍了宫里每一个角落，始终都没有找到，于是就让颜恩把所有能够进入他卧室的人都抓了起来，挨个严刑拷打，询问虎符的下落。颜恩心里知道虎符去了哪里，只能装模作样的一个个地审问，就这样又乱哄哄地过了一天。到了第四天，魏王忽然想起来信陵君一直劝他让晋鄙进军，而且他的门客中也不乏鸡鸣狗盗之徒，会不会是信陵君让人盗走了虎符呢？就让人去找信陵君，很快就得到了汇报："早在四天之前，信陵君就带着一千多个门客、一百多辆战车出城了，据说是要去救援赵国。"魏王大怒，就让将军卫庆领兵三千，日夜兼程去追信陵君。

邯郸城中的军民日夜都在盼望援军的到来，但是始终连一个士兵都没有见到。这时老百姓们已经没有坚持下去的意志，到处都在议论着投降，赵王对此十分担心。一个叫李同的人，他的父亲是管理传舍的小吏，李同对平原君说："百姓们每天都上城墙防守邯郸，而君侯的家人却在家里安享富贵，谁会愿意为君侯拼死作战？如果君侯将除了夫人之外的人，全部编到军队里，各自都安排一定的任务，再将所有钱财都分给军中的将士，这时候正值危难之际，很容易就能让他们对君侯感恩戴德，将士们必定会和秦军拼死作战。"平原君采纳了这个建议，散尽家财招募了三千人的敢死队，让李同带着用绳子顺着城墙爬了下去，趁夜偷袭秦军兵营，杀死了一千多人。王齕大惊，后退三十里重新扎营。这次夜袭让城中的军民安了心。然而李同在这次战斗中身负重伤，回城不久就去世了。平原君很是伤心，命人厚葬了李同。

信陵君到了邺下后，对晋鄙说："将军已经在外辛苦很长时间了，所以大王让我来接替将军管理军队。"紧接着就让朱亥把虎符送过去让晋鄙查验。晋鄙将虎符接过来，心里踌躇不定，暗想："大王将这十万大军交给了我，我虽然没有什么本领，但是也没有过大败。现在连一封书信都没有，仅仅是信陵君拿着虎符过来，就让我交出指挥权，太不符合常理了。"于是就对信陵君说："君侯先休息几天，等我将军中的一切清点好，再明明白白地交给您怎么样？"信陵君说："邯郸危在旦夕，现在最需要做的就是星夜驰援，哪里有时间在这里停留？"晋鄙说："实不相瞒，指挥权的转移是大事，我还要向大王核实之后才能交出去。"晋鄙的话刚说完，朱亥就厉声喝道："你不遵大王的命令，就是反叛的行为！"晋鄙刚说出一句"你是谁"，朱亥就从袖子里拿出一柄四十斤的铁锤，一下子将他打得脑浆迸裂，当时就气绝身亡了。信陵君拿着虎符对其他将领说："大王有命令，让我接替晋鄙将军救援赵国。晋鄙不听命令，现在已经伏诛了。所有将士都必须遵令行事，不得擅自行动。"整个魏军大营都悄然无声。

等卫庆追到邺下的时候，信陵君已经杀死晋鄙，夺取了军权。他认为信陵君是铁了心要去救援赵国，就想要回去。信陵君说："你既然到了这里，就等我打败秦军之后再去向大王报告吧。"卫庆只好先让人回去将这里的情况报告魏王，自己留在了军中。

信陵君犒赏三军后，又下了一道命令："父亲和儿子都在军中的，父亲回去；哥哥和弟弟都在军中的，哥哥回去；独生子没有兄弟的，回去赡养父母；有疾病的，留在这里治病。"当时离开军队的人大约有五分之一，最后剩余精兵八万人。信陵君又调整了编制、严明了军法，才开始拔营往邯郸而去。

赶到秦军营地后，信陵君带着自己的门客身先士卒，直接攻击秦军的堡垒。王齕没有想到魏国的军队来的如此迅速，根本没有任何防备，只好仓促迎战。魏军人人争先，平原君也打开城门出来助战。一场大战之后，王齕损失了一半的兵力，只好仓皇逃往汾水东岸的大营。秦王见大势已去，便命令全军撤回秦国，只有郑安平带领两万人驻扎在邯郸的东门，结果被魏军挡住了西去的道路，无法撤回秦国。郑安平说："我本来就是魏国人！"就带领军队投降了魏国。春申君知道秦军撤走之后，就班师回了楚国，韩国也趁此机会重新夺回了上党。这场战役发生在秦昭襄王五十年，也就是周赧王五十八年。

邯郸解围之后，赵王亲自带着酒肉到魏军的营地劳军，向信陵君施礼道："赵国能够亡而复存，都是君侯的功劳。自古以来的贤人，没有能赶上君侯的。"平原君亲自为信陵君背着弓箭，在他的前面引路。信陵君也觉得是自己拯救了赵国，脸上流露出自矜的神色。朱亥走到他旁边说："人家对君侯有恩，君侯不能忘记；君侯对别人有恩，君侯不能不忘记。君侯假传命令，杀死晋鄙夺取指挥权来救援赵国，对赵国自然是天大的功劳，可是对于魏国来说君侯就是一个罪人！如果这样想的话，君侯还认为自己有功劳吗？"信陵君羞惭满面，说："无忌感谢先生的教导！"

等进入邯郸之后，赵王亲自打扫房间供信陵君居住，非常恭敬地按照主人的礼节招待他。进大殿的时候，赵王请信陵君走西面的台阶，信陵君推辞说不敢将自己当成客人，弯着腰小步从东面的台阶走了上去。酒宴开始后，赵王举杯向信陵君敬酒，称赞他保存了赵国社稷的功劳。信陵君惶恐不安地说："我只是魏国的一个罪人，对赵国也没有什么功劳。"

酒宴结束后，赵王对平原君说："本来寡人想要封给信陵君五座城池，可是见信陵君如此谦逊恭敬，寡人觉得自惭形秽，怎么也说不出口了。现在寡人想把鄗城送给信陵君，麻烦相国去跟信陵君说一下吧。"平原君将赵王的决定告诉信陵君后，信陵君再三推辞，最后没有办法才收下了。信陵君认为自己得罪了魏王，也不敢回大梁，就将虎符交给卫庆，让他带着军队回国，自己就留在了邯郸。他那些留在大梁的门客听说后，也都离开魏国到邯郸来投奔他。

赵王想要封给鲁仲连一个大城池，鲁仲连态度非常坚决地拒绝了，送给他一千镒黄金他也不要，说："与其因为富贵让人家管辖，不如甘于贫贱而自由自在。"平原君和信陵君都挽留他，鲁仲连始终都不肯答应，最后飘然而去，果然是高人的做派！后世有人是这样赞扬鲁仲连品行高洁的：

卓哉鲁连，品高千载！

不帝强秦，宁蹈东海。

排难辞荣，逍遥自在；

视彼仪秦，相去十倍！

当时赵国有一个叫毛公的隐士，混迹于赌徒之中；还有一个叫薛公的，以卖酒为生。信陵君之前就听说过这两个人的贤明，提前让朱亥去通知他们，说自己要去拜访，然而毛公和薛公都避而不见。这一天，信陵君忽然得到了他们的消息，知道毛公去了薛公家里，就换上便装，装成买酒的人，只带着朱亥徒步去了薛公的家里。当时毛公和薛公正坐在酒坛子旁边喝酒，信陵君直接走到他们面前，自己通报了姓名，述说自己对他们是如何的仰慕。事已至此，毛公和薛公已经无法找任何借口躲避了，就只好和信陵君相见，四个人又坐下一起喝酒，直到都尽兴了才散场。从此之后，信陵君经常和毛公、薛公一同出游。

平原君听说后，就对夫人赵氏说："以前我听说你弟弟是天下闻名的豪杰之士，各国的公子没有能和他比肩的。现在竟然天天都和赌徒、卖酒的人混在一起，这些都不是他应该交的朋友，恐怕会影响他的声誉。"赵氏就去找信陵君，将平原君说的话转告给他。信陵君说："我一直认为平原君是一个很贤明的人，所以宁愿辜负魏王的信任，也要夺取军权来救赵国。现在平原君和他所供养的门客，只知道崇尚豪言壮举，却不知道结交真正的贤士。我当初在魏国的时候，就已经听说赵国的毛公和薛公，遗憾的是无法和他们交游。现在我到了邯郸，为他们赶车我还担心他们认为我没有资格，而平原君却认为和他们交游会有失身份，哪里配得上'好士'的评价？看来平原君也不是个真正贤明的人，我不会留在这里了！"赵氏走后，信陵君就命令各位门客收拾行李，准备去其他国家。

负责管理馆驿的人看到了，飞也似地跑去报告了平原君。刚好夫人赵氏也到了家，平原君就问她："我对你弟弟没有失礼的地方，为什么他会突然要走呢？夫人知道是什么原因吗？"赵氏说："我弟弟认为你并不是一个真正贤明的人，所以才不愿意留在这里。"随后就将信陵君的话原原本本地对平原君说了一遍。平原君捂着脸叹息道："赵国有贤士，远在魏国的信陵君知道，而近在咫尺的我却不知道，看来我远远不及信陵君啊！要是用信陵君的标准来衡量我的话，我都没法称为人了！"

平原君马上态度谦卑地亲自赶到馆驿，摘下帽子低着头向信陵君道歉，说自己说了不该说的话。信陵君接受了他的道歉，留了下来。平原君的门客听说这件事后，大半转投到了信陵君的门下。从其他国家到赵国游历的人，也都是为了投奔信陵君，没有听说有谁投奔平原君的。后世有人作诗说：

　　卖浆纵博岂嫌贫，公子豪华肯辱身。
　　可笑平原无远识，却将富贵压贤人！

　　诗中认为信陵君不看地位、愿意折节下士，才是真正的"好士"；而平原君只懂得以从事的工作来判断是否贤明，也算得上是叶公好龙了。

　　魏王接到卫庆的报告后，只见上面写着："果然是魏无忌盗走的兵符，他已经杀死晋鄙夺取了兵权，准备前去救援赵国。臣也被他扣下了，说是要等打败秦军后才放臣回国。"魏王气坏了，就想把信陵君的家眷抓起来，把他那些没有走的门客也都给杀了。如姬跪下来说："兵符不是信陵君盗走的，是我偷的，应该由我来承担这个罪名。"魏王大发雷霆，咆哮着问如姬："真的是你偷的？"如姬说："我的父亲被人杀了，大王是一国之君，却无法为我报仇，还是信陵君为我报的仇。我对信陵君感恩戴德，可惜无力为他做什么。后来听说信陵君每天都因为他姐姐身处险境而哭泣，心里不忍，就自作主张偷走了兵符，来成全他的意愿。我听说要是亲人和别人争斗，就应该不惜一切代价去帮助亲人。赵国和魏国也像是亲人一样，大王忘记了当初的情谊，而信陵君却要去解决亲人的危机，要是万一打败秦国保全了赵国，大王就会威名扬于四海，仁义远近皆知，到时候就算是将我碎尸万段，我又有什么遗憾呢？如果把信陵君的家眷抓起来，杀了他的门客，信陵君要是败了，自然也无话可说；要是他打胜了，到时候大王怎么收场？"魏王沉吟了一会儿，不那么生气了，又问："兵符虽然是你偷的，那把兵符交给信陵君的是谁？"如姬说："是颜恩。"魏王就命人将颜恩绑过来，问："你怎么敢把兵符送给信陵君？"颜恩说："我没有送过什么兵符。"如姬给颜恩使了个眼色，说："当初我让你给信陵君夫人送首饰，那首饰盒子里就是兵符。"颜恩明白了如姬的意思，哭着说："夫人的命令我哪里敢不听？那时候说的是送首饰，可是盒子被封得严严实实的，我哪里知道里面装的是什么？现在冤死我了！"如姬也哭着说："我犯的罪，就让我一个人承担吧，不要连累他人。"魏王让人给颜恩松绑，将他关进了监狱，如姬被打入冷宫；又让人密切关注信陵君的行动，打算等战争结果出来后再处理。

　　两个多月后，卫庆带着军队回来了，将兵符交给魏王后，他说："信陵君大败秦军，可是他不敢回来，就留在邯郸了，让臣转告大王说'以后再来领罪'。"魏王向卫庆了解战争的进程，卫庆就详细说了一遍，左右的大臣们都向魏王祝贺魏国战胜秦国。魏王也非常高兴，就让人把如姬从冷宫里放出来，也把颜恩释放了，宽恕了两个人的罪过。如姬拜见过魏王后，就说："这次成功地救下赵国，秦国畏惧大王的军威，赵国感念大王的恩德，这都是信陵君的功劳啊。信陵君是魏国的顶梁柱，也是大王最重要的亲属，怎么能让他流落在异国他乡呢？请大王还是派人把他叫回来吧，一是可保全亲情，二来也体现了大王重视贤才、不计旧过的博大胸怀。"魏王说："不追究他的罪过就够了，哪里有什么功劳可言？"说完就下了一道命令："信陵君名下封地的收入，仍然交给他的家属使用，但是不能让他回大梁。"此后魏国和赵国都进入了和平阶段。

秦昭襄王兵败回国之后，世子安国君带着嬴子楚到城外迎接，上奏说吕不韦是如何的贤明，于是秦王就封吕不韦为客卿，食邑一千户。后来秦王听说郑安平投降了魏国，非常生气，就将他全家都杀了。按照秦国的法律，如果被举荐的人犯罪了，举荐人也要承担同样的罪名。郑安平之前担任将领是丞相范雎举荐的，既然他被杀了全家，那范雎也应该连坐，于是范雎只有等着秦王的判决了。

第一百一回
秦王灭周迁九鼎　　廉颇败燕杀二将

秦王虽然对郑安平的投降非常生气，但是并不想牵连到范雎身上，说："任命郑安平为将领是寡人自己做的主，和丞相没有任何关系。"对范雎百般抚慰，让他重新上朝理政。秦国的一众大臣对此议论纷纷，秦王担心范雎仍然放不下心事，就下令说："郑安平犯了罪，杀全家理所应当。如果再有人议论这件事，立刻斩首。"此后大家才不敢议论这件事。秦王又赏赐给范雎很多食物，待他比以前还要好。范雎心里过意不去，建议秦王灭掉周王室，然后称帝，打算以此讨好秦王。于是秦王就拜张唐为大将攻打韩国，打算攻下阳城，打通前往三川的道路。

楚考烈王听说信陵君大败秦军，春申君黄歇无功而返，叹息道："平原君合纵的提议，不是说大话啊！寡人要是有了信陵君为大将，哪里还会为秦国发愁啊！"春申君面有惭色，说："之前议论合纵的时候，大王是合纵长。现在秦国打了败仗，已经没有了士气，如果大王联合各路诸侯合力攻打秦国，再游说周天子，让他同意我们打着他的旗号，那么我们就是在天子的命令下讨伐不遵守为臣之道的秦国，建立五霸那样的功绩也不在话下。"楚王大喜，派遣使者到洛阳，将五国伐秦的计划告诉了周赧王。周赧王已经知道了秦国打通三川的目的是为了攻打周王室，如今五国伐秦正符合先发制人的策略，哪里会不同意？得到周天子的许可后，楚王就和韩、赵、齐、燕再次合纵，约定好日期大举进攻秦国。

当时的周赧王实力很弱，虽然有天子的名义，但只是一个空名，根本无力号令各国诸侯。韩国和赵国又将周王室截成两处，洛阳的河南王城是西周，依附于成周的巩城是东周，分别由两个周公治理。周赧王从成周迁到了洛阳王城，依靠西周公生活，什么权力都没有。现在想要攻打秦国，就让西周公征发壮丁建立军队，可是仅仅只有五六千人，而且军费也不够。于是周赧王就向洛阳的有钱人借款，写下字据保证胜利后用获得的战利品连本带息偿还。西周公亲自率军驻扎在伊阙，等候各国诸侯的军队到来。这时候韩国正处于秦国的攻击之中，自顾不暇；赵国刚刚解围，对秦国心怀畏惧；齐国和秦国交好，不愿出兵，只有燕国的乐闲、楚国的景阳各自率领一支军队赶到，但是也只是扎下营盘观望，不肯独自出战。秦王听说各国并不齐心，都没有真心攻打秦国的愿望，就给张唐增加了兵力，又派将军嬴樛带兵十万在函谷关外耀武扬威。燕国、楚国的军队在伊阙等了三个多月，见其他三国的军队一直不来，军心也就慢慢地懈怠下来，最后干脆就回国了。西周公独木难支，也只好返回洛阳。周赧王的这次出兵，白白耗费了许多钱财，却劳而无功。国内的富人都拿着借据向他讨债，每天都聚集在王宫的门外，喧闹声在寝宫里都能听见。周赧王羞愧得无地自容，可是又没有钱偿还，只好跑到后面的高台之上暂避一时，后人为此将那座高台称为"避债台"。

燕国和楚国的兵马回国后，秦王就让嬴樛和张唐合兵，经阳城攻打西周。周赧王既没有兵也没有钱，根本无法组织防御，打算逃到三晋［赵、魏、韩三国］去。西周公说："以前太史儋说过：'周朝和秦国在五百年后将合二为一，还会有霸主出现。'应该指的是现在了！秦国有统一天下的能力，不久之后三晋也会归秦国所有，陛下还能逃到哪里去呢？不如投降秦国吧，这样还能像宋国、杞国那样保住祖先的祭祀！"周赧王无计可施，就带着大臣、族人在周文王、周武王的庙前哭了三天，然后捧着地图亲自到秦军的大营投降，表示愿意被绑送到咸阳。嬴樛接受了他的投降，一共有三十六座城池、三万户百姓。至此周王室的西周已经荡然无存，只剩下了东周。嬴樛让张唐护送周赧王君臣以及周赧王的族人到咸阳报捷，自己率军进入洛阳，接手各地的政权。

到咸阳后，周赧王见了秦王就磕头谢罪，秦王心里可怜他，就将周赧王封到了梁城，爵位降为公爵，号"周公"，地位相当于秦国的附庸；原来的西周公降为家臣；东周公贬为"君"，号东周君。周赧王此时年纪已经很大了，从洛阳到咸阳的这一段路途让他受了不少罪，到梁城不到一个月就去世了。秦王命令撤销了原来对周赧王的封地。又命令嬴樛在洛阳征发壮丁，捣毁周王朝的宗庙，将里面的祭器全部搬走，还要将九鼎运到咸阳。不愿意被秦国役使的人都跑到巩城，投奔东周君去了。

就在迁移九鼎的前一天，住在附近的人们听到鼎中有哭泣的声音。等九鼎运到泗水的时候，有一尊忽然从船中跳到了河里，嬴樛让人下去打捞，没找到，只看见有一条苍龙在水里张牙舞爪，紧接着就风起浪涌，船上的人都吓得魂飞魄散，谁都不敢碰它。当天夜里，嬴樛梦见周武王坐在太庙里，将他喊了过去，责备他说："你怎么敢搬走我的重宝、捣毁我的宗庙？"接着就命人在他背上打了三百鞭子。嬴樛被吓醒了，随后背上就长了疮，带病回到咸阳，将剩下的八尊鼎交给了秦王，并且详细汇报了那尊鼎丢失的经过。

秦王检查之后发现，丢失的那尊鼎是豫州鼎，于是叹息道："土地都归秦国所有了，鼎难道还不愿意归附寡人吗？"他打算派更多的人去打捞。嬴樛劝谏道："这种神物都是有灵应的，不能再去打捞了。"秦王这才打消了打捞的念头。后来嬴樛因为背上的疮而病死了。秦王将剩下的八尊鼎和从周王室掠来的祭器，都摆列在秦国的太庙里，又在雍州祭祀昊天上帝，通知所有诸侯国都要来朝贡、祝贺，不派人来的就要发兵攻打。韩桓惠王第一个就去了，对秦王俯首称臣，齐、楚、燕、赵也都派相国出使秦国，只有魏国一直没派人来。秦王大怒，就让河东太守王稽带兵攻打魏国，王稽一向和魏国暗中有来往，收过魏国不少钱，就偷偷地给魏王送去了消息。魏王害怕了，赶紧派遣使者到秦国谢罪，又让世子魏增到咸阳做人质，表示魏国一定唯秦王马首是瞻，秦王这才撤销了攻打魏国的命令。至此东方六国没有不臣服秦国的，这时已经到了秦昭襄王五十二年了。后来秦王追查是谁向魏国泄露了消息，查出来是王稽后，就把王稽给杀了。作为王稽举荐人的范雎更加不安。

一天，秦王在上朝的时候叹了口气。范雎看见，上前说道："臣听说'君主有了忧愁，就是臣子的耻辱；君主受到了羞辱，就需要臣子以死报效君主'。现在大王上朝的时候叹息，是臣等失职，无法为大王分担忧愁，臣请大王降罪。"秦王说："平时不做好充分的准备，就无法应对突如其来的变化。现在武安君白起被我杀了，郑安平也叛变投敌了，如今的秦国可谓是'外有强敌、内无良将'，寡人是因为这个才发愁的。"范雎是又害怕又惭愧，什么都不敢说，也不知道该说什么，最后讪讪地退了下去。

燕国有一个叫蔡泽的人，学问渊博辩才无碍，非常自负，他坐着一辆破牛车游说各国诸侯，却一直无法得到重用。这一年他游历到了大梁，遇到了善于相面的唐举，就问唐举："我听说先生曾给赵国的李兑相面，说他一百天之内就可以封侯拜相，是真的吗？"唐举说："没错，我说过。"蔡泽又问："麻烦先生给我也相一下面，看看我是什么样的人？"唐举仔细打量了他一遍，笑着说："先生的鼻子像蝎子一样，肩膀比脖子还高，额头突出双眉紧皱，还有一对罗圈腿。我听说圣人的相貌都是与众不同的，莫非先生是圣人吗？"蔡泽知道唐举在和他开玩笑，就说："荣华富贵我自信能够取得，就是不知道我还能活多长时间。"唐举说："从今天开始算，先生还有四十三年的寿命。"蔡泽大笑说："我要是能吃香喝辣、乘车跃马，怀里放着黄金印，腰里结着紫绶带，和一国之君平等交流，四十三年就足够了！"

之后蔡泽去了韩国和赵国，仍然没有达到目的，就又回到了魏国。在郊外的时候遇到了强盗，不光是行李，就连锅碗瓢盆都被抢走了。蔡泽没法做饭，就坐在一棵大树下面休息，正巧又遇见了唐举。唐举和他开玩笑说："先生还没有得到富贵吗？"蔡泽说："对，正找着呢。"唐举见他心态很好，郑重其事地说："按照先生的面相，您应该在西方发迹。如今秦国的丞相范雎因为举荐的郑安平、王稽都犯了重罪，心里惶恐不安，必然急于卸掉丞相的重担。先生怎么不去秦国，而一直淹留在东方六国呢？"蔡泽说："太远了，也没有钱，怎么办？"唐举就打开行囊，拿出来一些黄金送给了他。

有了唐举的资助，蔡泽启程前往秦国。到咸阳后，他对旅店老板说："每顿饭你都给我挑最好的上，等我做了丞相，会重重地酬谢你。"老板说："客官是什么人，竟然还想着做丞相呢？"蔡泽说："我叫蔡泽，是天下有名的既有智慧又有口才的人，这次来咸阳是专门求见秦王的。秦王只要见到了我，就必然会被我的言辞打动，赶走应侯让我来做丞相。"老板觉得蔡泽太狂妄了，就将这番话当笑话讲给了周围的人。

范雎的门客听说后，就向范雎说了。范雎说："不管是三皇五帝时的旧事，还是诸子百家的学说，我都没有不知道的。各国那些所谓的纵横家，都被我驳斥得哑口无言，小小一个蔡泽，又怎么能让秦王免去我的丞相之位让他做？"他让人到旅店中去找蔡泽。旅店老板对蔡泽说："客官你摊上大事了！你四处宣扬要代替应侯为丞相，现在应侯知道了，就让人来找你。你要是去了，必然会大祸临头。"蔡泽笑着说："我要是见了应侯，他自己就会将相印让出来，我也不用麻烦去见秦王了。"老板说："你太狂妄了，可不要连累我。"

蔡泽穿着粗布衣和破草鞋去见范雎。范雎神情倨傲地坐在那里等着他，蔡泽也只是对范雎拱了拱手，没有跪下磕头。范雎也不让蔡泽坐下，厉声喝道："在外面四处宣扬要代替我为丞相的，就是你吗？"蔡泽规规矩矩地站在一边，说："没错，就是我。"范雎问："你凭什么说可以让秦王把我赶走，让你做丞相的？"蔡泽回答道："唉！您怎么到现在还没有明白，这就像是春夏秋冬循环往来一样，到时候了就要退下去，让新生的人才上位。现在就到了您退下去的时候了。"范雎："我自己不退下去，谁能让我退？"蔡泽说："那些生下来就身强体壮、手脚麻利、聪明睿智、能够将仁德布于天下的人，是不是世人所仰慕的贤士豪杰？"范睢说："是。"蔡泽又说："既然已经实现了自己的理想，能够幸福地安度晚年，将爵位俸禄传给自己的子孙，世世代代祭祀不绝，一直到天地消亡的那一天，这是不是世人所说的善于规划美好未来的人？"范睢说："是。"蔡泽说："秦国的商鞅、楚国的吴起、越国的文种，这三个人都实现了自己的理想，但是后来都死于非命，丞相是不是也愿意做这样的人？"范睢心里暗想："这个人说到了利害关系，就开始步步紧逼，如果我要是说'不愿意'，就掉进他的圈套里了。"于是就撒谎说："那有什么不愿意的。商鞅在秦孝公的手下大公无私、一心为国，在内完善了各种制度，于外为秦国开拓了千里沃土；吴起为楚悼王改革政务、训练军队，南平吴越北却三晋；文种帮助越王勾践重振越国，吞并强大的吴国，为自己的君主一雪会稽之辱。这三个人虽然都是冤死的，但都是杀身成仁、视死如归的大丈夫，做的都是功在当代、利在千秋的大事，我又有什么不愿意的？"这时候范睢虽然嘴硬，但是心中的不安早就让他坐不住了，他说着说着就站了起来。蔡泽回答说："君主圣明、臣子贤良，这是一个国家的福分；父亲慈爱、儿子孝顺，这是一个家庭的福分。作为孝顺的儿子，谁不想有一个慈爱的父亲？作为贤良的臣子，谁不想有一个圣明的君主？比干忠心耿耿，挽救不了殷商走向灭亡；申生孝心动天，阻止不了晋国陷入混乱。他们死得都很惨，却对君父一点帮助都没有，为什么呢？就是因为他们的君父不圣明、不慈爱！商鞅、吴起、文种死得也很惨，哪里是用一死来成就身后的名声？比干束手就戮，微子扬长而去；召忽自杀殉主，管仲投降敌君，可是微子、管仲的声名，又哪里在比干、召忽之下？所以大丈夫处于世间，能够保全声名和生命，才是最好的结局；保全了声名却失去了生命，就等而下之了；要是身败名裂却苟全性命，就不值一提了。"蔡泽的这番话说得范睢心中畅快无比，又不知不觉地离开了座位，走到了堂下，嘴里还说着："说得好！"

蔡泽接着说道："丞相认为可以效仿商鞅、吴起、文种杀身成仁，然而这些人的功绩比得上闳夭〔闳夭是周朝初期有名的贤臣〕服侍周文王、周公辅佐周成王吗？"范睢说："比不上。"蔡泽说："那么秦王现在对忠臣良将的信任、对故旧好友的亲厚，比得上秦孝公、楚悼王吗？"范睢沉吟了一小会儿，说："我不知道。"蔡泽说："丞相觉得自己对国家的贡献、在军事方面的才能，比得上商鞅、吴起、文种吗？"范睢说："比不上。"蔡泽接着说道："大王对功臣的亲近信任，比不上秦孝公、楚悼王、越王勾践，而丞相的功绩也比不上商鞅、吴起、文种，可是丞相爵位俸禄，却远远超过了商鞅、吴起、文种，如果丞相现在不考虑急流勇退，设法保全自己，他们三个尚且无法保全性命，何况是丞相呢？翠鹄、犀象所生活的环境并不足以导致死亡，它们死亡的原因是被诱饵所迷惑。苏秦、智伯的智慧，并非不足以自保，他们死亡的原因，是被利益所迷惑。丞相原来只是一个平民，因为秦王的赏识平步青云成为大国的丞相，人生的富贵已经达到了顶点。对于丞相的那些错误和缺点，秦王过去是抱怨，可是现在已经演变成了怨恨，而丞相对秦国所做的贡献，他也都给予了足够的回报。如果丞相仍然贪恋权势，只知道进而不懂得退，我个人认为丞相也免不了苏秦、智伯的下场。俗话说'日中则昃，月满则亏'，丞相为什么不现在就辞去官职，另外找一个贤明之士举荐上去代替您呢？被举荐的人做出了成绩，举荐人的地位也会更加牢固。丞相看上去是辞掉了荣誉的地位，实际上是卸掉了身上的千斤重担。从此之后可以游山玩水，安度晚年，子孙后代都可以世袭应侯的爵位，又哪里是身处不测之地、随时都可能大祸临头能比的呢？"范睢听到这里，说："先生说自己是天下有名的既有智慧又有口才的人，果然不错啊！我不敢不听从先生的教诲！"随后他请蔡泽上坐，用贵宾的礼仪隆重地招待他，又让蔡泽住到了府中的客房，摆出酒宴款待他。

第二天上朝后，范睢对秦王说："臣家里刚从东方来了一个客人，叫蔡泽。这个人有辅佐君主成为霸主的才华，更懂得通时合变，足以管理秦国的政务。在臣见过的所有人中，没有一个能比得上他的，臣更是自叹不如。臣不敢将这样的大贤隐瞒下来，所以特地推荐给大王。"秦王在偏殿中召见了蔡泽，问他用什么方略可以兼并六国。蔡泽侃侃而谈且有理有据，秦王很满意，当天就拜他为客卿。范睢也趁势说自己生病了，要求辞去丞相的职务。秦王不准范睢辞职，范睢就对外宣称自己病重，无法起床处理政务。秦王没有办法，只好答应范睢辞职，让蔡泽接任丞相。范睢后来在封地无疾而终。

而在燕国，燕昭王复国后在位三十三年，传位于燕惠王；燕惠王在位七年，传位于燕武成王；燕武成王在位十四年，传位于燕孝王；燕孝王在位三年，传位于燕王喜。燕王喜立儿子燕丹为世子。燕王喜四年，也就是秦昭襄王五十六年，赵国的平原君赵胜去世，廉颇接任相国，被封为信平君。燕王喜因为燕国和赵国接壤，就让相国栗腹出使赵国吊唁平原君，同时以酒资的名义送给赵王五百镒黄金，相约以后两国互帮互助。栗腹希望能够从赵王那里得到大量的赏赐，然而赵王只是用正常的规格送给他一些东西，栗腹很不高兴。回到燕国后，栗腹对燕王说："赵国在长平之战中几乎损失了所有的青壮年男子，而他们的遗孤都还小；如今平原君已死，廉颇也老了，如果我们趁这个机会分兵几路出其不意地攻击赵国，必然能吞并赵国。"燕王被栗腹的话迷惑了，就召来昌国君乐闲，问攻打赵国是否可行。乐闲说："赵国东邻我国，西接强秦，南面和韩、魏犬牙交错，北面与胡、貊征战不休，正是兵书中所说的四战之地，赵国的民风剽悍，百姓多少都会一点武技，不能轻易攻打。"燕王说："我用三倍的兵力来攻打怎么样？"乐闲说："不够。"燕王说："那就用五倍的兵力，该够了吧？"乐闲默然不语。燕王生气了，说："是不是因为你父亲的坟墓在赵国，你才不愿意让寡人攻打赵国的？"乐闲无奈地说："大王要是不信的话，那就试试吧。"燕国的大臣们明白燕王的心意，都说："天下哪有五个打不过一个的道理？"只有将渠说出了不同的意见："大王不应该考虑兵力多少的问题，而是应该先考虑是非曲直。不久前大王还希望和赵国交好，为此送了赵王五百镒黄金。现在使者刚归来，大王就出兵攻打赵国，既没有信誉也没有情义，这次出兵不会有好结果的。"燕王对将渠的话不以为然，他拜栗腹为大将、乐乘为辅佐率兵十万攻打赵国的鄗城；庆秦为副将、乐闲为辅佐攻打赵国的代城，燕王本人率领十万人为中军在后方接应。

大军出发的时候，燕王刚想上车，将渠拉着燕王身上的绶带哭着说："就是攻打赵国，大王也不要亲自去，一旦大王出事了就会引起国内的震动。"燕王大怒，抬腿就去踢将渠。将渠顺手抱住燕王的脚，继续哭着说："臣阻止大王的原因，是臣对大王忠心耿耿。大王要是不听臣的话，燕国很快就会大祸临头！"燕王更恼火了，就让人把将渠送到监狱中囚禁起来，等大军凯旋之后再杀他。三路大军齐头并进，旗帜遮蔽了原野，将士们都杀气腾腾地想着一举灭掉赵国，为燕国开疆拓土。

赵王听说燕国的军队打来了，召集群臣商议。相国廉颇说："燕王认为我们刚刚打了败仗而兵力不足，如果我们让十五岁以上的男子都参军，势必会声威大振，燕国的士气相比之下也就不足为道了。栗腹这个人好大喜功，本身是没有什么谋略可言的；庆秦也是个无名之辈。乐闲、乐乘二人虽然是将才，但是因为乐毅的原因，经常往来于燕、赵之间，不会尽心帮助燕国。燕国必然会失败。"随后廉颇又推荐驻防雁门关的李牧，认为他的军事才能足以独当一面。赵王就以廉颇为大将，带兵五万在鄗城迎战栗腹；以李牧为副将，带兵五万在代城迎战庆秦。

廉颇到了房子城的时候，得知栗腹已经打到鄗城了，他就将所有的精兵都藏到了铁山，在外面迎战的都是老弱病残。栗腹知道后大喜，说："我就知道赵国已经没有可以作战的士兵了！"下令军队继续猛攻鄗城。鄗城的军民知道援军已经到了，抵抗更加猛烈，栗腹花了十五天时间都没有打下鄗城。廉颇率军赶来的时候，前锋都是战斗力不强的军队。栗腹贪功，就让乐乘指挥攻城，自己率军来攻打廉颇这个"软柿子"。果然，赵军刚和燕军碰面就被杀得落花流水，大败而逃。栗腹随即指挥军队追了上来。大概追了有六七里，赵国的精锐伏兵出现了，领军的就是廉颇。赵军同仇敌忾，没有多长时间就打败了燕军，栗腹也被生擒活捉。乐乘听说栗腹被俘，就放弃了对鄗城的包围，准备率军返回燕国。廉颇派人来招降乐乘，乐乘也就趁势投降了。正好这时李牧在代城也获得了胜利，使人到廉颇这里报捷说："阵斩了庆秦，乐闲率余部在清凉山上固守。"廉颇就让乐乘写了一封劝降信送给乐闲，乐闲也投降了。

燕王喜得到这两路兵马全军覆没的消息后，连夜仓皇逃回了都城。廉颇乘胜长驱直入，在燕国都城四周都筑起了长长的围墙，准备长期围困。燕王派遣使者求和，乐闲对廉颇说："建议攻打赵国的人是栗腹，将渠有先见之明，几次劝谏燕王都不肯听从，现在被羁押在监狱。如果相国想要和燕国议和，就必须要求燕王任命将渠为相国，让将渠来亲自谈判。不然就不和他们议和。"廉颇答应了。燕王没有办法，只好把将渠放了出来，拜他为相国。将渠推辞说："臣不幸一语成谶，又怎么能利用国家的失败而获得官职呢！"燕王说："寡人不听爱卿的忠言，这才自取其辱。现在想要和赵国议和，廉颇说了，除了你不和其他人谈判。"将渠只好接过相国印，对燕王说："乐闲、乐乘虽然投降了赵国，但是他们父子几人都对燕国有大功。大王最好将他们的妻子儿女都送过去，这样他们不会忘记燕国对他们的恩德，也更容易达成和议。"燕王答应了，就让将渠临走的时候带上了乐乘、乐闲的家属。到了赵国的军营后，将渠代表燕王表达了歉意，廉颇也答应了议和，将栗腹斩首后和庆秦的尸体一起交还了燕国，当天就撤军回赵国了。

赵王封乐乘为武襄君，乐闲的封号仍然是昌国君，又任命李牧为代郡太守。当时剧辛担任燕国的蓟州太守，燕王因为剧辛和乐毅一样都是燕昭王的老臣，就让剧辛写信招降乐乘、乐闲。而乐乘、乐闲因为燕王喜不听信忠言，不肯回燕国。将渠虽然担任了燕国的相国，但是因为不是燕王的本意，时间不长就托病辞职了。随后燕王就拜剧辛为相国。

秦昭襄王五十六年的秋天，年近七十的他因病去世，世子安国君嬴柱继位，史称秦孝文王。秦孝文王立赵国宗室女为王后、子楚为世子。

韩王听说秦昭襄王去世后，第一个披麻戴孝前来吊丧，像臣子对待君主那样对待丧事。下葬那天，各国诸侯也都派了大将、相国等重臣为使者参加葬礼。

一年之后，就在秦孝文王除孝的第三天，他大宴群臣之后回到寝宫就去世了。咸阳人都怀疑是客卿吕不韦为了让子楚早日登上王位，用重金买通孝文王的左右，将毒药放进孝文王的酒杯里面将他毒死的，但是大家都害怕吕不韦，没有人敢说出来。随后吕不韦联合秦国的大臣们，奉子楚继位，史称秦庄襄王。秦庄襄王尊华阳夫人为太后，立赵姬为王后、赵政为世子。又将赵政名字中的"赵"去掉，单名一个"政"字。蔡泽知道秦王对吕不韦很感激，想以吕不韦为丞相，就主动辞去了丞相。吕不韦就这样成为了秦国的丞相，被封为文信侯，食邑洛阳十万户。吕不韦羡慕孟尝君、信陵君、平原君、春申君有好士之名，认为秦国没有这样的人物是一种耻辱，于是也学着战国四公子设置馆驿招揽宾客，最多的时候也达到了三千多人。

东周君听说秦国在一年零三天的时间里，接连有两个国君去世，认为秦国的国内必然一片混乱，就派遣门客去游说东方六国的诸侯，试图再次合纵攻打秦国。吕不韦听说后对秦王说："西周灭亡后，苟延残喘的东周认为自己是周文王、周武王的后代，一直上蹿下跳地鼓动各国合纵，不如把东周也灭了吧，免得被其他国家利用。"秦王答应了，就以吕不韦为大将，率兵十万攻打东周。不久吕不韦就抓住了东周君，将巩城等七座城池并入秦国的版图。

从周武王在己酉年登基称王，到东周君在壬子年灭国，一共传世三十二代，三十七个国君，享国八百七十三年，最终被秦国灭亡。有一支歌谣总结了周王朝的历代君主：

周武成康昭穆共，懿孝夷厉宣幽终，以上盛周十二主，二百五十二年逢。东迁平桓庄釐惠，襄顷匡定简灵继，景悼敬元贞定哀，思考威烈安烈序。显子慎靓赧王亡，东周廿六凑成双，系出喾子后稷弃，太王王季文王昌。首尾三十有八主，八百七十年零四，卜年卜世数过之，宗社灵长古无二。

秦王灭周之后，趁着士气旺盛，又派蒙骜攻打韩国，攻克成皋、荥阳，设置了三川郡。至此秦国在东部的边界已经临近了魏国的都城大梁。秦王说："寡人当初在赵国做人质，好几次都差点被赵王给杀了，这个仇不能不报。"于是他再次派蒙骜攻打赵国，夺取榆次等三十七座城池，设置了太原郡。随后挥师南下平定了上党，接着攻打魏国的高都，但是没有打下来。秦王得知后又让将军王龁率兵五万前去助战。

魏国的军队屡战屡败，魏王对此忧心如焚。如姬对他说："秦国现在这么急于攻打我们，是因为秦国能够欺负得了我们；秦国能够欺负得了我们的原因，是因为信陵君不在魏国。天下人都知道信陵君的贤明，而且他还和各国诸侯交好。大王要是能用谦卑的言辞、丰厚的礼物把他从赵国请回来，让他和各国合纵一起对付秦国，就算是秦国有一百个蒙骜，他敢对魏国放肆吗？"魏王这时候也知道魏国正处于危急存亡的关头，只有将信陵君迎接回来才能解决这个危机，就让颜恩做使者，带着相国的金印和大量的财物，到邯郸去迎回信陵君。魏王还给信陵君写了一封信，大概意思是：

你当初不忍心让赵国灭亡，如今就忍心让魏国灭亡吗？魏国现在正处于生死关头，寡人和全国人都在盼望着你的归来。你千万不要将寡人当年的过错放在心上！

信陵君虽然住在赵国，但是往来于邯郸、大梁之间的门客可不少，所以大梁发生的任何事情他都知道。现在听说魏王让人来接自己回国，就恨恨地说："魏王将我扔到赵国这里十年了。他是形势紧急又没有办法才让我回去，根本就不是真想让我回去！"就在大门上贴了一张告示："有敢为魏国使者通报者死！"门客们都相互告诫不能为魏国的使者通报，更没有敢劝他回国的。

颜恩到邯郸半个月都没有见到信陵君，而魏王又一次次地派人来催他。他想让信陵君的门客为他说情，可门客们都说不敢帮他。颜恩就想在信陵君外出的时候在路上截住他，可是信陵君为了躲他，连门都不出了。

第一百二回
华阴道信陵败蒙骜　胡卢河庞煖斩剧辛

就在颜恩无可奈何的时候，恰好毛公和薛公来拜访信陵君。颜恩知道信陵君对他们两个人十分重视，就向他们哭诉了自己来赵国的原因。薛公和毛公说："你放心吧，我们两个一定全力劝他回国。"颜恩喜出望外，连连说："全靠你们了！全靠你们了！"

二人进了府邸，对信陵君说："听说君侯就要回老家了，我们两个特地来送君侯。"信陵君说："哪有这回事？"二人说："秦国现在正急迫地攻打魏国，难道君侯没有听说吗？"信陵君说："听说了。但是我都已经离开魏国十年了，现在是赵国人，魏国的事我管他做什么？"二人齐声说："君侯说的这是什么话？君侯之所以被赵国看重、名闻诸侯，就是因为你背后有魏国。而君侯之所以能够供养贤士、招揽门客，也同样借助了魏国的力量。现在魏国的情况一天比一天危险，而君侯却不体恤故乡的困难。万一秦军攻破了大梁，先王的宗庙被捣毁，君侯就算是不顾及整个家族，难道就一点也不顾及先人们得不到祭祀吗？到时候君侯又有什么脸面在赵国苟生？"话还没有说完，信陵君就惊惭不安地站了起来，脸上流着冷汗，对二人拱手道谢说："二位先生骂得很对！我差一点就成为天下的罪人了。"当即就下令门客收拾行李，自己立刻上朝去向赵王辞行。

赵王不舍得让信陵君回国，抓着他的胳膊哭着说："寡人自平原君去世后，对君侯的倚仗就像是对长城的倚仗一样，现在君侯就要走了，以后寡人靠谁来保护江山社稷呢？"信陵君说："臣不能眼睁睁地看着先王的宗庙被秦国人捣毁，所以不能不回去。倘若借大王的鸿福保全了魏国，以后自然还有见面的机会。"赵王说："当初君侯带着魏国的军队来帮助赵国，现在君侯回国共赴国难，寡人愿意倾全国之兵来帮助君侯。"当时就把上将军的大印交给了信陵君，以将军庞煖为副将，发兵十万去救援魏国。

信陵君既然成为赵国军队的统帅，自然也就无法轻车简从地回魏国了，于是他让颜恩先回大梁报信，然后分别派门客到各国求援。燕国、韩国、楚国的国君和重臣一向都对信陵君的为人和品德十分敬重，都愉快地派大将率领军队到魏国助战，服从信陵君的指挥。三国的将领分别是燕国的将渠、韩国的公孙婴、楚国的景阳。

只有齐国不肯发兵。

就在魏王焦急万分的时候，颜恩回来了，说："信陵君带着燕、赵、韩、楚四国联军马上就要到魏国了。"魏王大喜，这可真的是绝渡逢舟啊！他高兴得话都说不利索了，马上命令卫庆率领都城中所有的留守部队去接应信陵君。

当时蒙骜正在围攻郑州、王龁正在围攻华州。信陵君说："秦国人听说我统兵，必然会加强攻势。郑州、华州东西相距五百多里，我打算以一部分兵力隐藏在郑州蒙骜的后面，主力作为奇兵到华州偷袭王龁。如果打败了王龁，那么蒙骜也就独木难支了。"众将都说："就这么打。"于是信陵君就命令卫庆率领魏军和楚军，在郑州修建大面积的堡垒和蒙骜对峙，堡垒上插信陵君的旗帜，伪装成联军全部都在这里的假象，只能坚守不得出战；自己则亲自率领十万赵军和燕国、韩国的军队，日夜兼程奔袭华州。

就在快到华州的时候，信陵君又和各国将领商议道："少华山的东面就是华山，西面是渭水，秦国运送粮草辎重的船队都停泊在渭水，而且少华山上漫山遍野都是灌木丛，是埋伏军队的好地方。如果派一支部队到渭水去抢秦军的粮食，王龁必定会全力前去救援，我们在少华山的伏兵就可以伏击他们，必定会胜利。"信陵君立刻命令庞煖带领一支军队大张旗鼓地去渭水抢秦军的运粮船；又命令韩国的公孙婴、燕国的将渠各带一支军队，说是去接应庞煖的军队，其实是埋伏在少华山的附近，等候和其他部队一起围攻秦军；信陵君自己率领三万人，埋伏在少华山的下面。

庞煖率军第一个出发，不久就被秦军的探子发现了，马上就汇报给了王龁："魏国的信陵君来救援华州了，已经派兵去了渭口。"王龁大惊，说："信陵君善于用兵，救援华州却不直接攻击我军，而是去渭口抢我们的粮食，这是想断我们的后路。我必须亲自去救援。"他马上下令："留一半兵力继续围困华州，剩下的都跟我去救援渭口。"

快到少华山的时候，王龁遇到了燕国将渠的伏击，刚交战没多久，韩国的公孙婴也到了，王龁只好分出兵马抵御公孙婴的攻击。这时又有人来报："渭水里的运粮船都被赵国的庞煖给抢走了。"王龁说："既然粮食已经被抢走了，就在这里决战吧，等打败了韩国、燕国的军队之后再想办法。"三个国家的军队展开了混战，从中午一直打到了晚上。

信陵君估计秦军已经疲惫了，就带着伏兵杀了出来。秦国的士兵一向都有畏惧信陵君的心理，此时信陵君的到来，让他们原本就很紧张的精神一下子就崩溃了。王龁虽然也是一个能征善战的大将，但是此时敌众我寡，而且兵无斗志、将无战心，只好向临潼关方向败走。在这次战斗中，王龁损失了五万多兵力，还失去了渭水中所有的运粮船。

战斗结束后，信陵君来不及休整，仍然兵分三路回援郑州。蒙骜这时候已经得到了确切的消息，知道信陵君去华州了，就让老弱病残全部留在大营，仍然打着"大将军蒙"的旗帜,继续和对面的魏楚联军对峙;他本人带领所有的精锐向华州方向隐蔽行军,试图和王龁会师。然而信陵君也正在回援郑州的路上,两军在华阴境内不期而遇,一场遭遇战也就此展开。信陵君身先士卒冲杀在第一线,左翼是韩国的公孙婴,右翼是燕国的将渠。蒙骜抵挡不住,损失一万多兵力后只好收兵,又扎下营寨,重新整理建制后准备再次决战。

而在郑州这边,卫庆和景阳得知秦军的精锐全部被蒙骜带走,营中只剩下老弱病残后,就立刻发动了攻击,大破秦军大营。解除了郑州的危机后,两人随后又向华州方向追击蒙骜。到华阴的时候,正好赶上蒙骜和信陵君的决战,他们马上攻打蒙骜的背后。蒙骜腹背受敌,在五国军队的攻击下再次大败,只好收拾余部向西退走。信陵君率领五国联军一直追到了函谷关下,扎下营盘堵住了秦国东进的必经之路。联军每天都在函谷关前耀武扬威地挑衅,秦军不敢出战,只能紧闭关门严防死守。一个多月后,信陵君率军撤离,各国的军队也都班师回国。

史官谈论此事,认为信陵君能取得如此大的功绩,应该全部归功于毛公和薛公,还作诗赞叹:

兵马临城孰解围?合纵全仗信陵归。

当时劝驾谁人力?却是埋名两布衣。

魏安釐王听说信陵君打败秦军凯旋而归,心中不胜欢喜,就出城三十里迎接。兄弟二人已经有近十年没有见面了,今天久别重逢,都是悲喜交加,随后二人就并排返回都城。之后就是论功行赏,魏王认为信陵君有大功于国,拜他为相国,加封五座城池,魏国的大小事务一概由信陵君决定。又赦免了朱亥杀死晋鄙的大罪,并且封他为偏将。此时的信陵君可谓功成名就,威名震动天下,各国都派遣使者带着大量的财物,到大梁求信陵君传授用兵的经验。信陵君就将平时门客们献上来的兵书,重新增删编纂为《魏公子兵法》,一共有二十一篇文字著述、七卷阵图。

蒙骜和王龁带着败兵会合之后,两人一起去见秦王请罪:"魏国的魏无忌联合了燕、赵、韩、楚四国再次合纵,臣等无法战胜,还损兵折将,请大王降罪!"秦王说:"你们为大秦开疆拓土屡立大功,这一次失败的原因是寡不敌众,并不是你们决策失误,不必请罪。"刚成君蔡泽说:"这一次五国能够成功合纵,都是因为有了魏无忌。大王现在派一个使者到大梁去,说是要和魏国交好,并且请信陵君到秦国会面,等他一进函谷关就抓起来杀掉。这样难道不是最好的永绝后患的办法吗?"秦王就按照蔡泽说的,派使者到大梁通好,并请信陵君到秦国会见。

冯谖对信陵君说:"孟尝君、平原君都曾被秦国扣押,侥幸逃得一命,君侯一定不能去。"信陵君本来也不想去,就对魏王说自己不去了,让朱亥作为使者,带着一对玉璧到秦国道歉。

秦王见信陵君不来，自己的计划没有实现，心中的怒火无法用语言表达。蒙骜背地里给秦王献计说："魏国这次派来的使者朱亥，就是当初用铁锤击杀晋鄙的人，也是天下闻名的勇士，最好把他留下来，为秦国所用。"秦王就打算封朱亥做官，朱亥坚决推辞了。秦王更生气了，就命人将朱亥丢进老虎圈里。老虎见有人进来，就张牙舞爪地扑了上来。朱亥大喝一声："畜生也敢无礼？"两眼睁得像一对小灯笼似的，眼角都裂开了，流出的血溅到了老虎的身上。老虎吓得卧在那里浑身发抖，好长时间一动都不敢动。秦王的随从又七手八脚地把朱亥拉了上去，秦王更想让朱亥归顺了，说："就是乌获、任鄙，也不过就是这样了！要是让他回去，就是给信陵君这只老虎插上了翅膀！"朱亥坚决不投降，秦王就将他拘禁在馆驿里，不给他吃饭。朱亥说："信陵君对我有知遇之恩，我应该以死来报答他。"他想自杀，可惜身边没有刀剑，就用头去撞柱子，结果把柱子都碰断了，头却一点事都没有，于是就用手伸进喉咙里，这才气绝身亡，真是一个义士啊！

秦王逼死朱亥后，又和众大臣商议道："朱亥虽然死了，但是信陵君仍然被魏王重用。寡人想要离间他们君臣，诸位爱卿有什么好办法？"蔡泽说："当初信陵君窃符救赵时，就已经得罪了魏王，所以魏王将他扔到赵国十年，一直都不让他回国。后来魏国被我们打得快要亡国了，魏王没有办法了才把他从邯郸请了回去。虽然信陵君这次成功合纵建了大功，但也正是如此，他已经有了功高震主的嫌疑了，魏王会对他没有一点猜疑的心思吗？信陵君杀了晋鄙，晋鄙的家人、门客也必然对他恨之入骨。大王多拿一些钱出来，秘密派人到魏国联系昔日和晋鄙交好的人，买通他们四处散播谣言，说诸侯们都佩服信陵君的威德，打算扶持他做魏王，信陵君不久就要篡位了。魏王知道后必然会疏远信陵君，削减他手中的权力。信陵君没有了权力，他所组织的合纵自然也就解散了。我们到时候再出兵，也就不会有太大的困难了。"秦王说："爱卿的这个计策很好！但是魏国这次胜利了，他们的世子魏增还在咸阳逍遥，寡人想要把他抓起来杀掉，来消除心头的这口恶气，怎么样？"蔡泽说："杀了一个世子，他们还可以再立一个，魏国有什么实质上的损失？还不如利用魏增施行反间计呢。"秦王恍然大悟，对魏增更好了。一面派人携带大量金钱潜入魏国，按照蔡泽的计划行事；一面派人接近魏增刻意讨好，等取得魏增的信任后，偷偷地告诉他："信陵君在国外的这十年里，一直都在结交各国的诸侯，各国的文臣武将也都对他又尊敬又忌惮。现在他只是魏国的大将，却可以指挥各国诸侯的军队，天下之人只知道魏国有信陵君，而不知道有魏王。就算是我们秦国也对信陵君惧怕三分，想要让他做魏王，以便和他联合对付其他国家。信陵君要是做了魏王，必定会让秦国除掉世子，以断绝人们复辟的希望。就算是秦国不杀您，也会将您终身扣押在这里。不好办呀！"魏增哭着请他想办法，来人说："秦国和魏国的关系刚刚有了缓和，世子怎么不给魏王写一封信，让他接您回去呢？"魏增说："就算是来接我，秦国肯放我回去吗？"来人说："秦王也不是真心想让信陵君做魏国的国君，不过是害怕信陵君罢了。如果世子愿意让魏国依附秦国，这就满足了秦国的意愿，还愁不让您回去吗？"魏增就写了一封密信，信中详细叙述了各国诸侯都很敬重信陵君，就连秦国也打算拥立他为魏王等等，最后又说自己想要回国，然后将信交给秦王派来的这个人，让他托人送给魏王。秦王收到汇报后，也写了两封信，一封是给魏王的，道歉说自己照顾不周，以致让朱亥病死在秦国云云；一封是给信陵君的，都是一些吹捧讨好的话，随信附上的还有大量的金银。

在秦国的使者到来之前，晋鄙的亲人和门客就已经开始散布谣言了，魏王也对信陵君起了疑心；在和使者交谈的时候，使者的言谈话语中也充满着对信陵君的仰慕和敬重，魏王的疑心就更重了。随后使者去了信陵君的府邸，准备将秦王的书信和金银交给信陵君，而且故意将这个消息透露出去，让魏王知道。恰好这时候魏增的家书也到了，魏王的疑心就到了无以复加的地步。

而在信陵君这边，他听说秦国派使者来修好，就对门客说："秦国又没有和其他国家打仗，有什么求得着魏国的？其中必定有诈！"话音还没有落地，就听到看门的人来报："秦国的使者就在门前等候，说秦王有信要交给君侯。"信陵君将使者喊了进来，说："为人臣子的，不能和他国的国君有私人的交情。秦王的书信和赏赐贵使就带回去吧。"使者坚持要留下，信陵君坚决不收，二人正在推让的时候，恰好魏王也派人来了，对信陵君说魏王想要看看秦王给他的书信里写了什么。信陵君说："大王既然知道秦王给我写了书信，我要是说我没有收，他肯定不会相信。"就命人将秦王的书信和送给他的那些金银，原封不动地送到了魏王那里，说："臣已经向秦国的使者再三推辞，秦王的书信也没有启封。既然大王想要看，那么这些东西就全部由大王处置吧。"魏王说："信中必然会说明原因的，看看不就知道了。"说完就打开了信封，只见信中写道：

君侯的威名播于四海，各国诸侯无不对君侯仰慕不已。君侯不日就会面南背北成为各国的领袖，不知道魏王什么时候会让位呢？寡人一直在盼望着那一天早日到来。随信送上一点薄礼，就算是提前送君侯的贺礼吧，请不要见怪！

魏王看完，将那封信交给信陵君看。信陵君说："秦国人向来诡计多端，这封信就是离间我们君臣的。臣之前不敢收的原因，就是不知道信中会写些什么，担心中了他们的诡计。"魏王说："既然你没有做国君的心思，就在寡人面前回信吧。"当时就让人拿来了笔和空白木简，交给信陵君让他写信。信陵君提起笔来一挥而就：

鄫国国君对我恩重如山，哪怕粉身碎骨也无法报答万分之一；篡位之类的话，就不该是一国之君应该说的。多谢您看得起我送我礼物，但是我誓死都不会收下！"

随后当着魏王的面将回信和那些金银交给了秦国的使者。

魏王也派遣使者到秦国表示感谢，使者说："鄫国国君年纪已经大了，想让世子魏增回国。"秦王很痛快地同意了。魏增回国之后，又对魏王说信陵君如何如何地不可信。信陵君虽然问心无愧，但是他也知道魏王心中的那根刺是拔不下来的。于是就称病不再上朝，将相印、兵符都还给了魏王，之后和一众门客经常通宵达旦地饮酒作乐，每日都沉溺在温柔乡中。后世有人写诗赞颂信陵君道：

侠气凌今古，威名动鬼神；

一身全赵魏，百战却嬴秦。

镇国同坚础，危词似吠狺；

英雄无用处，酒色了残春。

秦庄襄王在位第三年的时候生病了，丞相吕不韦入宫探望病情时，趁机让内侍给王后赵姬送去了一封密信，他在信中回忆了当初两个人的海誓山盟。王后也对吕不韦旧情未断，就把吕不韦召进内宫重续前缘。吕不韦给秦王送了一些药，结果秦庄襄王病了一个月后就去世了。吕不韦扶持太子嬴政继位——此时嬴政只有十三岁，也就是后来的秦始皇。秦王尊庄襄王王后赵姬为太后，封同母弟弟嬴成蟜为长安君；整个秦国的政务全部由吕不韦决定，像姜太公那样封他为"尚父"。吕不韦父亲去世的时候，四方诸侯都派人前来吊唁，门前喧闹得如同闹市一般，车马堵塞了道路，看上去比秦王葬礼还要隆重。这时候的吕不韦正处于人生的高峰，权倾中外，威振诸侯。

秦王政元年，吕不韦知道信陵君退出魏国的权力中枢后，又开始提议攻打六国，派大将蒙骜和张唐一起攻打赵国，将晋阳囊入版图。三年，又派蒙骜和王龁攻打韩国，韩国让公孙婴带兵抵御。王龁说："我被赵国打败一次，又被魏国打败一次，承蒙秦王赦免才没有因战败被杀，这一次我必定以死相报！"就带着一千多名私人护卫率先冲入韩国的大营。后来王龁虽然战死了，但是也打乱了韩军的阵型，蒙骜趁机全军杀了进去。韩军大败，公孙婴阵亡，蒙骜趁势攻克了韩国十二座城池。

自信陵君辞相之后，赵国也和魏国起了龃龉，赵孝成王派廉颇率军包围了魏国的繁阳，但是还没有攻克，赵孝成王就去世了。世子赵偃继位，史称赵悼襄王，这时廉颇已经攻克了繁阳。赵悼襄王有个宠臣叫郭开，因为善于阿谀奉承而被廉颇所厌恶，曾经在一次宴会上被廉颇当众呵斥。郭开对廉颇怀恨在心，就在赵王面前说廉颇的坏话："廉颇老了，已经无力胜任目前的职务，让他攻打一个小小的魏国，竟然这么长时间还打不下来。"赵王相信了，就让武襄君乐乘去替代廉颇。廉颇生气地说：“我从惠文王时期就开始担任赵国的大将，从来没有失败过，乐乘是什么东西，竟然来替代我？”就发兵攻击乐乘，乐乘害怕了，回了赵国。廉颇知道自己做的不对，担心赵王责罚他，就投奔到了魏国，魏王虽然封他为客将，但是并不完全相信他，一直不肯起用。廉颇此后一直生活在大梁。

秦王政四年的十月，从东方飞来一片遮天蔽日的蝗虫，秦国的大部分地区都颗粒无收，还发生了大规模瘟疫。为了解决财政困难，吕不韦和门客商议出一个办法：老百姓如果交给政府一千石粟米，就可以提升一级爵位。后世买官、捐官等不良现象，就是从这时开始的。同年，魏国的信陵君因为过度沉溺酒色去世，冯谖也因为过于悲伤去世了，门客中有一百多人自刎追随信陵君，可见信陵君有多得人心！第二年，魏安釐王也去世了，世子魏增继位，史称魏景湣王。

秦国知道魏安釐王去世、信陵君也不在了，就想报当初的一箭之仇，派大将蒙骜攻打魏国，攻克酸枣等二十座城池，将这些地区设置为一个新的郡——东郡。不久，又攻克了朝歌和濮阳。卫元君是魏王的女婿，向东逃进野王的大山中藏了起来。魏景湣王叹息道：“要是信陵君还活着的话，秦国人必然不敢这么嚣张！”于是就派使者到赵国修复双方的关系。

赵悼襄王也为秦国的攻伐无度而忧心忡忡，正想让人去其他国家出使，像平原君、信陵君那样重新合纵，忽然得到了边关的报告：“燕国拜剧辛为大将，起兵十万攻击我国北部边境。”

剧辛本来是赵国人，之前在赵国的时候和庞煖关系很好，后来庞煖在赵国出仕后，剧辛投奔了燕昭王，被任命为蓟郡的太守。燕王喜被廉颇围困在都城之内，多亏将渠讲和才解围，燕王喜深以为耻。虽然在赵国人的逼迫下，燕王喜任命将渠做了燕国的相国，但是燕王喜从内心里来讲是不喜欢将渠的，哪怕他帮助信陵君战胜秦国立了大功，仍然无法获得燕王喜的信任。将渠担任了一年多的相国之后，就托病辞去了相位。于是燕王喜就从蓟郡召回剧辛拜为相国，一起计划如何报复赵国。可是他们都很忌惮廉颇，始终都不敢动手。廉颇投奔魏国后，庞煖就成了赵国最高的将领，剧辛一点儿也没有将庞煖放在眼里，就顺着燕王的意思说道：“庞煖是无能之辈，和廉颇不能同日而语。何况秦军现在已经攻克了晋阳，赵军疲惫不堪，我们趁此机会攻打，必然能报当初栗腹兵败之仇。”燕王十分高兴地说：“寡人也正想这么做，相国愿意亲自带兵出征吗？”剧辛说：“臣对那里的地形十分熟悉，如果大王让臣担任主将的话，我一定给大王将庞煖活着抓回来。”燕王很高兴，就让剧辛带兵十万攻打赵国。

赵王闻讯后，召来庞煖商议。庞煖说：“剧辛自以为是军中的老将，必然有轻敌的心理。现在李牧正好是代郡的太守，让人领兵南下到庆都断掉燕军的后路，而臣带一支军队在正面迎战,如此两面夹击,燕军必败!"赵王同意了这个作战计划。

剧辛渡过易水后,经中山直插常山,一路势不可挡。庞煖此时率大军在东垣已经做好了周密的部署,就等着燕军的到来。剧辛认为,如果陷入了持久战,那么对燕国来说就是一个极大的负担,因此就想速战速决。当时栗腹的儿子栗元是军中的骁将,他为了报当初父亲被赵国人杀死的仇,也积极请求出战。剧辛顺势答应了他的请求,给了他一万精兵做先锋,还把武阳靖派给他做助手。

庞煖自己率领中军,乐乘、乐闲为左右翼。两军交锋后不久,赵军的左右翼就包抄了过来,武阳靖被乱箭射死,栗元也抵挡不住赵军的攻击,败了下去。赵军趁势追杀,燕军的一万精兵损失了三千多人。剧辛见状大怒,急忙率领大军前去接应,可是赵军见好就收,已经返回了原来的堡垒中。剧辛试图攻破赵军的堡垒,可是怎么也打不进去,就让人给庞煖下战书,要求第二天在阵前见面。庞煖答应了他的要求,于是双方各自做好了准备。

第二天上午,双方摆好阵型后,又派人约定好不准放冷箭,两位领兵的主将见面了。庞煖在战车中对剧辛欠了欠身说:"看到将军身体如此健康,我很高兴。"剧辛说:"想起当初我们在赵国分别,到现在已经四十多年了。我已经是白发苍苍,您也容颜渐老。人们常说人生如白驹过隙,确实是这样啊。"庞煖说:"当初燕昭王招贤纳士,将军从赵国去了燕国。那时候的将军可谓风头无两,多少英雄豪杰都因为您的原因投奔了燕王。可是现在黄金台上荒草萋萋,无终墓前大树成荫,苏代、驺衍相继离世,乐毅父子重回赵国。燕国的将来会是什么样子,从这里就可以看出来了。将军都已经六十多岁了,一个人留在那个亡国之君的朝堂,还贪恋兵权,四处耀武扬威,您为的是什么呢?"剧辛说:"燕国三代国君对我恩重如山,哪怕粉身碎骨也难以报答。趁我还能活几年,就为燕国报了当初栗腹被杀的仇恨吧。"庞煖说:"当初栗腹无故攻打我国的鄗城,他的失败也是自取其辱,这是燕国侵略赵国,而不是赵国侵略燕国!"

两个人在阵前争论了很长时间,庞煖忽然大声说:"谁能够拿到剧辛的头,赏给他三百金!"剧辛说:"先生也太看不起我了吧?我难道就不能砍下你的人头了吗?"庞煖说:"我们都肩负着国君的期望,就各自尽力吧!"剧辛大怒,下令栗元开始攻击,庞煖也命令乐乘、乐闲出战。眼看燕军落入了下风,剧辛命令全军突击,庞煖也出动大军迎战。此后双方进入了对峙,谁也无法战胜对手,然而相比之下,燕军的损失要比赵军多一些。剧辛心中闷闷不乐,想要退兵,可是当初在燕王面前夸下了海口,回师之后脸面无存;要是继续战斗下去,又难以战胜庞煖。

正在踌躇之间,守卫大营的哨兵进来报告:"赵国的庞煖派人送来一封信,现在已经到了营帐外面,因为没有将军的命令,所以不敢擅自让他进来。"剧辛命令将信拿进来。来信密封得十分牢固，剧辛打开一看，发现里面写着：

代州太守李牧已经率军奔袭督亢，准备截断您的后路。您最好赶紧退兵，要不然就来不及了。我是念着当年的交情才告诉您的。庞煖拜上。

剧辛看了之后不屑地一笑，说："庞煖这是企图扰乱我们的军心！就算是李牧真的去了，也没有什么好怕的！"说完他写了一封回信，让送信的人带给庞煖。

送信的人走后，栗元走进营帐对剧辛说："庞煖说的话也不能不信。万一李牧真的打下了督亢，到时候我们腹背受敌怎么办？"剧辛笑着说："我也考虑到这一点了，刚才说的话是为了安定军心的。现在你去悄悄传达我的命令，让各部将领做好撤退的准备，天黑之后我们就撤军。到时候我亲自断后。"

然而剧辛并不知道，庞煖早就派人在四周牢牢盯住了燕军的一举一动。就在燕军开始撤退的时候，庞煖、乐乘、乐闲分成三路开始追击，剧辛寡不敌众，只有边战边退。等燕军撤到龙泉河的时候，前方的侦察兵回来报告说："前面的道路上都是赵国的军队，看旗号是代郡的兵马。"剧辛大惊，说："庞煖说的竟然是真的！"也不敢再往北退了，赶紧率军向东走，试图夺取阜城后直奔辽阳。庞煖率军追上他后，双方在胡卢河展开决战，剧辛兵败自刎，说："要是成为赵国的俘虏，我哪里还有颜面可言？"这场战役发生在燕王喜十三年，也是秦王政五年。后世有人写诗叹剧辛：

金台应聘气昂昂，共翼昭王复旧疆。

昌国功名今在否？独将白首送沙场！

栗元被乐闲活捉后斩首。此役赵国大胜，燕军被斩首两万多人，剩下的要么逃走了，要么投降了。

庞煖和李牧会师后，挥师进入燕国境内，打下了武遂、方城。燕王害怕了，亲自来到将渠家里，请他做使者去和赵军议和。庞煖看在将渠的面子上从燕国撤军，李牧也回了代郡。在庞煖率军回到邯郸的那天，赵悼襄王亲自到城外迎接，慰劳庞煖说："没想到将军竟然如此的英勇，简直就是廉颇、蔺相如再世啊！"庞煖说："现在燕国已经被我们打服了，最好趁这个时机和各国合纵，同心戮力攻打秦国，才能保证以后的安全。"

第一百三回
李国舅争权除黄歇　樊於期传檄讨秦王

　　赵王同意了这个计划，派遣使者到各国游说。除了齐国一直依附秦国不肯出兵外，韩国、魏国、楚国、燕国都派出了精锐部队，多的有四五万人，少的也有两三万人，各国推举春申君黄歇为联军的指挥官。

　　在各国将领举行会议时，黄歇说："每次联军攻打秦国，都是走函谷关这条路，然而秦军在这里的防守太严密了，一直都无法攻克。就是我们的士兵也都知道攻打函谷关的困难，普遍存在畏惧心理。这次我们不走函谷关，取道蒲坂经华州向西直插渭南兵临潼关。这便是《孙子兵法》中所说的'出其不意'。"各国将领都同意这个方案，于是联军分兵五路，全部从蒲关出发，沿骊山一线直接向渭南进发。然而并没有将渭南打下，只是围了起来。

　　吕不韦命令将军蒙骜、王翦、桓齮、李信、内史腾各领五万人，分兵五路分别迎战五国，他本人亲自做大将统领全部部队，在离潼关五十里的地方扎下五座大营，就像是一个五角星一样。王翦对吕不韦说："五国全部的精锐还没有打下一个小小的渭南，他们的战斗力有多么低下就可想而知了。赵、魏、韩和我们近，也经常和我们作战，而楚国的军队来自遥远的南方，从张仪死后已经三十多年没有经历过战争了。如果我们挑出所有的精锐去攻击楚军，楚军必然顶不住；楚军只要败了，剩下的四国军队便会不战自溃。"吕不韦觉得王翦的建议很有道理，就让五座大营按照平时一样设置防御，暗地里每个营抽调一万精锐，约定在四更的时候夜袭楚国大营。

　　不过意外发生了：负责押运粮草的是牙将甘回，他没有及时把粮草运到大营，李信大怒，打算将他斩首示众，后来在众将的求情下饶了甘回一命，但是打了他一百鞭子。甘回怀恨在心，当天夜里就跑到楚国军营将吕不韦的计划告诉了春申君。黄歇大惊，这时想要通知其他四国也来不及了，他立刻传令拔营，摸黑疾行了五十多里才敢将速度放慢下来。

　　秦军赶到楚军的营地后，看到的只是空营一座，王翦说："楚军提前逃跑，必定是有人泄露了我们的计划。虽然原来的目标没有实现，但是也不能就这样回去。"随后就攻击赵国的营寨，然而庞煖闻讯后手持宝剑站在大营之中，命令凡是乱跑乱叫的就地正法，在他的指挥下赵军防守得很顽强，秦军花了整整一夜的时间都没有攻进赵军的大营。到天明之后，燕国、韩国、魏国的军队都赶来救援，蒙骜等人只好退兵。庞煖对楚军没有来救援感到很奇怪，就派人去楚军的营地打探消息，这才知道楚军已经退兵了。庞煖叹息道："从此以后再也无法合纵了！"各国将领知道楚军退兵后，也都要求退兵，于是韩国、魏国的军队就都回去了。庞煖对齐国依附秦国很生气，就裹挟燕国的军队攻打齐国，打下了饶安才收兵。

黄歇退回郢城后，赵、韩、燕、魏四国都派人来责问他："楚国是纵约长，为什么不告诉大家自己先跑了？"楚考烈王也责备黄歇，黄歇惭愧得无地自容。魏国人朱英当时是春申君的门客，他知道楚国畏惧秦国，对春申君黄歇说："人们都说楚国本来是一个强国，只是到君侯担任相国之后才开始衰弱，我认为这个看法是错误的。在以前，秦国想要攻打楚国是很不容易的：它的西面有巴蜀、南面有东周和西周，东面还有韩国和魏国对其虎视眈眈，所以楚国在三十年中一直不用考虑秦国入侵的问题。然而这并不是楚国强大，而是地缘的关系。如今东周和西周已经并入秦国，而魏国和秦国刚结下深仇大恨，早晚也会被秦国灭亡，这样陈、许也就成了秦国进攻楚国的通道，恐怕秦国和楚国的战争就要正式开始了，人们对君侯的埋怨还远远没有到结束的时候，君侯何不劝大王将都城东迁到寿春呢？那里离秦国远一些，还有长江、淮河天险作为屏障，要比这里更安全一些。"黄歇认为朱英说的对，在请示过楚王之后就择日将都城迁到了寿春。

楚国最早的都城是郢，后来迁到了郢，接下来迁到了陈，最后是寿春，来回迁了四个地方。后世有人认为，楚国不思发展国力、提高军备，反而用迁都的方式得过且过，说明楚国已经被秦国打怕了，后来的亡国自然也就是唯一的结局。史官作诗说：

周为东迁王气歇，楚因屡徙霸图空。

从来避敌为延敌，莫把迁岐托古公。

楚考烈王在位很长时间里都没有儿子，黄歇到处寻找那些能生育的女子送到王宫，但是没有一个怀孕的。赵国人李园是春申君家里的门客，他的妹妹李嫣非常漂亮，他就想把李嫣送给楚王，但是又害怕妹妹日后没有儿子失去楚王的宠爱。他考虑来考虑去，最后终于想出了一个好办法，那就是先把李嫣送给春申君，等怀孕之后再送给楚王，如果李嫣生了儿子，那么这个孩子就会是日后的楚王，他也就成了楚王的舅舅。然而转念一想，觉得要是自己主动把李嫣送给黄歇的话，黄歇不见得会看重李嫣；如果是黄歇主动求自己将李嫣嫁给他的话，那情况就完全不同了。于是李园就向黄歇请了五天假，说是要回家看看，然而到期之后故意不回去，直到第十天的时候才去销假。黄歇就责备他为什么回来得这么晚，李园说："我有个妹妹叫李嫣，长得非常漂亮，齐王听说后就派人来求婚。我不敢怠慢齐王的使者，就和他喝了几天的酒,所以回来晚了。"黄歇想:"连齐王都听说这个女孩漂亮,看来是真的漂亮。"就问李园:"齐王下聘礼了吗?"李园说:"目前正在商议,聘礼随后就要到了。"黄歇说:"能让我见见你妹妹吗?"李园说:"我是君侯的门客,我的妹妹也就像君侯的侍女一样,当然可以见面了。"随后李园就将他妹妹打扮得漂漂亮亮送到了黄歇的家里。黄歇见了李嫣如获至宝,当时就赏给李园白璧两双、黄金三百镒,当天夜里就和李嫣入了洞房。李嫣不到三个月就怀孕了。

李园知道后,悄悄地对李嫣说:"你认为小妾和夫人谁的地位高?"李嫣笑着说:"小妾的地位哪里能比得上夫人呢?"李园又问:"那么夫人和王后谁的地位高?"李嫣说:"当然是王后的地位高。"李园说:"你跟着春申君,最多不过是一个受宠的小妾。现在楚王没有儿子,正好你也怀孕了,如果把你献给楚王,以后要是生了儿子,他就是楚王,你就是楚国的太后,不比做一个小妾强吗?"李嫣连连点头,接下来李园就教给李嫣,晚上和春申君怎么怎么说,春申君才会同意。李嫣一一都记了下来。

当天晚上,李嫣在侍寝的时候对黄歇说:"大王对您很看重,就连他的兄弟也不如您在他心中的地位重。现在您已经做了二十多年的相国了,然而大王一直没有儿子,等大王去世之后,继位楚王的就会是他的兄弟,可是他的兄弟和您并没有什么感情可言,必然会重用他们所信任的人,到那个时候您还能够保证受到重用吗?"黄歇听后沉思了很久,没有说话。李嫣接着说:"我担心还不止这些。您掌权多年,对大王的兄弟不免有得罪的地方,要是他们真的做了楚王,恐怕报复您就不止是削去您的官职爵位吧?"黄歇惊愕地说:"你说的对,我没有考虑到这些!那现在该怎么办?"李嫣说:"我有一个计策,不仅可以让您免祸,还能够永保富贵。可是这样做的话不仅我心中有愧,也不好意思说,更害怕您不愿意听,所以也不敢说。"黄歇说:"你这是在为我想办法,我怎么会不听呢?"李嫣说:"我刚刚怀孕,其他人还都不知道。我到您身边时间还不长,您要是把我献给楚王,那么以大王对您的倚重,也必定会宠爱我。如果天幸让我生了一个儿子,日后必定就是世子,也就是说您的儿子就是日后的楚王。整个楚国都为我们所有,和日夜担心大祸临头有可比性吗?"黄歇听后如梦初醒,大喜道:"人们常说'聪明的女人比男人还要厉害',说的就是你呀!"

到了第二天,黄歇喊来李园,将李嫣和他说的话告诉李园后,让他秘密地将李嫣送到了另外的地方。黄歇又进宫告诉楚王:"臣听说李园的妹妹李嫣很漂亮,看相的人都认为这个女子能够生男孩,而且命格尊贵。齐王刚刚派人去求婚,臣认为大王应该先把李嫣娶回来。"楚王马上命令内侍将李嫣接进王宫。李嫣善于曲意逢迎,很得楚王的宠爱。到了产期,李嫣生了一对双胞胎男孩,大的起名叫熊捍,小的起名叫熊犹。楚王心中的高兴无法用言语来表达,当时就封李嫣为王后,熊捍为世子。

李园也被封为国舅，获得了楚王的信任和重用，地位和春申君并列。

李园这个人很善于伪装，虽然表面上看起来对春申君更加恭谨，但是心里对春申君有很深的猜忌。到了楚考烈王二十五年，楚王生病了，很长时间都没有痊愈。李园想起李嫣入宫的时候就已经怀孕这件事，除了他还有春申君知道，一旦世子继位，他和春申君的关系就很难相处，就计划将黄歇灭口，以便他独掌楚国的大权。于是李园就四处寻找孔武有力的人，将他们网罗到门下，供给丰厚的衣食来获得他们的忠心。

这件事被朱英听说后，他认为李园招揽这些亡命之徒是为了对付黄歇，于是他对黄歇说："君侯知道吗，天下有意外的福分、有意外的祸患，还有意外的人。"黄歇问："什么是'意外的福分'？"朱英说："君侯担任楚国的相国已经有二十多年了。这些年您名义上是相国，但是在权力上和楚王没有什么区别。现在楚王病了这么长时间都没有好，一旦驾崩，继位的国君就是一个小孩子，君侯作为辅政大臣，想要学习伊尹、周公，那么等国君长大之后就把国家还给他；如果天命在君侯的身上，就可以黄袍加身。这就是'意外的福分'。"黄歇问："那什么是'意外的祸患'呢？"朱英说："李园是楚国的国舅，而君侯的地位却比他要高，所以他表面上对君侯百依百顺，其实心中并不甘心。分赃不均，就必然产生内讧。我有确切的消息，李园在很久之前就已经在背地里搜罗死士，那么他的目标会是谁呢？只要楚王驾崩，李园就会率先入宫掌握主动，然后将君侯杀死灭口。这就是'意外的祸患'。"黄歇又问："那什么是'意外的人'呢？"朱英说："李园的妹妹在宫里，所以宫里的消息他都能及时得到。如果君侯让我做了郎中令，我就可以掌握宫中的兵权，到时候要是李园先入宫的话，我就为君侯杀了他。这就是'意外的人'。"黄歇摸着胡子大笑说："李园只是一个小人物，一向对我都很恭谨，哪里会发生这样的事？你想的太复杂了！"朱英说："君侯现在不听我的话，将来后悔可就晚了。"黄歇说："你先回去吧，让我考虑考虑。如果要用到你的话，我就派人通知你。"

三天之后，朱英仍然没有得到黄歇的回信，就知道他没有采纳自己的建议，叹了口气说："我要是不走的话，就会大祸临头了！还是像范蠡那样隐姓埋名远走他乡吧。"于是他不辞而别，去了东边原来吴国的地界，在五湖之间隐居了。后世有人作诗说，上天注定黄歇要有这个"意外的祸患"，所以他才不用朱英这个"意外的人"，诗是这样的：

红颜带子入王宫，盗国奸谋理不容。

天启春申无妄祸，朱英焉得令郎中？

就在朱英走后的第十七天，楚考烈王去世了。李园事先就已经和守卫宫殿的侍卫做了约定，让他们只要楚王去世就先去通知自己，因此楚王刚去世，李园就进了宫中，吩咐李嫣下令不能外泄楚王去世的消息，又密令死士藏在棘门里面。直到日落之后，才让人慢慢地去通知春申君楚王去世的消息。黄歇闻讯后大惊，没有和门客们商议就驾车赶往王宫。刚进棘门，埋伏在左右的死士就一拥而上，嘴里还大喊着："奉王后的密旨，诛杀谋反的春申君黄歇！"黄歇知道事情失去了控制，就命车夫掉头回去，然而已经来不及了，他的护卫全部被李园的死士杀死，他本人的头颅也被砍下扔到了城外。

杀死黄歇之后，李园命令紧闭寿春的城门，然后为楚考烈王发丧，又拥立六岁的世子熊捍继位，史称楚幽王。他自封为相国，独揽楚国的朝政；尊李嫣为太后；将春申君黄歇灭族，并收回了封地。

自李园执掌朝政之后，春申君原来招揽的那些门客都离开了，贵族们也被李园疏远，无法参与决策。此时的楚国正处于主少国疑之中，朝政日渐紊乱，至此再也没有了复兴的希望。

五国伐秦之后，吕不韦一直对此耿耿于怀，无时无刻不在想着复仇。他说："提议攻打我国的人，就是赵国的庞煖。"他让蒙骜和张唐一起领兵五万攻打赵国。三天之后，他又命令长安君嬴成蟜和樊於期领兵五万作为后援部队出发。有门客对吕不韦说："长安君年龄小，恐怕没有做主将的能力。"吕不韦微笑着说："你们不知道我为什么要这样做。"

蒙骜的前军出函谷关后，经上党直逼庆都，在都山之下扎下营寨。长安君出关后驻扎在屯留，随时可以增援蒙骜。赵王以相国庞煖为大将、扈辄为副将率兵十万前来迎战，并且答应庞煖可以视情况的变化自行做出决定，无须请示。庞煖说："庆都以北只有尧山〔指河北完县西北的尧山〕最高，在尧山上可以看到都山的一切，最好先将这个地方控制住。"于是他命令扈辄率兵两万先行出发，让他必须占领尧山。

扈辄到达尧山脚下的时候，山头上已经有一万秦军驻守了。扈辄马上下令攻山，很快就杀散秦军占据了山头。蒙骜闻讯后命令张唐带两万人将尧山重新夺回来，可是庞煖率领的主力也来到了，双方在尧山下展开了激战。当时扈辄在山头上以红旗指示秦军的动向：张唐往东面走，红旗就指向东方；张唐往西面走，红旗就指向西方。山下的赵军只管按照红旗的指示行动就可以了。庞煖下令说"谁能够捉到张唐，就封给他一百里土地"，所以赵国的士兵战斗的时候人人争先。张唐虽然浴血奋战，始终无法突破赵军的包围，最后还是在蒙骜的接应下才逃到都山的大营。庆都守军知道援兵到达之后，抵抗就更加猛烈了。蒙骜见以现有的兵力无法取胜，就让张唐到后方的屯留，去催促长安君前来增援。

长安君嬴成蟜这时刚刚十七岁，根本不懂军务，他喊来樊於期商议。樊於期对吕不韦纳妾盗国深怀不满，让嬴成蟜屏退左右，将这件事原原本本地说了一遍，最后说："现在的秦王并不是先王的儿子，君侯您才是最有资格继承王位的人。吕不韦现在让您领兵出征并非好意，他是担心事情败露后您会让现在的大王为难，所以才表面上对君侯很好，实际上是把君侯赶了出来。吕不韦进出王宫如入无人之境，与太后淫乱宫闱无人敢管，现在他们夫妻、父子是一家人，最忌讳的就是君侯您了。这次出兵如果蒙骜打败了，就给了吕不韦处罚君侯的借口，轻则削去爵位，重则砍头，此后嬴氏的江山就变成了吕氏的江山。整个秦国的人都知道这是必然会发生的事，君侯不能不早做打算。"嬴成蟜说："如果不是将军说，我还不知道呢。那么现在我该怎么办？"樊於期说："现在蒙骜的兵马被赵军困住了，短时间内无法撤回来，而君侯手握重兵，如果君侯传檄天下，将吕不韦淫乱宫闱、纳妾盗国的事情解释清楚，秦国的百姓谁不愿意奉您这个正统嫡子为国君？"嬴成蟜气忿忿地按着佩剑说："男子汉大丈夫，死就死了，哪里能屈膝在一个商人的儿子面前？就请将军想一个好办法吧！"于是樊於期就骗张唐说："大军很快就会拔营，请您回去告诉蒙骜将军尽早做好准备。"

张唐走后，樊於期就写了一篇檄文，大致内容是：

长安君嬴成蟜敬告国内外的百姓：

国君的继承人，必须是正统的嫡子；颠覆祖宗基业的罪恶，最大的就是阴谋。文信侯吕不韦这个人，原来只不过是阳翟的一个商人，竟然敢于觊觎大秦的江山社稷。现在的国君嬴政，其实并不是先王的血脉，而是吕不韦的儿子。他将怀孕的小妾送给先王，以此混乱了嬴氏的血统；以行贿的手段将先王接回秦国，这个奸臣竟然成为了功臣。两位先王骤然离世，都是吕不韦加害所导致的，这还能够忍受吗？他在三位国君在位时都掌握大权，谁又能够制约他？朝中的国君并不是真正的国君，暗地里早已从嬴氏变成了吕氏；妄称'尚父'的尊号，最终必将篡位为君。社稷危在旦夕，不管是神灵还是百姓都怒火滔天。我作为先王的嫡子，打算替上天诛杀吕不韦这个窃国大盗。我们的甲胄兵器，因为负担着正义的使命而熠熠生辉；秦国的臣子百姓，因为感念先王的遗德而同仇敌忾。檄文所到之日，都要厉兵秣马等待使命的召唤；兵马所到之处，市民百姓无须惊慌失措。

随后将檄文散发到了各地。很多秦国的百姓也听说过，吕不韦将怀孕的赵姬送给了嬴异人，等见到檄文中也提到这件事后，都认为檄文中的内容全部是真的。虽然秦国人因为害怕吕不韦的威势，不敢追随长安君造反，但是免不了有心存观望的念头。正好这时有彗星先是出现在东方的天空，接着又到了北方，随后又到了西方，占卜的人说这预兆着将会发生内战，一时间人心动摇。

樊於期将屯留附近各县的壮丁全部征发，悉数编成军队，攻下长子和壶关后，兵力就更多了。张唐得知长安君造反后，连夜跑到了咸阳报信。

秦王见到檄文后大怒，召来尚父吕不韦商议如何平叛。吕不韦说："长安君一个少年，办不了这样的大事，必定是樊於期的主意！樊於期这个人有勇无谋，军队到了就能把他抓来，大王不必担心。"秦王拜王翦为大将，桓齮、王贲为左右先锋，率军十万讨伐长安君。

正在和庞煖对峙的蒙骜没有等来长安君的援军，反而等来了他的檄文，大惊说："我和长安君一起奉命攻打赵国，如今不但功未立，长安君反而造反了，我哪里会没有罪过？如果不平息这个叛乱，我又如何能自证清白？"于是蒙骜下令将兵马分成三队依次缓慢撤退，自己亲自断后。

庞煖发现秦军撤退后，就挑选了三万精兵，让扈辄带着埋伏在太行山的深处，嘱咐他说："蒙骜是老将，必定会亲自断后。你等秦军快要过完的时候再从后面出击，才能确保成功。"

而在秦军这边，蒙骜见前军和中军都已经顺利地过去了，也开始放心前进。然而就在这时，赵国的伏兵杀了出来，打了蒙骜一个措手不及，不久之后庞煖也率领主力从后面杀了过来。此时冲出埋伏圈的秦军已经没有了斗志，很快就溃散了，蒙骜负重伤之后还杀了几十名赵军，又一箭射伤庞煖的肋部，最后被赵军团团包围，被乱箭射得像刺猬一样。可惜秦国名将，却这样阵亡在太行山下！

庞煖虽然取得了胜利，但是回国不久就因为箭伤无法痊愈去世了。

张唐、王翦等人带兵到了屯留之后，嬴成蟜害怕了。樊於期说："现在已经势成骑虎，没法收手了。况且我们三座城池共有不下十五万的士兵，放手一搏之下鹿死谁手尚未可知，何必害怕呢？"嬴成蟜也没有其他办法，只好在城下列阵等候秦军的进攻。

在开战之前，王翦对樊於期说："国家有什么对不起你的，让你挑唆长安君造反？"樊於期在战车上欠身说："嬴政是吕不韦和赵姬通奸生下的儿子，这件事天下谁不知道？我们世受国恩，哪里忍心看到嬴氏的江山被吕氏夺走？长安君是先王的嫡亲血脉，所以才奉他为王。将军若是仍然感念先王对您的恩德，就应该和我们站在一起，反戈一击杀到咸阳去，诛杀淫乱宫闱的吕不韦和赵姬，废黜嬴政那个假国君，共扶长安君为国君，如此将军日后也不失封侯拜相的机会，子子孙孙长保富贵，岂不是一件美事？"王翦说："太后怀胎十月才生下大王，证明大王确实就是先王的血脉，这是人所共知的。你无中生有、污蔑国君，已经惹来灭族大祸，还敢花言巧语动摇我们的军心吗？等捉到你的时候，必定会将你碎尸万段！"樊於期大怒，瞪着眼睛大叫着，挥动大刀就杀入秦军的大阵，所向披靡如入无人之境。王翦指挥军队几次包围了他，结果都被他冲出重围，秦军损失了无数的士兵。到了天黑的时候，双方各自收兵回营。

王翦的军营在伞盖山下，他回营之后想道："樊於期骁勇善战，短时间内无法战胜，必须用计才好。"于是他就问手下的将领："谁和长安君熟悉？"有一个叫杨端和的低级将领,老家就在屯留,他上前说道:"属下曾经在长安君那里做过门客。"王翦说:"我写一封信,你带去交给长安君,劝他早日投降,免得自寻死路。"杨端和说:"如今大军围城,我也混不进去啊。"王翦说:"你化妆成敌军的样子,在他们收兵的时候不就可以混进去了吗?入城之后,等到我军猛烈攻城的时候,就可以带着信去见长安君了,到时候必然会产生变化。"杨端和领命,王翦当时就写了一封信,交给杨端和让他按计行事。随后王翦又分兵三处:桓齮率领一支军队进攻长子,王贲率领一支军队进攻壶关,他自己率领剩下的军队围攻屯留,进攻这三个地方,为的就是让樊於期无法互相呼应。

得知王翦分兵之后,樊於期对长安君说:"趁着王翦分兵,我们应该和他展开决战。如果长子、壶关被打下来,到时候更难抵挡他们的攻势。"嬴成蟜年龄小且性格懦弱,哭着说:"造反这件事是将军提议的,你就全权负责吧,只要不误了我的大事就可以了。"樊於期挑出一万多精兵,打开城门向王翦挑战,王翦出兵后佯装失败,退兵十里到伏龙山才停了下来。樊於期也见好就收,收兵返回了屯留城。然而杨端和已经趁此机会混进了城里,他本来就是这里的人,自然有亲戚朋友收留他。

嬴成蟜问樊於期:"王翦一直不退,这该怎么办?"樊於期说:"今天打了这一个胜仗,已经让王翦胆寒了。明天我们全军出击,务必要活捉王翦,然后直入咸阳扶持您成为秦国的国君,才能完成我的心愿。"

第一百四回
甘罗童年取高位　嫪毐伪腐乱秦宫

王翦退到伏龙山后,只管深挖壕沟、高筑壁垒,窝在营中一动不动,却又分兵两万去支援桓齮和王贲,让他们早日攻克长子和壶关。樊於期一连几天都带领精锐前来挑战,秦军都像没有看见一样。樊於期认为秦军已经胆怯了,就在他打算分兵援救长子和壶关的时候,忽然接到了这两地已经被秦军攻克的消息,樊於期大惊,为了让长安君安心,他在城外建了一座大营,自己亲自守在那里。

桓齮和王贲完成任务后,听说王翦将军营移到了伏龙山,也就赶到了这里,说:"长子和壶关都已经被收复,已经安排兵力严密防守,各项工作也都完成了。"王翦大喜道:"那么屯留现在就是一座孤城了!只要再把樊於期抓到,这次平叛也就可以结束了。"话还没有说完，只见把守营门的士兵前来报告："辛胜将军奉秦王的命令来了，现在正在营外等候。"王翦出去将辛胜迎了进来，问他到这里来有什么事。辛胜说："有两件事。一是大军在外辛苦，大王命我来犒赏三军颁发赏赐；二是大王对樊於期十分痛恨，让我转告将军务必将此人活捉，让大王亲手砍下他的头颅，以消除心中的怒火。"王翦说："辛将军来的正好，我这里有用到你的地方。"说完先命人将辛胜带来的物资犒赏三军，接下来又命令桓齮和王贲各领一支军队埋伏在战场的左右，让辛胜率领五千人去挑战樊於期，自己带领主力攻城。

嬴成蟜听说长子、壶关失守后，急忙命人将樊於期喊进城中商议。樊於期说："很快我们就会和王翦决战，如果无法取得胜利，我会和王子向北逃到燕国或者赵国，到时候还可以联合各国诸侯，诛杀嬴政夺回江山。"嬴成蟜说："既然如此，将军就多加小心吧。"

刚回到城外的大营，樊於期就接到探子的报告："秦王新派来的将军辛胜在营外挑战。"樊於期说："这只不过是一个无名之辈，我先把他给除掉。"随后樊於期打开营门，带领军队杀向辛胜。交战不久，辛胜的军队就开始后退，樊於期仗着自己的勇武紧追不舍。刚追了五里左右，桓齮和王贲率领的两路伏兵杀了出来，将樊於期杀得大败，只好返身而逃。等他逃回屯留城下的时候，却发现王翦已经将屯留层层围住。樊於期果然不负猛将的称号，大发神威杀出了一条血路，然后在城中的接应下进了屯留。随后王翦开始更为猛烈地攻城，樊於期也不知疲倦地亲自在城中巡察。

城中的杨端和听到外面传来的喊杀声，知晓秦军对屯留的攻击已经开始了，于是他趁着夜色去求见长安君嬴成蟜。长安君听说求见的是昔日的门客，高兴地将他请了进去。杨端和让嬴成蟜屏退左右说："秦国有多么强大，君侯自己也是知道的。就连东方六国都无法在秦军面前取得胜利，君侯想要以屯留这一座孤城负隅顽抗，必定没有幸免于难的可能。"嬴成蟜说："是樊於期将军说，现在的秦王并不是先王的血脉，我本来没有想过造反，都是他教唆我的。"杨端和说："樊於期不过是匹夫之勇，他只是想要利用君侯的身份，根本就没有考虑过失败后会有什么样的后果。他传檄各地，但是没有一个地方起兵响应，从这点看，他就必败无疑。而且王翦将军正在猛烈地攻城，城破之后君侯又打算如何保住自己的性命？"嬴成蟜说："万一城破的话，我就逃亡到燕国或者赵国，然后联合各国诸侯合纵，先生觉得什么样？"杨端和说："赵肃侯、齐湣王、魏国的信陵君、楚国的春申君都组织过合纵，然而都是昙花一现，很快就解散了，这就说明合纵是无法成功的。而且六国之中有哪一个是不害怕秦国的？君侯不管到了哪个国家，只要秦王派个人去威胁几句，该国国君就会把君侯绑起来送到秦国，那时候君侯还能奢望活命吗？"嬴成蟜问："那先生认为我现在该如何做？"杨端和说:"王翦将军也知道君侯是被樊於期给骗了,所以让我给君侯带了一封信。"说着杨端和把信取出来交给了长安君。长安君打开一看,只见上面写着:

论亲情的远近,君侯是大王的弟弟;论地位的尊崇,君侯已经达到臣子的极点,可是君侯为什么要听信那些无稽之谈,做那些没有希望的事情呢?这种自寻死路的行为真是令人叹息啊!这件事的主谋是樊於期,如果君侯能杀了他,然后自缚请罪的话,我保证秦王能饶恕君侯的罪行。要是君侯仍然迟迟无法做出正确的决定,到时候后悔也没有用!

嬴成蟜看完信后泪流满面,说:"樊於期将军为人正直,又对我忠心耿耿,我哪里忍心杀他呢?"杨端和说:"君侯这就是所谓的妇人之仁了!如果君侯不愿意按王翦将军说的办,那就让我走吧!"嬴成蟜连忙阻止了他,说:"麻烦先生暂且陪我几天吧,让我好好考虑考虑。"杨端和说:"也好。不过希望君侯不要将咱们说的话泄露出去。"嬴成蟜自然满口答应。

第二天,樊於期赶着马车来见嬴成蟜,说:"王翦的攻势越来越猛烈,城中人心惶惶,很快就会失守。我愿意保护您到燕国或者赵国避难,以后东山再起。"嬴成蟜说:"我的亲属家人都在咸阳,现在远奔他乡,那些国家会接纳我们吗?"樊於期说:"各国都因为秦国的残暴而饱受苦楚,为什么担心不会接纳我们呢?"他们正在谈话的时候,又有人来报:"秦军正在猛烈地攻打南门。"樊於期催了他好几次,说:"您今天要是不走的话,以后恐怕就走不了了!"嬴成蟜仍然犹豫不决,樊於期只好提起大刀,驾车出南门迎战秦军。他刚走出去,杨端和就从里面走了出来,劝嬴成蟜登上城墙观战。

樊於期鏖战了很长时间,秦军的进攻更加猛烈,他也终于感到了疲惫,只好跑到城下大喊:"开门!"试图躲进城中。然而他等来的不是打开的城门,而是杨端和那冷酷无情的声音:"长安君已经命令全城投降,樊於期将军还是另外想办法吧!有敢开城门的立斩不饶!"樊於期抬头一看,只见嬴成蟜在城头上低头不语,杨端和仗剑站在他的身边。随后就见杨端和从袖子里掏出一面旗帜,上面写着一个大大的"降"字,等在旁边的那些杨端和的亲信马上就接过旗子挂了上去,嬴成蟜如同一个傀儡一样,只知道哭泣。樊於期叹了口气说:"这个小孩子不值得辅佐啊!"说完就转身向秦军杀去。因为秦王有命令要生擒樊於期,所以秦军也不敢放箭,无形中降低了樊於期突围的难度,终于让他杀出了重围。王翦急忙命人追击,然而已经来不及了,最后还是让樊於期逃到燕国去了。

在杨端和的劝告下,嬴成蟜命人打开了屯留的城门,外面的秦军一拥而进,至此成蟜之乱被彻底平定。王翦进城之后,将嬴成蟜软禁在馆驿里,随后派辛胜到咸阳报捷,同时请示秦王如何处理长安君。太后赵姬摘下簪子替嬴成蟜请罪,求秦王饶了他,同时还让吕不韦为嬴成蟜求情。秦王嬴政生气地说:"如果不把反叛的人杀掉,骨肉兄弟以后就都会谋反了!"随后秦王命使者给王翦送去命令:将长安君嬴成蟜在屯留就地斩首;所有跟随长安君造反的士兵、小吏,全部处以死刑;屯留城中的居民全部迁到临洮。另外悬赏天下:凡是能将樊於期抓住并送到秦国的,赏给他五座城池。

使者到屯留后,向全城宣布了秦王的命令。嬴成蟜听说自己不会被赦免,就在馆驿里悬梁自尽了,之后王翦砍下了他的头颅挂在城门上。跟随长安君反叛的军民中有几万人被杀,剩下的人也都被强制迁移了,整个屯留成了一座空城。

成蟜之乱发生在秦王政继位之后的第七年。后世有人作诗说:
非种侵苗理合锄,万全须看势何如?
屯留困守终无济,罪状空传一纸书。

诗中认为樊於期和嬴成蟜讨伐秦王嬴政是应该的,也是正义的,但是这二人不明大势所趋,试图以屯留弹丸之地对抗整个秦国,无疑是自寻死路的行为。

秦王嬴政这时已经长大成人,身高八尺五寸,相貌英俊,身材魁梧,聪慧绝伦,志向高远,遇到事情有自己的看法和主张,不会全部都听太后和吕不韦的。成蟜之乱平定后,嬴政开始考虑为蒙骜报仇,他召集了大臣们进行商议。蔡泽说:"赵国是燕国的世仇,燕国现在依附赵国是迫不得已,并不是他们真的想要这么做。臣请大王派臣出使燕国,让燕王向我国称臣、送质子。燕国归附了我们,赵国就孤掌难鸣了,然后我们和燕国一起攻打赵国,趁这个机会扩大我们在河间的领土,对于我们来说有很大的好处。"秦王认为蔡泽说的很好,就派他出使燕国。

到了燕国后,蔡泽对燕王喜说:"燕国和赵国都是大国,然而在最近的两次战争中,燕国都失败了,大将栗腹和剧辛阵亡。大王忘记了战败的耻辱,反而和赵国交好来对抗秦国,战胜了好处都归赵国,战败了燕国也少不了祸患。对于燕国来说,这个战略可谓糟糕透了。"燕王说:"寡人也不甘心对赵国低头,奈何实力不如人啊。"蔡泽说:"现在秦王打算对'五国合纵伐秦'这件事进行报复。臣觉得燕国和赵国是世仇,之前跟随赵国出兵也是迫不得已,如果大王愿意把太子当作质子送到咸阳,来证明燕国愿意依附秦国;再请求秦国派出一名大臣做燕国的相国,那么秦、燕两国的友谊就会固若金石。然后两国合兵攻打赵国,燕国几代人的仇恨自然也就报了。"燕王觉得蔡泽说得很有道理,就让世子燕丹到秦国去做人质,同时要求秦国派一名大臣来燕国做相国。吕不韦想派张唐去,就让太史占卜,得出的结果是大吉。然而张唐却不想去燕国,就推辞说自己生病了,让吕不韦另外找人去做燕国的相国。吕不韦就亲自上门请他,张唐说:"我屡次攻打赵国,赵国人对我恨之入骨。要是去燕国的话,必须要经过赵国,赵国人见了我会饶过我吗?所以我不能去!"吕不韦再三要求他去,张唐始终都不答应。

吕不韦没有办法了,只好先告辞回家,一个人坐在那里发呆。他身边有个叫甘罗的,是甘茂的孙子,当时才十二岁。甘罗见吕不韦好像不高兴,就上前问道:"君侯这是有心事吗?"吕不韦说:"小孩子知道什么,还过来问我?"甘罗说:"在您门下做事,最重要的是能够为主人分忧解难。君侯有事却不让我知道,我就是想要为您分忧解难也没有机会啊。"吕不韦应付他说:"之前我让蔡泽出使燕国,现在燕国的世子已经来咸阳做人质了。如今我想让张唐去做燕国的相国,占卜的时候也认为他是最好的人选,可是张唐却坚持不去。我就是为这个烦心!"甘罗说:"你怎么不早说呢?小事一桩,我去让他马上出发!"吕不韦生气了,连声斥责道:"滚!滚!我亲自劝说他都不肯去,你一个小孩子哪里能劝动他?"甘罗说:"昔日项橐七岁的时候就可以做孔子的老师,如今我都十二岁了,比项橐还大了五岁。君侯就算是让我试一下,如果没有成功,君侯再斥责我也不晚,为什么这样小看人,突然变脸骂人呢?"吕不韦很惊奇甘罗能说出这样的话,就郑重其事地向他道歉说:"如果你能让张唐去燕国,我就让你做大臣。"甘罗高兴地答应了,马上去拜见张唐。

张唐虽然知道甘罗是吕不韦的门客,可是见他年幼,仍然不免看轻他,问:"小孩来我这里有什么事呀?"甘罗说:"特地来慰问您的。"张唐说:"我有什么事需要慰问?"甘罗问:"您和武安君白起相比,谁的功劳大?"张唐说:"白起在南方屡败强大的楚国,在北方威震燕国和赵国,战必胜攻必克,为大秦攻城略地不计其数,我的功劳不及他十分之一。"甘罗又问:"那么您觉得应侯范雎和吕丞相,谁的权力更大?"张唐说:"当然是吕丞相了。"甘罗说:"看来您心里也清楚吕丞相比范雎更有权力呀?"张唐说:"这个我哪里会不知道。"甘罗说:"当初应侯范雎想让武安君攻打赵国,武安君不愿意去,结果范雎一怒之下将他赶出咸阳,最后在杜邮一命归西。现在吕丞相亲自上门请您去燕国做相国,而您执意不去。同样的事情,范雎不能容忍白起,您觉得吕丞相会容忍您吗?您的死期不远了!"张唐听后吓得脸都变色了,拱手道谢说:"多谢您的教导。"接着又请甘罗替自己向吕不韦请罪,说自己马上就收拾行李出发。

张唐临走的时候,甘罗对吕不韦说:"张唐是在我的劝说下不得已才去燕国的,然而他心中对赵国的恐惧是无法打消的。请君侯借给我五辆马车,让我先去赵国为张唐打点一下。"吕不韦这时已经知道了甘罗的才华,入宫对秦王说:"甘茂有个孙子叫甘罗,年龄虽然不大,但却是名门之后,辩才无双。这次张唐称病不肯去燕国,甘罗一去就把他给劝动了。现在甘罗想要去赵国,让赵王放过张唐,请大王让他去一趟吧!"秦王也对甘罗很感兴趣,就把甘罗召进王宫,看到他眉清目秀,如同画中的仙童,秦王的心中就已经喜欢上他了,就问他:"小孩儿,你见了赵王怎么说呀?"

甘罗说："先观察他喜欢什么、害怕什么，再找机会说出我的想法。总之要随机应变，之前是无法制订预案的。"于是秦王给了他十辆马车、一百名仆役，让他带着出使赵国。

赵悼襄王这时已经知道了燕国和秦国通好，正担心这两个国家合伙攻打他，听说秦国有使者来了，心中的高兴无法用语言来描述，于是他出城二十里来迎接甘罗。等见到甘罗后，赵王不禁为他的年龄暗自称奇，就问他："当初为秦国打通三川的那个秦国将军也姓甘，不知道他是先生的什么人呀？"甘罗说："是臣的祖父。"赵王又问："先生今年多大了？"甘罗说："十二岁了。"赵王开玩笑说："秦国朝堂中那些年龄大的人不能做使者吗？怎么会让先生来呢？"甘罗说："秦王用人有自己的原则，年龄大的去做大事，年龄小的去做小事。臣年龄最小，所以让臣来出使贵国。"赵王见他说话不卑不亢，心中更是惊奇，就问他："先生到鄙国来，有什么可以指教寡人的呢？"甘罗说："大王听说燕国世子燕丹到秦国做人质这件事了吧？"赵王说："听说了。"甘罗接着说："那么大王也听说张唐要去燕国做相国了吧？"赵王说："也听说了。"甘罗说："燕丹到秦国做人质，代表着燕国不会欺骗秦国；张唐去燕国做相国，代表着秦国不会欺骗燕国。燕国和秦国有了互信，那么赵国就有危险了！"赵王问："秦国亲近燕国的原因是什么？"甘罗说："秦国和燕国交好，为的就是联合起来攻打赵国，来增加河间地区的疆域。大王不如在临近河间的地方割让给秦国五座城池，这样秦国的目的也就达到了。我再劝我们大王不让张唐去燕国，然后和燕国断绝关系，反过来和赵国交好。以赵国的实力，如果攻打燕国的时候，燕国无法得到秦国的帮助，大王觉得能打下来多少地盘？这哪里是五座城池可以比拟的呀！"赵王听了很高兴，就赏给甘罗一百镒黄金、两双玉璧，又将五座城池的地图交给他，让他带给秦王。

秦国不用动兵就满足了原来的愿望，自然也就不让张唐去燕国了，张唐也很感激甘罗。赵国听说张唐没有去燕国，就知道秦国不会帮助燕国，于是让庞煖、李牧去攻打燕国，攻下上谷地区三十座城池，赵国留下了十九座，送给秦国十一座。秦王因此封甘罗为上卿，又将以前封给甘茂的那些良田和宅第赏赐给了他。现在有句俗语说："甘罗十二为丞相"，就是从这里来的。后世有人作诗赞扬甘罗：

片言纳地广河间，上谷封疆又割燕。

许大功劳出童子，天生智慧岂因年？

又有诗说：

甘罗早达子牙迟，迟早穷通各有时。

请看春花与秋菊，时来自发不愆期。

燕国的世子燕丹听说秦国背叛燕国，又反过来和赵国结盟，心中焦虑不安，一心想要逃回去。他又担心出不去函谷关，就刻意交好甘罗，试图利用他的才智想一个逃回燕国的好办法。有一天，甘罗忽然梦见一个紫衣官员，手里拿着昊天上帝的旨意，说："奉昊天上帝的旨意，召唤你回天上。"做了这个梦不久，甘罗就无疾而终了。可惜呀，如此才华横溢的人竟然死的这么早！燕丹的计划也就此破产，只好耐下性子留在秦国。

　　话分两头。却说吕不韦因为深受太后宠爱，平时出入内宫肆无忌惮。直到秦王年岁渐长，且英明过人，才开始有所顾忌。不过吕不韦担心有一天奸情败露给自己招来大祸，所以想找一个人来代替自己，但思来想去，能称太后心意的，实在太难寻到。

　　有天，吕不韦听说街上有个叫嫪大的人，精力过人，淫乱成性。秦国人称品行低下的人为"毒"，所以嫪大也被称为嫪毒。有一次嫪毒犯了淫罪，吕不韦私下活动，要人把他赦免了，留在自己府中做舍人。吕不韦将其介绍给太后，太后动心了，犹豫着问："那这人怎么才能进入内宫呢？"吕不韦说："我有一个计策，先让人告发他过去所犯的罪，处他以腐刑，然后多送些财宝给行刑的人，让他们假装阉割，再以宦官的名义在宫中做事，不就可以长期留在宫中了吗？"太后赞许，并交给吕不韦黄金百镒。吕不韦悄悄把嫪毒找来，把其中的缘故告诉给他。嫪毒一听，觉得是一场奇遇，马上答应下来。于是吕不韦指使人告发了嫪毒的淫罪，判处腐刑，又把百金分送给主刑的官吏，假做阉割，拔掉嫪毒的胡须、眉毛。做过这一番手脚，就将嫪毒混在内侍之中送进宫去。太后重赏吕不韦，吕不韦也庆幸自己脱出身来，从此太后和嫪毒相处如同夫妇。

　　没过多长时间，太后怀孕了，她担心生孩子的时候无法隐瞒，就假称生病了，让嫪毒贿赂占卜的人，谎称宫中有邪祟，太后应该去二百里之外的西方避祸。嬴政对太后和吕不韦之间的事也有所怀疑，如今太后想去远方避祸，正好可以断掉他们来往，马上就答应了，说："雍城就在咸阳西面二百里的地方，而且那里还有以前的宫殿，太后住到那里最好不过了。"于是太后就迁到了雍城，嫪毒亲自给她赶车。

　　到了雍城之后，太后住进了大政宫，此后和嫪毒更是不避人耳目。在两年之内太后连生了两个儿子，都放在新修的密室里抚养。太后还和嫪毒约定，等嬴政以后驾崩，就让他们的儿子做秦国的国君。外面有不少人知道这件事，但是没有人敢说出去。在太后的要求下，嬴政又封嫪毒为长信侯，将山阳赐给他做封地。嫪毒从此也就成了贵族，行事越发肆无忌惮了。太后几乎每天都会赏赐嫪毒一些东西，凡是有要求就没有不满足的，而且雍城的一切都由嫪毒做主。嫪毒家中有几千名仆人，希望做官而投奔他的门客也有一千多人。嫪毒又趁机勾结朝中的权贵，那些趋炎附势的人都纷纷来投，此时他的声势已经超过文信侯吕不韦了。

　　秦王政九年的春天，天上出现了彗星，长长的慧尾几乎横贯整个天际。太史占卜之后说："这预示着将会有兵变发生。"秦襄公时，秦国在鄜邑建畤祭祀白帝；后来秦德公迁都雍城之后，又在郊外建立了天坛祭天；到了秦穆公时，又建立宝夫人祠。秦国的国君每年春天都要到雍城祭祀，已经形成了惯例。即使后来国都迁到咸阳，这个规矩也没有废除。太后迁居雍城之后，秦王每年都会在祭祀的时候去探望自己的母亲，因为有祭祀大典，秦王要住在祈年宫里。彗星出现的时候，就是快要举行祭祀的时间。

出发之前，秦王嬴政命大将王翦率军在咸阳城里巡游三日，以震慑那些有野心的人，然后和尚父吕不韦在国都留守。命令桓齮领兵三万驻扎在岐山。安排完毕之后，秦王这才出发。此时嬴政已经二十二岁了，不过还没有举行冠礼。

到了雍城之后，太后命令在秦德公的家庙里举行冠礼，从此秦王就可以佩剑了，又赏赐文武百官欢宴五天。太后和秦王也在故宫大郑宫里举行家宴。

也是嫪毐享福享多了活该倒霉，就在第四天的时候，他和中大夫颜泄一边喝酒一边赌博，结果是一输再输。他当时已经喝醉了，就要求之前的都不算，重新开始赌。颜泄也喝醉了，不同意嫪毐的要求。嫪毐生气了，上前抓住颜泄打他的耳光；颜泄也不让着他，扭打中摘掉了嫪毐帽子上的簪缨。嫪毐气坏了，瞪着眼睛大骂道："我是大王的假父！你这个出身贫贱的家伙敢对我这样无礼吗？"颜泄听后吓得酒也醒了，马上跑了出去，正好碰见秦王从太后那里喝酒出来。颜泄跪在地上磕头不止，哭泣着请秦王处罚自己。嬴政也是一个有心机的人，当时也没有说什么，只是让随从把颜泄搀到祈年宫里，然后才询问发生了什么事。颜泄就把嫪毐如何打他的耳光、如何自称是秦王的假父等说了一遍，最后说道："嫪毐并不是真太监，他当初假装受了宫刑就是为了进宫服侍太后。现在太后已经为他生了两个儿子，就藏在宫里，而且他不久就要谋朝篡位了。"嬴政听后大怒，就暗中命令桓齮领兵到雍城来。

内史肆和佐弋竭两人以前从太后和嫪毐那里得过不少好处，也是他们的死党，听说后急忙跑到嫪毐的家里，将秦王调兵平叛的消息告诉了他。嫪毐这时酒已经醒了，闻讯后大吃一惊，连夜跑到大郑宫求见太后，将其中的原委诉说了一遍，最后说："为今之计，除非趁桓齮的大军未到，我们尽力发动宫中的侍卫和我家里的门客去攻打祈年宫，只有把大王给杀了，我们夫妻才有一条活路。"太后说："宫中的侍卫哪里会听我的命令？"嫪毐说："用你的太后印玺装作玉玺，就说'祈年宫里出现了强盗，大王命令大郑宫中的侍卫去救驾'，他们一定会服从的。"太后这时心已经乱了，就把印玺交给了嫪毐，说："你想怎么办就怎么办吧。"

嫪毐模仿秦王的笔迹写了圣旨，又盖上太后的印玺，然后就开始召集大郑宫中的侍卫和自家的门客。忙忙乱乱的一直到第二天的中午，这才总算把所有的人都集合完毕，紧接着这些人就在嫪毐和内史肆、佐弋竭的率领下围攻祈年宫。秦王登上高台,问外面的士兵为什么要攻打祈年宫,有人说:"嫪毐说行宫里面有强盗,我们是来救驾的。"秦王说:"嫪毐才是那个强盗,宫里哪有什么强盗?"大郑宫中的侍卫听到后,当时就走了一半,还有一半胆大的开始反过来攻击嫪毐的门客。秦王下令说:"生擒嫪毐的,赏一百万铜钱;杀了他并把他的首级献给寡人的,赏五十万铜钱;杀死一个叛党,爵位升一级。不管是什么身份,都可以享受这个赏格。"听到赏格如此丰厚,祈年宫里的太监、马夫、花匠也都跑出来了,和叛军进行殊死的搏杀。周围的百姓听说嫪毐造反,也都拿起兵器前来助战。嫪毐的门客仆人战死几百人,最后还是失败了,他打开雍城的东门夺路而逃,却正好遇到桓齮率领的大军,只好束手就擒。内史肆、佐弋竭等几人也都被生擒活捉,在严刑拷打下不得不说出了实情。

嬴政亲自到大郑宫中搜索,将嫪毐和太后生的那两个孩子从密室中找了出来,命人将他们塞进袋子里面打死。太后虽然心中悲痛万分,但是也不敢出来要求嬴政放过他们,只能把自己关在屋里暗暗流泪。嬴政也不见他的母亲,直接回了祈年宫,赏赐了占卜灵验的太史十万钱。接着狱吏又送来了嫪毐的供状,说:"嫪毐假装受宫刑进宫这件事,主使者是文信侯吕不韦,他的同党有内史肆、佐弋竭等二十多人。"嬴政命令将嫪毐在东门外面车裂,诛三族;内史肆、佐弋竭等人全部斩首示众;嫪毐的门客凡是参与叛乱的全部杀头,没有参与的也都全家远迁到巴蜀,总共有四千多家。太后因为将自己的印玺交给叛党使用,丧失了国母的地位,被削减供奉,并迁居到棫阳宫——这座宫殿是所有离宫中最小的一座。又派三百人把守在棫阳宫外,出入都要进行严格的审查。赵姬此时名为太后,实际上和被监禁已经没有区别了,真是丢人啊!

平息嫪毐的叛乱后,秦王嬴政返回了咸阳。吕不韦担心秦王治罪,就假称生病不敢去见嬴政。秦王打算把吕不韦也杀了,就召集群臣商议。大臣们大多和吕不韦有交情,都说:"不韦曾经辅佐先王登上王位,对秦国是有大功。况且嫪毐没有和他当面对质,他所说的话是真是假无法确定,所以不应该牵连到他。"秦王这才没有杀吕不韦,只是免去他丞相的职务。桓齮因为平叛有功,被升职加爵。

同年四月,天气突然变得寒冷无比,好多地方都下起了大雪,甚至有老百姓被冻死的现象。民间百姓都认为,这是因为秦王不认自己的母亲,还将她打入冷宫,所以才会发生这样奇怪的事情。大臣陈忠进谏说:"整个天下都不存在不认母亲的儿子,大王最好将太后接到咸阳,以尽人子的孝道,或许这样就可以让天气恢复正常。"秦王大怒,命令侍卫将陈忠的衣服剥光,将他放到钉板上用锤子砸死,并且将陈忠的尸体摆在宫门前面,贴上告示说:"凡是为太后进谏的,就是这个下场。"

第一百五回
茅焦解衣谏秦王　李牧坚壁却桓齮

尽管秦王明确说出为太后进谏者杀，进谏的大臣仍然前赴后继，他前后一共杀了二十七人，尸体都堆积到宫门前面。当时齐王田建和赵悼襄王都来到秦国觐见秦王，嬴政在咸阳宫中摆宴招待他们，宾主尽欢。等这两位国君看到宫门前面的死尸之后，无不在背地里偷偷议论秦王的不孝。

沧州人茅焦当时正在咸阳游历，刚在旅店住下，就听到有人在议论这件事。茅焦知道真实情况后，愤怒地说："做儿子的竟然囚禁自己的母亲，这不是天和地反过来了吗？"说完他让旅店老板准备热水，"我要沐浴更衣，明天早上就去敲登闻鼓向秦王进谏！"有人笑着说："那二十七个人全都是秦王的亲近大臣，他们的话秦王尚且不听，毫不犹豫地处死了他们，何况你这个老百姓呢？"茅焦说："要是就这二十七个人进谏，秦王当然不会听；要是二十七个人之后还有人进谏，秦王听不听就不好说了。"住在同一个旅店的人都笑他是个蠢货。

第二天一早，茅焦让老板端上饭菜，吃饱之后准备出发，老板抓着他的衣服不让他走，茅焦撕破衣服，义无反顾地向王宫走去。和茅焦住在同一个旅店的人认为他必死无疑，就一起瓜分了他的行李。

到了宫门，茅焦伏在尸体上大声疾呼："臣是齐国来的茅焦，想要进谏大王。"秦王让内侍出来问他："客人想要进谏什么事？该不会是为太后之事进谏的吧？"茅焦说："我就是为这件事而来的。"内侍进去禀报秦王："那个客人果然是为太后来进谏的。"秦王说："你去让他看看那些尸体，告诉他为了太后进谏是什么下场。"内侍出来对茅焦说："门前的这些尸体，都是那些进谏的人的，你怎么就这么不怕死呢？"茅焦说："我听说天上有二十八宿，转生到人间之后都是正人君子。现在已经死了二十七个了，应该还差一个，我这次来进谏，就是为了凑齐二十八宿。古往今来的圣贤有哪个不死的？我又有什么好害怕的？"内侍回报秦王，秦王大怒道："这个人太狂妄了！他这是故意违抗我的禁令！"他回头告诉旁边的侍卫："在院子里把锅给我架起来烧水，我要把他给活煮了！看他还怎么去凑齐二十八宿！"安排好之后秦王按剑坐了下来，双眉倒竖，口里吐着唾液，一副怒不可遏的样子，连声喊道："把那个狂妄之人扔进去煮死！"

内侍就去喊茅焦进宫，他进去的时候故意迈着小碎步，不肯快走。内侍催他走快一点，茅焦说："我只要见到大王就会被他给杀了，让我走慢一点儿不好吗？"内侍可怜他，就搀着他走。茅焦到了台阶下面就跪下给秦王磕头，说："臣听说活着的人不忌讳自己会死，国君也不会忌讳自己的国家会灭亡。忌讳自己会死的人，也不会长生不老；忌讳国家灭亡的国君，也无法让国家会永存于世。关于生死存亡的这些道理，英明的君主都会用心研究，臣不清楚大王是否愿意听？"秦王的脸色好看了一点，问他："你有什么看法就先说说吧。"茅焦说："忠心的臣子不会说那些阿谀奉承的话，英明的君主不会做那些不符合常情的行为。君主有了不符合常情的行为，而臣子不进行劝谏，那是臣子对不起君主；臣子说了忠心的话，而君主不去采纳，那是君主对不起臣子。现在大王就做了违背天理人伦的事情，大王自己却不知道；贵国的大臣说出了逆耳的忠言，而大王却又不想听。臣担心秦国从此之后就会有危险了！"秦王听后好像在担心什么，脸色更平和了，好久之后才开口："您想要说什么？寡人愿意听听。"茅焦说："大王现在的目标是统一天下吧？"秦王说："对。"茅焦接着说道："现在天下之所以尊重秦国，并不仅仅是因为秦国军力强横，更多因为大王是雄才大略的君主，秦国的朝堂上都是忠义之士。如今大王车裂假父，这就有了不仁爱的内心；杀死了自己两个同母异父的弟弟，这就有了不友爱的名声；将自己的母亲打入冷宫，这就有了不孝顺的恶行；诛杀进谏的臣子，将他们暴尸宫前，这就有了夏桀、商纣王一样的残暴统治。想要统一天下，却又做出这样的事，又怎么能够让天下的人信服？从前，舜帝能够遵守孝道，奉养冥顽不灵的后母，这才让他从一个普通人走向帝王；夏桀杀了关龙逄、商纣王杀了比干，结果所有的人都反对他们，最终身死国灭。臣知道进谏之后必死无疑，只是担心臣死之后，再也没有人愿意继承我们这二十八个人的遗志，没有人继续向大王进谏。此后的秦国民怨沸腾，忠臣谋士不发一言，朝里朝外离心离德，各路诸侯纷纷反叛。可惜呀，大秦的帝业就此功败垂成，而大王就是始作俑者！臣已经说完了，这就去把自己给煮了！"

说完茅焦站了起来，脱下衣服向锅的方向跑去。秦王急忙让人拉住了他，自己也走了下来，左手拉着茅焦，右手示意那些侍卫，说："将锅撤掉！"茅焦说："大王已经贴出告示不准人进谏，如果不把我煮了，大王以后就没有信用可言了。"秦王又赶紧让人去把告示去掉，这才让内侍帮茅焦把衣服穿上，请他坐下后道歉说："以前那些进谏的人，只知道数落寡人的罪过，从来都没有人跟寡人说清楚其中的利害关系。幸好上天让先生来了，这才让寡人茅塞顿开，寡人哪里敢不听从先生的意见！"茅焦又给秦王施礼，说："既然大王采纳了臣的意见，那就请大王尽快准备车驾去迎接太后。另外，宫门外面的那些尸体都是忠臣的遗骸，还希望大王能够将他们收殓埋葬。"秦王马上让人收殓了那二十七具尸体，用棺椁盛殓之后合葬到了龙首山，墓碑上刻着"会忠墓"。

就在茅焦进谏的那一天，迎接太后的车驾就出发了。秦王也亲自去接自己的母亲，还让茅焦为他赶车。后世有人写诗赞叹茅焦不惧生死进谏秦王，最终成为千古流传的美谈，诗是这样写的：

二十七人尸累累，解衣趋镬有茅焦。

命中不死终须活，落得忠名万古标。

车驾还没到械阳宫，秦王派人提前去通知太后。入宫之后，秦王更是跪着往前走，见了太后之后磕着头痛哭失声，太后也泪流不止。等情绪平复之后，秦王又让茅焦上前，指着他说："这就是我的'颍考叔'。"当天晚上，秦王休息在械阳宫。

第二天，秦王请太后上车走在前面，他乘车跟在后面。不计其数的车辆和骑兵簇拥着太后一路东行，路两边都是围观秦王和太后车驾的人山人海，所有的人都在称赞秦王知错能改、孝感天地。

回到咸阳后，秦王在甘泉宫中设家宴，母子二人前嫌尽去欢聚一堂。太后还另外设宴请茅焦吃酒，向他道谢说："我们母子能够重归于好，都是先生的功劳啊。"秦王拜茅焦为太傅，封爵位为上卿。他担心吕不韦和太后旧情复燃，就让他离开咸阳，到自己的封地居住。

各国诸侯听说吕不韦要回封地，纷纷派遣使者向他问安，争抢着让他去做本国的相国。秦王担心吕不韦到其他国家后对秦国造成危害，就给吕不韦写了一封信，大概内容是：

你对秦国有什么贡献，让你可以获得十万户的封地？你是秦王的什么亲人，竟然敢号称'尚父'？秦国对你已经仁至义尽了！嫪毐谋逆，其根源就在于你，寡人不忍杀你，让你回封地养老，可是你不但不知道反思自己的错误，反而和各国勾结，这可不是寡人饶恕你的用意！你们一家人都迁到蜀郡去吧，寡人把郫县赐给你安享晚年！

吕不韦看完信后大怒，说："当初我不惜倾家荡产，这才让先王做了国君，谁有我的功劳大？太后从前侍奉我才怀孕的，秦王就是我的儿子，谁有我和秦王亲？大王也太对不起我了！"过了一会儿，吕不韦又叹了一口气，说："我一个商人的儿子，暗中谋算人家的国家，奸淫人家的妻子，杀死人家的国君，断绝人家的祭祀，上天怎么会宽容我这样的人啊？我到今天才死，就已经是死晚了！"说完他将毒药放进酒里，服毒自杀了。吕不韦家里有不少受过他恩惠的门客，他们商议之后将他的尸体偷了出来，用车拉到北邙山和他的妻子合葬在一起。现在北邙道的西边还有一堆封土，当地人都叫它"吕母塚"，其实这里就是吕不韦的坟墓，只是他的门客为了保密，故意用了另外的名字。

秦王听说吕不韦自杀了，让人去将他的尸体带到咸阳，然而一直没有找到，秦王一怒之下就将吕不韦所有的门客都赶走了。同时下令驱逐在秦国游历的六国人，已经做了秦国官员的要削官罢职，限令三天之内离境，凡是收留这些人的要一起治罪。

在这些被驱逐的人中，有一个叫李斯的。李斯是楚国上蔡人，著名大儒荀卿的学生，学问渊博，在之前游历秦国的时候在吕不韦门下担任舍人。吕不韦欣赏他的才华，在吕不韦的推荐下被秦王拜为客卿。逐客令下达之后，他也在被驱逐的范围内，被赶到了咸阳城外。在回赵国途中，李斯写了一封奏章，谎称是机密要事，让驿站送给秦王。大致内容是：

臣听说："泰山不摈弃土壤，所以才能够高大；河海不舍弃小溪，所以才能够深广；君王不抛弃众多百姓，所以才能够成就他的德行。"当初秦穆公称霸的时候，繇余来自于西方的戎，百里奚来自于东方的宛，蹇叔是宋国人，丕豹、公孙支是晋国人。秦孝公起用了卫国的商鞅，这才制定出了秦国的各项法律；秦惠王起用了魏国的张仪，六国的合纵这才烟消云散；秦昭王起用了范雎，这才有了远交近攻兼并天下的战略。这四位国君都是在客卿的帮助下才成就了丰功伟业，客卿又有哪里对不起秦国的地方呢？如果大王一定要把所有的客卿逐走，那么这些人都会投奔到秦国的敌人那里，再想让他们为秦国出谋献策，根本就是不可能的事。

秦王看后如梦初醒，立刻下令废除逐客令，让人驱车去追赶李斯，一直到骊山脚下才赶上。李斯回到咸阳后，秦王让他官复原职，还是像原来一样信任他。

李斯趁着这个机会劝说秦王："当初秦穆公称霸的时候，诸侯国还有很多，周天子的威望还在，所以无法吞并那些国家。自秦孝公之后，周天子的威望越来越低，各国诸侯互相吞并，目前仅剩下六个国家；而秦国像指挥仆役和下属一样去指挥六国，也不是一代两代了。以秦国的强大和大王的贤明，扫荡六国就像掸去灶台上的灰尘一样容易。如果不趁这个千载难逢的时机积极地成就大业，等到各国复兴，再次合纵对抗秦国，后悔也没有用了！"秦王问："寡人要是吞并六国的话，应该怎么做？"李斯说："韩国离秦国最近也最弱，臣的想法是先攻打韩国，对其他国家杀鸡儆猴。"秦王就按着李斯的建议，拜内史腾为大将，率军十万攻打韩国。

这时韩桓惠王已经去世了，世子韩安继位。韩桓惠王还有一个儿子叫韩非，擅长刑名法律，他见韩国日益衰弱，几次上书韩王安自荐，然而韩王一直不肯启用他。到内史腾攻打韩国的时候，韩王安害怕了，而韩非认为自己很有才能，就想在秦国获得重用，他向韩王安要求让他出使秦国，请求秦国撤军。韩王安答应了他的请求。

到咸阳之后，韩非告诉秦王，韩国愿意交出所有的领土，只求成为秦国在东方的一个属国。秦王听后非常高兴，韩非趁机说："臣有一计，可以防止东方诸国合纵，让秦国一统天下。大王要是采用了臣的计划，如果赵国不降，韩国不灭亡，楚、魏不称臣，齐、燕不归附，我甘愿让大王砍掉臣的头颅，来警示那些为臣不忠的人。"随后他献上了他所撰写的《说难》《孤愤》《五蠹》《说林》等著作，一共有五十多万字。秦王读后觉得韩非写的很好，打算拜他为客卿，以便共商国是。

李斯嫉妒韩非的才华，担心他上台后会衬托出自己的无能，就在秦王面前中伤韩非："作为一国诸侯的儿子，他们亲近的是自己的亲人，哪里会甘心为敌人出谋划策？如今秦国正在攻打韩国，韩王这么着急地把韩非送到秦国，我们怎么确定他不是像苏秦那样来施行反间计的？我们不能相信韩非这个人！"秦王说："那把他赶走可以吧？"李斯说："昔日魏国的信陵君魏无忌、赵国的平原君赵胜都曾来过秦国，秦国没有任用他们，反而让他们回去了，结果给秦国造成了很大的伤害。韩非这个人有大才，最好是杀了他，以剪除韩王的羽翼。"于是秦王把韩非抓了起来，囚禁在云阳的监狱。就在要杀掉韩非的时候，韩非问："我犯了什么罪？"看守说："一个朝堂，容不下两位大才。现在这个社会，有才能的人要么起用，要么杀掉，哪里需要罪名呢？"韩非听后，心情激荡地写诗说：

《说》果难，《愤》何已？《五蠹》未除，《说林》何取！膏以香消，麝以脐死。

当天夜里，韩非就解下帽子上的帽带，勒住咽喉自杀了。韩王安听说韩非死了，更加害怕，就上表举国归附，向秦国俯首称臣，秦王这才让内史腾撤军。

有一天，秦王和李斯商议国事，夸赞说韩非是一个难得的人才，可惜已经死了。李斯说："臣为大王举荐一个人。这个人叫尉缭，魏国大梁人，精通兵法，才华胜过韩非十倍。"秦王问："这个人目前在哪里？"李斯说："就在咸阳。不过这个人很自负，不能用对待臣子的礼节对待他。"秦王说："这不是问题。"随后他命人用接待贵宾的礼节去请尉缭。

见到秦王之后，尉缭只是大大地作了一个揖，却没有跪下磕头，而秦王也毫不在意，还礼之后请他上坐，还称他为先生。尉缭见秦王很尊重自己，就说道："列国对于秦国来说，就如同分散在各处的郡县一样，分开之后每一个国家都不堪一击，但是如果六国进行合纵就难以对付了。例如三晋联手，智伯就身死族灭；五国联合，齐湣王只能狼狈出逃。所以大王一定要注意不能让列国合纵。"秦王问："如果想要列国无法合纵，保持一盘散沙的状态，先生认为应该怎么做呢？"尉缭告诉他："现在的东方各国，权力都掌握在那些权臣手里。权臣们哪里会为国家尽职尽责？只不过是为了让自己多增加一些家产罢了！我建议大王不要心疼钱财这些身外之物，用重金贿赂那些权臣，让他们决定国家事务的时候尽量做出对秦国有利的决定。我估计只需要三十万金，就可以把六国拿下了！"

秦王很高兴，把尉缭当成尊贵的客人，相处时采用平等的礼节，提供给尉缭的饮食衣服全都和自己一个规格，还经常到尉缭居住的馆驿造访，态度恭敬地请教问题。然而尉缭还是不满意，他说："我仔细地观察过秦王这个人，他鼻子高、眼睛长，胸部像鹞鹰，声音像豺狼，虎狼之性，刻薄寡恩，用人的时候可以礼贤下士，用不到的时候便会弃之如敝履。如今他还没有一统天下，所以才会不惜自降身份对我这个老百姓卑躬屈膝，要是他的愿望实现了，天下的人都会成为他的鱼肉！"于是一天晚上，尉缭没有打招呼就走了，管理馆驿的人急忙报告了秦王。秦王知道，如果让尉缭走了，等于失去了统一六国最有力的助手，所以马上派出马车四处寻找。把尉缭追回来后，秦王对尉缭发誓永远都不会忘掉他，还拜尉缭为太尉，主管秦国军事方面的一切事务。尉缭的那些学生也都成为了秦国的大臣。此后秦王就开始了贿赂六国的计划，从国库中取出很多钱财，向六国派出了很多使者，只要是国君的宠臣或者位高权重者，就会用大把的金钱贿赂他们，从而获得了很多情报。

接下来秦王又向尉缭请教兼并六国的顺序。尉缭说："韩国的实力最弱，容易打，所以第一个目标就是它；其次就是赵国和魏国；等三晋灭亡之后，就可以去攻打楚国了；楚国都没有了，燕国和齐国还能跑到哪里去？"秦王说："韩国现在已经是我们的藩属国了，而且寡人和赵王在咸阳宫中把酒言欢，没有借口攻打他们，怎么办？"尉缭说："赵国疆域大，军队的战斗力也高，而且有韩国和魏国的帮助，无法一举消灭。韩国归附了秦国，也就使赵国失去了一半的外援。大王如果担心攻打赵国没有借口，臣建议先攻打魏国，赵王有一个宠臣叫郭开，这个人贪得无厌，臣可以派臣的学生王敖去游说魏王，让魏王贿赂郭开，通过郭开请求赵王出兵救援魏国。有了郭开的支持，赵王必定会出兵；只要赵国出兵了，我们就有了攻打赵国的借口。"秦王说："好！"于是就命令大将桓齮领兵十万东出函谷关，扬言要攻打魏国。又派尉缭的学生王敖去魏国，交给他黄金五万，让他随便用。

王敖到魏国后，对魏王说："三晋之所以能够对抗强大的秦国，就是因为这三个国家懂得唇亡齿寒的道理，能够互相支援。现在韩国已经成为秦国的藩属国，赵王也亲自到咸阳和秦王把酒言欢，韩国、赵国接连投奔秦国后，只要遇到秦国的攻打，魏国就岌岌可危。大王为什么不把邺郡割让给赵国，以此请赵王出兵救援魏国呢？如果赵国派出军队去邺郡驻守，那就是赵国在为魏国防守边境了。"魏王问："先生觉得赵王会这样做吗？"王敖骗他说："赵国现在主持政务的人是郭开，臣和他是老朋友了，当然能够让赵王派兵。"魏王相信了王敖的话，就将邺郡三座城池的交割文书和国书交给王敖，让他去赵国求援。

到了邯郸后，王敖先用黄金三千结交郭开，然后告诉他魏国打算用邺郡换取赵国出兵救援。郭开收了魏国的钱，自然也替魏国办事，他进宫告诉赵王："秦国攻打魏国是为了吞并魏国，魏国要是灭亡了，秦国的下一个目标就是赵国。现在魏国又将邺郡送给我们，大王最好还是出兵吧。"于是赵王让扈辄率领五万人去接收邺郡的那三座城池。

秦王等到这个消息后，立刻命令桓齮去攻打邺城；扈辄守土有责，自然也要出兵抵御秦军的入侵。秦军和赵军在东崦山展开激战，最后赵军兵败，桓齮乘胜追击，在攻克邺城之后又攻下了赵国九座城池。

扈辄率残军退守宜安后，派出信使向赵王告急。赵王急忙召集群臣商议，大家都说："过去只有廉颇能抵挡秦军，庞家、乐家也算是名将。只是现在庞煖已经去世，乐家也没有什么出色的人才，只有廉颇客居魏国，为什么不把廉颇召回来呢？"郭开以前和廉颇有仇，担心廉颇回国后再次被重用，就在赵王面前中伤廉颇："廉将军已经快七十岁了，年老不以筋骨为能；何况他之前和乐乘有嫌隙，如果把他召回来却不重用，就会让他对赵国更加怨恨。大王不如先让人去看看他的身体情况，如果仍然能够提刀上马，再召他回来也不晚。"

在郭开的蛊惑下，赵王派内侍唐玖带着一副犀牛皮制作的铠甲和四匹骏马去慰问廉颇，借这个机会查看他的身体状况。在唐玖出发前，郭开秘密将他邀请到家里为他饯行，席间送给唐玖二十镒黄金。唐玖觉得这份礼太重，自己又没有为郭开做过什么，所以不敢收。郭开说："我有一件事要麻烦您，您收了这些金子我才敢说。"唐玖接过了金子，问："郭大人需要我为您做什么？"郭开说："您也知道，我和廉颇将军有矛盾。您这次去大梁，如果他已经老迈不堪就什么都不说了；要是他仍然能够出征，就请您回来在大王面前多说几句，让大王认为他年迈体衰，不召回他就可以了。我一定领您的情！"唐玖答应了郭开的要求。

到了大梁之后，唐玖就向廉颇转达了赵王对他的问候。廉颇问他："秦国的军队侵犯赵国了吧？"唐玖诧异地反问："将军是怎么知道的？"廉颇说："我在魏国住了几年了，赵王没给我写过一个字，现在忽然送给我名甲骏马，必然是需要我带兵出征了，所以我才有这个推测。"唐玖又问："将军不恨赵王吗？"廉颇说："我无时无刻不在思念重返故土，哪里会怨恨大王呢！"

说话间就到了饭点，廉颇留下唐玖一起吃饭，有意在他面前表现自己的武勇。廉颇狼吞虎咽地吃了一斗米的饭、十几斤肉。饭后又披上赵王送来的铠甲，走到战马前一跃而上，纵马奔驰了几圈后，又拿起长戟在马上做了几个厮杀动作，然后跳下马问唐玖："您看，我和年轻的时候差不多吧？麻烦您回去后替我在大王面前美言几句，就说我还想着为他奉献余生呢。"唐玖亲眼看到廉颇精神矍铄、身强体壮，当时连连答应，只是他已经收受了郭开的贿赂。

回到邯郸后，唐玖对赵王说："廉颇将军虽然上了年纪，但是饭量很好，也能吃肉。

不过可能是脾胃不好,和臣说话的时候,不一会儿就大便了三次。"赵王叹息道:"战斗的时候哪有时间去大便啊!廉颇果然老了啊!"于是赵王决定不召回廉颇,只是派了更多的援军给扈辄。唐玖探视廉颇这件事发生在赵悼襄王九年,也是秦王政十一年。

后来楚王知道了廉颇在魏国,派人请他去楚国。廉颇到了楚国后,因为楚国的兵力不如赵国,最终郁郁不得志而死。后世有人作诗对郭开只顾私利不讲大义,在赵王面前中伤廉颇的行为进行了辛辣的讽刺挖苦:

老成名将说廉颇,遗矢谗言奈若何?

请看吴亡宰嚭死,郭开何事取金多!

唐玖去探视廉颇的时候,王敖还在赵国,他问郭开:"您就不担心赵国灭亡吗?为什么不劝赵王召回廉颇呢?"郭开说:"赵国存在还是灭亡那是国家的事,可是廉颇是我个人的仇人,怎么能让他回来呢?"王敖从郭开的话得出了结论:这是个自私自利的人,没有一点儿为国为民的情操,就又试探他:"万一要是赵国没有了,您打算怎么办?"郭开说:"要么去齐国,要么去楚国,哪里还找不到一个安身之地。"王敖说:"秦国的目标是并吞天下,齐国和楚国的下场不会和赵国、魏国有任何区别。我要是您的话,就会投奔秦国。秦王心胸开阔、礼贤下士,什么人都能够包容。"郭开说:"先生是魏国人,怎么这么了解秦王呢?"王敖说:"我的老师尉缭子现在是秦国的太尉,我也是秦国的大臣。秦王知道您把持着赵国的权力,所以让我来和您交好。之前送给您的黄金,其实就是秦王给的。赵国灭亡后,如果您来秦国的话,必定会封您为上卿。赵国的这些良田大宅,您想要哪里就给您哪里,想要多少就给您多少。"郭开高兴地说:"如果先生能将我引荐给秦王,那么秦国有什么要求我都会尽力去满足。"于是王敖又给了郭开七千镒黄金,告诉他说:"我临走的时候,秦王给了我一万镒黄金,为的就是结交赵国的文臣武将。现在我全部都交给您了,以后有事再来找您。"郭开大喜,说:"我收了秦王这么多黄金,如果不为他尽心尽力地办事,那就称不上人了。"

回到咸阳后,王敖将剩下的黄金还给了秦王,说:"臣用一万镒黄金拿下了郭开,用一个郭开拿下了赵国。"秦王得知赵国不会起用廉颇后,就催促桓齮进军赵国。赵悼襄王既忧愁又害怕,一病不起就此离开了人间。

赵悼襄王原来的嫡子叫赵嘉。赵国有一个唱歌跳舞都很出色的妓女,赵悼襄王很喜欢她,就把她留到了宫里。后来这个妓女为赵王生了一个儿子,名叫赵迁。赵王因为喜欢这个妓女,爱屋及乌之下也很喜欢赵迁,于是废黜了嫡子赵嘉,立赵迁为世子,让郭开做了赵迁的太傅。赵迁不喜欢学习,郭开用那些声色犬马的事情去引诱他,所以两个人的关系处得很好。赵悼襄王去世后,郭开扶持赵迁继位为赵王,史称赵王迁。赵王迁封给他的哥哥赵嘉三百户,但是将他留在都城,不让他回封地,封郭开为相国，主持政务。

在赵国国丧期间，桓齮在宜安大破赵军，阵斩扈辄，斩首十万多人，随后又进逼邯郸。赵王在做世子的时候，就已经知道代郡太守李牧在军事方面很有才能，他让人带着大将军印快马到代郡征召李牧。

在此之前，李牧在代郡已经有战车一千五百乘、铁骑一万三千骑、精锐的步兵五万多人。接到赵王的命令后，李牧留下三百乘战车、三千骑兵、一万步兵防守代郡，剩下的都带走了。到了邯郸之后，李牧将军队全部安置在城外，自己一个人进城去拜见赵王。赵王问他如何击退秦军，李牧说："秦军之前连战连捷，正是士气旺盛、斗志昂扬的时候，想要打败他们是很不容易的。希望大王能够给予我便宜行事的权力，没有了那些条条框框的约束，我才敢保证打败秦军。"赵王又问："代郡的兵马能够完成作战任务吗？"李牧说："用于进攻还有所不足，用于防守绰绰有余。"赵王想了想说："如果尽起全国的兵力，还能够凑齐十万人。寡人让赵葱、颜聚各带五万人，听从你的指挥。"

李牧接受赵王的命令后，出城率军到了肥累，在这里设置了坚固的防御壁垒。他命令部队坚守在大营里，坚决不能出去，每天都杀牛宰羊犒赏三军，让士兵分队进行射箭比赛。军中的士兵天天都有赏赐，纷纷要求出去和秦军作战，但是始终都没有获得李牧的允许。

桓齮对这种对峙的局面也一筹莫展，说："当初廉颇就是用这种方法对付王龁的，现在李牧也学会这一套了。"为了打破僵局，桓齮分出一半的兵力，亲自带着去袭击甘泉城。赵葱要求去救援甘泉，李牧说："敌人攻打哪里我们就去救援哪里，那就是敌人主动我们被动，这是兵家大忌。他们去攻打甘泉，大营中的兵力就少了，而且我们从来都不出战，他们必然防备松懈。我们不如去攻打秦军的大营，一旦攻破就会严重打击桓齮的士气！"

李牧分兵三路，在夜间偷袭秦军的大营。秦军想不到赵军会突然杀过来，猝不及防下造成了溃败，被杀死的有名将领十几个，士卒的数量根本无法统计。秦国的败兵逃到甘泉后，将李牧夜袭大营、秦军大败的消息报告给桓齮。桓齮大怒，立刻率领全军攻击出营的赵军。李牧在两翼安排军队埋伏起来，亲自带领代郡的兵马直扑秦军。就在秦军投入全部兵力后，赵军在两翼埋伏的军队杀入了战场，秦军在三面夹击之下再次大败，桓齮率剩余军队逃回了咸阳。

战后，赵王认为李牧大败秦军有功，说："李牧就是我的白起啊！"给了李牧武安君的封号，赐食邑一万户。而在秦国，桓齮因为兵败被削去所有的官职和爵位，成了一个平民。随后秦王又派大将王翦、杨端和二人，兵分两路再次攻打赵国。

第一百六回
王敖反间杀李牧　田光刎颈荐荆轲

赵王迁继位后的第五年，代郡的中部发生了大地震，大部分建筑被摧毁，大地被震出了一个一百三十步长的裂缝，邯郸旱情严重。民间的小孩子到处传唱：

秦国人在欢笑，赵国人在哭嚎；

要是不相信，地上长白毛。

到了第二年，地上果然长出了白毛，有一尺多长。郭开将这件事隐瞒了下来，不让赵王知道。

秦王政十七年，秦国大举进攻赵国：王翦向太原方向攻击，杨端和向常山方向攻击，又派内史腾领兵十万驻扎在上党地区，作为王翦和杨端和的后援。

这时燕丹还在秦国做人质，他心里十分清楚，秦国灭亡赵国之后，下一个目标必然是燕国。于是他暗中派人给燕王送信，让燕王做好战争准备，又让燕王谎称有病，派人到秦国请世子回国。燕王按照燕丹的计划派人到了咸阳，但是秦王拒绝了他的要求，对使者说："只要燕王没有去世，燕丹就不能回去。想要让他回去，除非黑发变白、马头长角才行。"燕丹知道后仰天长啸，胸中的怨气直冲云霄，满头乌发瞬间变白。燕丹换了衣服，毁去容貌，假扮成别人的奴仆混出函谷关，日夜不停赶回了燕国。现在真定府定州的南面有一座闻鸡台，据说就是当年燕丹逃离秦国的时候，听到鸡叫就起身赶路的地方。当时秦王正急于攻打赵国和魏国，没有时间也没有精力处理燕丹逃跑这件事。

赵国的李牧将大军驻扎在灰泉山和秦军对峙，大营连绵好几里地，秦国的两路兵马都不敢前进。秦王听说后，又把王敖派到了王翦的军中。王敖对王翦说："李牧是北方名将，想要战胜他很不容易。将军暂且与他讲和，但是不要答应他什么，只要保持使者往来就可以了，为我执行其他计划提供方便。"王翦就按着他的建议，到赵国的军营中与李牧讲和，李牧也派人到他这里通好。

王敖随后去了邯郸，找到郭开说："李牧已经与秦国私下里讲和了，秦国答应灭亡赵国之后让他在代郡称王。如果你将这件事告诉赵王，让他把李牧换掉，我会告诉秦王你立了大功。"郭开已经有了异心，就将王敖说的转告了赵王。赵王暗中派人去调查，果然发现李牧和王翦有联系。于是赵王就认为郭开说的是真的，他问郭开该怎么处理李牧，郭开说："赵葱和颜聚现在都在那里，如果大王派人带着虎符到军中，即刻拜赵葱为大将统领全军，告诉李牧让他回来担任相国，李牧必定不会怀疑。"赵王认为这个计划可行，就派司马尚带着虎符去撤换掉李牧。

到达灰泉山大营后，司马尚宣布了赵王的命令。李牧说："现在正值两军交战的时期，国家的安危都在主将身上。虽然有大王的命令，我也不会接受！"司马尚私下里告诉李牧："郭开在大王面前诬陷你想要谋反，大王相信他的话，所以才让你回去。说是让你回去担任相国，其实是骗你的。"李牧生气地说："郭开以前就中伤过廉颇，现在又来诬陷我。我现在就带兵返回邯郸清君侧，杀了这个小人再回来抵御秦军。"司马尚说："你带兵进了邯郸，知道内情的认为你一心为国，不知道内情的会认为你确实反叛了，也正好给了那些奸佞小人借口。以你的才能，到哪里不能取得功名？何必一定要留在赵国呢？"李牧叹息道："我曾经感慨乐毅、廉颇不肯一直留在赵国为将，没想到现在我也到了这个地步！"又说："赵葱没有做大将的能力，我不会将大印交给他的。"当天夜里，李牧将大印挂在军帐中，自己换上便衣逃向魏国。

赵葱感激郭开举荐他的恩德，又恼恨李牧不肯将大印给他，便派人去追捕李牧。后来在一个旅店中发现了李牧，正好他喝醉了还没有醒酒，几个人就把李牧绑了起来，将他的头砍掉交给了赵葱。可怜一代名将李牧，最终丧生在奸臣郭开的谗言之下！后人有诗感叹赵王迁听信谗言自毁长城：

却秦守代著威名，大厦全凭一木撑。
何事郭开贪外市，致令一旦坏长城！

司马尚因为向李牧泄露了内情，不敢回去复命，就悄悄地将妻儿老小接了出来，带着他们逃亡到了海上。

秦国的士兵听说李牧被冤杀，纷纷喝酒庆祝，王翦、杨端和两路兵马约定好日期齐头并进。赵葱闻讯后，打算分兵救援太原和常山。颜聚说："我军刚换了主将，军心尚未安定，合兵一处还可以坚守，如果分兵很容易被秦军各个击破。"颜聚的话还没有说完，就收到了报告："秦军正在猛烈地攻打狼孟〔今山西阳曲县〕，旦夕之间就会失守！"赵葱说："一旦狼孟被秦军攻破，他们就能长驱直入到井陉关，王翦、杨端和就可以夹击常山，要是常山也丢了，邯郸在北方就没有了屏障。看来必须要去救援狼孟了！"随后也不顾颜聚的劝谏，直接命令全军拔营去救援狼孟。

王翦打探清楚赵军的行军路线后，在一个山谷里预先布置了伏兵，又让人在山头上观察赵军的行动，等赵军过了一半后，他一声令下伏兵四起，将赵军截成了两段，首尾无法相顾，紧接着秦国的军队就如同排江倒海一般杀了过来。赵军大败，赵葱被王翦杀死，颜聚收拢败军后逃到了邯郸。秦军随后攻克了狼孟，过井陉关后王翦一路南下，攻克了邯郸周边的城池；杨端和在攻下常山周围的城池后也进逼邯郸。

秦王嬴政听说王翦、杨端和已经打到邯郸城下后，命令内史腾离开上党，带兵去韩国接收土地。韩王安吓坏了，献出全部的土地，到咸阳做了秦王的臣子。韩国灭亡于韩王安九年、秦王政十七年。

韩国的始祖是韩武子姬万，他从晋国国君那里获得了封地，这才有了韩氏。三代之后传到韩献子韩厥，开始进入晋国的权力中枢。韩厥之后传了三代到韩康子韩虎，联合赵氏、魏氏灭掉了智氏。到了韩景侯韩虔的时候，韩国正式成为诸侯。韩虔之后传了六代到韩宣惠王韩康，韩国开始称王。又传了四代到韩王安，韩国被并入秦国。从韩虎六年到韩宣惠王九年，这八十年里韩国的国君称侯；从韩宣惠王十年到韩王安九年，这九十四年里韩国的国君称王。韩国灭亡后，东方六国就剩下了五国。后世有人用这样一首诗简单概括了韩国的历史：

万封韩原，贤裔惟厥；
计全赵孤，阴功不泄。
始偶六卿，终分三穴；
纵约不守，稽首秦阙。
韩非虽使，无救亡灭！

秦军包围邯郸后，颜聚率领剩余的全部赵军坚守不出。赵王迁恐惧万分，想要派使者到邻国求援。郭开说："韩王已经成为秦国的臣子，燕国、魏国自顾不暇，哪里有能力来救我们？按照臣的看法，我们无力抵御秦军的攻击，不如举国投降吧，这样大王还能够成为秦王属下的一个诸侯。"听了郭开的话，赵王迁打算投降，可是赵嘉趴在地上痛哭说："先王将江山社稷传给大王，大王怎么能够抛弃呢？臣愿意和颜聚一起拼死守住都城，即使邯郸丢了，代郡还有几百里土地可以建国，为什么要去做人家的俘虏呢？"郭开说："一旦城破，大王就被秦国人俘虏了，哪里还有机会去代郡！"赵嘉拔出剑指着郭开骂道："你这个败坏国家的逸佞小人，还敢在这里胡言乱语，我一定要杀了你！"说完就要去杀郭开，在赵王迁的劝阻下，赵嘉这才罢休。赵王迁回到后宫后，什么办法也没有，只是借酒浇愁罢了。

郭开想要为秦军打开城门，怎奈在赵嘉带着他的族人和门客的帮助下，颜聚将邯郸把守得连鸟都飞不出去，无法和秦国人取得联系。当时赵国连续几年发生灾荒，城外的百姓都逃走了，秦国的军队在野外无法抢到粮食，补给非常艰难，而城中的粮食却堆积如山，完全不用为吃饭的问题发愁。于是王翦和杨端和商量，暂时退兵五十里，以缩短粮道。城中见秦军后撤，警戒的等级就下调了，每天会开一次城门让居民出入。郭开利用这个机会派心腹给秦军送去了一封密信，信中说："我早就有了献城的想法，只是一直没有机会实施。如今赵王早已胆寒，如果秦王能到邯郸来，我会劝赵迁自缚出降。"王翦收到信后，立刻派人飞马汇报给秦王。

秦王对此也很重视，在大将李信的保护下，亲自带着三万精兵经太原来到邯郸。听说秦王来了，秦军士气大振，重新包围了邯郸，日夜不停地攻打。城墙上的赵军发现秦军中最大的那面旗帜上写着"秦王"二字，知道这是秦王御驾亲征，飞速报告了赵王，这个消息让赵王更加害怕了。郭开说："秦王亲自到了这里，意味着秦军不攻破邯郸就不会收兵。赵嘉、颜聚之流不足以相信，大王必须要自己做出决断了！"赵王问他："寡人也想投降，可是我担心秦王会杀了我，怎么办？"郭开说："秦王没有杀韩王，又怎么会杀大王呢？如果大王带着和氏璧和邯郸的地图出降，秦王必定会很高兴。"赵王说："既然爱卿觉得可行，就去写降书吧。"郭开写好降书后，又对赵王迁说："虽然降书写好了，但是赵嘉肯定会阻拦大王投降的。臣听说秦军的大营在西门外面，大王以巡查城防为借口，到西门之后直接开门投降，还用发愁秦王不受降吗？"赵王迁本来就是一个昏庸无能的人，郭开说什么他就听什么，在这种决定生死的危机关头，就更没有主见了，一切都由郭开安排。

颜聚在北门检查防务的时候，得到了赵王出西门向秦王投降的消息，大吃一惊。接着赵嘉也飞马赶到了北门，说："城墙上的守军已经按照大王的命令挂上投降的旗帜了，秦军马上就会进城！"颜聚说："我拼死守住北门，公子赶紧把王族里的人集合起来，尽快赶到这里，我们一起去代郡后再做打算。"赵嘉按照颜聚说的收拢了几百个族人，和颜聚一起出北门连夜逃向代郡。到了之后，颜聚劝赵嘉自立为代王，以号令剩余的赵国官员和将士。赵嘉公开表彰了李牧的功劳，恢复他的官职爵位，还亲自祭奠了他的灵位；又派人到东边联合燕国，屯兵在上谷防备秦军入侵。至此，代国算是稳定了下来。

秦王接受赵王迁投降之后，带领秦军直接进了邯郸，占据了赵王的王宫，赵王以臣子的礼节拜见秦王，秦王踞坐在上首看着他行礼，赵国的旧臣看到后很多都流下了眼泪。第二天，秦王把玩着和氏璧笑着对大臣们说："这就是当初先王用十五座城池都没有换来的东西！"随后秦王下令，将原来赵国的疆域改为巨鹿郡，设太守进行管理；将赵王迁安置在房陵；封郭开为上卿。此时赵王才知道郭开卖国求荣，叹道："要是李牧还在的话，秦国人哪里能吃得上邯郸城里的粮食！"

房陵的西面有山洞，就像房子一样，赵王迁到后就住在里面。他听到附近有潺潺的流水声，就问左右是不是附近有溪流。有人告诉他："楚国境内有四条比较大的河流，分别是长江、汉水、沮水、漳水，这里是沮水的上游，出房山后汇入汉水。"赵王迁听后感觉更是凄凉，说："水是没有感情的东西，尚且能够自己到达汉水，寡人被囚禁在这个地方，离家千里之遥，哪里能够回到故乡啊！"于是作了一首《山水之讴》：

房山为官兮，洰水为浆；不闻调琴奏瑟兮，惟闻流水之汤汤！水之无情兮，犹能自致于汉江；嗟余万乘之主兮，徒梦怀乎故乡！夫谁使余及此兮？乃谗言之孔张！良臣淹没兮，社稷沦亡；余听不聪兮！敢怨秦王？

赵王迁一夜一夜地睡不着，每次一唱这首歌都会让旁边的人悲痛落泪，几年后终于一病不起。代王赵嘉听到他的死讯后，给他定谥号为"幽谬王"。后世有人作诗批评赵王迁，如果不宠信贪婪的郭开，也不会被灭国：

吴主丧邦繇佞嚭，赵王迁死为贪开。

若教贪佞能疏远，万岁金汤永不隤。

秦王班师回到咸阳后，命令军队进行休整，暂时不再发动兼并其他几国的战争。郭开积蓄的黄金很多，随秦王去咸阳的时候无法携带，就都埋到了邯郸家里的地下。在咸阳这边的事务处理完之后，他向秦王请假，说要回去将自己的家产运过来，秦王笑着准了他的假。郭开到邯郸之后，挖出来的黄金装了几车之多。也许是报应到了，郭开在回咸阳的路上遇到了强盗，人被杀了，黄金也被抢走了。有人说那些强盗是以前李牧的门客假扮的，但是真相无从得知。为了钱财出卖自己的国家，最后人财两空，这种人真是愚蠢啊！

燕丹逃回燕国后，恨秦王恨得咬牙切齿，于是散尽家财招揽门客，准备报复秦王嬴政。他听说夏扶、宋意都是勇士，就请到家里卑辞厚礼，刻意交好。有个叫秦舞阳的人，十三岁就敢在青天白日的闹市中杀死仇人，周围的人都不敢靠近他。燕丹知道后，赦免了秦舞阳的罪行，让他做了自己的门客。秦国原来的将领樊於期逃到燕国后，一直躲藏在深山老林里，这时听说世子招揽门客，就出山投奔了燕丹。燕丹将樊於期待为上宾，在易水的东岸修建了一座小城供他居住，起名为"樊馆"。

太傅鞠武劝燕丹说："秦国是虎狼之国，正想要蚕食各国诸侯，就是之前无仇无怨，还要找借口攻打呢。世子现在收留了秦王的仇人，不正好给他提供了攻打燕国的理由吗？这种自找麻烦的行为必然会给燕国带来大祸！我希望世子尽快将樊於期送到匈奴去，让秦王找不到借口。再和三晋、齐国、楚国、匈奴结成同盟，然后再慢慢施行您原来的计划。"燕丹说："太傅的这个计划需要的时间太长，我现在心急如焚，一会儿都安定不下来。况且樊於期将军在山穷水尽的时候来投奔我，和我也算是患难之交，我怎么能为了强秦将樊於期将军送到荒漠里去呢？让我死可以，这样做是不行的。希望太傅站在我的角度上再考虑一下。"鞠武说："想要以弱小的燕国对抗强大的秦国，那就像把羽毛放进火炉里，肯定会烧焦；拿着鸡蛋碰石头，肯定会碎掉。臣孤陋寡闻、见识短浅，无法为世子出谋划策。不过臣认识的人中有一个田光先生，他智谋深远、勇敢沉着，而且认识不少奇人异士。如果世子一定要向秦王复仇的话，我相信田光先生可以做到。"燕丹说："我不认识田光先生，麻烦太傅帮我先到他那里通报一下。"鞠武答应了，说："好的。"

向燕丹告辞后，鞠武立刻驾车去了田光家里，告诉他说："世子燕丹对先生非常敬慕，想到先生家里请教一些事情，请先生不要拒绝。"田光说："世子是贵人，哪里能让他纡尊降贵到我家来？既然世子不嫌弃我才疏学浅，想让我提供一些浅见，那就应该是我去世子那里，而不是偷懒等在家里。"鞠武说："既然先生愿意屈尊去世子那里，这是世子的荣幸。"随后二人同车去了燕丹的宫里。

燕丹听说田光到了，赶紧出宫到门前迎接，抓着马缰绳请田光下车，倒退着走在田光的前面引路，一路上不断地鞠躬致谢，进殿之后还亲自跪下来为田光擦席子。田光年纪大了，佝偻着腰走过去坐到了上座上，旁边的人都偷偷地笑他妄自尊大。燕丹挥手屏退了左右，离开席子问田光："就目前的形势来看，燕国和秦国绝对无法两全。听说先生智勇双全，能不能想出一条妙计，将燕国从迫在眉睫的危机中解救出来？"田光告诉他："臣听说骏马在壮年的时候，一天能够跑一千里，等到老了之后，连劣马都能跑到它的前面。现在鞠太傅只知道臣年轻时期的能力，没有考虑到臣已年迈，已经不再是当年的田光了。"燕丹说："我想先生的朋友里面，肯定也有像先生当年那样智勇双全、可以代替先生的人吧？"田光说："太难了！太难了！不过世子觉得您门下有多少可用的人？请让臣见识一下吧。"燕丹就把夏扶、宋意、秦舞阳都叫了过来，让他们拜见田光。田光仔细看了一遍，又一一问了他们的姓名后就让他们回去了，然后对燕丹说："臣认为世子的这些门客没有一个能用的。夏扶是血勇的人，一激动就脸色发红；宋意是个脉勇的人，一激动就脸色发青；秦舞阳是个骨勇的人，一激动就脸色发白。心中的情绪表现到脸上，别人就可以通过他的脸色察觉他的心情，这样还能办成什么事？臣认识的人里有一个人称荆卿的，是个神勇的人，喜怒不形于色，似乎比他们都要好一些。"燕丹问："这个荆卿叫什么名字？是哪里的人？"田光说："荆卿的名字叫荆轲，原来姓庆，是齐国大臣庆封的后代。庆封逃到吴国后在那里安家落户，楚国攻打吴国的时候庆封被杀，他的族人又逃到了卫国，所以荆轲算是卫国人。他曾经以剑术自荐于卫元君，可惜卫元君没有起用他。在秦国攻占魏国东部地区后，改濮阳为东郡，荆轲又逃到了燕国，并且改姓为'荆'，人们都称他为荆卿。荆轲喜欢喝酒，有一个叫高渐离的燕国人善于击筑，和荆轲的关系很好，两个人经常在集市上喝酒。喝到酒酣耳热的时候，高渐离就开始击筑，荆轲随着节拍唱歌，唱完后总是悲泣感叹，认为天下没有人知道自己的才能。荆轲这个人心思深沉、谋略出众，臣万万赶不上他。"燕丹说："我不认识荆轲，希望能通过先生结识他。"田光答应了，说："荆轲家境贫寒，臣经常资助他，他也愿意听臣的话。"燕丹将田光送出宫门，用自己的马车送他，还让内侍赶车。田光将要上车的时候，燕丹对他说："我和先生所说的话，都是国家的机密，希望先生不要泄露给他人。"田光笑了笑，说："不会的。"

田光上车后就直接去酒市上找荆轲。这时候荆轲和高渐离已经喝得半醉了，高渐离正在调整筑上的弦。田光听到筑声，下车直接闯了进去，嘴里还喊着："荆卿出来，我找你有事！"高渐离听说他们有事要谈，就带着筑避开了。荆轲出来和田光相见后，田光就将他邀请到了自己家里，然后对荆轲说："荆卿以前感叹没有知己，我觉得你说的不错。不过我已经老了，精力衰退、力量不足，没有能帮上知己的地方。可是荆卿正是年轻力壮的年纪，愿意为了知己尽展身上的本领吗？"荆轲说："当然愿意了，可惜一直都没有遇到这样的人。"田光说："世子燕丹折节下士，燕国的人没有不知道的。他不知道我已经不中用了，让我去参谋秦国和燕国之间的要事。我和你关系不错，也知道你的才能，就推荐你替我去做这件事。我希望你马上就去拜见世子。"荆轲说："只要是先生说的，我一定会听从。"田光想要激发起荆轲的斗志，摸着剑柄叹息道："我听说过这样一句话：'长者的行为不能让人家产生怀疑。'世子告诉了我国家的机密，却叮嘱我不要泄露出去，这是怀疑我无法保守秘密啊。我为什么帮了人家还要让人家怀疑我呢？我现在就自杀，以证明我绝对不会泄露秘密！希望你能早点报告给世子。"说完就拔出剑来自刎了。

看到田光以死明志，荆轲悲痛地流下了眼泪。就在这时，燕丹派人来了，一进田光家的大门就问："荆轲先生来了没有？"荆轲知道燕丹是诚心来请自己的，就坐上田光回来时乘坐的那辆马车去了世子的宫里。燕丹接待荆轲的礼节和接待田光的时候一样。二人相见之后，燕丹问荆轲："田光先生怎么没有一起来？"荆轲说："田光听了世子私下叮嘱他的话，想要用死来证明他不会说出去，已经拔剑自杀了！"燕丹拍着胸膛痛哭道："田光先生是因为我说的那句话才死的，他死得也太可惜了！"

燕丹哭了很长时间才停下来，请荆轲上坐后纳头便拜，荆轲急忙避开回礼。燕丹说："田光先生不认为我没有出息，让我见到了荆卿，这是上天赐给我的大幸！请荆卿一定要帮帮我！"荆轲问："世子最担心秦国的什么事？"燕丹说："秦国就像是老虎、豺狼一样贪得无厌，不占领天下所有的土地、使天下所有的国君臣服，是不会满足的。现在韩国已经灭亡，国土成为秦国的一个郡；王翦又率军攻破了赵国，俘虏了赵王。赵国灭亡之后，接下来必然就是燕国。这便是我寝不安席、食不甘味的原因。"荆轲问："那么世子的想法是什么？是兴兵与其一决胜负，还是有另外的计划？"燕丹说："燕国疆域狭小、兵力薄弱，在之前的几次战争中都失败了。现在赵国的公子赵嘉自立为代王，想要和燕国一起抵抗秦军。但是我觉得就算是聚集起全国的兵力，也抵挡不住秦国的一员虎将，就算是加上代王的军队，也不见得会有多少胜算。魏国和齐国一向不愿意得罪秦国，而楚国又远水救不了近火，各国诸侯害怕秦国的强大，没有敢进行合纵的。我想了一个不高明的主意：如果能找到一个天下无双的勇士，让他假装成使者出使秦国，同时带上秦王无法拒绝的礼物，必定能够接近秦王；然后找机会劫持他，让他将侵略所得的土地全部还回去，就像当初曹沫劫持齐桓公那样。能够做到这一步当然是最好的，如果无法做到，就利用这个机会杀了秦王。秦国的大将都手握重兵、互不统属，秦王死后秦国必定会发生大乱，上上下下会互相猜疑。我们可以借此良机联合楚国和魏国，重建韩国、赵国之后合兵灭掉秦国。这可是能够扭转乾坤的好机会，只有荆卿才能完成这个任务！"荆轲沉思了很长时间，才开口说："这可是关系到国家兴亡的大事，臣能力低下，恐怕担负不起这样的使命。"燕丹膝行向前，磕着头一再请求："以荆卿高义，我愿意什么都听您的，请您千万不要推辞！"荆轲谦逊地再三推辞，最后才答应下来。

为了让荆轲感受到自己的诚意，燕丹尊荆轲为上宾，在樊馆的右边又建造了一座小城，命名为"荆馆"，作为荆轲的居住地。燕丹每天都要去荆馆向荆轲问安，送去酒肉；不时还会送去豪华的马车、罕见的骏马、漂亮的女子等，荆轲想要什么就给什么，唯恐荆轲有什么不满意的地方。

有一天，荆轲和燕丹一起在东宫游玩，看到一只大乌龟从池水里爬出来，荆轲童心大起，就捡起瓦片去砸乌龟。燕丹看见了，就让人拿来黄金制作的弹丸，让荆轲扔了瓦片，用黄金弹丸去砸。

又有一天，两个人出去骑马，荆轲看到燕丹骑的是千里马，就随口说了一句："听说千里马的肝脏味道很好。"到了吃饭的时候，厨师送上来一盘马肝，杀的就是燕丹的那匹千里马。

在一次谈话的时候，燕丹说起秦国的将领樊於期得罪了秦王，现在就躲在他这里，荆轲就要求和樊於期见面。燕丹在华阳台上摆好宴席后，请荆轲和樊於期一起喝酒。席间燕丹让自己最喜欢的美人出来敬酒，还让她弹琴为客人提供娱乐。荆轲见美人的一双手如同无瑕的白玉一样，就称赞说："这双手太漂亮了！"宴席散后，燕丹让内侍用玉盘端着什么东西送给荆轲，上面还盖着一块绸缎。荆轲打开一看，竟是刚才那个美人的一双断手！显然这是燕丹在告诉荆轲，自己对他是没有什么舍不得的。荆轲叹息道："世子厚待我竟然到这种程度了吗？我应该以死来报答他啊！"

第一百七回
献地图荆轲闹秦庭　论兵法王翦代李信

　　荆轲平时和人谈论剑术的时候，很少有他看上眼的，只有榆次的盖聂得到了他由衷的佩服，认为自己的剑术比不上盖聂，两个人也是莫逆之交。现在荆轲受到燕丹如此的厚待，想西去秦国行刺秦王，不过在他的计划中还需要一个助手，他认为盖聂是最合适的人选，于是就让人去找盖聂。然而盖聂这个人喜欢四海云游，行踪不定，一时难以找到。燕丹知道荆轲是豪杰之士，答应了的事情必然去做，所以继续用心地服侍他，不敢催他。

　　然而计划赶不上变化，盖聂还没有找到，边境的守军就送来了急报："秦王让大将军王翦攻略北方，现在已经到了燕国南部的边境。代王赵嘉派来使者，请我们出兵去上谷，两家联手抵抗秦军的入侵。"燕丹吓坏了，对荆轲说："秦军要是渡过了易水，先生就算是想为燕国出力，到时候还来得及吗？"荆轲说："我已经仔细考虑过了，这次前去秦国，如果没有能够取信秦王的东西，是无法靠近他身边的。樊於期将军是秦王的仇人，秦王曾悬赏黄金千斤、封邑万家来寻求他的首级；督亢地区是燕国最富饶的地方，秦国人一直对这里垂涎欲滴。如果带上樊於期将军的头颅和督亢的地图送给秦王，他必定会非常高兴，也会愿意接见臣，这样臣就有了刺杀他的机会。"燕丹说："樊於期将军走投无路才到了我这里，我哪里忍心去杀他？至于督亢的地图，这个我不会在意的。"

　　荆轲见燕丹执意不肯杀樊於期，就偷偷地去找他，说："将军的父母兄弟、宗族家人被秦王屠戮殆尽，对他的仇恨可以说很深啊。我听说秦王为了得到您的头颅，悬赏黄金千斤、封邑万家。将军打算怎么报这个仇呢？"樊於期仰天长叹，流着泪说："我一想到嬴政就痛彻心扉，哪怕和他同归于尽也在所不惜，只恨找不到这样的机会！"荆轲说："我有一个计划，既可以解除燕国目前面临的危机，还可以为将军报仇，将军想要知道是什么计划吗？"樊於期急切地问："是什么计划？"荆轲脸上露出为难的神色，欲言又止。樊於期催他："荆卿怎么不说话呀？"荆轲说："这个计划确实可行，但是我说不出口啊！"樊於期说："只要能报仇，让我粉身碎骨也没有关系，又有什么不好意思说的？"荆轲说："我的这个计划就是刺杀秦王，但是最大的困难是无法接近他。如果能把将军的头颅献给秦王，他必然会高兴地接见我，到时候我左手拉着他的袖子，右手用匕首刺穿他的胸膛，那么将军的仇报了，燕国也免了亡国之祸。将军觉得怎么样？"樊於期脱下上衣露出肩膀，挥舞着胳膊跳着脚，大声说："我日思夜想耗尽脑汁，也没有想出来复仇的好办法，现在终于有了可行的计划了！"随后就拔剑去割自己的喉咙，喉咙虽然割断了但是脖子没有断，荆轲就捡起剑将樊於期的头砍了下来。后世有人作诗赞叹樊於期不惜自杀，用自己的生命为荆轲创造接近秦王的机会，可惜最后功败垂成，白白地浪费了一条性命。诗是这样写的：

闻说奇谋喜欲狂，幽魂先已赴咸阳。

荆卿若遂屠龙计，不枉将军剑下亡。

拿到樊於期的头颅后，荆轲赶紧派人骑快马去通知燕丹："我已经拿到樊於期将军的头颅了。"燕丹闻讯后飞马来到樊馆，抱着樊於期的尸体泣不成声，命人将樊於期厚葬，然后将他的头颅放进了木匣中。

荆轲问燕丹："世子找到锋利的匕首了吗？"燕丹说："我花了一百镒黄金，找到了一把赵国徐夫人制作的匕首，长一尺八寸，吹毛断发、削铁如泥。我还让工匠给这把匕首淬了毒，也做了试验，达到了见血封喉的效果。我这里一切都准备好了，不知道荆卿什么时候能够出发？"荆轲说："我的好朋友盖聂还没有到，我想等他到后做我的副手。"燕丹说："先生的那个朋友就像是海中的浮萍，谁也不知道他的行踪，更不知道他什么时候能到。我的门下也有几个勇士，秦舞阳是最厉害的一个，是否他也可以做先生的副手？"荆轲见燕丹如此急切，叹了一口气说："拿着一把小小的匕首，去行刺天下最强大国家的国君，这是有去无回的行动。臣迟迟不出发的原因，就是为了等臣的朋友，保证这个行动万无一失。既然世子已经等不下去了，那我就去吧！"于是燕丹草草写就了国书，说将督亢地区和樊於期的首级送给秦王，然后交给了荆轲。又拿出了一千镒黄金为荆轲准备行装，让秦舞阳作为副使同行。

到了出发的那天，燕丹和一些关系比较亲近又知道这件事的门客去送荆轲，他们全都穿着白色的衣服，戴着白色的帽子，在易水河畔设宴为荆轲送行。高渐离听说荆轲要去秦国，也带着一支猪腿和一斗酒来送他，荆轲带他拜见世子，燕丹也让高渐离入席坐下。

酒过数巡之后，高渐离开始击筑，荆轲附和着节拍用变徵的音调高唱：

风萧萧兮易水寒，壮士一去兮不复还！

歌声中充满着悲壮哀伤，送行的人和他的随从听后无不涕泪俱下，就像是参加葬礼一样。荆轲唱完后，仰面向天上长长地呼出一口气，谁知道这口气竟然直入云霄，化成一道白虹穿日而过，看到这个景象的人无不惊讶万分。紧接着荆轲又换成羽声：

探虎穴兮入蛟宫，仰天嘘气兮成白虹！

这次的歌声慷慨激昂，充满着视死如归的激烈雄壮，听到的人无不怒目竖发，如临仇敌。

燕丹端过来一杯酒，跪下来敬给荆轲。荆轲一饮而尽，然后拉着秦舞阳的胳膊一跃跳上了马车，狠狠地抽了拉车的马一鞭，头也不回地走了。燕丹站在高坡上一直目送着他们，直到他们的身影在远方消失才走了下来，如同丢失了什么宝贝一样神情凄怆，眼中含泪回了王宫。晋朝的隐士陶渊明写的《咏荆轲》一诗，描述的便是荆轲刺秦这个历史故事：

燕丹善养士，志在报强嬴。招集百夫良，岁暮得荆卿。
君子死知己，提剑出燕京。素骥鸣广陌，慷慨送我行。
雄发指危冠，猛气冲长缨。饮饯易水上，四座列群英。
左席击悲筑，右席唱高声。萧萧哀风逝，淡淡寒波生。
商音更流涕，羽奏壮士惊。心知去不归，且有后世名。

到达咸阳之后，荆轲打听到中庶子蒙嘉是秦王的近臣，就送给他一千金，请他先向秦王禀报。蒙嘉贪图财物，进宫对秦王说："燕王畏惧于大王的军威，不敢兴兵对抗，愿意将整个国家献给大王，他本人希望成为大王的臣子，获得诸侯那样的地位、郡县一类的职务，以保证燕王先人的祭祀不会断绝。燕王因为害怕不敢自己来说，就让使者带着樊於期的首级和督亢地区的地图，前来秦国送给大王。现在燕国的上卿荆轲就在馆驿里等待大王的召见。"秦王听说樊於期死了，喜不自胜，就穿上朝服，用九宾之礼在咸阳宫召见荆轲。

在进宫之前，荆轲将匕首藏在袖子里，自己捧着装有樊於期头颅的木盒，秦舞阳捧着装有督亢地图的木盒走在后面。快要上台阶的时候，秦舞阳的脸色苍白得像个死人一样，好像吓坏了的样子。陪同他们的秦国官员问："使者的脸色怎么变了？"荆轲回头看着秦舞阳笑了笑，上前对秦王磕头道歉说："这个不成器的秦舞阳是北方蛮夷地区的乡下人，从来都没有见过天子的威仪，所以控制不住自己的恐惧情绪，失去了常态。请大王宽恕他的罪过，让他能够完成出使的任务。"秦王下令只让正使一个人上殿，于是侍卫们就把秦舞阳呵斥了下去。

秦王命人将装首级的木盒拿到面前，亲自打开一看，果然是樊於期的人头，就问荆轲："你们为什么不早些杀掉这个逆臣送过来？"荆轲说："樊於期得罪陛下之后，就远窜北方的大漠。鄢国国君悬赏千金，这才抓住了他。本来是想将他活着送给陛下的，然而又担心途中发生意外，就把他杀了之后将首级送过来，希望这样可以让陛下稍微缓解一下心中的怒火。"荆轲说话的时候脸色从容，用词谦卑有礼，秦王对他没有产生任何怀疑。

在两人说话的时候，秦舞阳一直捧着盛地图的木盒低着头跪在台阶下面。秦王对荆轲说："你去把秦舞阳拿着的地图取来，让寡人看看。"荆轲就转身走到台阶下面，从秦舞阳的手里接过木盒亲自交给秦王。秦王打开地图正要观看，荆轲袖子里的匕首却滑了出来，想要再藏起来也是不可能的事，荆轲不由得有些慌乱，索性一不做二不休，左手抓住秦王的袖子，右手抓着匕首就往他的胸膛刺去。秦王见荆轲袖子里滑出一把匕首，心中猛吃一惊，不过在荆轲拉住他袖子的时候已经反应过来了。荆轲的右手刚抬起来，秦王就猛地起身向后退去，袖子"刺啦"一声就被扯掉了——当时正值农历的五月上旬，天气已经热了，秦王穿的是薄纱制作的单衣，所以一拉就烂了。王座的后面有一座八尺长的屏风，秦王冲了过去，将屏风都带倒了。荆轲拿着匕首在后面紧追不舍，秦王无路可逃，只得绕着柱子跑。按照秦国的法律，大臣们上殿的时候不能携带任何武器，而郎中、宿卫这些持有武器的人都必须守候在大殿外面，没有秦王的命令不得入内。如今变起仓促，秦王根本没有时间呼叫，殿里的大臣只能徒手去捉拿荆轲，然而只要一凑近，就会被荆轲打倒。跟随秦王的御医叫夏无且，他见形势危急，就抡起手中的药箱向荆轲砸去，结果荆轲一挥胳膊把药箱打到地上，摔得粉碎。虽说秦国的那些大臣抓不住荆轲，但也正是由于他们的阻拦，使得荆轲必须先把他们打倒，这才给了秦王东躲西藏的机会，没有被荆轲抓到。秦王佩带的是一柄名叫"鹿卢"的礼仪用剑，有八尺长，他想把剑拔出来击杀荆轲，然而剑太长了，无法从剑鞘中拔出来。旁边的小内侍叫赵高，见状急忙喊道："大王怎么不把剑鞘推到背后再拔？"秦王一下子反应过来了，马上按照赵高说的，将剑鞘从腰侧推到背后，这样前面露出的剑鞘就少了，果然"唰"的一声就把剑给拔了出来。秦王的武勇本来就不比荆轲差，现在荆轲拿着一把一尺多长的匕首，只能近攻，而秦王手中的剑长达八尺，可以及远。手中有了长剑，秦王的胆子也大了，开始转过身来攻击荆轲，很快就砍断了荆轲的左腿。荆轲歪倒在左边的铜柱子旁边，因为站不起来，就把匕首当成飞镖投向秦王。秦王一闪身，匕首从他的耳旁飞了过去，直接插进了右边的铜柱子上，溅出一片火花。秦王接着用剑砍荆轲，荆轲手无寸铁，就用手去挡，结果被砍掉了三个手指头，身上八处负伤。荆轲见事不可为，就背靠着柱子笑了，坐的像个簸箕一样对秦王骂道："你真是太幸运了！本来我想像曹沫劫持齐桓公那样活捉你，让你把侵略来的那些土地还给各国。不料出了意外让你幸免于难，看来这是天意啊！然而你依靠武力吞并各诸侯国，在位的时间也不会长久吧？"这时殿下的武士已经得到了命令，纷纷上殿，矛戈俱下将荆轲杀死了。在大殿外面的秦舞阳看见荆轲动手了，正要上前帮他，就被守卫在外面的郎中等人击杀。

　　荆轲刺秦这件事发生在秦王嬴政继位后的第二十年。可惜荆轲受了燕丹那么长时间的供养，到了秦国之后却一事无成，不仅自己丢了性命，还连累了田光、樊於期、秦舞阳三人丧生，又断送了燕丹父子的江山，莫非是因为剑术还不精吗？后世有人就持有这个观点，还作诗讽刺荆轲：

独提匕首入秦都，神勇其如剑术疏！
壮士不还谋不就，樊君应与觅头颅。

秦王被吓得胆战心惊，坐在那里半天才回过神来，走过去看荆轲的尸体，发现他两眼圆睁，仍然像活人一样怒气勃发。秦王后怕不已，命人将荆轲和秦舞阳的尸体以及樊於期的头颅都送到闹市中烧掉，燕国使团的人全部斩首，然后将首级分别悬挂在咸阳的各个城门上。随后秦王起身回了内宫，内宫中的王后、嫔妃听说秦王遇到了刺客，纷纷过来请安，还让人摆酒为秦王压惊，同时也庆贺他杀死了刺客。秦王的嫔妃中有一个叫胡姬的，原来是赵国宫中的人，赵国灭亡后被秦王收入后宫，因为善于弹琴受到秦王的宠爱。秦王让胡姬弹琴解闷，胡姬就弹着琴唱道：

罗縠单衣兮可裂而绝，八尺屏风兮可超而越，
鹿卢之剑兮可负而拔，嗟彼凶狡兮身亡国灭！

秦王很喜欢胡姬的才思敏捷，赏赐了她一筐带花纹的丝绸。当天夜里秦王和嫔妃们尽欢而散，留宿在胡姬那里。后来胡姬生了一个儿子，起名为"胡亥"，也就是后来的秦二世。

第二天早上，秦王上朝之后开始论功行赏。首功是夏无且，赏二百镒黄金，说："夏无且知道爱护我，在关键时刻用药箱去砸荆轲。"次功是小内侍赵高，说："多亏你说的'把剑鞘推到背后再拔'！"赏了他一百镒黄金。殿中那些徒手和荆轲搏斗的大臣们，都根据负伤的轻重程度给予了多少不等的赏赐；在殿外击杀秦舞阳的那些侍卫也都有赏赐。赏完了功，接下来就是罚过，中庶子蒙嘉不该为荆轲通传，本人凌迟处死，全家抄斩；蒙骜在此之前就已经病死了，不再株连；蒙骜的儿子蒙武在军中担任裨将，因为不知道内情被秦王特赦。虽然处理了很多人，但是秦王仍然无法平息心中的怒火，他派出更多的军队，让王贲带着去帮助他的父亲王翦攻打燕国。

燕丹实在忍不下去了，就带着燕国所有的军队与秦军在易水西边展开决战。燕军不出意外的再次战败，夏扶、宋意都战死了，燕丹逃回了蓟城，鞠武也被杀了。王翦合兵包围了蓟城，到了十月，蓟城被攻破了。燕王喜埋怨燕丹说："如今国破家亡，都是因为你啊！"燕丹说："韩国、赵国的灭亡也是因为我吗？现在城里还有两万精兵，辽东前面有大河背后有高山，还足以让我们固守，父王赶快去那里！"燕王喜也没有更好的办法，只好上车从东门逃往辽东。燕丹亲自率领精兵断后，保护着燕王喜退守辽东，将都城设置在平壤。

王翦攻破蓟城后，向咸阳发去了报捷的文书，同时因为积劳成疾，向秦王上表请求告老还乡。秦王说："燕丹是刺杀我的主谋，这个仇寡人永远不会忘记，不抓住他我是不会收兵的。不过王翦也确实老了。"就命令李信代替王翦为大将，率军继续追击燕王父子。将王翦召回后，秦王赏赐了他很多财物，王翦以生病为由，回到了故乡频阳养老。

燕王听说李信领军杀向辽东，就派人去找代王赵嘉求救。赵嘉给燕王喜写了一封信，大概内容是：

秦王之所以这么急切地攻打燕国，就是因为他对燕丹有着极大的仇恨。如果大王杀了燕丹向秦王请罪，让他可以舒缓一下心中的愤怒，燕国还是能够继续存在下去的。

俗话说"虎毒不食子"，燕王犹豫再三也不忍心杀掉自己的儿子。燕丹担心燕王最终会杀掉自己，就带着他的门客隐藏到了桃花岛。

李信驻军在首山，命人给燕王送去一封信，历数燕丹对秦国犯下的罪行。燕王喜更害怕了，就以商议事情的名义将燕丹诳了回来，把他灌醉后用绳子勒死，砍掉了首级。当时正是烈日炎炎的五月天，却忽然下起了鹅毛大雪，平地上都有两尺半深，恍如到了寒冬腊月。人们都说这是因为世子燕丹被父亲冤杀，他胸中的怨气无处散发所导致的。

燕王将燕丹的首级用木盒装起来，送到了李信的军中，同时还送去了一封悔罪书。李信派人飞马报告了秦王，而且说："辽东这里五月天下起了大雪，军中的将士被冻伤了很多，请允许我们暂时回去休整。"秦王找尉缭商议，尉缭说："燕国在辽东苟延残喘，赵国在代郡朝不保夕，二者都如同釜中游鱼，用不了多久就会自己灭亡。如今之计最好先消灭魏国，接下来灭亡楚国。等这两个国家打下来了，燕国和代郡不费吹灰之力就可到手。"秦王说："太好了，就这么办！"随后就发诏召回了李信，又拜王贲为大将，率军十万东出函谷关进攻魏国。

此时魏景湣王魏增已经去世三年了，魏国的国君是世子魏假。在秦军攻打燕国的时候，魏王假就开始对大梁的城墙进行加高、加厚，疏浚了内外护城河，加强了大梁的防御；又派人到齐国通好，讲明魏国灭亡对齐国的厉害关系。使者告诉齐王建："魏国和齐国就是嘴唇和牙齿的关系，嘴唇没有了，牙齿必然会感到寒冷。魏国灭亡之后，齐国接下来也必然会受到秦军的攻击。希望大王能够和魏国同心合力，出兵救援大梁。"齐国在君王后去世后，她的弟弟后胜担任了相国，把持着齐国的朝政。后胜接受过秦国很多贿赂，力主不救援魏国，他告诉齐王建："秦国绝对不会对不起齐国的！如果我们与魏国合纵，就必然惹怒秦国，为我们召来祸患。"在他的蛊惑下，齐王建拒绝了魏国的请求。

王贲自出兵之后，一路上连战连捷，很快就打到了大梁城下。由于下起了连阴雨，他坐着防雨的车子四处查看水势。当时黄河流经大梁的西北方向，从荥阳发源的汴河也从大梁的西面流过。王贲看到这些，心中有了水攻大梁的打算。他命令士兵在大梁的西北方向修建水渠，将这两条河流的水都引向大梁方向，同时在水渠的下游修建堤坝，暂时不让水流出去。秦国的士兵冒雨施工，王贲也打着伞亲自到各处督促、监工。水渠建成之后，又连下了十天的大雨。王贲见水势浩大，下令掘开水渠下游的堤坝，刹那间洪水汹涌而出，大梁的内外护城河很快就被灌满了，随后开始泛滥，城里城外变成了一片汪洋。被洪水浸泡三天之后，大梁的城墙终于被泡坏了，好几个地方坍塌，秦军通过这些缺口进入了大梁。魏王假还在和大臣们商议怎么写降书呢，就被冲进来的秦军活捉了，被王贲押上囚车送往咸阳，途中就病死了。

水淹大梁后，王贲打下了魏国所有的疆域，这些地方都被划入三川郡。又接收了野王城地区，卫国的最后一个国君姬角被废除，成了一个平民。

魏国的始祖毕万在晋献公时期成为晋国的大臣，毕万传位给儿子芒季，芒季传位给儿子魏武子魏犨，魏犨辅佐晋文公成为霸主。魏犨四代之后传到了魏桓子魏侈，魏侈消灭范氏、中行氏、智氏后，传位给儿子魏文侯魏斯。魏斯和韩氏、赵氏一起瓜分了晋国，又传了七代之后到魏王假，魏国被秦国灭亡，一共享国二百年。后世的史官是这样总结魏国历史的：

毕公之苗，因国为姓，胤裔繁昌，世戴忠正。文始建侯，武益强盛；惠王好战，大梁不竞。信陵养士，神气稍振。景湣式微，再传而陨。

秦国灭魏发生在秦王政二十二年。

也是在这一年，秦王按照尉缭的建议准备攻打楚国。他问李信："将军认为现在要是攻打楚国的话，需要多少兵力才行？"李信回答说："二十万人就够了。"秦王不置可否，又去问老将王翦，王翦说："如果真的按照李信说的那样，用二十万兵力去攻打楚国，那么我们必败无疑。我认为没有六十万兵力是不行的。"秦王心想："王翦老了，变得胆小如鼠，还是李信这个年轻将军更有勇气。"于是他决定不用王翦率军攻楚，改为李信统兵，蒙武做他的副将。

李信将大军分成了两路，一路自己亲自率领去攻打平舆，一路由蒙武率领去攻打寝邱。李信不愧是名将，仅仅发动一次攻击就拿下了平舆，随后转兵西进又打下了申城。他让人给蒙武送了一封信，约定和蒙武在城父会师，然后合兵攻打郢城。

而在楚国，李园在杀死春申君黄歇后立熊捍为国君，熊捍是黄歇和李嫣的儿子，史称楚幽王。楚幽王在位十年去世，没有儿子。这时李园也已经死了，楚国的一众大臣和王族立楚幽王的弟弟熊犹为国君，史称楚哀王。然而哀王登基仅仅两个月，就被他同父异母的哥哥熊负刍给杀了，熊负刍自立为王。李信攻打楚国就发生在熊负刍自立之后的第三年。

楚王熊负刍听说秦国的军队已经深入楚国的腹地，就拜项燕为大将，率军二十多万水陆并进迎战秦军。项燕探知李信从申城出发后，自己率领主力在西阳以逸待劳，让副将屈定在鲁台山等处埋伏下七路伏兵。李信自恃骁勇，一路奋勇前进，正好遇上项燕的部队。就在两军厮杀得难分难解的时候，楚军的七路伏兵杀了出来，李信抵挡不住，只好大败而去。项燕在后面追杀了三天三夜，杀死秦军都尉七人、士兵不计其数。李信率残军退守平靖关，结果平靖关又被项燕攻破，李信只好再次弃关而逃。项燕追击到平舆，收复了全部失地。蒙武这时候还未到城父，听说李信兵败后也退回到原来赵国的境内，派人到咸阳告急请求支援。

秦王闻讯后大怒，将李信官职、封地全部没收，又亲自到频阳去拜访王翦，说："将军说李信用二十万人攻打楚国会失败，现在李信果然丧师辱国。将军虽然身体不好，能不能坚持一下，为寡人率军将楚国灭掉呢？"王翦再次施礼道歉说："老臣病得都糊涂了，身心俱疲，大王还是另外找一个更好的将领代替李信吧。"秦王说："这次军事行动除了将军谁也完成不了，希望将军不要再拒绝了！"王翦回答说："如果大王非要起用老臣的话，不给我六十万人的话，我还是不答应。"秦王问他："寡人听说，在以前的时候，一等的强国只有三个军的编制，二等国家有两个军，小国只有一个军，即便如此，发生战争的时候也不会将军队全部派出去，根本就不会发生兵力不够的问题。即便是威震诸侯的五霸，军队的规模也只是一千乘战车，按照每乘七十五人计算，整个国家的军队也不到十万人。现在将军一定要六十万人，这是以前从来都没有过的事情。"王翦告诉秦王："古时候，交战的日期是双方约定好的，要等双方都摆好了阵型才会开始战斗，各种行动都有约定俗成的规矩，可以使用武力，却不会攻击已经受伤的敌人；可以声讨敌方的罪行，却不会吞并敌方的土地。那时候虽然也有战争，但是战争中同样包含着礼让的寓意，所以帝王用兵打仗并不是靠人多势众。齐桓公进行改革之后，精兵也不过只有三万人，而且还会轮番出动。而现在列国之间的征战，完全就是以强凌弱、以众欺寡。见到敌国的百姓就会杀死，遇到敌国的土地就要抢走，报功的时候动辄说斩首多少万，围城的时间动不动就是几年。这就使得战争开始扩大化，种田的农夫都要拿起武器作战，三尺高的童子也要列入军籍，严酷的形势逼得人们不得不这样做，就算是想少征召一些人也是有心无力。况且楚国的疆域一直到达东南沿海，只要楚王一声令下，一百万人也能征集到。臣甚至担心即使六十万兵力也无法和楚军匹敌，哪里还能再减少呢？"秦王叹息道："如果不是将军有丰富的军事经验，是无法将问题看得如此透彻的，寡人就按照将军的建议征集兵力。"于是秦王就让王翦坐上后面的副车回到了咸阳,上朝之后立刻拜王翦为大将,交给他六十万人,仍然让蒙武做副将。

临出发的时候,秦王亲自到坝上为王翦饯行。王翦捧着酒杯向秦王敬酒,说:"大王请喝了这杯酒,老臣想提一个要求。"秦王接过酒杯一饮而尽,问他:"老将军有什么要求?"王翦从袖子里掏出一根木简,上面写着几处位于咸阳的良田美宅,对秦王说:"请大王将这些田产赏给老臣。"秦王说:"将军要是凯旋而归,以后肯定会和寡人富贵与共,哪里需要担心以后会受穷啊!"王翦说:"臣已经老了,就像风中的残烛一样,就算是大王封我为侯爵,我又能享受几天呢?在臣的眼里,还不如现在就多给臣一些良田美宅,臣可以留给子孙后代,让他们也能世世代代享受大王的恩德。"秦王大笑,同意了王翦的要求。大军到了函谷关,王翦又派人去咸阳,向秦王索要几处园林地产。蒙武有点儿看不下去了,就对王翦说:"将军,您不觉得您向秦王要的太多了吗?"王翦看左右没有人,就小声告诉他:"秦王性情刚强严厉,疑心重,现在给了我六十万精兵,就是将全国的兵力都给了我。我要这么多的地产留给子孙,就是为了让秦王安心。"蒙武这才知道王翦的用意,感叹道:"老将军看得长远啊,我是比不上的。"

第一百八回
兼六国混一舆图　号始皇建立郡县

项燕听说王翦代替李信为将,领兵六十万攻打楚国,就移兵到东冈防守。然而秦军太多了,他只好派人飞马报告楚王,请求增加兵力。楚王又发兵二十万,在将军景骐的率领下去支援项燕。

在王翦的命令下,秦军一直坚守在天中山一带,军营连绵十几里,修建了深壕坚垒固守。项燕每天都派兵挑战,王翦始终不肯出战。项燕说:"王翦已经老了,不出战是他最好的选择。"王翦让士兵轮流休息沐浴,每天都发下去大量食物,和士兵们同吃同住。军中将士对王翦的做法非常感激,愿意为他拼死作战,然而他们每一次去请战,都会被王翦用好酒灌醉,请战也就不了了之,就这样一直过了几个月。军中的士兵白天无事可做,只能将抛石、超距等军事训练当成游戏来玩。据范蠡所著的《兵法》记载:投石所用的石头重十二斤,在地上埋一根木杆,利用木杆的弹性将石头抛出去,能抛到三百步就算赢,不到三百步为输,如果觉得自己有力气,能用手直接将石头抛到三百步之外，计算成绩时比用木杆弹出去的要高一个档次。超距类似于现代的跳高，在地上相隔一定的距离埋两个长木杆，然后在七八尺的高度再绑上一根木杆，能跳过这根木杆的就算赢了。王翦嘱咐负责管理各营的将领，每天都要在暗中记下士兵们的胜负情况，以此了解每一个士兵的身体强弱。对外的表现更加收敛，就连军中烧火用的柴火都不让去楚军控制的地界去打，如果抓到了误入秦军控制区的楚国人，还会给他们酒肉吃，等他们吃饱喝足了就会放走。

双方就这样对峙了一年多时间，项燕始终无法找到作战的机会，这让他有了一个错觉，认为王翦名义上说是来攻打楚国的，实际上却是来保证秦军不会受到楚军攻击的。于是他慢慢放松了警惕，不再要求进行严格的战备。

有一天，王翦忽然犒赏三军，对将士们说："今天我就领着你们打败楚军。"将士们听后激动得摩拳擦掌，争抢着要做先锋。王翦从那些平常比赛成绩比较好的士兵中挑选了大约两万人，称他们为"壮士"，单独列为一军做先锋；又将剩余的军队分成几路，并吩咐他们，等楚军一败就分头去攻打楚国的城池。项燕没有想到王翦会突然发动攻击，只能仓猝应战。而秦军的壮士们都已经养精蓄锐了很长时间，这下觉得有了用武之地，纷纷大喊着冲入楚军的营地，个个都能以一敌百。这一战楚军大败，将军屈定战死，项燕和景骐率领残军向东败走。王翦率军乘胜追击，在永安城追上楚军后再次发生大战，楚军又一次战败。秦军顺势拿下了西阳，荆州、襄阳两地全都惊恐不安。

永安之战后，王翦命蒙武带领一半兵力驻扎在鄂渚，向湖南各地散发檄文，宣扬秦王的军威和仁德。他亲自率军直奔淮南地区攻打寿春，同时又派人到咸阳报捷。

王翦兵临寿春的时候，项燕去淮上募兵还没有回来，寿春的兵力极度不足。王翦乘虚攻破了寿春，景骐在城楼上自杀，楚王负刍被俘。秦王听说后，亲自赶到湖北的樊口受降，责骂熊负刍以臣弑君，罪不可赦，将他废为平民。又命令王翦到鄂渚与蒙武合兵，接收荆州和襄阳地区。从此之后楚国在湖南、洞庭湖一带的郡县无不望风而降。

项燕在淮上招募了两万五千人，到徐城的时候，正好碰上逃难到这里的昌平君熊启——楚王熊负刍的同母弟弟。熊启对项燕说："寿春已经被秦军攻破，大王也被秦国人带走了，现在也不知道他是死是活。"项燕说："吴越地区有一千多里的土地，又有长江天险，我们可以在那里重建楚国。"于是项燕带领部队渡过长江，奉昌平君熊启为楚王，将兰陵定为临时的都城，训练军队整修武器准备坚守。

王翦平定淮南淮北之后，赶到鄂渚去拜见秦王。秦王先是表扬了他的功劳，然后又说道："项燕又在江南地区扶持昌平君做了楚王，爱卿觉得应该怎么办？"王翦说："楚国的精华地区正是长江、淮河流域，如今这些地区都已经被我们控制，项燕、熊启不过是苟延残喘而已,只要我们的大军一到,他们所谓的楚国也就烟消云散了,没有必要为他们发愁。"秦王说:"王将军虽然年龄大了,却是老当益壮啊!"

第二天秦王回了咸阳,让王翦率军平定江南。王翦命令蒙武在鹦鹉洲负责造船。一年多之后,所有的船都造好了,于是秦军顺流而下。楚国的水军抵挡不住,秦军没有付出多少代价就登上了江南的土地。王翦在黄山留下了十万人,以截断长江的出口,大军自朱方〔朱方为一地名,现江苏省丹徒县东南〕向兰陵进发,在兰陵的周围扎下营盘,将士们的喊杀声响遏行云。沿椒山、君山、荆南山一线都布满了秦军,以阻断越中地区可能会有的楚国援兵。

项燕将兰陵城中所有能够作战的人都带了出来,在城外和秦军作战。刚开始的时候楚军一度取得了优势,但是王翦随后将壮士军分成两队投入战场。壮士们手持大刀,呐喊着冲入楚军的阵列,带队的蒙武亲手斩杀一名楚国的裨将,紧接着又生擒了一名,秦军爆发出了平常十倍以上的战斗力。项燕又一次被王翦打败了,不得不逃回城中,将城门封死后坚守不出。王翦让军中的工匠制作了云梯,然后命令士兵蚁附攻城。守军在项燕的命令下,用火箭烧毁云梯,挫败了秦军的计划。蒙武说:"项燕不过是釜底游鱼,没有必要付出这么大的代价。如果我们在周围堆起土垒,高度和城墙相同,从四周猛烈攻击,我们人多,他们人少,项燕必然疲于奔命,用不了一个月就可以攻下兰陵了。"王翦采纳了这个建议,于是秦军的攻势更猛烈了。

这一天,昌平君熊启在城中巡逻的时候被流箭射中,被护卫们扶回了行宫,半夜的时候伤重不治,失去了性命。项燕听说后哭着说:"我之所以在这里忍辱偷生,就是因为熊家这一脉还没有断绝。如今昌平君也没有了,以后还有什么希望?"说完后仰天悲啸三声,举起长剑抹断了自己的脖子。城中的两个主心骨都没有了,军民们顿时大乱,秦军趁机登上城墙打开了城门。

王翦整理好军队入城安民之后,又率军南下。行军到锡山脚下的时候,军士们挖灶时挖出一块古碑,上面写着十二个字:"有锡兵,天下争;无锡宁,天下清。"王翦得知后,就召来当地的居民询问。当地人告诉他:"这座山是惠山的东峰,在周平王东迁洛阳的时候,这座山发现了铅锡矿,所以被命名为'锡山'。几百年来产量都很大,可是最近一段时间的产量却越来越少。这块石碑也不知道是谁造的。"王翦感叹道:"这块石碑一出现,天下就会慢慢平定了!难道是古人已经参透了其中的玄机,所以才埋下石碑警示后人的吗?今后就把这儿叫作'无锡'吧!"如今"无锡"这个地名就是这么来的。

秦军到达姑苏之后,当地的官员开城投降,于是秦军渡过浙江,平定了原来越国的地界。自越国亡国之后,越王的那些后代都散居在甬江、天台一带的沿海地区,各自都有自己的君主，互不统属。此时听说秦王的威德之后，纷纷都主动来投降。王翦接受了他们的投降，并飞马报告了秦王。同时又平定了豫章地区，建立了九江、会稽两个郡。秦王政二十四年，伐楚战争结束，楚国至此终于灭绝了。

在周桓王十六年的时候，楚国才开始强大起来，楚武王熊通称王，此后逐步吞并了周围的小国。传五代之后到楚庄王熊旅，楚国开始称霸。又传了五代到楚昭王熊轸，差一点被吴国灭国。又传了六代到楚威王熊商，楚国征服了原来吴国、越国的地界，自此长江、淮河流域都归了楚国，此时的楚国几乎占领了天下一半的土地。楚怀王熊槐信任重用奸臣靳尚，结果被秦国所欺骗，楚国这才开始慢慢衰弱下来。又传了五代到熊负刍，楚国被秦国吞并。史官是这样写的：

鬻熊之嗣，肇封于楚。通王旅霸，大开南土。子围篡嫡，商臣弑父。天祸未悔，凭奸自怙。昭困奔亡，怀迫囚苦。襄烈遂衰，负刍为虏。

王翦完成了灭楚的任务后，率军回到了咸阳。秦王赏赐他一千镒黄金，王翦再次告老还乡，返回了频阳老家。秦王拜王翦的儿子王贲为大将军，率军去攻打辽东的燕王，并告诉王贲："你平定辽东之后，回军的时候顺手把代国也给灭了吧，无须再禀报了。"

不久后王贲就率军渡过了鸭绿江，包围平壤之后，很快就破了城，将燕王喜俘虏并押送到了咸阳。燕王喜后来被废为平民。

燕国的始祖是召公姬奭，传九代之后到燕惠侯，燕惠侯在位的时候周厉王逃亡到了彘。又传了八代到燕庄公，他在位的时候齐桓公攻打山戎，为燕国增加了九百里的土地，燕国这才强大了起来。又传了十九代到燕文公，在苏秦的游说下进行合纵，燕文公的儿子燕易王开始称王，并列为战国七雄之一，燕易王传位给燕王哙，燕王哙在位时燕国被齐国灭亡，后来燕王哙的儿子燕昭王复国，又传了四代到燕王喜，燕国被秦国吞并。史官是这样总结燕国历史的：

召伯治陕，甘棠怀德；易王僭号，齿于六国。哙以懦亡，平以强获；一谋不就，辽东并失。传四十三，年八九伯；姬姓后亡，召公之泽。

秦王政二十五年，在消灭了燕国后，王贲移师向西攻击代国。代王赵嘉兵败后打算逃到匈奴去，王贲在猫儿庄撑上了他，赵嘉被俘后自杀。至此，云中、雁门也被纳入秦国的版图。这是秦王政二十五年的事。

赵国的始祖造父在周朝的时候出仕，此后世代都是周天子的大臣。周幽王无道，叔带逃到晋国投奔晋文侯，建立了赵氏家族。五代之后传到赵夙，赵夙是晋献公的大臣；赵夙的儿子叫赵衰，赵衰是晋文公的大臣；赵衰的儿子赵盾服侍过晋襄公、晋成公、晋景公。晋国称霸之后，赵氏世代都是晋国的重臣。到了赵盾的儿子赵朔时期，赵氏几乎被杀绝，后来赵朔的儿子赵武重兴了家族。赵武之后两代传到赵简子赵鞅，赵鞅传位给赵襄子赵无恤，赵无恤和韩氏、魏氏三分了晋国。赵无恤传位给他的侄子赵桓子赵浣，赵浣传位给儿子赵籍，赵籍的时候赵国开始称"侯"，谥号为"烈侯"。传六代之后到赵武灵王，赵国进行了胡服骑射的改革。又传了四代到赵王迁，赵王迁被秦国俘虏。赵嘉自立为代王延续了赵国的祭祀，六年后赵嘉被俘自杀，赵国自此灭绝。自此东方六国已经灭亡了五国，只剩下一个齐国。后世有人是这样总结赵国历史的：

赵氏之世，与秦同祖；周穆平徐，乃封造父。带始事晋，凤初有土；武世晋卿，籍为赵主。胡服虽强，内乱外侮；颇牧不用，王迁囚虏。云中六载，馀焰一吐。

捷报到达咸阳后，秦王大喜，亲手给王贲写了一封信，大概意思是：

将军这次出征一举平定了燕国和代郡，转战两千余里。就是与将军的父亲相比，功劳和辛苦也是不相上下的。虽然如此，我还是要求将军从燕国顺道去攻打齐国。只要齐国还存在，对于秦国的版图来说就像人少了一条胳膊一样，希望将军奋起余威，以雷霆之势消灭它。如果将军完成了这个任务，那么将军父子对秦国立下的功劳，就没有人能比得上的了！

王贲接到秦王的书信后，随即提兵向东攻取了燕山一带，然后又沿河间地区向南进军。

齐王田建听信相国后胜的话，不但不救援邻国，反而秦国每灭一国，都会派遣使者到咸阳祝贺。秦王也会重重地赏赐给使者一大笔黄金，所以使者回去后告诉齐王建，秦国对齐国是多么地友好。齐王建对使者的话信以为真，根本就没有考虑过加强军备。等到燕、赵、韩、魏、楚五国相继被秦国吞并后，齐王建这才觉得有些不妙，开始往西部边界增兵，提防秦国的入侵。不料秦军不是从西方来的，而是从北方经吴桥直奔济南。

在齐王建继位之后，齐国四十多年间从来没有发生过战争，老百姓习惯了和平的生活，军队也缺乏训练。而且秦军在他们的印象中都是残暴的，现在几十万秦军如泰山压顶一般打了过来，心里怎能不怕？又有谁敢去抵抗？

打下济南后，王贲率军经历下、淄川直逼临淄，一路长驱直入如入无人之境。临淄城中的军民听说秦军打来了，纷纷仓皇逃命，连城门都没有人看守了。后胜没有办法，只有劝齐王建投降。在之后的两个月里，王贲不费吹灰之力就拿下了整个齐国。

秦王收到捷报后，命令王贲："齐王建听从后胜的建议赶走了秦国的使者，打算犯上作乱，幸亏将士们的努力，这才灭了齐国。寡人原来想将齐王建、后胜一并斩首，考虑到田建这四十多年来对秦国比较恭敬，从来不敢违抗秦国的意愿，就免他一死，将他和他的家眷都迁移到共城，每天供应一斗粟米，让他渡过余生。后胜就地斩首。"

王贲收到命令后，即刻将后胜斩首，安排人将田建送到了共城。

到达共城之后，田建发现他所住的地方只有太行山下的几间茅草屋，周围都是松柏，渺无人烟。虽说田建的嫔妃和家属逃散了很多，但是随他而来的还有几十人之多，一斗粟米哪里够吃？而且看守他们的人也不按时供应。田建只有一个儿子，当时还很小，夜里被饿得哇哇直哭。田建心中不忍，心情凄凉地坐了起来，听到四周大风刮过松柏的沙沙声，想起当初在临淄时候的锦衣玉食，却因为听信了奸臣后胜的话，以至国破家亡，落到如今在深山中挨饿的境地，心中的悔恨难以用语言表达！每次想到这些都不禁泪如泉涌，几天之后就抑郁而终。跟随他到共城的人都逃走了，他的儿子也不知所踪。也有传言说田建是饿死的，齐国人听说后很可怜他，做了一首《松柏之歌》：

松耶柏耶？饥不可为餐。谁使建极耶？嗟任人之匪端！

诗中认为田建只相信后胜的话，才是他落到这个地步的原因。

田齐的始祖是陈完，陈完是陈国陈厉公陈佗的儿子，在周庄王十五年的时候因避难来到齐国，从此成为齐国的大臣，并将自己的姓氏由陈氏改为田氏。几代之后传到陈桓子陈无宇，陈无宇又传位给儿子陈僖子陈乞，陈乞善于以仁政得民心，田氏的实力开始逐渐增强。陈乞传位给儿子陈恒，陈恒弑杀了齐简公。又传了三代到田太公田和，田和篡取了姜齐，成为诸侯之一。又传了三代到齐威王田因齐时，齐国更加强盛，开始称王。又传了四代到齐王田建时，齐国被秦国吞并。后世有人是这样总结齐国历史的：

陈完避难，奔于太姜；物莫两盛；妫替田昌。和始擅命，威遂称王。孟尝延客，田单救亡。相胜利贿，认贼为祥。哀哉王建，松柏苍苍。

到了秦王政二十六年的时候，东方六国全部被秦国吞并，天下成为一个统一的国家。秦王觉得六国的国君以前都称王，"王"这个称号就不显得尊贵了；想要称帝，可是之前和齐国有过"东帝""西帝"的提议，所以称帝也不足以名传后世、威震四夷；而上古时期的称号中，唯有"三皇五帝"的功绩和德行超过了大禹、商汤、周文王和周武王。秦王认为自己不但拥有"三皇"所具有的美德，也有着超越"五帝"的功绩，所以就将"皇""帝"两个称号合并到一起，自称为"皇帝"，追尊他的父亲秦庄襄王为"太上皇"。他觉得周公姬旦规定了谥法之后，做儿子的可以随意评论自己的父亲，做臣子的可以随意评论自己的国君，这样很不好，就废除了谥法，下旨："朕就是始皇帝，后世就按数字往下排，二世、三世……直到百世千世万世，无穷无尽。"又规定"朕"这个自称只能由皇帝专用，臣子有事需要禀报时要称呼皇帝为"陛下"。还让技术精湛的工匠把和氏璧雕琢为传国玉玺，上面刻着"受命于天，既寿永昌"八个篆字。按照邹衍的五德始终说，周朝是火德，只有水才能灭火，秦朝接替周朝成为天下的共主,自然也就是水德了,所以秦朝的衣服旗帜都崇尚黑色;水的成数是"六",所以各种器物的尺寸都要符合"六"这个数字。又将十月做为正月,十月初一做为元旦,朝贺都要在这个月进行。因为"正"和"政"是一个读音,为了避秦始皇嬴政的讳,将"正"字的读音改为"征"。"征"这个字的意思是"征伐",含义并不吉祥,然而因为这是秦始皇的决定,没有一个人敢提出异议。

尉缭见秦始皇志得意满,不停地改这个、改那个,私下里叹息道:"秦国虽然得了天下,但是秦始皇的这些举措已经伤了秦国的元气,这个国家还能够长久地存在下去吗?"因为不看好秦朝的未来,尉缭和他的学生王敖在一天夜里飘然而去,谁也不知道他们去了哪里。

秦始皇知道后,就问大臣们:"你们知道尉缭师徒为什么要离开朕吗?"大臣们都说:"尉缭帮助陛下平定四海,认为自己在所有的臣子中功劳最大,也希望能够像周公姬旦和太公姜子牙那样裂土分茅。如今陛下已经定下了尊号,但是一直没有分封功臣,他对此感到失望,所以就走了。"秦始皇又问:"周朝的那种分封制现在还能施行吗?"大臣们都说:"像燕国、齐国、楚国、代国这些地方,离大秦的政治中心很远,难以有效地控制,如果不在这些地方分封诸侯的话,想要管理好是很困难的。"只有李斯提出了不同的意见:"周朝分封了几百个诸侯国,里面大多是周天子的兄弟、族人,即便如此,这些诸侯的后代仍然会征战不休、自相残杀。现在陛下统一了天下,最好将所有的地方都设置为郡、县。那些功臣可以提高他们的俸禄、爵位,但是不能给他们一寸土地和一个百姓,这样就从根本上断绝了发生内战的可能性。这种做法难道不是保证长治久安的良策吗?"秦始皇觉得李斯的想法很好,就按照他的建议将天下分为三十六个郡,分别是:

内史郡、汉中郡、北地郡、陇西郡、上郡、太原郡、河东郡、上党郡、云中郡、雁门郡、代郡、三川郡、邯郸郡、南阳郡、颍川郡、齐郡(即琅邪郡)、薛郡(即泗水郡)、东郡、辽西郡、辽东郡、上谷郡、渔阳郡、钜鹿郡、右北平郡、九江郡、会稽郡、鄣郡、闽中郡、南海郡、象郡、桂林郡、巴郡、蜀郡、黔中郡、南郡、长沙郡。

当时北方的胡人经常入侵中原,所以渔阳、上谷等郡辖地最少,要设置军镇驻守;南方都是水乡,而且地方安定,所以九江、会稽等郡辖地最多。所有郡县的官员都由李斯统一领导。每个郡设郡守、郡尉、监御史各一人,郡守负责行政,郡尉负责治安,监御史负责监察。又将天下所有的甲胄、兵器都收集到咸阳,熔化后浇注成十二个金属人像,每个人像有一千石重,都放置在宫廷里面,来对应"临洮长人"这个祥瑞。将天下所有的富户都迁移到咸阳,一共有二十万户之多。又在咸阳北面的山坡上建造了六座离宫,每个离宫都是按照六国的宫殿仿建的;还建造了阿房宫。

奉李斯为丞相，赵高为郎中令。军中的将领立有功劳的，如王贲、蒙武等人，都封了一万户或者几千户不等的食邑，他们都不必向国家上交税赋。

此后秦始皇又焚书坑儒、四处巡游，还在北方修筑万里长城来防备匈奴的入侵，百姓们在沉重的赋税和徭役下饥寒交迫、民不聊生。到了秦二世胡亥的时候，对人民的压迫更残酷了，最后陈胜、吴广在大泽乡振臂一呼发动了起义，各地纷纷响应，秦朝也就此灭亡了。

后世有人作了一首《列国歌》，简单总结了周平王东迁之后，到秦国统一六国的这段历史：

东迁强国齐郑最，荆楚渐横开桓文。楚庄宋襄和秦穆，迭为王霸得专征。晋襄景悼称世霸，平哀齐景思代兴。晋楚两衰吴越进，阖闾勾践何纵横？春秋诸国难尽数，几派源流略可寻。鲁卫晋燕曹郑蔡，与吴姬姓同宗盟。齐由吕尚宋商裔，禹后杞越颛顼荆。秦亦顼裔陈祖舜，许始太岳各有生。及交战国七雄起，韩赵魏氏晋三分。魏与韩皆周同姓，赵先造父同嬴秦。齐吕改田即陈后，黄歇代楚熊暗倾。宋亡于齐鲁入楚，吴越交胜总归荆。周鼎既迁合纵散，六国相随渐属秦。

还有人在读过这本书后，对各国兴亡的原因做了一个总结：

卜世虽然八百年，半由人事半由天。

绵延过历缘忠厚，陵替随波为倒颠。

六国媚秦甘北面，二周失祀恨东迁。

总观千古兴亡局，尽在朝中用佞贤。